U0792830

先辈丛书·回忆录卷

我的八十五年——从西北到东北

张秀山 著

中共党史出版社

图书在版编目(CIP)数据

我的八十五年——从西北到东北/张秀山著．—北京：中共党史出版社，2007．3(2022．11 修订)

ISBN 978-7-80199-513-1

Ⅰ．我… Ⅱ．张… Ⅲ．革命回忆录一中国
Ⅳ．I251

中国版本图书馆 CIP 数据核字(2006)第 086505 号

出版发行：中共党史出版社
责任编辑：赵　雨　王　兵
责任校对：申　宁　龚秀华
责任印制：段文超
社　　址：北京市海淀区芙蓉里南街6号院1号楼
邮　　编：100080
网　　址：www.dscbs.com
经　　销：新华书店
印　　刷：北京盛通印刷股份有限公司
开　　本：170mm×240mm　1/16
字　　数：455 千字
印　　张：30．25
印　　数：12001—17000 册
版　　次：2007 年 3 月第 1 版　2022 年 11 月修订
印　　次：2022 年 11 月第 3 次印刷

ISBN 978-7-80199-513-1
定　　价：75．00 元

此书如有印制质量问题，请与中共党史出版社出版部联系
电话：010—82517197

张秀山（1911—1996）

序

我和张秀山同志是老战友。

我们一起参加了陕甘边革命根据地的创建工作。我是在两当革命兵变后，1932年7月到耀县杨柳坪刘志丹同志领导的陕甘游击队。秀山同志此前在宁夏、甘肃军阀部队做兵运工作两年多时间。1932年5月，在甘肃领导靖远兵变后，中共陕西省委派他到上海党中央受训，学习毛泽东同志游击战争的战略战术思想，以及北方地区开展游击战争问题。秀山是1932年11月间来到陕甘游击队。我们在工作中有过多次交接，1933年6月，我任陕甘边游击队总指挥部政委，在陈家坡战斗中负伤后，秀山接替我任政委。1941年秀山任绥德地委书记，他因肺病回延安休养，我接替他的职务。革命生涯将我们紧紧地联系到了一起。

在长期的革命岁月中，秀山同志无论在西北，还是以后在东北，都担负过重要的负责工作，为党为人民忠心耿耿，作出了重大贡献。在他去世一周年时，我与伍修权、马文瑞、张策、张邦英、马洪同志在《人民日报》写了《浴血奋战陕甘　呕心沥血松辽》纪念文章，对秀山同志的一生作了回顾。

在此，我想说以下几个问题：

一、西北革命根据地（即陕甘边根据地和陕北根据地）为什么能成为中央红军长征的落脚点和抗日战争的出发点，党的正确领导是关键。党中央1945年4月在《关于若干历史问题的决议》中指出：土地革命战争的这十年内，我党不仅有了伟大的成就，而且在某些时期中也犯过一些错误。从六届四中全会到1935年1月这个时期内所犯的政治路线、军事路线和组织路线上的“左”倾错误，给中国革命造成的破坏最为严重，使苏区损失百分之九十，白区损失百分之百。陕甘边革命根据地同样也遭受到了王明“左”倾教条主义的严重破坏。1933年6月，“左”倾分子杜衡（后叛变）来到陕甘边，强令刚组建不久的红26军红2团（仅有一个团），撤出陕甘边根据地，南下渭华。我和秀山以及其他留下来的同志，还有率西北军骑兵团起义的王泰吉同志继续坚持游击战争，不但保住了陕甘边根据地，而且还发展和扩大了革命武装力量。红2团南下失败后，刘志丹、王世泰等同志突破重围，回到了陕甘边根据地。我们又重新组建了红26军，将各路游击队编为红26军42师。经过红军和游击队的努力作战，不到一年时间，武装力量发展到2000多人，解放了陕甘边地区10多个县的广大农村，拔掉了上百个敌人据点，摧毁了敌人的保甲制度。1934年初，在荔园堡成立了陕甘边苏维埃政府，建立了陕甘边革命军事委员会，恢复了中共陕甘边特委。刘志丹同志任军委主席，张秀山同志任特委书记，我任苏维埃政府主席。为什么这个时期陕甘边根据地能够快速壮大发展呢？一是这个时期执行王明“左”倾路线的陕西省委遭到破坏，在客观上使王明“左”倾教条主义不能对陕甘边根据地继续发生影响；二是陕甘边根据地的党组织经过革命斗争的锤炼，在政治上、思想上、组织上有了很大提高，在与上级党组织失去联系的情况下，能够坚持马克思主义的原则和斗争方向，按照毛泽东同志游击战争的军事思想，进行顽强卓绝的斗争。

但是，就在陕甘边革命斗争蓬勃发展的时候，王明“左”倾教条主义终于还是进入了陕甘边，1934年7月，中共北方代表派人在阎家洼子会议上，对红26军坚持游击战争、开辟根据地的斗争，进行了无端污蔑，挑起矛盾。1935年秋，“左”倾分子在西北根据地制造了骇人听闻的肃反，把我们这些根据地的领导同志诬陷为“右派”“反革命”，抓了起来，并欲杀害。此时西北根据地处于严重的危机中。遵义会议确立了以毛泽东同志为代表的党的正确路线的领导地位。在关键时刻，党中央、中央红军来到了陕北，并及时制止了“左”倾分子制造的肃反，因此，才保住了西北根据地和西北红军。

二、在土地革命极为艰苦的年月，陕甘边根据地和红26军之所以能够在险峻的环境下发展和壮大，与陕甘边党政军有一个坚强的领导集体是分不开的。这个领导集体的核心是刘志丹同志。他具有高超的政治组织和军事指挥才能，因此我们都很信任他。我们这个领导集体是为发展红军和革命根据地这一共同目标，紧密地团结在一起，共同战斗。

三、陕甘边根据地所以能迅速发展，与陕甘边的党组织和红军紧紧扎根于人民群众之中是分不开的。在建立陕甘边根据地的斗争中，我和秀山同志在战场上都负过重伤，是老百姓冒着生命危险保护我们、抢救我们。使我们深深体会到共产党革命所以胜利，人民的拥护与支持最重要，这也是我们这些人在以后的工作中，不能忘记人民疾苦的根本原因。

四、我要说，秀山同志是一位正直的人。战争时期的情况书中已经讲述，我仅说解放后的两件事：1959年庐山会议发生了众所周知的“彭、黄反党集团”问题，秀山同志被接到北京参加揭发彭德怀同志的会议，在会上，他没有发言；“文革”期间，造反派要他参加造反，他俨然拒绝，他说：“要说造反，我30多年前就造反了，不过那是造旧社会的反，我不能参加你们这种造反。”从秀山身上清楚地看到他光明磊落、为人质朴的可贵品格。

秀山回忆了他的革命经历，比较全面、真实地反映了各个时期一些重大情况，对此我十分欣慰。我们国家现在正处在社会主义改革和建设的新时期，社会发生了翻天覆地的变化，虽然时代不同了，但是老一代共产党人的革命精神和革命品格，对后人仍有重大的启迪作用。

习仲勋

二00二年五月十日

目录

第一章　青少年学生时代

（1911.7—1930.2）

我的家乡在陕西省神木县乔岔滩乡桃柳沟村。乔岔滩乡建国前属于佳县，佳县1964年以前叫葭县。解放后，划归神木县。

神木县位于陕北黄土高原的东北端，黄河河套之南的长城脚下，北与内蒙接壤，东濒黄河与山西相望，是晋、陕、内蒙三省交界之要塞。

据记载："县东北杨家城，即古麟州城，相传城外东南约四十步，有松树三棵，大可两三人合抱，为唐代旧物，人称神松。金以名寨，元以名县，明代尚有遗迹。"家乡人说，神木就是由神松的传说而来。

自古以来，神木地区就是塞上重镇，为兵家必争之地。相传，秦王过此点军；汉代张骞出使西域路过神木；北宋范仲淹到这里巡边；杨家将镇守边关，在神木一带抗击契丹；明末李自成、张献忠率农民起义军从神木打出陕北……黄河、黄土养育出陕北人的粗犷和豪情，高亢悠扬的陕北民歌，使我永远不能忘怀家乡情。

一、神木家事

我的祖籍原是在临近黄河边的葭县贝干村，那是一个很贫瘠的地方，生活很困难。先祖张念功十几岁时，只身来到人烟稀少、山大沟深的桃柳沟村。他在这里开荒种地，娶妻生子，张氏子孙世代在这里繁衍生息。张氏家谱按："念进应汝守天继振仁有世步如鸿贤良访正开元龙品阁高……"排列，到我这一辈已经是第14代了。

我是1911年辛亥革命那年出生的，是父亲的长子。在我之前，母亲生了四个孩子，皆因生活困苦从小夭折。这年阴历六月二十四日（阳历7月18日），正是天气炎热的季节，母亲在地里干活时生下我，我全身沾满了泥土。

村上老辈人说，这孩子沾了“地气”，命硬，长大必是个硬汉子。为了好养活，父母给我起了个小名叫“地落”，学名按家谱排序叫张鸿毓。

我的父亲

我的家原本贫穷。父亲张如德，12 岁时就给富人家揽工、放羊。那时，童工放羊，东家只管一顿中午饭，不给工钱。虽然自己家连糠窝窝也不够吃，常常是糠菜糊口，但为了挣几个工钱补贴家里，他不吃雇主家的饭。父亲常对我说：“我放羊时带着雇主家的狗，从雇主家带一个给狗吃的窝窝，从自己家带几块小山芋蛋（土豆）。到了中午就把小山芋和窝窝分成两份，与狗分着吃。”父亲八九岁时曾念了两年的冬学，时间很短，一期冬学也就三个月。但因他好学，加上人也聪明，以后又自学，所以粗通文字，能记账、打算盘、写信，在村里也算得上一个有“文化”的人。

我的祖父兄弟两人，祖父是老二。大爷爷没有儿子，一年夏季，他赶着毛驴从几十里外的高家堡往家里驮煤，途中遇到大雨，山洪暴发，连人带驴都被洪水冲走，连尸首都未找到。大爷爷死后，我伯父过继给他家当儿子，两家就把土地合到一起种了。由于父亲和伯父都是强劳力，又吃苦能干，庄稼种得好，家境逐渐好了起来。他们在桃柳沟的村西头，选择了一块有泉水的向阳避风的坡地，自己挖土运石，建起了一排三孔石窑，但是日子过得还是很艰难。

光绪末年，陕北遭大旱，饿死了许多人，乡下很多人卖地外出逃荒。在离桃柳沟村五里远的杨家崖，有一姓杨的农户，家里人少地多种不过来，又遇旱灾，无人租买。清朝末年，每块地春天要交银子，秋天要纳粮，官府田赋重。在靠桃柳沟村边，杨家有一块河滩地，因交不起田赋，地又荒着，提出谁能承担这块地的田赋，就把这块地转让给谁。我的祖父和杨家订立了承担田赋转让土地的契约。

这块地，山上是沙荒地，河沟是乱石滩，父亲和伯父哥俩在山上种苜蓿，把石滩地改成水浇地，硬是把这块地经营好了。到了民国初年，陕西省政府放种鸦片，谁家不种，还要交“白地捐”。张家就在这块地上种了鸦片，卖了不少钱，从此家境逐渐地富裕起来，开始买地典地。

有了钱后，家里在原来的三孔石窑旁边又建起了三孔石窑。张家一字排开的六孔石窑，在这个小山村里显得格外气派。接着，他们在窑洞东西两面用土石围成墙院，南面筑起大门和棚圈，门外还依靠山体用方石和黄泥垂直砌起石壁墙体，在墙体里填土平地，门前出现了一块宽敞的场院。

民国初年，陕西省政府放种鸦片时，每亩地要收二三十元钱的地亩税（烟税）。土豪劣绅勾结贪官污吏趁机敲诈勒索，在还没有收割鸦片时，豪绅就去丈量土地，只要花点钱贿赂，就能少量几分地，不给钱的就会多记几分地。

父亲是一个性情很耿直的人。豪绅丈量到我家土地时，父亲没给他们钱。豪绅借故不量地，还向官府告我父亲，说他不交地亩税。葭县县长柯国藩派亲信石温山来收税款，听了当地劣绅牛起永的诬告，把我父亲抓到县里又打又罚款，几乎倾家荡产。父亲不服，请来高家堡远房亲戚张振铭一起去榆林，向榆林镇守使井岳秀告葭县县长，呈文是“为违法苛法暴虐黎民事”。井岳秀派人核查案情，当得知他任用的收税官下乡收税，背着他竟敢克扣税款，还从农民那里捞取那么多好处费，大为恼火，一怒之下撤了葭县县长柯国藩。父亲侥幸打赢了这场官司，真是很不容易，几乎破产。在旧社会，一个农民告倒一个县长，在那一带算是有了名气。

老家

1926年冬，父亲和大伯分了家，土地财产分成两份。大伯家有四个儿子和媳妇都能劳动，土地全由自家耕种。父亲分得几百亩地（当时值几百块钱），就他一个劳力，地种不过来，只好雇工。家里雇了一两个长工，夏天锄地时还雇短工，以后又出租了一部分土地，这样就成了小地主。父亲有了钱就买地，那时买地，一亩好地也就一块银圆，不好的地只值几毛钱。

父亲持家非常节俭，省吃俭用，用积累的钱买地或放债吃利息。他常常对我说："千两容易百两难。"意思是说积累一点是不容易的。父亲去高家堡卖粮，总是从家里带上窝窝头，离城约五里路时，边走边吃，在水井边喝口凉水，就算午饭了。卖完粮赶快买上煤炭返回家，回到家已经是半夜了，他在城里连用一个铜板买个烧饼都舍不得。那时，农民到城里卖粮很遭罪，零卖一斗、二斗，还要给人家送到家，如果遇到当兵的或小官吏还被抓去当差。

父亲又是一位淳朴、忠厚，深明大义的人。1927年大革命失败后，许多革命知识分子被国民党反动派杀害了。父亲对我说：民国十六年杀了那么多的学生，你可不敢参加革命。那时我还是一个具有民主革命思想的学生，我向父亲讲了孙中山的三民主义和将来"平均地权"的道理。父亲小时的贫困生活和以后艰苦经营的经历，使他的思想很矛盾。他既不满贫富不均，又有封建的发家致富思想。他既对社会不满，又害怕儿子闹革命被杀。父亲对我说："你只管念书，世上的事铁刮子也刮不平。闹革命是孙中山他们干的事，咱们不图大事。"我加入共产党后，当然没有告诉他，只是向他讲一些苏联革命后工人、农民不受压迫的情况，和南方朱、毛红军的事。他知道了一些革命的事情，逐渐产生了同情革命的思想。

1930年初，我因参加革命受反动当局通缉和逮捕，父亲冒死相救。我离开家后，家乡开展游击战争，他拥护支援红军。

我的母亲

我的母亲是一个普通的农村妇女，她生了13个孩子，只活了五个。母亲勤劳善良，在别人有难处时，总是热心帮助。乡亲们都很亲近和敬重她。

1936年，我回神府工作时，回家看望母亲，她拉着我的手左看右看。当说到父亲时，她哭成了泪人。乡亲们讲述了父亲和家人被"左"倾肃反杀害的情况，有的说，把那几个人抓来偿命，有的说杀了报仇。母亲停止了哭泣，对我说：你在外面，可不能像他们那样乱杀人啊！我对父亲的被杀很悲伤，但听了母亲的这番话，心情逐渐平静下来。我对她说：我不会那样做的。这时，我发现母亲瘦了，脸上的皱纹也深了，可是她那和善的面孔一点没有改变。

母亲

1939年，我在绥德特委工作，后来到延安中央党校。生活安定后，我将母亲接到身边。她总是惦念着家乡的亲戚们，常常对我说："你出来了，要想着那些受苦的孩子。你大伯家的老三被错杀了，他媳妇改嫁，带上了老三的女子，孩子在人家受苦，快接回来吧。"我和程帆结婚有了家庭后，先后将我的弟弟、大伯家堂兄的四个孩子都接到延安上学。母亲看着一个个孩子念书有出息，满心欢喜。因为人多，分了两处住，母亲住在西北局招待所，常常为战士们洗洗补补。以后母亲随我到东北，生活好了，程帆常给她做几件衣服。她舍不得穿，都给了老家来的亲戚。母亲一辈子省吃俭用，却总是为别人的事情操心。

他们的品格深深地影响了我。

二、求学革命

高家堡小学

父亲很希望我成为一个有出息有本事的人，决意让我上学念书。1919年，我八岁时，在村里私塾念了两年的冬学。1922年2月，父亲让我和堂兄张鸿恩一起到离家三十多里的高家堡小学读书。

高家堡是一座古城，城里住着很多有钱人。学校学生大多是有钱人家的孩子，只有我和鸿恩是乡下人。由于路远，我们在学校住宿，从家里带来粮食和咸菜，自己做饭。每到寒暑假，我们都回家，和大人一起下地干活。我们在高家堡小学读了三年书。

1925 年春，我转到葭县高级小学上学。校长叫张镜川，他很喜欢我这个农村孩子，给我起了个字“秀山”，取自“秀甲天下，光耀山川”中的两个字。1930 年以后我就改名叫张秀山了。

1926 年至 1927 年，大革命的影响波及葭县高级小学。这时，榆林中学和绥德师范学校的进步学生到我们学校宣传革命，我就是在这时开始接受革命思想的。我参加了许多群众大会，如：纪念五四运动、“五卅”运动、“三一八”惨案，李大钊同志纪念会等，并开始阅读一些宣传革命的书报，课余时间还读了“三民主义”“五权宪法”，初步懂得了一些民主革命的道理。

这时，正是第一次国共合作时期，国民党的县党部里多是由共产党员在做组织工作。我当时还不懂什么是马克思主义，什么是共产主义。1927 年春天，我和同学们集体加入了国共合作时期的国民党。4 月，同学们组织了几个宣传队，到乡下去做宣传工作。我们走了 300 多里路，每到一个地方，就召集农民开会，宣传革命。

1927 年下半年，蒋介石、汪精卫叛变革命，时局发生逆转，县党部里的共产党人被迫离开，工会、农会、学生会全被解散了，国民党特务在社会上到处抓人，一片恐怖气氛。

我年少气盛，和一些胆子大的同学跑到街上，愤怒声讨蒋介石反革命屠杀工农的罪行。后来在学校无法呆了，就回到家中。这时我感到非常压抑和苦闷。

榆林中学

1928 年春，我考入榆林中学。榆中是陕北 23 个县中唯一的一所中学，是经济、文化落后的陕北高原的最高学府。

榆林中学相承于明代的榆阳书院，已有几百年历史。1918 年，著名教育家、社会活动家杜斌丞先生接任榆林中学校长。他倡导科学民主，提倡教育救国，在学校推行以新思想、新文化为主的新式教育，反对旧文化和封建传统教育。在蔡元培、李大钊等人的帮助下，杜斌丞先后聘请了新文化运动干将、共产党西北党组织的创建人李子洲（陕西省委代理书记）、魏野畴等革命志士和进步人士来校任教，给学校带来了新的气氛。榆林中学由此一改旧貌，成了传播新文化和革命思想的新式学校。在之后的岁月里，它为中国革命培养了一批批优秀的革命战士，成为陕北革命进步文化的摇篮。

1986 年回榆林中学

在榆林中学，我感受到了这种新的气息，也产生出一种新的激情和力量。榆林中学的学生受革命思想的影响，政治热情很高。蒋介石“四一二”在上海叛变革命、屠杀共产党和工农群众的罪行，长时间激荡着社会各界，我们在县里多次开大会声讨蒋介石。后来，反动当局进行镇压，党组织因白色恐怖加剧转入地下活动。即使这样，1928 年到 1929 年，榆林中学的党团组织不仅保存了下来，而且还在不断发展，党在学生中仍发挥着重大的影响。

在这个时期，我开始接受马克思主义。入校不久，学校几位党员教师向我推荐了一些革命书籍。我阅读了《共产党宣言》《国家与革命》《马克思主义浅说》《唯物史观》《社会问题》等。这些书籍对我有着重大的启蒙作用，使我开始用马克思主义的观点来看待社会。当时，大大小小的军阀、官僚、地主、豪绅，对工人、市民、农民的剥削更加沉重，城市里大批失业人员涌满街头，农民破产逃荒逃难。尤其令人憎恨的是，国民党反动派到处逮捕屠杀进步青年学生，更加激起我们的极大愤怒。

1928 年暑假，我没有回家，和几名同学一起去了太原，想报考北方军官学校，学习军事，用枪杆子铲除黑暗。到了太原，北方军校的考试日期已过，没有办法，我们就报考了美术专科学校，等待时机再报考军校。

我们在太原学习了半年，看到很多陕北来的进步学生被反动当局抓了起来，太原城里失业的人更多，连许多知识分子也找不到工作，工人、城市贫民家里吃不上饭，大人叫孩子哭的悲惨情景。而军阀、官僚、有钱人，却过着穷奢极欲的腐朽生活。这使我进一步认识到社会如此黑暗，不推翻这个社会，穷苦人民就没有出头的日子。

冬天，我回到家，父亲知道我去太原的事，但他没有责怪我。

加入共产党

1929年春节过后，我又回到榆林中学，插班继续学习。由于我向往革命，追求进步，积极靠近党团组织，因此学校的党团员也主动地接近我。一到星期天，我常和党团员到城外，向农民宣传革命。这年的3月底，黄培中、李彦希两人介绍我加入了共产主义青年团。入团仪式是在榆林城南门外金刚寺里举行的，和我一起入团的还有曹华山。党组织对我们考查得很严，主要是考查我们革命到底的决心。入团仪式上，我向团组织表示献身革命，不怕吃苦，不怕任何艰难，不怕流血牺牲，为共产主义革命事业，为劳苦大众翻身解放奋斗终身的决心。

入团以后，我的革命热情更高了，革命决心更坚定了。不久我就担任了团支部的宣传干事。1929年下半年，党组织开始组织学习党的六大决议文件。通过学习，使我进一步懂得了中国革命的性质、动力、任务和前途等一些重

榆林中学

大问题。1929 年的秋天，经过党组织批准，我由共青团转入了共产党，成为一名中国共产党党员。

在榆林中学，是党领导学生会的工作。学生会的负责人大半是由党员担任。我们在同学中组织成立了社会科学研究会，研究马列主义。并带动许多同学阅读《马克思主义浅说》《社会问题》等革命书籍。针对各县来的学生，我们在学校还分别组织了“同乡会”，党员利用“同乡会”宣传马列主义。我们组织的“葭县同乡会”还出了会刊。我在会刊上写文章，揭露贪官污吏和葭县的北霸天、大土豪贺德广。我把他的名字写成“货都光”，其意是说他压迫农民得来的钱财将来都要光。

我们党在榆林的宣传工作搞得很活跃，晚上，我常常和一些同学到街上贴传单，白天也把传单折成小方块，巧妙地放入米店仓子内的小米里，以此来宣传革命，扩大党的影响。同学们都很关心南方红军和苏区的消息，在学校图书馆的阅报室里，我们把《大公报》或其他报刊上刊登的有关红军的消息，都用红笔框起来，以引起同学们阅读时注意。在学校里，党团员积极给校内的工友做宣传工作；星期天，组织学生去城里的工厂、作坊，向工人群众宣传革命道理，组织工人运动；到城外农村向农民群众进行宣传，鼓动农民起来反对地主阶级的压迫剥削。与此同时，党组织还在社会上开办平民学校，组织党团员给贫苦人家的孩子讲课，利用讲课传播革命道理。

党组织还要求党员利用各种社会关系，在井岳秀的部队里发展党员，扩大党的力量。我就在井岳秀的炮兵营里介绍了两个人入党，其中一位叫张怀树的，1932 年被敌人发现，杀害了；另一个是葭县籍的士兵屈子荣，后来参加了红军。

党团员对组织分配的工作都很积极，每天或隔一天就要向小组长汇报工作。到了傍晚，在学校的操场上能经常看到两个人边走边谈，那实际上是党团员在向组织汇报工作。

第一次大革命失败后，国民党背叛了革命，实际上已经背叛了孙中山的“三民主义”。但是，他们总是假惺惺地要人们在大会小会上必须诵读《总理遗嘱》，这引起了学校师生的反感。我们党组织就根据群众情绪，把国民党党歌中所写的“三民主义，吾党所尊，以建民国，以进大同……”冠冕堂皇的话，改写成：“杀民主义，狗党所尊，以卖国民，以坏大同，军阀官僚，残害人民，矢勤矢勇，屠杀工农。工农联合，狗命送终……党外无党，帝王思想。党内无派，千奇百怪。……恭读遗嘱，阿弥陀佛”，来揭露国民党反动派的反动本质和他们的罪恶行径。传单散发出去后，教师和同学们都争相传阅，引起大家的共鸣，产生很大影响。榆林中学一位数学教员叫谢子恒，平时从不关心国事，看到传单后，在课堂上给同学们说：“恭读遗嘱，阿弥陀佛”这句话，我实在赞成。

这时，榆林的整个政治斗争形势对我党很有利，在社会上已初步形成一股政治力量，就连党外的一些开明人士也开始同情我们党。1929年春，杜斌丞先生从外地返回榆林。他不住在井岳秀的公馆里，而住在榆林中学事务处办公室的小炕上。办公室的人在办公，他也不厌烦，他对榆林中学充满了感情。他给同学们作讲演，讲到对中国政治形势的看法时，批判了国民党所宣传的“党外无党，党内无派”的荒谬说法。他说：“党外无党，实际上是党外有党。比如共产党就是一个。党内无派，实际上是派系很多。蒋、冯、阎、李各成派系，而且蒋系内还有很多派系。”杜斌丞先生的讲演，对教育青年学生认清国民党反动派的真面目，起到了一定的积极作用。同时，他的讲演也说明共产党已经成为一支不可忽视的政治力量。

遭反动当局通缉

1929年11月7日，榆林中学的党组织在纪念俄国十月革命活动中，组织了五个飞行队，每队四人。我们这个队最果敢，趁着夜色，我们把革命标语贴满榆林城的大街小巷。第二天震动了整个榆林城，并很快传到了乡村，鼓舞了劳苦民众，使反动派坐立不安。

反动派认定我是共产分子，以我在学校“葭县同学会”的会刊上，写出揭露葭县大地主、大土豪贺德广和其他贪官污吏罪行的文章为借口，葭县县长陈琯下令通缉我，堂兄张鸿恩、葭县同学崔继浩也受到反动当局的通缉。

1930年2月的一天下午，学校正放寒假，我在家中帮助父母碾米。突然，三个衙役（警察）闯到院子里。他们什么也不说，先用铁链把我捆绑起来。然后，他们拿出县长陈琯通缉我的“红谕”，上面写道：“共产分子、张如德之子张鸿毓（我的原名）……”

我怒斥衙役说：“走！现在就进城，去见你们县长，我犯了什么法！”

衙役们都是些大烟鬼，走了两天路，来了当然要吃要喝，还要鞋脚钱。其中一个叫高喜的衙役说：“你们家请个人来，先把你保起来，我们明天再走。”我父亲就去请来村长张鸿元做保人。衙役把我身上的铁链解开，进屋吃喝去了。

晚上，父亲对我说：“你犯的是共产党的案子，是大案子，可不得了，就是不死，一辈子也出不来。就是死，也得先死老子，哪有先死儿子的道理。你赶快逃跑吧，明天由我替你顶官司。”我不同意，说：“哪能让父亲受牵连，我自己顶着。”但是拗不过父亲。到了鸡叫头遍，父亲把我叫醒，硬是推着我从窑洞间的梯子爬到窑顶上，顺着后山的小路匆匆逃离了敌人魔爪。

天亮后，衙役抓不到我，就把父亲和保人张鸿元抓往县里。父亲对衙役说，保人什么都不知道，他又给了衙役一些钱，保人便被放了。县长把我父亲关押了很长时间，老人受尽折磨，后经村人担保，花了很多银子，才放了回来。我一想起这些心里就很难过，这也是父亲对革命作出的贡献。否则我早被国民党反动派杀害了。我更没想到，这竟是我与父亲的最后一别。

我逃出来后，又回到榆林中学。陈琯得知后，派人来榆林中学抓我。但是，他们迫于社会舆论压力，不敢公开随便到榆林中学抓人，就找了军阀井岳秀部炮兵营葭县籍的士兵屈子荣，让他到学校骗我出去。屈子荣是我介绍入党的。他来到学校，把消息告诉了我。

在党组织的帮助下，我被暂时安排在党员黄丕文的亲属家里隐蔽起来，躲过了敌人的抓捕。但是，我在榆林已不能立足了。这时，陕北特委正在动员一批党团骨干到宁夏军阀部队里去做兵运工作。正巧，宁夏骑兵4师师长苏雨生派来一个代表，和井岳秀联络招兵的事。这个代表是我党党员张东皎。他来后秘密与陕北特委取得联系，要求多派一些党员去宁夏做兵运工作。

党组织派杜鸿章找我谈话说：“你在榆林是不能再待下去了。现在有两个办法：一个是按你们家的意见，到北平去继续读书；二是按党的决定，到宁夏军阀部队里去做兵运工作。”我当即表示，我是一个党员，就要执行党的指示，去搞兵运工作。

经过几天准备，党组织安排我和同学曹华山（党员）一起动身。这时葭县反动当局还派人守候在榆林城南门外，准备抓捕我。在几个同学的掩护下，我化了装，从西门出城，沿着榆溪河到南关外。曹华山已雇了两头骡子驮着两人的行李。我们按照党组织的安排，离开了熟悉的故土，奔赴宁夏。

第二章　军阀部队中的兵运工作

（1930.3—1932.10）

1929 年 5 月，根据党的六大会议精神，在榆林红石峡召开陕北特委第二次代表大会，会议作出派大批党团员打入军阀部队开展兵运工作的决议。兵运工作是我们党以“借水养鱼”的方式，来发展党的武装力量。

陕北特委军委书记刘志丹遵照党的上述精神，积极动员和组织陕北党员到地方军阀部队开展兵运工作，争取能抓到一些武装力量，组建我们党直接掌握的部队。1930 年春天，陕北党组织向苏雨生部队派了许多党员。

一、打入军阀部队

1930 年，蒋、冯、阎中原大战前夕，冯玉祥把他在甘肃、宁夏的大部分部队调到河南准备开战。为了稳住自己的后方，1929 年冯玉祥委任原包头土匪头子苏雨生为宁夏骑兵第 4 师师长，留守宁夏平罗一带。

苏雨生为了扩大自己的势力，派代表到陕北榆林与陕北军阀井岳秀联系，乘此机会大肆扩军。他不管是什么人，只要愿意投靠他，他就收编。苏雨生的骑兵 4 师共编了三个旅，把他原来的老部队编为第 7 旅，旅长是包头土匪马大牛。这个旅全都是骑兵，大约有一千人马。另收编陕北谷连舫部为第 8 旅，石子俊部为第 9 旅。这两个旅都是步兵，每个旅有两个团，每个团有四个连，每个连实际只有几十个人。

谢子长在平罗去见苏雨生时，苏雨生委任谢子长为他的第 11 旅旅长。谢子长曾想把宜川“后九殿”、杨根伍、周维奇部策动到宁夏来，但是未成功，因此第 11 旅没有编成。

1930 年 2 月，我和曹华山来到宁夏平罗县的姚合堡，开始在军阀部队中做兵运工作。

我们来到后，和部队中的地下党组织取得了联系。这是一个刚成立的部队，他们派我到 8 旅 15 团军需处当军需官。这时，党内正讨论党员应该做什么工作？党组织认为一定要当兵，同士兵结合，才能把党的工作做好。我想：当兵那么苦，怎么能行呢？此时是当兵，还是当官？我的思想在斗争。当官是为了个人，当兵是为革命和为党工作，所以我脱下军官装，换了一套衣服就当兵了。

一连没有党员，组织上派我和高昆山同志去一连，当了二等兵。开始苦得我灰溜溜的。来部队前，我一直在念书，没有经过锻炼。刚参加革命时很胆小，晚上散发传单提心吊胆，害怕如果暴露了，被国民党通缉怎么办。

第一次夜里在路口放哨时，有只老鼠一跳，我心里就突突直跳，怕是敌人和土匪来了，我才知道当兵不容易。参加战斗以后，不仅看见一个排长有本事，就是一个班长或者一个老兵，也都有本事，我在思想上起了变化。在军阀部队干了两年多，虽然没有上马列主义课，但在实际工作中得到了锻炼，学会做兵运工作。我懂得了一个人入党后，没有经过锻炼就是布尔什维克，这种说法是不对的。

这时，15 团已有了一些党员，像二连排长吕振华、三连排长汪兴民、司务长贺志平、四连排长牛化东、姜耀。8、9 两个旅都有我党的秘密支部，支部上面的领导机构是军委。第一任军委书记是 15 团四连的排长姜耀。姜耀在兰州生病，离开部队后，第二任军委书记是黄培中。黄培中在定西李家堡打仗中牺牲后，由石子健接任军委书记。部队开到兰州以后，军委改成了团党委，直接受陕西省委领导。刘志丹曾在 16 团当副团长，他把带来的党员安排好之后，又回陕北去了。

我在一连当兵时，又陆续来了一批榆林中学的同学。其中有黄培中、李树林等同志。谢子长也把在陕北准备编 11 旅的同志送来了，有贺晋年、李仲英、史法直等同志。

二、组织学兵队

苏雨生派去榆林与井岳秀联络的代表张东皎回到部队，我才知道他原来是我们的同志，在 8 旅 15 团担任副团长。张东皎根据党组织的意见，在 15 团组织了学兵队。张东皎兼任大队长，高岗任分队长，李树林任司务长，卢子元、常紫良是军事教官。

学兵队是我们党策划组织起来的，由我们党控制，党员在里面占着多数，从陕北来的两批同志都被编进去当学员，共计40多人。我被调到学兵队当班长，党内任学兵队支部书记。后来又由石子健任支部书记，我任军委委员。学兵队的队部成了军委的办公室，晚上，我们常在那里开会研究工作。党组织在学兵队还发展了一批新党员，像高鹏飞、曹盛荣、杨林、李仲英、李培清等。

学兵队主要是讲典、范、令等，也讲一点骑兵战术、测绘等军事科目，同时进行一些军事训练，和别的连队一样行军、打仗。我们这批学生党员，既学习了一些军事知识，也锻炼了我们的实际工作能力。

我们党在军队里是利用军阀，但我们的屁股不是坐在军阀怀里，军阀扩大势力，我们共产党也要组织部队，扩大自己的实力。

1930年6月，苏雨生下属的8、9两个旅，看到苏的势力日益衰弱，没有什么前途，就在宁夏宁安堡发生哗变，脱离苏部，并把苏雨生的军械处抢了。我们党组织研究，军阀混战，你打我，我打你，狗咬狗。我们党的力量不能为军阀无谓牺牲，决定脱离苏雨生部，因此也参加了哗变。学兵队趁势抢了一批马提尼、后膛七响、毛瑟枪等武器，装备了学兵队，加强了学兵队的实力。

在军阀部队里，士兵的生活非常苦。但是在学兵队，由于政治文化生活搞得很活跃，经常开学习会、讨论会，上政治课，讨论社会主义、共产主义的问题，讲马列主义的原理，唱国际歌、少年先锋队队歌，大家都有远大的革命抱负和理想，精神上很愉快。学兵队里青年知识分子多，大家编了许多秧歌剧，歌颂劳动人民的智慧，揭露反动军阀搜刮老百姓，反动军官欺压士兵的丑恶行径。例如部队开到甘肃省靖远，学兵队操练时，看到黄河岸边的人民因军阀混战，苦不堪言，有几个同志作歌和写戏词：

有写军阀混战，民不聊生的："甘肃封建割据，寡头统治人民，搜刮剥削，苛捐杂税。官兵变土匪，土匪变国兵，民不聊生，十室九空。"

有写军阀狗咬狗，士兵遭殃的："宁夏出发打固原，固原退回打宁安，石子俊要上罗山。上了罗山回头看，看见八旅没法管，起阴谋解决三团。（石子俊打8旅收编3团）固原死了姚团副，宁安死了韩参谋，士兵们死得真苦。队伍到了下马关，穿衣吃饭真困难，派出代表四处蹿。"（陕北土话找主

的意思）

也有控诉军阀腐败的："天天起来抽大烟，扣军饷不要球脸。旅部住在定西县，扣了军饷成千万，内官营队伍捣蛋。"（官兵闹饷）

有讽刺"三多"司令石大眼（石子俊）的："官比兵多，兵比枪多，枪比子弹多。"（戏词）

还有抒发壮志的："从军今半载，遍足陇东行，历尽千般苦，挥刃未甘休，誓愿杀敌尽，旋里伴耕牛。"

部队到了新的驻地，学兵队党支部联系部队实际，编写排练一些内容进步的秧歌剧和文明戏，给士兵和当地的老百姓演出，开展宣传教育，在行军沿途播下了革命的火种。

因为这时许多党员是小资产阶级出身，受军阀部队的影响和腐蚀，有些人也产生了升官发财的思想。党组织针对这一倾向，在学兵队，一方面是要党员去争取当军官，争取带兵权；另一方面又对党员进行反对升官发财的思想教育，教育党员要牢记去当官是"为发展党的事业而服务"。

1930 年秋天，部队在甘肃靖远、定西驻防，针对部队顽固势力的增强和一部分党员由于在部队中职务升迁，带来的一些剥削阶级的腐朽思想，党支部在党内进行了反对个人升官发财的思想教育。

在学兵队，我们还给党员上党课。在固原战斗中，不慎把党内文件丢失了。没有教材，我就和黄培中等几个人，靠记忆凑六大文件的基本内容，编写党的教材。六大文件中的各条款，大家说不完全，"党员须知"也写得比较简单，党的六大提出的"十大纲领"只写出了九条。但是大家对六大作出的关于中国革命的性质、动力、任务和前途等基本内容，还是记得非常清楚的。所以，这个时期，学兵队通过党课教育、思想教育，党的政治工作还是起了很大作用的。但是从整个部队情况看，由于党员的人数太少，党的工作还是很薄弱的。加上从宁夏出发以后，就和陕北特委失去了联系，得不到上级党组织的领导，学兵队的学员毕业后，党团员又都分散了。这支队伍从整体上，我党没能掌握住。

1931 年 2 月，学兵队的学员在定西毕业，大部分学员被分配在 9 旅和 8 旅的 15 团去当连长、排长、司务长或文书。我被分配到 15 团二连，先当司务长，在通渭县马营战斗后当了排长。

我们党在学兵队培养和训练出一批军事、政治干部，以他们为骨干，在部队里发展了我们党的组织，扩大了我们党的力量。有的同志以后在建立陕甘、陕北根据地和红军游击队中发挥了重要作用。但是也有少数人，经不起考验，个人主义膨胀，只顾个人升官发财，不革命了；有的蜕化变质，投靠军阀，走上了反革命的道路。

三、利用矛盾保存自己

8旅15团团长王子元，是陕北定边人，是个怀有野心的小军阀和政客。1930年6月，8、9两个旅在宁安堡发动脱离苏雨生的哗变。哗变是9旅旅长石子俊和王子元联手，强逼8旅旅长谷连舫干的。谷在部队从下马关向靖远开拔时，不愿干走了。8旅16团团长张廷芝带着他的部队开回陕北。

在这种情况下，党内也发生了分歧，有些人因为乡土观念，想回陕北去，而有些同志主张部队向兰州方向开。这时，部队到底应该怎么办？是对部队党组织的一个考验。军委让各支部开会讨论。我当时是军委委员。各支部讨论之后，军委根据各支部的意见决定不能回陕北。原因是：陕北是军阀井岳秀一个人统治，他不容许陕北有其他部队存在，我们去了，他必然用最大的力量来消灭我们，我们是站不住脚的。而甘肃是多个军阀统治，不统一，我们可以利用这个不统一，在甘肃立足，所以决定走兰州。

学兵队在一间大房子里开了动员会，讲了不能回陕北的原因，把要回陕北的路线克服了，巩固了部队。后来证明这个选择是对的。

石子俊和王子元为了发展个人势力，害怕回到陕北被井岳秀吃掉，也不想回去，要在甘肃发展。王子元的15团归8旅管辖，不隶属9旅石子俊管。但石子俊总想控制15团，所以9旅与8旅15团的矛盾愈演愈烈。但他们既是谁也控制不了谁，又因双方各自的势力都弱，谁又离不开谁，走到哪里还都驻防在一起。我们党就利用这一矛盾，继续在王子元部队活动。王子元还要利用我们，暂时可以容忍我们在他的部队中存在。而石子俊就公开打压共产党，因此我们党采取的策略是支持王子元，反对石子俊。

1931年春天，王子元部驻在定西宁远镇。石子俊暗中勾结王子元的一营营长陈国宾密谋搞掉王子元，企图把15团弄到自己手下。3月的一个晚上，陈国宾召集二连连长柴明堂和一连连长沈毅民（党员）到营部开会，策划缴王子元的枪。搞掉王子元后，陈国宾自己当15团团长，投靠石子俊。

会后，沈毅民回到连部。这时我是支部书记，正和支委高昆山、王明贤在开会。沈毅民向我们汇报了陈国宾开会的情况。我们几个人分析后认为：如果陈国宾与石子俊相互勾结成功，就会把我们一些带兵的党员军官撤换掉。为了保存我党在部队中的实力，必须反对石、陈的这个阴谋。经支部会研究后，决定让我立刻给王子元报告这一消息。

我到王子元的住处（二连连部），向他报告了这一事件。王子元立即带着护兵从后门跑到一连的驻地躲避。柴明堂带着二连的排长和陈国宾的护兵去抓王子元，扑了空。一、三连在宁远镇的前后街与二连形成了对峙，双方虽没有交火，但是僵持着。石子俊派他的参谋长杜立亭出面调解。结果是陈国宾带着他的手下投靠了石子俊，开到了定西城内。后来石子俊部开到静宁，投靠了孙蔚如。

我在王子元团分裂时，没有暴露身份，混在二连的队伍中，随陈国宾的部队开到了定西城。我们担心陈国宾可能会追查给王子元通风报信的事。军委负责人石子健与我们几个同志研究后，决定我尽快离开石子俊部队，与高岗一起到平凉，和刘志丹同志一起工作。我党在王子元部的力量，因此也保存了下来。

四、初识刘志丹

1931 年 4 月，我和高岗从定西到了平凉，住在新编 13 师特务 2 团团部，刘志丹也刚从陕西彬县出狱来到平凉。经高岗介绍，我与刘志丹接上了组织关系，高岗即回西安向省委汇报工作去了。

这是我第一次见到刘志丹。在此之前，对他的名字是很熟悉的。刘志丹是西北地区早期的共产党员，1924 年入团，第二年春入党，进过黄埔军校，受到周恩来、恽代英等同志的直接影响和教育，参加过北伐战争。八七会议后，领导了著名的渭华起义。1928 年后，陕西省委派他回陕北特委任军委书记，直接领导了陕北的革命斗争。他除开展学生运动、农民运动和党的工作外，特别注重军事工作。刘志丹参加兵运工作时间很长，在陕北他派了一批党员到井岳秀、高志清等军阀部队搞兵运，还派人到“后九殿”旧式部队中活动。后来，刘志丹辞去陕北军委书记工作，亲自到军阀部队中活动，利用社会关系在宁夏骑兵第 4 师 8 旅 16 团（团长张廷芝）当副团长，安插我党

刘志丹

的力量。来平凉前，他在彬县、旬邑、职田镇一带活动，遭到挫折，被抓进彬县监狱，经杜斌丞和南汉宸营救，得以出狱。

刘志丹和我们都住在刘宝堂的特务2团团部，刘宝堂是团长，旧军人，是志丹的同乡，还有点亲戚关系。这个人讲义气，志丹与他交往很深。刘宝堂受到军阀、甘肃新编13师师长陈珪璋的信任，当上了特务2团的团长。刘志丹对我说：根据省委指示，我们要借机在陈的新编13师发展我们的力量。

经刘宝堂引见，陈珪璋的副官处长李勤甫鼎力推荐（刘志丹在彬县狱中与李勤甫相识，结识为朋友，两人一起出狱），陈珪璋委任刘志丹为11旅旅长，条件是要他自己招兵买马。

陈珪璋为什么要委任刘志丹当旅长呢？这是因为当时甘肃各地小军阀割据，统治陇东14县的陈珪璋正处在四面楚歌之中。彬县驻有苏雨生的骑兵旅；张廷芝在庆阳以东也想乘机抢占陈珪璋的一部分地盘；正宁一带有李培霄的部队活动；还有张应坤、杨万清、毕梅轩三个旅开始在镇原一带进攻，想夺取陇东地盘。陈珪璋处在这种腹背受敌的形势下，委任给刘志丹一个空名旅长，想利用刘志丹收编李培霄来牵制张廷芝、苏雨生，以便他集中兵力，在北线解决张、杨、毕三个旅的进攻，同时又达到他扩大势力的企图。

陈珪璋想利用刘志丹，我们党也正想利用他给刘志丹的委任和驻地，组建和发展我们自己的武装力量。陈确定11旅旅部驻地在宁县，于是，志丹便开始在宁县进行11旅的组建工作。

李培霄是一支土匪武装，有1000多人。志丹前去同他谈判，答应给他编一个团。随后陈珪璋部的蒋云台、谢牛旋两个旅也都去收编李培霄，他们收编不成，就把李的部队打散了。

志丹还派人到南梁一带联络那里的农民武装赵二娃、贾生财、杨培盛等，收留了从青海来的曹华民、傅剑寒（湖北麻城县人，大革命失败后跑到青海、甘肃等地活动）等人，还有经组织介绍，来自陕西、甘肃的一批同志。

旅部成立后，我当了11旅手枪队队长，曹华民当书记官，陈鸿宾任参谋长。陈鸿宾被派回陕北后，朱力凯当参谋长。朱是平凉东关人，大革命时期曾参加过党，后脱离党，这时表示愿意革命（后来，又投靠了国民党）。高岗担任陕西省委与11旅的联系人。

五、早胜镇事变

1931年7月，刘志丹因突然发生的早胜镇事变，被迫离开陈珪璋部，组建11旅的计划因此而流产。

"事变"的情况是这样的：这天，志丹同我们一些人在平凉办完事，和刘宝堂一同去宁县早胜镇。刘宝堂是奉陈珪璋之命，带一个营去收编高广仁部。

高广仁原是陕北井岳秀部驻定边县任和亭团的一名军官，在定边他活动任和亭哗变，带领该团来到陇东投靠陈珪璋，陈珪璋委任他为13旅旅长。但高广仁匪性不改，在早胜镇叛变陈珪璋又当起了土匪。在宁县，他的队伍所到之处烧杀奸淫，无恶不作。

刘宝堂和所带去的一个营，以及刘志丹和我们一些人一到早胜镇，就被高广仁缴械扣押起来，后又裹胁押解我们，随他的部队开往陕北。当我们被高广仁手下的一个姓马的团长押解到合水县东时，高广仁部的这个团又被陈珪璋的蒋云台旅（第5旅）打散。刘宝堂、刘志丹所带的部队，又回到陈珪璋部。

我们到了合水县城后，刘宝堂和他所带的部队住在县城里，我们住在合水东关一家客店。这天晚上下着大雨，刚吃过饭，刘宝堂匆匆来到客店，告诉志丹，说蒋云台要抓他。蒋云台曾参加过刘志丹领导的渭华暴动，暴动失败后投靠了敌人，成了叛徒。刘志丹深知叛徒比公开的敌人还要凶恶。在这种情况下，他只得出走。我和刘景范等人提出和他一起走，志丹没有同意，他说，走的人太多目标大，容易暴露；而且这里留下的十几名同志，还需要有人组织。

志丹曾经几次和我们谈到党中央实行土地革命和武装斗争这一决策的

正确性和重要意义，并一再告诫我们，一定要争取带兵，千万不要做“细腿子”（旧军队对文职人员的称呼），还讲了他在大革命时的沉痛教训。他本来可以在北伐军中带一个营或一个团，但上级没有同意，让他在马鸿奎的部队中当了政治处长。结果，“武汉政变”一发生，他就被从军队中赶了出来，如果带兵就可以起义了。刘志丹要我转告留下的全体党员，要在陈珪璋部积极创造条件，寻找机会搞兵变，为革命拉出武装来，并要我带着留下的同志到刘宝堂团工作。他只带了副官王壁成连夜冒雨去了南梁地区。

六、谢子长到平凉

志丹走后，留下来的18名党员分别被分到刘宝堂团的一连和三连。我们组成了一个支部，我任支部书记，王世泰任组织委员，曹华民任宣传委员。我先是在一连当班长，不久当了排长。

留下的同志在刘宝堂团安顿下后，我们很快把我们的情况，现有党员人数，和下一步工作打算向陕西省委作了报告，省委很快来信，对我们的工作作了指示。

九一八事变发生后不久，陕西省委派谢子长、李光明两同志来到平凉，了解我们在刘宝堂部的兵运工作。谢、李二人住在东关一个小旅店里，我和王世泰、曹华民向他们汇报了在刘部的活动情况。他们向我们传达了省委的指示，要求我们下一步注意加强抗日宣传工作，教育启发士兵们的爱国主义热情。

谢子长

这是我和谢子长第一次见面，此前只听说过他的名字。谢子长是陕北早期的共产党员，1925年入党，参与领导了陕北清涧县起义，渭华起义时担任工农革命军大队长。1929年回到陕北，任陕北特委军委会委员，之后多次打入军阀部队搞兵运工作。

七、斗争策略

九一八事变后，日本帝国主义悍然侵占我国东北三省，蹂躏我们的同胞，激起了全国人民的极大愤怒，反日浪潮波及全国。国内许多报纸都在宣传马占山抵抗日军侵略的事迹。刘宝堂部队中许多官兵也都在议论日本帝国主义的罪行，不满意国民党的不抵抗主义。但也有些反动军官，按着国民党的反动调子谩骂诬蔑共产党。

我们支部的同志开会，决定在以下几方面开展工作：一是根据军阀部队士兵中多数人都没有什么政治主张，但却有爱国情绪的情况，要求党员在和士兵，以及下级军官个别议论问题时，多宣传反抗日本帝国主义侵略的思想，引导和激发他们的不满，使其反对国民党的不抵抗政策。二是鉴于我们党员人数少，力量薄弱的情形，党员在一般情况下，不与反动军官发生直接对抗，要通过各种形式，如结拜弟兄等方式，团结联络广大士兵群众，发展壮大我党领导下的革命力量，选择适当机会，组织革命兵变。

这时，陕西省委却给我们下达了“左”倾冒险主义的指示：要我们发动士兵，要求发饷，发日用品，改善生活；在这种日常斗争的基础上，组织士兵罢岗罢操，公开上街游行示威、搞飞行集会，扩大政治影响等。支部同志研究后，没有照这些指示去做。

之所以没有这样做，并不是因为我们认识了这是“左”倾错误，只是觉得我们这里党员少，力量不大，如果这样做，必然会暴露共产党员的身份，就会被敌人一网打尽。另外很多教训也教育了我们，兵运工作不能采取盲动主义，公开对抗达不到在敌军中发展我党力量，培养骨干的作用。而且在几个月前，还发生了陈珪璋等人杀害刘耀西同志的事件。

刘耀西同志是陕北葭县人，我的同乡，在陈部搞兵运工作期间，与我来往很多，刘志丹在陕北特委工作时，也和他很熟悉，是个很好的同志。这年初夏，刘耀西在平凉教导团当政治教官，给士兵讲了马克思主义的一些道理，陈珪璋知道后，抓去就给杀了。刘志丹和我们这些同志很紧张。因为我们初到平凉时，刘耀西常到特务2团来同我们联系，如果他暴露出什么情况，对党的秘密组织将会造成严重破坏。后来得知刘耀西同志牺牲得很英勇，敌人什么口供也没有问出。

还有一件事，我在连里当班长时，听信了上面“要组织士兵罢岗罢操”的指示。有一次饭不够吃，我就利用这个机会鼓动士兵要吃饭，不吃饱就不站队。结果排长就让吃饱的站队上操，没有吃饱的让司务长给做面吃。我们吃饱了，排长马上下令，集合跑步，跑得大家肚子痛得很。这算是什么斗争啊！由此我们得出了一个教训，就是在敌军中进行兵运工作，不能蛮干，更不能不讲策略。

不与反动军官进行公开对抗，并不是任凭他们摆布，我们采取了另外的对策。当时，反动军队中，连长以上那些人往往都有小老婆，整天沉溺于吃喝玩乐，酒色之中，对部队的管理和训练不大管，一般是交给排长。排长上行下效，又交给班长管。

党组织看准了这一情况，要求党员在各项活动中做出突出表现，成为连队的“注目”人物。如部队搞运动比赛，由于我们这些人都是学生出身，无论是跳高、跳远、打球、赛跑，样样都行，3000 米赛跑，我得了第二名。这使我们所在的一营露了脸，长官们洋洋得意，因此也对我们高看一眼，一般不敢轻易找我们的麻烦。

很多党员当了班长、副班长，我也当了排长。我们借着教士兵学唱歌、学文化、记口令、唠家常的机会，联络和加强与士兵的感情，还帮助他们写家信。因此，士兵和一些班长、排长都喜欢和我们接近，把我们当成了兄弟、朋友，有什么事也愿意和我们说。部队里，打架骂人的少了，当官的看后，觉得部队比以前好了，还挺高兴。

由于我们党员大力鼓动和宣传抗日爱国思想，部队中的气氛也活跃了，有些下级军官在我们的带领和影响下，操练喊口号时，把“一、二、三、四”改成:“打倒日本！打倒倭奴！”经过两三个月的工作，形势对我们大为有利。这期间，我们发展了一批新党员，加上原有的党员已有几十人。一连基本为我党控制，三连也以几个党员为核心抱成了团，这个营的大部分士兵是在我们的掌握之中。党支部开会决定，一旦军阀内部发生火并（支部已了解到他们要相互吞并的消息），我们即趁机把一、三两个连拉出去，经宁县、正宁到南梁去找刘志丹领导的陕甘游击队。

八、平凉受挫

天有不测风云。1931 年 11 月下旬，杨虎城派孙蔚如 17 师，联合陈珪璋的新编 13 师攻打兰州的雷中田部。打开兰州后，1932 年正月十五的晚上，孙蔚如借请陈珪璋在兰州城里吃饭之机，把陈杀掉了。杨虎城随即令孙蔚如连夜出兵，对兰州—平凉—泾川一线的陈珪璋部队发起猛攻。

这天夜里，我所带的排突然被调往平凉东城门楼，一营的其他部队住在南城城隍庙处。我带队伍离开时，与王世泰约定随时保持联系，到时两部分人员一起拉走。攻打平凉的孙蔚如部队，装备精良，战斗力很强。我带的这个排每人只有 10 发子弹，刚到东城门楼，孙的部队就冲了上来。战斗打得很激烈，一点喘息的机会也没有。子弹打完了，人死的死，伤的伤，跑的跑，全散了。我被迫从城墙的弯角处跳下脱险。王世泰等人在城内团部也被孙部团团围住，混乱中被拖入战斗，无法脱身，结果子弹打完了，被缴了械。这一仗打得非常残酷。我很气恼，眼看着就要起事的兵变计划一夜间破产了。

天亮以后，我在城外找到朱力凯（地下党员）家，朱力凯不敢留我，给我换了一套便衣，让我去二十里铺他的亲戚家里住。省委通过地下党组织很

1987 年张秀山与王世泰、赵启民等在北京

快了解到我们受挫的情况，要地下党组织寻找并通知我，让我到王子元部继续搞兵运工作。

过了几天，我到了平凉城，找到王世泰，两人见了面很高兴，都还活着，但不免发生了责怪。王世泰问我为什么不和他们联系？我说，东门楼是孙部攻打的重点和突破口，开火打了不一会儿，我们就被对方猛烈的火力打垮了，撤都没法撤，根本就回不来。说着说着，两人都笑了。我说：大难不死，必有后福，还得干！

我们又把能找到的党员找到一起，研究下一步怎么办？我说省委要我去靖远王子元部继续搞兵运，动员他们一起去。王世泰等同志没有同意。这次受挫使大家对兵运工作产生了失望情绪，都想到刘志丹领导的陕甘游击队去，我又何尝不想去呢！但是，我必须执行省委的新指示。

九、靖远兵变

我离开平凉来到西安，找到省委，向汪锋汇报了平凉兵变受挫的情况。我说在军阀部队搞兵运工作，我们下的力量很大，工作做了不少，但是由于部队的控制权是在上层军官手里，存在着很多我们无法预料的情况，兵变成功的机会很少。山区有那么多穷苦无着的农民，不如把党的力量放在山里，发展我们自己的队伍。我提出到刘志丹刚刚建立的游击队去工作，不想再去军阀部队做兵运工作的意见。但省委知道我过去在王子元的部队工作过，对该部比较熟悉，仍然决定我再打入王子元的警备第3旅，组织策动该部兵变。

1932年旧历二月中旬，我带着陕西省委的指示，搭乘杜斌丞的汽车由西安到了会宁，然后沿着祖历河川又走了两三天才到达靖远。我先找到地下党的负责人张东皎、石子健，向他们传达陕西省委决定进行“组织革命兵变”的指示，要他们做好兵变准备。我打算先做一些准备工作，争取能够带上兵。

王子元是个政客，这时他几经钻营当上了甘肃警备3旅的旅长。这个旅名义上下辖三个团，实际就有五个营和一个特务连，总人数不过一千来人。部队的成分，除少数是哥老会的土匪和从民团中投靠过来的士兵外，其他百分之八十是穷苦农民出身，这些人当兵就是为混口饭吃。然而，他们的生活也没有好到哪里去。士兵怨声载道，大骂长官。长官装聋作哑，部队懒散松懈。士兵对活动在陕甘边区的红军游击队常有议论，有些士兵甚至希望哗变出去投奔陕甘游击队。

我到王子元部后，先在司令部和机要秘书崔继浩（中共党员）住在一起。这时，王子元的司令部是由我党的势力所控制，张东皎任副旅长，牛化东任团长，孙作宾为旅部参谋主任，执法队队长是石子健。王子元住在他的公馆里，几乎不来司令部。王公馆的对面是特务连，由王子元的侄儿王治邦任 2 团二营营长兼特务连连长，这是王子元的势力。

为了争取能带兵，我找王子元谈过几次。这时王已经开始排挤共产党了。他不愿意让我去带兵，要我去当连级军需官，我没有答应。我牢记志丹的话，在敌军中搞兵运工作，一定要争取带兵，千万不要做“细腿子”。我坚持要带兵。由于在定西宁远镇事变中，我救过王子元的命，他欠我的人情，不得已让我到一营一连当排长。

一连只有连长徐子猷一人是党员。但是，徐子猷自从娶了老婆后就很消极，也不做党的工作。连里连操也不上。连长、排长每天都待着不干事。我当了排长后，即着手抓带兵权。我带着连队训练，他们也不管。每天早上起来，我带着全连到驻地旁边的古剑道上操。我带部队训练时，把喊“一、二、三、四！”改成“打倒日本！打倒倭奴！”士兵们不懂“倭奴”是什么意思？我就向士兵们列数了日本军国主义侵略中国的罪行，解释“倭奴”的含义，就是对日本军国主义的贱称，教育士兵要誓死不当亡国奴。

除了带连队进行军事训练外，我还抓紧机会向士兵进行政治教育和宣传工作。主要是揭露国民党反动派对日本侵略者不抵抗政策的卖国罪行，激发士兵的爱国热忱，宣传中国共产党抗日救国的各项主张，和为了穷人闹翻身、求解放的革命道理。

在举行兵变之前，我带着队伍到靖远西关外，进行野外演习。演习完毕后，我把队伍集合到黄河边汲水轮旁坐下。清风吹拂。黄河水哗哗地推动着巨大的汲水轮，把一斗一斗的水提上水渠，浇灌着刚刚返青的麦田。这一情景激起了这些穷苦农民出身的士兵对家乡父母妻儿的思念之情。

我站在士兵中间，向他们讲述陕甘红军游击队打土豪分田地，给穷苦人谋利益，讲述刘志丹、谢子长领导的红军游击队官兵平等。我说：“咱们为王子元来当兵卖命有什么出路。王子元天天在他的公馆里抽大烟、吸兵血。而咱们当兵的生活却是这样艰苦，到现在连件单衣都换不上……”四月末的天气很暖和了，士兵们还穿着烂棉衣，戴个破皮帽子，脚上的鞋几乎烂成一堆，每天喝的是稀粥，连三分钱的菜金也领不到。士兵大都出身贫苦农民，家里都有老小需要接济，当兵连一个钱也捎不回家，个个心里自然都很恼火。我这一讲，就像在干柴堆里点上了一把火，大家议论纷纷，有的士兵当场站起来说：“给王子元卖命，还不如去当红军。”

我看到革命道理在士兵中反响很大，感到举行兵变是有群众基础的。我遂即将部队的情况用密信向省委作了汇报。

1932 年 4 月 28 日，陕西省委派谢子长和焦唯炽来到靖远，向张东皎等团委同志传达省委要求立即发动王子元部队兵变的指示。焦唯炽是省委特派员，是领导这次兵变的主要负责人，谢子长协助工作。

团委是我党在该旅中秘密的最高领导机构。1931 年冬王子元部开到兰州后，部队中地下党组织由军委改为团委，成员由五人组成，书记是该旅副旅长张东皎。

靖远县黄河提灌水轮，兵运时曾在此进行革命活动

焦唯炽和谢子长召开会议，参加会议的有焦唯炽、谢子长、张东皎、石子健、苏醒民和我。会上，焦唯炽严厉批评了原团委工作。张东皎检讨了自己的右倾思想，没有立即发动兵变的思想准备，没有估计到现在发动兵变的重要性，总以为条件不成熟，想等到将来力量大了再打红旗。谢子长说：张东皎这些同志做了不少工作，不能说是右倾错误，是省委过去没有指示。这时焦唯炽表现得很急躁，当即批评说：不是省委没有指示，而是几次下指示，张秀山来时给你们说了没有？根本的问题就是思想右倾。党

员必须服从上级决定，必须坚决执行兵变的决定。子长又讲了这次组织兵变的重要性，说现在在靖远、海原一带开展游击战争，不仅能在甘肃造成政治和军事上的强大影响，而且对刘志丹领导的陕甘红军游击队也是重大支持。

在这次会议上，改组了团委，由五人组成，书记是焦唯炽，其他成员有石子健和我，教导队高尊德和一名士兵。会议决定新团委是这次兵变的最高领导机关，所有党员必须服从领导，执行新团委的决定。会上还详细讨论了目前士兵斗争形势与发动士兵斗争的问题。认为士兵迫切的要求不是要饷，而是发夹衣、鞋袜和三分菜洋，于是决定将这一要求作为鼓动士兵斗争的口号。

5 月 3 日晚，我们发动了一场士兵向王子元的斗争，提出上述要求，限立刻答复。王子元非常恐慌，马上答复说：衣服已由兰州领取，不日可归；现在先给每个士兵缝单便衣一套，三分菜洋立刻就发，过去积欠的，酌量递补。这一斗争得到了完全胜利，士兵受到很大鼓舞。

但是，这次行动也使王子元加强了防范。他扩充了特务连的人员、枪支、子弹，在骑兵营暗中收买党员，对我党同志分别采取拉拢、排挤的手段。

在对情况进行了分析后，新团委制订的第一次计划是：决定在礼拜四开会，或礼拜六教导队举行毕业典礼时，派人将王子元当场逮捕，叫他下令收缴特务连枪械。同时，我们组织所有力量迅速解决第三营。

这一计划，除新团委的几个负责同志知道外，必须通知执行这一任务的有关同志。焦唯炽和我一起找张东皎与教导队队长苏醒民谈话。苏醒民首先表示反对。他说王子元方面的力量太强，兵变难以成功。张东皎也持相同意见。而执行这一任务的同志，看到张、苏反对，也表现含糊动摇。由于出现了以上情况，新团委决定研究新的行动计划，而对于实施“兵变的总原则是不能有丝毫变更”。

第二次兵变计划是：乘王子元在司令部举行军事会议时，参加军事会议者皆为全体长官及护兵马弁，司令部距二营很近，只要这些人一到，立即命二营包围之，拘捕所有反动军官，部队即可为我们所掌握。

但是没有想到，第二次兵变计划决定后，王子元方面已先于我们动手了。

5 月 5 日晚 12 时，他们突然密令，将副旅长张东皎扣押，并缴了执法队的枪。接着又扣留了王汝林等。6日早晨，我带一连上过早操，饭后转到张东皎的住处，看见门口换成了王子元的护兵，不让我进去。我马上转到司令部书记室，找到机要秘书崔继浩，问他究竟出了什么事情？崔继浩说："你还不知道？昨天晚上闹了一夜，把执法队的枪都收了，王子元的人在司令部里到处搜查。"我又向他打听二营的情况，幸好还未发生什么事情。

我立即跑到焦唯炽、谢子长的住处，向他们报告了这一异常事变，提议今晚必须发动兵变，如果再推迟两天，把我和五连连长曹炳奎等同志再给扣押起来，那就连一个兵也带不出来了。他们采纳了我的建议，随即召集石子健、苏醒民来开会。

这是在特别紧急的情况下，由焦唯炽召开的一次紧急团委会议，团委的士兵成员没有参加，谢子长、苏醒民列席会议。会上研究决定：天黑立即行动，组织兵变，把能带出去的部队全部拉走。我们估计有把握能带出来的有一连、五连及教导队，骑兵营里争取也能带出来一部分。并决定起义部队先开到东湾子，缴掉驻在东湾子一个连的枪后，再向海原方向行动。

黄昏时，石子健先领着谢子长、焦唯炽出东门，住在一个小店里等候。

曹炳奎的五连驻守在东门。傍晚，二营营长吕振华也到了东门城楼上。天黑后，我到东门城楼上，见五连都已准备就绪了，就对曹、吕二人说："我马上回去带一连。等我来了，咱们一起走。"

我回到一连的驻地，连排长们都已躺下睡觉了。我把他们的枪拿出去交给士兵。连长徐子猷的一支"三八"式枪也被我背走了。然后，我按照晚点名的习惯，吹哨子集合部队。士兵们全副武装站好队后，我站在队伍前向他们宣布："今晚咱们就去当红军。红军的领导人已经到了靖远城，还有许多队伍也都要去当红军，大家愿意不愿意去？"士兵们齐声回答："愿意！"随后，我即下达口令："向右转，持枪，开步走！"队伍向东门走去。在出院门时，站岗的卫兵问我："排长，我走不走？"我说："你跟上走。"

我带着一连来到东门时，城门大开，二营五连已先走了。我即带着队伍出东门，到小店里去找焦唯炽和谢子长。在店里喊了几声，无人答应。到屋里看，一个人也没有。我以为他们是跟着五连一起走了。从店里出来，我就带上部队沿着大路猛追。从路上看到士兵们掉的皮帽子等情况，五连及教导队的一部分，出城后走得很慌张，士兵们跑得快，有的把皮帽子都丢在了路上。

按原定计划，我们先到东湾子，缴了那里驻守一个连的枪，补充我们队伍，再向海原方向行动。但在路上我发现五连并没有去东湾子，而是直接向海原方向走了。我也就带着一连向海原方向追去。追到半夜，在打拉池川里才追上五连。我问曹炳奎、吕振华："焦唯炽、谢子长来了没有？"他们回答："我们没有见到。"这时才知道部队和谢、焦二人失去了联系。曹、吕说在东门等了我一会儿，还不见我来，以为我被扣留了，就带队伍先走了。算起来，五连最多比我提前走了二三十分钟。后来得知，也就在这时间，石子健带着谢子长、焦唯炽走岔了路，没有和五连接应上。

1982 年 6 月，张秀山和兵运时的战友魏邦定在甘肃打拉池谈 1932 年靖远兵变的往事

到了打拉池，天已经大亮了。吃过早饭，队伍集合好，我代表党委讲话。讲了陕甘边区红军游击队的情况，说在那里刘志丹正领着红军游击队打土豪分田地。并按预先计划好的，宣布我们的队伍改编为陕甘红军游击队第 4 支队。因谢、焦二人不在，总指挥暂时由吕振华代理。又向大家说明吕振华是我们党的同志。部队中党的组织现在由我负责。接下来，我宣布改编后第 4 支队的编制和任命：五连改编为第一大队，大队长由曹炳奎担任；一连改编为第二大队，大队长由我兼任；教导队改编为指挥部的直属队。之后，我又讲了红军的任务，宣布了红军的纪律。就这样，一支新的红军队伍在打拉池诞生了。我讲完话，吕振华按照我预先向他讲的行动计划，命令队伍向海原出发。

从打拉池出发之前，我给驻在海原炮兵营的党员连长高昆山、王明贤写了封信，叫他们立即把队伍拉出来，配合我们行动。信件是派一个党员骑着吕振华的马送去的。后来听说，送信的同志到了海原的城门就被扣留了，搜出了信。炮兵营的党员因此也被抓到靖远去了。后来又得知，王子元提前动手，是叛徒沈毅民出卖了组织。

队伍由打拉池出发，走到郎山村，准备做午饭。我刚刚喝了几口凉水，站在房顶上的哨兵就报告，大路上追来了四个骑马的。我赶紧吹哨子集合部队，命令向山脚下撤退。部队刚撤到山脚，王了元的骑兵就追到了跟前，跑得慢的人，被骑兵俘走了。

部队边打边向郎山上退。退到山坡，我见到吕振华，对他说："你集合队伍快上山，不要叫队伍跑散了，我在后边掩护。"这时五连排长常焕章（党员）脚上受了伤，由人扶着走。我安慰了他两句，回头对曹炳奎说："咱们就在山坡上打吧。"我带着十来个人在右边，曹炳奎带着二十来人在左边散开。我的一袋子弹打了一多半，枪筒子都打热了。当敌人进攻到阵地前沿时，曹炳奎一声令下，一排手榴弹打下去，炸得黄土飞扬，敌人溃败下去。

我和曹炳奎带着队伍迅速向山上退。上了山，我看见申固生（原名申世鑫，后叫申健如，脱党）躺在地上走不动了，就赶紧跑到高坡处，抓起积雪，先吃了几口，然后捧了一捧跑下来，往他的头上抹了一些，又解开衣裳，在他胸口上抹了一些。他醒过来，吃了几口雪才站了起来。我扶着他一起上山，走到崛峡山最高处时，太阳已经落山了。在落日的余晖里，我依稀能看到远处我们的队伍沿着前山撤退的情况。走到山顶时，遇到一连的一个文书，他说队伍分成两路，一路顺山沟走，另一路沿山梁走。我们在山沟里走了一个晚上，也没有追上队伍。

第二天早上，走出沟口，看到有一个小村庄，我们三人跑到老乡家里，吃了老乡做好的早饭，刚要准备走时，王子元的骑兵就把我们包围了。打了一阵，我们向村后山坡跑去。但敌人的骑兵马快，冲了上来，我们都被俘了。王治邦特务连的一个士兵端起枪，对着我的头说："打死你这个红军头子。"一个外号叫狼嘴的班长说："还是等营长来了再说吧。"这时，王治邦来了，让把我们捆起来带走。

敌人把我们押在一个地主大院里，吃饭休息时，听王治邦对周维邦说："张秀山可是王司令的功臣，还是押回靖远，让司令自己去处理吧。"周维邦说："共产党真难办，到处都有。"

他们派了一个班押着我和申固生。我们被绑着，拖在马后面跑，我的一只鞋也跑掉了，脚底上满是血。晚上，他们把我们放在老百姓存放粮食的木仓里，上面盖着木板。看押我们的士兵就睡在上面。这样走了两天，到了靖远。

王治邦又带着一部分人，继续去追赶吕振华带的队伍，这次没有追上。吕振华、曹炳奎带着剩下的一部分人，到定西一带打游击（因战士多是定西人），坚持了一个多月，后来在敌人的“围剿”下，也失败了。

我被押回靖远，关押在特务连。申固生和我两个人戴一副脚链。大约押了半个来月，一天晚上，王治邦带着几个人来，解开我的脚镣，把我领到他的办公室，叫文书拿出一套便服给我换上。我说：“就要被杀的人了，不用穿新衣服。”王治邦说：“王司令让我把你放了。明天我就说你是自己偷跑了，这样对外人好说些。”随后，就带我出了西门。开始，我还以为他们是在耍花招，我对王说：“用不着来这一套，要杀要砍随你们的便！”出了城门，王治邦就把城门锁上，回城里去了。这时，我才相信是真的把我放了。

王子元为什么要偷偷放我呢？事后才知道，我党在王部尚未暴露的党员孙作宾同志在下面放风说：张秀山可是救过王司令命的人，把他杀了，太不讲“义气”了，以后谁还再给他卖命啊！王子元对处理我这个“恩人”感到非常棘手。杀了我吧，怕下面的人骂他忘恩负义，以后再也没有人给他卖

和同志们讲靖远兵变时的情况

命了。不杀吧，又怕别人来仿效我搞兵变。于是采取了把我暗地里放跑，然后，说是我自己逃走了。

当晚，我出了西门，跑到善后局（收大烟税的地方），在一个熟人那里住下。第二天找来牛化东等几位同志，从他们那里得知，王子元之所以扣押张东皎，并准备对我们的同志下手，是他知道了谢子长已秘密来到靖远。王子元的原参谋长杜香亭对王说："谢子长这次到靖远，见张东皎不见你，你要小心，防止被张东皎把你吃掉。"谢子长与王子元是同学，又是"拜把兄弟"，原先他们有言在先，两人兄弟相待。经杜香亭这么一挑，王子元大为恼火，一怒之下翻了脸，随之扣押了张东皎，紧接着又扣押了军法处主任王儒林并缴了执法队的枪。再加上又有姚绍芳这个诡计多端的帮凶，和党内存在的不坚定分子叛变，为其通风报信，这就促使他们提前动手了。谈话之后，我就和曹华山连夜离开了靖远。

1932 年 5 月，我和曹华山到了平凉。我让他先去找陕甘红军游击队，我去西安，向省委汇报靖远兵变失败的经过。

到西安，我找到了汪锋，报告了靖远兵变的情况。不久，谢子长也回到了西安。我与谢子长见面后，问起那天晚上他和焦唯炽的情况，谢子长说："那天晚上，因为石子健带错了路，和你们失去了联络。我和焦唯炽、石子健出了东关，走不远看到南山方向有火光，以为是手电，就往那里追，到跟前才知道是老乡抽烟点火，又返回大路。因为原计划是先去收缴东湾子那个连的枪，所以我们就向那个方向追。到了东湾子附近，发觉毫无动静，这才估计你们是朝打拉池方向走了，又转向打拉池。当时，怕打拉池川里有追兵来，我们走的是山路。你们在崛吴山打仗时，我们还听到枪响，但已经追不上了。寻了几天寻不上你们，我们就回兰州了。"他又讲了在兰州策动兵变的情况。我们对这次兵变没有成功非常痛心。

以后，孙作宾、王儒林等同志又在王子元部组织了第三次兵变，王子元部队基本瓦解了。

1932 年 6 月 12 日，仪三（焦唯炽的化名）写了一份给陕西省委并转报中央《关于组织甘肃警备三旅兵变的报告》[1]，详细报告了兵变的过程。

---

①《甘肃党史资料》第三辑，甘肃人民出版社 1986 年版，第 127—143 页。

十、教训与启示

我们党在王子元部队组织的三次兵变都失败了，一想起来，既痛心又惋惜。1945 年，在延安西北党的历史问题座谈会上，我曾对兵变失败的原因，从六个方面进行了分析，我说：“主要是那时我们缺乏组织兵变的经验，党的战斗力不强，党员分化和未掌握好时机。”

王子元部队中，团长、营长、连长大部分是共产党员，虽然党组织反对升官发财的思想观念，但是一些人在思想上并没有真正肃清。小资产阶级出身的党员一当了“官”就消极了。当时党员中积极工作的不多，比如有个姓王的党员，当了连长，讨了老婆后，就消极了，就不执行党的决议了。兵变时，我通知他，他说“今晚我不走，你们先走吧，我以后再来！”过去一部分主张兵变的，这时也消极了。

失败的更重要原因是当时党组织思想上存在着右倾，一味地只想利用王子元，过分迁就他反动的一面，没有采取更积极的斗争方式。王子元早就知道我们是共产党，我们党组织的负责人在他那里担任重要职务。在王子元队伍比较弱小时，王子元问我们这位负责同志：“我们应站在哪一方面？”这位负责人回答说：“谁给我们饭吃，我们就给谁干。”王子元说：“我不是说在哪里吃饭的问题，我是说红白这两方面，我们站在哪一方面？”那位负责人竟说：“你是司令，你看吧！”在这种情况下，我们应该正面回答他，争取他，告诉他应该站在红的方面来，把他拉到我们这边来，结果是该正面做工作时，不敢做，表现得很软弱。

1932 年 4 月，陕西省委派谢子长、焦唯炽来靖远组织王子元旅兵变，我们开过几次会，准备在半个月内把部队拉走。司令部的主要人员很多是党员，受我们领导。但在开会决定暴动时，部队中地下党组织原负责人动摇了。由于他在王子元部队处于高层地位，有些带兵的营长、连长也动摇了。而王子元这时已经很反动了，有了戒备，扣押了我们的人，我们还有什么力量暴动呢？这是失败的第一个重要原因。

从党的工作方面看，党的领导不坚强。部队离开宁夏后，与陕北特委失掉联系，对形势和阶级力量的对比缺乏了解，心中无数。1931 年春，高岗从西安回到定西时，才传达反立三路线的问题。至于第三次“左”倾路线，连文件也没有传达过。由于长期得不到上级指示，工作处于涣散状态。

从我们具体组织兵变同志的情况看，我们缺乏组织兵变的经验，如在没有条件暴动时，就在连队士兵中进行兵变的动员，动员之后又不及时把队伍拉到红军游击队去，因而引起士兵的不满，说："你们天天讲兵变，生活这样苦还等到什么时候？"产生了士兵党员不信任长官党员的矛盾。有一个营出去打土匪，士兵自己拉着队伍走了，他们把营长、连长等军官送了回来。再就是兵变部队拉出去后，不懂得打游击，还是用白军军官的战术。另外，兵运工作没有同农民运动结合，没有建立自己的依靠基础。这一系列情况导致了几次兵变的失败。

但是，总的说来，宁夏、甘肃兵运工作是按照党的六大路线进行的。在两年多的时间里，行军作战，走了许多地方，发展了一批党员，播下了革命的种子，为武装革命培养了党的干部，宣传了抗日和我党的主张，在社会上造成了很大影响。靖远兵变失败后，不少党员回到地方，继续开展革命斗争，在地方是有很大影响的。从学兵队出去的同志，后来在敌军中发动兵变和举行起义，这与当时党在学兵队的工作打下的基础有直接作用。

更为重要的是，我们党的主张深得人心。兵变时，我们在郎山战斗中把党内文件丢失了，追击我们的敌营长王治邦把文件捡回去送给王子元、杜香亭。杜香亭原先是个旧官僚，在王子元那里当过参谋长。他看了我们的文件，感到共产党的主张好，对我党组织的兵变也产生了新的认识，思想开始转变。他回到西安后，向陕北的同乡讲我们党的主张。1936 年杜香亭回陕北参加了红军。红军西征时，打安边城，这时王子元是国民党安边城防司令，晚上杜要进城去做王子元投向中央红军的工作，结果中敌人的奸计而牺牲。

我党组织的多次起义虽然屡遭挫折和失败，但极大地削弱了国民党和地方军阀的武装力量，达到了"借水养鱼"的目的，在党内树立了坚决开展武装斗争的决心，培养了一批党的军事干部，红 26 军和陕甘边根据地的创建与这一时期的武装斗争是分不开的。

十一、上海中央局受训

1932 年 6 月，陕西省韩城的农民准备举行暴动。省委即派我和一位河南籍姓张的同志一起去韩城，领导这次农民起义。

我们一路步行，赶了六七天到了韩城。等我们赶到后，韩城农民举行的暴动已经失败了，刘志丹领导的陕甘红军游击队也已撤走了。我们向当地的老乡询问红军游击队和暴动农民的去向，有人说：红军游击队已进了黄龙山，暴动的农民也去了。我们随即追去。在黄龙山里，我们找了两天，到处都打听不到暴动农民的音讯，只得返回西安向省委汇报。这时韩城县委的同志也到了西安，向省委汇报这次韩城农民起义失败的经过。

1932 年 6 月，中共临时中央局在上海召开河南、河北、山东、陕西，以及满洲五省委负责人参加的联席会议，又称“北方会议”。会议提出“创造北方苏维埃区域的任务”和“开展游击运动与创造北方苏区的决议”，决定各省委要派出骨干到上海中央局接受训练，要求受训人的条件是：必须忠诚勇敢，领导过革命兵变，受训回来后，能够领导当地革命游击战争。

7 月下旬，陕西省委决定派我去上海中央局受训。这次主要是接受开展北方游击战争的训练，学习毛泽东同志的游击战术。和我一起去上海受训的还有一位姓孟的同志（名字忘记了）。省委发给了路费，由陕西省与中央联络的交通员马子敬送我们去上海。在上海，我住在公共租界的一个旅馆里。

受训中，主要是自己阅读一些文件，此外还和中央局派来与我谈话的同志进行交谈，或由他们介绍中央苏区进行武装革命斗争和建立根据地的情况。领导上海党工作的柯庆施与我谈过两次话。

这次到中央受训，虽然只有一个多月，但对我后来革命道路的选择，有着重大的启示和影响。在军阀部队组织的几次兵变失败后，使我对兵运工作产生了疑虑，按照兵运的路子搞下去，革命何时能成功？这次受训，当我了解到毛泽东、朱德在南方湘赣地区建立我党自己的工农红军，开展武装革命斗争，创建革命根据地的革命思想、策略、战术，和我以前不曾知道的一些政策和做法时，我豁然开朗，心中的疑惑解开了。我想，陕甘有那么多穷困无着的农民，我们为什么不能下大力量，单独拉起一支革命的队伍，建立割据的军事根据地！

这次受训使我认识到：西北革命只有走毛泽东、朱德的井冈山之路，革命才能胜利。这是我后来向陕西省委提出要去陕甘游击队的根本原因，也是我在创建红 26 军和陕甘革命根据地的艰苦岁月里能够坚持、毫不动摇的根本原因。

8 月底，由交通员朱明领我们从上海返回西安。在省委和汪锋接头后，我向省委提出在陕甘边区下大力量建立红军的建议和去刘志丹游击队的要求。但是组织上安排我在西安做兵运工作，任市兵委委员，主要负责杨虎城部队中地下党支部的工作。

9月，省委又派我去商州，领导驻在商州骑兵团二连的兵变。二连连长魏志坚是共产党员，连队里也成立了党支部，并进行了一些活动。因被特务发现，所以这个连的党组织向省委请示，准备举行兵变起义。当我带着省委的指示到了商州时，这个骑兵连在前几天已哗变出走了。

在商州的一个旅馆里，我房间的隔壁住着三个人，有一个是陕西军队的军官。从他们的谈论中得知，徐向前领导的红军已进入陕境。听到其中一个糊涂家伙问:“徐向前的队伍与河南崔二蛋（土匪）的队伍一样吧？”那个军官说:“徐向前的军队是共产党领导的红军，哪能和崔二蛋这个土匪相提并论呢！”我在商州住了一晚上，第二天就返回了西安。在省委见到了该连的党支部书记高天觉，他已向省委汇报了骑兵连兵变失败的经过。我把在商州听到徐向前领导的红军进入陕西的消息报告给省委。

这年10月底，红四方面军开到了陕南。陕西省政府很紧张，西安的局势吃紧，国民党到处戒严搜查，有不少党员被捕牺牲了。我党在西安的工作遇到了很大困难。我再次向省委提出：要求到陕甘红军游击队工作。11月初，陕西省委组织部部长贾拓夫找我谈话，对我的工作安排提出两条意见：一是任省委与上海中央的联络交通；一是去陕甘红军游击队工作。我当即表示去陕甘游击队工作。省委批准了我的意见。从此我结束了在白军和白区的地下工作。

第三章 陕甘红军和陕甘边根据地

（1932.11—1935.11）

一、陕甘红军游击队

南梁，位于陕甘边界的桥山山脉的北部。这里的农民群众备受官府和地主的剥削压迫，苦难深重，但是他们有着强烈的反抗精神。1929年，在党的领导下，刘志丹等同志曾在这一带进行过革命活动。

1931年7月，刘志丹得知蒋云台要加害他的消息后，连夜冒雨脱险，离开合水县城到了南梁。

陕甘游击队成立

刘志丹回来后，经过多方活动，到这年10月，又组织发展起了一支400多人的革命队伍。不久，以白锡林为队长的晋西游击队（阎红彦也在这里），和以师储杰为首的陕北商贩队“保运武装”，合并后组成师储杰大队，共二百几十人，来到南梁附近的林锦庙与刘志丹领导的游击队会合。师储杰大队编为一支队，师储杰为支队长；刘志丹领导的游击队编为二支队，刘志丹为支队长，下编三个大队。这时部队还没有什么公开的名义。11月中旬，在甘肃平凉做兵运工作的谢子长也来了。

12月下旬，陕西省委派荣子青来部队，传达省委关于成立西北反帝同盟军的决定。1932年1月1日，在宁县柴桥子，队伍改编为西北反帝同盟军，谢子长任总指挥，刘志丹任副总指挥，杨重远任参谋长。

两支游击队合编不久，部队发生了一起本不该发生的“三甲塬缴枪事件”。有人以贯彻省委反右倾机会主义，清洗部队内部不纯分子为由，缴了包括刘志丹在内的整个二支队三个大队的枪，解散了二支队，逮捕了刘志丹，开除了刘景范，开枪打死了二支队一大队队长和三大队副队长。吓得师储杰带着100多名游击队战士，投奔了杨虎城部。这个事件使刚刚发展起来的人民武装受到严重损失。

对于这一事件，1986年在中共中央办公厅103号文件中明确指出："三甲塬事件"，"不论是谁的决定，都是不对的，好在这支队伍中许多同志以大局为重，始终坚持革命，为西北革命和红军的发展作出了重要贡献，刘志丹同志是其中的杰出代表"。

"三甲塬事件"后不久的2月，陕西省委决定把西北反帝同盟军改编为中国工农红军陕甘游击队，谢子长、刘志丹先后担任总指挥。

寻找游击队

1932年11月初，经陕西省委批准，我离开西安来到照金，在街上向老百姓打听红军游击队的情况。有个老乡说："兔梁上就住有红军游击队，是王队长带的队伍。"这个老乡又反问我："你找王队长干啥？"我回答说："王队长是我哥哥，我要去看看他。"

我立即离开照金街，直奔兔梁山。在山上的一个院子里，看见一个女人，我向她打听："王队长住在你这里吗？"王队长的名字叫王子祥。听到我的问话，王子祥手下的几个人拿着枪跑了出来，问我是干什么的？我说是来找王队长的。这时王子祥走了出来，让我跟他进到屋里，我对他说："我是来找红军游击队的。是陕西省委派我来找刘志丹、谢子长的。"王子祥听完对我说："我是从刘志丹部队里跑出来的。现在脱离不干了。你来了也好，就在我这里暂时住下，等老刘、老谢来的时候，你再去找他们吧。"

王子祥是山西人，原先参加了陕甘红军游击队，这时我才知道他叛变出来当了土匪，占了龙家寨。他手下共有40多人。

我是来找红军游击队，没想到找到土匪的寨子里来了。我怕他们对我下黑手，就说了一些客气话，恭维了他一番。我说："去年我还在平凉刘宝堂的部队里当过排长。我不找老刘、老谢也可以，就跟你老哥干吧。"他说："那好呀！我在刘宝堂那里还当过连长呢！"我说："那好嘛！我们还是老同事呢，都是刘宝堂的部下。我就跟你干吧。"王子祥说："黑夜这里不安全，你还是下寨子里去。"他让我吃了饭，又怕我跑了，说："你不要出去，若让周围的民团抓住，可不得了。"随即派人把我带到龙家寨里去，我只得先在寨子里住下。

住了十几天，一天王子祥带着他手下的陈克敏等人，到淳化一带去抢人。陈克敏是他手下的一个班长，河南人。寨子里只留下五六个人看守。这时，红军游击队从黑田峪川里开了过来。我在寨子里看见红军的骑兵队从秀房沟口走过来，上了兔梁山，朝龙家寨走来，非常高兴，认为马上就可以找到部队了。可是不一会儿，他们又往回转。我心里很着急，这怎么办？又过了一会儿，看见骑兵们下了马，徒步走了过来。守寨子的几个人都慌了，其中有一个河南人，害怕红军打进来，他对我说："老张，你去和他们说说，只要他们不杀我们，我们都缴枪。"我说："那好，我去给他们说说。"

我从寨子里走出来。看见谢子长、阎红彦等好多人都走了过来。我说："不要打了，里面没有几个人，他们都害怕了。"贺耀华、谢子长等人我们原来都认识。贺耀华说："这不是秀山吗！你怎么到这来了？"我说："省委派我来找游击队，没有想到找到土匪这里来了。你们不用打了，里面只有五六个人。"随后，我向寨子里喊话："红军不杀你们，你们快出来吧！"有个青年叫雷天昌，先将枪交了出来，其他几个人跟着出来，也交了枪械。

红军游击队开进寨子，雷天昌也参加了红军。在他们之中，有个叫宋怀兴的，这个人很坏，第二天游击队就把他枪毙了，其他几个人都放回家去了。龙家寨就成了我们的地方。

龙家寨是在半山上的一个石洞，很险要，寨子里没有住老百姓。我们的队伍走了以后，这个寨子也就没有人了。

我和谢子长、阎红彦等同志，从龙家寨到了兔梁上，见到了刘志丹。这时，红军游击队就在照金、香山寺一带驻了下来，以地势最险要的龙家寨、薛家寨、党家山为中心，修筑了一些防御工事，并着手发动群众，创建根据地。

二、红 26 军红 2 团

我在上海党中央受训时，对于党中央和北方会议作出的关于在西北地区建立红军，深入土地革命，创造陕甘边苏区的决定，非常受鼓舞。从 1932 年 6 月 26 日北方各省委联席会议通过的《开展游击运动与创造北方苏区的决议》中，看到这样的话：在"'闭塞'的陕甘边苏区的创造中，我们却获得了光荣的胜利的教训。在边区广大劳苦民众热烈的拥护之下，由于赤色战斗员的英勇与坚决，陕西党一般领导的正确，由陕甘边游击队生长的红二十六军正在为开展陕甘边区而斗争"。[①] 我当时感到有些惊讶。在中央工作的同志问我陕甘边红 26 军的情况时，我说：我来时没有听说过陕甘边有红 26 军这件事，我只知道去年 7 月，刘志丹同志脱险离开陇东去了陕甘边的南梁山区，在那里搞起了一支游击队。

红 2 团成立

我到陕甘红军游击队一个多月后，即 1932 年 12 月，根据《中央关于陕甘边游击队的工作及创建陕甘边新苏区的决议》，要求陕西省委迅速编制一个师或两个师，"首先从现在的游击队中选拔中坚的有力部队，编成为经常的正式红军，番号是中国工农红军第二十六军"的指示，中共陕西省委决定将陕甘红军游击队改编为一个红军团，争取在近期内编成一个师。

陕西省委书记杜衡来到陕甘游击队，下令陕甘游击队全部开到宜君县杨家店子集结。12 月 22 日，杜衡召开陕甘游击队党员大会，宣布党中央、陕西省委关于把陕甘红军游击队改编为中国工农红军第 26 军 42 师第 2 团的决定。

会上，杜衡对刘志丹、谢子长大加责难，给他们扣上了"梢山主义""逃跑主义""右倾机会主义"的各种政治帽子，宣布要彻底改组领导班子，撤了刘志丹、谢子长等同志的职务，强令他们离开队伍。刘志丹回省委另行分配工作，谢子长、阎红彦回西安，到上海受训。这是杜衡来前，陕西省委研究后的决定。

为什么会有这些决定？这个问题很复杂，因为陕甘游击队时期，省军委书记李艮从游击队回省委后有报告，还有高维翰（即李杰夫，后叛变）也有报告。20 世纪 80 年代我和刘景范、张邦英在军事科学院看到保留下来的档案材料，他们在报告中讲到了部队打保安失败等情况。杜衡是"左"倾教条主义，省委也存在"左"倾错误，但不能因此就说省委都错了。当时省委里和杜衡不一样的人很多。省委决定改组红军队伍的领导是有原因的，实际情

---

① 《六大以来》（上），人民出版社 1980 年版，第 263 页。

况是有的同志不调离，游击队就不好改编，部队也不好领导，但是全都调走也不行。刘、谢需要留下来，起码他们之中应留下一个。

大家对党中央和省委把陕甘游击队改编为正规红军的决定欢欣鼓舞。12 月 24 日，部队在宜君县转角镇举行了红 26 军红 2 团成立大会。

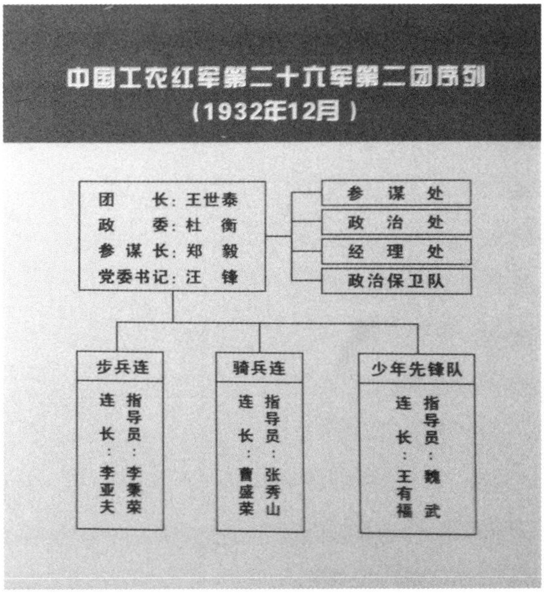

红 2 团在宜君县转角镇成立

会上，杜衡宣布红 2 团的干部名单：杜衡任红 26 军政委兼红 2 团政委，王世泰任红 2 团团长，郑毅任团参谋长，杨重远任团参谋处主任，杨琪任团管理处长，刘约三任团经理处长。全团编有两个连，将骑兵大队改编为骑兵连；步兵大队改编为第一连，我任连长；少先队仍为少先队，团部还设一个直属的政治保卫队，全团共有 200 多人。虽然人数不算多，但队伍的质量都很好。

在改编过程中，对于杜衡独断专行的做法，特别是一些跟随刘志丹、谢子长战斗过的老战士，听说要把刘、谢二人逐出红军，十分气愤，有的表示不干了，要离队回家。

杜衡是个文人，不懂军事，这时心里也没有数了。王世泰和我们一些同志也找杜衡理论，王世泰对杜衡说：我干不了这个团长。在军阀部队里，我虽然干了几年，一直是当兵，最多当过班长，冲锋打仗行，指挥部队打仗，我没有那个本事。杜衡听后生气地说："这是党的命令，必须服从！"王世泰也不甘示弱，回击说：不管党的命令不命令，反正我干不了！老刘、老谢一定要留下。我对杜衡说："我们虽在军阀部队中干过，但都没有组织打仗的经验，老刘进过黄埔，参加过北伐，这支队伍又是老刘、老谢搞起来的，他们走了不行，你没有看见有些人要走，不干了？红军刚成立，就这样混乱，以后怎么办？不能把老刘、老谢都送走，还是把他们留下来吧！"杜衡也害怕部队军心不稳，不好掌握。最后，总算勉强同意，让刘志丹留下来，当了个团政治处长，而谢子长、阎红彦还是被赶走了。

西北地区的第一支中国工农红军第26军红2团就这样建立起来了，带有镰刀、斧头的革命红旗从此飘扬在西北高原，给苦难深重的西北人民带来了期盼和希望。

根据陕西省委决定开辟以照金为中心的陕甘边革命根据地，红26军红2团便在这里展开了斗争。

照金位于陕西省耀县，处在桥山山脉的南端，地势险要，丛林密布，四面高山环抱，西北面还有险要的石门关，是个军事要地，历史上是个古战场。据说，照金地区的薛家寨，曾是唐代薛刚的寨子，后来又成为黄巢起义造反时的根据地。照金很早就是陕甘红军游击队活动的游击区，1932年，游击队在这一带打过仗，打过土豪劣绅，给农民群众分过粮食。因此，陕甘红军游击队在这一带群众中有一定的影响，群众基础较好。

红2团根据当时敌情，认为必须拔除照金地区各个民团布设的据点，为开辟革命根据地创造条件。首战选择了盘踞于焦家坪的民团。这一仗根据刘志丹提出的声东击西战术，我军乘着夜色，急行军近百里，对敌进行突然袭击，一举捣毁了敌人的老窝，俘虏敌人60多名，缴获枪60余支，大大鼓舞了我军的士气，当地民众无不拍手称快。

部队打开焦家坪后，我被调到骑兵连当指导员。

接着，部队开到了香山寺。香山寺位于照金东北的笔架山上，建于唐朝。周围苍松翠柏覆盖，山势险峻，是一座远近闻名的大庙宇，有和尚千余人，尼姑几十人。每年从山西、河南、内蒙古都有很多人来到这里烧香拜佛。庙宇周围的土地十几万亩都归寺院所有。实际上这个寺院就像个大地主庄园。香山寺庙里存有很多粮食，而四周农民和流落此地的灾民却穷苦不堪，连饭都吃不上，一片悲惨景象。

经团党委研究，决定部队开进香山寺，给穷苦百姓分粮。红2团在香山寺召开群众大会，周围的老百姓都拿着口袋来到这里参加大会。在分粮大会上，刘志丹说："过去地主压迫我们，现在我们要翻个身，把地主压下去，要把香山寺里的粮食都分给你们，还要把香山寺的土地都分给你们……"乡亲们听后，欢喜地说："还是共产党、红军好！"

刘志丹在群众大会上，号召青年人参加红军闹革命，当场就有很多人报名。过了几天，杜衡竟下令放火烧毁了香山寺的庙宇，这在周围地区造成了很不好的影响。

红军和游击队经过20多天辗转游击作战，取得了一定战果，贫苦农民纷纷争着加入红军，部队扩大了，红2团又组建了步兵二连。还成立了红军随营学校，兵力增至300多人，全军人手一枪。

攻打庙湾镇

红军的初步胜利，冲昏了杜衡的头脑，他不顾客观条件是否许可，1933年1月17日，硬逼着红2团去攻打庙湾镇的民团。

庙湾镇是土匪夏老幺（夏玉山）占据的地盘。夏老幺之前和红军有一定的来往，红军从他那里买过物资和弹药，且有一定的统战关系。在部队攻打焦家坪时，红2团曾派李妙斋到庙湾镇与夏老幺联络，争取他能保持中立。双方约定：两家继续交朋友，互不侵犯，互通情报，互行方便。

部队消灭了焦家坪的民团后，回到照金附近，李妙斋也由庙湾镇回来了。志丹见到他时说："我们正准备给你开追悼会，你可算回来了！"因为打焦家坪，我们担心如果夏老幺的态度变坏，妙斋的处境就很危险了。

根据妙斋的报告，以及我们了解到的情况，庙湾镇民团的实力比较强，团丁多是惯匪，民团的炮楼上垒了许多枪眼，在窑洞的土墙上挖了许多洞，工事坚固，地形险要，宜守不宜攻。而我军当时力量很弱，又没有重武器，不易攻打。但是，杜衡听不进别人的意见，一意孤行。制定的作战计划是：步兵从山上往下打，骑兵由河川向上冲，两面夹击，进攻敌人。

我和曹盛荣率骑兵连从河川冲到碉堡的下面，利用街道旁边的小土坡，接近到距炮楼只有四五米的地方。敌人把碉堡的门堵得很死，我们只有一些简陋枪支，没有重武器，碉堡打不开。我就用驳壳枪向敌人炮楼的枪眼里射击。在激战中，骑兵连连长曹盛荣英勇牺牲，敌人的一颗子弹从我的胸部穿过，前胸后背一个劲地向外冒血，嘴里也吐着血，我当时就昏了过去。

负伤后，战士们把我抬下了阵地，让我坐在地上。当时要是让我躺下，也可能就完了。我醒来后，觉得身上冷得很厉害，口干舌燥，舌头也动不了，几乎喘不上气来。我睁开眼睛，看见我的马夫（红眼老张、山西人）在我前面站着，直呼叫我。我勉强说了一个"尿"，他就尿给我喝了两口，慢慢地我能喘上气来了。接着战士们就把我抬到老乡家里，把伤口包扎了一下。到了下午，部队撤出了战斗。

这次部队损失很大，连长、指导员以下30余人伤亡，红2团受到很大挫折。骑兵连长由强世卿接任，我因负重伤，指导员由杨重远担任。

2月底，国民党军队和民团一起来“围剿”红军。敌人进攻到竽塬。由于杜衡固执己见，不接受刘志丹等同志的正确意见，结果红2团又打了败仗，退到党家山。敌人尾追了上来，红2团北上庆阳、合水一带。

在山里养伤

红2团走了以后，民团就在这里反复“清剿”，我军留下来的伤病员，有的被杀害了。我们骑兵连有一个战士叫温治国，是神木县温家川人，1932年由神木县委动员来参加陕甘游击队。他在庙湾战斗中，腿上负了重伤，红2团走时，把他寄放在老百姓家里养伤。当土桥的民团来“清剿”搜查时，房东老太太就压在温治国的身上对民团说：“这是我儿子，生了重病，正在发汗，不能掀被子。”敌人不听，推开了老太太，揭开被子一看，腿上有枪伤，就对老太太说：“这是你的什么儿子！是红军的伤兵。”说完就拉出门给枪杀了。

这时根据地初建还不巩固，敌人时常来“清剿”，经常碰到危险。李妙斋是游击队的总指挥，他负责管理我们这些伤病员。我们开始住在龙家寨，游击队派了几个人保护我们。

一天下午，敌军在党家山打败了红2团，到了晚上又从薛家寨向秀房沟走来。敌人下山时，每人都拿了一个火把，摇摇晃晃地走着。游击队派来照顾我们的人，在龙家寨清楚地看到对面山上从羊肠小道走下来的敌人。敌人离得这么近，就是不知道我们几个伤员住在龙家寨。这里的群众非常好，令我终生难以忘怀。

第二天，敌人走了，李妙斋把我们几个伤员分散到照金周围的老百姓家里。我和张锦华住在七里川的焦家村对面阴坡上的一个小庙里。焦家村的老百姓常来看我们，送些吃的东西。一次，敌人来搜山，从山上过来，不断打着枪。我和张锦华都走不动，躺在炕上，幸亏敌人没有过来搜这座小庙，我们才幸免于难。

敌人走后，焦家村的老百姓拿着木板和绳子，把我和张锦华抬着送到了兔梁山上。李妙斋把我们安排在山沟的一个烧木炭的土窑里，我们又在这里养伤，在土窑中做饭。后来又被转移到黑田峪村对面的山坡上，住在农民看

红军大本营照金薛家寨

庄稼用的草棚里。

一天早上，我们还在睡觉，被敌人的枪声惊醒。我们赶紧起来拿上东西上山。山上榆树林里都是雪，当时天还是雾蒙蒙的，敌人看不见我们。我们藏在山顶上能清楚地听到敌人的说话声，这次又算脱了险。后来我们又被转移回到兔梁山上的炭窑里养伤，就这样东躲西藏，逃过了敌人的搜捕。

这年 3 月，陕甘边特委成立，陕西省委派金里科任特委书记，建立了特委领导机构。习仲勋任陕甘边共青团特委书记，并兼任游击队政委。这时李妙斋已在薛家寨建立起后方，在山上薛家寨的仓库里储存了许多粮食、物资等。寨子里还建起了一个修械所，有从西安杨虎城的兵工厂里动员来的技术工人，在这里一边修理一些破损的枪械，一边自己制造麻辫炸弹。山上的寨子里还建立了一个医院，红 26 军的一些伤病员就在这里治疗。

随着形势的发展，后方的建立，照金根据地也就慢慢地搞起来了。根据地以薛家寨为中心，横跨耀县、淳化、旬邑 3 个县边界，拥有 3 万余人口，面积达 5000 平方公里。

4 月 5 日，中共陕甘边特委在照金召开陕甘边区工农兵代表大会，选举产生了陕甘边区革命委员会。周冬至任主任，习仲勋为副主任。还建立了农会、赤卫队、游击队、少先队、妇女联合会等革命组织。在红二团的协助下，开展了轰轰烈烈地打土豪、分田地运动。

兽医为我治伤

我受的伤，是子弹从肺部穿过，一呼吸，伤口就往外冒热气。大便时一用力，伤口就发出吱吱声，很长时间都没有好。不久，李妙斋请来了一位当地仅能找到的兽医给我们治伤。

这位兽医是旬邑县的乡下人，家境很贫苦，以走乡串村给骡马牲畜看病为生，有时也给人看看病。因为红军打土豪，给穷人分粮、分地，所以他很拥护共产党，拥护红军。他常常热心地给红军的骡马和一些伤员看病。他来到这里，身上除了带有几件给牲畜治病的工具外，再也没有别的什么医疗器械了。

他在给我治伤时，先用烧大烟的铁钎子在我胸部伤口里拨来拨去，断定里面有碎骨头，是子弹把胸部的肋条骨打断了。但是他没有镊子，无法取出里面的碎骨来。他就用一碗开水，加上一点大烟，搅拌成红颜色的水，作为“消毒水”用。他用这水漱了口，然后就用嘴对准我胸部的伤口，用力把伤口里的脓血和碎骨头都吸到嘴里，从含在嘴里的脓血中找出碎骨，再把脓血吐到地上，接着再用“消毒水”漱口，又去吸第二口、第三口……就这样，直到没有碎骨头渣为止。之后，他漱干净口，拿出自己配制的中药面子，一种叫“八宝生肌散”的药，用一张小纸，捻成了一个小纸卷，做成药捻子，插到伤口里。过了两天取出来，再换一个新的药捻子放进去。就这样，没过几天，我胸部的伤口就不再化脓了，一天一天好了起来。

由于有这位兽医的精心医治和群众的掩护，我的伤口逐渐愈合。艰苦的岁月使我们与老区的人民结下了深厚的感情，我一直怀念救过我们、掩护过我们的老区人民，一直深深地怀念那位热爱红军的兽医。

1982 年夏，我有机会来到陕西，山区的路很不好走，我谢绝当地干部的好心劝阻，来到当年战斗过的地方，我特别想见到那位给我治病的兽医，但没有人知道。因为已经过去半个多世纪了。

我在山里养了三个多月的伤，慢慢地可以走路了，但是伤口还一直很痛。4 月，部队秘密把我从照金地区经七里川送到了白区，由西兰公路到了西安。找到省委以后，省委安排我住在一家小旅店里，吃药养伤。到了 5 月，我的伤痊愈了，省委又派我回红 26 军。

这时，红 26 军红 2 团还是处于游击战争状态，四处行动，没有一个固定的驻地。省委和红 26 军是通过三原武字区和照金根据地两个渠道进行联系。

渭北游击队

我离开西安后，先到了三原县，按照省委告诉我的联系方式，找到县教育局的李俊藻，接上了关系。三原县教育局当时是省委和武字区的交通站。李俊藻找了一个姓秦的交通员，秦是杨虎城骑兵团的医生，由他带我到了武字区，在太和堡找到了渭北游击队总指挥部。

我将我的情况告诉总指挥部的同志，因一时找不到部队，先暂时随你们行动，待红 26 军到了武字区附近，我就回部队去。

这时渭北游击队总指挥是李平（刘捷三），政委是张培述（绰号张半截子），参谋长是李天保。一天，三原县中心县委书记赵伯平来武字区，检查渭北游击队的工作。政委张培述正在闹情绪，思想发生动摇，不愿意干了。赵伯平和渭北游击队的领导商量后，决定让我留下来，当渭北游击队政委。这样，我就留在了渭北游击队。张培述离开游击队，跑到白区后，在《西京日报》上以“张短人”的名字登了自首书，叛变了革命。不久李平也走了，黄子祥接任渭北游击队总指挥。

渭北革命根据地，地处关中腹地，在渭河以北的三原、富平、耀县、泾阳和淳化五县的交界处，是以三原县的武字区、辛字区为中心的区域，有四万多人口。1932 年 12 月中旬，陕西省委撤销原渭北特委，建立中共三原中心县委。1933 年 3 月，三原中心县委根据陕西省委的指示，建立了渭北游击队总指挥部。渭北游击队受三原中心县委和红 26 军的双重领导。省委也经常派一些党员、青年学生来参加游击队。渭北游击队这时总共不到 300 人，共编了四个中队（包括一个少先队），每个中队只有六七十人，多数人有枪，但子弹不多。游击队主要在三原、富平、耀县、高陵一带活动。

我和黄子祥带部队打过几次仗。一次是在白天奇袭鲁桥镇。我们先派便衣混进了镇子，当敌人发现我们部队时，便衣已拿下民团的驻地，缴获了一部分枪支，但大部分民团跑到城门楼上死守，随后游击队撤了出来。另外，我们还在耀县至三原的公路上，对敌人的汽车组织了几次伏击，取得了一些小的胜利。

二台子会议

1933年5月底的一天，我们接到红26军送来的信，要渭北游击队到辛字区的二台子与红26军会合。我们随即带领游击队连夜开拔，到二台子时已是半夜了。天亮以后，红26军的红2团也赶到了。

我离开西安时，省委书记小章（赵章峰，后叛变革命）要我回到部队后，转告杜衡，要红26军坚决粉碎敌人四个团的“围剿”，积极创建陕甘边革命根据地。我见到杜衡后，立即向他转达陕西省委的指示。然而，杜衡根本就听不进去，而且表现得很不耐烦。他说：“一会就要开会了，听会上的。”

我见到刘志丹、王世泰时，也同他们谈了省委的指示。志丹告诉我在来这里之前，陕甘边特委曾在北梁开过会。会上，陕甘边特委不同意红2团南下。金里科、刘志丹等同志在会上都反对杜衡南下的意见，主张部队要在照金周围继续打游击，扩大巩固根据地。但是杜衡就是不听正确的意见，顽固坚持冒险主义南下的做法。并欺骗部队说：“一过了渭河，渭华的群众就会来欢迎我们。”我对志丹说：“那怎么行，省委可不是这样指示的，还得和他说，要执行省委决定。”

上午，杜衡召集红2团负责干部和渭北游击队总指挥部的负责同志开会，讨论红2团南下开辟渭华根据地的问题，这就是二台子联席会议。

二台子会议是在一个院子的大门外大树下面召开的。参加会议的有杜衡、王世泰、刘志丹、汪锋、李杰夫、黄子文，渭北游击队是我和黄子祥，还有高锦纯等一些连队指导员。那天天气很热，是个吃西瓜的季节，大家在树下坐成一圈。

会议开始后，杜衡宣布会议内容，讨论红2团南下，创建渭华根据地的新任务。他讲了一大套渭华地区如何如何好，如何如何有利。他明知道在北梁会上刘志丹不同意他南下渭华的主张，刘志丹的意见在那次会上已被他否决了。这次他采取先发制人的手段，先逼刘志丹发言，说请参谋长作军事报告。这时，刘志丹是红2团参谋长，不好不讲，只得说了渭华地区的一些有利条件。

在会上，我又说了离开西安时省委对红26军的指示。杜衡蛮横地打断了我的话，严厉地说："现在情况变了，任务也变了！"我讲了渭北根据地的有利条件和实际需要，总的意思是不同意红2团南下渭华的主张。最后我几乎是恳求地说："红2团应该留下，帮助渭北游击队开辟这块根据地。渭北地区的群众基础好，党的力量也很强，周围的一些民团是可以消灭的，渭北根据地也是可以巩固和扩大的。而红2团孤军深入白区，敌情不明，不利于红军发展。建议部队返回照金根据地。"杜衡指责我："你到渭北才几天，就有渭北本位主义思想。"会上只有渭北游击队总指挥黄子祥支持我的意见。我们的意见没有被采纳。

红2团南下失败

第二天下午，红2团开到武字区，根据渭北游击队总指挥部的要求，配合渭北游击队攻打敌人占据的长坳。据守长坳的民团是当地地主豪绅从富平请来，专门与游击队作对的。战斗打响后，游击队从后面翻过沟，冲进了长坳街内。由于杜衡急于出发南下，所以红2团只配合游击队打了一下，很快就撤出了战斗。敌人见我们冲进了街内，就都跑上南门楼死守。天黑后，游击队也只得撤出了战斗。红2团连夜向渭华地区进发了。

我对杜衡拒不听从省委决定很不安，对他抛开渭北游击队，匆匆离开渭北，急于南下渭华的做法更是有意见。于是在长坳战斗结束后，我连夜写了密信，通过交通，送往西安陕西省委。

省委得到红2团南下渭华的消息后，非常着急，认为会断送这支队伍，即派省委书记袁岳栋速到三原县去阻止。袁在三原正碰见杜衡，遂在三原县民众教育馆，与三原中心县委负责人赵伯平等召开紧急会议，袁代表省委对杜衡进行了严厉批评。会议决定，由赵伯平速与我党高陵县支部联系，要高陵县支部设法在高陵县境内拦住红2团。然而当高陵县支部接到指示时，红2团已渡过渭河，无法拦阻了。

红2团从武字区出发南下时，杜衡借口要去省委汇报工作，离开部队，让汪锋代理红2团政委。红2团在刘志丹、王世泰、汪锋的率领下，6月1日渡过渭河。敌人立即派警备第1旅和特务团进行追堵。红2团在蓝田县许家庙地区冲破敌人重兵包围后，边战边走，进至张家坪时，又被众多敌军包围，全体将士浴血奋战，终因敌众我寡，弹尽粮绝，导致在终南山区全军覆没。我的战友张锦华等一百余人在战斗中壮烈牺牲。

中秋节，我们在马兰川接到后方特委来信，说刘志丹、王世泰等同志从南山失败后已经化装脱险回到照金。听到这个消息，我们非常高兴。那时我们陕甘边游击队正配合王泰吉领导的义勇军、红4团在马兰川一带活动。中秋这天晚上，为庆祝志丹等同志安全脱险和中秋佳节，我们特地买了一瓶酒，给泰吉送去半瓶。泰吉收下酒，给我们送来一些肉，还写条子说："我们这里有肉没酒，你们送来酒，正好过十五。"第二天，我们带部队返回照金，和志丹等同志见了面。这时，杜衡已在西安被捕叛变了。我把杜衡在报上登的《自首书》拿给志丹看。他气得骂道："这个王八蛋，他早就动摇了，还装腔作势地说去创造渭华根据地。待部队一出发，他自己就先溜掉了。"

红2团的失败是杜衡"左"倾机会主义造成的严重恶果，是陕甘红军历史上最严重的一次失败。

1945年，我在延安西北历史座谈会上讲到"党内斗争"时说："在26军成立之后，杜衡来当政委，他带来了'左'倾机会主义的路线，因为他的路线是错误的，战略是错误的，不管他有战将千员也会失败的，即使在战役上得到一点胜利，也不免要失败。对于他的'左'倾机会主义路线在红26军内是有斗争的。反杜衡'左'倾机会主义的失败决定了红26军南下的失败。"

三、陈家坡会议

红4团成立

1933年6月初，杨森来到渭北游击队，向我们传达了陕西省委指示：将渭北游击队和富平游击队一起，改编为红26军42师第4团。因陕甘边游击队总指挥部（也称耀西游击队）政委习仲勋负伤，省委决定调我去接任政委。我把渭北游击队的工作向杨森作了交代，并同他们一起研究了改编红4团的一些具体问题。

6月13日，渭北游击队和富平游击队在三原武字区正式改编为红42师第4团。黄子祥任团长，杨森任政委，王伯栋任参谋长，杨玉亭任经理处长。

这时，由于王泰吉领导的国民党17路军骑兵团正准备在耀县举行起义，派人来渭北游击队进行联系，决定我暂时留下。

7月21日，王泰吉领导的骑兵团在耀县举行起义，成立了西北民众抗日义勇军。乘骑兵团起义的有利时机，中共耀县县委主持成立了耀县游击队。

陕西省委在这时组建红26军红4团，具有特别的重大意义，表明红26军这面红旗仍然屹立于西北高原，在政治上击破了红26军被消灭的谰言。

陈家坡会议

红2团南下失败后，根据地失去了坚强的支柱，在强敌进攻面前，照金革命根据地越来越小，物资奇缺，一些不坚定的人发生了动摇。虽然红4团、西北民众抗日义勇军和耀县游击队到了照金根据地，但由于没有统一的指挥，根据地仍然存在着严重危机。

这时，红军失败、党组织被破坏、苏区垮台，全被“左”倾教条主义这些叛徒搞完了。我在报纸上天天看到这种消息，感到非常痛心。这是26军咬紧牙关的时期，红军不能在村庄里面住，只能钻梢山（即山沟）。梢山里的生活非常艰苦，连觉也不好睡。

在这种情况下，右倾悲观失望就出来了。他们认为红军在陕甘不能发展，只能打游击；陕甘特委只能领导游击队，不能领导红4团。主张红4团分散打游击，不能建立根据地。而我们认为，我们还有军队，只要坚持党的领导，统一指挥，把我们的基础搞起来，红军就能发展壮大。红26军要统一指挥，在陕甘边特委领导下创建苏区。

为了组建统一的军事指挥机关，巩固根据地和加强红军建设，1933年8月14日，中共陕甘边特委在照金苏区的陈家坡召开特委扩大会议，讨论把红4团、耀县游击队和西北民众抗日义勇军三部分武装力量统一起来，成立陕甘边红军临时总指挥部。这就是红26军建军史上著名的陈家坡会议。参加会议的有：秦武山、杨森、高岗、习仲勋、李妙斋、张邦英、陈学鼎、陈国栋、黄子祥、王伯栋和我。高岗这时是由陕西省委派到苏区负责军事工作的。秦武山、习仲勋和我三人是特委委员，轮流主持会议。红4团与游击队的连以上干部和抗日义勇军中的党员干部也参加了会议。

会议对会合起来的三支部队的今后行动方向、红军临时总指挥部的人选等问题发生了激烈争论。会议从当天下午一直开到第二天太阳升得老高，最后才统一了认识，作出了决定。

陈家坡会议会址

这次会议激烈争论的第一个问题是：这三支红军队伍，今后是坚持集中领导，统一行动，还是继续分散活动。黄子祥、王伯栋等同志在会上不同意将三支红军部队统一行动，提出红4团应回到三原地区去打游击。他们认为：现在陕西省委已经被敌人破坏了，渭北苏区又退了出来，西北民众抗日义勇军经过几次战斗，减员很大，就目前这点力量，还是分散开打游击好些。与此同时，还有一些来自三原地区的干部，仍然留恋渭北地区，要求部队开回渭北地区。这在当时的条件下，是不可能实现的。

由于我在渭北游击队工作过一段时间，对渭北根据地的情况，以及黄子祥等一些同志的思想情况是了解的，渭北游击队的同志对我也是信任的。我在会上说：渭北根据地各方面条件的确很好，但是在目前情况下，敌人能允许我们在那里立足吗？因为它离敌人太近了，距敌人的统治中心西安才100多里，距渭北重镇三原县城仅20多里，敌人是决不会让我们在那存在的。再说，大家都很清楚，我们现在的力量很弱，渭北游击队改编为红4团后，还是那么多人，那么多枪，即使我们回去了，敌人打来，我们能坚持住吗？我们现在有三支力量，如果分散作战打游击，那只会被敌人逐个消灭，不可能形成红军的主力部队，形成一个拳头去打击敌人，根据地也就不可能建立和巩固。

与会绝大多数同志认为，当时的形势确实是严峻的，但是，我们还有红军和游击队，特别是党政军的一部分骨干还在，这是红军和游击队能够巩固和发展的重要力量。我和习仲勋、杨森等大多数同志坚决主张红军和游击队应该集中起来，加强领导，统一指挥，在陕甘边特委的正确领导下，红军和根据地一定能够得到巩固和发展。会议经过反复讨论统一了认识，决定把三支红军部队统一起来，成立红军临时总指挥部。

第二个争论的问题，是红军临时总指挥部总指挥的人选。与会的大多数同志主张由西北民众抗日义勇军的王泰吉任总指挥。但有的同志（黄子祥、王伯栋等同志）则认为：由王泰吉来任总指挥，这就成了义勇军领导红军了。他们不同意王泰吉担任这一职务。实际情况是，王泰吉经党组织审查批准已经恢复了党籍，已经是党的领导干部。西北民众抗日义勇军在耀县起义时，部队的成分比较复杂，但经过三原辘轳把战斗、耀县小邱战斗及照金战斗之后，抗日义勇军剩下了百余人，不坚定的人都被淘汰掉了。这时的抗日义勇军已和红军部队差不多了，根本不存在什么抗日义勇军来领导红军的问题。会议最终决定王泰吉担任总指挥这一职务。

第三个争论的问题，是红军临时总指挥部的政委人选。会上推举高岗任临时总指挥部的政委。在陕西省委被破坏以后，省委组织部长贾拓夫写信给特委，派高岗来领导军事工作。高岗到薛家寨后，我们特委开会，决定高岗任抗日义勇军政委。黄子祥、王伯栋同志反对高岗担任红军临时总指挥部的政委一职。他们以省委已被敌人破坏为理由，不承认高岗是省委派来的。在会上，习仲勋、秦武山都证明高岗来时，带有贾拓夫开的介绍信。经过讨论，最后决定高岗任红军临时总指挥部的政委。

当时，在部队里为什么有这种右倾情绪呢？ 1945 年 7 月，在延安西北党史座谈会上，我说：陈家坡会议上的斗争是反对右倾机会主义的斗争。右倾机会主义有它的客观环境，这个客观环境就是：陕北革命当时处在最残酷的时期，1933 年 6 月起，红 26 军南下全军失败，耀县义勇军暴动也遭到失败（起义部队在三原辘轳把与敌遭遇，受到严重挫折），照金苏区全部失败，渭北苏区全部失败，陕西的党、甘肃的党、汉中的党当时全失败了，叫杜衡这些叛徒全部搞光了。这样就形成了两条路线。开会最后表决，当时只差两只手，如果他们再多两只手，那事情就难办了。这个胜利决定了红 26 军的命运，部队也发展了，由一个团变为一个师，恢复和发展了红 26 军。如果陈家坡会议走了分散的路线，那么我们这支红军也就完了。

陈家坡会议统一了党、政、军的认识，组建了陕甘红军的主力部队，提出了不打大仗打小仗，积小胜为大胜，集中主力红军深入陕甘边地区打击敌人，巩固和扩大照金根据地的正确方针。从历史的角度看，陈家坡会议是在西北革命转折的重要关头召开的一次很关键的会议。

四、薛家寨失守

陈家坡会议后，红军主力转入外线作战。照金地区还有不少游击队和群众武装，陕甘边游击队总指挥部所属的第 1、5、7、9、11 支队仍留在照金地区，作为地方部队。陕甘边革委会还有一个政治保卫队，都归陕甘边游击队总指挥部指挥。总指挥是李妙斋，我任总指挥部政委。主力部队走后，我们游击队仍然坚持在照金地区一带打土豪，开展游击战争，保卫照金根据地。

当时陕甘边特委和陕甘边游击队总指挥部领导机关都住在薛家寨，这里聚集了一批我党的革命力量。薛家寨又是红 26 军唯一的后方，我们在这里储存了大批物资、弹药，建立了修械所和后方医院，安置有伤病员，也关押了一些被俘人员。山上的气候较冷，阴历八月下旬，山下下雨，山上就已开始降雪了。薛家寨地势险要，易于坚守，和对面山上的龙家寨只隔了一个秀房沟。

由于我们发展迅速，西安的国民党反动当局非常恐慌。1933 年 8 月，敌人调动耀县、富平、铜川的民团近千人，向照金根据地发动了第四次“围剿”。龙家寨又被土匪陈克敏占领了，他勾结民团一起向我们进攻。这时，红军主力正在外线作战。

一天拂晓，敌人向薛家寨发起猛烈进攻，陈克敏带领土匪从黑田峪冲过来。我和李妙斋带着队伍到秀房沟，在沟口把敌人打退了。这时民团又从薛家寨的后山上打了过来，我们又冒雨赶到薛家寨，看到革命委员会的政治保卫队和修械所的工人们，正在和敌人进行激烈的战斗。他们打得都很英勇顽强，敌人的几次进攻都没有得逞。到了下午，敌人见攻不上来，就开始撤退了。

李妙斋看到敌人撤下去了，就吹哨子集合部队，准备反击。敌人撤退时，在树林里埋伏下几个伏击手，李妙斋和通信员武功被伏敌射来的子弹击中，当场英勇牺牲。

李妙斋同志，原名王桥山，山西汾西县人，是我党知识分子出身的优秀干部，他曾在井岳秀部队中当过排长。1932年参加陕甘游击队，任过大队政委。红26军2团成立后，党曾多次派他到民团那里去执行任务。之后，红26军派他任陕甘边游击队总指挥部总指挥。他带领游击队在照金一带开展游击活动，保卫根据地和建立后方医院。由于红26军努力作战，做群众工作，陕甘边特委和李妙斋同志带领游击队坚持斗争，英勇奋战，照金根据地才逐渐巩固起来。

我和李妙斋一起工作时间不长，但在艰苦的战斗中，我们结下了深厚的友情。他打仗勇敢，也很会做思想政治工作。那时环境很艰苦，部队处于流动作战状态，但大家的斗志都很旺盛，说走就走，说打就打，谁也没有怨言，大家像亲兄弟一样。妙斋和战士们的关系好，和照金地区群众的关系也好。在我治伤时间，一次，那位兽医给我检查伤口，上完药，高兴地对我说："李指挥（李妙斋）请我吃饭了，问你们的伤情，他对人很热情，很和气，真好！"回顾那段历史，李妙斋在创建照金根据地斗争中是有很大功绩的。他的牺牲是我们很大的损失。妙斋牺牲后，游击队总指挥的职务由从南山回来的吴岱峰担任。

敌人对根据地的几次"围剿"、进攻，都没有能够攻下薛家寨。不久，我军又打开了旬邑所在的张洪镇，这使国民党政府更加惶恐不安。《西安日报》上登过这样一条消息："蒋（介石）再电邵（力子）杨（虎城），肃清薛家寨的残匪（指我红军）。"

10月，杨虎城任命杨子恒为总指挥，纠集了4个团兵力，并调集周围6个县的民团配合，大约有6000多人，又向照金根据地及红26军进行第五次大"围剿"。敌人的部署是：以孙辅承团（附属一个炮兵营）及三原、淳化、耀县三县的民团，攻击我照金根据地；以冯钦哉师的一个团在黄陵、宜君一带堵击；以何高侯团在旬邑、淳化一带堵击；以陇东赵文治团为追击部队。当赵文治团进到毛家沟门时，被我红军主力部队击溃，歼灭了该团的大部，剩余的一小部分逃窜而走。在山上守卫薛家寨的陕甘边游击队有第1、7、9三个支队和政治保卫队。第5、11两个支队在山下掩护群众，与照金地区的敌人进行周旋。

陕甘边特委书记秦武山召开特委会，讨论研究坚守薛家寨的问题。会上，秦武山问我："咱们的队伍在山上能守多长时间？"我说："根据我们储存的弹药和粮食计算，顶多能坚守半个月。"会上没有研究半个月以后的问题。在讨论中，有人希望我军主力部队能够尽快打回来，以打破敌人对根据地的"围剿"。

这次敌人进攻照金根据地，到处抓老百姓来修建到照金和兔梁山的车道。路通后，用马把大炮拉到兔梁山的龙家寨山顶上，敌人的指挥部也设在山顶上，准备围攻薛家寨。

首先以孙辅承团炮兵营的几门大炮猛烈轰击薛家寨。敌人的炮打得很猛烈，但由于炮兵的技术太差，打了三四天，没有一发炮弹击中我们的要害，石洞和我们修的工事也没有落上一发炮弹，我方无一人伤亡。从敌人打来的炮弹片看，有平射炮，有曲射炮。敌人的机枪射手打得也不准，记得在敌人进攻后的第三天中午，我从后山阵地向石洞方向走去，身上左边挂着文件袋，右边挂着手枪，敌人在秀房沟的小山上发现我后，就用重机枪向我扫射，但子弹全都打在路面以下二三尺远的山坡上。

在石门路上我们有一个分队把守着，阵地前沿修有防御工事，还埋有地雷，易守难攻。敌人在对面的山上，可以很清楚地看到我们阵地的情况。他们久攻不下，后来发现在我们石门工事与后山嵝岘阵地之间的悬崖峭壁上，有一条几百米长的石缝，石缝内长了许多小柏树。在这条石缝上面，我们没有修筑防御工事，也没有布置防守人员。这是我们在防御上的一个不小的疏忽。

敌人抽了100多人组成突击队，土匪配合。在夜间由陈克敏带路，沿着石缝，拂晓时偷偷地爬了上来，然后散开埋伏下。这已是敌人进攻的第六天了，天亮后，对面山上的敌人只打了三炮，就停止了炮击。当我从战壕里发现爬上来的敌人时，敌人已经全部展开，向我们的防御工事发起了冲锋。我看到这种情况，立即命令战士们多带些手榴弹，向党家山方向撤退。

秦武山、惠子俊、刘约山和后勤人员、修械所的工人，以及能跑得动的伤病员，都从黑田峪下去了。他们刚离开，敌人就冲过来了，走不动的伤员和守石门分队的少数战士被俘。先进寨子的是敌人正规军，后山上的民团包抄上来后，已经迟了一步，没有能堵住我们的退路。敌人冲进寨子，都争着进石洞里去抢东西，顾不得继续追击我们。我们从党家山北边的沟里撤出。

从黑田峪下去的几十个人，也由秦武山、惠子俊、刘约山带着，北上找主力红军部队去了。

薛家寨失守了，由于我们比较及时地撤出战斗，保存了游击队的实力和后方机关人员，敌人没有达到消灭我军的目的。我们储存在寨子里的一些棉花、布匹、迫击炮弹和100挺轻机枪的零件等物资，被敌人抢去了。由于我们在照金地区早有准备，实行了坚壁清野，敌人占领薛家寨以后，他们在那里找不到粮食。不久，敌人不得不退了出去，只留下土匪陈克敏驻守。

我和吴岱峰带着游击队到了七界石、石门关一带继续打游击，解决了部队的冬季棉衣问题，11月下旬北上与红42师会合。

五、包家寨会议

薛家寨的失守，使我们想到根据地要在哪里建立？在红26军42师创建之初，志丹、高岗、我（当时我在42师）一起研究这样的问题。我说：兔子有三个窝。兔子为什么要有三个窝？因为在一个窝里住长了、经常住，就容易被别人知道，恐怕人或者别的走兽捉住它。所以，红军一个根据地就吃不开。我们要经常调个窝，调换着住，这样才能够存在。红42师要以这样的原则建设根据地。于是，我们确定陕北、陕甘边、关中各创建一个根据地。42师在三个根据地中，哪里好打仗就在哪里住，帮助三个根据地开展游击战争，把它们连成一片。

薛家寨失守以前，这个观点还不明确，当时是普遍的开展游击战争，不是抓住三个根据地这样的中心来发展。

1933年11月3日，红军临时指挥部和陕甘边特委的部分成员在甘肃省合水县包家寨召开联席会议，参加会议的主要是军队干部，特委书记秦武山和张邦英参加了。我和吴岱峰带队伍在七界石一带打游击，习仲勋仍在照金边搞游击活动，边养病，我们都没有参加会议。会议总结和吸取了照金根据地失守的经验教训，作出了三项重大决议：

一是决定把陕甘红军临时指挥部改编为红26军42师师部。部队到莲花寺后，正式改编为红42师。王泰吉任师长，高岗任政委，刘志丹任副师长兼参谋长，杨森（红4团政委）兼任红42师党委书记。决定把西北抗日义勇军、耀县游击队三支队和原红4团的少年先锋队编成红3团，王世泰为团

中国工农红军二十六军四十二师序列

师　　长：王泰吉（后刘志丹、杨森）
政　　委：高　岗（后杨森、张秀山、高　岗、谢子长、张秀山）
参 谋 长：刘志丹
政治部主任：黄子文（后龚逢春）
师党委书记：杨　森（后张秀山）

第一团（1934年冬）　团长　陈国栋　政委　张仲良
第二团（1934年11月）　团长　刘景范　政委　胡彦英
第三团（1933年11月）　团长　王世泰　政委　李映南（后黄罗斌）
骑兵团（由红四团改编）　团长　黄子祥（后杨森、赵国卿）　政委　杨森（后张秀山、高锦纯）
西北抗日义勇军（1934年11月）　司令　郭宝珊　政委　任浪花

中国工农红军26军42师序列

长，李映南（后叛变）为团政委。我带的部队大部分编入了主力红军。另一部分游击队留在照金周围，坚持开展游击战争。

二是决定建立陕北、陕甘边、关中三路游击区，开辟三个战场，扩大根据地建设。会议之后，红42师派出一批干部，拨出一些武器弹药，分头去开辟三路游击区。

第一路游击队，是以先前派出的强世卿领导的陕北游击队为基础逐步扩大。强世卿担任总指挥，魏武任政委，活动地区以安定县为中心，向周围发展，达到与南梁根据地相连接的目的。

第二路游击队，以庆阳、合水、保安的三支游击队为基础发展壮大。杨琪任总指挥，开始没有政委。活动地区以南梁为中心。任务是建立和扩大南梁根据地。

第三路游击队，以照金游击队总指挥部领导的游击队为基础发展壮大。第一任总指挥为张明吾（出任不久被叛徒暗杀），第二任是王安民（后英勇牺牲），政委张仲良。活动地区是以照金为中心。照金游击队过去经受过多次战斗锻炼，基础好，战斗力强，为坚持和巩固照金根据地作出了突出贡献。

三是决定建立南梁根据地。

会议在总结照金根据地失守的教训中认识到：在敌强我弱的形势下，照金靠近咸榆公路，接近敌人的中心城市，加之地区窄小，回旋余地受到限制，不利于根据地的发展扩大。会议根据刘志丹的提议，经大家深入讨论，

包家寨联席会议会址

决定开辟建立南梁根据地。

南梁地区位于桥山山脉中段，桥山山脉北起盐池、定边、南至照金根据地，连接陕、甘、宁的十余个县，山大沟深，林木茂密，地形复杂，交通阻塞，便于我军迂回作战。南梁地处陕甘两省交界处，敌人统治力量薄弱。南梁地区有很好的群众基础，这里的老百姓多是外地逃来的难民，深受封建军阀剥削压迫之害，有强烈的反抗精神和革命要求。前些年刘志丹等同志在这里闹过革命，共产党在这一带有一定影响。这是在南梁建立根据地的优势。

包家寨会议是决定陕甘边根据地战略发展问题的一次重要会议。我们 26 军开的会议很多，但是有两个最好的会议，一个陈家坡会议，一个包家寨会议，是 26 军建军史上具有历史意义的会议。它为陕甘边党和红军的发展指明了一条通向胜利的道路。

六、鏖战南梁

不久，杨森在庆阳三十里铺作战中负重伤，师党委决定由我担任师党委书记兼红 4 团政委，团长是赵国卿。在师党委会上，我检讨了在保卫薛家寨战斗前期存在的死守错误，还对退出薛家寨，敌人占了中心区以后，我们依然留恋照金根据地，没有及时带部队北上，寻找红军主力部队，执行新的任务，作了自我批评。

红4团在三原改编时，还没有什么马匹，都是步兵。以后在战斗中不断地补充马匹，一个连一个连逐步改成骑兵。1934年春天，在淳化塬上红4团正式改编为骑兵团。

为了迅速打开局面，为开辟南梁根据地创造条件，红42师到达南梁后，师党委决定部队分兵两路开展活动，师部率红3团向东活动；红4团向西活动。

我们红4团，先在荔园堡、阎家洼子、赵家沟门一带肃清了小股敌人，后又全歼了新堡民团，与东路部队会师于二将川，消灭了当地部分反动武装，拔掉了敌人的一些据点，为建立南梁根据地奠定了基础。

1934年春节后，由于“福建事变”的影响，陕西的国民党军队对我红军的进攻暂时停顿了一个时期，红42师利用这个机会，在淳化、旬邑、正宁一带的塬上开展群众工作。部队以连、排为单位，协同地方干部，分别在平定川、豹子川、太白川、白乌庙川、玉皇庙川、二将川、东华池、葫芦河川等地宣传、组织群众，发动群众打土豪，分田地，帮助二路游击队扩大部队。

王泰吉牺牲

在这期间，王泰吉多次向师党委提出，请求离开部队，去敌军中搞兵运工作。这时，我是师党委书记，考虑到他的安全，我和志丹等同志多次做他的工作，劝说他不要去，留下来和大家一起战斗。但是，泰吉已经下定决心，他说：在国民党部队方面，我关系多，认识人也多，不会有什么大危险。这里有你们在，我也很放心。我到敌军中拉出一些队伍，对革命会发挥更大作用。在同志们挽留不下的情况下，师党委再次开会，最后同意了他的要求。泰吉走后，决定由刘志丹任师长。

王泰吉离开部队后，到了淳化县通润镇他的一个旧相识，民团团总马云从家，结果被马云从出卖，英勇就义。

王泰吉同志是陕西临潼县北田镇人，1924年在广州黄埔军校加入中国共产党。大革命失败后，曾领导麟游起义，并和唐澍、刘志丹等同志领导过渭华起义，在南京坐过敌人的监狱，经过多次斗争的磨难，革命矢志坚定不移。在红 26 军 42 师，他作战勇敢，深受红军指战员的尊重和爱戴。

王泰吉被国民党反动派杀害的消息传来后，我们都非常悲痛，师党委成员无不为批准他的要求而懊悔，决心要抓紧一切时机，尽快发展和壮大我们的队伍，多消灭敌人，为王泰吉同志报仇。

连续巧歼敌

阴历 2 月底，师党委召开会议，讨论军事行动计划。刘志丹提出：要乘这个时期，抓住有利机会，积极向反动势力主动进攻，扩大根据地。党委会同意了他的意见。

经过休整准备，1934 年 3 月底，红 42 师从根据地出发，一路向北，连续打下了瑶区、小石板、店头、五里镇四个地方，横扫了当地的反动民团武装。四仗全胜，极大地鼓舞了部队的士气。紧接着，部队又从张村驿一带乘胜北上，经过黑水寺和太白镇，到达了东华池。

黑水寺坐落在河川中间矗立的高石山上，上边住着民团，地形十分险要，很不好打。我们采取争取民团保持中立的策略。到了黑水寺下边时，我们给民团送信说：我军只是路过此地，不打你们，你们也不要打我们。由于对方也害怕我军，没有开火。

部队到东华池后，休整了一天。在临出发前，刘志丹集合部队讲话。当地的老百姓有不少人也跑来，站在边上听志丹讲话。志丹大声地说：部队的下一步行动，准备向陕北的安塞、安定等地进攻……

志丹是有意把这个消息透露出去，制造烟幕，以便采取声东击西的战术。部队从东华池出发，走到荔园堡川道里时，和二路游击队及赤卫队会合。

这时的南梁根据地，已经初具规模。杨琪是二路游击队的总指挥，统一指挥庆阳、合水、保安的三支游击队。刘景范、杨培盛、王子林分别是这三支游击队的队长。在这里，二路游击队和赤卫队召开了欢迎大会，热烈欢迎主力红军的到来。部队和当地的群众一起联欢，气氛非常热烈。

随后，我红 42 师和二路游击队一起向北，经小蒜川到刘家砭，向西封锁了消息。第二天，部队就折向西去，经三道川，先在蔺家砭歼灭了张廷芝的一个营，计 100 多人。师部和红 3 团进驻蔺家砭后，我们骑兵团沿着川里，以迅雷不及掩耳之势赶到了崖窑，又消灭了张廷芝驻在这里的一个骑兵连，缴获了全部枪支、马匹。我们在一天里打了两个胜仗。骑兵团打下崖窑之后，立即继续封锁了向西的交通。

部队休息了一晚上，天一亮，全师翻过一座山岭，在高桥的高区长家里抓住了几个土豪。高区长是当地最大的地主，一道沟的土地都是他家的。保安的游击队获得消息，得知他正在家里为其父做周年。高区长家共有 103 口人，大门上挂着一幅横匾，写着“五世同堂”。为了大张旗鼓、热热闹闹地给其父过周年，高请了许多客人，其中不少就是附近的土豪地主。由于我们封锁了向西的交通，断绝了消息，他们一点消息也不知道。

我们大部队还没到时，先派了几个便衣，化装成要饭的“叫花子”，身上藏有手枪，混进高区长家中。他家有三个大院，“要饭的”便衣把每个院的大门都把上了。等大部队从山上过来，在高家做周年的人看见了，立刻乱成一团，叫嚷着：“红军来了！赶快跑吧！”纷纷各自逃窜。我们的便衣掏出手枪，堵住了大门。这样，我们一枪没放，就抓住了五个老财土豪。这都是根据游击队事先掌握的情况，我们计划要抓的人，也包括高区长。高家准备周年招待客人的午饭，正好成了我们部队的午餐。

部队在这里没有停留，立即出发，边走边吃，继续向西前进。到了园城子，又把谭世麟在街上的民团给消灭了。园城子是个小街道，斜对面是刘家堡子，谭世麟就住在这个堡子里。我军一部分部队包围了堡子，我们骑兵团则从刘家堡子崖下的沟里过去，一下就冲到了下川的李家梁子村，消灭了驻在村子里谭世麟的一个骑兵连，缴获了四五十匹马，几十支枪。我们一天又打了两个胜仗。在围刘家堡子的时候，刘志丹和大伙笑着说：“谭世麟这时准又在堡子里‘排坎’（陕北方言，吹牛、说大话的意思）起来了。”当晚，我们住在园城子的下川。

第二天，部队出发，经五蛟堡子上山，向合水走去。晚间在离合水不远的赵家塬一带宿营。次日一早，天还不亮，部队出发，从合水县城的西边插了过去。

敌王子仪部驻在庆阳，他曾派一个团副带两个营去东山里追击我军。我们打了园城子以后，他非常害怕我们接着来打庆阳，连夜派人进山送信，将这两个营从东山又调回合水。等敌人这两个营的部队转回到合水县城时，早已是精疲力竭了。

我们部队从合水县城经过时，看见城墙上站着许多人，有老百姓，也有敌军。部队走到西华池，已到中午，刚刚住下休息，敌王子仪就以两个营，加上一个团属机炮连的兵力，尾追过来。敌人在武器装备上比我军占有绝对优势。

西华池战斗

西华池是一座破旧的小城堡，我军到达以后，师部和红 3 团住在堡子里，我们骑兵团住在城东门外的骡马大店里。大店有两个院，院子后面连院墙也没有。我们刚刚住下，有的刚卸下马鞍子，有的正在遛马。我们骑兵团的团部设在街道上的一孔窑洞里。我正在窑洞里洗脚，还没有洗完，就听到外面站岗哨兵打枪声，知道一定是有敌情。我马上对赵国卿团长说："老赵，你赶快集合部队，我马上就赶来。"我急忙穿上鞋子出了窑洞，这时警卫员已把我的马牵了过来，我上马便走。

来到堡子里，见刘志丹站在城墙上，对我喊："秀山！快带骑兵向敌人的后边冲！"我赶回骡马大店，赵国卿正在集合部队，我对他说："老赵，志丹命令我们骑兵团向敌人的侧后冲击。"这时，三个连的连长、排长以及大部分战士都已经上了马。赵国卿随即下令，我们向敌人的侧后方冲了上去。

骑兵的速度快，冲击力强。在我骑兵部队的马踏刀劈下，一下子就冲乱了敌人的队形，敌人被吓坏了。这时，红 3 团已在正面和敌人交上火，经我们骑兵这么一冲，两支队伍合击，一下子把敌人全压到了沟里。敌人乱成一团，有的当即就缴了枪，有的还想爬坡逃窜。我骑在马上，只见沟里一片片黄尘滚滚而起，看不见人影，只听见杀声此起彼伏，"缴枪不杀"的喊声在滚滚黄尘上回荡着。

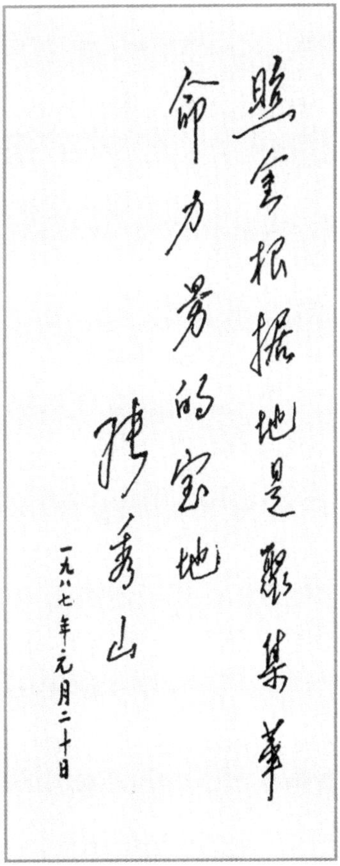

为南梁革命纪念馆题字

不一会，战斗结束了，我们的战士押着

俘虏从黄尘中走了出来。这场战斗，基本上把敌人尾追上来的 7 个连队全部歼灭。毙俘敌军近 700 人。除了敌团副带了几个随从跑掉外，其余都做了我们的俘虏。这一仗缴获了敌人两挺德国造的马克沁机枪，两门迫击炮，几十箱炮弹，步枪、盒子枪 500 余支，还有大批的子弹，以及几十匹驮弹药的骡马。我们自己的伤亡很小，骑兵团牺牲了两位同志，一个是排长李守成，他打仗很勇敢，喜欢骑烈马。另一个是班长安子正。3 团也牺牲了两三个同志。

这是我们从照金根据地出发以来，打得最漂亮、最痛快的一仗。从哨兵发现敌人鸣枪报警开始，到战士们把俘虏从沟底押上来，战斗结束为止，前后不到一个小时，就取得了全部胜利。

西华池战斗取胜的原因有三个：

第一，刘志丹、杨森决心下得快，下达战斗命令快，指挥正确。这其中决心快是速战取胜的关键。当我哨兵发现敌人后，他们马上命令红 3 团在正面利用残破的旧城墙和城外的有利地形，占领阵地，用猛烈的火力压制敌人，使敌人展不开兵力，进不了街道。与此同时，又命令骑兵团迅速从侧后发起冲击。待骑兵团冲击敌军侧后时，红 3 团及时发起反攻，步、骑两队协同作战，配合恰到其时，很快就把敌人打垮了。

第二，我们部队连续打胜仗，士气很高，斗志旺盛。部队的战斗作风，是猛打猛冲，特别是骑兵团，每人都是“一马两件子”（一匹战马，一支枪，一把大刀）。指挥员和战斗骨干是一把大刀和一支自来德枪，武器装备相对比较精良，加上高昂士气，创造了速战速决的战斗气势。

第三，敌人指挥错误。战斗结束审问俘虏时，被俘的官兵都说，没有想到你们打得这么猛。一开始，敌前卫营营长向团副提出，“前边就是红军，部队赶快展开吧！”团副却说：“赶快走，等你展开时，红军就跑掉了！”敌人是以行军队形进到我们红 3 团的阵地前沿，不但后卫没有展开，前卫也没有展开，一下子就被我们压住。敌人占有的优势装备和火力，都没有用上。如果敌人两个营事先展开，占领宽大的正面阵地，大炮摆在后面，一齐向我们猛攻，我们可能就要付出很大的代价。其次，敌人犯了骄兵必败之错误。敌指挥员狂妄自大，敌俘虏说：“出发前，团副要求每个人抓一个红军，有的连队每人还发了一根绳子。”结果绳子绑到了自己身上。再之，敌军团长王子仪是一个昏庸的指挥官，敌人这两个营从庆阳出发，先是到合水以东的山里，后又返回到合水，连续几天行军，部队已被拖得疲惫不堪，这也是导致他们必然覆灭的重要原因。

刘志丹的指挥才能在这次战斗中得到充分发挥，赢得了全体指挥员的充分信任。从历史的角度看，一个优秀指挥员的领导才能，是在革命斗争中发挥和展现出来的，逐渐形成他的政治威信和在群众中的声望，因此才能赢得大家的信任，进而得到人民的赞许和爱戴。

部队回到南梁，师部除将缴获的大批武器装备二路游击队外，多余枪支武器由张策负责埋藏在一个隐秘的地方——荆义沟的梢山里。

部队经过几天休整，又向南出发，打下了槐树庄。槐树庄是沟掌里的一个小盆地，井岳秀派了部队在这里种鸦片。我们到时，敌人的大部已经走了，只留下少数留守部队和老百姓。红军没费多大力量就消灭了这里的敌人。

部队继续向南行动，到了旬邑县的三里塬，遇到了何高侯的两个连，他们向我军发起了进攻。红 42 师很快消灭了这两个连，不幸的是，在战斗中，师政委杨森头部负伤。经师党委决定：由我接任师政委一职，高锦纯接任骑兵团政委。

从 1934 年 3 月底到 4 月中旬，红 42 师在刘志丹的指挥下，主动出击，采取了积极进攻的战略，在半个多月的时间里，连续作战，九战九胜，取得了很大的战果。这为进一步开展红军的游击战争，取得了新的经验，西北游击战争的开展，对陕甘根据地的开辟与建设，起了积极的促进作用。

部队在照金休整了一个时期，到了 1934 年 5 月初，红 42 师又向北进发，来到马兰川的田家洞村。这时，我们的情报员来报告说，陇东敌人的骑兵和步兵已在马兰川与刘家店子一线，准备堵截我军。根据敌情，师部决定部队迅速跳出敌人的包围圈。我军半夜出发，经过一天一夜急行军，穿过了敌人的封锁线，拂晓前赶到五顷塬子休息。正当我们吃早饭时，敌人的骑兵，接着是步兵冲了上来。双方交火。这一仗我军受到不小的损失，只得又退回到南梁一带。随后敌人又追到南梁根据地，欲对我们进行“围剿”。

我军主力很快甩开敌人，转移到洛河川一带活动。敌人在南梁搜索了很久，始终没有找到我军主力，加上群众坚壁清野，敌人部队找不到粮食，最后只得退回陇东。

1986年11月，在南梁革命纪念馆落成典礼上，张秀山与红26军的老战友张策、刘景范、高锦纯、汪锋、赵启民、李子奇、张邦英、王兆相、黄罗斌、蔡子伟、刘懋功、李登瀛等

七、陕甘边特委

1933年3月，陕甘边游击队总指挥部和陕甘边特委相继成立，陕甘边特委是由中共陕西省委直接领导的。第一任特委书记是金里科（1935年“左”倾肃反时被杀害）。6月，秦武山接任书记，我和习仲勋是特委委员。薛家寨失守后，特委委员周冬至、王满堂牺牲，其他成员分散到各部队。

7月，杜衡、袁岳栋被捕叛变，陕西省委遭遇到大破坏，8月，贾拓夫去上海向中央汇报工作，省委工作基本停止。陕西省委被破坏后，“特科”没有被破坏。“特科”打入国民党党政军机关，不做发展党员的工作，不做群众宣传工作，专搞情报。他们和省委书记见面，但不告诉住的地方（当时“特科”由王超伯负责）。叛徒杜衡知道有“特科”，但不知道在什么地方，所以“特科”没有被破坏。

11月，秦武山受师党委派遣去西安找陕西省委时，被叛徒杜衡出卖，被捕入狱。此后有半年时间，特委工作处于停顿状态。陕甘边党的工作由42

师党委领导。

到1934年初，红42师经过艰苦作战，南梁根据地已初具规模，急需加强党的领导。

1934年5月28日，红42师和特委同志在南梁寨子湾召开联席会议，决定恢复和加强陕甘边特委工作，成立革命军事委员会，张秀山回后方任特委书记，刘志丹任军委主席，杨森为红42师师长，高岗任师政委。特委委员由陕甘边区党、政、军的主要领导和有关负责同志组成，有刘志丹、张秀山、高岗、杨森、习仲勋、张邦英、张策、惠子俊、蔡子伟等同志。张邦英任特委组织部长，并从红3团调来一位同志任宣传部长（不久即回部队），张策负责陕甘边西区工作，主要是向保安县发展。在红军干部学校任教的马文瑞，后来被派到陕甘边东区工作。特委恢复后，独立担负起领导责任，总结了过去的一些教训，认为当前的主要任务是扩大红军，发展苏区。

1934年春陕甘边区革命军事委员会主席刘志丹

1934年春陕甘边区革命委员会主席习仲勋

1934年7月中旬，根据南梁寨子湾会议精神，我与刘志丹、高岗、杨森、习仲勋、张邦英等一起开会，分析了斗争形势，决定由我写出边区特委下一步的工作任务，后经特委开会通过，下发陕甘边区党政军的党组织。这就是《陕甘边特委关于陕甘边区党的任务的决议》。1941年延安整

1934年春陕甘边区特委书记张秀山

风时，这个文件收入到毛泽东同志主持编辑的《六大以来》（上）一书中。

在《陕甘边特委关于陕甘边区党的任务的决议》（即“七月决议”）中，我们对革命形势的分析是：在国民党出卖民族利益，投降帝国主义的条件下，引起了民族战争的开展与红军运动的普遍扩大，从而动摇了国民党反动统治。在这样的形势下，加强了我们创造陕甘新苏区的任务。但党的领导太薄弱，在地方党，仅仅只有华池苏区内三个不健全的支部；部队中的党，主要是脱离群众，党内斗争不深入，不起核心作用。这些问题，形成了西北革命运动向前发展的最大障碍。

特委根据目前的革命形势与领导力量，对边区党的任务作出决议与布置：

1. 党的工作：

加强华池苏区的领导，在最短期间，必须把现有的三个支部充实起来，并成立一个区委，以巩固苏区的各种群众组织，形成苏区核心。

恢复保安等各地党的组织，建立农民支部……在群众斗争的基础上，吸收最勇敢的、最坚决的、最忠实的雇农、贫农分子大批入党。地方党的支部，必须十倍扩大党的组织，部队内的党必须发展一倍党员。

42师及各路游击队的党，应纠正过去的错误，彻底转变部队的领导，使党真正地成为群众的核心。

每个区委和各队委，在加强领导的过程中，必须选择一个中心支部。特委成立训练班，各部队也尽可能的成立短期训练班，以培养干部，指示领导方法。一切领导须深入下基层，倾听群众的意见，密切党的关系，严密党的组织，以最大的努力发展团员同志，成立团工作委员会。

2. 政权问题：

创造中心苏区，转变临时政权——立即成立革委党团，以加强对革命委员会的领导。颁布法令，规定实施方针，以巩固苏区。发展农联会、赤卫队、少先队等群众组织，扩大五个政治保卫队，分配土地，正式成立苏维埃政权，即以华池苏区为陕甘边的中心苏区，向四处开展。

恢复照金苏区，打通陕北苏区——建议42师帮助陕甘游击队完成创造新苏区的任务。部队和各路游击队配合地方党的力量，把陕北苏区、照金苏区打通（由三原的武字区起一直到绥远的边境），彻底解除国民党、地主的反动武装，以粉碎帝国主义国民党的第五次“围剿”。

3. 为扩大与巩固部队而斗争：

责成二、三路游击队于两个月内完成（组建）一团铁的红军的任务，建议42师帮助陕北游击队完成一师红军的任务，同时要扩大42师为一个军的号召。要扩大部队，必须巩固部队。巩固部队的办法除了加强党的领导外，最主要的是加紧教育训练。按照政治课程去教育，组织列宁室、识字班、政治研究会等，以提高战士的政治水平。在后方开设军事政治学校，训练大批的军政干部，这一任务，在目前扩大部队，开展游击运动的过程中最为迫切。

4. 普遍的开展游击运动：

要抓住群众的迫切要求，发动一切斗争，以开展游击战争。坚决地反对过去招兵买马的组织游击队，各游击队必须根据特委制定的游击队行动纲领去行动。

5. 深入土地革命：

实行土地革命是我们目前最迫切的任务，除了分配苏区的土地以外，必须向四周去开展，在各游击队区域内，群众斗争高涨的地方，立即开始分配土地。

6. 开展民族革命战争：

在发动群众的过程中，必须联系到反帝斗争，如日本帝国主义占领东北四省等事件，在广大劳苦群众面前作广泛的宣传与鼓动，以引起群众的反对与仇恨，在这个基础上组织义勇军、反帝同盟军等，开展民族革命战争。

7. 群众工作：

我们过去政治工作不够深入，在我们目前的任务之下，再不能有丝毫的忽视了，各部队转变的关键也在这里。

特委并对工人、农民、士兵等工作提出了具体要求。

8. 肃清欺骗群众与出卖群众斗争的右派，严防右派混入党内捣乱。

9. 为了实现以上的任务，必须深入两条战线的斗争，使党的路线正确的执行，顺利地完成我们的任务。

最后，特委希望全党同志必须深入到支部作彻底的讨论，百分之百地去执行，并把执行的程序告知特委。①

按决议的要求，陕甘边特委和红 42 师党委于 9 月 19 日，以第三路游击队特务连和从其他游击队抽调部分人员，合编成立红 42 师第 1 团，团长陈国栋，政委张仲良，下辖两个连。10 月 10 日，以第二路游击队之保安、庆阳、安塞游击队为基础，合编成红 42 师第 2 团，团长刘景范，政委胡彦英，下辖三个连。这样红 42 师超额完成了《决议》中“责成二、三路游击队于两个月内完成（组建）一团铁的红军的任务”。

至此，红 42 师已拥有五个团的建制，其中包括郭宝珊率领的抗日义勇军，兵力近千人，游击队发展到 1500 余人。

按《决议》提出的“转变临时政权”（即陕甘边区革命委员会），“在这样巩固苏区的过程中，分配土地，统计人口、宣布苏维埃政府的选举法，务必于十月革命纪念日正式成立苏维埃政权”的要求，各县苏维埃政权成立了。11 月 4 日到 6 日，陕甘边区工农兵代表大会在南梁荔园堡召开，代表 100 多人。会议通过了关于政权、军事、土地、财政、粮食等决议案，选举产生陕甘边区苏维埃政府，成立陕甘边区革命军事委员会和陕甘边区赤卫队总指挥部。习仲勋任陕甘边区苏维埃政府主席，刘志丹任革命军事委员会主席，朱志清任赤卫队总指挥。

7 日，在荔园堡庙里召开的庆祝会，是正式宣布边区苏维埃政府成立大会，又是纪念“十月革命节”的群众大会，各县赤卫队来的很多。会场上摆了一些木头，大家坐在木头上。刘志丹、习仲勋、张秀山、李华生、边金山、龚逢春、蔡子伟、黄子文、张文华、李登瀛等都参加了成立大会。刘志丹检阅了红军、赤卫队，一块大平地成了阅兵场。当时知识分子干部不少，各种决议通过后，土地法、劳动法等文件除了印本本外，还写在荔园堡庙里的墙上。晚上龚逢春、李登瀛他们演了戏。庆阳游击队还赶来了羊，给开会的代表和群众吃羊肉、黄米饭。真是热闹的很。

---

①《陕甘边特委关于陕甘边区党的任务的决议》（1934 年 7 月），《六大以来》（上），人民出版社 1980 年版。

这时，根据地以南梁为中心，周围形成了东、西、南三个比较稳定、相互支持的战略区，为西北革命的发展创造了有利的局面。

八、阎家洼子会议

1934 年 7 月，谢子长、郭洪涛带领陕北游击队来到南梁。老战友相见非常亲切。

谢子长是陕西我党的老同志，为革命四处奔波。1932 年 12 月，杜衡把谢子长赶出了陕甘游击队后，他到河北等地进行兵运工作。1933 年底，受北方代表（北方局已撤销）领导机关的同志委派回到陕北工作。郭洪涛先后在太原、北平做地下工作，1934 年 2 月回到陕北，任陕北特委组织部长。

在此之前，陕甘边特委与陕北特委有些联系，但是因受敌人包围和阻隔，来往不多。两个特委又分别属于两个上级机构领导，陕甘边特委归中共陕西省委领导，陕西省委归党中央直接领导；而陕北特委归中共北方局，其后为中央驻北方代表领导。

这时，陕甘边根据地和陕北根据地革命形势是很好的。

陕北根据地，在以马明方为代表的陕北特委的领导下，1934 年上半年之前，"新创造了游击第四支队，扩大了第二、第三支队，整顿了第一支队。领导了去年反民团斗争（葭县），将民团的武装拿来武装了自己，杀死了团总。领导了清涧五六百群众武装抗粮的斗争，解除了店子沟民团的武装，武装了自己，领导神木群众十几次分粮斗争。工作区域比过去增加了三倍，一般农民对于我们党和红军的威信有了深刻认识"。四支游击队总计已发展到 110 人，枪支计有 90 支。[①] 这年 7 月 8 日，陕北特委决定将部分游击队组建成立陕北游击队总指挥部，任命谢子长为总指挥，郭洪涛为政委，贺晋年为参谋长。不久，谢子长、郭洪涛便带着陕北游击队的同志来到陕甘边根据地。

7 月底，在阎家洼子召开了陕甘边特委、红 26 军、陕甘边游击队总指挥部和陕北游击队总指挥部联席会议。参加会议的主要领导人员，陕甘边方面：军委主席刘志丹，特委书记张秀山，苏维埃政府主席习仲勋，红 42 师

①《陕北革命根据地》，中共党史出版社 1995 年版，第 175 页。

阎家洼子会议会址

师长杨森，政委高岗，陕甘边特委委员张邦英、张策，红42师团长、政委王世泰、赵国卿等及红26军连以上的干部；陕北方面：陕北游击队总指挥部总指挥谢子长、政委郭洪涛、参谋长贺晋年及游击队支队长以上的干部。

联席会议的议题是讨论应陕北特委的要求，红26军北上陕北地区帮助打开陕北游击战争的局面，以及两个根据地武装力量协调行动的问题。

会议先由杨森代表红42师党委，讲了红26军建立以来部队发展和开展游击战争的情况，以及在不同时期所发生的一些问题和今后的发展方针。

谢子长在会上宣读了上海中央局和北方代表给红26军的两封信。信中对红26军的战略转移指责是“右倾机会主义”“逃跑主义”“梢山主义”“枪杆子万能”，说部队组成带有“浓厚的土匪色彩”等。

郭洪涛在会上作了“政治报告”，从国际讲到国内，从无产阶级发展讲到反对资产阶级的斗争，又讲到陕甘边区党内的“右倾机会主义”和红26军不能正确执行党的路线，重复了北方代表指示信中那“五顶大帽子”。

我们听了他们的传达和报告，都感到很惊奇：一是上海中央局和北方代表这些说法是从哪里来的？因为与事实根本不相符合。二是上海中央局和北方代表给红26军的信，是什么时候送到陕北特委的？能送到陕北特委，为什么不能送到陕甘边特委、红26军？三是谢子长、郭洪涛把信带到陕甘边，为什么不交给红26军或陕甘边特委先去讨论执行，而是在联席会议上当众传达？四是老谢在红2团成立时，杜衡打击他和刘志丹，说他们是“右倾机会主义”“梢山逃跑主义”，现在他回来了，怎么又把这些说法加到我们身上呢？

大家有些议论，但考虑到他们是由兄弟党组织陕北特委派来的，觉得他们是在重复北方代表指示信中的内容，不解决实际问题，所以没有展开议论。

当会议提出高岗不能担任红42师政委的问题时，大家议论了一番。有同志问，那谁来当？郭洪涛说让谢子长当。当时刘志丹因1932年“三甲塬缴枪”事件发生的嫌隙，在会上没有说什么。我和一些同志觉得老谢是陕北的老同志，没有什么不可以当的。会议最后同意由谢子长代理师政委一职。

杨森、张策等同志对会议的情况很不满意，找我和志丹说：怎么陕北管起陕甘边的事了呢？张策后来在他的回忆录中写道：“我那时虽然不大晓得其中的是非曲直，但我知道，自从1933年陕西省委被破坏后，陕甘边特委一直没有上级党的领导，而且这期间，中央和北方局都没有派人来这里检查过工作，就是我们的邻居陕北特委，也没有派人来过这里。那么这些批评到底来自何人何地呢？这不能不使人奇怪。虽然受到了一大堆批评指责，陕甘边特委的领导同志还是本着革命友谊赠送了许多枪支经费，特别是把红42师政委的位置让了出来，由谢子长暂时代理，并派红42师的部分主力红3团到陕北协助作战。”①

会后，郭洪涛拿走了龚逢春做的会议记录。龚逢春是红42师的宣传科长，开会时担任会议记录。回去后，郭洪涛把会议上检讨批判过去错误的材料收集起来，断章取义，主观想象，歪曲事实，写了《26军长期斗争的主要教训》，上报北方代表和上海临时中央局，并刊登在陕北特委的刊物《西北斗争》上。

《26军长期斗争的主要教训》中说，红26军“一贯的拘泥于逃跑主义与窜梢林主义”，把杜衡强令红2团南下失败的责任，加到后来的陕甘边特委

---

① 张策：《我的历史回忆》，改革出版社1997年版，第49页。

领导头上；把红4团在狭窄的平原地区，在敌人绝对优势兵力进攻下，退出渭北苏区（约二三十里的三原武字区），说是“逃跑主义”；对王泰吉同志领导的骑兵团起义说成“纯粹是革命高潮下的投机”；把陕甘边游击队总指挥部在极端不利条件下退出照金根据地，说是“右倾机会主义的领导”；对红26军在华池、关中、安定、保安一带所建立的游击队，说是“招兵买马拉拢土匪流氓的发展”；还说“陕甘边区游击运动，在富农路线的脱离群众的领导下，断送了边区的游击运动”；陕甘边特委“对于政治形势的估计不足和一贯右倾”等。

8月，传来北方代表的指示，说“张秀山成分不好”，不能担任陕甘边特委书记（这时我的父亲在陕北搞的“社会肃反”中已被杀害了）。我表示不能担任就换其他同志。委员们研究后认为，既然上面有指示，那就执行吧！于是推选工人成分出身的惠子俊任书记，同时决定我去庆阳游击队任政委。

阎家洼子会议，加强了陕北和陕甘边两特委，以及两方面红军和游击队的联系，并派出红3团北上作战，对陕北根据地有一定帮助。郭洪涛后来也说：会议“决定红26军42师北上，同陕北游击队一起活动，……对于粉碎敌人的第一次‘围剿’具有十分重要的意义。如果不采取这一果断的战略措施，仅依靠陕北的武装力量去粉碎敌人的‘围剿’，确实是有困难的”。[①] 会议的负面影响是“左”倾机会主义伸入到陕甘边根据地。

九、在庆北苏区

阎家洼子会议之后，我来到庆阳游击队任政委。

庆阳游击队这时在庆阳东北地区活动，这里是个穷乡僻壤的半农半牧之地，长期以来由于经常受到土匪掠夺，人民苦不堪言。

我们游击队首先集中兵力打垮了当地罪大恶极的土匪李廷，然后在柔远城子（现华池）召开群众大会，宣传共产党的主张，号召农民起来革命，推翻剥削欺压百姓的制度，成立农民联合会，一切权力归农会。我们先后在柔远东沟、武家河、大畔、柳湾沟、杜家河、小川沟、城壕川附近等地组织了

① 郭洪涛：《第二次国内革命战争时期陕北革命斗争史实回忆》，《陕西文史资料》第十二辑，陕西人民出版社1982年版。

农联分会和农联总会，开展打土豪、分粮田的斗争。分到土地的农民积极建立起赤卫队、贫农团、雇农工会等群众组织。我们先后建立起南梁根据地第一批三个中共农村基层党支部，发展党员 40 多名。革命火种燃遍了整个庆北地区。

有一段时间，我住在刘懋功的大伯家。刘懋功那时十六七岁，穷苦人家出身，很朴实。我们给他讲一些革命道理，并秘密介绍他加入了共青团，还让他参加了赤卫军。他参加红军后，作战很勇敢，进步很快，60 年代任兰州军区空军司令员。

我到庆阳游击队没有多长时间，王世泰率红 3 团完成了北上与陕北游击队共同粉碎敌人对陕北的第一次“围剿”后，也到达庆北苏区，与庆阳游击队会合。这时，红 3 团的任务是与庆阳游击队一起，按“七月决议”要求，积极扩大庆北根据地。

王世泰讲了红 3 团这一个月在陕北作战的情况，告诉我谢子长在 8 月 26 日河口镇战斗中负了伤。我问老谢的伤重不重，打在哪儿了？王世泰说：打在胸部，和你在庙湾战斗受伤的情况差不多，比较重，但是没有太大危险，正在养伤。我说：慢慢是可以治好的。

1934 年 8 月，鉴于谢子长负伤，不能履行红 42 师政委之职，经陕甘边特委和军委会研究，决定我回红 42 师任政委。这是我第二次担任这个职务，师长是杨森。

1934 年 10 月 20 日，郭宝珊率领国民党 17 路军驻陇东部队的部分人员在庆北发动起义，参加中国工农红军，改编为西北抗日义勇军，郭宝珊任义勇军司令，我党派任浪花任政委。

郭宝珊是河北人，逃难来到陕西洛川县，出身贫苦，为人正直。他的部队共有 3 个连，200 多人。其中多是陕西人，年轻人很多，大部分是破产农民、穷苦百姓出身。

郭宝珊部队改编后，直接归红 42 师指挥。为了搞好我军和义勇军的关系，使他们相信我们，在行军中常让他们作为后卫部队。宿营时，让他们住在一个村庄，不把他们拆散。杨森和我经常找郭宝珊等人谈心。记得在围攻庆阳县的五蛟堡时，晚上我和郭宝珊谈话后，就与他住在一个炕上，很快，增加了相互间的信任。

1935 年 2 月初，我们回到后方荔园堡休整，正值召开“二七”纪念大会，原计划在露天开会，后因下大雪临时改在一个大庙的大厅里。我在会上讲“二七”运动的经过和意义，看到义勇军的一些人站在外面，疑虑红军会缴他们的枪。我指示部队不要打扰他们。红军对他们真诚相待，丝毫没有缴他们枪的表现，慢慢地打消了他们的疑虑。会上，郭宝珊也讲了话，表明他参加革命的决心。

在改造郭宝珊部队的过程中，任浪花等同志和王世泰率领的红3团的同志做了大量的思想政治教育工作，有计划地给他们上政治课，向他们宣传马列主义，讲革命的道理和革命的胜利前途，讲国民党的反动、卖国行为。这对郭部提高觉悟，坚定立场，起了重要作用。全国解放后，郭宝珊任青海省军区副司令员，成为我军很好的指挥员。

这时，庆北的三支革命武装力量：红3团、抗日义勇军和庆北游击队一起联合作战，先后拔掉五蛟堡、园城子敌人据点，消灭了谭世麟民团200余人，解放了园城子川、五蛟川一直到悦乐的大片地区，向西发展到八珠塬地区，使以柔远城子为中心的庆北根据地迅速得到巩固和发展。

十、成立西北工委和军委

1934年7月，红3团北上和陕北游击队联合作战，粉碎了国民党对陕甘边、陕北根据地的第一次“围剿”。1935年1月，红27军84师成立，杨琪任师长，张达志任政委。到1935年初，陕甘边苏区有11个县苏维埃政权，陕北苏区有9个县苏维埃政权。两个苏区的发展给敌人造成很大威胁，国民党对陕甘和陕北苏区开始新的“围剿”。两块根据地需要联合对抗敌人的进攻。

1935年2月初，陕甘边特委根据中央驻北方代表派到陕北的巡视员黄翰的建议，派惠子俊和刘志丹去陕北，在安定县周家崄与陕北特委的同志召开联席会议，研究建立党的统一领导问题。会上，正式成立中共西北工作委员会，选举惠子俊为书记；成立西北革命军事委员会，选举刘志丹为军委主席。会后，刘志丹留在了陕北，领导粉碎敌人第二次“围剿”作战。惠子俊回陕甘边，向陕甘边特委和红26军传达两特委联席会议精神，中共西北工委和西北军委领导成员组成。

2月下旬，我和杨森师长接到西北军事委员会主席刘志丹关于粉碎国民党军队对陕甘边和陕北第二次“围剿”的动员令，命令红 42 师主力待机北上陕北作战。同时，我和杨森还接到刘志丹的亲笔信，决定由我带红 3 团和抗日义勇军北上陕北，归刘志丹指挥。杨森则带骑兵团到关中陇东一带活动。

刘志丹以西北军委主席名义发布的“动员令”，我们通报给陕甘边特委和苏维埃政府的同志。我在向红 42 师团以上干部做动员时，把刘志丹签署的“动员令”和他写给我们的亲笔信给惠子俊、习仲勋、张策和红 26 军的团长、政委王世泰、张仲良等同志看过。

这时，“围剿”陕甘边根据地的敌人正伺机进犯根据地。根据刘志丹的部署，我和杨森率红 42 师先在陕甘边活动了一阵。我们派出骑兵团西进，深入敌占区。骑兵团在赵国卿团长率领下，采取奇袭战术，一举攻入长武县城，歼敌百余人，缴获枪支百余支，筹款数万元，棉布数百匹，并镇压了一批反动地主豪绅。这一仗，打乱了敌人的“围剿”部署。

敌军进占老爷岭、园城子、柳村塬一线后，红 42 师与游击队配合，与敌周旋 40 多天，搞得敌人疲惫不堪，为根据地军民抗击敌人“围剿”创造了有利机会。但是，在柳村塬战斗中，由于对敌情的了解有误，加上步兵和骑兵没有配合好，敌人钻了空子，我军损失较大。后来在“左”倾肃反中，这次战事的失利，竟成为我和杨森是“反革命的证据”。

4 月下旬，根据西北军委主席刘志丹的指示，我率红 3 团和抗日义勇军北上，与红 27 军 84 师会合。路上，在寺尔畔与敌人打了一仗，郭宝珊的义勇军打正面，红 3 团打侧翼，由于配合得好，速战速决，消灭了敌人一个连，我军无一伤亡。

5 月 1 日在白庙岔，我们红 42 师北上部队与杨琪师长、张达志政委率领的红 84 师会师，两支部队组成主力兵团，下辖红 84 师的 3 个团和红 42 师的红 3 团及抗日义勇军，计 5 个团级单位 2100 多人。刘志丹这一举措，为集中兵力，歼灭“围剿”陕北之敌起到了有力保证。

到达陕北后，我对谢子长同志的不幸病逝很难过。刘志丹对我说：2 月初，我和惠子俊北上与陕北特委的同志们开会前，先去探望了老谢，看到他的病情已经很重了，心情也不好。老谢见到我们，伤心地流出了眼泪。我们劝他不要着急，要好好养伤。我对他说，我们来陕北，是与陕北特委共商两个苏区的统一领导问题。老谢听了很高兴，说这样好，统一起来，集中领导，统一行动，有利于粉碎敌人的进攻。我们走时，老谢紧紧拉着我的手。

我们对他说，你好好养伤，好了我们再一起干。走时，我们给他留了些钱治病用，然而没想到这么快老谢就去世了。

谢子长同志为革命奔波一生，为西北革命作出了重大贡献。他英年早逝，是我们党的重大损失。子长同志不愧为西北人民的忠实儿子，西北人民和同他一起战斗过的同志们永远怀念他。

十一、陕北“左”倾教条主义

西北红军和革命根据地是在党的正确领导下，成长发展起来的，但是也和其他根据地一样遭受到“左”倾教条主义和右倾路线的严重摧残和破坏。而破坏性最大的，则是1934年至1935年的“左”倾教条主义。

1931年1月，六届四中全会之后，王明“左”倾教条主义统治了党中央领导机关。这时期的北方局，之后改为北方代表即执行了王明“左”倾教条主义指示。

1934年2月，在葭县南洼村召开的陕北特委联席会议上，郭洪涛传达了中共北方代表关于反对右倾机会主义、富农路线的指示内容。会后，郭洪涛给北方代表写了秘密报告，主要内容是：陕北特委把富农多余的土地和牲畜分配了，但给富农留一部分土地，是犯了“右倾机会主义、富农路线”错误；陕北游击队是在“富农路线”指导下“招兵买马组成的土匪”。

1934年7月，阎家洼子会议后，郭洪涛又以个人名义给北方代表和上海临时中央局写报告，说红26军和中共陕甘边特委是“右倾机会主义”。

1935年5月10日，中共西北工委在玉家湾村召开常委会，对工委同志的工作作了新的调整，会上还对郭洪涛回陕北后的错误进行了批评。会后郭洪涛又向北方代表写秘密报告，说西北军委成立了，动员令发了，迟迟没有行动；寺村塬打了败仗，陕甘边根据地丧失殆尽，领导机关已逃到洛河川；刘志丹包庇掩护的张慕陶右派跑到陕甘、陕北苏区，专门挑拨陕甘、陕北的对立，挑拨红26军和红27军的对立。报告中还说：“在西北工委会议上我虽然孤立坚持‘中央路线’，但群众拥护我，中下级干部都拥护我，因为我创建了陕北根据地，我创建了红27军和陕北的红军游击队”等。

7月5日，北方代表派原河北省委组织部长朱理治来到中共西北工委驻地延川县永坪镇。8月中旬，聂洪钧根据北方局中央代表的决定，也由上海来到永坪镇。聂后来说：他离开上海时，沪局同志和他谈话说："北方局中央代表的意见，有很多张慕陶右派跑到陕甘、陕北苏区，专门挑拨陕甘和陕北的对立，挑拨红 26 军和红 27 军的对立……刘志丹思想很右。要我们依靠郭洪涛来好好解决陕甘、陕北苏区的右派问题。"①

在朱理治、聂洪钧到陕北之前，西北红军按照玉家湾会议确定的作战方针，在刘志丹的指挥下，粉碎了国民党 7 个师，32 个团，共 6 万余兵力的进攻，歼敌正规军 2000 余人，民团 5000 余人，取得了第二次反"围剿"的胜利。西北革命形势发生了更加新的变化，红军主力发展到 5000 余人，地方游击队 4000 余人，又解放了 6 座县城，苏区扩大到 30 多个县（比 1942 年陕甘宁边区还大），陕甘和陕北两个根据地连成了一片。

他们到来之时，国民党因第二次"围剿"失败，正调动更多的兵力，对我根据地进行第三次"围剿"。红 26 军、红 27 军在西北军委领导下，采取集中兵力，各个击破的作战方针，先打东线之敌晋军，再打北线敌人，之后再打南线之敌。在东线，我红军英勇作战，击溃敌人两个旅，消灭其两个团，将晋军赶过了黄河。

在第三次反"围剿"开始时，朱理治带着北方代表指令来到陕北。他来后，没有和红 26 军、红 27 军的干部谈过话，没有和刘志丹、高岗、惠子俊、崔田夫和我谈过，也没有和苏维埃领导人马明芳、霍维德谈过。当时，他和我们是住在一起，一道吃饭，但没有谈话。他只和郭洪涛谈，有时我去碰见了，他们就不讲了。他们谈的结果，写成了两本东西，一本是朱理治用英文写的，一本是草写的，我们也认不出来。我对他们这种做法很不理解。

7 月中旬，朱理治在文安驿干部会议上作了一个报告，讲了两三天。从国际讲到国内，从中央苏区的伟大胜利（实际这时中央苏区已经丢失了）讲到陕甘，当着我们的面，说我们在政治上是"右倾机会主义"，在军事上是"枪杆子万能"等。在讲到陕甘苏区当前进行的第三次反"围剿"斗争时，提出要"全线出击"，"不让敌人蹂躏苏区的一寸土地"，要红军配合"地方暴动，消灭在苏区内敌人的支撑点（即敌人重点固守的城镇）"，要红军"去打延安、清涧和瓦窑堡"等城市，"开展敌人翼侧及后方的广大革命战争的

---

① 聂洪钧：《刘志丹同志冤案的产生》，全国政协文史资料研究委员会编：《革命史资料》第一辑，第 111—115 页。

战线”，“运用基本的运动战的策略，配合着阵地战”，粉碎敌人的新“围剿”。还提出“争取神府和吴、绥、川南苏区打成一片，巩固宜川一带的苏区向韩城发展，恢复失去的米东、庆北、华池苏区，开展洛川工作，消灭甘、鄜等地的白区，以洛川为中心，积极向定边、陇东发展，以马栏为中心向潼关、富平、泾阳发展，坚决巩固向南发展的路线”。这些内容，之后全部写进了西北工委《扩大会议决议》中。

在这次会上，朱理治还提出了一个非常伟大的战略任务：说“陕甘党的中心任务是在于巩固陕北、陕甘边苏区，要将陕西与四川的苏维埃运动联系起来，使川陕苏区有伟大雄厚的根据地，能够有阵地的有后方的发展伟大的战争，并进一步地使川陕苏区与新疆、青海、甘肃的伟大革命运动联系起来”。

刘志丹、高岗和我等工委同志都参加了这个会，我们越听越感到莫名其妙，越听越听不下去。因为朱理治对陕北的地理位置，东西南北都没搞清楚，他说“以洛川为中心向定边发展”，西北红军的一般干部都知道，洛川在南，定边在北，如何“以洛川为中心向定边发展”呢？我们认为都是党内同志，有什么不同意见都可以说出来。我就说，理治同志，你既反对枪杆子万能，又给“枪杆子”提出如此宏伟的战略任务，这是不是矛盾嘛！

有的同志听后议论说：“我们现在有这个力量吗？”刘志丹笑着开了句玩笑说，“这是小寡妇梦男人——空想”。因为他们提出的这一套，完全脱离了陕北革命斗争的现实，尤其是面对敌人10万重兵“围剿”根据地的严重现实。会上，不少同志你一言我一语，使他们很下不来台，碰了一个软钉子。后来得知，朱理治的这个报告是郭洪涛给他写的。

会后，刘志丹等同志没有执行打延安、瓦窑堡、清涧的攻坚计划，仍按西北军委原定的作战计划，向北线敌人出击。这样就使他们很恼火。

回去之后，他们便在永坪镇召开了“西北工委扩大会议”。而西北工委和西北军委的主要成员刘志丹、高岗、杨森、张达志和我，及陕北特委的主要领导人马明方等都没有让参加会议。

他们又重复了文安驿会上讲的那些内容，还进一步讲道：“苏维埃区域日益扩大”，“苏维埃区域占有全国的四分之一，苏维埃的人口占有全国人口的六分之一”，“争取一省数省首先胜利的口号是早已经完成，苏维埃在江西、湖南、福建、四川等地已经发展着”，认为现在是处在“伟大的阶级决战的前夜”，“陕甘党对争取一省数省的胜利，不仅完成了，而且超过了”，“全国革命发展与白区群众斗争的响应配合，特别由于中央主力红军与全国红军的胜利……使地主资产阶级的统治更加崩溃”。

而这时的实际情况是：中央苏区和除西北之外的其他苏区，已经被王明“左”倾冒险主义给葬送了，中央红军正进行着艰苦卓绝的长征，中国革命正处于最危急的时期。

会议的中心内容是决定要在陕甘反对右倾机会主义和进行肃反。他们在“报告”中强调，“特别是右倾取消主义，是反动派在党内的代理人”；“在粉碎第三次‘围剿’中，首先要反对崇拜枪杆子万能而不相信群众力量的倾向与取消主义的观点”。会上，他们还作了一个“反对右倾机会主义”的决议。会后，郭洪涛在《西北斗争》刊物上写了一篇《论扩大会议》的文章，说这个会议具有“非常伟大”的意义。

这个期间，他们要对陕甘和红26军进行肃反，也只是有其心，而无其力。因为没有人支持他们。

十二、陕北“左”倾肃反

永坪联席会议

9月15日，红25军来到延川县的永坪镇。之后，情况就发生了变化。

红25军是我党领导下的一支英勇部队。但是在鄂豫皖时，红25军受到王明“左”倾冒险主义和张国焘军阀主义及错误肃反的严重破坏和影响，因此在国民党军队大举进攻时，被迫退出鄂豫皖根据地来到陕北苏区。这样，也就带来了错误肃反的流毒。

9月17日，在永坪镇红军干部学校的教室里，召开了中共鄂豫陕省委、红25军和中共西北工委、西北军委联席会议。

开会之前，朱理治、聂洪钧、程子华三人组成了“中央代表团”，朱理治为书记（党中央长征到达陕北后，在解决肃反问题时，正式否定了这个“中央代表团”的合法性），联席会议由“中央代表团”主持。

会议从下午一直开到第二天天亮。会议仍然是要开展反右倾机会主义的斗争，要进行肃反。会上所讲的内容，主要是红26军工作中的所谓问题，公开指出惠子俊是右倾机会主义的傀儡，要严厉地打。我当时讲了几句话，说惠子俊是工人同志，能力弱，可以帮助教育……还没等我说完，他们马上就说：“你这个调和主义，反对右倾不坚决。”

会议开得很严厉，许多同志都不敢说话。这次会议就把反右倾和肃反变成了现实。

会后，朱理治写了一篇文章《打倒反党的右倾机会主义，为列宁主义的中央路线而斗争》，登在《西北斗争》刊物革新号上，文章公开点名“张秀山是右倾机会主义”。

为了贯彻“反右倾机会主义的斗争”，会议对中共西北工委和军事机关进行了彻底改组。撤销中共西北工委，成立陕甘晋省委，朱理治为书记，郭洪涛为副书记兼组织部长。撤去刘志丹的西北军委主席之职，任命聂洪钧为西北军委主席。将红25、26、27军各改编成一个师，组成15军团，徐海东任军团长，程子华任军团政委，刘志丹任副军团长，高岗任军团政治部主任。我被调到军委当供给部部长，从红25军调来一个连级干部当供给部政委，据该同志后来讲，他的任务就是监视张秀山的行动，随时报告。

“左”倾肃反

正当我西北红军取得劳山战役胜利，打破敌人第三次“围剿”的时候，“左”倾教条主义在西北党内、军内开展了大规模的肃反运动。

王明“左”倾教条主义为了要推行他们那套错误的政治路线、军事路线，必然要同党的正确路线展开猛烈的斗争。他们以各种借口，打击排挤以至于从肉体上消灭不服从他们那套错误东西的同志。这是王明“左”倾教条主义占统治地位时期，各根据地党内发生的通病，从中央苏区到各根据地都有很多革命同志受到打击和迫害。

西北根据地长期处在被国民党军队、地方军阀、土匪、民团的包围和分割之中，陕甘和陕北的环境、经济有着很大差异，革命斗争方式也随着当地条件而不同。我说：陕北的群众好，经济条件好，群众开化，陕甘的人口少，经济文化落后，就给我扣上“特殊论”的帽子。他们认为革命是一直向上发展的，如果有人说有高潮、有低潮，那就是右倾。

肃反材料说，“刘志丹是白色军官，是地主成分，地主成分必然是反革命”。说“高岗历史上有问题；张秀山是右倾机会主义；习仲勋是跟着人家胡跑”；“杨森、杨琪是土匪头子”等。

在捕人之前，早就定有名单，刘、高和我都是名单里的。肃反的整个过程是逼供信，主观主义达到了极点。

我在永坪被抓起来后，戴季英审问我，问了几次没有问出什么反革命的口供来。后来被送到瓦窑堡的监狱里，朱理治、戴季英审问过我几次，一开始就叫我说出反革命的活动实情。我说，“我过去的历史是一步一步地走过来的，你们可以去考查了解，我的历史是很清楚的，如果有一点反革命的嫌疑，可以马上枪毙我”，就是这样讲也不行。不承认就吊起来打，打昏了用冷水喷醒。他们念口供说：“蔡子伟介绍你加入右派，你担任右派前委书记，后来你到陕北又交给刘志丹，你们最近还有活动，你现在还不承认？”我说这完全是反革命造谣。不承认，又吊起来再打，打死打活的这样好几次，我还是没有讲。拷打几次之后，朱理治说：“你是个最顽强的反革命，现在前方也捕，后方也捕，你不承认就不杀你了？”戴季英说：“你是粪坑里的石头。”郭洪涛也参加了审问，他用审问反革命的口气问我时，我说：“别人不了解我的历史，你郭洪涛也不知道？”

在把我打昏几次后，我大哭说：“你们把我杀了就算了！我死没问题，26军创建不容易，它是许多同志的头颅换来的，你们可怜可怜26军罢，这里边的干部全是好的！你们不要把26军的干部都冤死了。”

我被他们审问时的情况和我的回答，关押在狱中的张策、马文瑞等同志都听到了。他们流下了眼泪。这一情景，也令看押我们的红25军的干部、战士对肃反产生了怀疑，他们议论说：哪有这样的“反革命”，自己要死了，还要救26军的同志。

延安整风时，在西北高干会上朱理治说：“当我参加了审讯张秀山后，曾产生怀疑（是不是错了），郭洪涛检举红军中的‘反革命右派’、‘敌人的地下人员’，为什么他们能整营整团地歼灭敌人呢？就按郭洪涛检举的材料反复翻看，红军中也没有发现哗变投敌的现象？占领六座县城，其中三座是打开的，这又作何解释？我拿这些疑问与郭洪涛商量，他说：‘千真万确，他们是反革命，那些他们只是为了在党内、军内埋藏得更深、爬得更高，骗取更大的信任。’”

高朗亭（原安徽省军区副司令员）说：1965年秋，他与另外两位写《西北红军战史》的编辑采访朱理治时，朱说：“那次错误肃反，我与刘志丹等同志本来无冤无仇，就是阅读了郭洪涛同志给北方代表的报告，去永坪镇后又偏听偏信了郭洪涛的谗言谎话，受骗上当，铸成大错。如上海临时中央局、北方代表不受郭洪涛的骗，不上他的当，也就不会派我们去西北犯错误了。”

高朗亭还说：“据程子华80年代对一位外国作家讲：陕北党里的布尔什维克竭尽全力批评刘志丹，并设法说服我们（指红25军的领导成员）相信刘志丹实际上是国民党的地下人员，他领导的红26军已被敌人渗透。于是部队内部的逮捕开始了。”

1935年发生在陕北的这起“左”倾肃反，从7月15日永坪扩大会议作出的《反右倾取消主义决定》开始，至1935年10月24日，党中央、毛主席率领中央红军到甘泉县下寺湾制止肃反止，历时三个多月。

在这个乌云翻滚的日子里，“左”倾错误执行者把原西北工委和西北军委的主要领导：刘志丹、高岗、杨森、习仲勋、杨琪、惠子俊和我等同志逮捕下狱，险遭杀害；西北军委委员、红27军84师师政委张达志被撤职，也被打入肃反的黑名单；陕甘边、陕北两个根据地和红军的一些重要领导干部张策、马文瑞、王世泰、刘景范、黄罗斌、郭宝珊、任浪花、朱子休、张文舟、李启明……和红26军连以上的干部，地方区以上的干部，先后都被扣上“右派反革命”的帽子，关押狱中，遭到酷刑拷打。准备活埋我们的大坑都挖好了。

红军营长于震西被抓后，被肃反的人用匕首一刀一刀地扎，逼他承认自己是反革命。于震西直到死也没有低头，没有诬陷自己的战友和同志。义勇军首领郭宝珊同志被抓后，审讯者问他是什么派？他反问他们：“刘志丹是什么派？”审讯者说：“刘志丹是右派！”郭宝珊坚定地告诉他们：“刘志丹是右派！我也是右派！”

有的同志被杀掉，有的被活埋，幸存者被摧残得难以言表。中央后来查证，肃反中，他们已“杀害了二百以上的西北党政军干部”。

在陕北的老百姓中，传说红25军是白军，他们化装成红军来消灭红26军；红26军的机关枪全部被25军收缴了，红26军的战士拿着标枪、大刀被人用枪逼着去冲锋送死；刘志丹、张秀山等人已经被他们杀害了……

“左”倾路线执行者的倒行逆施，引起群众的疑虑和恐慌，根据地人人自危，军心涣散；地主、富农乘机挑拨煽动，以致保安、安塞、定边、靖边等几个县都“反水”了（我党建立的游击区和根据地，在肃反中，老百姓又投向了军阀和国民党，“红区”变成了“白区”）；白匪乘机大举进攻，根据地日益缩小，陷入严重危机。

十三、党中央挽救陕北

在西北革命危机的紧要关头，1935 年 10 月 19 日，党中央、毛泽东率领中央红军到达陕北。毛泽东听说了陕北抓人的事情，马上派李维汉、贾拓夫等同志作为先遣队来陕北。

贾拓夫对我说，红军长征到达哈达铺镇时，毛主席从敌人的报纸看到，说陕北刘志丹 20 万共匪正在受到“围歼”。即把我找去，问陕北红军的情况。我说我离开陕西一年多了，不清楚现在是什么情况。但是，毛主席果断地说：刘志丹领导的红军不要说是 20 万，就是有两万也好。于是决定长征的目的地是陕北。

1935 年 11 月 3 日，在甘泉县下寺湾，党中央政治局常委会议上听取肃反负责人的汇报，毛主席说：我们刚刚到陕北，仅了解到一些情况，但我看到人民群众的政治觉悟很高，懂得许多革命道理，陕北红军的战斗力很强，苏维埃政权能巩固地坚持下来，我相信创造这块根据地的同志是党的好干部。果断决定：停止逮捕、停止审查、停止杀人，一切听候中央解决。所逮捕的干部交给中央处理。

这时，党中央正忙于战事，先派保卫局局长王首道和贾拓夫等同志组成工作组，前往陕甘晋省委驻地瓦窑堡调查并制止肃反。毛泽东还叮嘱王首道等说：“杀头不能像割韭菜那样，韭菜割了还可以长起来，人头落地就长不拢了。如果我们杀错了人，杀了革命的同志，那就是犯罪的行为。大家要切记这一点，要慎重处理。”

王首道等同志来后，首先对陕甘晋省委制造的肃反进行了全面接管，制止了杀人行动。

毛泽东在前线指挥作战的同时，十分关注陕北的肃反问题，他和周恩来、彭德怀从前线致电张闻天、博古，十分肯定地指出：“错捕有一批人，定系事实”，要纠正错误，处理要慎重。据此，中央决定由董必武、李维汉、王首道等五人负责审查肃反案件。

直罗镇战役结束后，毛泽东等从前线回到瓦窑堡。他和中央其他负责同志一起，听取五人小组关于审查肃反案件的汇报。毛泽东再次严肃指出：“逮捕刘志丹等同志是完全错误的，是莫须有的诬陷，是机会主义，是‘疯狂病’，应予立刻释放。”这样，我们这些遭受迫害的同志，才从“左”倾的屠刀下被救了出来。

当我们从牢狱中走出来时，个个泪流满面，对党中央、毛主席和中央红军充满了无限的感激之情，是党中央挽救了西北革命。

毛泽东说：是中央救了陕北，也是陕北救了中央。但对我们西北的同志来说，心中永远不可忘怀的是党中央救了陕北。如果不是党中央及时赶到，采取正确果断措施，西北（包括陕甘边和陕北）根据地和西北红军还能存在吗？当然，如果连我党这块唯一仅存的根据地也被葬送掉的话，中国革命的历史又将会是什么状况？“左”倾路线在陕北制造的错误肃反事件，是中国共产党历史上的一起严重事件。后人应该牢记这一历史的教训。

第四章　建立神府抗日根据地

（1935.12—1939.3）

1935 年底，我被分到红军大学当政治教员。在陕北“左”倾肃反中受迫害的干部还是受到不公正对待，降级安排。刘志丹由于是军委分配的，被分配到中央军委驻西北办事处任副主任，后又担任了红 28 军军长。陕甘边苏维埃政府主席习仲勋被派到环县任县委书记，西北工委书记惠子俊到赤安县任县委组织部长，红 26 军第二路游击队总指挥、红 27 军 84 师第一任师长杨琪到三边任独立营营长，红 26 军的主要团级干部王世泰、黄罗斌、胡彦英等同志均为县军事部长等。

当时任中央组织部部长的李维汉，后来了解了肃反时的一些情况后，1937 年对毛泽东说：“由于‘左’倾路线没有清算，陕甘边苏区的地方干部和军队干部仍然戴着右倾机会主义的帽子。所以对他们的工作分配，特别是对一些高级干部的分配，一般是不公正的。”[①]

一、恢复神府苏区

神府苏区

党中央到陕北后，撤销了陕甘晋省委，把苏区划分为陕北省、陕甘省，并设立了三边、神府、关中三个特区。

1935 年底的一天，张江全和杨文谟来到红军大学找我，张江全与我是一个村的，杨文谟原在红 26 军工作过，后回神木开展游击斗争。我们见面后很高兴。他们二人是 1935 年 9 月受神府党组织委派，化装成贩盐、贩枣的商

① 李维汉:《回忆与研究》（上），中共党史资料出版社 1986 年版，第 373 页。

贩，出来找陕北特委。他们通过敌人层层封锁、盘查，辗转两个多月，后听说党中央到了陕北，才找到这里。

他们讲了神府的情况。在西北工委时，我曾听陕北党的负责人马明方、崔田夫等同志讲过神府苏区的一些情况。这次见面，他们二人讲得更详细，有些情况，令我吃惊。

他们说：1934 年 9 月，根据陕北特委指示，神木县委将红 3 支队改编为红 3 团，后来发展到 3 个连 200 多人。在党的领导下，神府军民积极开展游击斗争，苏区一度发展得很快，北面扩大至府谷县的滩坝、黄甫一带，南面至葭县的岔道铺，东至神木、府谷两县的黄河西岸，西至榆林县的建安堡等地，东西有 150 多里，南北 400 多里，人口有 14 万。其中神木县 13 个区，有 6 个区建立了苏维埃政权，其他为公开游击区；府谷县有 7 个区，都建立了区委和苏维埃政权，另外在黄河对岸山西的兴县还建立了 3 个秘密区委。苏区党员发展到 2000 多人，团员 1000 多人。红 3 团发展到 300 多人，200 多支枪。另外，还建立了游击队 7、11、21 支队和新 3 支队，神府苏区红军、游击队共有 400 多人。

后来在“左”倾冒险主义的领导下，在肃反、干部政策和土地分配等方面，执行了“左”的政策，打击伤害了很多革命干部和群众。在敌人的“围剿”面前，“左”倾领导者先是要弱小的红军游击队冒险硬拼，打了败仗之后又动摇，丧失了革命的信心，讲了许多动摇军心的言论。在形势极为危机的情况下，解散了一部分红军，使革命的武装力量受到严重削弱，许多革命干部和群众被敌人残酷杀害。

我到神府后，乔钟灵对我说，最危急的时期，神府根据地差不多全被敌人占领了。我们原有 3800 多名党员、团员，损失 3400 人；500 多名脱产干部，损失 400 名；500 多人的红军、游击队队伍，损失 400 多人。总计 1000 多名地方干部和红军、游击队员，仅保存下 200 来人。①

他们说：前几天，中央政治局在瓦窑堡对面的祁家湾开会时，讨论神府苏区的问题，会上中央军委副主席周恩来问王达成（时任陕北省委组织部长、原神府苏区党的负责人）神府苏区的情况，王说：“完了，全完了。”周副主席当场责问他说：“全完了？怎么前几天我看到敌人的通报上还说‘有共

---

①《神府根据地》,《陕西党史资料丛书》（十二），陕西人民出版社 1990 年版，第 106 页。

匪在神府活动'，这说明没有完。”毛主席说：“神府苏区虽不大，但这个地区很重要，是抗日前哨。”中央领导同志研究后一致认为，一定要恢复神府苏区。会上，经陕北省委提名，决定杨和亭、张江全、张汉武等同志去神府工作，杨和亭任神府特委书记。神府特区归党中央直接领导。

周恩来同志与我谈话

1936年2月的一天。周恩来副主席到红军大学找我谈话，他还兼军委后方办事处主任。他说：听刘志丹（军委后方办事处副主任）讲，你在陕甘边区工作很长时间，有在红军和根据地工作的经验，经中央研究，决定派你去神府特区工作。又说，你是陕北人，应该知道神府的重要。我说我就是神木县人。周副主席听后说：那就更好了。你知道神府的地位很重要，它实际上是陕甘宁特区的北大门。如果这道门保不住，陕甘宁特区将会受到严重威胁。神府又是我们与华北等地来往和红军东征的最重要通道。因此，我们必须尽快恢复这块根据地。周副主席说，之前，中央已派了杨和亭等几位同志到神府，但中央对那里的情况仍放心不下，决定派你再带几位同志去神府工作。你去后，任特委组织部长，首先要把那里的党组织建立起来。

这是我从陕北肃反的监狱里被党中央救出后，两个月来，中央领导同志第一次找我谈话和交代任务，心情十分激动。周副主席察觉后非常亲切地说：我们从前方回来后，经过了解，认定陕北肃反是极端错误的，志丹，你们这些同志受了很大打击和委屈。又说，“秀山同志，对于我们共产党员来说，可能会遇到很多意想不到的情况，这都是对共产党员的考验”。周副主席的话给我留下了非常深刻的记忆，对我后来面对挫折和逆境起了很大作用。

谈话结束时，周副主席问我还有什么问题。我说出发前想看一看中央近来的有关文件。他说：好，可找李维汉同志。1935年12月27日，在党中央召开的瓦窑堡党的活动分子会议上，我听了毛主席作的《论反对日本帝国主义的策略》的报告；在红军大学听了传达瓦窑堡会议《关于目前政治形势与党的任务决议》等文件，还听过周恩来副主席对东北军俘虏军官的讲话，临行前，我又学习了党中央和中央军委的一些文件。

贯彻党中央指示

1936年3月初，我和刘明山、邓万祥、黄正明、白兴元等同志在米西游击队的护送下，穿过千里敌占区，来到了神府苏区。神府特委派刘长亮和贾培谋两同志来接我们。

我们到后，神府特委召开了扩大会议，根据中央和陕北省委的指示，对特委同志的工作作了新的调整，杨和亭继续任特委书记，我任组织部长，张江全任白区工作部长，贾怀光任军事部长，王兆相任军事部副部长，秘书长仍是王恩惠。团特委书记张汉武。政治保卫局长黄正明，副部长刘兰亭。红3团团长刘明山，政委毛凤翔。

在会上，我传达了中央政治局瓦窑堡扩大会议《关于目前政治形势与党的任务决议》，和毛主席在1935年底的一个讲话精神。毛主席说：由于日本帝国主义进一步侵略中国，要变中国为它的殖民地，中华民族处于危急关头，在这种形势下，中国各阶级之间的相互关系发生了新的变化。新的变化的特点，就是不仅工人、农民和小资产阶级要求抗日，中国的民族资产阶级也有抗日的要求。

我在传达中说：这就是中央《决议》中指出的“目前政治形势已经起了一个基本的变化”的具体体现。我们特委要向所有党员和人民群众说明今天中国政治形势的这一新特点。毛主席还讲当革命形势已经改变的时候，革命的策略，革命的领导方式，也必须跟着改变。中央在《决议》中指出：当前“党的策略路线，是在发动、团结与组织全中国全民族一切革命力量去反对当前主要的敌人：日本帝国主义与卖国贼头子蒋介石”。毛主席讲“目前是大变动的前夜。党的任务就是把红军的活动和全国的工人、农民、学生、小资产阶级、民族资产阶级的一切活动汇合起来，成为一个统一的民族革命战线。”“党的基本的策略任务是什么呢？不是别的，就是建立广泛的民族革命统一战线。”① 这应是我们特委今后工作的根本任务和方针。

我就特委工作提出了三点意见：一是为了打倒日本帝国主义，必须按党中央要求的那样，建立广泛的民族革命统一战线，这就要求我们要对以前的不符合统一战线要求的政策和做法进行检查和纠正。二是民族革命统一战

---

① 毛泽东：《论反对日本帝国主义的策略》，《毛泽东选集》第一卷，人民出版社1952年版，第146—147页。

线要靠我们党发动群众来建立，这就要求我们必须把党的基层组织尽快恢复和建立起来。三是打倒日本帝国主义和恢复苏区必须要有一支强大的红军队伍，不然我们在神府就站不住脚。特委今后一个很重要任务，就是迅速发展和扩大我们的红军队伍，要从现在的一个团发展到一个师。

会上对以前的工作及政策进行了一定的检讨和纠正，根据党中央的指示，确定了新的斗争方针，就是团结联合一切社会力量，建立最广泛的民族革命统一战线，打倒日本帝国主义。明确了一些政策：一是对 1935 年下半年被遣散回家的自首党员、红军战士，想继续参加革命的，要欢迎他们，对未有出卖组织，且对革命有贡献的，可以重新入党。二是纠正对地富家庭出身的干部和知识分子干部不提拔使用的政策，纠正清洗地富家庭出身战士的不正确做法。三是纠正对富农和工商业者乱打击乱没收的政策。

这次会议，由于贯彻和执行了中央政治局扩大会议《决议》精神，纠正了 1935 年以来一些“左”倾政策，神府苏区的党政军干部的思想状况发生很大变化，对神府苏区的恢复和发展起了很重要的指导作用。

刘志丹到神府

我到神府十多天，刘志丹、宋任穷率红 28 军来到神府，准备从这里渡黄河东征。特委在陈家坪召开欢迎红 28 军大会，神府党政干部、红 3 团和红 28 军的全体指战员及当地群众参加了大会。杨和亭让我代表神府特委和党政军民讲话，刘志丹代表红 28 军指战员也讲了话。

这个大会形式上是欢迎红 28 军，意义却是借红 28 军的到来和东征，向神府的人民群众展示中国共产党领导的红军队伍是爱国的，是打日本的，是不可战胜的。以消除自 1935 年下半年以来，由于敌人的残酷“围剿”和红 3 团失利，在群众中产生的悲观情绪，激发人民群众的革命斗志和信心，同时也是宣传群众、发动群众的最好机会。

在大会上，我讲了党中央和中央红军来了之后，整个西北根据地的重大变化；讲了我们党今后的主张和任务，就是打倒日本帝国主义和卖国贼。今后不管是什么人，不管以前做了什么错事，只要他反对日本帝国主义和卖国贼，我们党和红军就欢迎。

刘志丹讲了红军过黄河，到山西打击日本侵略者的伟大意义和红军必胜的决心及信心，还讲了红军过河打仗，需要神府苏区军民的支持和援助，希望神府苏区军民在党的领导下，要大力发展红军队伍，尽快恢复和扩大苏区。

欢迎会开得很热烈。会上的情况在老百姓中传得很快。人民群众对我们党的方针和一些政策有了了解，受到很大鼓舞，比我们多少人去做宣传作用都大。后来，我到一些地方开展工作时，听到有些人说：现在共产党是专打日本鬼子和蒋介石卖国贼的，不抓我们了！（1935 年神府“左”倾领导者搞的社会肃反给神府地区的群众造成了不良影响。）

这天晚上，我和志丹睡在一个炕上谈到深夜。当说到陕北的错误肃反时，我们仍然很激愤。因为直到这时，刘志丹和我们这些人身上仍然背着“右派”“右倾机会主义”的罪名。志丹说：“我们到底是不是‘右’派反革命（‘左’倾分子仍在散布这种言论），在战场上让他们看！党中央毛主席总有一天会把这些事情搞清楚的。”

志丹是一位以大局为重、对人宽厚的同志，他很少对工作、对同志的什么事情表现出愤慨。但是对“左”倾错误执行人对革命事业的破坏、对同志的残害，他很气愤。

谈到我在神府的工作情况时，志丹说：周副主席对神府苏区的情况很关心，要我转告你和特委，一定要想尽一切办法，先把神府的党和红军搞起来。周副主席的这一指示，晚上开会时，他已向特委的同志们说过。在谈到他们东渡黄河时，志丹说，这里的地形情况，他不太清楚。我说找几个熟悉情况的同志带路。他问找谁好？我说王兆相熟悉情况，他回神府打游击也两年多了，现在是特委军事部的副部长，让他再找几个人，送你们渡河。

我万万没有想到，这竟是我与志丹同志最后一次见面和交谈。我们送他率部队渡过黄河后，也就是半个多月时间，志丹壮烈牺牲在东征前线。

我和志丹是 1931 年在陇东军阀部队搞兵运工作时认识的，在红 26 军我们一起战斗，血与火的斗争历程，使我们结下了很深的友情。他的牺牲，让我极为悲痛。

也就是在这段时间，接二连三传来原西北红军领导人阵亡的消息：先是原陕甘边第二路游击队总指挥、红 27 军 84 师首任师长杨琪同志，在东征途中攻打绥德县岱王庙战斗时牺牲；接着是志丹；不久又传来原红 26 军 42 师师长杨森同志也在东征战场上牺牲了。这些噩耗撞击着我的心，他们都是经受多年战火考验，对党对革命忠心耿耿的好同志，可是他们牺牲时，身上还背着“右倾机会主义”罪名，刘志丹牺牲后，马文瑞在为刘志丹写简历时，在志丹的档案里看到“犯严重的右倾”的罪名依然存在，这对我们这些活着的人来说，很难容忍。这时神府苏区与陕甘宁根据地之间被敌人重兵封锁隔阻，我无法向党中央诉说这一冤情。

一年多后，1937 年 8 月，中央调我到抗日军政大学学习，当我听到肃反时期的负责人，在刘志丹等同志牺牲后，还在散布刘志丹等同志是“右倾机会主义”问题时，便忍无可忍，给党中央写信反映了情况，请求党中央重新审查强加在我们身上的“反革命右派”“右倾机会主义”的问题。中央调查后，1938 年 4 月在峦家坪召开会议，严厉批评了这位负责人，并调离了他在陕甘宁边区党委的领导工作。

直到这时，我们这些人身上的罪名才得到纠正。

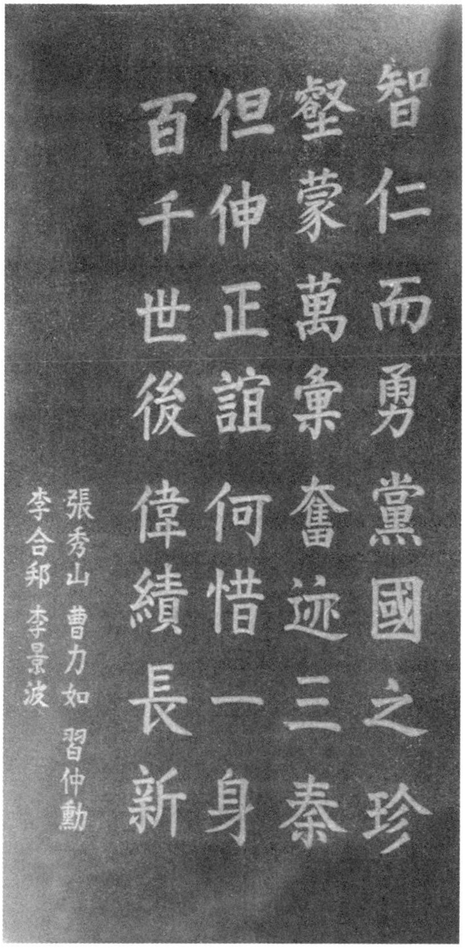

1943 年为志丹陵落成题写的碑文

政权建设

刘志丹、宋任穷率红 28 军在神府时打了几仗，把孙长胜骑兵旅赶走了，国民党 22 军的部队也退出了苏区，一些分散据守在各处的敌人，也陆续撤到了神木、府谷县城和个别重镇，这对神府苏区的恢复，创造了十分有利的条件。

我到一些地方了解党的组织情况时，发现有的地区没有党支部，只是派了几个党员去成立区委，实际是代替了政权，所以群众只知道区、县委，不知道有革命委员会（政府），这不利于党的基层组织发展和政权建设。特委研究后，7月，特委组织部发了一个《通知》，指出："新开辟的地区，从前没有党的组织，应该先建立抗日人民革命委员会。由共产党的代表和当地的积极分子、群众领袖担任各部门的工作，领导和处理群众的一切问题。""今后在没有支部的新区除成立革命委员会外，应速派几个党员组织工作团或工作委员会，去建立党的秘密支部。有了三个以上的支部再成立区委。"① 这个通知，对加快神府苏区党的组织和政权建设起了指导作用。

新特委成立之后，神府特区抓紧进行苏维埃政权建设。1936年4月15日，成立神府特区抗日人民委员会，乔钟灵任主席。在以后的时间里，各级党组织和政府做了很多工作。动员青壮年农民参军，仅1936年就动员了1000多人参加红军。组织担架队转运伤病员，组织妇女为红军做军衣军鞋，筹集军粮等。1936年五六月，苏区红军和公勤人员达2000多人，所需粮食全靠政府组织群众从周边几十里，乃至上百里之外购买和运送。这是神府红军发展和作战的保障。

1937年1月，神府特区举行第二次工农代表会议，成立了神府特区苏维埃政府，乔钟灵任主席。

我回到神府后，在与红3团一起转战时，母亲和小弟到驻地来看我。一见面便向我哭诉说：父亲一年多前在"左"倾肃反时被杀害了，被杀的还有我的伯父和堂兄，我二弟精神受到很大刺激。被杀的原因是堂兄参加红军，因在行军中丢失了枪上的一个零件被开除。回家后，被国民党抓住，带了一次路，因此说他是反革命，把他杀了，接着又把他父亲也杀了。我父亲不服，就把我父亲抓来也杀了。我听了既悲痛又愤怒。

当我回到村里时，人们还告诉我，是哪些人领着干的，要我找他们算账。我还了解到，在"左"倾肃反中，他们还杀害了神府干部王兆相、毛凤翔的父亲，乔钟灵的叔父（县苏维埃干部）和一些干部、战士的亲属。由于"左"倾的错误政策，在神府党内、红军中造成了不和，一些干部之间甚至产生了明显的对立情绪，在社会和群众中造成了很坏的影响。

---

①《神府根据地》,《陕西党史资料丛书》（十二），陕西人民出版社1990年版，第50页。

由我父亲、伯父、堂兄被杀这件事，使我想到如何对待“左”倾时期犯了错误的同志，和增强党内、红军内的团结问题。我经常讲这样一个问题：一个共产党员，对于机会主义应该采取什么态度呢？应采取严肃的态度，进行严肃的党内斗争，把它清算清楚。如果不进行党内斗争，不清算清楚，他们还会犯错误。因为他们是危害革命的。他们杀了好多同志和群众，几乎把革命断送。每个共产党员，每个有党性的人，都应该表示一种公愤。但是，作为一个党员，又不能因为他们杀的是自己的亲人，损害了自己，就怀有私愤。在革命队伍中，私愤是要不得的。我们应该站在革命的利益上来清算机会主义。我们应该帮助犯错误的同志认识错误，他们自己也必须认识错误和真正改正错误。这些话后来在延安整风时我也讲过。在神府工作时，我也知道是哪些人杀了我的父亲、伯父和堂兄，但我没有表示私愤。

开始，在和这些犯错误同志的接触中，他们在一段时间里对我是怀有戒心的，有的甚至躲着我。我对他们说，你们放心，我是不会打击报复的。但是你们得认识错误，以后不能再蛮干了！有的同志见我对他们这样客气，很不理解，有的甚至说，这几个人不是好东西，拉出去砍了算了。我说：这样你杀我，我杀你，对革命有什么好处！我从政治上来批评他们，从事情如果发生在他们头上应该怎样认识，来启发教育他们。我对他们没有怀什么成见。有些同志，后来因工作做出了成绩，还提拔了他们。有的后来当上了县大队长，有的担任了县革命委员会负责人，有的担任了神府特区苏维埃政府的重要干部。这件事，当时在神府苏区的干部和群众中影响很大。

神府苏区党内、红军中的团结问题，因此也慢慢得到了解决。

对我父亲等人的被害，在 1942 年延安整风中，中央领导批评了这一错误。1984 年陕西省民政厅发文，正式为我的父亲平反。

发展武装

红 28 军东渡黄河时，有一个连队过河后与部队失去了联系，又回到神府苏区，在红 28 军任团长的郭宝珊负伤后也回到神府。郭宝珊在庆阳苏区时，我们就认识，他伤好后，我建议他留下来工作，他同意了。我和特委的同志商量后，把红 28 军回来的这个连，和 28 军留在这里养伤痊愈的 100 多名同志，再编成一个连，这样将两个连合编成一个团，不到 200 人，郭宝珊任团长。红 3 团在 28 军来后这段时间也得到了武装，已由两个连扩编为 3

个连，已有 300 多人，170 多支枪，还有我们来时带来的两挺轻机枪。

4 月中旬，特委决定成立神府红军临时总指挥部，郭宝珊任总指挥，刘明山任副总指挥，毛凤翔任政委。下辖郭宝珊团、红 3 团和吴堡、米西两个独立营。

这时，部队得到情报说在贺家川有敌一个营，400 多人，带了一些弹药，还有重武器。我到指挥部了解到这一情况后，建议部队去袭扰他们一下，争取夺得一些武器，解决部队的装备问题。指挥部的同志也同意我的意见。

我和郭宝珊带上郭团两个连到贺家川伏击敌人，刘明山带红 3 团两个连到窟野河东北处阻击敌人。这两个连开始打得不错，打死打伤了一些敌人。后来，红 3 团参谋长邓万祥擅自带着一个连向贺家川冲去，结果中了敌人的埋伏，我方有几个战士被敌人俘虏。敌人从被俘人员口中得知我军的实力和布置后，向我军发起猛烈攻击。郭宝珊对这里地形不熟，带着骑兵向一条死沟冲去，结果人是跑出来了，而马匹全被敌人抢走。之后，部队边打边撤，到了第三天，总算摆脱了敌人的追击。

部队集中后，在菜园沟开总结会。本来是总结经验教训，但是，会上出现了相互埋怨的情况。我说，这个仗是我决定打的，仗没有打好，责任在我。从这次战斗的情况看，指战员们表现得都很勇敢，没有临阵逃脱的。问题是，由于组建的时间不长，缺乏训练，缺乏战术意识，只知死打硬冲。

我在承担了责任，作自我批评后说：这个仗没有打好的另一个原因，是我们有的同志对这次仗的打法不很清楚。我们本来是偷袭敌人，结果变成了主动出击。邓万祥参谋长打仗很勇敢，但是在没有总指挥部的命令，和对敌情不清的情况下，带着队伍擅自出击，正好冲到敌人的设防区。这就好比一个莽撞汉自己跳出来叫人打，结果打乱了我们的预定计划。

有的同志问：为什么不能主动出击？我说：因为我们的力量小，拼不过敌人，只能偷偷地揍他一下，打得好，就抓紧机会多杀伤一些敌人，多抢一些武器弹药，如果不行，就赶紧撤。这是什么战术？这就是袭击。红军队伍必须遵守“三大纪律八项注意”。游击队如果没有“三大纪律八项注意”的教育和训练，是永远也不能成为真正的红军。我讲完话，部队的争论平息了，大家表示同意我的看法。经讨论，撤去了邓万祥红 3 团参谋长的职务，并要大家从中吸取经验教训。

后来，经研究决定郭宝珊率团到佳芦地区活动，红 3 团由刘明山率领到双山堡一带活动，两支部队有时集中，有时分散，寻机打击敌人，对部队锻炼很大。

过了一段时间，郭宝珊提出要回正规部队，我考虑他原先是属红 28 军的建制，同意了他的要求，并给他写了证明信。不久他就率该团去陕甘宁特区找中央军委去了。

5 月初，根据神府游击队发展情况，我向特委建议，把红 3 支队改编为红 4 团，特委同意了我的意见。我到阎家堡找到红 3 支队，传达了特委决定，任命王兆相为红 4 团团长，贺伟任政委，下编两个连，约有 160 多人，不到 100 支枪。

我找王兆相、贺伟两人谈话说：你们以前都在红 3 团干过，知道从游击队改编成红军，需要在政治和军事上有一个很大的转变和提高。我给他们讲了邓万祥的例子，告诉他们必须经常用“三大纪律八项注意”来教育部队。红军队伍的最大特点是必须服从党的领导和调动。我还说，作为一个红军指挥员，不能像游击队队长那样，只知道“打呵，杀呵”那一套，要学会带领部队，还要学会教育部队。刘志丹同志的特点，不只是会领着大家打仗，他还很会做部队的政治思想工作，因此部队很团结，也很有战斗力。

6 月上旬，神府的红军干部向特委提出要我到前方部队工作。这样，我就担任了神府红军总指挥部政委，王兆相、刘明山分别任正、副指挥。这个时期，神府地方武装发展很快，我和特委同志研究后，陆续把较大的游击队合编成三个独立营。

7 月，在打吕岩家战斗中，我右臂中弹负伤，但是继续和部队一起行军作战。

这期间，中央军委决定将陕北地区划分为五个作战分区，神府地区为第一作战分区，军委任命我为司令员，杨和亭任政委。为适应形势的要求，特委研究了神府武装力量的发展问题。

二、神府红军独立师

组建独立师

1936 年 7 月初，神府特委几次开会研究组建神府红军独立师问题。对于尽快组建独立师，特委同志的意见是一致的，但是对独立师的干部配备问题，过多地考虑了以前神府红军干部的不团结因素。

杨和亭和特委一些同志的意见是：由我任独立师师长兼政委。我的意见是这两个职务应该分开，我可以担任师政委，师长应该由其他同志担任。这样，更适合战时的要求，在紧急情况下，如果发生了意外，不至于对部队产生不利的影响。另外，分开对干部也是个锻炼和培养。战争期间，多培养一些干部有好处。我讲了红 26 军的例子，我说：在红 26 军时，我们感到这样做很有好处。开始，王泰吉是师长，他去白军做兵运工作后，师党委研究，马上由刘志丹接任师长。刘志丹任陕甘边革命军事委员会主席后，杨森接任师长；师政委也是这样，开始是高岗任师政委，他犯了错误后，师党委决定杨森接任师政委，杨森战斗中负伤，马上又让我接任师政委，谢子长负伤后，师党委和陕甘边特委马上又让我到前方接任师政委。我说，从以往的经验看，多培养一些干部，更适应战争的要求。我在会上提出可否让王兆相同志任师长。我给大家解释说：王兆相是 1932 年末，和几个同志到陕甘边参加红 26 军，是神木县党组织派他们去的。1933 年 9 月从陕甘边苏区回到神府后，一直坚持武装斗争。但是会上，没有取得一致意见。之后，我就到新建的独立营检查工作去了。

这期间，特委同志又开会，还是认为在独立师初建时期由我一人任师长兼政委对部队有利，并准备把这一意见报告中央。我回到特委看到给中央的报告后，认为不妥，就找杨和亭谈。他说：大家研究后认为，独立师建立初期，师长还有个能力和威信问题。而且在他们之中，不好做比较，让这一个当，不让那一个当，不太好办，因此，决定还是由你一个人当。我说这样不适合战争的要求，我向中央报告了我的意见。之后，中央批准了我的意见。

1936 年 8 月 1 日，中国抗日人民红军独立第 1 师在神府花石崖正式宣告成立，杨和亭在大会上宣读了党中央的决定，神府独立师编入中国工农红军组织序列。王兆相任师长，张秀山任政委，李治洲任参谋长，王恩惠任秘书长。下编两个团：第 1 团团长刘明山，政委邓万祥；第 2 团团长贾兰枝，政委贺伟。还有 3 个直属连。全师有近 1000 人，枪支也基本齐备，有 10 余挺机枪。

我们根据中央的要求写了独立师向全国人民的“通电”和“誓词”。

中国抗日人民红军独立第一师通电[①]

（一九三六年八月一日）

全国各武装部队、全国人民公鉴：

在神、府、葭几年来的游击战争中，创造了神府抗日根据地，扩大与锻炼了红军。最近，在中国共产党西北中央局、西北革命军事委员会与神府特委领导下，红二十八军帮助下，广大人民拥护中，正式成立了中国抗日人民红军独立第一师。

处于目前日本帝国主义并吞中国，卖国贼蒋介石、阎锡山拦阻红军抗日去路，进攻陕甘抗日根据地与主力红军转移阵地的形势之下，本师的成立，在抗日讨逆的战线中是有伟大意义的。

当本师成立的今天，特向全国人民与一切武装部队通电。我们站在抗日讨伐卖国贼的立场上，联合全国不愿当亡国奴的人民与一切武装部队，共同组织抗日联军与国防政府。拥护粤桂联军抗日讨蒋武装，坚决反对卖国贼部队的进攻。誓死保卫抗日根据地，争取迅速与日直接作战。

谨此奉闻。

师长　王兆相

政委　张秀山

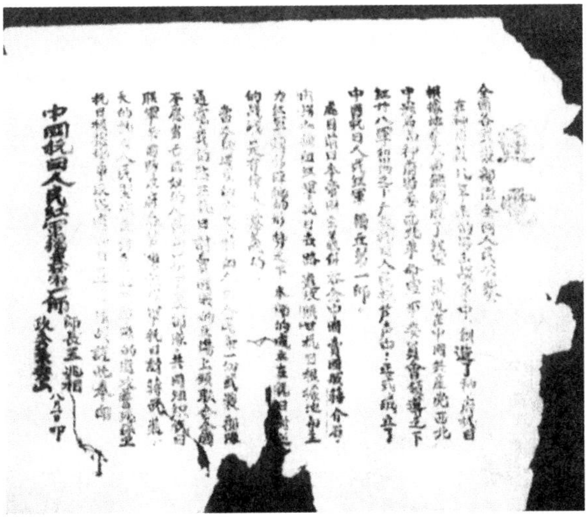

独立师“通电”

① 《神府根据地》,《陕西党史资料丛书》（十二），陕西人民出版社 1990 年版，第 61 页。

全师官兵面对军旗宣誓：

抗日人民红军独立第一师成立誓词[①]

（一九三六年八月一日）

我等誓以牺牲精神，站在中国共产党与中华苏维埃政府领导之下，为中华民族独立、自由而奋斗。联合一切不愿当亡国奴的人民，反对日本帝国主义灭亡中国，反对卖国贼蒋介石、阎锡山出卖民族利益。执行中国共产党苏维埃中央政府新的策略路线，武装广大的劳苦群众，坚决回击卖国贼部队对神府苏区的进攻。彻底实行土地革命，坚决开展游击战争，誓死保卫神府苏区，争取对日直接作战。不达目的，不止此誓。

师长：王兆相

政委：张秀山

成立大会后，红军战士个个兴高采烈，非常振奋。有的说：就是要让日本鬼子知道，我们中国人是不可欺的，我们一定要把他们赶回东洋去！为了激发部队的斗志，我们要求各个连对“誓词”进行讨论，很多战士直白地说：发了誓，就不能当软蛋，一定要和日本鬼子、卖国贼干到底！

独立师成立初期，有些战士还是刚刚扔下锄头的农民，这时部队存在的突出问题是：农民意识、地方观念强，作风散漫，游击习气严重。为此，我们特别加强了对部队的政治思想教育，组织干部学习党中央瓦窑堡会议精神，进行党的统一战线教育；把保卫神府苏区和土地革命成果，同打倒日本帝国主义，不当亡国奴，保卫中华民族利益紧紧联系起来，进行爱国主义教育；批判大地主、大资产阶级散布的“恐日病”，树立依靠全国人民，进行抗战必胜的教育；在部队中，进行“三大纪律八项注意”的学习教育，部队的面貌发生了明显的变化。

中央红军到陕北后，我在红军大学当教员时，看到中央红军带来的很多政治工作文件，水平很高。我一面当教员，一面学习，学到很多做政治工作的经验。独立师成立后，按照这些经验，为了提高部队的军政素质，使独立师尽快提高到正规红军队伍的水平，我们专门集训了连队指导员，学习

---

①《神府根据地》，《陕西党史资料丛书》（十二），陕西人民出版社 1990 年版，第 62 页。

加强党支部建设和开展党支部工作的方法和经验等。我还起草了加强红军政治工作的指示，对在各种情况下开展政治工作，提出了具体要求，如进攻战、伏击战前的政治工作，行军宿营中的政治工作，打了胜仗的政治工作，打了败仗的政治工作等。

在军事方面，对部队加强了军事战术、技术训练。

独立师成立后，对苏区人民群众是很大的鼓舞，要求加入红军的人越来越多，很多农民放下锄头，有的扔掉讨饭棍，跟着部队要求参加红军。我根据过去在红26军的经验，把这些青少年集中起来，组成少年先锋队，经过政治和军事集训，再编入战斗部队。

部队的强弱、素质水平的高低关键在领导。在独立师成立的当晚，我在给全师干部战士作粉碎敌人的第四次“围剿”动员时讲道：我们为什么能战胜敌人，而敌人为什么不能消灭我们？除了有党中央的正确领导外，关键是我们有神府人民的支持，而敌人得不到人民的支持。神府群众就是革命的大海，我们独立师就是这大海中的一条鱼。鱼要靠水才能活命，才能游来游去，我们红军只有依靠群众才能生存，才有行动自由。我们每个干部、战士

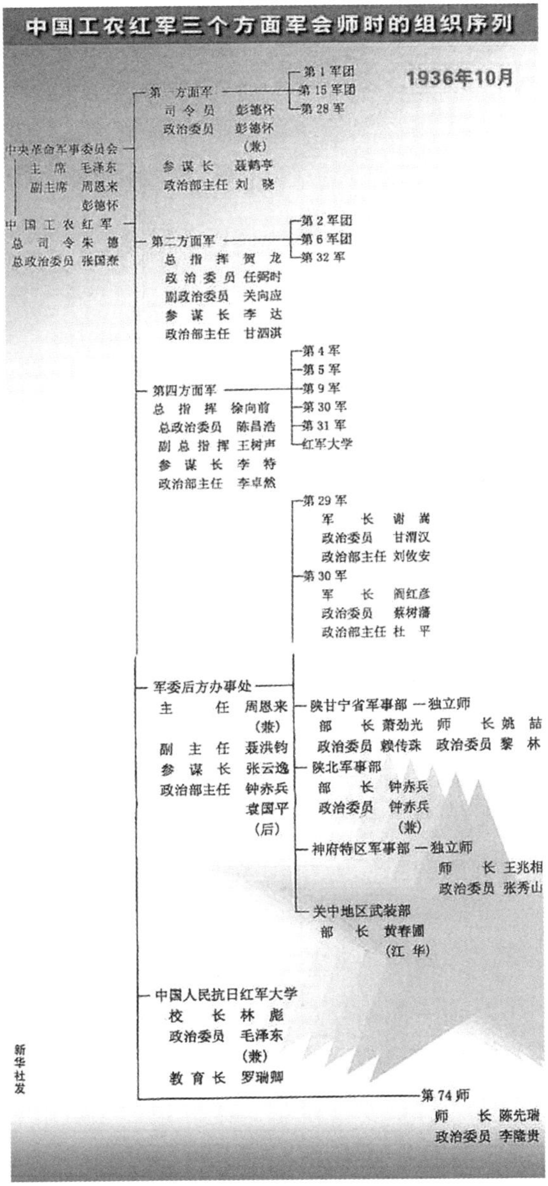

中国工农红军三个方面军会师时的组织序列

一定要懂得这个道理，这也是我一再要求大家必须遵守“三大纪律八项注意”的目的所在。尤其是每一个干部，从师长、政委开始，一定要作出表率。部队进步的快慢，关键在我们干部。

反对抓“AB团”

这个时期，神府红军在发展中，也受到了“左”倾残余的破坏。1936年，我到特委之前，按照陕北省委指示，神府党内进行了反对“右倾机会主义”的斗争，以后就在党内、红军游击队中抓开了“AB团”。“AB团”是国民党反对共产党的秘密特务组织。我来神府时，陕北省委还派了一位同志担任神府苏区的政治保卫局长，是专门负责抓“AB团”的。政治保卫局有自己的组织系统，在党的组织和红军、游击队中，安排了特派员，他们可以自行审查、审问、逮捕和处置被认为是“AB团”的人。

一次，我到一个独立营检查工作，独立营教导员对我说，他们营里有“AB团”，已经杀了四个人，现在还有一个准备抓走。我问是怎么发现的？他说是特派员说的。我又问这几个人平时表现怎么样？他说，都是本地的穷苦人，参军后打仗都很勇敢，为人也很老实……我问：怎么知道他们是“AB团”呢？他说：是他们审出来的，不承认就打、就用刑……

听他这么一讲，我想到一年前陕北错误肃反的情况。我说：这几个人是不是“AB团”，你应该清楚，你应该对他们负责！靠打，靠用刑，就断定是反革命？我又问这个还没有抓走的人现在怎么样？他说：是一连指导员，是我们营里的骨干，特派员说是已砍头的那几个人供出的。我听后气愤地说：这样下去，你们这个营非被杀光不可！教导员也显得很无奈。

我要他集合部队，说要认识一下全营同志。队伍集合好，进行点名，当点到一连指导员时，我发现原来是个十六七岁的娃娃。我问他那四个被杀战士的情况时，他声音洪亮地报告：他们作战勇敢，政治可靠……我立刻制止他说：不要再说了，他们是“AB团”，已经被杀了！我走时对营长和教导员说，这个人我带走了。教导员听后，一脸愁苦相立刻不见了。

在路上，我问这个年轻人，家住什么地方，多大年龄，以前在家干什么，什么时间入的党，什么时间参的军等。我听他的情况很清楚，又问他“AB团”是干什么的？他说：我也不知道什么叫“AB团”，听说是“AB团”就杀头。我苦笑着说：小同志，你死都不知道是怎么死的！之后，我给他另外安排了工作，没有再让他回去。这个年轻人，就是 90 年代任中央纪律检查委员会副书记的李正亭同志。

独立师成立不久，有两名战士被特委政治保卫局抓走，经严刑拷打，说这两名战士是“反革命”，还说他们已经供出独立师还有 20 多个“反革命”。我知道后，立即到他们所在的连队找连长、指导员、班长、战士了解情况。他们都说这些人很好，没有问题，打仗都很勇敢，有些还是部队的骨干。

我把政治保卫局开列的名单拿给王兆相看，他说，这些人他都了解，是很好的同志，不可能是反革命。我对王兆相说：去年“左”倾分子在陕北搞的肃反，就是这样造成的，我们一定要制止。于是召开师党委会，我把情况向师党委会报告后，大家一致同意我提出的不能向特委保卫局交人的意见，和师保卫部门归师党委直接领导的决定。

特委保卫局看我们不向他们交人，他们的负责人就来找我，说是根据陕北省委负责人的指示办事的。我对他说，省委的正确指示我们要执行，错误的指示不能执行。你要多调查调查，搞清楚情况，不要靠审讯来定案，再那样搞，会出大乱子的。我又把师党委的决定向特委书记杨和亭作了汇报，对他说：现在神府与中央的联系受到敌人阻隔，上面的很多情况我们都不了解，在这样的情况下，一定要加强特委对各方面工作的领导，不能允许个别部门和个别人超越党的组织，擅自抓人杀人。后来的事实证明，神府根本就没有什么“AB 团”。

由于独立师在成立后，对“左”倾残余进行了正确的抵制，部队人心很快稳定了下来，能够全力以赴地去对付敌人的“围剿”，这对独立师战胜敌人，以及之后的壮大成长起了很重要作用。

第四次反“围剿”

独立师建立初期，最大的困难是缺乏枪支弹药和物资供应，尤其是这么多人的吃饭问题，有时很紧张。我提出乘府谷敌军兵力不足的机会，到北边活动一下。这是独立师第一次远程行动，王兆相有些紧张。我说：放大胆干，打仗是练出来的，闯一闯就有经验了。

哈拉寨是府谷县北边的一个重镇，位于绥远、陕西、山西的交界处，是这一地区蒙汉民族进行物资、商品交易的重要场所。这里住有一些土豪恶霸和官府的走狗，他们强霸市场，横行社会，盘剥百姓，各地来这里经商的人对他们非常痛恨。独立师摸清情况后，快速奔袭，接连消灭了哈拉寨、清水、木瓜的反动民团，狠狠打击了反动势力的威风，同时宣传了群众，扩大了共产党、红军在这一带的影响。我军缴获了一批枪支弹药，尤其是得到了一些布匹，解决了部队的冬装问题。

但这次行动，我们也有一定损失，一团政委邓万祥同志英勇牺牲了，还牺牲了一名连长。邓万祥同志是我在红26军时的老部下，当过连长，打仗很勇敢。4月在贺家川战斗中，他没有得到命令，就带领一个连冲入敌人设伏区。战斗结束后，我批评了他，他痛悔地说：老政委，一打起仗来，我就管不住自己，就想冲，这个老毛病总是改不了！我说：你改不了，就不让你带兵了！邓万祥同志对革命非常忠诚，他的牺牲令我很悲痛。

独立师的建立对敌人震动很大。蒋介石的中央特派员，和陕西、山西、绥远的国民党部队决定对神府进行军事“围剿”。1936年9月至11月，敌人对神府苏区发起了第四次“围剿”。敌人以晋军72师陈长捷部四个团为主力，86师高双成部三个团和一个骑兵营，及一些地方民团相配合，总计一万兵力。敌军这次“围剿”，采取密集、稳步推进战术，每占领一地就修筑防御工事，团与团之间紧密呼应，形成南北夹击之势。

10月1日，神府特委在阎家山召开会议，我代表特委作了反“围剿”报告。我说：晋军与榆林的敌86师不一样，86师是地头蛇，队伍中多是地痞流氓和土匪，熟悉苏区情况，作战凶狠刁顽。而晋军是阎锡山训练有素的正规部队，团配有迫击炮连，营配有重机枪连，班都有轻机枪，士兵武器装备精良，子弹、手榴弹充足，他们习惯于正规的阵地战。但是，晋军的弱点也很突出，他们不适应山地游击战，不熟悉神府的地形，在他们兵力展开之前，我们选其孤立部分，攻其不备，或设伏围歼，我军便有取胜之把握。但不可与敌纠缠，决不打硬碰硬的拼死战。由于敌军是由晋、陕两部分兵力组成，又是分兵南北夹击，我提出“向南作战，先打晋军”的作战方针。我独立师向南跳到外线打击敌人，独立营和游击队留在内线，各自为战，破坏敌人交通运输，动员群众坚壁清野，困扰敌人。与会同志一致赞同我的意见。

会后，我代表特委写了粉碎敌人第四次“围剿”的决议。独立师在贺家川召开了誓师大会，并针对晋军的特点，开展了战前练兵活动。

神府革命根据地第四次反“围剿”示意图

（1936年9月—11月）

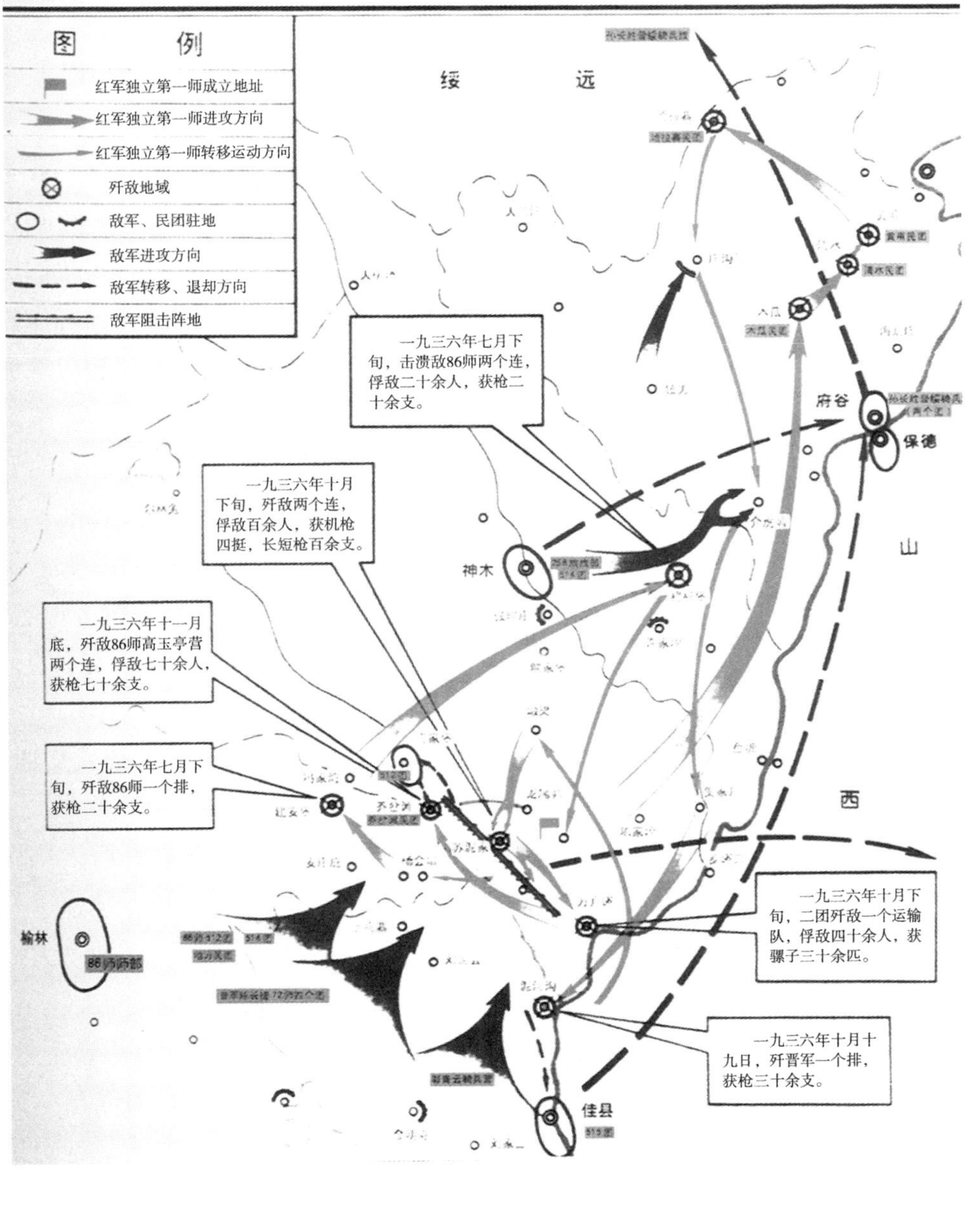

10月，敌军进入苏区深处，他们的战线拉得很长。我和王兆相率领独立师乘隙插入敌后，在泥河沟，歼灭敌人一个排。之后，红军以弱示敌，派100多人的独立营进入敌占区，引诱驻苏怀家守敌出动。敌人果然上钩，派出两个连向独立营扑来。我独立师已在苏泥家村设伏。拂晓，敌军一个连占村东南山头，我独立师1团突然发起猛攻，全歼该连，俘敌连长及以下几十人，缴获轻机枪四挺，步枪、手枪几十支。与此同时，村后山敌人一个连，在行进中被埋伏在那里的我独立师2团，干净利落全部歼灭，敌连长也被俘。

我们审讯了被俘的两个敌军连长。一个说：原以为是武器不好的200多人的游击队，想吃掉你们。团长、营长都在后面督战，谁知刚拿下前哨阵地，就被你们冲垮了。另一个敌连长说："你们红军打仗不正规，不等我们展开，一群娃娃兵上来就把我们抱住了。如果让我们部队占领了阵地，看你们能不能打胜。"我听后笑着说："那就等着以后再碰上时，先通知你们，等你们准备好了再打！"两个被俘的敌军连长也苦笑了起来。

战斗结束后，我们率部队迅速撤离战场，回到根据地，并及时总结对晋军作战经验。大家一致认识到，利用设伏、突袭的战术打击敌人很管用。

之后，独立师1、2团分别进入敌占区，寻机袭扰敌人，以迫使敌人退出我根据地。1团在王寿梁歼敌百余人，迫使晋军放弃高新庄、衙院沟等据点。2团在万镇山上截击敌运输队，缴获敌军大量米面、驮骡，切断了敌军的后勤供应，加上根据地军民实行坚壁清野等措施，给敌军造成了很大困难。

各县独立营和游击队在保卫家乡的同时，也主动出击，破坏敌人交通，积极配合主力红军作战。

在根据地军民的有力打击下，晋军72师两次被迫调整部署。后因傅作义在绥远对日宣战而退出苏区，回到山西。红军趁敌军撤退之机，迅速进至通秦寨一带，打开了葭县金明寺、井道峁、清泉寺等地土围子，解救了大批群众。

11月底，独立师决定消灭高家堡敌人高玉亭营。我们派出一部分兵力，首先包围了高家堡南面几十里外乔岔滩村南山碉堡里的民团；另派出一部分兵力攻打该村一个排的守敌。同时，又派一支小部队到高家堡附近引诱敌军。

战斗打响后，高家堡敌营长高玉亭立即派出一个连的兵力和百余名民团，前去增援乔岔滩的守敌。当敌人进入伏击圈后，我军主力一阵猛打，除击毙敌一名连长外，还打死打伤和俘虏了一些敌人，缴获了各种枪支 80 余支，乔岔滩民团 30 多人也被迫投降。

接着，我部于深夜突然攻打高家堡，很快歼灭了守敌两个连。敌营长高玉亭侥幸逃脱。红军取胜后，当夜押着俘虏，撤到东南方向几十里外的龙尾峁。

红军在龙尾峁召开了军民庆功总结大会，表彰了立功的指战员和地方支前民众，还宣布了红军优待俘虏的政策，鼓励他们参加革命队伍，对释放回家的士兵，教育他们不要再为国民党卖命。俘虏们很受感动，有的当即参加了红军。

至此，被敌人占领的神府苏区大部恢复，第四次反“围剿”斗争取得胜利。

第五次反“围剿”

1937 年 1 月，为了扩大革命宣传，筹集军需，红军独立师再次进军哈拉寨，沿途消灭了新民、庙沟门民团，俘虏了骚扰红军的准格尔旗蒙军骑兵营营长及一批士兵。

从被俘营长韩守信口中，我们得知了张学良、杨虎城在西安扣押了蒋介石的“西安事变”消息。虽然这个营长对事变的情况说不清楚，但对我们在远离中央，通信中断，长期受敌人包围的情况下，无疑是一个很重要的消息。

1937 年 1 月至 4 月，敌人以国民党 84 师师长高桂滋为“剿共”总指挥，纠集七个团和两个骑兵营，一万多兵力，对神府苏区发动了第五次“围剿”。

红军独立师在佳芦县秃尾河畔的薛家会村附近设伏，歼灭俘虏敌军几十人，缴获枪几十支，其中有轻机枪两挺，俘虏敌军一名副团长。

从被俘的敌副团长苏鼎臣口中，我们又了解到“西安事变”的一些情况，他说：张、杨二将军把蒋介石扣起来后，感到不好处理，请共产党参加解决。共产党派了周恩来去调停。蒋介石同意不打共产党了，同意停止内战，还同意和共产党一起打日本。他讲的这些情况，进一步证实了我们从其他途径了解到关于“西安事变”的情况。我问他：既然蒋介石也同意不打内战了，你们为什么还派出重兵来打我们？他说：高桂滋的 84 师和高双成

1937年8月1日，中共神府特委和神府特区苏维埃政府部分工作人员在王桑塌合影。前排左起：王濮、李登瀛（左三）；中排左起：唐洪澄（左二）、王明月、刘瑞兰（左六）、强晓初（左八）、乔钟灵、刘彦文；后排左起：张汉武、武开章、张秀山、毛凤翔（左五）

的86师有矛盾，都有自己的打算。高双成是为了扩大他在榆林、米脂、横山一带的地盘，扩充他的势力；高桂滋是想乘“围剿”神府红军之机，吃掉86师。

从这些情况看，神府苏区要面临一场更加严酷的战争。

1937年春节期间，接到党中央和陕北省委的通知，对神府特委和独立师的领导人进行调整，中央任命我为神府特委书记，杨和亭任副书记兼组织部长，武开章任宣传部长，毛凤翔任统战部长。陕北省委派王宝珊来接任神府独立师政委，杨文谟任师参谋长。

为打破国民党发动的第五次“围剿”，特委召开扩大会议，商讨对策。我在会上讲了几个问题：

一是当前神府苏区的形势。从我们掌握的各种情况看，西安事变后，蒋介石同意停止内战，同意不打共产党了，但是，他现在又派出国民党的84师、86师来“围剿”我们。这说明蒋介石同意停止内战是假，继续内战是真，他在用两面派手段来对付我们和欺骗民众。再从国民党军队对我们层层严密封锁来看，我们与党中央的联系几乎被割断，西安事变后的形势，我们到现在也没有接到党中央的通报，这又表明，中央与我们联系很困难，中央现在还不知道我们面临的严重情况。

二是神府苏区怎么办？我们要立刻动员苏区军民做好对付国民党疯狂“围剿”的准备；要想办法尽快把我们神府当前面临国民党第五次“围剿”的紧迫情况报告党中央。因为蒋介石在西安同意不打内战了，党中央知道我们的情况后，肯定会想出制止他们进攻我们苏区的办法。现在的问题是，怎么报告？派人去报告，很难通过敌人的层层封锁，即使过去了，用一个月，两个月时间，到那时，迟了，不行。我想了几天，只能靠独立师来完成。

我刚说到这，有的同志急了，说：“独立师怎么去报告？”我说：大家知道，我们红军每次同敌人打仗，国民党的报纸上就很快登出，共匪如何逃窜，被他们消灭等。这次，我们可不可以这样：独立师打出去，插到敌人后方，造成一种要打的紧张形势，让国民党的报纸吹呼吹呼，这样也就帮我们给党中央报信了。但是，独立师插到敌人后方后，不能真打，真打，我们打不过人家。打出去，只是为造成一种打的“阵势”，“阵势”造成了，独立师的任务也就算完成了，就尽快撤回来。这可能要冒一定的风险，但是不冒这个险，就很难把信报告给党中央，就很难打破我们苏区目前的危险局面。我又说：由于独立师这次行动，关系到神府苏区当前的命运，我决定和独立师一起参加这次外线行动。

会议认真研究了我的意见，一致同意派独立师到敌后行动的计划。但是，他们不同意我在当前苏区局势紧张的时候离开特委。独立师的同志也说，他们一定会按照特委的意图行动。并保证说如有失误，拿他们是问。

会后，我们一起研究了行动方案。

红军独立师出发前，我对王兆相说：兆相同志，独立师深入白区活动已有好几次了，部队还是有些经验的。不过，这次任务很重要，也很艰巨，是关系到苏区当前命运的重大行动，一定要小心，不可粗心大意。千万记住，这次目的不是出去打，是要让敌人替我们给党中央报信。这次出去，要加强对部队的纪律约束，不准随意行动。完成得好，回来后特委给你们开庆功会。

3 月中旬，独立师南下，深入敌占区葭县、米脂、榆林一带。敌人慌忙调集兵力尾随追击，又派飞机轰炸、扫射。敌军被我红军牵着鼻子在敌占区转了十多天，搞得筋疲力尽。当他们派出重兵堵截时，独立师已跳出包围圈，胜利回到了苏区。很快，阎锡山的报纸写道："共匪人马两三千人，装备整齐，在葭县、米脂一带猖獗活动，国军正在围歼之中"等。

后来，我们得知：周恩来副主席在西安看到报纸上登出国民党军队"围剿"神府红军的消息，立即向国民党西安行营主任顾祝同提出严正抗议，揭露他们破坏停战协议的行径。这样，迫使国民党军队停止了对神府苏区的"围剿"。

神府苏区因此转危为安。

三、抗日统一战线

1936年，在我来神府之前，听过毛主席等中央领导同志的报告，知道党中央正在大力推动统战工作。我到神府以后，党中央关于统一战线的文件发下来，当时文件是讲"反蒋抗日"，以后改为"逼蒋抗日"，最后才改为"联蒋抗日"，抗日统一战线的形成是有一个发展过程的。

1936年，神府独立师在白区活动期间，向国民党军队散发了党中央关于抗日民族统一战线的宣言，还给驻在府谷的国民党86师的军官写信，提出停止内战，一致抗日的建议，并把我们党的宣言送给他们看。

由于当时神府和中央的通讯联络受国民党封锁，经常处于中断状态，中央的一些指示很长时间不能传达到我们这里。对于西安事变的情况，我们起初是从俘虏过来的国民党军官口中听到一点消息，但详细情况并不知道。在西安事变发生后不久，游击队在高家堡至神木的公路上，检查国民党的邮件时，查到陕西省政府给神木县县长的一封信。游击队把信送到特委，我们一看是国民党陕西省政府民政厅长王一山给各地专员、县长的一封信，是油印件，共三张纸。信的内容是解释西安事变的起因和解决的经过。信中的有些话，至今我还记得：

"需知西安事变并非偶然之举，溯至九一八事变以来……对日妥协，实行不抵抗主义；……绥战（指日寇侵犯绥远百灵庙）既起，国人皆曰战，而士大夫之流则大事化小，小事化了。……张、杨二将军披沥肝胆，痛切陈词，……不得不发起兵谏之举。"

下面写了张、杨提出的抗日救国八项主张，又写了共产党出面调停，西安事变和平解决，要求全国精诚团结，共同抗战。信写得道理充分，论述精辟，一看就知是出自大手笔。1939 年我在延安马列学院学习时，和杨拯民（杨虎城之子）谈起这封信，他说：王一山是军人出身，不会写文章，那是杜斌丞先生写的。

特委看了这封信，对西安事变后的政治形势也多了一些了解，对团结社会上开明人士参加国共合作，共同抗日的形势，也有了新的认识。因为神府特区没有电台，党内关于西安事变的文件我们还没有看到。我们研究对国民党军队的政策和给干部讲形势时，也参照了这封信的内容。

我们搞抗日民族统一战线工作，也是有斗争的。1937 年 3 月间，国民党 84 师师长高桂滋派了一个叫杨鹤龄的高参，来到独立师说：高师长要收编独立师。还说：共产党的红军，蒋委员长都要进行收编，并对我们的干部进行封官许愿。独立师的领导立即将情况报告到特委，我便见了这位杨高参，听了他的一派胡言之后，我说：“杨先生既当过文官，又当过武官，还收编过土匪，社会阅历可谓丰富。你这次到我们这里来，我们谢谢高师长的好意了！但是你给我们封官许愿就不大好。你到我们这里来，想收编我们红军，给我们这些人封了官，许了愿，但你也不看看我们这些人，哪一个是为了个人升官发财来干革命的。我们是中国共产党领导下的人民军队，是受中国共产党中央委员会领导的。毛泽东主席要我们怎样编，我们就怎样编，毛泽东主席和朱德总司令要我们到哪里去，我们就到哪里去。别的不管是什么人，都没有这个权力。现在不是谁收编谁的问题，而是联合起来共同抗日的问题。请转告高师长，希望我们今后能够精诚合作，共同抗日。”杨鹤龄听了我这番话，自觉无趣，扫兴而归。

他们以为我们没有电台，消息不灵通，就采取欺骗手段，企图达到在政治上收编神府红军的目的，结果未能得逞。

根据这时的形势和我们对中央战略方针的理解，我们做了两方面工作：一方面是神府红军要保持高度戒备，做好随时痛击闯入苏区的国民党军队的战斗准备。另一方面是与周边国民党军队展开谈判。我们先后派王恩惠到葭县通镇，与国民党 84 师李少棠团长谈判；派杨和亭到神木县，与国民党 86 师罗德新团长和神木县县长谈判；派杨文谟去榆林，和 22 军高双成军长谈判；派武开章到葭县，与晋军 209 旅段树华旅长谈判。经过多方面工作，在神府地区初步形成了停战的局面。但是谈判也并非一帆风顺。神木的罗德新一边和我们谈判，一边派兵抢占苏区的村庄。我们坚决打退了他们的进攻，缴了他们的械，然后到神木谈判。当他们承认了错误，并保证以后不再制造事端后，我们把被俘人员和枪支还给了他们。这既保卫了抗日根据地，又向他们展示了我党联合抗战的决心和诚意。

对神府苏区的工作，中央给予了充分肯定和鼓励。1937 年 4 月 3 日，中央组织部致信神府特委，指出："你们长久离开省委和中央的领导，独立地在神府艰苦斗争，保卫了神府苏区，扩大了地方武装，最近自动地和进攻部队协商停战，我们听到这些消息非常愉快，向你们致以最热烈的民族革命的敬礼！"

4 月底，中央派陕北省委组织部长张邦英和吴溉之为中央代表，同行的有王濮、李登瀛、强晓初等干部，还有电台队长、报务员、警卫员等 15 人，带着电台通过国民党军队占领区，来到神府苏区检查工作。经过调查研究，工作团肯定了神府苏区的工作。他们认为，这里环境艰苦，党群基础好，干部情绪高，工作很扎实，游击战争打得好。工作团传达了中央关于统一战线的新精神，即党中央向国民党三中全会提出的五项要求和四项保证的建议，传达了中央对神府特区当前工作的指示。

此后，神府根据地不仅能用电台与中央保持联系，还能持介绍信，通过国民党占领区往返于延安，保证了神府抗日根据地的发展。

1937 年 5 月 15 日，陕甘宁边区召开第一次苏区党代表大会。担任陕北省委书记的郭洪涛给我发来电报：要神府苏区在党政军民中派出五名代表去参加会议，并指名要我留在神府主持工作。我看了电报，感到奇怪，为什么不要我去参加会议？

后来，听参加会议的同志说，代表们到后，一听情况，就很有意见。原因是在选代表的问题上，省委的主要负责人，把一些不该提名的人提出当了代表，而对在创建苏维埃斗争中有成绩、有能力的人没有提，像习仲勋、王世泰等同志。应该参加会的代表不让参加，不是代表的改为代表参加，对这种作风，代表们当然不答应。之后，才又把一些同志补了进去。

会上，郭洪涛等同志还写了个肃反解释小册子，推卸责任。出席会议的很多代表对郭 1934 年回陕北后的一些重大错误并不清楚，尤其是他在肃反问题上应承担的责任，也没有搞明白。郭洪涛当上了边区党的书记。

会议选举产生了由林伯渠、李富春、李维汉、张秀山、刘景范、高岗等 17 人为执委，蔡畅、张邦英等 6 人为候补执委，组成中共陕甘宁边区第一届委员会。

林伯渠同志代表党中央在会上说：神府革命根据地能在极端艰难的情况下保持下来，并取得了牵制打击敌人的重大胜利。神府特区是陕甘宁地区的前哨阵地。它保卫了陕甘宁边区，保卫了党中央。

毛泽东主席后来也说：“神府很艰苦，坚持下来很不容易！”

我们在神府苏区工作的同志听到中央领导这些讲话后，心里热乎乎的，有的同志不禁流下了热泪。

这是一个很艰难的时期。

四、再回神府

1937 年 9 月，中央调我到延安抗日军政大学学习，担任抗大 9 队的队长。9 队的学员都是从陕甘宁边区调来学习的干部。不久，这批学员被分配到各个队去了。我被分配到 4 队。4 队是由来自全国各地的红军高级干部组成的，有王树声、许世友、洪学智、曾传六等。

1937 年卢沟桥事变爆发，开始了全国范围的抗日战争，国共合作的抗日民族统一战线正式形成。但是，在这民族危亡的紧要关头，国民党仍不放弃限制共产党的政策。这一年，神府在划分管辖区域谈判中，有些同志因受王明右倾思想影响，不敢斗争，将苏区大片地区划给了国民党神木县、葭县、府谷县政府管辖。我们只保留了四个半区。即使这样，国民党顽固派还不满足，不断制造磨擦，蚕食苏区。

1938 年春，日军在侵占了河北、察哈尔、绥远、山西等省之后，直逼黄河东岸，陕甘宁边区受到很大威胁。日军企图在夺取神府、榆林之后，进而向南攻取延安。为抗击日军渡河西进，中央军委决定将神府至宜川以北千里河防，划分为三个地段，在神府成立了第一河防司令部，对黄河实行防卫。神府根据地成为陕甘宁边区的抗日前哨，同时又是华北及其他抗日根据地与延安党中央联系的重要通道。

1938 年 3 月，由于神府苏区形势日趋紧张，中央又调我回神府，继续担任神府特委书记兼第一河防司令部政委，主持神府根据地军政工作。河防司令员是黄罗斌，杨和亭任副书记兼宣传部长，组织部长刘长亮，统战部长毛凤翔。

我回到神府后，召开特委扩大会议，传达党中央有关精神。根据神府当时的一些具体情况，特委要求神府的党政军群干部，认真学习和掌握毛主席 1937 年 11 月在延安党的活动分子会议上的讲话精神。我听过毛主席的这个报告。我在传达中说：毛主席讲卢沟桥事变以后，“党内的主要危险倾向，已经不是‘左’倾关门主义，而转变到右倾机会主义，即投降主义方面了”。①

我结合神府的情况说：有的同志看到国民党开始抗日了，就以为共产党的日子好过了。要看到国民党对我们的根本方针没有变。蒋介石是由“反共”改为“统制共产党”，对红军是采取“限制和削弱”的政策，对抗日根据地也是施行“限制和削弱”的政策。毛主席说：在我们党内，由于小资产阶级成分的大量存在，有些党员厌倦和过够了长期以来的艰苦斗争生活，加上我们很多党员理论水平不高，缺乏北伐战争时期国共两党合作的经验，因此，在抗日根据地中很容易产生右倾机会主义，对国民党的反共政策容易产生迁就倾向。毛主席还说：抗日民族统一战线是有原则的，原则就是“独立自主”。对于我们神府根据地的军民来说，就是必须“保持我们已经取得的阵地，这是我们的战略出发地，丧失了这个阵地就一切无从说起了”。没有根据地，也就没有统一战线了，也就不能打日本鬼子了。毛主席还要求根据地军民，不仅要保持阵地，还要发展阵地。

国民党对我们采取“统制”“限制”“削弱”政策，根据毛主席讲的原则，我们神府根据地的军民要采取两种对策：发生了冲突、纷争，要据理力争——谈判解决；如果他不讲理，来硬的怎么办？以硬对硬，要打就打，但必须打赢，打得让他们服气，不敢再捣乱。我传达了党中央的精神后，参加会议的同志纷纷说：你这样一讲，我们心中也就敞亮了。

在这以后的一年中，神府特委主要抓了两件大事：一是根据中央军委部署，特委对根据地军民进行了全面动员，做好反抗日本帝国主义进攻陕甘宁边区的各方面准备。二是发动根据地军民，保卫和扩大根据地，粉碎顽固派制造的各种事端。

神府根据地周边的国民党军队，和被他们先前占领的插花地域中的国民党武装，仍不断进行反共活动，制造磨擦。在国民党发动的第一次反共高潮

①《毛泽东选集》第二卷，人民出版社 1991 年版，第 391 页。

中，有些反动地主在国民党武装的配合下，猖狂地进行反攻倒算，向农民收回已被分配的土地，索要租债；有些国民党武装公然闯入我根据地，叫嚣收回地盘。

在这种情况下，特委采取了几项措施：一是向根据地周边的国民党军队宣示，我们坚持国共两党已达成的抗日民族统一战线政策，坚决抗日，反对投降，坚持团结，反对分裂。派出负责干部去国民党军队中做工作，并以开群众欢迎会，筹办粮草等活动，支持那些愿意抗日，反对投降妥协的国民党军队。这些工作有力地分化了国民党武装，孤立了投降妥协派，在人民群众中对分裂派造成了巨大舆论压力，使其不敢轻易言降。二是在内部加强对党员、干部的教育和对广大群众的宣传工作，防止国民党顽固派散布的妥协论调，涣散根据地军民的抗日斗志。三是对顽固派制造的磨擦事件，如谈判不通，要打就坚决地打，这是我们确定的一条很明确的方针。

1938 年七八月，国民党的武装进入神府五区胡教子野，制造事端。这里原是我们乡政府的所在地，后被他们侵占，并进行反攻倒算活动，企图进一步占领我们的控制区。我立即指示二中队队长黄善沛、指导员李文智带队伍前去处理，并派了特委统战部长毛凤翔前去传达特委指示并坐镇指挥。

二中队此前曾在神木三区王家申沟一带解决过国民党顽固派制造的磨擦事端，干得很漂亮。这次，他们去后，多次与对方谈判，向他们讲解大敌当前，团结抗日为重的道理。但是对方把我们的谈判视作软弱可欺，派出了三个连的兵力进行威胁。

毛凤翔、刘济民（五区书记）、李文智等同志紧急派人送信向我报告。我立即打电话给黄罗斌司令员，增加兵力，派出三中队和二中队的一个排，由政治处主任杨中行带领前去增援。并要杨转告毛凤翔等同志，如果对方实在不听劝告，就立足于打，坚决奉陪，让他们尝一下苦头，但不能放弃和谈解决的机会。当对方得知我增援部队上来后，知道无便宜可占，便偷偷地撤走了。

这一年中，神府根据地军民在极端艰苦的情况下，同国民党顽固派开展了无数次的反磨擦、反蚕食斗争，巩固了神府抗日根据地，恢复了部分先前被国民党蚕食的地区。另外，特委还积极组织和发动群众发展生产，恢复经济，支援河东山西抗日军民的斗争。日寇“扫荡”晋西北，兴县危急，神府出动了大批军民越过黄河，给我 120 师部队运送作战物资，并把前线的伤病员，抢运到神府根据地进行治疗。

抗日战争时期，神府成为晋绥抗日根据地的有力后方。回顾这一时期，从恢复苏区到建立抗日根据地，神府根据地军民在党的领导下，经受住了严峻的考验，为革命作出了巨大贡献，这是神府人民永远值得骄傲的历史。

1939 年 4 月，奉中央指示，我离开了神府根据地到延安马列学院学习。之后，中共神府特委改为中共神府分委，武开章同志任书记。

第五章　绥德警备区

（1939.4—1942.9）

1939年4月，我来到延安马列主义学院学习。

马列学院坐落在延安北门外的坡地上，脚下是延河水，背倚关家坪，由几十个窑洞和平房组成。校长是张闻天。在这里学习的有在部队和地方工作的高级干部，还有一些到延安来的知识分子青年干部。我进马列学院三班学习。

马列学院学习的课程很多，有马克思主义哲学、政治经济学、科学社会主义、西方革命运动史、中国革命运动史等。中央调大家来学习的目的，是通过比较系统的、时间相对集中的学习，提高干部的思想理论水平，再回到工作岗位后，能更好地为党工作。

一、反磨擦斗争

新的形势

就在这年年初，国民党五届五中全会制定了“溶共”“防共”“限共”的方针，在全国加紧进行反共活动。他们调集胡宗南和地方武装30多万人，从北、西、南三面封锁陕甘宁边区，不断制造流血事件。我党针锋相对提出“坚持抗战，反对投降；坚持团结，反对分裂；坚持进步，反对倒退”的政治口号，号召全党和全国人民克服投降反共逆流。

由于政治形势的急剧变化，为了加强陕甘宁边区的防御，迎击国民党反动势力的进攻，1939年8月，党中央重新调整防御部署，调集八路军120师359旅，由山西抗日前线返回边区，驻防绥德警备区，担任守备任务。陕甘宁边区党委作出决定，调我去绥德特委工作，并要我参与中共陕甘宁边区第二次代表大会的准备工作。

绥德警备区位于陕甘宁边区的北部，辖绥德、米脂、葭县、吴堡、清涧五个县，是陕甘宁边区的北大门。1937 年 10 月，日本侵略军打到山西柳林一带，进而企图西过黄河，入侵陕甘宁根据地。经国共双方商定，决定将上述五县划为警备区。国民党同意把原驻守该地的国民党 84 师高桂滋部调离，由八路军陈奇涵部接防，警备区司令部设在绥德城内。绥德地方行政由国民党派出专员何绍南负责。何绍南是一个极端顽固的反动派，在日本侵略军入侵面前，毫无抗战之心。他秉承国民党《限制异党活动办法》，处处与我党、我军作对，暗杀、绑架我党工作人员，不断制造反共事件，限制人民的抗日活动，被毛主席斥责为“磨擦专员”。

毛主席召集会议

这年 9 月的一天，毛主席在延安杨家岭召集高岗（中共陕甘宁边区党委书记）、萧劲光（八路军留守兵团司令员兼政委）、王震（359 旅旅长）、陈奇涵（绥德警备区司令员）和我五个人开会，专门研究绥德警备区内，何绍南一伙顽固坚持反共、反人民，破坏抗日，制造磨擦的问题。

高岗先报告了何绍南制造磨擦的情况。毛主席明确指出：绥德警备区在抗日民族统一战线的工作中，进攻性不够。在顽固派面前，只是被动的交涉、谈判，一味地迁就、让步。结果，在客观上助长了反动派的嚣张气焰，将我们置于被动之地。统一战线不能是只讲团结，团结也不是一味地迁就，团结不到一起，就得斗；你不斗争，他就斗你，而且越发猖狂。

会议结束时，毛主席对王震说：王胡子，你马上带部队去接防，要加强防卫力量。又对我说：秀山，你在神府反磨擦斗争搞得不错，绥德这个“磨擦专员”很顽固啊！你要多动动脑筋。毛主席指示，要在报刊上大量揭发国民党反动派制造分裂，破坏抗日的卑劣行径，为我党开展反磨擦斗争，做好舆论和道义上的宣传。

这时，我在延安马列学院的学习尚未结束，毛主席与我们开会后，王震几次来到学校找我商议绥德军政工作，要我尽早去绥德工作。

1939 年 11 月 13 日至 12 月 17 日，我参加在安塞县徐家沟举行的中共陕甘宁边区第二次党的代表大会。出席这次大会的代表 176 人。毛泽东同志作报告，他分析了国内外严重的事态，指出陕甘宁边区正处于日寇和反共分子

1939 年秋，西北革命根据地部分干部在延河边合影。一排左起：崔田夫、刘景范、刘约三、康建民、高朗亭、黄罗斌、王世泰（左九）；二排左起：高岗、高维嵩、李仁杰、曹力如（左六）、张文舟、张邦英、朱子休；三排左起：刘懋功（左二）、霍维德（左四）、张仲良、孔林莆、秦子杰、阎红彦、李合邦、李启民；四排左起：张秀山、张策、刘澜涛、王聚德（左五）、王兆相、王文彩、吴岱峰、唐洪澄、刘英勇

的包围中，中国正处在抗日民族统一战线发生投降、分裂与倒退的关头。张闻天、陈云、高岗、张邦英等作了报告。我被选为边区党委委员。会议结束时，我代表边区党委致闭幕词。这次会议，是边区党的各项工作逐步走向正规的重要转折，对边区建设和发展产生了重要的影响。

来到绥德

1940 年 1 月，我到达绥德。中共绥德特别委员会（简称特委）领导成员作出调整：王震任绥德警备区司令员，我接任特委书记兼警备区政委，副书记李合邦，组织部长杨和亭，宣传部长邹问轩，统战部长李景波。青年救国会主任丁秀，妇救会主任邵清华，特委秘书长李景亭。

这时绥德特委还没有公开，特委机关就设在警备区司令部里，我的公开身份是绥德警备区政治部民政科科长兼秘书室主任。在党内对绥德特委也有“警区特委”之称谓。特委当时只有 20 多人，安志文任秘书室秘书。

警备区司令部归中共绥德特委和八路军后方留守兵团司令部领导，担任守备任务的是王震的 359 旅，另外还有一个保安独立团，守备区域上至葭县万户峪，下至清涧河口，长达 380 里的黄河防线，抗击日军的进攻。

王震对我说：我们部队奉命来接防时，何绍南十分骄横，说我们是从山西那边撤退下来的残兵败将，不许我们进驻绥德城，还纠集了一帮地痞流氓和反动政客出来造谣生事。但是我们不管他那一套。我派人对他说：这是我的防区，有权进驻，也不用他来批准。谁要来捣乱破坏抗日，小心我对他不客气！我命令部队擦亮三八大盖，九二步兵炮，脱掉炮衣，亮出歪把子机枪，雄赳赳地开进城里。接着，向他们发出通告，为了维护社会治安，防止日寇和反动分子捣乱，我军要进行日夜巡逻。我想好了，他要是敢捣乱，我就狠狠地教训他一顿。结果，他像乌龟一样缩了回去。

与何绍南斗争

我到绥德后，经常与王震等同志一起研究如何开展对国民党反动派的反磨擦斗争。绥德的问题，关键是反共投降派捣乱。解决磨擦最有效的措施是把反动势力挤出绥德。我们决定先做社会开明人士的工作，向他们讲解抗日统一战线政策，使他们站到抗日人民一边来，同时，针锋相对地开展反磨擦斗争。

1940 年 2 月，何绍南集中 13 个保安队，偷袭我军 717 团，并占领了一部分阵地。我们遵照毛主席讲的“人不犯我，我不犯人；人若犯我，我必犯人”之原则，立即奋起反击，全歼了这批匪徒。接着，在人民群众配合下，我军相继解决了发生哗变的绥德、吴堡、清涧黄河沿线的反动保安团，严厉打击了顽固派的挑衅活动。

随后，我们又召开广大群众和社会各界人士参加的声讨大会，揭露何绍南贪污公款，搜刮民膏，勾结汉奸私贩大烟和白银，以及暗杀抗日民众和偷袭我抗日人民军队等罪行，引起了地方各界人士的极大愤怒。何绍南这时犹如过街老鼠，缩到洞里不敢出来。我们将情况报告给边区政府。

2 月 15 日，陕甘宁边区主席林伯渠、陕甘宁边区八路军留守兵团司令员萧劲光，联名致电国民党最高当局，要求惩办何绍南，并要求委任王震为专员，将绥德、米脂、葭县、吴堡、清涧五县行政权隶属边区政府，以利保卫河防。

我 359 旅的教导营住在绥德东门外，我们又从吴堡调来七团二营。何绍南见大势已去，就把专员公署搬到城外二郎山上的寨子里，准备逃跑。就在他要逃跑的前两天晚上，359 旅教导营在城外举行演习。半夜时，何绍南给王震打电话说："你们的部队把我包围了。"王震严词回击他："说你的鬼话，我们的部队根本就没有动，睡你的觉去吧！"

何绍南做贼心虚，惊恐不安。28日深夜，他将积存在二郎山的弹药库放火烧毁，率七个保安中队向西逃窜。

王震当即打电话给我说："何绍南逃跑了！你快来，我们研究一下。"

我和王震、李合邦、杨和亭、袁任远、何平远、王恩茂等同志在司令部开紧急会议。我说："我地形熟，骑术好，我带兵去追！"警备部队立即组织讨逆兵团，由何平远任团长，我任政委。凌晨，部队出发，经五里湾、木角楼追击逃贼。追到苗家坪时，我们把何绍南的后卫部队截住，予以歼灭。随后，部队又追至米脂县边境，抓到一些国民党专员公署的官员。何绍南只带少数人逃到榆林。反动势力被挤出了绥德。何绍南在给国民党当局的报告中哀叹："几年来的心血尽付之东流了。"

我写了一篇声讨何绍南的文章刊登在《抗战报》上："犯官何绍南破坏抗日民族统一战线，扰乱我军的河防任务，叛逃离职，该当严惩……"以回击国民党反动派的造谣和污蔑。

何绍南逃跑后，我们又严惩了一批破坏抗日，制造磨擦的反动顽固分子，有的作恶多端、为人民痛恨者，被群众抓到后当场打死。这样，绥、吴、清三县全境相继得到解放，建立了人民的抗日民主政权。

绥德警备区和特委联名给党中央和陕甘宁边区党委写报告，汇报这次反磨擦斗争的胜利。毛泽东得知后称赞说："此次行动解决得好！"

绥德，是保卫陕甘宁边区的重要屏障，又是延安通往华北、华中地区的交通要道。这次反磨擦斗争的胜利，巩固了陕甘宁边区抗日根据地。

二、统战工作

1940年6月，陕甘宁边区党委将神府分区划归绥德特委领导，绥德地区便成为边区最大的一个特区，人口50多万。

团结民主人士

在陕甘宁边区，绥德地区（警备区）是经济和文化比较发达的地区，这里聚集着为数不少的有影响的绅士。我们遵照陕甘宁边区党委和党中央的指示精神，抓紧建立抗日民族统一战线。米脂县的李鼎铭先生是绥德地区一位很有影响的知名绅士，其子李力果是共产党员。绥德县的安文钦、霍子乐先生是当地有名的大地主。他们都赞同反对日本侵略者的斗争。我逐一登门拜访，同他们共议抗日救国之事。

李鼎铭先生曾在榆林中学当过教员，还在旧政府中任过科长、县财务主任等职，也曾在米脂县行过医。我到他家时，称其“老师”，我说，我在榆林中学上过学，您是我的师长。他听后格外高兴，笑呵呵地说，不敢，不敢，你是共产党到敝舍的第一位高官，不胜荣幸之至。当我说到我们党的抗日民族统一战线政策时，他听得十分认真，不时地点头。

从我们的交谈中，我听得出李鼎铭先生对国民党政府的腐败腐朽甚为鄙视，对其消极抗日甚为愤怒。他说，如无黄河之隔，倭寇早就打过来了。这样的政府只会在黎民百姓头上作威作福。可悲，可鄙！他很赞同我党的抗日主张，说这是全国人民的福气，有你们这样的共产党人为砥柱，抗战就有希望。交谈中，他对“左”倾时期发生的从肉体上消灭地主的做法，仍持有疑虑。他说，我一生经历过满清、民国，现在是国共两党联合分治，像我这样经历的人……

我听出他的意思，就说，我们党中央和毛泽东主席讲得很明确，今天，不管是什么人，只要他反对日本帝国主义和卖国贼，就是我们的朋友；将来，只要他永远和人民站在一起，就永远是我们党的朋友。李先生很在意这个问题。他立即说，共产党的政纲是这样清楚明白，我心中就有数了。今后你们有什么用得着我的地方，请尽管吩咐。

之后，我和他有过多次交往，并请他参加过一些会议，还请他帮助做过一些头面人物的开导工作。后来的情况证明，李鼎铭先生虽为绅士阶层，但他的确开明正派，对于抗战态度鲜明，明大义讲气节，对民众富有同情心，受到社会各界的赞许。1941 年他被选为米脂参议会议长。

后来，我们推举他参加了在延安召开的陕甘宁边区参议会。会上，李鼎铭先生提出“精兵简政议案”，受到毛泽东同志的赞扬，并采纳了他的意见。他被选为陕甘宁边区政府副主席。

我还与安文钦、霍子乐等先生交谈，讲解党的抗日方针、政策和统一战线工作，争取他们支持我党的统战工作。后来，安文钦先生被选为陕甘宁边区参议会副参议长，霍子乐为边区政府建设厅副厅长。

在开展对一般地主、绅士阶层的统战工作中，我们既注重团结争取的一面，又注重说服教育他们。米脂县的杨家沟是陕北罕见的地主经济较为集中的地方，居住着马姓大中小地主 55 户。有些地主曾联名给绥德专署写信，抱怨对他们公粮征得太多。我耐心地向他们宣传国难当头之际，要有人出人，有钱出钱，有粮出粮，这样才能打败日本侵略军的道理。我在他们的联名信上写道：也许收缴公粮多了些，但是在国难当头之际，把老元宝拿出来，又有何不可。我又派农救会的同志去做说服工作，让他们与当地的穷苦百姓做比较，结果，他们也心服了。

由于我们广泛地开展统一战线工作，警备区里绝大多数人都团结在抗日民主统一战线之内。绥德的许多社会知名人士见共产党人这样真心实意，也都衷心拥护党的抗日方针政策，愿为建设抗日民主根据地尽力。一些地主、绅士出钱、出粮，支援抗战。在绥德形成了强大的抗日力量。

改造旧的教育

绥德也是陕北一带教育比较发达的地区，这里有绥德省立第四师范（简称绥师），米脂中学和延安省立第四中学三处中等学校，其中绥师是陕北革命发源地之一。我读书时，就深受绥师进步学生的宣传影响。我到延安马列主义学院学习时，接触了许多有文化的高级干部和知识分子，相比之下，我们陕北的干部文化水平低，陕北群众的文化就更低了。革命需要文化知识，改变落后的乡村同样需要文化知识。但是，在这之前，绥德的学校是被反共顽固分子所把持。他们蔑视人民、敌视边区政府，以反动思想毒化青年。我们在做统战工作的同时，抓紧了对学校的改造工作。

米脂中学原先是国民党特务殷尔斌任校长，何绍南逃跑后，殷尔斌带领一部分追随他的教员和学生，跑到榆林镇川堡去了，留下的教员和学生由教务主任高定侯管理。当时，米脂中学的学生思想一般都比较落后，少数学生受国民党反动势力影响，思想很反动。对于一个学校，校长是起关键作用的。于是我们先从选用合适的校长做起。我们召集各界抗日救国会、各群众团体代表和在校的学生一起开会，选举出马济川先生担任校长（思想上拥护共产党）。在选举校长的大会上，有少数反动学生想闹事来破坏选举。由于我们事先做了准备，他们的阴谋未得逞，只得退出会场。

选举结束后，晚上我去看望高定侯，挽留他继续在米脂中学工作。高定侯却说:“气节要紧（指对国民党不能叛变）。”我对他说:“气节应该是正义的、进步的，不能为反动腐败的势力争气节。比如，辛亥革命后，有些清朝的秀才，为表示忠于清政府，说:‘头可断，血可流，辫子不能不留。’要做堂堂乎气节男子。但到民国十几年，谁也没有去劝他们剪辫子，他们自己就剃成了光头。他们的气节又跑到哪里去了呢？”我这样一说，高定侯无言以对。但是，不久，他仍然去了榆林，我们也没有阻拦。

马济川先生被选为校长后，我去看望他。马先生对我说:“校长我可以干，但是你们用选举的方法不太好，你们可以下一个委任状给我，不就可以了吗。”我说:“米脂县是归榆林专区管辖的地方，我们绥德警备区的专署是不好给榆林专区管辖的米脂中学下委任的。现在由群众代表来选举校长，体现的是民意。这样选举出的校长，榆林专署也不好对我们提什么抗议，省得打那些笔墨官司。”在榆林中学时，马济川先生曾经是我的老师，经我的一番解释，他也就没有意见了。

随后，我们又给米脂中学陆续调进几个思想进步的教师，同时在学生中组织成立了学生抗日救国会，使米脂中学逐步成为了一所革命的学校，为我党培养了一批革命青年知识分子。

三、建立抗日民主政权

1940年春天，警备区内的基层抗日民主政权建立后，陕甘宁边区政府在这里建立了绥德分区行政督察专员公署，隶属陕甘宁边区政府。王震兼任专员，李景波任副专员，公署机关设在绥德城内。不久，陕甘宁边区政府派马豫章来绥德担任专员。到下半年，根据毛泽东的指示，为了统一党、政、军一元化领导，在绥德成立了绥德警备区军政委员会。王震任军政委员会书记，我和李合邦、杨和亭、李景波、袁任远、王恩茂等七人为委员。凡是有关党、政、军方面的重大问题，均要提交到军政委员会研究决定。

1940年冬到1941年春，我们在绥德的党组织公开了，正式把绥德特委（以前对外只称警备区政治部民政科）改为绥德地委，并挂出了牌子。我们还成立了警备区保安团，团长是李仲英。保安团团部设在绥德城内，以后搬到老君殿。

建立民众组织

我们掌握政权以后，警备区的统战工作和各项群众运动也都蓬蓬勃勃地开展起来。在政治工作人员的帮助下，广大民众建立起自己的工救会、农救会、青救会、妇救会、学救会等群众团体。这些团体是坚持抗战与实现民主政治的社会基础。

但是，我们发现在这些组织和团体中，还存在着形式主义与不民主的倾向。有些同志在组织群众团体时，只图数量不管质量；只要迅速不顾确切；只图名义不顾实际；只看表面不看内容。这样建立了许多空架子的群众组织，甚至是抄名册，或一个人背后把名册记起来便算组织好了；或是没有耐心地教育说服群众，使他们自觉地参加救亡团体，有的甚至是强迫命令把他们组织起来，这样虽然加入了组织，但并不积极的工作，实际上和没有组织差不多。可是有些同志却满足于这种有名无实的空洞组织的建立。

在特委会议上，我说：“什么叫形式主义？这种组织方式就叫作形式主义。形式主义是官僚主义的一种，严重地阻碍着政治任务的执行。”“一个政治任务能否完成，要靠组织工作来决定；如果组织形式不适合，便会影响到

绥德警备区青救会第一次代表大会

KANG-ZHAN BAO

中華民國二十九年六月十四日　星期五　第一版

抗戰報

澈底轉變領導方式：利用已有的組織形式，充實其內容，使各級領導機關面向下層，深入的去做鄉村工作，很實際的按步就班的一點一滴的去做下層工作，把各個羣衆團體的政治任務與羣衆切身迫切問題的解決聯系起來。

各個救亡團體應該對目前的組織狀況進行一次檢查，開展反對形式主義的鬥爭，應該了解：只有克服了形式主義，才能使各個救亡團體的工作活躍起來，名符其實的完成它在抗戰建國中的光榮任務。

本期出報二版　第七十二號　星期二五出版

社論　反對民運工作中的形式主義

延安　魯迅藝術學院部隊藝　招生啟事

《抗战报》

政治任务的执行。所以组织民众的形式值得我们深刻地研究。”

针对这些问题，我们提出“新成立的群众团体，中心一环是要彻底转变领导作风，充实其内容。各领导机关要面向下层，深入地去做乡村工作，要很实际地，一步一步，一点一滴地去做。把各个群众团体的政治任务与群众迫切需要解决的问题结合起来”。“各个救亡团体应该对目前的组织状况进行一次检查，开展反对形式主义的斗争。应该了解：只有克服了形式主义，才能使各个救亡团体的工作活跃起来，名副其实地完成它在抗战救国中的光荣任务”。

会后，根据王震的意见，我的讲话作为一篇社论，题目是《反对民运工作中的形式主义》，刊登在 1940 年 6 月 14 日绥德警备区《抗战报》上。

组织绥德警备区临时参议会

抗日战争中，陕甘宁边区是全国抗日民主的模范地区。边区政府指示我们，将绥德警备区建成模范的统一战线政府。“这个模范的统一战线政府，必须在组织上、工作方针上、各种政策上、工作方法上都表示其模范。”

特委感到责任重大，多次开会研究。

从绥、吴、清三县行政机构革新以来（何绍南逃跑后），社会各界人士对抗日的民主运动是很热心的。但是，由于受过去历史条件的影响，民主政治还不能马上做得尽善尽美。

在组织绥德警备区临时参议会时，我提出：抗日民主的模范政府必须是由各阶级以普遍的、公开的、直接的、不记名投票的民主选举出来的参议员组成参议会，再由参议会选举政府委员而组成的。这个政府的性质是抗日统一战线的民主政府，是“一切抗日人民对汉奸、投降派的专政”。民主政府的特点是“民主政治”而不是“独裁政治”。而建立民主政治，在很短的时间内要把工作做好又是不可能的；在很短时间内建立参议会，恐怕不能很好地真正发扬民主，也不能很好地发扬民意。因为我们这个国家的民众从来没有参加过议会的选举，民众也没有管理政权的丰富经验。因此，我认为在未选出正式参议会之前，应组织分区（警备区）一级的临时参议会，作为过渡时期的民意政权。将来选举了正式参议会，临时参议会就宣布取消。临时参议会成立后，全分区的大政方针及应兴应革的事情，都由临时参议会讨论决定。

我对选举条例、工作步骤及参议会成员的条件和构成等提出建议：“临时参议会制定实施方针的精神应该是找到各阶级共同要求的东西，不是自私的、宗派的、片面的、偏见的，要由各阶级共同决定……这样才能‘风雨同舟，和衷共济’。”

特委扩大会同意我的这个讲话，并作为社论，刊登在 1940 年 6 月 18 日的《抗战报》上。

除了政府开始必要的准备工作外，绥德各界民众团体对建立抗日民主政权热情很高，认真讨论有关民主和抗战动员等问题，各机关团体选派出代表对政府工作方案提出很好的意见。

1940 年 8 月 4 日，绥德警备区第一届临时参议会召开。中央和边区政府派边区政府副主席谢觉哉同志参加会议。王震、袁任远、马豫章和我，及李鼎铭、安文钦、刘杰三、刘绍亭等知名人士和开明绅士参加了会议。临时参议会为建立“模范的统一战线政府”创立了良好的基础。之后，李鼎铭、安文钦代表绥德参加了陕甘宁边区第二届参议会。

不久，毛主席叫我回延安汇报绥德警备区统一战线工作，他听后高兴地说，绥德的统一战线工作做得好，要很好地总结，要加以宣传推广。

1940 年秋，法西斯德国大举进攻苏联。在国内，蒋介石动用几十万军队对陕甘宁边区实行军事围困和经济封锁。为抗日救国，统一军政力量，打破蒋介石的经济封锁，1940 年 9 月 11 日，中共中央政治局决定成立陕甘宁边

1940 年 8 月，绥、米、佳、吴、清警备区临时参议会第一届会议人员合影。台下一排：杜瑞兰（左四）、霍子乐、刘杰三、王震、袁任远（左九）、刘绍庭、安文钦、谢觉哉、李鼎铭、张秀山、张哲卿、蔡幼轩、任文林（左二十）、马豫章、黄哲；二排左起：李景廷、邵清华（左七）、杜静珍（左十）

区中央局。25 日，中共中央任命高岗为书记，王震、习仲勋、刘景范和我等 19 人为中央局委员。

1940 年 10 月，中共绥德特委归陕甘宁边区中央局领导。绥德党的组织公开建立，抗日民主政权走上正轨。

1941 年 1 月，陕甘宁边区中央局决定将绥德特委改为绥德地委。我任地委书记。

1941 年 5 月以后，绥德地委归中共西北中央局领导。9 月，我因过度劳累，缺乏营养，患上了肺结核病，异常消瘦，不得不放下工作。在绥德休息了一段时间，不见好，中央让我回延安治疗。

1942 年 10 月，我参加中央召开的西北局高干会后，便正式离开了绥德。先由李合邦代理了一段书记后，习仲勋正式接任绥德地委书记。

我在绥德工作了两年多时间，经历了反磨擦斗争胜利、抗日民族统一战线建立，以及文教等事业的发展。这些成绩的取得是与我们领导团结一致分不开的，大家都称赞绥德的领导班子是一个非常团结、能干的班子。我和王震同志密切配合，工作得非常好。王震同志性情耿直，说话直率，有时说话发点火，下面同志有不好接受的，我就去做些解释工作，事情总能圆满地解决。在两年多的艰苦工作中，我们建立了深厚的友情。

20 世纪 70 年代，王震曾说道：我们在陕北的五个朋友，我、张秀山、曹力如、李景波、李合邦，就剩下了一个半人。曹力如（陕甘宁边区政府秘书长）、李景波（副专员）、李合邦去世了，我算是一个，张秀山被打倒算半个。

即使在我遭逆境时，也没有改变我们之间的友情。

四、建立家庭

1940 年 10 月，我认识了延安女子大学赴绥德工作团的程帆同志。

程帆，原名刘英明，1915 年 3 月 17 日（农历二月初二）出生在河南省新乡县王府庄的一个农民家庭。父亲是民族工商业者。他深明大义，爱国抗日，支持自己的子女参加革命活动，曾经掩护过地下党的领导同志，做过一些有益革命的工作。解放后，他曾担任过河南省人民代表、参事室参事、民革成员。程帆的母亲是一位善良能干的家庭妇女。

1940 年与程帆在绥德结婚

1927年，年仅13岁的刘英明，在河南省信阳省立第三师范附小读书时，就跟着大学生举着小旗上街游行，高喊“抵制日货！打倒列强！支援国民革命！”等口号，高唱“打倒列强！铲除军阀！”的歌曲，参加革命活动。

1935年，开封著名的“一二九”抗日救亡运动中，正在开封北仓女中上学的刘英明与同学们一起，参加河南大学、开封高中、开封女师等学校的学生组织的反日大游行。他们冲破军警阻拦，到河南省政府门前游行，静坐，高呼抗日口号，还组织卧轨，拦阻火车三天三夜，要求到南京请愿，呼吁国民党当局抗日救国，不当亡国奴。这时的刘英明已经成长为一个有理想、有抱负的革命青年。

1937年七七事变以后，刘英明和同学田星一起参加开封地下党组织的“农村宣传队”，深入农村，动员民众起来抗日救亡。后来，她们参加了开封“抗敌后援会”组织的“战地服务团”和商震的20集团军“妇女宣传队”的工作。

1938年，日寇逼近武汉。刘英明不甘当亡国奴，拒绝家庭包办的、与一名国民党军官的婚约，通过哥哥刘国明找到中共地下党。她联系了九名女同学，要求党组织介绍她们到延安去参加抗日救国。得到党组织批准后，刘英明把地下党的介绍信缝在内衣里，准备与同学杜枫等人一起去西安八路军办事处。这期间，原准备同行的同学中，有五人被父母拦在家里不能同行，途

张秀山与母亲、程帆、弟鸿志在绥德

中，又有一名同学想家返回，只有刘英明、杜枫、郝苓三人经过长途跋涉，到达了延安。

到达延安后，刘英明改名程帆，进入延安抗日军政大学五大队女生二队三班学习。1939 年 5 月，程帆转入延安女子大学四班学习。7 月，程帆加入了中国共产党，毕业后留校教务处工作。

1940 年 10 月，程帆作为延安女子大学工作团成员到绥德参加组织“妇救会”工作。临行前，程帆去同学田星家辞行。田星的爱人曹力如是边区政府秘书长。曹力如与我是老战友，他向程帆介绍了我的情况，还让程帆捎给我一封信。我和程帆的姻缘就由这封信牵起。

程帆有文化，热情、能干，工作很积极。在工作中，我们相识相知，很快我们就结婚了。那年我 29 岁，程帆 25 岁。绥德干部子弟小学成立后，她从妇救会调去工作。我到延安开会，曹力如一见到我就开玩笑说：“程帆是拿着我的介绍信去结婚的。”

结婚第二年，我们的第一个儿子在绥德出生了。

第六章　延安整风

（1942.3—1945.8）

我党历史上具有重大意义的延安整风运动是从1942年开始的。它是在全党范围内进行的一次普遍的马列主义教育运动和伟大的思想解放运动。

延安整风对于我们党系统地总结党的历史经验，分清路线是非，更好地学习马克思主义、列宁主义，进一步增强全党同志的团结，从而夺取抗日战争的胜利，有着非常重要的意义。

整风运动在全党普遍开展以前，经过了一个充分的准备时期。为了有利于学习，中央组织了学习小组，毛泽东同志亲自担任学习小组的组长。中央机关、陕甘宁边区各机关及中央党校都开始了整风学习。

延安宝塔山

1942 年初，我因身体有病，在绥德休息了一段时间后转到延安休息。其间，我去找负责西北局整风运动的任弼时同志和西北局书记高岗，他们研究后，任弼时同志对我说：你的任务第一是养病，第二是参加整风学习。参加整风学习，不能影响养病。这样，我开始参加学习。

4 月 21 日，陕甘宁边区总学习委员会召开整风学习动员大会，任弼时同志作了报告，要求各级党组织在之后的几个月中，第一位工作是学习好中宣部规定的 22 个文件。会后，学习整风文件就作为我们学习的中心任务。

整风学习中，任弼时同志对我们说：毛主席在 1941 年 5 月作了《改造我们的学习》的报告以后，便在中央提出了“党在思想领导上的重要性”的问题，认为党如果不能在思想上领导全党，党的中央如果不能正确的掌握党内思想问题，纠正党内的各种错误思想，要使党来正确地领导革命是不可能的，因此，中央政治局把党内思想上的领导作为中央政治局业务的第一项。中央政治局认为它的业务有五大项目，就是思想、政治、政策、军事和组织，而思想领导应该是第一位，使我认识到整风运动的重要性。

一、西北局高干会议

延安整风运动的重点是党的高中级干部，特别是高级干部的整风。高级干部整风的内容和重点是以讨论党的政治路线为主，即总结党的历史经验，消除王明路线错误影响，通过批判教条主义和经验主义两种形式的主观主义，教育全党学会运用马列主义的立场、观点和方法，研究解决中国革命的实际问题。

在整风运动开展半年后，根据毛泽东同志的建议，各地先后召开高级干部座谈会，联系本地区的实际进行学习和检查。

1941 年 9 月，边区中央局改为中共中央西北局。陈正人任西北局组织部长。他主持召开了一次西北局地、县组织工作座谈会。中央派任弼时、陈云、王若飞等人参加会议。会后，在毛泽东的直接指导下，着手筹备西北局高级干部会议。

1942 年 8 月，中央开会讨论加强陕甘宁边区的工作和研究召开西北局高干会议的问题。确定整党、整政、整军、整民（人民团体的领导机关）、整关（党、政、军、民之间的关系）、整财、整学，为高干会的任务，以实现整顿三风和精兵简政的目的。中央同时决定任弼时同志代表中央指导西北局的党、政、军各方面工作。

任弼时同志对西北局的工作十分重视，他在此之前已经对边区问题作了深入的调查研究，1941 年春，任弼时同志曾给我写信，了解西北党历史上的一些问题，特别是 1935 年陕北肃反发生的情况。我写了回信，这封信共九页，有 6000 多字，我现在还存有原信的底稿。

任弼时同志对这次会议十分重视，为了开好这个会，筹备了几个月时间。他亲自参加筹备工作，找了很多在西北工作过的同志谈话，找我谈过两次。

鉴于陕北肃反存在的诸多问题，1942 年 4 月 11 日，任弼时受党中央委托，负责召集陕北肃反总结委员会开会研究，由委员会代党中央起草《中央关于 1935 年陕北（包括陕甘边和陕北）肃反问题重新审查的决定》草案，并列入西北高干会的议事日程。以后半年，遵照毛泽东的指示，西北局在开展整风运动的同时，组织一批干部深入基层调查研究，收集整理有关材料。

在延安整风的关键阶段，在党中央的直接领导下，1942 年 10 月 19 日至 1943 年 1 月 14 日，西北局高干会议在延安召开。参加这次会议的有陕甘宁边区地方县级和部队团级以上的党员干部 300 多人，中央高级学习组全体同志，中央党校一、二部的学员到会旁听。

毛泽东在开幕和闭幕时都讲了话。会议期间，他还参加了大会关于西北党的历史问题的讨论，并在同志们发言时多次插话问及情况和发表意见。朱德、刘少奇、任弼时、陈云等中央领导参加会议并讲话。

10 月 21 日、22 日，陈正人作整党问题的报告。在报告中，他提出认真总结陕北党的历史经验，从思想上和组织上整顿边区党，达到思想上的统一。23 日至 31 日，我们围绕陈正人的报告分组展开讨论。

在讨论中，与会同志纷纷提出西北党历史上的一些问题，特别是 1935 年陕北肃反中的问题，大家一致要求，要用整党整风的精神来研究和解决这些问题和教训，明确是非，总结经验，达到思想上的统一和党的团结。经过党中央研究批准，大会领导小组接受了大家的意见。这样，从 11 月 2 日到 16 日，会议关于整党问题由分组讨论转为结合西北党的历史进行整风的大会讨论。

会议发言

在长达十几天的大会讨论中，我和贾拓夫、习仲勋、刘景范、马文瑞、张邦英、王世泰、霍维德、贺晋年、郭述申、李赤然等46人先后在大会上发言。大家以亲身经历的事实，讲述和批评陕北“左”倾错误路线给西北革命和根据地造成的严重危害，尤其是“左”倾肃反造成的严重后果和影响，震惊了与会全体同志。也使大家进一步认识到整党整风的重大意义及其必要性。

11月5日，我在会上发言。我从陕北党内在政治、军事路线的争论和斗争；陕北党内的宗派主义；1935年“左”倾肃反三个方面讲了陕北党内发生的两条路线斗争情况。西北的同志都认同我讲的，“左”倾肃反“险些把陕甘边区葬送掉；没有党中央的到来，就没有现在的陕甘宁边区”的观点。大家一致认为，在陕北革命最危急的时候，是党中央挽救了陕北。

13日，贾拓夫在会上发言，指出以刘志丹为代表的红26军军事路线是正确的，是马克思主义的路线。另一方面是朱理治、郭洪涛为代表的“左”倾错误路线。

15日，我再次在会上发言，讲了三个问题：

第一个问题是两条路线斗争问题。

西北局高干会在陕甘宁边区礼堂召开

红 26 军的正确路线是从哪里来的？我们说红 26 军路线是马列主义的正确路线。这条正确路线是怎样来的呢？以当时的情况看，刘志丹、高岗等同志并不是精通马列主义，熟读辩证法的人，然而他们做的事情为什么有符合马列主义的地方呢？这里有几个来源：

第一个来源，他们的思想方法是从客观实际来的。就是说红 26 军的路线是从地下生长起来的，不是天上掉下来的。他们根据党的总的任务——实行土地革命、开展游击战争、创造红军、创造苏维埃，在陕甘边区域具体的社会情况下，怎样把这个实际任务办好，这要从思想方法来研究和解决问题。这样的思想方法是完全符合马列主义原则的，也符合毛主席的思想方法。

我记得毛主席曾在中国革命战略问题上讲过这样的话，“指导战争能够打胜仗，要把客观情况和主观的指导相符合，打了胜仗虽然这些同志不懂得辩证法，但是他们的办法完全是和辩证法的思想一致的”。从这样的原则来看，当时刘志丹、高岗等人也可以成为自发的辩证法唯物论者。虽然他们连辩证法唯物论的书看也没有看过，可是他们的思想是从客观实际，从全面出发来研究问题，所以他们能够正确地指导革命，能够执行党的正确路线，能够研究出正确的执行方法。这是红 26 军正确路线来源的第一点。

第二个来源，正确路线是从多年的经验教训中摸索出来的。因为过去在长期的战争中打了许多的胜仗，也打了许多败仗。无论胜仗或败仗的经验，在长期的摸索中慢慢地懂得了许多问题。

首先是懂得了武装和农民结合的问题。中国革命主要是农民战争。农民战争就必须要武装，而武装就要和农民结合起来，这个问题是不是开始就懂得了？我们是不懂得的。这是经过了清涧暴动、渭华暴动，经过了甘肃的陇南兵变、靖远兵变，这些暴动都失败了，因为没有和农民结合。有的虽然结合了，比如渭华暴动，但没有上山，就又失败了。在这样长期斗争中，我们懂得了，武装必须要和农民结合。有了武装，没有农民就不能成功。同样的，有了农民，没有和武装结合，也要失败。关中二十几个县的农民围起城来搞“交农斗争”（贫苦农民组织起来，上交农具给县政府进行抗租斗争。这种交了农具的农民斗争叫“交农斗争”。——编者注），无论是自发的，无论是党领导的，都失败了，因为没有和武装结合。我们经过这些经验教训，才知道了武装要和农民结合的道理。

同时，在长期的斗争中，我们懂得了什么是游击战争。游击战争要游、要击。游而不击，不行，没有战绩；击而不游，也不行，不能生存。

懂得了什么是游击战术。开始，我们对战术没有研究，分不清什么，但是，在长期的战争中摸索出来了。毛主席的游击战术十六字诀的总精神，在长期战争中，我们懂得了。

同时，我们知道了什么是游击根据地。对游击根据地，开始我们不大懂得在哪里建立？在陕甘游击队摸索过，在红26军南下摸索过，一直到三原苏区的失败。武字区是在平原上几十里大的一个小根据地。我们的游击队晚上行动，白天躲在地窨子里，上面盖了茅草，假使敌人来了，把草掀开怎么办？由三原到耀县，到淳化上了大山，这样就从武字苏区到了照金，把红军的力量保存下来了，根据地必须在山上建立。后来照金苏区也失败了，因为敌人"围剿"薛家寨，我们的力量很少，死守是错误的。在战斗中，由于我们跑得快，结果虽然敌人把薛家寨打开了，但我们没有多少损失。我们跑得好，不跑的话，就要被一网打尽了。经过这些失败，三原根据地不能存在了，耀县、薛家寨不能存在了，我们的根据地要在哪里建立呢？

这时，红26军决定要创建三个根据地。开始的时候，高岗、志丹、我（当时我在红42师）研究这个问题。我说：兔子有三个窝，红军一个根据地吃不开。兔子为什么要有三个窝，因为在一个窝里待长了，容易被人发现，恐怕人或者别的走兽捉住它，所以经常从这个窝调到那个窝，从那个窝调到这个窝，调换着住，这样才能够存在。红42师要以这样的原则建设根据地，于是确定陕北第一路游击队创造一个根据地，陕甘边第二路游击队创造一个根据地，关中第三路游击队也创造一个根据地。红42师在三个根据地当中，哪里好打仗就在哪里，帮助那三个根据地开展游击战争，把它们打成一片。

薛家寨失守以前，这个观点还不明确，当时是普遍地开展游击战争，不是抓住三个根据地这样的中心来发展。现在，可以证明，这种建立游击根据地的摸索是完全正确的。这是经过长期斗争中得来的，也只有经过长期斗争才能够懂得的。开始时，我们很多同志是不懂的。

在我讲到这些情况时，坐在前面的朱德总司令高兴地说，好一个"狡兔三窟"！

我接着讲道，在长期斗争中，我们也懂得了一些政策。比如对土匪的政策。陕甘边区长期有土匪，并有相当数量。怎样利用土匪，争取土匪，对待土匪，开始也不很容易。杜衡把他们编成二十几个游击队，这是完全错误的，后来又把他们全部消灭了。土匪受国民党的统治，豪绅地主的进攻，有一二分革命性，我们是可以利用争取的，但是，土匪和革命游击队还是有本质上的区别。我们的正确政策是，对我们发展有利的，对革命有帮助的，就和他们建立统一战线。在土匪动摇的时候，不能与我们合作的时候就消灭掉。共产党开始发动斗争的时候，我们的游击队在现象上看起来，多少带有土匪气味，但本质则不同。“左”倾机会主义者就不懂这个道理。

对于民团的处理。陕甘边许多地方都有民团，开始因为我们的力量小，打不了他们，也消灭不了他们，我们出了很大劲，比如罗连城、何志兴民团，我们就和他拉关系，给他们大烟，让他们与我们友好或保持中立，这是完全必要的。对那些反动顽固的，等群众发动起来了，我们的武装力量壮大了，就坚决消灭，这就是正确的政策。当时我们虽然不懂得什么统一战线，但是懂得拉一拉他们，对革命有利。只要对革命好，我们就做；对革命不好，我们就不做。这个正确路线是从长期斗争中摸索出来的。

第三个来源，红26军的正确路线是从党内两条路线斗争中产生的。这个问题许多同志讲过了。红26军经常和机会主义斗争，不是反对右的，就是反对“左”的。红26军的历史，是在反对机会主义中斗争出来的。开始红26军反对李艮、杜衡的“左”倾机会主义；反对张文华、黄子文等人的右倾机会主义。1934年、1935年阎家洼子会议后和郭洪涛同志“左”倾机会主义进行了斗争，使陕甘边的革命向前发展了，假使不是这样，革命发展是很困难的。红26军是从两条路线斗争中，是从自我批评和细心检讨中发展起来的。每一次战斗之后，不管是胜利或失败，都要检讨自己的工作，取得经验，在这个过程中摸索正确路线。

我们说红26军是马列主义的路线，不是从天上掉下来的，是从这样的方法过程中形成的。但是他也有粗枝大叶和主观主义的作风，比方过去打了许多败仗，为什么打了败仗？就是没有把主观指导与客观条件融合起来，没有解决主观跟客观的矛盾，是主观地看问题。由于有这些主观主义作风，使我们打了些败仗，这也是不可避免的。还有一个问题，就是粗枝大叶，调查研究不够，比如在桃渠垣错杀了两个人。但总的不是错误路线，错误只是个别的，不是像陕北肃反中造成赤白对立的问题。

我又讲了陕北“左”倾错误的来源的问题。我说，当然不是郭、朱创造的，是四中全会以后，机会主义和宗派主义统治了全党带来的后果。

首先，就是他们的思想方法是主观的唯心的，在政治实践上表现为教条主义。这种思想方法完全是反马克思主义的。

这种主观主义，唯心的思想方法有几个特点：不从客观实际出发，而是主观唯心地去看问题；不从历史上、本质上看问题，而是看现象；不是全面地看问题，而是片面地看问题，这就成为了反历史唯物主义的思想方法，成为了反唯物论的思想方法。因为他们的思想方法是这样，他们就不作调查研究，不调查红 26 军发展的历史和战略部署，不问历史情况和当时当地客观情况。一见面就说我们是机会主义；不分析具体情况，也不了解红 26 军的路线，不了解什么是游击战争，什么是游击队，什么是游击战术，什么是游击根据地，什么地方作游击根据地最好，这些都没有搞清楚，这就不可避免地要作出错误的结论，武断地说“26 军是逃跑主义，窜山林路线”；不顾陕西党发展的历史，不顾陕西党受过敌人的严重摧残，党员不多，就讲陕甘边是“机会主义、取消主义”；不问那个地方有没有工人，就讲我们不组织工会；不分析土匪的成分是怎样的，就指责一顿。由于他们不从客观实际出发，只好翻教条，党八股地照套党的文件，不管适不适合这里的情况，把文件当成教条。比方 1935 年 9 月的“西北政治危机与党的紧急任务决议案”，说“西北和全国一样，是两个政治前途的决斗的关头，只有两条路，没有第三条路，一个是苏维埃，一个是殖民地，此外就没有其他的路。”这不是党八股吗？这不是教条吗？由于他们思想方法的错误，不可避免的要形成主观主义、宗派主义，同时产生了政治上、军事上、组织上的对立。在军事上，不管陕北的情况怎样，他们要打中心城市，乱指挥一气；在组织上，贯彻他们的宗派主义，打击执行正确路线的同志。这是他们思想方法和路线问题上错误的来源。

我讲的第二个问题是，两条路线的斗争是否不可避免地要走到肃反？我说：两条路线斗争不一定要走到肃反，红 26 军党内进行思想斗争，也没有肃反，为什么陕北 1935 年两条路线斗争要发展到肃反呢？采取党外斗争的方法，用对付敌人的手段来对付党内思想斗争。这几天大会上许多同志都说到了，所以走到肃反，个别人是起了决定作用的，现在他对于这个问题还是不认识。在他的两次发言当中，没有把这个问题坦白地诚恳地讲出来。一个人虽然有十多年的党龄，但是思想上没有入党，这是犯错误的根本原因，我们希望这样的同志在思想上重新入党，就是说来一个完全地改变。

第三个问题是研究了这些经验教训以后，我们今后怎么办？首先就要求我们今后要提高干部党员的理论，如果有一点工作经验没有理论，那是不行的，只有把我们的党员干部从理论上更大的提高一步，才能防止主观主义、宗派主义的发生。有经验的同志要提高理论，经验少的应该补充经验，使得我们广大干部把理论和实际结合起来。仅有一点书本上的常识，不能把理论和实际联系起来，就会做教条主义的俘虏，这是第一个重要教训。

第二个教训是，我们全党干部要提高嗅觉，比方对主观主义、宗派主义、党八股这些东西要警惕，对夸夸其谈和脱离实际的分子也要警惕起来。这样可以防止主观主义、宗派主义的发生和发展，以能防止像陕北肃反那样的事情发生。

第三个教训是，应加强我们的党性锻炼，开展正确的思想斗争。应该经常拿党中央《增强党性的决定》来检查我们的思想。主观主义、宗派主义发展到一个程度，就必须从组织上加以制裁。如果我们不把这些东西清除出去，让他们占了统治地位，如果再来一个肃反，那就不得了，对于我们党会造成很大的损失。

我的发言经记录整理，发给到会的同志。

郭洪涛、朱理治、戴季英等执行“左”倾错误路线的同志在会上发言做检讨。

会上我的两次发言引起震动。中央党校的年轻同志听后说：在敌后，我们只知道对敌斗争残酷，没有想到党内的路线斗争也是这么复杂严酷，整党整风真是很有必要。彭真同志说：秀山同志的发言有事实，有根据，有理论，以理服人，是一个教育干部分清路线是非的好教材。任弼时同志在 1943 年 1 月 8 日至 11 日在对西北局高干会作总结时，讲道：张秀山同志说得很对：犯错误的同志要痛改前非，就是说，彻底改正他们的错误。

11 月 17、18 日，由高岗代表西北局在大会上作《边区党的历史问题检讨》的报告。对这个报告，中央很重视，由胡乔木、贾拓夫整理，经一些同志反复讨论修改，党中央批准后，西北局批准了这个报告，要求边区各级党组织全体干部和党员，将这个报告作为整顿三风的重要文件之一，进行深入地研究与讨论。

毛主席讲话

11 月 21、23 日，在西北局高干会上，毛泽东同志用两天时间，结合中国共产党的历史情况，逐条讲解斯大林的《论布尔什维克化十二条》，其中说道：整个内战时期有向李立三路线的斗争。有向朱理治、郭洪涛“左”倾机会主义的斗争，有向张国焘的斗争，张国焘是右倾分裂主义……向这三个路线作斗争，两个作了结论，一个还没有作结论（指王明），你们现在作了一个西北的结论，是很好的。毛泽东同志在会议总结中说：“我们虽然是从历史中走过来的，但要从观念形态上恰当的反映历史是不容易的。经过这样多的磨折，这样多年，这次高干会才把历史搞清楚。”① 毛泽东同志的讲话对分清西北党历史上的路线是非，对朱理治、郭洪涛在陕北推行的错误路线给予了定性。

党中央政治局和党的高级干部在 1942 年到 1944 年间，对于党的历史，特别是党在 1931 年初到 1934 年底时期的历史进行过几次讨论。1945 年 4 月党的六届扩大的七次全体会议上，对 1931 年初到 1934 年底的“左”倾错误路线作了历史性结论，即《关于若干历史问题的决议》。对于陕北的“左”倾错误是这样讲的：“1935 年秋，犯‘左’倾错误的朱理治同志以中央代表的名义到达陕北革命根据地（包括陕甘边和陕北），同原在那里的犯‘左’倾错误的郭洪涛同志结合，将‘左’倾机会主义路线贯彻到政治、军事、组织各方面工作中去，并排斥执行正确路线的、创造了陕北红军和革命根据地的刘志丹等同志。接着又在肃清反革命的工作中，极端错误的逮捕了一大批执行正确路线的干部，造成陕北革命根据地的严重危机。十一月，党中央经过长征到达陕北，纠正了这个‘左’倾错误，将刘志丹等同志从监狱中释放出来，因而挽救了陕北革命根据地的危险局面。”②

在西北局高干会议期间，中央还印发了六届四中全会和六届五中全会的《决议》。这两个文件是王明路线的代表作。参加会议的同志看后，才明白了错误路线的来源和实质。在这之前，中央还印发了《两条路线》一书，把党内正确的文件和错误的文件编在一起，让同志们对照着学习，一正一反，泾渭分明，对提高大家的认识能力帮助很大。

---

①《毛泽东传》，中央文献出版社 1996 年版，第 649 页。

②《毛泽东选集》（一卷本），人民出版社 1966 年版，第 1000 页。

党中央的决定

1942年12月12日，中共中央作出《中央关于一九三五年陕北“肃反”问题重新审查的决定》。《决定》指出：“中央根据十月（1942）陕甘宁党的高干会议对于陕北历史问题的检讨与结论，认为一九三五年九、十月间朱理治、郭洪涛等同志所主持的‘肃反’将陕北苏区和红军的创造者，刘志丹、高岗、张秀山、杨森等同志逮捕，并杀害了二百以上的党政干部，这种将党的好干部诬为反革命分子，加以逮捕和杀害，不仅完全是错误的，而且是革命的罪恶。……中央认为在一九三五年及以前陕北党内两条路线斗争中，刘志丹等同志所坚持的政治路线和立场是正确的，而朱理治、郭洪涛所执行的路线是错误的‘左’倾机会主义的路线。因此，中央党务委员会1935年11月间的决议除对戴、聂处分仍保留有效外，应当取消。”

《决定》指出1935年中央党务委员会所作决定中的错误内容，“其基本原因是那时中央还没有作出‘在遵义会议以前一个时期内，在中国党内占统治地位的政治路线是错误的’这一决定的原故。陕北执行的‘左’倾机会主义路线，正是这一错误在陕北的具体化。而造成的错误肃反，则正是这一路线登峰造极的结果”。

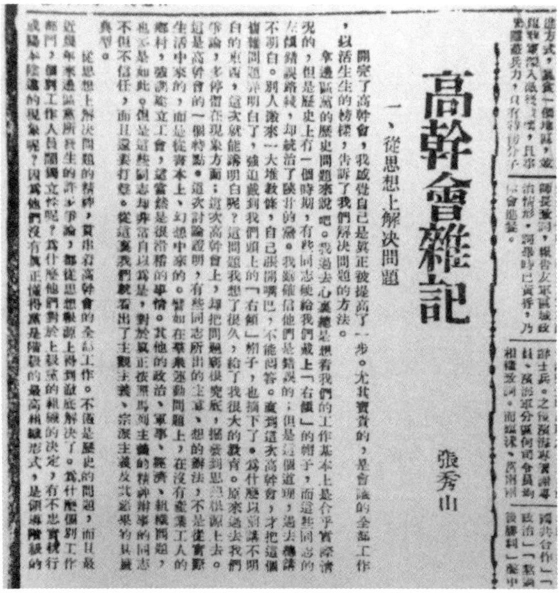
高幹會雜記

一、從思想上解決問題

張秀山

開完了高幹會，我感覺自己是真正被提高了一步。尤其寶貴的，是會議的全部工作，以活生生的榜樣，告訴了我們解決問題的方法。

《高干会杂记》

1943年1月8日　至11日，任弼时代表党中央在陕甘宁边区高干会上作了《关于几个问题的意见》的演说。在讲到“检讨历史教训与党性问题”时，他说：“从1935年到现在已经是七年了。一直到今天，才把这一个‘肃反’问题重新审查清楚。”

他说：“从陕北党的历史问题检讨中，可以明白，政治路线之正确或错误，对于革命的胜利或失败是具有决定作用的。有些同志这样说：

‘过去毛主席在报告中讲到主观主义、宗派主义、党八股，如果发展到极点，可以闹到亡党亡国亡头的地步’，绝不能深刻的了解，想着也许是过分的夸张之词吧？但是参加了这个高干会议之后，才了解毛主席这些话的真正内容。”“错误的路线……继续在陕北搞下去，陕北的党委要垮台，是亡党；陕北苏区和红军也不能继续存在，是亡国。许多党员、许多老百姓会被反革命杀掉，是亡头。这就是说，从这次陕北党的历史问题的检讨中，使我们深深懂得党的路线正确与否，对革命的成败是有决定的意义，这对于我们是最大的教训。”

在党中央的直接领导下，历时三个月的西北局高干会议，通过对西北历史问题的检讨，通过批评和自我批评，总结了西北党的历史经验，清算了“左”倾错误路线对西北革命造成的恶劣影响。这种结合历史实际学习马列主义的党内整风方式，有力地推动了陕甘宁边区整风运动和各方面工作的深入发展；增强了党的团结；同时，为全党整风运动的开展提供了有益的经验。

二、在延安中央党校

在中央党校工作

1943 年 1 月，西北局高干会议后，我的病情基本稳定，即向西北局提出要求工作。组织上安排我任西北局组织部副部长。

西北局组织部部长陈正人是井冈山时期的老同志，曾担任过湘赣边区的特委副书记，与毛泽东、朱德等同志一起，参与井冈山革命根据地的创建与发展。我们在一起常常交谈陕北根据地和井冈山根据地创建的情况。陈正人为人坦率正直，我们很谈得来。组织部的工作很忙，有时没日没夜的开会研究问题。他多次提醒我：秀山，你现在是半工作，还要注意身体。但是一忙起来，我就顾不上了。3 月份，西北局领导让我兼任西北局党校校长，主要管党校工作，让我的工作相对轻松一点，尽早恢复健康。

早在 1937 年冬天，党中央就发表了筹备召开七大的文告。1939 年起，各地参加党代表会的代表陆续来到延安。这期间，抗日战争转入相持阶段，形势发生了新的变化。中央决定七大延期举行。于是，党中央就把这些从外

1989 年，在任延安中央党校教务处主任时的住地前

地来准备参加党代会的干部，集中到中央党校一部学习。这就给七大代表和广大干部一个比较长地学习马列主义理论，总结中国革命斗争经验的好机会。

1942 年 2 月 1 日，毛泽东在中央党校开学典礼大会上作《整顿党的作风》的报告，提出了整风运动的目的、任务、方法和指导思想，标志整风运动正式开始。

经过一年整顿三风的学习，在进入下一阶段总结党的历史经验的学习前，1943 年 3 月 20 日，中共中央作出《关于中央机构调整及精简的决定》。在中央政治局及书记处之下，设立宣传委员会和组织委员会。中央党校归宣传委员会管理。毛泽东同志兼任中央党校校长，彭真任副校长。

6 月，中央调我去中央党校学习。我在党校一部继续参加整风学习，并阅读了毛主席编辑的《六大以来》一书，从中进一步了解到“左”倾教条主义在政治、军事、组织等方面的一些表现和影响。

8 月，中央要我担任中央党校教务处主任。我有些担心自己不能胜任，就去找副校长彭真。彭真说：你是毛主席点的将，还是安下心来干吧！

这时毛主席常到党校来找干部谈话，了解历史上的一些情况。我见到毛主席，说自己连中学都没念完，任党校教务处主任不行。毛主席说：什么叫不行，谁行？搞本本主义的那些人行？我们党不需要只会夸夸其谈的口头革命家。我们党需要的是脚踏实地的革命战士。接着又说：我很赞成你说的“正确的革命路线是从地下生长起来的，不是天上掉下来的”的观点。我们党校培养的是革命战士，只有脚踏实地，才能在大地生根发芽，在各地闹红一片，我们的胜利就会来得快一些。主席还说：整风就是思想上的清党。党校在这一方面的任务，就是要使我们党的干部，尤其是党的高级干部，经过整风学习，端正思想，提高认识，不再让机会主义的东西影响我们的革命进程。听了毛主席的话，我被毛主席那明晰的思想和实事求是的精神所打动。同时，我很佩服主席的记忆力，我在西北高干会上的讲话，他还记得这样清楚。

从这时起，我在党校一直工作到 1945 年 9 月。黄火青任党校秘书长，教务处还有刘芝明和杨献珍两位副主任。

中央党校开始时只有一部。一部的学员是地委、旅级以上的干部，和少数地委以下的七大代表。部主任原是黄火青，他任党校秘书长后，由古大存接任。后来，党校又将不是七大代表的县、团级干部编为二部，部主任是张鼎丞。1943 年 5 月，中央决定把中央研究院合并到党校，成为三部，学员主要是一些知识分子，部主任是郭述申。随后又把军事大学合并来的学员，和党校原有学员中文化水平较低的干部组成了四部，在整风学习的同时，学习文化知识。四部的学员级别基本与一部相同，部主任先是张启龙，后来是张邦英。1944 年初，中央根据西北局的提议，又决定把西北局党校合并到中央党校，组成了中央党校的五部和六部。五部的学员是以边区的县、区级干部为主，也有部分经过长征的团、营级干部，部主任是白栋材。六部学员是从敌后来的县、区级干部，和青年知识分子，部主任是马国瑞。全校学员加上公务人员最多时达 6000 人。

党校的整风学习

在整风运动中，中央把来自全国各个地区、各个方面军、各个时期党的高级干部和其他干部，集中到中央党校学习，这对于我们党系统地总结党的历史经验，分清路线是非，批判党的历史上各次路线错误，更好地学习和掌握马克思主义、列宁主义，进一步增强党的团结，从而夺取抗日战争的胜利，非常重要。因此，中央党校在这次整风运动中，占有十分重要的地位，中央党校成为全党整风运动的一个缩影。

中央党校的整风运动是在党中央和毛主席直接领导下进行的。

在中央党校整风学习开始以前，王明那一套教学方法，在中央党校和马列学院影响还是很大的。讲哲学的，只谈辩证法的三大定律，不联系干部的思想实际；讲政治经济学的，大谈资本主义的经济规律，什么绝对剩余价值、相对剩余价值、利润、平均利润率等；讲政治经济学的，解释不了边区当时存在的一些特殊的经济现象，把边区货币的贬值，也说成是边区出现了通货膨胀。他们不懂得解放区出现的经济困难，完全是由于国民党顽固派对边区的经济封锁和破坏，阻碍了边区的生产和商贸的发展，从而造成了市场上的紧张。由于市场上东西匮乏，才发生了老百姓愿意要国民党统治区银行发行的法币的现象。

像这种只会照搬外国的理论，不联系中国革命具体实际的风气，在中国共产党内有不小的影响，在当时的情况下，对中国革命没有起到什么好的作用。正如毛泽东同志批评的那样，纯粹是“无的放矢”。

王明从苏联来到延安后，以“共产国际”的化身和中国革命理论家自居，印发了他的《为中共更加布尔什维克化而斗争》一书，并让学习。当时王明兼任延安女子大学的校长，他搬用的洋教条，欺骗迷惑了不少天真幼稚的女大青年学生。

整风学习前，在党的七大代表和党员干部中，受教条主义的影响，思想认识很不一致，理论水平也低。有许多同志弄不清楚中国革命的历史，弄不明白为什么我党在10年土地革命战争期间，经过浴血奋战发展起来的红色根据地和红军会损失了百分之九十，白区几乎损失了百分之百。

按中央的部署，中央党校引导学员在自觉学习马克思列宁主义的基础上，联系中国共产党的历史和中国革命的实际，敞开思想，开展讨论。

1943年秋的一天，朱德同志到中央党校讲话。他在党校各部学员参加的大会上，公开点名批评了王明，指出王明路线的错误，引导广大学员树立理论联系实际的马克思主义的好学风，研究中国革命历史问题和现实问题。在整风的重要时刻，朱总司令的讲话，在党校学员中激起了巨大波澜，将党校的学习引向深入。

学员们对王明在抗战时期的右倾投降主义，展开严肃地批评。1938 年 3 月，王明曾在中央政治局会议上作了个发言，会后写了篇文章《三月政治局会议总结》，都是“一切服从统一战线，一切经过统一战线”的论调。王明的文章发表后，在延安的城墙上出现了“一切经过统一战线，一切服从统一战线”的标语。

当时张国焘任陕甘宁边区政府副主席，他们和国民党谈判统一边区邮政，取消了边区自己的内部邮政。这样，我们发往陇东的信件、文件和报纸都要经过西安，但是，邮件到了西安就被国民党扣留了。从延安发往庆阳地区的邮件根本送不到。后来在边区内部还是恢复了自己的邮政。

张国焘还和国民党商定，我们边区内的县长都要经过西安国民党的省政府委任，但是我们报请委任的县长名单，国民党陕西省民政厅根本不理睬，边区的县长还得由我们边区政府自己委任。这些事实充分说明了，王明那套右倾投降主义是根本行不通的。

王明在武汉长江局工作时，还写了观点错误的文章、宣言和决议。他提出要无条件地拥护“蒋委员长”，拥护“蒋委员长”不能带“尾巴”。当时，我党提出的口号是“拥护蒋委员长抗战到底”。王明却要去掉“抗战到底”这四个字，这就是他所说的不带“尾巴”。他附和国民党“只要一个军队”的主张，提出“统一指挥，统一武装，统一纪律，统一待遇，统一作战计划，统一作战行动”。他抹杀共产党和国民党在抗日战争中的原则分歧，实际是取消共产党领导的抗日武装。他轻视抗日游击战争的伟大作用，幻想依靠国民党军队取得“速胜”，放弃党的领导权。王明的错误主张曾影响了一些同志，却受到以毛泽东为代表的坚决抵制。

党校学员在讨论抗日统一战线问题时，深切认识到，如果按王明那套投降主义的路线办，革命就要遭殃。只有执行毛主席又团结又斗争的策略，才能取得胜利。

通过学习党的历史，总结中国革命的历史经验和教训，无论是来自白区的同志，还是来自苏区的同志都认识到了路线正确与否，是革命成功与失败的关键这一真谛。

中央党校整风学习的核心问题，是批判和纠正主观主义的思想作风，树立马克思主义普遍真理与中国革命实际相结合的思想作风，以研究中国革命的实际为根本任务。这期间，党校首次组织同志们系统地学习了毛主席的有关著作，对毛主席的哲学著作、军事著作，进行了认真的学习研究。过去，很多干部不认为毛泽东同志的著作是革命的理论，只把马、恩、列、斯的著作和外国的东西看成正宗。有些人开口就是外国如何如何，就是不讲我们自己的国情。这就是毛主席所批评的那种“言必称希腊”的来历。从一定意义上说，延安整风运动也是一次思想解放运动，破除了对本本的迷信。经过延安整风比较系统地学习毛主席的著作，全党同志认识到毛泽东同志提出的以农村包围城市，最后夺取城市的理论，是对马列主义理论的一个重大贡献和发展。

1943 年 10 月 10 日，中央决定党的高级干部转入重新学习和研究党的历史和路线是非问题，这是全党整风运动的高级阶段。

中央党校按照“理论联系实际”的教学方针，克服教条主义和经验主义、理论脱离实际的学风，组织学员结合党的历史和亲身经历的党内路线斗争的经验教训，学习中央书记处编印的《六大以来》和《两条路线》两部文献。大家通过对中国历史状况和社会状况的认真学习与思考，对中国革命性质、任务、对象、动力，革命中阶级关系的变化，各个历史时期的政策和策略得失，以及对中间阶级、派别的政策都进行了具体分析和认真讨论。

我们在组织学员学习整风文件中，结合我们党的历史实际情况，进行了认真的学习讨论，批判各个历史时期的错误路线。在讨论六大决议的时候，学员提出的问题很多，争论很激烈。为了搞清这些问题，我们请周恩来同志到党校作《关于党的六大的研究》的报告，帮助大家统一认识。周恩来同志参加了在莫斯科召开的六大会议。他讲了六大开会的情况后，指出六大决议基本上是正确的，但是有两个缺点，一是对中国革命的长期性估计不足，二是对红色根据地在中国革命中的重要性认识不足。周恩来同志的报告解决了大家的争论。后来毛主席在《学习和时局》的报告中，对六大也是这样评价的。

我们还请刘少奇同志来党校作报告。他联系中国革命中的“左”倾错误，讲了列宁写的《左派幼稚病》一文，使大家思想觉悟，理论水平提高很大。

党校还联系 1941 年在华北地区进行的“百团大战”，进行学习讨论。

“百团大战”之后，日本侵略军从正面战场调回了很多兵力，扫荡华北根据地，使我华北根据地在1941年“五一大扫荡”后，遭受了很大损失。对此，毛主席曾指出：百团大战打击了敌人，取得了胜利，鼓舞了全国人民抗战的信心，这是需要肯定的，是好的方面。但是，问题有三条，第一，是暴露了自己；第二，是警惕了敌人（指日本侵略军）；第三，是威胁了朋友（指国民党）。在“百团大战”之前，日本侵略军轻视我们。在这之后，日本侵略军就把在正面战场对付国民党的兵力调回后方来对付我们，并且和国民党顽固派勾结在一起，加紧对我抗日根据地的进攻。在讨论中，朱瑞同志说：我们山东军区在“百团大战”之后，也准备集中50个团的兵力大打一仗。后来毛主席不同意，才没有打。

“实事求是”是毛主席给中央党校的题词，这既是中央党校的校风，也是我们在学习工作中要努力树立的思想作风。在这一原则的指导下，党校的民主空气很浓，开展批评与自我批评的方式是多样的，有思想自传、历史自传、反省笔记等，有小组会、支部会、漫谈会、个别谈话、全校大会等。在学习讨论中提倡有什么就说什么。党校还多次召开民主生活大会，学员在会上畅所欲言。很多学员自觉地暴露自己思想上的问题，检讨自己头脑中的主观主义和个人主义。同时，联系各个地区、各个部门以及部队中的工作和党的历史方面的情况，提出批评意见。

有些部队干部文化水平低，但他们习惯于直言，敢于讲话，讲出来之后，再通过大家面对面地摆事实，讲道理，进行批评和自我批评，实事求是地分清是非，认识问题和解决问题，消除了过去的成见和隔阂，增强了同志间的团结。

我们也没有什么“打棍子、揪辫子、戴帽子”这些东西。学习中，每个人都写了反省笔记，检查自己思想上和工作上的错误和缺点，并把自己的思想检查拿到支部和小组会上讲，让大家进行讨论，提出批评和帮助。这样的学习方法对提高学员们的思想理论水平促进很大。

一般干部和普通党员整风，是以整顿思想方法和思想作风为主。通过反对主观主义、反对宗派主义、反对党八股，使广大干部懂得只有搞好调查研究，才能有正确的思想认识，做好工作。

记得党校四部的学员们讨论思想方法问题时，有的人不承认自己有什么思想方法问题。有一个学员说：“我当个营长，还会有什么思想方法？命令来了，就打仗嘛！”支部的同志引导他，问他：“你打过胜仗没有？为什么能打胜仗？你打过败仗没有？又为什么会打败仗？”通过对比分析，指出打胜仗是因为经过了充分的调查研究，了解了敌情、地形，在思想上形成了正确的判断，这就是思想方法上的正确。反之，打败仗是由于调查研究不够，对敌情、地形了解不准确，判断错了，在思想上犯了主观主义的错误。当然，有时候打败仗，是与上级发出的主观主义命令也有关系。但是，如果上级下达的命令是正确的，你去单独作战，不侦察地形，不了解敌情的变化，也同样完不成战斗任务，也还是要犯主观主义的错误。经过支部这种联系实际的讨论和互相帮助，使同志们认识到，每个人都有思想方法问题，搞不好，谁都有可能犯主观主义、教条主义的错误。

这些问题，在今天看来似乎很简单，但在当时，对于我们这些大都是来自工农群众的干部来说，在思想上搞清这些道理，的确是很不容易的。

在学习中，我们还组织学员学习了鲁迅的《阿Q正传》，以克服自己身上的“阿Q精神”；学习了郭沫若同志的《甲申三百年祭》，研究明末李自成起义军打进北京城后，由于骄傲腐化不团结而导致革命失败的历史教训，引以为戒。

和毛主席的接触

在延安时，我多次听过毛主席的报告，对我教育很深。在中央党校，毛主席多次来到党校作报告和了解情况，我与主席有过多次接触和交谈。主席向我了解西北党的历史和西北的风土人情，以及党校学员的学习、思想情况。

整风中，党校也曾发生过不愉快的事情，就是审干期间，1943年7月搞起的“抢救、坦白”运动，一度抛开了实事求是的原则，犯了主观主义的错误。康生通过逼、供、信，搞出的假典型到处推广，尤其是审查干部这样严肃而慎重的工作，当作群众运动来搞，起了极坏的作用。在党校也使一些同志受了很大伤害和摧残。

我是经过“左”倾肃反的，对这种搞法很不理解。我心想这与陕北的“左”倾分子的那套手段有什么差别呢？！幸而党中央和毛主席发现得早，指示停止“抢救”，避免错误进一步蔓延而造成更大的损失。

1944年春，开始整风甄别工作，毛主席到党校来了解情况，问我最近党校的同志有什么反映？我说有些受审查的同志对“抢救”问题还有一些怨气。毛主席点了点头，说了一声“噢！”5月，他在党校对将去前线的学员讲话时说：“抢救”运动中，“抢救”了好些人，许多是搞错了。并亲自给大家鞠躬赔礼道歉。10月，毛主席在中央党校作报告时，又说起了“抢救”运动的事情，他说：“抢救”运动的基本错误是缺乏调查研究和缺乏分别对待这两点。

1944年初的一天，毛主席来到党校，问我：“你认不认识张金保同志？”我说认识。毛主席说：“她是六届中央委员，四中全会后遭王明的打击，被开除了党籍。”他要找张金保同志了解六届四中全会的情况。毛主席让我把张金保找来，和她整整谈了半天。1944年8月，经中共中央批准恢复了张金保同志的党籍，1945年4月，经中共六届七中全会决定恢复中央委员职务，作为中共正式代表参加了七大。毛主席在做张金保的工作中，使我受到很大的启发。使我进一步了解到党内路线斗争的情况，又学习到毛泽东同志注重调查研究，注意结合中国革命和党内的实际情况来处理历史上的一些重大问题。

1944年元旦，中央党校的一些干部坐大卡车去给毛主席拜年。毛主席向我们谈了中国革命的战略思想。毛主席说：江浙是中国的首脑地带，中原是中国的心脏地带，而西北是中国的边陲地带。中国革命要取得最后胜利，就非得解决心脏地带和首脑地带不可。毛主席的一席话，使我们明白了中国革命的战略走向，极大地鼓舞和坚定了我们夺取全国革命最后胜利的信心。

也是这年的秋天，美国军事观察组在延安建立了总部。一天，他们邀请朱总司令坐飞机看一看延安全貌。总司令正在党校和我们谈话，他热情地招呼彭真和我一起去。这是我第一次坐飞机。在飞机上，我看到了陕北家乡，看到熟悉的宝塔山和黄土高原，看到在过去渺无人烟的山坡上新开垦出的良田，这是我们自力更生的成果，看到山坡上布满了新挖的窑洞，这是全国革命青年奔赴延安的见证。延安——成为全国人民寄予希望的革命圣地，也是我一生不能忘记的地方。

延安整风运动中产生的“三大作风”，是我们党的宝贵财富，也是我们党夺取全国胜利，立于不败之地的根本保证。理论联系实际，实际是“实事求是”的问题；密切联系群众，实际是“为人民服务”，党的宗旨问题；批评与自我批评，实际是马克思在《共产党宣言》中强调的民主制度，是建设

“社会民主机制”的问题。

延安时期，很多人都知道这样一件事：一个农民因边区政府征粮太多，骂道：“雷公怎么不劈死毛泽东。”保安处的人便把这个农民抓了起来，要枪毙。高岗把事情告诉给毛主席。毛主席马上派人调查，是什么原因引起这个农民这么大的仇恨。当他得知是因为边区政府征粮太多，引起农民的不满后，立刻下令边区政府减少三分之一的征粮任务，以减轻边区农民的负担，并下令释放了这个农民。毛主席说这个农民骂得好，不然我们怎么知道，由于我们的政策不对产生的偏差呢！他还说：高岗反映得也好，共产党人应该有这种实事求是的作风。

这件事给我留下很深的记忆。

参加中共七大

延安整风使全党在思想上逐渐地成熟起来，经过整风，用毛泽东思想统一了全党的思想认识。在六届七中全会上，党中央作出了《关于若干历史问

延安七大会址

题的决议》，为七大的胜利召开，做了充分的思想准备工作。

这时，从外地到延安来的七大代表大都集中在中央党校。在整风审干中，七大代表资格的审查成了一件很不好处理的问题。如果不承认有问题同志的资格，要各地区重新选举代表，而新选出的代表到延安，有的需要一年，甚至更长的时间。这样，七大就会被再次推迟召开。最后，毛主席决定：“代表全部出席，开会。”这样，七大才如期召开了。

1945 年 4 月 21 日，在七大预备会议上，毛泽东高度评价西北革命根据地，他说：“有人说，陕北这个地方不好，地瘠民贫。但是我说，没有陕北那就不得下地。我说陕北是两点，一个落脚点，一个出发点。七大在陕北开会，这是陕北人的光荣。陕北已成为我们一切工作的试验区，我们的一切工作在这里先行试验。在这里开七大，在这里解决历史问题。”[①]

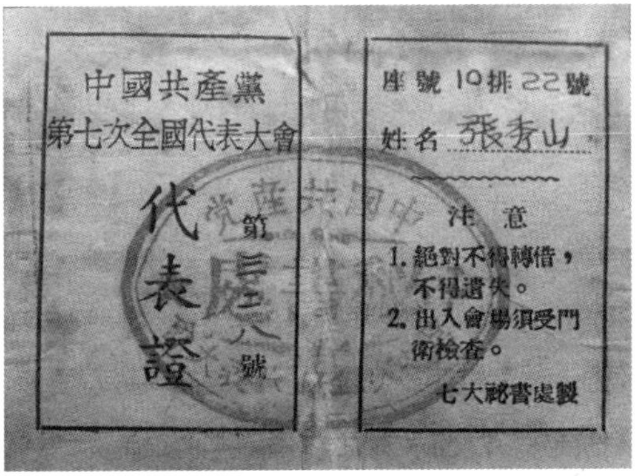

中共七大代表证

1945 年 4 月 23 日，中国共产党在延安召开第七次全国代表大会。我作为七大的正式代表，出席了这次大会。我的代表证是 328 号，座位是 10 排 22 号。

会上，我聆听了毛泽东同志《论联合政府》的政治报告，朱德同志作的《论解放区战场》的军事报告，刘少奇同志作的修改党章的报告。周恩来、陈云、陈毅、张闻天、博古等同志也在会上作了专题发言。大会进一步清算了王明的错误路线。

大会总结了我党领导中国新民主主义革命 20 多年来发展的历史经验，制订了马克思列宁主义的政治路线，这就是：放手发动群众，壮大人民力量，在我党的领导下，打败日本侵略者，解放全国人民，建立一个新民主主义的中国。大会还确定了正确的军事路线和组织路线，阐明了党的一般纲领和具体纲领，规定了党在政治、经济、军事、文化、外交和党的建设等方面的政策，并强调要坚持理论联系实际，密切联系群众，进行批评和自我批评

---

①《关于若干历史问题的决议》，人民出版社 1953 年版，第 22 页。

的三大作风，这是中国共产党区别于其他政党的显著标志。大会通过的新党章，第一次明确提出以马克思列宁主义的理论，与中国革命实践之统一的思想——毛泽东思想，作为我党一切工作的指针。

党的第七次全国代表大会，是在民主革命时期我党最重要的一次代表大会，以“团结的大会，胜利的大会”载入史册。全党在七大选举产生的党中央新的领导机构领导下，达到了空前的团结和统一，为争取抗日战争的最后胜利，为新民主主义革命在全中国取得胜利，奠定了坚实的基础。

三、西北党史座谈会

党的七大闭幕不久，党中央决定在 1942 年西北局高干会议的基础上，召开西北党史座谈会。这次会议是在学习七大精神中，讨论历史问题。

为什么要召开这个会？原因是有人对 1942 年召开的西北局高干会议有不同意见，对西北党的历史有另一套说法，否定《中央关于 1935 年陕北（包括陕甘边及陕北）肃反问题重新审查的决定》。这在中央党校学习的部分七大代表和一些西北的干部中引起争论，造成了一些同志的思想混乱。

七大召开前，中央领导同志征求我们的意见时，我们都说由中央决定。而有的人则说：“还是开完七大后再开吧”。既然对西北局高干会不满意，中央决定要开座谈会了，为什么又不急了呢？为什么不在七大开会前召开这个座谈会呢？会上有同志说：如果七大之前召开，有人怕选不上中央委员。

1945 年 6 月 26 日，中共西北局根据党中央指示，召开了西北党史座谈会。朱德、任弼时、陈云指导会议。中央的一些领导同志参加了座谈会。8 月 2 日结束，历时 38 天。

西北很多同志在会上发言，再次对陕北的“左”倾错误进行批评。座谈会经过认真讨论，再次澄清了西北党历史上两条路线斗争中的是非，维护了《党中央对陕北肃反问题重新审查的决定》。

7 月 10 日，朱理治在会上发言，他讲了陕北肃反发生的原因和经过。他说：陕北肃反是根据中央驻北方代表及河北省委共同签字的一封三万五千字的指示信。指示信里说：“陕甘党内有右倾取消主义，而且他们的阴谋已经暴露”。“右倾取消主义是为日本帝国主义国民党服务的”。“右倾机会主义实质是日本帝国主义、国民党反动统治在党内的应声虫和同盟军”。“要反对国民党的走狗并与之进行斗争”。北方代表说这些都是“根据陕北郭洪涛的报告，陕甘边及26军右倾机会主义受了右派的影响。他要我到陕北后首先开展反右倾取消主义的斗争。我到陕北之后，主要就是和郭洪涛谈，其他的像张秀山等就没有谈话。”“当时我很相信他，一直到1942年西北高干会才把问题弄清楚。”

“关于张秀山的问题我声明一下，本来程子华只审了张文华，他在电报上将张文华误认为是张秀山”，“肃反整个的过程是逼供信，主观主义达到了极点。我们在瓦窑堡审张秀山时，硬打得死去活来……而后来，对肃反发生怀疑，是从张秀山大哭及‘我死不要紧，可怜26军’这段话引起的。”

由于不懂调查研究，更说不上做历史的全面的调查研究了。对陕北历史根本没有研究过，假设到陕北后能稍微研究一下，也决不会犯这样的大错误。陕北肃反是“将党外问题与党内问题混淆起来”。在整风运动前，“没有认识到遵义会议前中央路线是错误的，而全国各地的肃反错误是这条错误路线下造成的恶果。”

朱理治的发言得到了大家的谅解和欢迎。

7月14日，中央安排我在座谈会上作发言。我讲述了西北党历次重要会议和战斗的经过与争论的问题，用两条路线斗争的观点对历史问题进行分析。发言经过记录整理共64页，4万多字。

我讲了四个问题：一、甘（肃）、宁（夏）兵运工作的经验；二、党内斗争；三、一个历史过程，几种不同看法；四、坚持原则，团结全体。

在对甘、宁兵运工作的总结中，我讲了西北兵运工作的历史、执行的路线、斗争的方式，为党建立武装力量的成果，也讲了失败的原因和自己的思想转变过程。我说：“在兵运中我没有犯路线错误，这不是因为我了解路线，我有本事，而是因为我做的是实际工作。凡是做实际工作的，一定要有正确的办法。在实际工作中摸索出的办法基本上是对的。如果我不去当兵，从学校出来就到上级机关去工作，也一定会犯错误。比如我说的省委的‘指示信’，我也一定会写的。因为不了解下面的情况吗。因此证明，凡是今天政治上军事上没有成熟的干部，一定要做下层工作，如果到领导机关里去必然会犯错误。”

关于党内斗争，我在讲了西北党的历史斗争情况后说，陕北“左”倾错误的宗派主义干部政策，正像整风开始的时候，毛主席在报告中讲的：宗派主义有排内性和排外性，排外性就是不让党外的人一起革命；排内性就是不愿意其他同志来革命。任何党外的人来投靠我们，他们都说这是投机，该杀。他们的排内性是只认为自己是革命的，别人都是靠不住的，应该打击，只相信他们自己，相信他的宗派主义下的少数几个同志。他们是这样的作风，因此就要进行肃反。

我说："我们应当总结历史的经验教训，这一条非常重要。我们党内如果存在宗派主义，千万不能发动反特和除奸。宗派主义未被克服时，发动反特锄奸斗争，一定会搞出乱子来，因为有成见，就不能客观地无偏见地看人。哪怕有特务，就让他暂时存在，搁一搁，先解决党内宗派问题。党内问题解决了，基本上团结了，不管是半条心、一条心，先达到党内基本上团结，这样就损失不了我们革命的力量，这是血的教训。"

"党内斗争常常比对敌斗争还要重要，党内斗争的失败常常比对敌斗争的失败还要重要。如果党内对机会主义斗争失败了，革命也要失败。"

党内斗争应采取什么样的方法。我举了一个例子："在陕甘时期，对右派，我们是进行了长期的思想斗争，没有采取打击政策，没有采取党外手段，只在师党委领导机关进行思想斗争，一个一个地耐心说服。某某是4团团长，叫他领导关中游击队，他钻在山里买些肉酒吃，不敢出去，结果敌人来了，把游击队打垮了。他还在党内进行无原则的派别活动。我们始终对他很客气。当确定开除他党籍时，他正在生病。我们写好了决议准备给他，刘志丹同志说他正在生病，等他病好了再通知他。党内斗争我们始终是爱护的，不愿把他搞死。对拥护他的下面的干部，我们也不撤职，当觉悟后，我们还提拔，一个也没有开除党籍。在党内不是排斥他们，尤其是党的领导机关采取这种方法，才是正确路线，才是真正的党内斗争。"

第三个问题是关于对西北历史问题的不同看法。我讲道："为什么有不同的看法？这就是观点和立场不同。这里面有个人主义的立场，有机会主义的观点；有马列主义的立场。因为立场不同，看法就不同。"

关于西北党史的问题，我说：西北（党）历史的中心在苏区、在红军里，中心不是在陕北特委，不是陕西省委，因为梢山里出了马列主义，梢山是历史的中心，陕北特委、陕西省委是历史的一部分。这同中国党的历史中心在井冈山，在中央苏区，中心不在上海。就陕北来说，历史中心不在西安，不在绥德、米脂，中心是在梢山里，因梢山出了马列。有人认为梢山无马列，而马列是在洋楼里，这是不对的。如果承认了历史的中心在苏区、在红军里，那么，陕甘、陕北就都包括了。因为历史是群众斗争史，是革命史。

第四关于团结问题。我说：如何才能搞好党的团结、一致呢？要有明确的党的团结原则，政治上有政治原则，组织上有组织原则，团结在原则之下，如果只是客客气气地团结，那是没有原则的，要团结就要从思想上解决问题。弄清是非才能求得一致，如果不一致还是要闹纠纷的。过去毛主席讲过这样的话：人是从历史走过来的，但是有的对历史看不清楚，因此就发生分歧和争论。

自我批评是马列主义，如果没有自我批评，那个人不是没有马列主义，就是他的马列主义不完全。个人是这样，党也是这样的。列宁说，党没有自我批评就要死亡，死亡了的政党之所以死亡，就是看不到自己的弱点。所以自我批评要做好也是很难的，自己总怕别人批评，如果护短，就是给自己留下祸根，不作自我批评自己就要栽跟头，我们有包袱赶快去掉。

对机会主义的态度问题，我说："对机会主义应该采取严肃的态度，不应采取自由主义态度。如果谁对革命的损失不痛不痒，那就不是革命的态度。你是一个党员，就必须过党的生活，党内发生这件事，你就必须表明自己的态度。""对机会主义，每一个共产党员、每一个有党性的人，都应表示一种公愤，不是私愤。因为他危害革命。如果看他们把我们好几百干部杀了，还觉得没什么，不表示义愤，这不是共产党员的态度。"

1945 年在延安与刘景范

西北党史座谈会，在党中央的领导下，与会同志本着整风的精神，拿起批评和自我批评的武器，充分发扬民主，进一步澄清了西北党的历史问题，思想得到了统一，会议开得很成功。

西北党史座谈会，也可以说是1942年西北局高干会议的继续，或者说是延安整风的深入。

回顾延安整风的这段经历，是我一生铭记不忘的。延安时期形成的优良作风，是我党光荣而宝贵的传统。我一直珍藏着延安中央党校的徽章（0003号）和中共七大代表证。

张秀山延安中央党校校徽

第七章　建立巩固的东北根据地

（1945.9—1949.3）

1945 年 4 月，在中国共产党第七次代表大会上，党中央提出：争取东北是我们党的重要战略任务。

12 月 28 日，党中央、毛主席作出《建立巩固的东北根据地》的指示，明确指出：“我党现时在东北的任务是建立根据地，是在东满、北满、西满建立巩固的军事政治根据地。”

一、奔赴东北

抗战胜利

1945 年 8 月 8 日，苏联政府依照与美、英签订的《雅尔塔协定》，正式对日宣战。8 月 9 日，苏联百万红军分三路进入我国东北境内，在我东北抗日联军和东北人民的密切配合下，向日本陆军最精锐的主力——关东军展开了猛烈的进攻，8 月 20 日，解放了长春、沈阳和哈尔滨市，8 月 22 日，解放了旅顺和大连。苏军在对日作战中，歼敌 67 万余人，使日本侵略军丧失了企图在中国东北地区进行最后负隅顽抗的力量。

苏联出兵东北后，中国的抗日战争立即转入了全面大反攻。8 月 9 日，毛泽东同志发表《对日寇的最后一战》的声明，指出：由于苏联这一行动，最后战胜日本侵略者及其一切走狗的时间已经到来。“八路军、新四军及其他抗日军队，应在一切可能的条件下，对于一切不愿投降的侵略者及其一切走狗实行广泛的进攻，猛烈地扩大解放区，缩小沦陷区。”在对日本侵略者的大反攻中，我党领导的人民军队歼敌 23 万余人，除少数大中城市被国民党军队抢占外，我人民军队收复了绝大部分失地。

8月15日，日本天皇宣告无条件投降。消息传来，延安城沸腾了，各界人民群众敲锣打鼓，载歌载舞地热烈庆祝抗日战争的伟大胜利。

9月2日，日本天皇在投降书上正式签字。至此，反法西斯的第二次世界大战和中国人民经历八年的艰苦抗战以胜利宣告结束。抗日战争的胜利，是中国人民用流血牺牲换来的。它是中国历史上近百年来，中国人民抗击帝国主义侵略的第一个完全的胜利。

第二次世界大战的结束和抗日战争的胜利，使国内外形势发生了急剧变化。日本投降后，美国军队直接在中国各主要港口登陆，帮助蒋介石抢占战略要地和铁路交通线。这时，苏联为了维持远东和平，医治自己的战争创伤，同国民党政府签订了《中苏友好同盟条约》。依照这个条约，准备将东北的行政主权交给国民党政府。

中国共产党及其领导下的人民军队，经过十四年抗战，在全国人民中的威望空前提高，并在战争中创建了拥有一亿以上人口的解放区，和120万人民军队，220万民兵的强大武装力量。在我党的领导和影响下，人民的觉悟比过去任何时候都高。他们积极响应中国共产党提出的和平、民主、团结三大主张，强烈要求立即废止国民党一党专政，召开各党派会议，实现全国统一，建立一个独立、自由和富强的新中国。

但是蒋介石在美国的支持下，一方面连续发布反动命令，不准我八路军、新四军收复失地，接受日本侵略军的投降；另一方面又从远离抗日前线的大西南和西北大后方加紧向华北、华中、华南和东北各地运兵，并大量收编伪军和利用日本战俘，准备发动反共、反人民的内战。蒋介石妄图利用其军事上的优势，消灭中国共产党及其领导下的革命力量。为此，他玩弄“和谈”阴谋，三次电邀毛泽东同志到重庆去“共同商讨国家大计”，以取得部署内战兵力的时间，和寻找发动内战的借口。

面对这种错综复杂的局面，以毛泽东同志为主要代表的中国共产党人始终保持着清醒的头脑，作出正确的判断，同蒋介石的反革命两手策略进行了针锋相对的斗争。

在我党同国民党反动派之间迅速展开的这场关系中国命运的尖锐复杂的斗争中，争取东北的斗争又居于特别重要的地位。

东北当时拥有3000万人口，物产丰富，工业、交通发达，北靠苏联，东接朝鲜，战略地位极为重要。如果蒋介石能控制东北，将切断中国共产党领导的革命力量与苏联的联系，并将造成对我华北、华东、西北解放区南北夹击的局面，使我党处于极为不利的地位。

党中央很早就看到了这一步。1945 年 4 月，毛泽东同志在七大的结论中明确指出：从我们党，从中国革命的最近和将来的前途看，东北是特别重要的。如果我们把现有的一切根据地都丢了，只要我们有了东北，那么，中国革命就有了巩固的基础。当然，其他根据地没有丢，我们又有了东北，中国革命基础就更巩固了。

为配合苏联红军进入东北作战，并准备接收东北日伪军投降，1945 年 8 月 11 日，按照党中央的决定，朱德总司令发布命令，命原东北军吕正操部、张学思部、万毅部由现地向热、辽进发；命驻热、辽边境的李运昌部，即日向辽宁、吉林进发。按照这个命令，李运昌部立即组成约 4000 余人的挺进东北先遣纵队，由冀辽热军区十六军分区司令员曾克林、副政委唐凯率领，8 月底攻克山海关，9 月初进至锦州、沈阳一带。

与此同时，中央决定派一批干部去东北，由我和黄永胜带队。

原先，中央是决定我和黄永胜带部队去豫西的。抗日战争中，虽然国共建立了统一战线，共同一致抗日，但是国民党反动派还是处心积虑进攻解放区，可又屡遭失败。蒋介石决定对“心腹之患”陕甘宁边区实行重点进攻。1945 年初，胡宗南奉旨调重兵秘密向宜川、洛川、鄜县（今富县）一带集结。根据这种情况，党中央决定开辟豫西根据地（即陕西与河南交界处，与潼关遥遥相望），以牵制和分散胡宗南对边区包围的力量。中央军委先后派出几支部队由延安南下，并决定我和黄永胜率教导第一旅去开辟豫西根据地。毛主席也找我们作了具体部署，正式下了命令。七大后，我们已做好了南下的准备，由于形势发生了变化，中央决定我们立即开赴东北。

带中央干部团赴东北

中央决定组织一个中央干部团，从延安中央党校各部抽调东北干部，以及中央机关、陕甘宁边区机关也抽调一批干部，在延安的俄文学校也全部编为干部团的一个队。干部团共编了三个大队，每个大队三个中队，约 1000 多名干部，去东北开展工作。并从教导一旅和教导二旅各抽调出一个步兵团，组成东北支队，掩护中央干部团一起进入东北。东北支队司令员黄永胜，东北支队政委兼干部团政委张秀山，副司令员李寿轩，参谋长解方，副参谋长朱子休，政治主任刘子明，供给部长钟光殿。工作人员有赵德尊、杨杰英等同志。支队司令部也是干部团的团部，主要工作是管干部团的几个大队和东北支队。干部团成立了党的领导小组。我担任组长，赵德尊担任组织委员，杨英杰担任宣传委员，李寿轩、兰桥担任军事委员等。还有一个朝鲜干部团也和我们一起走，互相联系，但是不归我们管。

中央决定，去东北的干部一律不许带家属。因为那时还不知道怎样进入东北，怕人多累赘，所以干部团比较精干。

在队伍组织好还没有出发前，《中苏友好同盟条约》公布了。刘少奇找我、黄永胜、刘子明等同志谈话。少奇同志说："主席去重庆前，已经决定你们改去东北，并委托我代表中央同你们讲一讲。现在中苏条约公布了，苏联要把东北移交给国民党政府，国民党接收了东北，我们也要争取东北。你们去了东北，要派一些干部去沈阳、哈尔滨等大城市去组织工会，搞工人运

1945年张秀山赴东北前在延安全家人合影

动。但是，也要准备上山打游击，也要派干部作地下工作，这是从最坏的情况作出的估计，应当有这种思想准备。”少奇同志一再强调要我们想办法一定要进到东北，他说：“怎样进入东北，中央将随时给你们去电报。”

从延安出发前，中央考虑我们经费有问题，给我们带了 50 两黄金用于路上使用。但是沿路经过晋西北、晋察冀老根据地就没有用上，由钟光殿一直保存到东北。

1945 年 9 月 2 日，我们从延安出发，彭真等同志和中央机关、中央党校的干部都来给我们送行。当我们走到绥德时，根据中央军委的指示，又补充了绥德抗大的一个大队 400 多人，这样干部团就有 4 个大队 1600 多人。经过十多天行军，到达晋西北时，在兴县下川晋绥分局见到林枫，晋西北的 200 多干部也编入干部团。领导成员增加了林枫。

在晋绥分局，我们看到中央发来的电报，了解到东北的情况又发生了很大的变化。苏联红军派了一架飞机到延安，并给朱德总司令发了一封电报。大意是：朱总司令，你领导的人民抗日军队取得了胜利，苏军司令员对你很敬佩。但最近你的部队进入了满洲，苏军现派代表到延安来，向你提出抗议。显然这些话是说给国民党听的。苏军代表和先期到达东北的曾克林乘飞机一起到了延安。之前，苏军领着曾克林在沈阳看了许多军工厂、仓库，并对曾克林说：你们八路军要快点来，日本人留下这么多的枪炮武器，苏联是不要的。曾克林向中央汇报了这些情况。

这时，毛泽东同志正在重庆和国民党进行国共两党的谈判，刘少奇同志在延安主持中央工作。9 月 15 日，中央政治局决定成立以彭真、陈云、程子华、伍修权、林枫为委员，彭真为书记的东北局。9 月 19 日，刘少奇同志在为中共中央起草的，给各中央局的目前任务和战略部署的指示中指出：“目前全党全军的主要任务，是继续打击敌伪，完全控制热、察两省，发展东北我之力量并争取控制东北，以便依靠东北和热、察两省，加强全国各解放区及国民党地区的人民斗争，争取和平民主及国共谈判的有利地位。”并正式提出了“向北发展、向南防御”的战略方针。

这期间，中央根据七大提出的争取东北的战略任务，先后派出 20 名中央委员和候补中央委员，其中有 4 名政治局委员，以及 2 万干部和 10 万大军挺进东北。

9月18日，彭真、陈云、伍修权、叶季壮、段子俊等同志，乘坐苏联的飞机到达沈阳，中共中央东北局正式成立。

9月23日，我们在行军途中接到中央的电报，要求我们“以最快的速度”到达沈阳。进入10月，秋雨连绵，行军更加困难，但干部团和东北支队的同志们仍以顽强的毅力，加快行军速度。

我们从延安出发时，由于条件所限，团以下干部没有马匹，每个小队配两头牲口驮行李，每人的行李不能超过15斤。开始每天行军70至80里，很快增加到100多里，有时还急行军达200多里。一路翻山越岭，风餐露宿，随时还要应对敌人的阻截和袭击。遇到秋天的连阴雨，路上满是泥泞，衣服也湿透了，又冷，又疲劳，同志们很想住下休息。可是，为了防止敌人追击，我们传下命令，要全体同志咬紧牙冒雨前进。

干部团的同志年龄不一，身体状况也不同，有些同志因路途劳苦患病，体力不支跟不上队伍。我们支队领导配备了马匹，我就让警卫员牵着马跟在队伍后面，帮助那些特别困难的同志。除遇有紧急情况外，我基本不骑马。有些同志是在根据地参加革命的，没有进行过长途行军，有的因劳累掉队而精神不振，我就和他们一起边走边拉话，还与文艺工作干部们开开玩笑，活跃行军的气氛。住宿时，我教他们烧热水洗脚减轻疲劳。在一个多月的行军中，我与同志们结下了很深的感情。

10月11日，我们到达华北重镇张家口，晋察冀军区副司令员兼张家口市卫戍司令员萧克，热情接待东北支队和干部团的同志，并为我们装备了进入东北的服装和弹药。这时中央来电催我们快走。我们在张家口只住了两天，张家口专门开了一列火车，把我们送到新安堡（经过宣化）。因康庄到北平一段由日伪占据着，不能坐火车，我们决定，把有骡马的干部编成一个骑兵大队，由林枫带领尽快赶路，提前到达沈阳。我和黄永胜仍然带队步行到达承德。

10月23日，中共中央致黄永胜、张秀山、林枫并告彭真电：“承德、平泉之线苏军已撤，我在热河尚无主力并无人主持，国民党军队已到北平，可能很快向古北口、承德进攻，如热河被国民党控制，对我整个局势将极不利。因此，决定黄永胜、张秀山及其所率之两个团并干部二百人即留热河，迅速与新发展之部队合编并建立政权，发动群众，准备作战。其余干部则迅速去东北。”①

当时，热河有我党新扩充的部队9000余人，成分复杂，老部队仅有1000多人。

10月25日，中央来电，“胡锡奎、赵毅敏并张秀山、黄永胜：你们带去之两个团，应立即与新发展部队合编，并迅速加以整训，立即肃清反我之伪军和顽军，在热河建立秩序。”②

10月27日，中央致胡锡奎并张秀山、黄永胜、赵毅敏电：“中央决定成立冀热辽中央分局，在热河应该成立省委。你们应即召集一个高级干部会，就你们现在所有干部，提出党政军民各方面干部名单，并迅速制定当前工作计划电告，由中央批准”。③

10月28日，中央又来电致赵毅敏及胡锡奎、张秀山、黄永胜：“在东北的干部中，你们可再留二百人，共四百人。古北口、密云、怀柔、顺义、平谷、兴隆地区，即划归热河军区、党委管辖，你们必须派得力部队和干部到该地区去建立工作，消灭敌伪武装，彻底破坏平古铁路，建立游击队，准备消灭由北平向热河进攻之敌人，立即执行，愈快愈好。同意以李运昌为热河省政府主席，李子光或杨雨民为副主席，由副主席实际办事，李运昌仍兼任冀东区党委书记及军区司令，住在冀东。”④

接到中央的电报后，我和黄永胜在承德，立即与原在热河工作的同志研究部队合编、整训工作，把东北支队留下的两个步兵团作为基础组成热河纵队。制订应对由北平向热河进攻之敌的作战方案。由李寿轩和解方带领干部团的3个大队，由承德坐火车去沈阳。干部团的第四大队（抗大绥德分校）400人也留在热河，由热河省委分配工作。

此时，从承德开往沈阳的铁路线控制在我们手里，我们抓紧把赴东北干部团的同志送上火车。

同志们上火车时，一些人得知我留下不能同行，纷纷围了过来。有的人说：“张政委，火车一开就到东北了，你就和我们一起走吧！”我说：“我在这里还有新的任务，以后我们还有见面的机会。”一些年轻的文艺工作者，公

---

①《刘少奇年谱》上卷，中央文献出版社1996年版，第147页。
②《刘少奇年谱》上卷，中央文献出版社1996年版，第147页。
③《刘少奇年谱》上卷，中央文献出版社1996年版，第147页。
④《刘少奇年谱》上卷，中央文献出版社1996年版，第147页。

木、刘炽、王大化等同志紧紧握着我的手依依不舍。

我们这个干部团是从延安派赴东北的第一批干部，我们胜利完成了党中央交给的任务。以后中央又派了几批干部到东北，但是都没有我们这批人多。

从延安出发时，中央军委发给我和黄永胜各一份印在白布上的军用地图，供我们行军途中用。我保留了几十年，90年代交给了辽沈战役纪念馆，作为国家一级文物收藏。

11月8、9日，东北局给我发来电报，要我立即赶赴沈阳，另行分配工作，黄永胜仍留承德。我赶紧交代工作，带着两个警卫员离开承德去沈阳。

战争时期，就是这样，根据新情况，工作随时变动，我也习以为常了。

二、初到松江

1945年11月13日，我到达沈阳。东北局书记彭真、东北人民自治军总司令林彪和我谈话，东北局组织部长林枫也参加了，决定我任松江省工委（1946年6月改为省委）书记，兼松江军区政治委员。

之后，彭真又和我们一些干部谈话说：伪满的国兵都是受过良好的训练，我们有的是枪，发给他们，即可为我所用。要成建制地收编，采取像摘葡萄的政策那样拿过来，这样就可以拒敌于国门之外，独占东北。并说：从政治上看，国民党在东北没有什么势力，没有基础。而我们有地下党的活动，有抗日联军的活动。我们在政治上有影响，群众对我们党有好感。我们听后很高兴。

9月28日，中央军委在给东北局《关于夺取东北的战略方针与具体部署》的指示中，指出："我军进入东北的部署，应将重点首先放在靠苏联、朝鲜、外蒙、热河，有依托有重点的城市和乡村，建立持久的斗争基点，再进而争夺和控制南满沿线各大城市。"这时，从延安和关内其他地区来的干部和部队绝大部分留在了南满一带。

我在沈阳市只住了三天，即赴北满，开始了建立松江根据地的战斗历程。

解放战争期间，在我党创建东北根据地的斗争中，北满处于东北战略后方的重要地位。在中共中央和东北局的正确领导下，北满各级党组织带领广大人民，经过艰苦奋斗，胜利完成了建立巩固的后方基地、支援前线的重要任务，为东北解放战争的胜利，作出了巨大的贡献。

哈尔滨落脚

松江省以哈尔滨为中心，包括哈东、哈北和哈南三个分区，共计 14 个县（1946 年 3 月东北局重新调整剿匪区域，哈西分区划归西满分局管辖，牡丹江分区另成立省，均未计算在内）。全省土地有 190 余万公顷，人口 210 万。松花江横贯松嫩大平原。哈尔滨就是这个大平原的心脏。

这是一座有着光荣斗争传统的城市。在日本侵略者残酷统治时期，许多共产党人和革命志士在这里斗争，英勇牺牲。当我受命赴松花江畔开辟工作时，深感责任重大。

11 月 16 日，我和北满分局书记陈云一起乘苏军飞机去哈尔滨。飞机上只有机组人员陪同我们，没有其他苏联军官。他们给陈云放了一个沙发，我和我的两个警卫员坐在铁凳子上。陈云只带了到东北后的秘书刘达。当飞机到达长春时，刘达因另有任务要去处理就下去了，过了几天才赶到哈尔滨。

飞机到达哈尔滨马家沟机场后，我们自己提着行李走出机场，看见机场旁边有个新编的保安队，找了一个看起来像旧军官样子的人，问他八路军办事处机关在哪里？他回答，你们到第四军管区去找。

我们找了保安队的小勤务员，让他帮忙雇了一辆平板马车。大家坐马车从马家沟到了第四军管区，找到军管区临时司令部，司令员是刘子奇、政委是王建中（后来他们被派到三肇分区工作了）。他们打了个电话，钟子云来了，把我们安排住下。我们住在伪满邮政局长的房子里。

陈云从延安到沈阳，由于飞机上不能多坐人，秘书、警卫员都没有带，我就把从延安带出来的两个警卫员，调了一个给他。

陈云召集我、钟子云、李兆麟、卢冬生几个人开会，传达 11 月 2 日中央电报，决定成立北满分局，任务是为控制北满各地，建立东北之后方的内容。会上，北满分局决定撤销前不久成立的中共滨江地区工作委员会，成立中共松江省工作委员会和松江军区，我任书记兼松江军区政委，钟子云任副书记兼哈尔滨市委书记，杨维任市委副书记，卢冬生任松江军区司令员，李寿轩任副司令员兼参谋长。我来时，东北局只给了邹问轩一个干部，他任松江省工委秘书长。

松江省军区司令员卢冬生原是红二方面军的干部，刚刚从苏联回国。会议的第二天晚上，卢冬生和一名机要译电员一起去拿行李，走在街上，碰到几个苏军士兵正在抢东西。卢冬生会说俄语，讲了几句。苏联士兵怕他向苏军司令部报告行抢一事，开枪把卢冬生打死了。卢冬生同志牺牲后，陈云决定聂鹤亭任松江省军区司令员。当时，松江省军区没有几个人，就是司令员、副司令员和几个参谋人员。

1945年冬，张秀山与李世安、张池明、兰桥等松江军区干部

松江省工委，除了我和钟子云之外，工委委员有邹问轩、李寿轩几个同志，主力部队和一些军事干部正在陆续来到。省工委连组织部也没有，市委副书记杨维兼管了几天，他的妻子叫李刚，管接洽干部的事，分配干部就由我和钟子云来管。

我们在哈尔滨只住了一个星期，苏军就叫我们离开。因为苏联政府与国民党政府签有中苏条约，不得不把中长铁路沿线的大城市交给国民党政府。之后，国民党政府委任关吉玉任松江省省长，杨绰庵任哈尔滨市市长。

我和陈云一到哈尔滨，就感到这里的形势并不像在沈阳时讲的那么乐观。这时，东北面对国民党的强大攻势，以及我们既不能独占大城市，又没有建立起根据地的困难境况。党的工作重点应放在哪里？部队主力应如何部署？采取什么样的方针才能打开局面？这一系列问题严峻地摆在我们面前。

11月20日，中共中央指示东北局，在撤出大城市以后，“你们应迅速在东满、北满、西满建立巩固的基础，并加强热河、冀东的工作”。“只要我们争取到广大农村及许多中小城市，依靠着人民，我们就能胜利。”[1]

①《辽沈决战》（下），人民出版社1988年版，第597页。

根据这种情况，我们决定把分局和省委机关搬到宾县去，省委副书记钟子云和哈尔滨市中苏友协会长李兆麟等，以中苏友好协会的名义继续留在市内开展工作。

北满分局在宾县

宾县位于哈尔滨市东，距哈市100多里，是个半山区，有利于我们进退。如果局势出现不利情况，我们可以很快撤入山里开展游击战争；如果形势有利，我们又可以迅速攻占哈尔滨市。

在哈尔滨，我们还储存着一批枪支弹药。哈尔滨市公安局局长周维斌，派他手下的警察到街上找了马车，连续拉了好几天，把这批枪支弹药运往宾县。

11月22日，陈云和我们一起迁往宾县。离开前，陈云和我联名打电报给彭真和林彪，说明苏军要我们撤出哈尔滨市的情况。并提出：在东北“我们的方针仍将主力部队及军事干部分散至各县，放手发动群众，组织群众武装，肃清反动土匪，建立政权；在市内是争取群众，孤立国民党，以造成将来重入哈市的条件”。[①]

11月25日，陈云接到东北局的电报，问：高岗和洛甫来北满到何处找你？陈云回电：在哈尔滨见面，因乡下到处有土匪。陈云走前，要我负责这里的工作。

11月29日，东北局指示今后工作的新方针是“创造强大的根据地”，“必须把工作重心放在南满、北满、东满、西满，即放在沈阳至哈尔滨一线之长春路四侧的广大地区中……面向长春路，在长春路及沈阳附近，长春、哈尔滨等大城市，以便在苏军撤退时与国民党争夺这些大城市”。[②]我军集中在南满和沈阳周围。

过了几天，陈云回来了，高岗也来到宾县。陈云对我说，他和高岗、闻天开了会，11月30日给东北局和中央发了个电报。并把电文拿给我看，问我有什么意见。

电文写得简明扼要，题目是《关于满洲及北满工作的意见与请示》，意

①《陈云年谱》上卷，中央文献出版社2000年版，第433页。

②《辽沈决战》(下)，人民出版社1988年版，第597页。

见共写了七条。我看后对陈云说：我完全同意你们的意见，尤其是（丙）、（戊）、（庚）这三条，极为重要。

（丙）是“我们必须承认，首先以独占三大城市及长春路干线以独霸满洲的可能性，现在是没有的”。因此，当前在满洲工作的基本方针应是把主要武装力量和干部迅速地放到东满、北满、西满的广大农村和中小城市及铁路支线的战略地区，以扫荡反动武装与土匪，肃清汉奸力量，放手发动群众，扩大武装部队，建立政权，建立三大市外围和长春路两旁的几个根据地。

（戊）说的是北满处于南满的后方，北满工作的中心“应该是放在广大乡村带有中小城市及铁路支线的几个根据地的建立”上面。

（庚）条提出北满建立根据地的最大困难是缺少老部队，虽然新组成（即收编的）部队有 2.5 万人，但缺乏可靠性。请求东北局能从南满抽调四个团进入北满，这样我们就可以很快组建五万以上有战斗力的部队。①

陈云听完我的话高兴地说：中央收到我们的电报后，立即回电说：“完全赞同。”高岗、闻天在沈阳时，已就满洲当前的战略方针问题同东北局的同志交换过意见，认识不一致。他们到哈尔滨后，又同我谈到这一问题，我们感到问题重大，特别是我们到北满后，已有深刻体会，感到很有必要向中央反映，我们三人进行过认真的讨论。现在好了，中央已经表态了，我们今后的工作就好办了。

这时，进入东北的许多领导同志，已经分散到各地工作。林彪、罗荣桓、李富春、黄克诚等同志根据东北的情况，不赞成东北局在撤出大城市后，仍把“屁股坐在大城市附近”的方针，分别向东北局和中共中央提出了意见和建议。

12 月 1 日，北满分局召开扩大会议，陈云、高岗就目前的形势与创建根据地的问题作了报告。并号召同志们到农村去，到群众中去，为创建广大的农村根据地，准备进行长期的艰苦斗争。

12 月 2 日，中共松江省工委召开军政干部会议，确定建立以宾县为中心的根据地，工作的重心要放在乡村。

12 月 5 日，中央决定陈云、高岗、张闻天、张秀山、李兆麟为北满分局

①《对满洲工作的几点意见》，《陈云文选》，人民出版社 1995 年版，第 299—302 页。

委员，陈云任分局书记。另成立北满军区，高岗任司令员，陈云兼政委，李天佑任参谋长，钟赤兵任政治部主任。北满分局领导松江、合江、牡丹江、北安四个省，北满军区领导这四个省军区。从此，北满地区各级党组织和各地武装在分局和军区的领导下，开始了创建北满根据地的斗争。

张秀山与钟赤兵、李天佑等在哈尔滨

建立根据地，首先是摧毁敌伪势力，建立人民政权。日本投降，日伪政权瓦解后，虽然苏联控制着少数城市，我党派出的力量也控制着少数地方，但是，大部分地区政权仍然为日伪政权时期的官僚政客和地主所把持。国民党也派出力量加紧收罗日伪残余，网罗、收买和委任了许多政客、特务、伪满警察和土匪为国民党部书记、维持会长或收编的军队司令，与我党展开了激烈的争夺。因此，坚决摧毁敌伪反动势力，建立人民政权，是我党开创根据地初期面临的首要任务。

我们到宾县后，立即派出干部，着手控制和掌握已收编的队伍，巩固部队，并积极组织兵力，清剿土匪。

在宾县的时候，陈云住在宾县教堂的院内，松江军区司令部住在教堂前边的医院里。北满分局和松江省工委是在一起办公，北满分局开会就是陈云、高岗、李兆麟和我，我们四人常在一起讨论研究工作，布置剿匪和反奸清算斗争。不久后，李兆麟去了哈尔滨。

分局和工委机构都很小、很精干。分局机关除了电台和机要室外，开始时陈云只有刘达一个助手，到宾县增加了李华生、孙议之等几位同志协助工作，帮助他收听国内外电台的华语广播，这在当时成了分析形势的重要依据。陈云用电台和各省联系，指导工作（有些省没有电台）。这样，宾县就成了北满根据地的中心，有些同志把宾县称之为北满的“小延安”。

1946年在宾县

陈云同志常常要我协助做一些分局的工作。当时陈德京任宾县县长，季铁中任保安大队政委，正在组织我们的宾县保安部队（过去的保安部队有一部分已投国民党跑了）。陈、季二位同志是宾县人，刚由关内回到老家，社会关系很多，我们常找他们研究宾县城内社会各阶层对我党我军的态度，考虑我们在北满应采取的斗争方针和策略。陈云除了讨论政治形势及具体工作外，也常对分局干部及松江工委干部谈思想方法，他把唯物辩证的思想方法归纳为“交换、比较、反复”六个字。

1946年4月9日，东北局来电，决定我在分局协助陈云工作，钟子云任松江军区副政委。

经过几个月的工作，初步打开局面后，我们派邹问轩去哈尔滨与市委联系。

日本投降后，1945年11月27日，国民党大员接收了哈尔滨，搞得哈尔滨乌烟瘴气，民不聊生，怨声载道。哈尔滨市已有一批工人参加了我军，一些原来对国民党抱有幻想的工商业资本家，看到国民党来后的贪污腐败，也变得心灰意冷了。老百姓对国民党更是恨之入骨，把他们称作“二满洲”。邹问轩回来后向工委报告了哈尔滨市各界人士的思想动态和社会情况。

1946年4月中旬，根据各县和哈尔滨市人民的要求，我们在宾县召开了松江省人民代表大会。我在大会上作了《关于剿匪和治安工作的报告》。讲到政治工作时说：我们的工作就在于使群众从不了解到了解。经过一个时期以后，过去不了解和害怕我们的人也逐渐少了，这是由于我们纪律好，不侵犯老百姓，又消灭了土匪。我们的口号是：清剿土匪，为民除害，拥政爱民，改善民生。我们今后的任务是：（1）剿匪。我军帮助地方自卫军彻底挖尽土匪的根子，给土匪以军事打击与政治争取。我军有责任维持哈尔滨的地方治安，哈市人民欢迎我军进驻，我们义不容辞责无旁贷的接受这一要求。（2）练兵。进一步开展练兵运动，提高部队的质量。（3）生产。帮助群众组织生产，开展群众生产运动。应该认识到，只有全党全军同志才能够在组织人民进行生产建设中做出成绩来，才能够使东北人民根据自身的切身经验，更加深切地体会到共产党的主张与措施是全心全意为他们谋福利的，真正为他们办事的，是他们最好的勤务员。（4）帮助人民翻身。放手发动群众，给老百姓以充分的民主，武装群众，而且要帮助群众在经济上的翻身。

我特别讲到，今后要进一步改善官兵关系，要做到官兵一致。改善军政关系，开展拥政爱民运动。改善军民关系，军民一家，严格执行三大纪律八项注意。我们的部队要经常准备欢迎人家的批评。批评和自我批评就好像照镜子洗脸，是改正错误的最好办法。在部队中发扬广泛的民主，要有实事求是的作风，不要粗枝大叶，提倡三思而后行的方法，打破新干部中升官发财的思想，清除官僚、军阀、个人主义的思想，这样可以少犯错误。多想问题，经常交换意见，比较意见，反复考虑，这样我们的事情方可能做得更好。才能使我们的军队建设成一支最完美的人民子弟兵。

会上，代表们一致通过了决议，要求人民自卫军进驻哈尔滨市，并选举原抗联领导人冯仲云为省政府主席，谢邦治为副主席。东北局又派民主人士张冲任副主席。

1945 年 12 月 28 日，党中央和毛主席根据国际国内形势和陈、高、洛给中央的《对满洲工作的几点意见》，以及罗荣桓、林彪、李富春、黄克诚等同志的建议，对东北局下达了《建立巩固的东北根据地》的指示。再次指出：“我党现时在东北的任务，是建立根据地，是在东满、北满、西满建立巩固的军事政治的根据地。”[①] 党中央的这些指示，为我们建立北满根据地提出了正确的方针。

为了建设巩固的东北根据地，我们提出三项任务：要积极主动地清剿各地土匪，把发动群众作为一切工作的根本，使北满成为我军的兵源和练兵基地。

三、剿匪斗争

东北的匪患由来已久。日本投降后，国民党反动派在东北实行武装收编

① 《毛泽东选集》第四卷，人民出版社 1991 年版，第 1179 页。

土匪的政策，把他们组成“挺进军”，“先遣军”。大多数土匪接受了国民党委任，成为政治土匪。这种政治土匪有16个系统。在松江省有近两万土匪，还不包括地主的大排武装（东北农村有势力的大地主，为了保护自己的财产和镇压农民反抗而建立起来的武装部队，人数在一个排以上。——编者注）。他们或者采取“先八路、后中央”的策略，在国民党宣布接收东北后，策应国民党的进攻。这是国民党大举进攻东北所依靠的重要社会基础，是我党建立巩固的东北根据地的严重障碍和隐患。因此，剿匪斗争是我们进入东北后，摆在我们面前的首要任务。

1945年底，国民党军队在美国的大力支持下，占领了山海关至锦州一线，并准备向东北三大城市及中长线继续进攻。这时先前被我党收编的伪军纷纷叛变。东北民主联军给中央的报告中说：1945年冬，抚顺有一个旅叛变，辽西部队号称4万人，退到热河只有5000人，东满部队8个支队叛变了7个支队。搞得东北遍地皆匪，我们的力量遭受到很大损失。

北满的土匪更加猖獗，先前收编的队伍，叛变人数达33000余人，控制了北满三分之二的县城，建立反动组织，破坏交通，企图阻止我军的进入。他们袭击我们控制的城镇，杀害我们派到各地工作的干部150多名，扰乱社会秩序，破坏我党政权建设。而我们刚到松江时的军事力量很薄弱，老部队总共不到1500人，党政地方干部只有60来人。

与李世安、兰桥在宾县

我们从哈尔滨向宾县转移途中。先头部队刚走到金家窝棚，就和地主武装打了一仗。到了蜚克图镇，又接到报告说，四和尚庙地区的土匪打进了宾县县城。松江省军区立即派了一个营坐汽车赶往宾县。由于我们驻守城内负责看管仓库的两个连坚守阵地，顽强地反击土匪的进攻。敌人久攻不下，见势不妙，在上午就全部退去了，使他们妄图占领宾县的阴谋未能得逞。

我们进城后，县长陈德京报告说，敌人晚上冲进城后，胁迫一部分商店和住户挂出了国民党的旗帜。

不久，宾县又发生了敌人在市内搞里应外合的暴乱事件。宾县一度处于土匪的四面包围之中。我们为了防止土匪搞突然袭击，许多同志经常是抱着枪，轮流坐班，或和衣枕戈待旦。

我们初到北满时，敌特活动很猖獗。一到哈尔滨，陈云和我，还有李兆麟等几位同志就被敌特列入暗杀对象。我们到宾县后，敌特又跟到了宾县。当时陈云、高岗、李天佑、钟赤兵等都住在宾县教堂内，由7团3营担任警卫，住在教堂内有一个排。特务李鸿钧借给警卫队送药的机会，侦察到我们居住的情况，并在窗外作下记号。3月初的一天黄昏，李向陈云、高岗住的房间投入炸弹，炸弹在窗下爆炸。很巧，之前陈、高搬到通河去了，我搬进去住。但是那天我又外出未在屋里，没有人出事。从破获的特务组织成员中得知，土匪几次对宾县的袭击事件，都是由国民党特务头子殷为策划的。

我得到报告后，立即指示保卫人员，加强警戒，一定要保证陈云同志和分局机关的安全。然而不曾料到，1946年3月9日，李兆麟同志在哈尔滨被国民党特务暗杀了。

在错综复杂的斗争中，陈泊做了很多工作。陈泊（又名布鲁）在延安边区政府保卫处担任侦察科长时，带领有关人员破获了几起重大特务案件，工作很出色，被毛主席称为我党的“福尔摩斯”。他到哈尔滨后，陈云和我研究，决定让他担任北满分局的社会部长，并兼任哈尔滨市公安总局局长。正是由于陈泊丰富的对敌特斗争经验，缜密地组织，和一颗对党的赤诚忠心，才及时铲除了国民党潜伏在北满的几个重大匪首和特务网络组织，保证了领导同志和分局机关的安全。陈泊在东北反敌特斗争中是有重大贡献的。

陈云来北满之前，就估计到这里斗争的复杂性和艰巨性。他向肖华要了原山东吴克华部所属三支队的一个团（以营扩编而成的团，到松江省后，改为第7团）。该团抵达后，一部分随分局和省委机关进驻宾县，另一部分由支队司令员王奎先率领，迅速接管了双城，并占领了五常县和拉林。

同时，原准备去华东工作的张池明、谭友林、温玉成，中途接到命令改赴东北。他们在沈阳向林枫要了新四军2师3个架子团的干部，也带到了哈尔滨。他们三人在中央党校学习时，我们就很熟。我与他们谈话后决定，张池明留在松江军区任政治部主任。温玉成带一个架子团的干部到阿城组建哈东军分区，温玉成任司令员，董浩然任政委；谭友林带一个架子团的干部到巴彦组建哈北军分区，谭友林任司令员，李建平任政委；原刘子奇带领的哈市工人总队到肇州组建哈西军分区，刘子奇任司令员，王建中任政委；由王奎先、李道之带领的“老七团”在双城组建哈南军分区，王奎先任司令员，李道之任政委。这样四个军分区均初步组建完成。接着又组建了第五军分区（牡丹江军分区），司令员李荆璞，政委金光侠（后来回朝鲜人民军工作）。我们要把这些宝贵的力量集中起来，先在各军分区组建一至两个主力团，形成拳头力量。在这个基础上，经过短期的整训，即刻投入战斗。

在北满分局的领导下，四个省的部队开始了剿匪战斗。

12 月 2 日，中共松江省工委召开军政干部会议。会上，我批评有些干部存在和平幻想的思想和对新组建的部队，因成分复杂，有不易打硬仗的顾虑。根据当前斗争的复杂形势，决定立即停止收编工作。对已经收编的部队进行整顿，纯洁队伍。并提出“搞拳头”的口号，集中使用各军分区的老干部，组成强有力的武装队伍。会议还确定了“建军、剿匪与发动群众”三位一体的工作方针。根据北满分局的指示，决定成立松江省军政委员会，我任军政委员会书记，李兆麟、聂鹤亭、李寿轩、张池明任委员。

各军分区迅速组成了以老干部为骨干的一至两个独立团，很快投入到剿匪战斗中。

1945 年 12 月 7 日，党中央接到东北局 12 月 5 日电报后，给东北局发出战略指示电，再一次指出：“我独占东北已经是肯定的不可能，因此，不应以争夺沈阳、长春为目标来布置一切工作，而应以控制长春铁路两侧地区，建立根据地，利用冬季整训 15 万野战军，建立 20 万地方部队，以准备翌年春天的大决战为目标来布置一切工作。”“望你们迅速考虑成熟加以确定，否则动摇不定，妨害工作，丧失时机。”①

同一天，北满分局接到中央战略指示电，陈云同高岗和我一起研究后（当时张闻天在合江，李兆麟在哈尔滨），致电党中央和东北局，根据北满敌我斗争主要问题，提出补充意见：北满地区许多战略要点已为国民党势力所占领或控制；群众存在正统观念，尚未发动起来；两万多新部队多系招集

---

①《辽沈决战》（下），人民出版社 1988 年版，第 598 页。

合股而来，成分复杂，阶级觉悟低，存在不稳定等情况。因此，我们决定要“准备和国民党进行长期斗争”，现在“各县不忙于扩大部队数量，应立即讨论如何掌握现有的部队，……配备干部，加强领导，清洗坏人，补充兵源，解决服装，团结内部。……军事首长率领此部队，有计划有步骤地坚决地扫清各战略要点、中小城市的主要敌人，这是开展一切工作的主要关键，训练部队的主要方法”。①

1945 年 12 月 12 日，我们组织成立了野战军剿匪司令部，我任司令员兼政委，温玉成任副司令兼副政委，并发布了剿匪命令。松江省军区把哈东军分区的第一团，和哈南军分区的第七团集中起来作短期整训。

12 月 23 日，我和温玉成带队出发，先打下了拉林东面被顽匪“先遣第 3 军”所盘踞的双城县八家子，歼敌 600 余人。这是松江省剿匪战斗中的第一个大胜仗。战斗结束后，我军看到当地的群众没有粮食吃，就把伪满集谷仓里的粮食拿出来，分给了穷人，并向广大群众宣传我党的主张，以扩大政治影响。

接着，我们又挥师北上。路过料甸子时，我和温玉成晚上睡觉，煤气中毒，休息一天又立即出发。到了阿城地区，打下张家油房的土匪“挺进军第 2 师”和宾县糖坊、满井等地区的匪伪“东北保安军”的一部。这些土匪自称是中央军，当地群众把他们叫作“中央胡子”。经过连续艰苦作战，我们基本上肃清了松花江以南的顽匪主要据点。

在宾县，陈云、高岗和我一起研究剿匪部署，我们向东北局和东北民主联军总司令部提出，要我军到东北的主力部队来北满剿匪，这是在迅速建立根据地上有决定意义的重大问题。东北局和东北民主联军总司令部同意了这个请求，决定 359 旅来松江省帮助省军区部队剿匪。当时 359 旅住在吉林乌拉街。12 月，陈云连去电报催促 359 旅赶快来，并命令 359 旅经过珠河（现尚志县）、延寿向方正、通河进攻。松江军区的部队也由宾县出发，经木兰县向通河进攻。

翌年 1 月底，我军一部分主力部队到达北满。359 旅刘转连部来到延寿县，松江省全面展开了剿匪战斗。我们指挥松江部队打下木兰县，与 359 旅会师，打下通河、方正等县城。经过战斗，相继收复了被土匪占据的大部分

① 《辽沈决战》（下），人民出版社 1988 年版，第 599 页。

县城，大股土匪纷纷逃入深山老林，基本打开了松江的局面。

在开辟根据地的工作中，原抗联的干部比关内的干部先到一步，他们在松江地区做了许多的工作，有些同志已经分配到各级党政机关的领导岗位上工作。

1946年2月25日，陈云同北满分局的同志根据北满的情况，开会研究后，在给东北局电报中指出：美蒋全力北来，而东北我军“现有主力已无独占东北之可能，下决心放弃独占东北的打算，应立即执行中央创造根据地的指示，除将适当数量的主力以迟阻蒋顽北进为目的进行作战外，将必须数量的主力及干部分散到东、西、北满带领新部队，肃清反动势力，创造根据地，如再犹豫，将既不能独占东北，又无依靠的根据地”，将使革命处于不利地位。①在北满分局的领导下，整顿部队，进剿土匪，反奸清算，建立政权，发展党组织，开始了建立北满根据地的斗争。

3月27日，中共中央发出《关于对蒋对匪方针》致东北局及林彪的电报。东北局根据中央指示，要求各分局、各省委加紧剿匪。松江军区召开干部会议，我再次强调了“整军、剿匪和发动群众”的问题，要求参战部队配合主力，认真执行“三位一体”的方针。北满分局决定松江军区哈北分区与359旅合编，划归北满分局直接领导，哈西军分区划归西满分局领导，重新划分了剿匪区域并作了新的兵力部署。

经5个月的苦战，全省各地大小战斗102次，我军伤亡1900多人，其中受伤官兵800多人，牺牲400余人，冻伤700多人。我们的损失是很大的，但是胜利也是很大的，这是非人民的军队做不到的。在巴彦西元宝岗子的战斗中，我们一个连打败敌人1000多人，如此英勇战斗的例子不胜枚举。在5个月的战斗中，击溃敌人12000余人，其中死伤、俘虏、投降6000余人，逃散4000余人，另有散匪及潜伏2000多人。收复城市12座，缴获枪支两万左右，子弹无数。②

4月19日，国民党东北保安军松江指挥所匪首曹兴武命令哈尔滨市近郊的匪军准备进攻哈尔滨市，企图在苏军撤走时占领哈尔滨市。

4月25日，我松江军区部队进入哈尔滨市郊，形成对哈市的包围态势。

---

①《辽沈决战》(下)，人民出版社1988年版，第605页。

② 黑龙江省委党史工作委员会编:《黑龙江党史资料》第八集，1986年12月，第25页。

曹兴武的企图破灭。几天后曹等匪徒被擒获。

6月4日，东北局发出《关于剿匪与群众工作的指示》，其中指出：北满是我党在东北最基本的根据地，必须彻底肃清土匪，发动群众，建立巩固的后方，以支持长期的战争。

我们认为，松江省处于北满根据地的中心地区，必须把发动群众，彻底清剿土匪，作为创建巩固的东北根据地的首要任务。

6月17日，中共松江省委发出通知，要求各地放手发动群众，加速地方武装建设，迅速清剿土匪，严厉镇压反革命的破坏活动。

“七七决议”下达后，东北局决定从野战部队抽掉一部分主力，和五分之三的干部组成工作团下乡，配合地方发动群众，开展大规模地剿匪斗争。省委给各地驻军，包括在松江省休整的部分主力部队都划定了剿匪责任区，这对根据地建设是有力地推动。

根据上述方针和全省境内还有近5000土匪仍然在猖獗活动的情况，8月25日，松江省委又发出《关于抓紧时间迅速剿灭土匪的指示》，指出全省当前的中心任务是抓紧时间，迅速剿灭土匪。要求在松江的各部队积极行动起来，作出剿匪计划，积极发动群众和大胆地分兵作战，采取“猛打”“穷追”“分进合击”“限期包打”的剿匪战术，配合对土匪的政治瓦解工作，各地区成立统一指挥机构，配合作战，彻底完成剿匪任务。

省委工作团在下乡发动群众的同时，协同北满分局社会部破获了几起重大的反革命案件。8月26日，将国民党新编第27军军长姜鹏飞等人抓获，国民党在北满策动土匪叛乱的指挥中心被彻底捣毁。8月28日，哈尔滨市公安局一举破获大特务、国民党东北四省分会军事委员李明信及余党，同时逮捕了国民党第六路军第3军军长崔大刚等，粉碎了姜鹏飞与李明信等相互勾结，阴谋举行暴动的企图。

我们分析了各地土匪在我军连续打击下，处于穷途末路的情况，决定加强政治攻势。10月2日发出《关于剿匪工作的指示》，提出采取政治攻势配合军事进攻的策略，迅速清剿土匪。我们对土匪展开的政治工作是攻心为上。对土匪并不是只有打只有杀，我们主张一面打，一面使他们解散，去信劝他们不要再当土匪，从政治上开导他们。并要求用印发传单、张贴标语和召开土匪家属、亲友座谈的办法，揭露蒋介石反动派的罪行，宣传政府的宽大政策，进行劝降瓦解工作；对顽固不化，罪大恶极的反动地主和惯匪要坚

剿匪战斗

决镇压。

10月上中旬，在我军军事围剿和强大政治攻势之下，活动在松江省珠河一带的刘昨非匪部800多土匪，在其团长韩小山等带领下，接连向我军投降。各地也相继出现数量不等的土匪携械向我军投诚。

根据一些地方的反映，有些土匪投降后，匪性不改，又在做坏事，有的还在暗中进行破坏活动的情况。11月5日，松江省委向各县委、各团首长发出指示信：要求对今后凡是投降的土匪，其匪首和一般土匪应分别受训。对他们加以审查和教育，说明我党之政策，展开坦白反省运动，促使内部继续分化，彻底追究所藏枪支，继续破获反动组织，暴露其阴谋。

12月25日，松江省委又发出开展冬季除奸搜匪运动的指示，要求各县依靠群众武装及广大人民的力量，严格清查户口，周密布置搜山，造成群众性的搜山除奸热潮。在剿匪中，进一步发动群众，组织农民自卫队参加剿匪。各屯的民兵组织起来，站岗放哨，开展群众性的搜山运动。许多土匪头子就是被发动起来的人民群众抓获的。各地还召集匪伪家属亲友开会，讲明政策，让他们去做在外当土匪的亲属的工作。与此同时，对已经投降的土匪也采取了一些新的政策，规定：投降者不杀，携械投降者酌情给予奖励；发给“自新证”，帮助归降的土匪安居，从事生产。

这些政策和我军强大军事攻势相配合，收到了较好的效果，仅一个半月，全省就有3200多名土匪投诚自新。

这一年，松江省剿匪斗争取得重大战果：全年战斗290次，共歼灭土匪16420人，收降土匪5399人，缴获轻、重机枪240挺，长、短枪6210枝，子弹12.5万发，大车850辆，马1300多匹，大股土匪基本被肃清。到1946年底，松江剿匪斗争基本结束，全省农村出现了一片新的社会景象。①

四、反奸清算

日伪统治时期，东北社会与经济等各方面具有典型的殖民地性质。日本侵略者搞的“满拓地”“开拓地”“配给店”是日伪进行大肆掠夺的特有经济统治手段。所谓“开拓地”，就是以强行手段无偿占有和低价夺取土地，分配给日本移民和移民团经营。暂时租给中国农民，待分配给日本移民的叫“满拓地”。“配给店”是对中国居民生活必需品强制实行的“配给”制度，商店的老板都是日伪汉奸和恶霸。他们依仗日伪势力，残酷剥削东北人民。这时，东北农村有百分之五十至百分之六十以上的农民没有土地，而占农村百分之五的地主却占有百分之四十的土地。

1945年10月和12月，东北局相继发出指示，在农村组织群众开展反奸清算，减租减息斗争，“对汉奸、特务、警宪的控告与算账运动仍然是最容易发动群众的口号，有的地方一两个星期就可能把群众初步发动起来”。

“八一五”后，我党初进东北时收编的伪满警、宪和委任的地主大排武装，由于没有进行改造和整顿，在国民党接收哈尔滨时，纷纷叛变，以“明八路、暗中央”的诡计，大肆杀害我们先前派去的干部和派下去搞清算的工作队员，一时之间，除苏联红军进占的大城市外，许多县城和重镇，都被土匪和敌伪残余势力占据。陈云同志说：这是“肉包子打狗，一去不回”。

我们到宾县不久决定改变工作重心，首先进行军事剿匪。将剿匪与发动群众相配合；并决定集中使用干部，由部队掩护，先突一点，再逐步推进，

① 黑龙江省委党史工作委员会编:《黑龙江党史资料》第八辑，1986年12月，第207页。

提出“到处钉钉子”的方针。

开始时，由于对东北农村情况特点不了解，松江省委曾发布过“减租减息的指示”，这是照搬了在关内时的做法，犯了主观主义、经验主义。我们在巴彦和宾县检查工作时发现，农村人口的百分之五十至百分之六十是雇工，减租减息并没有使他们得到利益，随即我们把发动群众的突破点转到“反奸清算”上面。

1946年初，松江工委给各地下达《关于减租、处理敌逆地产和发动农民的指示信》，指出：农民的基本问题是土地问题，“只清算和控诉运动是不行的”，“‘开拓地’原则上要分给无地少地的农民，要认清发动农民的重要性，帮助农民解决地租和土地问题。有了农民，我们在东北才能站稳脚跟”。

之后，我们在发动群众中，将剿匪、反奸清算、分“满拓地”“开拓地”给穷苦农民，三者结合在一起进行，工作进展大有收效，尤其受到广大农民的欢迎。

我们发现有些地方派下去的干部，都集中在县城内做工人、店员、学生、妇女的工作，打不开局面。我对干部们讲：我们开辟松江根据地，关键是发动群众，而今天“群众运动工作的主要对象应是农民，各级党委的性质是民委，而民委则必须就是农委”。① 因此，松江工委和军区决定所有干部都要下乡，深入农村，先搞好农村，才可能回过头来真正搞好城市。

随着我军剿匪斗争的节节胜利，1946年春天，在松江省，凡是我军占领和控制的城镇和农村，差不多都开展了反奸清算和分“满拓地”“开拓地”斗争。各级党组织对此项工作抓得很紧，到处红旗飘扬，锣鼓喧天，人民群众起来斗争大汉奸、大恶霸，情绪极为热烈。我们是既打汉奸、分汉奸的土地、浮财，又清算在小城镇里对群众剥削极重的、大多是地主兼营的“配给店”店主。

我们派到宾县去的马斌工作队，就是从清算“配给店”的斗争入手，把宾县的群众运动搞起来的。马斌原是松江省军区政治部的民运部长，先后调任宾县县委书记、哈东地委书记，有领导能力、有工作经验。对这样的干部，我主张应该派到最需要打开局面、最需要骨干的基层去工作。他果然工作得很出色。

---

① 黑龙江省档案馆编：《土地改革运动》（上），1983年，第130页。

开始时，有少数工作队的干部由于缺乏农村工作经验，下去后屁股坐到了富裕户那边，没有坐到赤贫户这边，反奸清算受到一定影响。也有的同志不大会做群众工作，把上面的决定硬往下灌，常常弄得“牛头不对马嘴”。

马斌工作队的工作特点是：每到一处，都住在赤贫户家中，与农民群众同吃同住，关心群众的疾苦。群众也把他们当作自己的人。他们一个屯一个屯地做工作，还把在工作中发现的雇贫农积极分子组织起来，和工作队一起到新区去开辟工作。并把农民武装起来，建立农民自卫队武装。这样一来，很快就从一点发展到了一大片。

陈云同志很赞赏这种做法。在号召广大干部下乡开辟工作时，曾形象地把这种集中使用干部，组织工作队一片一片地开展工作的做法喻为“蝗虫政策”。

那年冬天，宾县城里有不少的贫穷户没有柴烧，马斌工作队就带领群众到山里砍柴。随后，又把砍柴和打“胡子”，砍柴和确定森林地区采伐管理权联系起来。

陈云同志和我们一起帮助他们总结发动群众和做群众工作的经验，把宾县等地区的做法概括为一个公式，即经济—武装—再经济—再武装。陈云同志还专门写了一篇《发扬马斌式的群众工作》的社论，登在《东北日报》上。这对发动农民群众向地主、反动势力作斗争，创建与保卫根据地，起了重要的示范作用。

我们在领导农民进行清算斗争时，国民党的宣传机构大讲什么要“物归原主”，因为有些土地是日伪从地主手里收去的。随即我们召集阿城、宾县、全孝等地的干部进行讨论，大家认为：这种土地系敌伪财产，不能按“原地归原主”处理。决定一定要将土地分配到无地、少地的贫雇农手里。我们制定了一个和平分配“开拓地”“满拓地”的条例，各地参照这个条例进行工作。

反奸清算斗争和剿匪斗争结合，有力地打击了国民党支持的敌伪势力的反动气焰，人民群众的阶级觉悟有了很大提高，为我们发动群众、创建根据地打开了局面。

五、“七七决议”

解放哈尔滨

根据苏、美、英三国外长签订的苏美两国军队尽早撤离中国的协议，从1946年2月1日开始，苏联红军沿中长铁路北撤回国。

我们的部队随着苏军的撤离，推进到哈尔滨市周围。北满军区参谋长李天佑统一指挥各部队：359旅刘转连部向三棵树地区推进；松江军区哈东军分区温玉成率部向上号一带进发；哈南军分区王奎先部向顾乡屯一带进发；调北安军区一个团占领了江北，并在市内预先设置了秘密军事制高点。苏军没有撤离时，我们的人员不能以公开身份进去，我们就先派了一些便衣队进城，防止国民党撤离时破坏城市。国民党的省长、市长等接收大员看见我大军压境，吓得坐上飞机跑掉了，部队也溃散了。

1946年4月28日，我们的部队先解决了聚集在哈市郊区的国民党保安军。当苏军的最后一列火车开走之后，我们部队一枪未放就进入了哈尔滨市。北满分局、北满军区和松江省党政军机关也回到了哈尔滨。5月1日，哈尔滨市的各电影院都放电影欢迎我们的部队。

我们进驻哈尔滨后，市公安局按照市委严惩罪大恶极汉奸特务的指示，展开了锄奸工作，逮捕了国民党第2军军长白久泰等30多人，摧毁了国民党哈尔滨市党部。

东北局迁到哈尔滨

1946年4月底，我们进入哈尔滨时，我军在四平街与国民党军开展了激烈的阵地战。国民党军先后集中10个师的兵力向四平地区发起全面进攻，5月18日突破我军防线，中央随即命令我军于19日夜撤出四平。国民党军跟着向北打来，5月28日进占吉林，逐步控制了第二松花江以南广大地区。

我军从四平撤退后，6纵由德惠退到松江南部重镇陶赖昭。为防止敌人继续北进，北满分局决定成立临时陶赖昭前线司令部，调吕正操任司令员，我任政委。任务是控制松花江沿岸，守卫松花江桥。我和吕正操立即坐铁甲火车到了德惠前线，这时6纵队还没有撤完。我们在松花江沿岸察看地形，准备阻击敌人过江。

四平撤退后，林彪司令部到了五常。这时，林彪司令部来电报叫我们炸掉江桥，不守松花江了，要部队撤到哈尔滨周围。队伍乘坐哈尔滨开来的火车，撤到双城、阿城、珠河一带驻扎，哈尔滨外围也驻了一些。我从前线回来时，林彪已到了哈尔滨。

这是我军进入东北后形势最为严峻和困难的时期，没有根据地的作战极为艰难，伤员都是战士们自己抬。部队非常疲惫，同时也产生了一些悲观、急躁情绪。

后来，在1949年3月四野高干会议上，罗荣桓同志曾痛心地说道："从长春撤退到哈尔滨时思想很混乱，全军无所措手足。无政府无纪律现象非常严重……敌人一进攻，散的散，叛变的叛变，给我们造成了很大的困难。"①

出现这一局面，主要是我党进入东北后的一段时间里，对东北的形势还处于一个认识过程。东北局主要领导，对局势的估计存在失误。罗帅说："当时东北党的领导上思想又不统一。在对敌我力量的估计上，有的认为敌强我弱，有的认为敌弱我强。由此出发，又产生了是以和平为主，还是以战争为主；是先控制大城市，还是依靠农村，这样一些分歧。""我们显然处于劣势"，"只有切切实实地准备长期战争。那当然要把中长路沿线的大城市放弃，以农村和小城市为立足点来包围大城市。而如果对和平有幻想就会以大城市为主了。很明显，这是两个不同方针的争执"。② 1961年6月，罗帅在《关于编写四野战史的指示》中讲："抗战一胜利我虽有全部控制东北的条件，但时间来不及。有些同志，对这一形势的变化看不清楚。在中央提出和平民主新阶段的情况下，提出了'最后一战'，以为和平快要到来了。在形势变化之后，思想不跟着变，还想控制中长路和大城市，战略上就失去了主动。"③ 这就是当时的基本情况。

3月，东北局由抚顺迁到梅河口，在部分东北局委员和部分党政军主要

---

① 罗荣桓1949年3月29日在四野高干会议上的讲话，《辽沈决战》（上），人民出版社1988年版，第38页。

② 罗荣桓1949年3月29日在四野高干会议上的讲话，《辽沈决战》（上），人民出版社1988年版，第37页。

③ 罗荣桓1961年6月28日《关于编写四野战史的指示》，《辽沈决战》（上），人民出版社1988年版，第39页。

领导干部参加的东北局梅河口会议上，对和战问题，对创建根据地问题，对部队作战方针等问题，又一次进行讨论。这时毛主席关于“让开大路，占领两厢”和“建立巩固的东北根据地”的战略指示电，已下达几个月了。

4 月 18 日，东北局由梅河口迁至长春。

5 月 21 日，东北局由长春撤至哈尔滨。

5 月 26 日，根据东北局的建议，中共中央批准北满分局与东北局合并，加强党的集中统一领导。北满分局和北满军区撤销后，松江省工委改为松江省委，归东北局直接领导。我任省委书记兼省军区政委，副书记兼副政委钟子云，省政府主席冯仲云，省军区司令员李天佑，副司令员李寿轩，副司令员兼参谋长熊伯涛。

松江地区虽然已经建立起初具规模的根据地，但在一些地方，地主阶级、敌伪残余仍统治着农民，土匪到处流窜，根据地还不巩固。尤其是在我军撤出四平、长春、吉林等地之后，松江地区潜逃到山区的国民党“先遣军”“地下军”、土匪和地主武装乘机相勾结，在一些县区又猖狂起来，包围新生的基层民主政权，屠杀工作队干部和群众，制造混乱。

局势变得紧张起来，在省委和省军区干部大会上，我作了新的工作部署。我在会上讲：根据目前形势，松江省将变成战区，有些地方可能变成敌

1947 年，张秀山（右起）与李天佑、李寿轩、李国华在哈尔滨合影

后。我们不能让大城市拖住后腿，我们的工作中心要集中力量在山区，组织工作队、武工队，镇压反动地主，剿灭土匪，进一步发动群众，解决土地问题。松江要在珠河、苇河、延寿一带建立敌后根据地。

根据敌人进攻的态势，6月1日，林彪致电中共中央，提出准备放弃哈尔滨的设想。6月3日，党中央复电东北局："同意你们作放弃哈尔滨之准备。采取运动战与游击战方针"应对敌人"实行中央去年12月对东北工作的指示，作长期打算，为在中小城市和广大农村建立根据地而斗争"。[①]

东北民主联军总司令部决定搬往后方佳木斯。松江省委、省政府、省军区决定搬往后方延寿。卫生部、后勤部、后勤人员、军用物资都搬到了延寿。我们主要负责人还在哈尔滨办公。

由于国民党军队战线过长，加上我4纵在南满向敌人发动进攻战，敌军兵力不足，首尾无法兼顾，不得不在第二松花江以南的地区停下，没有进攻哈尔滨。

6月6日，国共双方达成停战15天的协议。之后又继续停战了三个

1946年6月，与家人在哈尔滨团聚

① 《辽沈决战》（下），人民出版社1988年版，第612页。

多月。

1946年6月16日，根据东北严峻形势，为了统一领导，中共中央决定由林彪任东北局书记、东北民主联军总司令兼政委，彭真、罗荣桓、高岗、陈云为东北局副书记兼副政委。以林、彭、罗、高、陈五人组成常委。中央认为，这种分工在目前情况下，不但有必要，而且有可能。中央相信诸同志必能和衷共济，在重新分工下团结一致，为克服困难争取胜利而奋斗。

“七七决议”

1946年7月初，改组后的东北局在哈尔滨召开东北局扩大会议。我参加了这次会议。会议根据中共中央对东北工作的指示精神，分析了国内外和东北的形势，总结近一年来创建根据地和阻击国民党军队进攻的经验教训，统一领导思想，进一步明确制定了全面贯彻执行中共中央关于东北的工作方针和作战方针的各项具体政策。

7月7日，会议通过了委托陈云同志起草的《关于形势与任务的决议》。这就是具有重要历史意义的“七七决议”。7月11日，中央作了一些修改后，批准了这个决议。

《决议》正确地估计了当时东北敌强我弱的形式，指出：必须认识东北斗争的尖锐性和长期性，克服和战问题上的混乱思想。全党必须下最大的决心，努力准备一切条件，粉碎国民党进攻，以战争的胜利去取得和平。

根据中央建立巩固的东北根据地的正确方针，《决议》指出：大城市是我们所需要的，但大城市暂时一般地不宜确保，如果偏重大城市，轻视建立根据地，我们将面临既无大城市又无根据地的危险。因此，必须规定，无论目前或今后一个时期内，创造根据地是我们工作的第一位。创造根据地的主要内容是发动农民群众，能否发动农民是东北斗争成败的关键。

现实东北的斗争和战争的目的，是为了保卫解放区，为了实现经济上政治上军事上的民主而斗争。《决议》指出：我们应该而且必须在保卫群众利益的前提下，尽量结成广泛的反内战反独裁反卖国、争取和平民主独立的统一战线。

在敌强我弱的条件下，《决议》确定我军作战的原则，不在于城市和要点一时的得失，而是力求消灭敌人的有生力量。

《决议》号召广大干部走出城市，丢掉汽车，脱下皮鞋，换上农民衣服，不分文武，不分男女，不分资格，一切可下乡的干部要统统到农村发动农民，造成干部下乡的热潮。

会后，陈云到西满、高岗到合江省东安、林彪到松江传达7月会议精神。

9月在东北局扩大会议上，有同志还在讲和战问题，讲对蒋介石是“洗脸政策，而不是杀头”，会议争论得很激烈。当接到新华社的广播稿《蒋军必败》，说：全国人民要动员起来，打倒人民公敌蒋介石。这才不争论了。

“七七决议”在东北解放战争中具有重要历史意义。在东北形势严峻之际，及时统一了东北全党全军的思想，使东北党的工作方针和军队的作战指导思想，转变到中共中央制定的《建立巩固的东北根据地》的战略方针上来，并成为东北全党、全军的实际行动。

松江军区干部欢送李天佑赴一纵（左一张秀山、左五冯仲云、左六李天佑）

从这时起到1947年夏季攻势前，东北全党全军遵照党中央指示和“七七决议”，加强政治思想工作，克服了干部中的悲观情绪和和平幻想，树立了进行艰苦自卫战争的决心。部队经过整编、补充，每个师达到一万人左右，并组建了炮兵。主力部队与地方部队配合进一步发动群众开展大规模剿匪斗争，使部队的战斗力提高很快。

东北局动员1.2万干部组成武装工作团，下乡发动群众。经过轰轰烈烈，扎扎实实地建设根据地的工作，以及我军“四保临江”“三下江南”作战，巩固了根据地，粉碎了国民党“南攻北守、先南后北”的战略计划，从而扭转了东北整个战局，为解放全东北奠定了基础。

六、土地改革

1946年5月中旬，北满分局在哈尔滨召开省委书记联席会议，讨论贯彻中央“五四指示”，即中共中央决定，把减租减息政策改为没收地主土地分配给农民的政策。中央指出：“解决解放区的土地问题，是我们党目前最基本的历史任务，是目前一切工作最基本的环节，必须以最大的决心和努力，放手发动与领导目前的群众运动，来完成这一历史任务。”

北满全面实行土地改革，是在1946年7月东北局哈尔滨扩大会议通过了“七七决议”之后。5月之前，虽然分过“满拓地”“开拓地”和汉奸的土地，但是还没有把土地斗争作为群众运动的主要题目。

解决农民的土地问题，这是当时中国革命的主要内容，也是建设巩固的东北根据地的主要内容。毛泽东同志在《建立巩固的东北根据地》的指示中说：必须给人民以“看得见的物质利益”，群众才会拥护我们，从而分清共产党与国民党、革命与反革命的本质区别。以打破“正统观念”，明确认识到只有共产党才能使他们过上好日子。

东北局7月会议之后，松江省委确定，动员各级干部下乡，贯彻“五四指示”与“七七决议”；把剿匪和发动群众与土地改革相结合，建立巩固的根据地。松江省委组成了以我为团长、金铁群为副团长的省委工作团。工作团下辖16个工作队，分赴全省各地，放手发动群众。

这时全省县以上的机关干部几乎全部下乡了，新任命的省委副书记李德仲到省委报到时，省委机关只剩下一个组织干事在看家。德仲二话没说，背上背包就下乡了。陈云同志把干部下乡去建设根据地，叫作“大官做小事”，“小事”就是“世界革命”。大家不论职务高低，都像“七七决议”中提出的那样，“丢掉汽车，脱下皮鞋，换上农民衣服”，深入到土改第一线去，并以此作为“考察共产党员品格的尺度”。

参加土改工作队的绝大多数同志，都是优秀的党员干部，其中，有从1纵、2纵调来的干部、战士，还有一些青年学生。全省工作团计有1500人，深入到省内14个县。他们和群众打成一片，在斗争中与群众结下了深厚的感情。有些青年干部被群众亲切地称为“老疙瘩”（东北土语，亲切的称呼，即小弟弟）。

1946年夏天，我到延寿蹲点，省委工作团在那里已做了不少工作，群众已初步发动起来。我到后，提出首先把最穷苦的年轻正派的农民骨干，选拔到农会和自卫队的领导岗位上，他们是建立巩固根据地的依靠力量。我向群众讲解中央“五四指示”的精神，要求每一地区先攻破当地的封建顽固堡垒，打掉反动势力的威风，组织群众分地、分浮财。

在高丽营附近，工作队发动群众斗争了一个叫“黄大头”的伪满村长，他是当地的大恶霸。斗争“黄大头”后，群众分到土地和浮财，情绪和觉悟提高得很快，纷纷表示，“一不做，二不休，参加革命至死不倒巢”。

工作队不仅组织农会，轮训干部，还夺了地主不少的枪支、弹药，成立了农民自卫队。一大批觉悟了的农民走上革命的第一线，建立了自己的武装和政权。

9月中旬，我们对全省工作团两个多月的工作情况，进行了初步检查。全省14个县，已分配给农民的土地约36万垧（其中“满拓地”“开拓地”17万垧）。在发动群众的过程中，武装农民，建立起农民自卫队和县、区队，发展了少量党员，部分地改造了村屯政权。

这时，蒋介石还在调兵遣将，继续作向东北进攻的军事部署，北满仍处于备战之中。我们向各地、县委和各工作团的同志发出深入发动群众，加紧战争准备的指示。要求搞好群众工作，在已经进行了土改的地区，继续做巩固和深入的工作；在尚未发动的地区，要迅速发动，使广大农民分得土地。同时特别指出，在已经土改的地区，要检查“是否侵犯了中农的利益？是否有农民取得了土地还有不满的情形”等问题。并一再强调“群众能否真正地发动起来，是决定我党在东北成败命运的关键”，“是今天我们全党的头等任务”。

1946年11月20日，针对双城县有的村屯没有真正发动群众的问题，我给参加工作团的领导同志写信，指出发动群众工作，一定要做深做细，提出“封建势力是否被打垮了，打垮到什么程度？哪些地方打垮了，哪些地方没有打垮？奸细、坏人是否被铲除？……”等25个方面的问题，要他们下去，即行作一次严格的工作深入检查，将检查的情形报告省委。

煮“夹生饭”

到1946年底，全省土改工作虽然已进行将近半年，但发展很不平衡。有工作做得比较好的地区，也有打击面宽了的地区，还有基本上未动的死角。以上这几种类型还是少数，最大的一部分是“半生不熟”的地区。

这类地区的主要问题是：土地也分了，地主也斗过了，农会也成立了，但据核查，在一些地方和平分地，假清算，明分暗不分的现象还相当严重。地主势力并没有真正被打垮，贫苦农民翻身还不彻底，土改走了过场。这就是“半生不熟”的问题。

当时，阶级斗争十分尖锐，反动地主采取各种各样的手段来破坏土改工作。我们归纳为十种花样：1. 利用拜把子、认干亲麻痹群众。2. 发展封建迷信团体。如大特务李明信，就是以信教为幌子，自称“活佛”，进行网罗党羽。3. 制造谣言，恐吓群众。4. 收买干部，为其效劳。5. 公然收回土地，不让分青苗。6. 伪装老实，献坏地，留好地，隐瞒黑地，隐藏浮财。7. 勾结胡匪，私藏枪支，妄图东山再起。8. 请吃请喝，拉拢腐蚀干部。9. 拉拢富农和划错成分的中农，与农会作对。10. 派遣狗腿子、亲信打入农会，伪装积极，甚至组织假农会。这些破坏手段中，以收买干部和利用狗腿子进行活动最为普遍和严重。

1946年下半年土地改革中，之所以出现了“夹生饭”问题，主要是工作团经验不足；另一方面是与当时要准备打仗的形势有关。敌人仍在准备向北满进攻，我们把工作的重点放在了准备打游击上，要求尽快发动群众，准备战场。省委给各县下了限期完成的指示。这时我们考虑为了准备作战，只要“轰”起来，粗枝大叶也行。这样一来，就煮了一锅“夹生饭”，这主要是省委的责任。

1946年12月中旬，松江省委召开包括各县县委书记和工作团团长参加的省委扩大会议，研究土地改革工作和在新形势下根据地的建设任务。针对“半生不熟”的问题，省委布置了以“查地和挖坏根”为主要内容的“煮夹生饭”的任务，继续放手发动群众，深入开展土地改革运动。

煮“夹生饭”，主要是针对一些在土改过程中走过场的地方。

巴彦县有个屯子，以前虽然也斗过地主，但地主的势力并没有被摧毁，基本群众翻身也是有其名无其实。这个屯子仍被称为“满洲国”“老中华”的四大户控制着。县委带领三个区的工作队到那里进行集中试点。但是，工作队进屯后，群众不敢接近工作队员。后来深入到最贫苦的农民家了解，才发现从减租、清算到分地，“四大户”均未受触动。秋收时，地主仍然是粮垛成山，牛马满圈。分地时，地主是留好分坏，留多分少，留近分远，并霸占青苗，拖延打场，群众并未分得一粒粮食。同时，他们不断挑动穷人斗穷人。这个屯子换了四次“头行人”，不是烟鬼兵痞，就是流氓警察或跳大神的，还有漏划的地主、伪满兴隆会长。这些人是在以前区工作队个别人支持下上台的。

群众说，对四大户的斗争，是干部“坐在地主的炕头上算账，遇事同狗腿子商量”进行的。群众也从未与四大户“撕破脸”，分果实也只是凭抓阄，明分暗不分。分了地主的马，但还是“地主用，穷人家不敢动”；房屋是“地主住瓦房，穷人家住破屋”。所以群众对于分地主的浮财没有信心。

屯里的自卫队只有个花名册和一个烟枪队长，枪支都捆放在四大户中的朱二八爷家，以后又捆放在“农会”屋子的角落里。像这样的地方不重新进行土改，煮好“夹生饭”，根据地是无法巩固的。

工作队根据这个屯的情况，重新发动群众，彻底地清查了四大户的土地，挖了他们的底财，没收了他们藏在地窖里的财物，封了他们的粮垛，收了他们的车、马、牛。发动起来的贫雇农，整整分了七天七夜。在重新成立屯子的农会时，贫苦农民高兴极了。

大家对过去翻身失败的原因作了检查和总结。在初战胜利的基础上，群众把屯里的人按阶级成分分为三类：够加入农会条件的群众，都上红榜；对一些有毛病或历史问题的人，先上黄榜，根据他们的表现，改好后再上红榜；对地主恶霸这一类人，都上白榜，不准加入农会。经过这样的“煮夹生饭”运动，贫苦农民群众才真正地站起来了，真正地翻了身。

我们根据各地区的种种做法，把煮熟“夹生饭”的标准归纳为两条：一看是不是彻底摧毁了封建势力，农民是否真正当家作主了；二看是不是发扬了党的优良革命传统，干部密切联系群众了。

1946年末，党中央要松江省委汇报一年多来群众运动的情况，我和省委的同志进行了认真的总结，对其中一些重要问题，我找过很多同志调查、商谈，后经省委讨论通过后，于1947年3月报给中央。

《报告》谈了五个方面的情况。其中在“政策和领导的检查”部分，关于“部分干部脱离群众”的问题，我们在《报告》里说：“半年来，在轰轰烈烈的土地改革运动中，提拔与培养了脱离生产与不脱离生产的新干部7236名，这些新干部中多数是好的，但脱离群众的干部也不少。脱离群众的具体表现是：1. 斗争果实不分给群众（群众称之为‘干部翻身’）；2. 贪污腐化，乱用公款，假公济私，大吃大喝，甚至接受地主贿赂。有一个村的村长给自己分两垧好地，农会主任和全屯干部将留给农会的青苗集体贪污了。合丰区有一个屯四天杀了三头猪，一个干部四天吃四只鸡。区政府到馆子里去请客，经常派群众到屯子里去买猪肉粉条，胡子一次未打，就摊派款12500元；3. 强迫命令，打人骂人，自称‘土皇帝’；4. 欺上唬下，欺骗包庇，私造假账；5. 思想上动摇不定，两面派，留后路，依靠地主，现在我帮你，中央（指国民党）到了你帮我。呼兰一个干部做梦，听到呼兰打电话说中央军到了哈尔滨，醒来了一身大汗，从此工作消极。……6. 假传命令，违反纪律，甚至有的强奸妇女，自称特殊等等。由于这一部分新干部脱离群众，在双城对‘半生不熟’地区检查的结果是，有的农村已形成了三派，地主反动势力是一派，新干部也成了一派，群众又是一派。我们的干部本来是穷苦农民出身，为什么会脱离群众呢？就是由于这些不好的作风，使得群众对干部不满意，甚至造成矛盾，给了阶级敌人钻空子造谣诬蔑的机会。如石人区发现这样一首民谣：‘家有黄金巨万缕，不如当个干部头。不种小麦吃白面，不养肥猪吃熏肉，闷来街前走正步，闲来花园谈春秋。正是无产把身翻，东北人民得自由。法西斯把羊头挂，其中狗肉在里头。’从这个民谣说明部分干部脱离群众的严重程度，也说明反动势力不会不战而降。”

“再则，因为形势的发展，有些地区如五常等县需要很快地发动群众。在这种情形下，大刀阔斧的方式、急风暴雨的做法是必要的，这样的确把群众斗争轰起来了，封建地主的威风受到严重的打击。但在这个急风暴雨的斗争中，发生的缺点也是很多的，其中最主要的是积极分子的复杂。因为要马上发动斗争，急于找到积极分子，而在宣传、教育、酝酿不成熟的情况下，真正好的劳苦农民，是不容易以积极分子的面目出现来参加斗争的，而常常表现为中间分子（当然因为要出气报仇而很积极的也不少）。流氓、兵痞、警察、特务则容易混入，地主指使的腿子也以积极分子的面目出现来参加斗争，在某些地方取得领导地位，从而发生假斗争，明分暗不分，干部作风坏，没有真正发动群众等‘半生不熟’的现象。这样，快的结果反而增加了麻烦，造成‘欲速则不达’的现象。”

这个《报告》比较真实全面地反映了当时的情况。[①]

1947年6月下旬，省委召开全省县委书记会议。针对“煮夹生饭”中，有些地方发动群众工作仍不放手的问题，我说：“大胆放手会不会违犯政策呢？不会的。放手是根据政策来的，放手本身就是政策，就是政策的主要部分。放手也不是不要领导，放手本身就是有领导的群众路线。我们绝不会放手侵犯中农，更不会放手侵犯贫雇农的。根据七大决议，‘放手发动群众，壮大人民力量，在我党领导下，打垮美蒋，建立民主自由的新中国’。放手也就是七大的路线。一切不放手的做法，既不能壮大人民的力量，更不会打胜仗，也可以说没有执行七大的路线。什么人不让我们放手呢？那就是蒋介石及大地主大资产阶级。但手是自己长的，放不放由我们（会场笑声）。一切束缚自己手脚的行动，都是错误的。”

对一些年轻同志由于工作时间短，缺乏经验，往往很不自觉地做出了脱离贫苦群众的事情。我说：各县同志亲自摸到了群众路线的方法，这就是做了一年群众工作的好处，否则讲上两天也讲不清。

我还讲：刘少奇同志修改党章报告中，关于群众路线、群众观点的四条指示：第一，为人民服务的观点。第二，向人民群众负责的观点。有人问，“到底向人民负责，还是向上级负责呢？”少奇同志已指出：向上级负责和向人民负责是一致的，并不矛盾的。第三，相信群众自己解放自己的观点。第四，向群众学习的观点。依据这个指示，群众路线就是从群众迫切要求出发，我们看群众觉悟到什么程度，就从什么程度着手。

如果我们不调查研究，不了解群众的要求，只按我们在上面讨论的一套出发，那就会脱离群众。现在各县都摸到了这个方法。如宾县在生产问题

---

① 黑龙江省档案馆编：《土地改革运动》（上），1983年，第143页。

上，就是从解决群众思想着手。春耕前，群众中存在着疑问：穷光荣，还是富光荣呢？我们要用事例启发教育群众，使他们知道穷“富”（地主的“富”）均不光荣，劳动起家、劳动致富才真光荣。

我特别强调，交流各县的经验，不要机械地搬用，任何经验不适合当地情况，就可能变成经验主义。不从当时当地群众的要求和具体情况出发，哪怕你有千真万确的经验，也是不行的。

“我们常讲，从群众中来，到群众中去。这里，领导要善于集中群众的正确意见，识别群众中落后的意见。比方，开始分地，有些地方不敢分，或认为不应该分人家的地，你就不能集中这种意见。比方，‘捞’（指捞地主的浮财），是从群众中来的，你如集中起来，到处去‘捞’，那就不对了。”

“我们要善于启发群众的思想，满足群众的要求，才叫领导。斗争要酝酿，但酝酿和斗争是一致的。酝酿是为了要斗争，如果老酝酿不斗争，那就酝酿发酸了。（会场笑声）群众的要求是彻底的翻身，完全的解放。对封建统治，我们是打歼灭战，不是打游击战，拉来拉去，要把封建势力在政治上经济上扫光，才能满足群众的基本要求。”①

“砍挖”运动

在“煮夹生饭”运动的后期，我们又接到了中央关于“挖窖问题”的指示，接着就开展了一场“砍挖运动”。一方面是挖地主的浮财，另一方面是在政治上进一步打击敌伪的残余分子。

拉林县是采取“挖小蒋介石”的做法，先从斗狗腿子最多的地主开始，并开展动员狗腿子坦白运动，从而孤立少数地主。延寿县是先从收拾暗藏的胡子开始，凡是“屯不错”（即八面圆滑的人物）多的地方，隐藏的坏根也多。他们把斗争狗腿子和筛除“屯不错”结合起来。方正县在“砍大树、挖坏根”运动时，采取了“找须子，拔萝卜，从小坏，追大根，问家属，究逃处，假探亲，密私访”等一系列做法，查出大坏根 60 多名，抓回逃亡地主 10 名，其中有国民党地下军师团长以上的人员 11 名。

根据农村基层组织中成分不纯的问题，在“煮夹生饭”运动中，又把查地、分浮财与培训基层干部，清理阶级队伍工作结合在一起。各地区的这些

---

① 黑龙江省档案馆编:《土地改革运动》（上），1983 年，第 152 页。

做法，使“查地和挖坏根”的运动更深入了一步。

从 1947 年 7 月到 10 月，“砍大树”（指恶霸地主）、挖财宝运动，进一步摧毁了地主阶级的经济基础。但是，一些地区也出现了“左”的偏差。

1947 年 10 月末，松江省委针对“砍挖”运动中出现的情况，召开县委书记联席会议。针对 6 月全省县委书记联席会议上，关于“放手”政策所产生的“左”的偏差，我代表省委作了检讨。

我说：6 月全省县委书记联席会议上，是着重解决放手的问题。因为过去存在着不放手，干部怕犯错误，运动不深入，群众未发动起来，所以才有意识地要发动一个急风暴雨的“砍大树”“挖底产”运动。

当时估计到群众发动起来后一定会有偏差，我们认为矫枉必须过正，当群众真正起来的时候，没有泼冷水，而是采取了适当揭露、批评错误的方针。放手政策是否对呢？三个月的运动证明，放手是对的，基本上消灭了“夹生饭”。

收效是，严重打击了封建势力，消灭了封建剥削，三个月中挖出匪根 700 余人，斗争地主、特务、警察、流氓等 1 万人，对反动封建势力进行了严重打击。同时，解决了群众的困难。6 月间正是青黄不接的时候，很多群众饿得面黄肌瘦。斗争中解决了大批粮食、土地、金银、衣物、耕畜、农具等，仅金子就挖出 5000 余两，银子 50000 余两，全部果实约值 250 万元，给群众解决了很大问题。在斗争中提高了群众的觉悟，涌现出了一批积极分子，培养了一批成分好的干部，发展了一些党员，在少数地区建立起了较好的党支部，大部分干部亲身体验了群众路线。

但是，“砍挖”运动缺点也很严重。这是一个群众运动的大风暴，由于领导准备不足，群众中酝酿不够，运动来得又太快。运动粗糙，发生的偏差也就大，使有些干部把“放手”误认为“放任”，不了解大放手之下，更需要加强领导。因此，在几个问题上发生了偏差。主要是有些地方被地痞流氓所利用，侵犯了中农、工商业者的利益，乱打乱杀，打击面过宽等；有的地方出现了严重脱离群众的现象。一种是包办代替，一种是放任自流，还有个别干部发生了贪污现象。

我说：对群众路线需要检讨的方面很多，这里再次强调“群众路线和领导”问题。“砍挖运动，在放手的方针下，有成绩，也有缺点。但真正使其成为群众自己动手的运动，其关键在于贯彻群众路线及加强思想领导。”

我讲了三个问题：

“第一是领导思想与群众思想相结合的问题。领导思想与群众思想结合，必须从群众的实际要求和思想水平出发，要经过很好地酝酿。这必须是一个领导与群众互相教育、互相启发、相互学习的过程，包括干部教育群众、群众教育群众、群众教育干部的过程。简单化的方式是不能打通思想的，表面上同意也是不能一致起来的。遇到领导意见与群众意见矛盾时，根据群众意见去解决这个矛盾。如群众为了目前利益，不顾长远利益，便要启发群众，把目前利益与长远利益结合起来。比如说，不愿多拿公粮，军队吃不饱，能不能打败蒋介石？不打败蒋介石，能不能长远翻身？一切从群众的切身利益出发，群众是会接受我们的意见的。”

“第二是思想酝酿与实际斗争相结合。酝酿是为了斗争，斗争中再去酝酿。酝酿应有联系当前具体斗争的实际内容，不是讲空洞大道理，要去做样子，使斗争变为群众自觉自愿的行动。比如‘挖糊涂’、‘诉苦’、‘算细账’、‘划阶级’是很好的办法，是真正根据群众意见办事。另有些人不调查研究，不懂得群众的心理，不知道群众的迫切要求是什么，而是离开群众的实际要求去酝酿，因而有的干部把积极分子关在房子里酝酿了十几天，还斗不起来。只见酝酿不见斗争，结果群众的态度是赶他们走。”

“第三是调查研究。在调查研究时，注意不要陷入宗派斗争的圈子里。要有立场，要向多数贫雇农去调查，才会全面，才能分清问题的性质。”

“各县经过砍挖运动，一般干部多少取得了群众路线的经验。但必须看到这是长期教育与逐渐提高的过程，应在今后工作中，加强这方面的教育。”

会上对自发运动问题争论很多。“我们怕不怕群众的自发运动呢？群众的自发运动起来了并不可怕，我们欢迎。既然起来了，便不应该压下去，停下来。事实上也压不下去，停不下来。对这种运动，要‘趁风驶船’，赶快派人去领导，不能说：‘我没来，你不要动。’这次大放手之后，有自发运动，但是这种自发也是经过了过去很长时期的工作，六月会议又透了风，才引起来的。一般说，在现在情况下，靠自发运动消灭不了‘夹生饭’。根据‘砍挖’经验，我们应该强调领导，强调启发教育。”①

到 1947 年 6 月末，根据松江省 10 个县土改工作的统计，在半年的时间

① 黑龙江省档案馆编:《土地改革运动》(上)，1983 年，第 213—215 页。

农民在平分土地

里，又查出了地主恶霸的土地37万多垧（连同头年12月以前所分的土地，共为117万垧）。这时全省耕地面积148万垧土地的80%回到了农民手中。另据七个县的统计，共查出地主的粮食4万多石，马7800多匹，牛2200多头，衣服2.3万多件。各县还挖出了不少恶霸地主的底财。双城县从一户地主家里就挖出了黄金50多两，全县挖出财物折合东北币一亿元以上。地主的这些土地、牲口、钱物全部分给了贫苦群众。

这个时期，我多次去一些地方检查土改工作。每到一处，都看到人民群众从未有过的欢乐。各个屯子到了夜晚，灯火通明，算账小组忙得不可开交。农民群众为了使胜利果实分配得合理，他们把各人的等级（指阶级成分）、穷富（指家底）、香臭（指人品和历史情况）进行评比，编成号。群众把这种做法叫作"站队比号"。在分浮财时，把五颜六色的衣物都摆在广场上，每人一堆分好，然后按排队的号，让烈属、军属和最穷苦受人尊敬的贫雇农先挑选，接着其他人再拿。

土改运动的深入发展，以及我们在夏季攻势中的节节胜利，极大地鼓舞了后方人民群众的斗志。群众中"怕变天"的思想，基本被我们所取得的胜利消除了，普遍认为"八路黄不了，江山会坐牢！"

平分土地

1947年10月，中共中央公布了《中国土地法大纲》，规定：“废除封建性半封建性的土地制度，实行耕者有其田的土地制度，要求统一分配土地。”

这时，松江根据地的建设已日臻巩固。12月，根据全国土地会议的精神，省委经过研究决定，以平分土地为中心，把分配土地、整党建党和培训干部三大任务捏在一起，依靠贫雇农，联合团结中农，进一步放手发动群众，满足广大农民的土地要求，坚决彻底地摧毁反动腐朽的封建制度。

关于平分土地运动的具体部署，我们先在拉林县和五常县搞试点，然后根据试点经验，集中力量在重点村做工作。在此基础上，开办重点村附近村屯的贫雇农积极分子训练班，传授重点村的经验。经过训练和培训，再把这些积极分子派回他们所在的村屯。他们以重点村的经验为指导，在工作队干部领导下，开展平分土地的工作。这样做，既有组织领导，又可以加快由点到面的铺开速度，在广大农村造成强大的政治攻势。

到平分土地后期，每人都分配了一块土地，为便于耕作，每家的地基本是连在一起。至于一些需要特别照顾的对象，如烈军属、鳏寡户和赤贫户，对他们如何照顾、照顾多少，全都由大家定。

在这场轰轰烈烈的平分土地的运动中，取得成绩很大。但是，由于我们对中央的有关指示和政策界线掌握得不够准确，在运动中，也发生了一些偏差。“砍挖运动”中出现的“左”的苗头，虽然当时制止了，但到了平分土地运动时，受到“群众运动自发论”的影响，“左”的倾向又有发生。

在召开全国土地会议之前，松江省的土地改革运动本来已经搞得差不多了，但由于土地会议只提反右，不提防“左”，而且会议还提出要反“差不多”的思想。我们对这些“左”的东西也就顶不住了，致使我省“左”的偏向又有所发生。主要表现在片面强调贫雇农路线，侵犯了中农的利益，打击面宽了些；在一些地方也曾出现打、杀过重的现象；还有个别地方的农民进城，清算地主在城里经营的工商业。

有的县提出了“扫堂子”（即对地主扫地出门）；有的县提出了“大兵团作战”的口号，来了一次打乱土地进行平分。这样搞的只是几个县。但是，凡是这样做的地方，都发生了侵犯中农利益和把富裕中农划为富农，或对佃富农与一般富农及地主不加以区别的现象。有些地区对保护工商业政策执行

发土地证大会

得也不好。群众把这种现象叫作“钱毛阶级涨”（钱毛指通货膨胀）。

我省出现的这种“左”的倾向，由于《东北日报》的报道、推广，产生较大的影响。这些“左”的错误持续了两个月左右。

在中央及东北局发出纠偏指示后，1948年2月15日，松江省委在《关于目前群众运动的指示》中，针对运动中发生的打击面过宽的问题，提出了纠正，其中特别强调：要“缩小打击面，分化地主富农，巩固贫雇农的阵容”。指出“对斗错了的中农应给以补偿，对一般富农要分给一份，对地主在斗彻底后，宣布‘以后不再斗了’。地主埋藏的东西，可以拿出来用，可以买马解决生产问题，在经济上有生产的自由”。①

对划阶级的标准不够恰当，打击面过宽的问题，我们指示应根据《东北日报》社论中划分阶级的六条，及东北局和东北行政委员会联合发的《在东北农村中划阶级的一些问题》，重新研究划分阶级。并强调“这是很复杂的问题，不可能一下子就划分得很清楚。为了不使群众中发生很大的波动，及不误农时，应向群众说明，这不是贫雇农干错了，而是我们领导上把标准定得不恰当，执行时应逐渐地改变。首先把定错的中农与富裕中农从小富农降

① 黑龙江省档案馆编:《土地改革运动》（上），1983年，第286页。

小说《暴风骤雨》

下来；对未改变的，分浮财时也应适当照顾”。

另外，还特别强调“停止打杀”。指出：“无论已经发动起来的地区，或正在发动的地区，打杀现象应当停止。此后个别要杀的，也必须经过县委批准。任何机关、任何个人均不能擅自打杀人，对那些被打很重的地主富农，应及时地给些粮食和衣服，不要使他们冻饿致死。对干部、对贫雇农要进行教育，防止与克服某些群众在思想上可能发生的在肉体上消灭地主的想法，因此必须注意防‘左’的偏向”。

东北的土地改革运动是一场伟大的农民革命运动。著名作家周立波在他所著的小说《暴风骤雨》一书中，真实地反映了松江省土地改革的历史。

1946年秋天，周立波随同李德仲来到松江省。最初他在尚志县元宝区任区委书记，后又调到省委宣传部工作。他曾多次去拉林县、宾县等地区了解土地改革情况。他热爱那里的农民群众，熟悉他们的生活、斗争和思想感情，了解他们的要求。在这期间，他曾多次向我反映了解到的一些情况。后来，我安排他在哈尔滨完成了这部优秀的长篇著作。他那带有乡土气息的笔触，真实生动地再现了这场伟大的农村革命，广大人民群众创建革命根据地的宏伟斗争场面。这是中国农民在共产党领导下进行的一场伟大的革命运动。

在松江的这段工作中，我在土地改革和建立根据地花费的功夫最多，每当回忆起这段往事，总会想到这场松花江畔的暴风骤雨。

七、建设党的组织

东北是我们党开始活动和建立组织较早的地区之一。1921年中国共产党成立之后，就派人到东北传播马列主义，建立党的组织。1927 年成立满洲省委。1931 年九一八事变后，党领导东北人民组织义勇军、抗日联军等武装，与日本侵略者进行了长期的艰苦斗争。但因敌人过于强大，在和中央失去联系的情况下，抗联部队被迫于 1942 年撤退到苏联境内。以后，中央又派人潜入东北，建立了零星的党的地下组织。因此，东北地区党的组织，基本上是 1945 年日本投降，我们进入东北后，重新建立起来的。

东北地区党的建设和发展，是同东北的解放战争、根据地建设密切结合进行的。它经历了三个阶段：第一阶段是从 1945 年 9 月我党进军东北，到 1946 年 7 月东北局扩大会议；第二阶段从剿匪、深入发动群众进行土改，到 1948 年初平分土地；第三阶段从 1948 年初开始公开建党，发展互助合作、组织大生产运动，到辽沈战役胜利结束。松江省的建党工作也经历了这三个阶段。

1945 年 12 月，党中央关于《建立巩固的东北根据地》的指示，指出要在清算汉奸的斗争、减租和增资运动、生产运动中“建立党的核心”，“建立群众的武装和人民的政权”，并应“从人民群众中培养出大批积极分子和干部”，“特别是争取工人和知识分子”。党中央的这一指示，为东北地区党的建设指明了方向和原则。

建立党的核心

我们进入松江省初期，由于在军事上敌强我弱，国民党在正面乘我立足未稳之际，向我们发动大规模的进攻，并派遣大批特务进入北满地区，收编、组织土匪武装，严重威胁我们建立根据地的工作。而这时东北人民还受“正统观念”的影响，对国民党抱有幻想，对共产党持怀疑、观望态度，群众尚未发动起来，党的影响与历史很浅，新干部与积极分子太少，知识分子亦无启蒙教育，建党工作缺少群众基础。我们决定这一时期“建党方针应是严密、慎重和个别发展”。

1945 年 11 月 19 日，松江省发出指示，当前全省的任务是集中搞军事，消灭叛匪，打开局面，取得阵地，中心工作是搞武装斗争。因而，对党员的发展，我们采取控制发展的方针，按照在“斗争中发现，个别考察，秘密发展”的原则，发展了少量党员。到 1946 年 2 月底，北满发展新党员 1000 人左右。

1946年4月，东北局作出《关于发展党的指示》，指出："为了建立革命根据地，必须有强大的党组织。现在应该注意在斗争中大量的慎重的发展党员"，要以工人、农民、店员为发展对象，特别强调要在大企业、大工厂、大商店，以及学校和农村的较大村屯发展党组织，"首先，要在这些地方建立起党的堡垒"。

对这一指示，陈云同志对我说：根据目前的情况，"大量和慎重"要认真研究。我们分析后，根据东北的情况，我提出"在地方上，必须是在斗争中表现坚决与自觉服从群众团体纪律，又为群众拥护的积极分子；在部队中，必须是战斗英勇，而又是反逃亡模范者，才能吸收为党员"的意见。[①] 陈云非常赞同。

随着剿匪斗争、反奸清算的发展，群众中涌现了一些积极分子，这为发展党的组织创造了一定的条件。之后，在发动群众的过程中，武装了农民，建立了农民的自卫队和县、区队，改造了村屯基层政权。到1946年末，松江省发展党员2400多名，并由省委、部队党委老干部直接掌握。数量虽然少，但建立起了党的核心，并为以后党的建设和发展创造了一个良好的开端。

发展党员

1946年7月，东北局会议上通过的"七七决议"中提出："随着运动的发展，必须吸收在斗争中的积极分子加入我党，并在农村建立党的堡垒——支部。"《决议》明确规定了发展党的路线和任务，把党的建设作为根据地建设的一个重要组成部分。之后，在土改运动中，党的组织得到快速发展，至平分土地运动前，松江省农村党员发展到5000多人。[②]

这当中，我们发现有的地方在发动群众的过程中，对政策掌握不稳，过早地提出"大量发展"，出现了如"派任务""突击发展"的现象。有些干部在发展党员过程中，由于缺乏经验，条件掌握不严，致使一些不够党员标准的人和一些坏分子混入了党内，从而造成党内成分不纯的问题。对这些情况，我们发现后都进行了制止和批评。

随着形势的发展，城市建党也提到了重要议事日程，哈尔滨市是松江省

---

① 黑龙江省档案馆编：《土地改革运动》（上），1983年，第133页。

②《辽沈决战》（下），人民出版社1988年版，第333页。

的省会，省委副书记钟子云兼任市委书记。1946年5月中旬，东北局迁到哈尔滨后，哈尔滨市曾由东北行政委员会直接管理。1947年8月之后又交松江省领导。

在我们进入城市初期，由于缺乏经验，有不少同志往往用对农民的观点来看待工人，以农村工作的经验来对待城市。对于在城市中应该依靠谁的问题，认识不明确，没有能够把在工人中发展党员作为重点，却把重点放在街道贫民中，这就影响了东北城市建党工作，特别是在产业工人中的建党工作。如哈尔滨市，日本投降时有人口76万，据1948年1月统计，全市新发展党员只有597人，其中工人只有212人。1948年3月，东北局明确提出，东北地区党的工作重心要逐步由乡村转移到城市，加强城市党的工作，首先是在产业工人中发展党员已经成为刻不容缓的任务。到这年末，哈尔滨市产业工人中发展新党员845人，比原来增加了三倍。[①]

公开建党

东北地区经过两年多的反奸清算、剿匪、土改斗争，以及支援前线和生产运动，党的建设取得了一定成就。但从各地的情况来看，党的力量仍然还是不大，党的基层组织和党员还处于秘密状态，党的发展还处于初创阶段。根据形势的要求，迫切需要党有一个更大的发展。1948年的公开建党，把东北地区党的建设推向了新的阶段。

1948年2月，周恩来同志代中央起草的《老区半老区的土地改革与整党工作》中指出："以经过党的支部，邀集党外群众参加的会议，共同审查党员及干部的方法，为最健全的方法。""除尚未巩固的新区外，一切党的支部，均应公开。"这为根据地党如何采取群众路线的方法公开进行建党指明了方向。

这年春，松江省开始公开建党。这时土地改革已经胜利完成，广大群众充分发动起来了，根据地也比较巩固了，公开建党的条件已经成熟。公开建党就是将党组织在群众中公开，走出秘密状态，接受群众监督；公开向群众宣传党的方针、路线和思想；公开在贫雇农、工人、知识分子中，吸收符合党员条件的积极分子入党。

---

①《辽沈决战》（下），人民出版社1988年版，第340页。

在此以前，群众虽然知道共产党领导穷人翻了身，但是对什么是共产党不太了解。有的说共产党不是“凡人”，有的以为老干部、八路军就是共产党，或入了农会就是共产党，有的说共产党就是穷人大伙在一块生产。经过学习，这些人才恍然大悟。他们形象地说：共产党员就像大板车上的钢轴，没有它大车一步也不能走。我们又让群众检查“钢轴是否生了锈”？生了锈的要擦干净，不合格的就要去掉。在充分进行了公开建党的教育后，就公布党员名单。在召开的群众大会上，群众的情绪紧张到了极点，都好奇地要看一看共产党员的面目，人们屏气静息地听着每一个党员的名字。当宣布到某个党员的名字时，群众议论说：“好样的！真正的钢轴。”在审查会上，党员报告自己的历史、工作和思想转变过程，对自己的缺点作自我批评，接受群众评议。群众既赞扬党员的优点，也毫不留情地指出他们的缺点。这使党员受到了一次生动的教育，也使群众通过党员了解了共产党。

公开建党广泛地扩大了党的影响，进一步密切了党与群众的联系，迅速壮大了党的组织，巩固了人民政权。

提高党的素质

1947年7月至9月的全国土地会议，除了提出将一切土地加以平均分配的政策外，还提出解决党内不纯和官僚主义的问题。

10月上、中旬，在东北局召开的北满省委书记联席会议上，对党内干部的思想状况进行了分析。认为东北干部从“七七决议”后，下乡发动群众，经过一年多艰苦的战争和土改斗争，受到了锻炼，增强了群众观点和实事求是的作风。但是，有些干部身处城市环境，受资产阶级思想侵袭到党内来的影响，容易产生贪污腐化思想。同时，东北有大块的根据地，又是处于胜利发展的局面，容易产生自满松劲情绪，以及盲目乐观与和平享乐的思想。

为此，会议提出：“整党的目标是以巩固和提高党的阶级思想的纯洁性，能实行彻底平分土地与争取战争胜利为准绳”。“东北整党的重点应放在整关内来的干部上”。

1947年12月，东北局在《关于1948年任务的决定》中指出，整党即整顿党内思想和作风，反对资产阶级思想，改造小资产阶级意识，反对官僚主义军阀作风。要上下结合展开思想、作风、生活方面的检讨批评，把全党思想提高到新的认识水平上。在审查干部成分时，首先弄清思想，不要变成一般的清洗运动。

松江省在整党中，始终坚持正面教育原则，发扬民主，依靠群众，防止了宗派主义与整人的倾向。采取小会酝酿大会批评的方法，开展批评与自我批评。对新党员，普遍进行了查阶级、查思想、查作风的重点教育。

各级领导带头参加整党，形成了先上后下，由下而上，从领导到群众，从老党员到新党员的自觉整党运动。经过整党，清除了混进来的不良分子，纯洁了党的组织，改进了党的作风，提高了党员的素质，密切了党与群众的关系，提高了党的威信，增强了党的战斗力，党的组织得到提高。

哈尔滨是一座既繁华又杂乱的城市。19 世纪末，沙俄势力进入到哈尔滨。十月革命后，大批沙俄贵族、官宦、资本家、地主等逃到这里聚居。他们把这里建成了灯红酒绿的花花世界，完全是一派西洋风气，被称为“东方的小巴黎”。日本人侵占东北后，这里就更加混乱不堪了。

我们的干部大多是来自根据地和农村，很多人没有见过这种场面，除了参加工作队下乡去的同志，留在哈尔滨工作的，其中有少数人，经不起诱惑，受不住考验，不同程度地腐化起来。

1947 年 8 月，哈尔滨重归松江领导后，我们请示东北局处理了一批腐败分子和犯错误的干部。我对在哈尔滨市工作的省、市干部说：哈尔滨市的干部生活倾向要检查一下，有的在向腐化方向发展。各机关支部要开会传达对犯错误干部的处理，要讨论，提出的问题要作结论，要解决思想问题。省委还要派人检查，不这样来处理，将会有更多的干部犯错误。

我们要求各级干部，尤其是高级干部要加强党性修养，注意个人的思想倾向，防止跌入腐败的泥潭，并要求各级党委要定期召开民主生活会，领导要带头检讨、检查自己，组织要开展批评和自我批评。

这次处理，对各级干部震动很大，对后来工作起了警示作用。

1948 年 5 月 25 日，党中央发出《1948 年的土地改革和整党工作》的指示，鉴于平分土地中，在整顿党的队伍时发生的错误，中央对整党工作重新作了部署，规定了一系列正确政策。

东北的党组织是在激烈的战争和土改、生产斗争中建立起来的，但党员是新发展的，迫切需要进一步的教育和提高，新建的支部需要学习如何开展工作，党内生活和工作制度亟待建立。这样，东北的整党就出现了一个新特点：就是整党同发展党员相结合，整党中对党员的教育和加强支部工作相结合，以此巩固和提高新建立起来的党的组织。

9月，松江省和北满各省开始了整党。农村整党的任务是巩固土改成果，支援战争，发展互助合作，加强农业生产。

整党的目的是围绕这一任务，使支部学会如何开展工作，如何密切党与群众的关系，提高党员觉悟，改进工作作风，加强支部领导。

整党过程是教育党员的过程，是党员与党员、党员与群众更加团结的过程，也是群众对党员和党组织进行监督的过程。

整党的指导思想是依靠支部进行，而不是跳开他们，这样就避免了平分土地整党时出现的“搬石头”“跳圈子”等错误，把整党与党的建设融为一体，党的质量明显地得到提高。

建设干部队伍

从关内来的大批干部和原抗联的干部，是东北地区党的骨干，是开辟和建立巩固的东北根据地的核心力量。在建党建政中，以这批干部为核心，建设起了一支强大的干部队伍。

我们刚刚到北满时，最大的困难就是缺少干部。松江省从关内来的党政

1947年，张秀山（右一）和陈云（右三）等在北满根据地

民地方干部仅有 60 来人。

陈云同志几次指出：东北建党建政要首先健全好关内来的干部。一是要克服在和与战问题上的混乱思想，要有长期的艰苦斗争的思想准备；二是在组织上健全党内生活制度。

在进入东北的干部中，有一个先来后到的问题。先来的干部由于工作急需，无论是部队，还是地方，有些同志担任了很高的职务。但在现实斗争中证明，有些同志的工作经验和本领，与他们担任的职务不相称，其中有些同志还自以为“功劳很大”。当大批干部到来，组织上要按工作能力重新分配工作、调整职务时，有些人就想不通了。党内因此发生了争论，造成无原则纠纷。罗荣桓同志说：“由此又产生了组织问题上的争论，究竟是克服山头还是单纯地平均主义地照顾山头。按照后者那样照顾，不仅山头愈照顾愈多，而且出现了码头。我们是为了克服山头，而不是为了山头林立。如果山头林立，不用敌人打，自己就搞垮了。”①

针对这种情况，陈云同志提出必须以组织性、原则性加以克服。提出了党内生活的“三原则”：1. 正面地坦率地辨明是非，把问题摆到桌面上来谈；2. 党内严格实行民主集中制，不能一个人说了算；3. 每个党员都有在党内充分发表意见、讨论问题的权利，但又必须有服从组织决定、积极工作的义务。②

1947 年，东北各级党的领导机关，都以不同形式召开会议，解决老干部在组织上的非原则问题和思想上的个人主义。从而明辨了是非，正气上升，邪气下降，为广大新干部树立了好的榜样。

创建巩固的东北根据地，党要在东北生根并战胜国民党，还必须大量地培养和提拔本地干部，这是东北根据地建设不可缺少的重要一环。

早在 1945 年底，在宾县时，松江省就开办了军政干部学校，我担任校长，林立具体负责组织和教学工作。我也常去给学员讲讲课。松江工委还下发了《培养青年知识分子和开办学校工作的通知》，要求各县也开办训练班，培养训练本地区、村干部。后来又办了省委党校，各县也开办了各种训练班，把培养和提拔本地干部作为一项重要任务。

---

①《辽沈决战》(上)，人民出版社 1988 年版，第 38 页。

②《辽沈决战》(下)，人民出版社 1988 年版，第 344 页。

之外，省委还派出人员恢复了各县的中学，大量培养知识分子，吸收他们参加土改运动，经受锻炼。在开展土改、建立根据地的各项斗争中，首先注意发现和培养工农群众中的积极分子，然后从中选择优秀人员，提拔成基层干部，再从优秀者中选拔担任新建区、村政权、农会、自卫队等组织的领导。

1946 年 6 月，北满分局与东北局合并后，东北局给松江省调入了一些干部，这时全省已有关内来的干部 285 人。在这些老干部的努力下，到 1946 年末，全省已培养新干部 7000 多人，其中脱离生产的有 2026 人，不脱产的农村干部 5209 人，还有一些在学校工作的知识分子干部、军政干部、财政干部很多还未计算在内。①

1947 年 8 月，在“砍挖运动”和“煮夹生饭”中，省委要求各县委，必须把区干部的培养与提拔提到党的议事日程上来。在“煮夹生饭”的同时，要求陆续把每个区的关内干部抽调出来，换成本地新提拔的干部。现实证明，老干部不离开，新干部就提不上来。省委要求：“首先是多提拔副职”，在实际工作中使他们逐步提高。“在大胆提拔区干部的同时，对于各县现有的工作队问题，亦必须进行清理”。这些，我们在省委指示中都作出了强调。

1947 年底，省委在《关于平分土地中几个问题的意见》中，提出了“整顿队伍与干部问题”。这实际是在审查干部时，也对地方党组织进行整顿。我们“确定审查干部是从提高与爱护干部出发，为了便于发动贫雇农为出发点”。对于干部中存在的严重毛病，不能熟视无睹。但是，对处理干部，要求各地要“采取慎重态度，切忌主观和教条。至于采取什么方法来审查干部，各地应从具体情况出发，一般来讲，应当在发动贫雇农的斗争中结合审查干部”。“对阶级异己分子及三番五次说服教育不改者，包括县、区各级老干部，应严多于宽，丝毫不能妥协，下决心来挽救他们。但两者不能一概而论，应有所区别，务必要看具体情况。”

对有问题干部的处理，省委明确指示：“应一律停止打杀干部。一定要杀者，村屯干部应经县委批准，区以上的应经省委批准。”

关于新干部的思想教育问题，我们认为贫雇农起来后，涌现出一批新干部，他们的文化水平低，但是许多事要靠他们来做，因此，感到加强对他们

---

① 黑龙江省档案馆编：《土地改革运动》（上），1983 年，第 138 页。

的教育非常必要。我们要求各县要有计划地办训练班、办冬学、办夜校，通过各种形式来提高他们。这些是根据在陕北根据地时的一些很有成效的做法提出来的。

1948年2月中旬，省委在《关于目前群众运动的指示》中，提出“整顿组织，培养干部”问题。强调:“在运动中，区村干部经过群众审查，建立群众监督干部与干部必须受群众监督，向群众领教、学习的制度”。“目前，村贫雇农大会的组织形式仍可继续（中农可参加），他是村的最高权力机关，一切关系大多数人民的事，带有决定性的问题，均需经全村贫雇农大会讨论决定”。

对知识分子，强调“要根据东北局对知识分子的决定精神，慎重处理，不要轻易洗刷。除有杀父之仇，坚决反对我们的特殊情况外，各中学内地主富农的子弟，如因家庭被斗而无力求学的，县委应当研究妥善收容办法。只要是在政治上愿意进步的，都应有计划培养、使用，不应轻易地使其失学、失业”。①

1948年春，各地普遍建立起农村党支部：全省有450个，党员有6000多名。各地、县、区政权，在平分土地后期，都经过了民主改选，在贫雇农为核心的农会的基础上，建立起了区、村两级人民代表会议制度。基层政权都吸收了四分之一到三分之一的中农参加，巩固了贫雇农和中农的团结，巩固了农村基层政权。

松江省大批新干部走上了领导岗位，松江省党组织和各级政权呈现出了一派生气勃勃的局面。

八、难忘的松江人民

发展生产

土地改革的胜利，彻底摧毁了统治中国几千年的封建制度，人民群众真正成了主宰自己命运的主人。为了保卫已取得的革命胜利果实，在三年解放战争中，作为东北战场的大后方，松江人民在参加和支援伟大的解放战争

① 黑龙江省档案馆编:《土地改革运动》(上)，1983年，第289页。

中，作出了不可磨灭的贡献。

战争形势的发展，要求大力发展生产，增强财力物力，增强根据地的经济实力，以保证战争的供给和人民生活。为此，松江全省党组织和各级政府都把发展农业生产作为中心任务，把生产与支前结合起来，组织开展了大生产运动。

由于农民在土改中得到了土地，群众性的生产热潮很快就形成了。各地政府还抽调了大批党员、干部奔赴农村生产第一线，参加指导农业大生产运动。为了解决劳力、畜力不足的困难，我们引导农民进行换工，组织互助组，并发放生产贷款，解决贫困农民生产资金短缺的问题。此外，政府还制定了精耕细作、奖励开荒、兴修水利、防治病虫害、保护牲畜、选择良种、改良农具、推广新技术、发展农副业生产等项措施。这些政策和措施收到了很好的效果。1948 年，松江省开荒 132 万垧，收获粮食 645 万石，每垧单产比 1947 年增产 1.53 石。农业生产的发展，保证了前线军粮供给与后方人民生活的需要。

与此同时，军需、民用工业也得到了迅速恢复和发展。日本投降后，我党一进入北满，便将日伪所经营的煤矿、金矿、森林工业及一些较大的工厂、企业全部接收，组织力量尽快恢复生产。

当时北满工业遭到了严重的破坏，生产设备不全，技术力量缺乏，资金、管理人员不足。我们刚进到哈尔滨时，城市的经济基本处在瘫痪状态，工厂停产，工人失业情况严重，物资极度缺乏，群众生活极为贫苦。面对这些困难，党紧紧依靠工人群众，调动他们的积极性，共同出主意想办法。经过艰苦的努力，工业生产得到了较快的恢复。煤矿在短时间内就出了煤，电力工业得到恢复，保证了工业生产和军、民用电。为了适应战争的需要，还在北满地区建立了 14 家兵工厂，各省也建起了数百家被服厂。工人们加紧生产，很快为前线提供了大批物资。仅哈尔滨市 1948 年一年，就生产六〇炮 1323 门，炮弹 18 万余发，爆破筒 4000 多根，信号弹 1000 多发，军鞋 23 万双，军衣 50 万套。

党在领导工农业生产的同时，也加强了对财经工作的领导。为实行财政统一计划、统一管理，以克服“分散经营”的盲目性和浪费现象，保证战争供应，解决财政困难，我们加强了财政经济工作和税收工作。1947 年 1 月，在哈尔滨市召开的北满财经工作会议上，制定了“长期打算，发展生产，增进贸易，厉行节约，保障供给，支援战争”的基本方针，确定了统一税收，统一金融，统一征收公粮，统一对外贸易的财政统一的管理制度。由于加强了领导和管理，财政收入逐年增加，财政收支实现了基本平衡。财政工作为保证战争供给，促进经济增长发挥了重要作用。

为摆脱国民党对我根据地进行经济封锁造成的物资供应紧张的困境，从1946年起，我们要求各级人民政府重视商业工作，开办国营商业和贸易公司，进行物资的收购、储存和销售。并积极出口粮食，换回所需的工业品、布匹、食盐等物资，保障军需民用。国营商业在抑制私营商业哄抬物价方面，发挥了很大作用，保证了物价稳定与人民生活的需要，为更好地支援前线提供了必要的经济支持。

在根据地的初创年代，遇到的困难是多方面的，各级党委和政府以百折不挠的精神，不但保障和改善了人民的生活，还动员人民积极地投身到伟大的解放战争中。

补充兵源

1946年5月21日，东北局迁到哈尔滨，东北民主联军主力撤到北满。6月6日开始，国共双方停战近四个月。在这期间，大部分部队都在松江省内休整，松江成为主要的兵力补充基地。在以后进行的战争中，松江省的支前任务一直是很繁重的。

1946年9月，根据东北局补充主力部队的指示，松江省委要求各地要加紧整编、扩大和训练部队，为我军主力提供一流的补充兵团。

为了保证迅速完成任务，我在会上提出：必须进行深入的政治动员工作。首先说服县委和带兵首长，要充分认识到支援主力部队的重要性。主力部队是我党的“拳头”，是我党的骨干，没有主力便没有地方。今天要打大仗，要打硬仗，主要靠主力。我多次对干部们讲：我们在地方工作的干部，都应自觉地当好“兵贩子”。

由于省委果断，干部思想一致，从地方兵团、八个县的地方武装中，成建制地整团、整连抽调4500人，补充主力部队的任务半个月中就完成了。

1946年10月，经过三个月的休战后，国民党军调集八个师的兵力，向南满根据地发起进攻。尤其热河战役结束后，战争锋芒很快指向哈尔滨或安东（今丹东）。哈尔滨是北满的经济中心，交通枢纽，又为敌人进攻北满的前线。因此，松江省将成为敌人进攻的第一个目标，成为整个北满斗争的主要战场。

这时，肖华率领的我南满部队兵力尚不足四万人，南满局势十分危机。中央和东北局指示，南满军队要迅速加紧补充兵员。

为配合主力部队作战和坚持松江省的斗争，9 月 19 日，省委和省军区对松江军区部队在扩军整军，以及县、区武装、民兵自卫队的组织工作作以下指示：

分区部队：各军分区要经过半年多的时间，根据各地区人口和群众发动情况，分别建立了两至三个团的地方武装部队。在新形势下，各分区部队在三个月内，将部队进一步充实起来，扩建 5000 至 7000 人，除了担负补充主力部队的任务外，一、二分区须在 11 月底前，将 1、3、4、6、7 团，每团补充到 2000 至 2500 人，使之成为松江省的地方主力（拳头）部队，担负剿匪和与主力部队共同对敌作战的任务。

县区武装：为适应战争环境，各县区都要建立直属部队。各县建立 300 至 600 人的警卫大队，县长和县委书记兼任队长和政委，配合各分区武装部队作战。县武装是各县坚持斗争的中心力量。各区根据人口，成立 30 至 50 人的警卫中队，在本区内进行剿匪，当敌人来时与民兵自卫队配合作战。区县的地方武装是主力兵团的后备军，随时要做好准备，将三分之二的人员输送到主力部队。剩下的三分之一作为区县重建武装的基础和骨干。

群众武装：已经分得土地的地区，随着群众斗争运动的开展，农民为保卫在清算分地斗争中取得的胜利果实，广泛组织起民兵自卫队。平时在交通要道和重要路口放哨，敌人来了，则配合部队担任侦察，破坏敌人交通线，组织担架队及后方勤务工作，并随时做好补充野战部队的准备。

1946 年 11 月 17 日、11 月 26 日、12 月 19 日，松江省委根据东北局的指示，三次作出补充主力的决定。

与此同时，松江省委还作出了建设新兵团的决定，以便在老兵团转入主力部队后，有新的部队能立即担负起防务任务。省委要求在 12 月中旬前，五常、宾县等八个县各成立一个团，珠河、苇河等四个县各成立一个营，总计新建八个独立团、四个独立营，各团兵员在 1200 至 1500 人。在缺乏军事干部的情况下，团长、政委均由县长、县委书记兼任。独立团、营均受各分区直接指挥。

不久，我们又接到东北局指示，要松江省尽快补充主力部队3000兵力。我们立即抽调双城独立团1600人，阿城独立团1100人，延寿600人，共3300人补充主力部队。在地方主力转移到前方后，为维持地方治安和坚持各地斗争，省委决定各军分区立即在各独立团的基础上建设一个正规团。

1946年12月，为配合一下江南作战，东北局指示松江省抽建一个主力师。我们决定将1、4、7团整编为独立2师。又组织了3500名新兵补充主力部队。

1947年1月底，二下江南作战开始前，松江省军区将一分区的2团、二分区的5团、军区直属的炮兵团直接补充主力，使松江省军区各分区仅剩下一个团和县区的地方武装。

2月，为三下江南作战，我们抽调松江省主力部队，组成独立4师，直接开赴前线。

1947年，我军在取得四保临江，三下江南作战的辉煌胜利后，东北战局发生了重大变化。敌人从战略进攻逐步转入战略防御，我军则从战略防御逐渐转入战略进攻。随后，我军又发动了夏、秋、冬三季攻势，拉开了全歼东

踊跃参军

北地区国民党军的序幕。

5月5日，东北局作出《关于东北目前形势与任务的决议》，指出，东北全党目前的主要任务是，积极组织力量，全力准备大反攻。要求后方继续以人力物力支援前线，保证兵源补充和物资供给，全力以赴支援前线。

7月，东北局作出组建二线兵团，扩充兵源的决定。东北民主联军政委罗荣桓主持召开北满扩军会议。会上分配给松江省的扩军任务是五万人，之前我们已经动员了三万人。这对只有210万人口的松江省来说，是一个十分艰巨的任务。

罗荣桓对参加会议的李德仲副书记说："给你们的扩军数量是大了一些，但东北局是充分考虑到你们省的情况后，才下达这个数字的。你们松江土改运动搞得是好的，有群众基础，就是大一点，也是能完成的。你回去和张秀山同志商量一下，把结果尽快告诉我。"

李德仲回来向我作了汇报。我们分析全省的实际情况，困难是有的，但我们决心执行东北局的决定，说服好各级领导。经过我们的大力宣传动员工作，松江省报名参军的人数达5.3万人。经过筛选，实际完成的人数达5.1万人，比罗荣桓提出的数字还多了1000人。

12月，我军发起持续三个月的冬季攻势。

1948年1月，松江省委根据东北局指示，作出《关于扩军与补充兵员的决定》，从七个县大队抽调1650人，成立松江省独立第7师，参加作战。另外，决定在4月扩大7500名新兵，成立三个独立团，每团2500人。同时，全省县大队人数要达到7000人。广大翻身农民积极响应党的号召，报名参军。许多共产党员、共青团员、干部、农会骨干成为踊跃参军的带头人。出现了父送子，妻送郎，兄弟争先上战场的动人场面。

据不完全统计，1946年至1948年，松江省共扩军12.7万多人。其中补充主力部队的人员有8.7万多人。四野第12纵队就有松江的独立2师和独立4师。之后，松江省的独立7师也编入了四野。这些部队进关作战，一直打到两广。对于只有210万人口的松江省，能提供这么多的兵源（还不包括各县的县大队、区中队与地方民兵和自卫队），充分显示了翻身后的广大人民群众所具有的高度革命热情和献身精神。①

---

①《辽沈决战》（下），人民出版社1988年版，第80页。

支援前线

东北解放战争初期，创建根据地的工作刚刚开始，群众对我党我军能否站稳脚有很大怀疑，不敢积极参加斗争。没有得到群众的基本理解和支持，打起仗来，我军战勤工作基本上是靠部队自身承担。像秀水河战斗中，伤员都由战士抬运。四平保卫战时，反奸清算开始，群众得到初步的发动，但是战勤规模很小，能够动员起四五百副担架就已经很困难了。

但是，到北满根据地建立起来后，在四保临江，三下江南作战中，和夏、秋、冬季攻势开始后，大规模的军事行动需要大量的战勤支持。为此，我们成立了战勤动员委员会。松江省的战勤动员从1946年11月开始，直到1948年9月，历时23个月。

战勤工作，是组织群众参战。经过对群众宣传教育，启发其阶级觉悟，认识战争目的，在党的领导下自愿有组织地开往前线，帮助作战部队做战争勤务工作。这一工作的好坏，直接影响到战争的胜败，是争取战争胜利的一个重要因素。

松江省党和政府多次发出关于战勤动员的紧急指示。要求各市、县要完成收容一万伤员的任务，按计划动员民夫，组织担架队、大车队、医疗救护队开赴前线。对民夫工作最重要的是宣传教育、组织教育、生活管理。

宣传教育民夫，主要是从政治上启发他们的阶级觉悟，将民夫的切身利益与部队打仗、保卫翻身后的果实等联系起来，这要经过一个过程。我们提出总的宣传口号是：保卫翻身，保卫民主。

我对干部们说，宣传教育不能只有口号，还要向群众反复说明，民主联军为什么打仗？为谁打仗？列举一些因打胜仗而帮助翻身的实例，使群众了解战争的性质与目的。民主联军怎样打仗？打什么仗？说明战略方针。列举群众参战的事例，如抬伤兵、运子弹、送粮草、筑工事等，说明战争勤务与群众参战的问题。打通思想不能只讲大道理，比如说县长第一个就报名了，大家就觉得县长能去，我为什么不能去？打通思想不只对群众，首先应打通干部思想。将总部命令、省委决定成为干部自己的事情，执行起来就有保证。

我们特别强调打通思想要采取群众路线的方法。一些新干部，常常在群众中忘记“讨论”两个字。认为上面讨论过了，有了工作方法和决定，只要对群众传达就行了。传达时，口气不由得很生硬，结果变成了命令。这种情况越到下面越严重。我们要求，干部把动员民夫问题提出来给群众讨论，把“决定”交给群众去修改，在讨论中把办法一条条定下来，成为群众自己的决定。

做好民夫的宣传教育工作后，就是组织工作。各县的民夫以各村人数编组，互相都认识，好组织。我们规定，6个人一副担架，两副担架为一个小组；6副担架为一分队；20副担架为一中队。大车10辆为一个组，100辆为一中队。各区县组织民夫事先做好担架，商量好6个人如何配合，研究出担架怎样抬使伤员舒服等。同时，对民夫参战前的衣着、用品、伙食等都做好充分准备。对民夫的家属也予以照顾，按军属优待。一切准备工作做好了，战时才有保证。

北满先后动员参战的有16个县，其中松江省有10个县。差不多每次战役，松江省都要有几万或十多万民夫到前线担负战勤。每个县的主要负责同志，几乎都轮流带领过担架队、大车队去前方。

战勤队伍随军行动，服从配属部队的指挥调动。在战区或战区附近的交

支前担架队

通要道上设兵站，负责接收、调动战勤队伍和粮秣供给。参加支前和战争的广大干部、群众，在前线不顾敌人炮火和敌机的狂轰滥炸，冒着生命危险，夜以继日地向前线输送弹药、粮食和作战物资，向后方运送伤员。在支前中，涌现出许多可歌可泣的英雄事迹，许多支前民工立功受奖，获得“战勤模范”的荣誉称号。

松江省阿城县人民四次参加支援前线战争，共出动近两万人，占全县人口的 7.4%。在严寒天气和极度疲劳条件下，群众手脚冻坏了，腿破了，还忍饥挨饿抬运伤兵。夜间困不得眠，白天亦少得安睡，最紧急的情况常是昼夜奔忙，并两餐为一食。疲劳到极点时，群众都卧雪而眠。但群众参战的热情未减，反而愈增，出现了许多令人感奋的爱护伤员的事迹。有的人拿饭碗为伤员接尿；有的人将皮衣给伤员盖而自己却受冻；有的人长途抬运伤兵疲劳行军后，自己饥饿不堪，还给伤兵买果品饺子。这些爱护，感动得伤兵同志落下泪来，他们说：有了你们这样亲切的爱护，就是死了也甘心。如果不死，我就要杀更多的敌人，以报答你们。

在 23 个月中，松江省参加战勤民工 20 多万人次。哈尔滨市有 1000 多名司机和 2000 多名医护人员开赴前线，参加运输和救护工作，有 2.5 万副担架、13 万马匹、3 万台大车活动在前线。双城县战勤民工占全县人口的 22%，支前牲畜占全县牲畜总数的 132%（按匹算）。此外，各地在救护伤员、供应粮食武器、战地服务、战地慰问、捐款献物、优待军属、安置荣军、收容战俘等方面做了很多工作。1947 年，北满地区缴纳公粮 130 万吨，各地捐献慰劳金几百亿元，慰问袋数万件。这些人力、物力，有力地支援了前线，保证了战争的胜利。

东北解放战争中，北满根据地的建立和发展，为创建巩固的东北根据地，为夺取东北解放战争的胜利，实现我党争夺东北的战略决策，作出了巨大的贡献。历史将永远记住北满根据地党和人民在东北解放战争中的伟大功绩。

九、辽沈决战

1948 年初，东北民主联军遵照中央军委指示，改称东北人民解放军。随着新式整军运动和土改运动的完成，我军的战斗力明显增强，在东北战场，

1948年初，松江军区全体干部合影。司令员陈光、政委张秀山、副司令员李寿轩、参谋长熊伯涛、政治部主任黄文、政治部副主任李新民、保卫部长马伯生、宣传部长陈钦、政治部副主任季铁中等

我军开始转入反攻。

2月7日，毛主席发出东北野战军作战部署的指示电，指出：你们现在打辽阳、鞍山、本溪、营口地区之敌，很有必要。这个战役完成之后，你们就可解放辽南……对我军战役利益来说，是以封闭蒋军在东北加以各个歼灭为有利。

2月6日，我军攻克辽阳；12日包围鞍山，经17个小时的战斗，攻克鞍山；26日解放营口。3月9日，我军解放永吉（今吉林市）和小丰满电站；13日攻克战略重镇四平街。之后，开始包围长春。

进入长春的准备

3月上旬至月底，东北局在哈尔滨召开省委书记联席会议。会议着重总结土地改革工作，以期进一步发动群众，巩固地方政权，扩充兵源，准备迎接新的战斗。会议提出：1948年的任务是解放全东北，支援全国的解放战争。罗荣桓就东北的形势和任务作了报告。林彪作最后讲话。

会议即将结束时，林彪、罗荣桓找我谈话，决定把长春市划归松江省领导，让我们组织人到长春郊区开展工作，在我军解放长春后做好进入的准备。并决定松江军区司令员陈光（1947年4月李天佑调任东北民主联军第一纵队司令员后，陈光接任）率部队到德惠地区，形成对长春的包围。

张秀山与林彪、罗荣桓在松江

接到指示后，我立即召开省委和省军区紧急会议，决定成立由杨石人、陈泊等同志组成的长春市委，杨石人任书记，并对他们的工作作了布置。

长春市委的工作方针是：发动市郊农民，建立我党领导的群众组织。由于市内是敌军控制，城外有土匪，不能打击面过大。为了争取多数，暂时不搞土地改革。市内主要是搞潜伏工作，组织武工队进入市内，他们将来就是市公安局的底子。对城市的自发斗争，要加强领导，可以多组织游击队。

部队的任务：一是要消灭周围的土匪，发动群众分配敌伪和反动地主的土地；二是围困城市，打击出来抢粮的敌军；三是抓紧训练部队。如果敌人逃跑，就要抓住他们的尾巴狠狠地打。

我特别强调，市委和军队要加强联系，相互配合开展工作。陈光司令员率领的松江军区前线指挥部已经进入德惠，李寿轩副司令员也要去，市委要加强同他们的联系。陈光走前，我已同他说过，军队有掩护地方工作的责任，市委的一些工作，可以与军区政治部讨论。市委就住在独立师师部。长春市的编制先不做限制，前方的情况是在发展的，分工可做具体研究，先派70来人去开展工作。对土匪应尽量争取，但不要急于委任。

之后，我又把陈泊找来叮嘱他，一定要注意长春方面的敌特动向，进一步了解长春敌特与北满敌特的联系情况。

7月20日，东北局常委开会，重新讨论了东北战场形势和我军作战行动问题，确定暂时放下长春，“应以最大主力开始南下作战”，并向中央军委作了报告。22日，毛主席回电指出：“现在你们已经将注意力移到向南作战方面，研究南方的敌情、地形、粮食等项情况，看出其种种有利条件，这是很好的和必要的。并且应向全军指挥员，首先是干部，充分说明这些条件，以鼓励和坚定他们向南进取的意志，和坚定他们的决心。”

赴辽宁工作

7月初，林彪、罗荣桓找我谈话，说：我军将在辽南发起进攻，东北战场将由反攻转入到进攻阶段。东北局决定将辽南行署区与辽宁省合并，组成新的辽宁省。6月底，中央已经批准，撤销在梅河口的辽宁省委，将设在瓦房店的辽南省委改为辽宁省委，隶属东北局领导。决定你担任辽宁省委书记兼军区政委，原辽南省委书记林一山、原辽宁省委书记白坚任副书记，陈其涵任辽宁军区司令员，边章伍任副司令员。要求我赶紧交代工作，尽快赴任，由张策接任松江省委书记。7月15日，松江省委欢送我去辽南工作，我离开了工作两年零九个月的松江。

从哈尔滨到南满，我本来可以直接经吉林到辽宁省委驻地瓦房店。但是由于这条铁路沿线上有不少政治土匪在活动，为了安全，东北局领导要我先到牡丹江，坐车到延吉，后又经通化、安东，绕了个大圈子，1948年8月初到达瓦房店。

松江省委欢送张秀山（前排右四）去南满

这时，辽宁省的土改工作已经完成，纠正“左”的偏差任务也已基本结束。

1946年冬天，国民党反动派曾占领辽南，对这里的革命力量和群众进行了残酷镇压，人民群众遭到了很大的损失。1947年，经过我军夏、秋、冬季攻势，把敌人打退后，辽南地区已经得到了恢复。瓦房店地区的工业，如：纺织厂、轴承厂、陶瓷厂等都已恢复了生产。工人失业的问题基本上得到了解决。但在农业生产上，由于这年辽南地区遭到了严重的自然灾害，造成不少地方夏粮绝收。虽然从北满地区向南满调运粮食，进行救灾工作，但因运输上的问题，调运晚了一步。自然灾害给当地群众生活造成了很大困难。

干群关系

辽宁省委在组建的10个月中，正值东北解放战争最关键的时期。在52天的辽沈决战中，辽宁省各级党的组织肩负着艰巨的支前作战任务。要完成任务，我们就必须得到群众的支持。

我到任后，首先到各县去检查工作，了解情况。在一些县，我发现因灾荒死了一些人，有的人因无法生活出外逃荒去了，有的饥饿难耐，青苗下来后，因啃青而胀死。救灾工作不及时，发放的救济物资不多，北满拨来的粮食运到时已经开始秋收了，军区存有10万斤粮食本可以先拿出来救灾，但没有那么做。我很气愤，立即让各县查一下，到底受灾人口有多少？因灾荒死了多少人？数字很快报上来：有200万人受灾，饿死和因饿病死者有一万多人。[①]

在一些地方，我听到群众反映，有的干部作风恶劣，如强迫命令，任意打骂群众。有的地方《看青公约》订得很“左”，一发现偷青者即打，甚至有打死人的。有的穷人家女孩子偷了两穗苞米还拉去游街。有的村干部乱摊派，什么伙夫、办公粮、补助粮等，致使群众负担很重，干群关系不好。

我对县、村干部说：像这样的情况，县委书记应该发动群众，反对乱摊派。你们村干部都是受过地主、土匪欺压的，现在是共产党的干部了，怎么能学他们那一套来对待老百姓呢？

在基层，我了解到，由于敌人的残暴与没落，使群众在国共比较上更觉

---

① 中共辽宁省委编印:《工作通讯》第十期，1949年1月17日。

悟了，但对我党政策的了解及革命的积极性还不足。群众发动的不够充分和干群关系不好，致使各项工作也很难完成。

这时，省委收到辽宁一地委的报告，我看后感到：辽宁省各项工作的根本问题是发动群众的问题。于是，我给地委写了一封信。

针对某些干部强迫命令、脱离群众的情况，我在信中指出：当前发动群众的中心，应该是调整干群关系，要把党的政策贯彻到群众中去，必须首先搞好干群关系，亦即搞好党与群众的关系。发动群众，必须先了解群众的要求。目前群众的要求，除生产自救外，一般就是民主和负担问题。负担主要是公粮和战勤，在这个问题上，必须要做到公平合理。领导必须深入下层，发现问题解决问题。

这封信，省委转发至全省各区委和部队营级党委，以促进基层改进干群关系，加强党与群众的关系，军民齐心支援前线。

辽沈战役

1948 年 8 月，伟大的辽沈战役已在准备之中。

8 月 11 日，林、罗、刘（刘亚楼）致电中央军委：大军南下，粮食无法解决，向热河运粮道路甚远。而且今年雨大，为三十年来所没有，铁路、公路冲毁甚多……

8 月 12 日，毛主席回电指出：关于你们大军南下必须先准备粮食一事，两个月前即已指示你们努力准备，现据来电，此项准备全未进行。对于你们，敌情、粮食必须顾虑周到。

8 月 29 日，东北野战军领导机关发出了《辽沈战役行动前政治动员指示》，提出：将以最大东北主力南下作战，“争取全歼东北敌军”的口号。东北局进一步动员各地党组织克服一切困难，领导东北人民支援前线，并作出了具体部署。东北行政委员会在哈尔滨成立了支前委员会。处于作战地区的辽宁、吉林、热河等省也成立了支前委员会，负责支前的组织指挥，动员人力、物力、筹划粮草的调拨、运输和对作战部队慰问等工作。东北野战军也将原后勤司令部取消，分别组成野战后勤部和军区后勤部。东北军民为打胜辽沈战役，进入了全面总动员。

这时东北战场的形势是，国民党军队遭到我军多次打击后，战斗力已经大大削弱，其在东北共有 14 个军计 44 个师，加上地方保安团，约 55 万人。

这些部队被我军分割在长春、沈阳、锦州三个互不相连的狭小地区，失去了机动作战能力。而我军已拥有12个步兵纵队，一个炮兵纵队，一个铁道兵纵队，17个独立师，加上地方部队，总兵力达到105万。部队兵源、粮源、支前民工充足，我军在东北战场上已占明显优势。

1948年9月12日，辽沈战役首先在北宁线义县至唐山段打响。

10月14日，我军对锦州发起总攻，15日攻占锦州，全歼守敌，俘获范汉杰以下10万余人。

我军攻克锦州之后，长春近10万守敌感到突围无望，守必被歼。17日，曾泽生率60军起义，19日，郑洞国率新编第7军投诚。长春宣告解放。

张秀山、张明远、刘振华、郭峰在塔山战役纪念碑前

锦州、长春被我军解放后，东北蒋军全军覆灭的命运已成定局。但蒋介石仍想夺回锦州，令廖耀湘兵团继续向锦州进发，并令52军主力抢占营口，企图将东北的残敌经陆路或海路撤逃。26日，我军在黑山、大虎山、新民地区全线出击，对廖耀湘兵团展开大规模围歼。经两日一夜的激战，至28日全歼廖耀湘兵团10万余人。

战役开始后，东北野战军全部精力集中于辽西围歼战。10月22日，辽宁军区接到总部命令，要我们在大石桥一带阻挡从辽阳开来的敌52军。由于我们辽宁军区的部队都已被总部调走，省委和军区手中就剩下担负警卫任务的两个营。接到命令后，我即和省军区副司令员边章伍，带领两个营的兵力赶到大石桥一带去阻击敌人。由于兵力太少，阻挡不住，结果让敌52军钻了空子，10月24日，抢占了营口。

锦州解放之后，总部调9纵赶到营口，随后，8纵也赶到，向营口发起总攻。部队分三路突入营口市区，消灭了营口的大部分守敌。敌人只有一个军部、一个师部和两个团从海上逃跑。

国民党在海上撤逃中，因怕遭到我军地面炮火的打击，运送敌军的舰船都停在我军炮火射程之外的海面上，用抓来的老百姓小木船向舰船上转运兵员。一些小木船因超载而在海上沉没，淹死了不少敌军。

11 月 2 日，我军解放沈阳，歼敌 13.4 万人。辽沈战役胜利结束，共歼敌 47 万人。东北全境获得解放。

全民参战

辽沈战役是一场规模宏大的战略决战。取得这一决战的胜利，是党中央战略决策的正确，和全体参战指战员英勇作战、不怕牺牲，而东北人民全力以赴地支援前线是取得决胜的关键因素。战斗进行中，一些被俘的国民党军官士兵被押送出战场，当他们看到络绎不绝的民工、担架、大车，在没有军队的看管下，源源不断地向前方运送军需物资和救护伤员时，伤感地说："有老百姓这样拥护共产党，国民党能不败吗！"

决战期间，辽宁省委全部精力都放在了领导和组织全省军民的支前工作上，那时的辽宁解放区真是做到了全民动员，全民参战。

关于在辽沈战役中，东北人民支援前线的情况，在后来编写《辽沈决战》一书时，我与当时担任辽北省委副书记的郭峰，和任东北野战后勤部副政委的陈沂，一起回忆当时的情况：

在整个战役进程中，无论是远距千里的大后方，还是战场周围的新收复区，人民群众表现了高度的热情和信心，竭尽全力支援战争。

9 月 12 日，战役展开之后，我军连克绥中、兴城及锦北屏障义县。随

支援前线

后，数路大军直捣锦州城下。战役的飞速进展，鼓舞了来自四面八方的民工，成千上万的随军民工抬着担架，赶着大车，寸步不离地紧跟着部队前进。锦州北阜义联合县群众见到步兵、炮兵、汽车、担架在路上拥挤不堪，即自动连夜拓宽路基。在准备通过遭敌人破坏的沟帮子大桥时，部队半夜通知修桥，当地农会马上出动100多人，凌晨就把大桥修好。沙河东子村修桥没有木料，群众马上将自己家的门板摘下来，铺上去，使部队顺利通过。北镇至义县的老爷岭山路，不能通汽车，当地五六个村子立即出动1000多人，开山搬石，填坑铺路，昼夜赶修……我军经过之处，群众纷纷送开水、绿豆汤和鸡蛋，并准备好向导，等候部队使用。锦州前线附近的群众，几乎全部投入了支战活动，男人出民工、抬担架；妇女们挺身而出当向导，儿童站岗放哨，老人烧水做饭。在攻锦战役中，车队深夜赶送弹药。

攻锦战斗胜利结束，我军挥师北上，展开了辽西大围歼战。当我阻击部队赶到黑山时，成千上万的群众早已等候在街头、路口。一辆辆大车满载着器材，许多群众带着锹、镐等工具，准备随同部队去修筑阵地工事。战斗中，群众一趟又一趟地往返阵地上送水送饭。民工们及时抢救运送伤员，运送弹药。妇女、老人热心护理伤员。在争夺非常激烈的下洼子、白台子、三台子和一〇一高地上，黑山县的干部和群众400多人，为支援我军阻击敌人献出了生命。当各地向我们汇报他们那里的情况时，我们无不为这样好的人民而感动落泪。

处于腹地的松江、黑龙江、嫩江等省民工，长途跋涉到前线，随军转战，战勤时间长达半年之久。他们克服种种困难，与军队并肩作战。我军一个接一个胜利，支前民工队伍备受鼓舞，士气高涨，纷纷表示：“全东北不解放，决不回家！”

为了保证决战的胜利，铁路、邮电职工作出重大的贡献。铁路职工冒着炮火抢修被敌机炸坏的桥梁和线路，向前方运输物资。他们豪迈地保证：解放军打到哪里，军列就开到哪里，坚决保证军运畅通！辽沈战役期间，铁路职工和支战民工配合部队运送到前线的各种物资1.9万多节车皮。邮电工人随军抢架线路，保证通讯畅通无阻。工程队冒着敌机轰炸扫射，随军抢架桥梁。部队打到哪里，公路、线路、铁路就通到哪里。军工厂工人为前线生产和储备了大量武器弹药。在决战开始后，又补充供应手榴弹40万枚，八一、八二迫击炮弹20万发，子弹300万发，山野炮弹15万发，掷弹筒弹和六〇炮弹 60 万发，及时地补充了前方部队大规模攻坚战和围歼战的消耗。

在东北三年解放战争中，全东北共有 160 万名优秀子弟参加了中国人民解放军。辽沈战役胜利后，我军总人数达到了 132 万人，进关部队就有百万大军。三年战争中，支前民工达 313 万人次，出动担架 20 余万副，大车 30 万辆，马匹 90 万头，提供粮食 450 万吨。许多干部、群众在战争中献出自己的鲜血和生命。如果没有充分发动广大人民群众，没有广大人民群众的热情支持，没有一个巩固的后方根据地，是不可能创造出这样强大的人力与物力，从而取得这场战争的最终胜利的。[①]

在辽沈战役纪念馆

在东北三年多的解放战争期间，在伟大的辽沈战役中，我党、我军在斗争的每一个环节上，都是依靠人民群众的力量和智慧、紧密地和人民群众联系在一起，同心同德，共同奋斗的。在建设根据地和各次战役中，人民群众做出了巨大的牺牲。东北解放战争的胜利，是党领导下人民战争的胜利，是人民群众的胜利，是人民群众用自己的鲜血和牺牲换来的。人民群众的支持，是人民革命战争胜利的可靠保证。历史证明，历史活动的主体是人民群众。“人民，只有人民，才是创造世界历史的动力。”我们必须牢记这一伟大的真理。我党从事群众工作的优良传统是不能忘记的。

东北局扩大会议

1948 年 11 月，四野进关前，东北局先后在哈尔滨和沈阳召开扩大会议，东北局在东北的常委、委员，党政军高级干部出席了会议。我也参加了这次会议。会议总结了东北三年解放战争获得胜利的基本经验，分析了东北全境

① 《辽沈决战》（上），人民出版社 1988 年版，第 559—578 页。

解放后的新形势，提出了全力建设新东北，支援全国解放战争的任务。11月23日，会议通过了《关于全东北解放后的形势与任务的决议》，中央批示："中央完全同意。"

《决议》指出：解放全东北的伟大胜利的取得，"决不是偶然的，是全党全军在毛主席、党中央的领导下，结合东北人民努力奋斗，克服困难的应有结果。"

《决议》对初到东北的错误写道："当我们开始进入东北，国民党反动派在美帝帮助下，曾经利用和平烟幕，进兵东北，接着又依靠其当时军事上的优势，配合东北反动势力，向我大举进攻企图消灭我们于立足未稳之时。当时情况，极为困难。尤其是当时东北党内少数领导干部所存在的错误思想，更增加了当时的困难。这些同志对于敌人的和平阴谋抱着很大的幻想。对敌我力量的对比，以盲目的乐观，代替了冷静的科学的分析，对旧政权旧军队敌伪残余分子的阶级本质，缺乏阶级的认识，过分强调少数一时不能取得的中心城市的作用而忽视了广大的乡村，因而使他们背离了毛主席一九四五年十二月的指示。"

《决议》中明确指出："东北完全解放，战争向前发展，使东北解放区处于战争的远后方，造成了东北地区内统一的比较安全的建设局面。由于东北地区在地理条件上及其在经济交通条件上的相当完整性，因此我们应该充分利用这种有力的条件，来建设新东北，巩固新东北。但是东北的这种局面，对于全国来说，还是局部的。因此，东北必须支援全国解放战争，争取全国革命彻底胜利，并使巩固新东北建设新东北与争取全国胜利的任务密切联系起来，并使前者为后者服务。一切为了支援与争取全国战争的胜利，仍然是东北党的战斗口号。"而且正是由于东北全部解放局面的出现"建设东北与支援全国革命战争的任务，是更加重大和更加困难了，任何骄傲自满，任何本位主义、地方主义、和平偏安、闭关自守的思想都是有害的，必须加以批评与解释。但是如果空谈支援全国解放战争，而不从具体巩固新东北，建设新东北，以发挥全东北的人力与物力着手，那支援全国也会变成没有实际内容的空谈"。

东北全境解放后，"现在已经开始了新的时代，即在新的条件和新的基础上进行经济建设的新的时代。为了支援全国解放战争，东北解放区除派遣其主力军入关，同关内各兄弟解放军并肩作战坚决消灭敌人，和培养与派遣大批干部入关开辟新区工作外，还负担有建设新的部队，特别是建设技术兵种的任务，与巨大的军事供应的任务……因此，东北党为了完成巩固东北，与支援全国的双重任务，其中心环节，为发展东北经济，建设新东北的新民主主义的经济基础。东北全党今后必须把经济建设的任务放在压倒一切的地位，要以动员一万二千干部下乡搞土改的劲头，来配备与加强经济建设的干部，特别是工业建设与合作社建设的干部，来动员千百万人民的劳动大军进入生产的热潮中，为增加东北的物资财富与军事供应品，而进行积极的斗争”。①

《决议》从九个方面提出东北今后工作基本方向、任务和政策。

四野入关前，林彪、罗荣桓找我谈话，我们先谈了战争中协调部队与地方工作的关系问题，他们认为东北的战勤工作搞得很好。之后，谈到要我一起入关。我说，我听不懂南方人讲话。罗荣桓政委笑着说：秀山同志的北方主义挺强呵，不想到我们南方革命！连林彪也笑了。罗政委接着说：四野进关，有大量干部随军到新区开辟工作。我和林总研究，你搞过红军和根据地，在北满、南满你都工作过，政治和组织工作都很熟悉，我们想要你一起走。谭政（四野政治部主任）同志工作很紧张，你去后可减轻他一些工作压力。我表示一定服从分配。

由于东北工作的需要，中央没有批准我随四野一起进关。

冬季工作任务

辽宁解放后，按照 11 月 23 日决议提出的任务和辽宁的情况，我们面临着很多工作。我提出全省要抓两件大事：一是根据党中央和东北局关于新解放区土改的指示，开展新区土改工作。二是迅速恢复生产，进行战后经济建设，支援全国解放战争。具体工作包括：基本区的工作、新区土改、城市工作、救灾问题、锄奸剿匪、建立党委制的领导。每一件工作中又包括十多项任务。如基本区的工作就包括：划对阶级、调整土地和果实、纠正“左”右偏差、冬季生产、整理组织、调整干群关系、丈量土地征粮发地照、民主选举、发展党员建立支部、办好冬学、动员归队。这些任务都要在春耕前完成。

---

① 东北局扩大会议：《关于全东北解放后的形势与任务的决议》（1948 年 11 月 23 日）。

在时间很短，任务很多，又涉及多项政策问题的情况下，我们召开了全省县委书记联席会议。

在会议做总结时，我对县委书记们说，要做好工作，首先要加强学习。我们工作做好做坏在于学习，不在于聪明，不学习就会形成工作上的老一套，无法提高领导水平。例如，财经文件中对几种经济的分析，这是我们党三年来在东北经济工作的总结，是明确发展新民主主义经济的政策，应该很好地研究执行。其次是必须发动群众。我们应当知道，群众是有要求的，解决群众的要求，即能发动群众。群众不起来，光靠干部是不成的。特别是现在，在干部中有许多脱离群众的，叫这些干部来做是做不好的。例如选举，叫那些脱离群众的干部去做，那还是换汤不换药，坏干部仍选上，群众仍不满意，故解决干群关系就很重要，我们应当认识干群关系不好，就是我们党与群众的关系不好。

我结合安排全省冬季工作任务，把到辽宁省近四个月来，看到一些干部在思想、工作作风等方面的问题，以及要注意的一些政策性问题讲了几点意见。

关于干群关系。根据各县反映“干群关系一般都不好”的问题，我提出，解决干群关系，主要还在于发扬民主，让群众敢说话。发动群众反不公、反贪污，来个“评干运动”，即应该发动群众批评干部。“评干”不是把干部一概否定，而是干部向群众检讨，承认错误。是好干部，群众则会拥护，是坏干部，即让群众选掉。经过群众批评及干部认错，这样既能满足群众民主要求，又能改善领导作风。现在的问题是干部害怕民主、压制民主，群众想说话，不敢说。因此，解决干群关系是一个艰苦的工作。解决了干群关系，工作即能提高一步。

关于干部的问题。我们的干部，成分是好的，大部分是劳而又苦的贫雇农，也没有在伪满时干坏事。但当了干部，有些人作风就变坏了，这说明我们教育得不够，没讲清楚，当了干部应遵守什么规矩。因之他们就学着把伪满的强迫命令搬来了，学会了打官腔，欺上压下。今后的问题不是换了一批又一批，而是加强教育。

对干部主要是加强政策教育、思想教育和纪律教育。地方干部也应仿照军队进行三大纪律八项注意的教育，对农民干部应规定几条：不要私情，不说假话，不能贪污，不能强迫，不能打人，不能骂人，积极工作，服从大众。

关于“纠偏”中要注意的问题，我说：有偏即纠，没偏即不纠，有“左”纠“左”，有右纠右，应当实事求是。七月会议规定十二月以后中心工作是纠偏，应改为中心工作是发动群众，因为纠偏应发动群众来纠。但现在的情况是有些贫雇农怕倒回东西。有的地方拖，给中农打欠条。有的地方为纠偏而纠偏，这都不能解决问题。纠偏我们应有两种精神，纠“左”纠右，纠右时应防“左”，纠“左”时应防右，不能只有一种精神，否则又会发生新的偏差。目前纠“左”中有忽视纠右的倾向。

纠“左”主要是补偿中农，可补偿到不少于贫雇农，对分得地太少太坏的地主富农也可斟酌补一点，使能维持生活继续生产。补偿东西的来源：要从反贪污中来补偿中农，新金县莲山区的经验是很好的，总之不要向贫雇农要东西，从反贪污查黑地，清理农会家底中都可补偿。如果农会没有家底，也没有贪污现象，可在调整土地和负担中加以照顾。把中农划成富农斗了的应补偿，并再划成中农，有因政治而斗了经济的，应当承认斗经济是不对的，给以适当补偿，但应指出过去斗政治还是对的。

以上道理我们给贫雇农讲清，贫雇农即不会害怕，而且也愿去纠偏。

其次也应纠右，对漏网地主，应当查漏网。过去在斗争中有些毛病，对地主斗小不斗大，有些地方大地主威风还在。但查漏网的口号，不要普遍的提，没发现漏网的地方，不要发动贫雇农再查，免得发生重斗。其次我们应当将斗不彻底的和没斗倒的加以区别。已经斗倒了，但还有点东西也不斗了。今春我们宣布：过去斗争不彻底者不斗了，有东西的可以拿出来生产，买牲口，买农具，今年生产收获粮食不能再分，免得坏人造谣说：“斗不斗看秋后。”总之应讲清楚一般的不斗了，这次调整后再不会分了。

调整土地应从各县实际出发，总的精神是老区土地变动愈小愈好，大变动等于重分。倒宝塔分地差额太大的应当调整，差额小的即不调整，有的个别地方搞乱了，分得很不合理，可以重分。但应请示省委以免又轻易作重分工作。

所谓差额太大，是指分得不公，群众不满黑地太多，悬殊太大，至于普遍丈出的黑地，大家都多分到一点，也不调整，只是把分地太多太少的加以调整，如中长路西地区，可作较大规模的调整。应抽多补少、抽肥补瘦、公平合理的调整。

关于城市工作。我们党的阶级路线是在城市依靠工人阶级，在乡村依靠贫雇农。但直到今天很多干部在城里不和工人见面，不到工厂里去。这是脱离群众、脱离阶级的表现。我们说城市领导乡村不是句空话，只有加强工人工作才能谈得上对乡村的领导，只有发展城市经济，才能对乡村起领导作用，否则是不可能的。

在恢复生产中，城市要加强工人工作。工人工作并不是几个工会干部的任务，而是全党每个党员的任务。我们要动员干部到工人中去发展党员，培养工人干部。如果我们每个党员、干部都注意做工人工作，就一定能把工运工作推进一步。只有工人觉悟提高了，复工生产就会有成绩，失业问题也就能解决了。

关于建党。各地在工作中，均已感受到了没有党的组织，工作难以开展。目前，全省已经具备了公开建党的条件。“各县应重视建党工作，在工厂中、农村中、学校中，没有党的支部，就没有党的核心。”

关于救灾。解决城市人民的困难，光靠救济是不行的。我们的口号是生产自救，只有增加收入，才能解决灾荒。我们通过发放工业贷款，来恢复各市县的小工厂，这些工厂即使不赚钱也要办，这样可以解决工人失业问题，并能增加生产品，解决军需民用。

我们应保证不饿死人，不荒地，灾区人民应减轻负担，并可移民，去海滩打盐，盘山开稻田，搞冬季生产，以及新区斗争果实多分给受灾户。另外要进行节约，展开“一碗米”运动，号召多种早熟庄稼，解决青黄不接的困难。以上办法还不完善，要发动群众大家想办法，灾情严重的县及省委成立救灾委员会。

关于对知识分子。由于全东北的解放，青年学生、旧知识界对我们的态度更好了，对国民党的幻想最后破灭了。过去不来参加工作，不来上学的，现在都来了，有的托人找事做。我说：“对这些知识分子绝不要歧视，绝不要因他们过去不出来而唾弃他们，应该把他们争取过来……如像大革命和抗战初期那样。在这个运动中来建立党的支部，将来还可以出各种干部。”

最后，我强调说：支援关内战争，争取全国胜利，不是一句空话，而是要拿出东西来，全力生产，才有实际力量。各县委应重视对农业生产的领导，市委则重视工业生产的领导，新区在土改期间动员新兵。我们应努力工作迎接全国胜利。[①]

会后，一些县委书记围住我，有的说："张书记，过年时，你再到我们那去看一看，一定会让你满意！"有的说："我们县是新区，你应当到我们那里去检查，新区可不一定比他们差！"我高兴地说："好，过两个月，我们组织各个县相互检查，落后的，罚他拉爬犁！"这些县委书记都很年轻，有热情、有干劲、有活力，关键是要使他们跟上革命形势的快速发展，要正确了解、认识人民群众的要求，这样才能把工作做好。

在省委的正确领导下，新区普遍建立了党的基层党支部。在新解放的中长路西区和辽阳、鞍山、台安、盘山一带进行土地改革工作和镇压反革命运动。这次在新区的土地改革工作，是根据中共中央和东北局的指示，对地主的政策放宽了，对富农也只是没收其出租部分的土地，对这些地区的土匪、反革命分子进行了镇压。春耕前全部完成了土改工作，超额完成了扩兵任务，仅辽中县就超额完成 2000 多新兵任务。

1948 年底，辽宁省委根据东北局指示，紧急抽调一大批干部，其中有不少是关内来的老干部，要随四野入关南下，去开辟新区的工作。另外，还要紧急派出大量民工随军担负战勤任务。经过各级党委积极工作和动员，辽宁省及时完成了这一特别紧急任务。到 1948 年底，除南下进关的党员外，全省党员已增加到 3428 人。到 1949 年 4 月，干部总数已增加到 5787 人。[②]

1949 年 3 月，东北局召开东北各省省委书记会议，决定成立辽东省委和辽西省委，撤销辽宁省委。4 月，辽宁省与安东省合并，组成辽东省。张闻天同志任辽东省委书记。4 月底，我正式离开瓦房店去沈阳，到东北局工作。

东北全境解放，使东北成为全国解放战争的可靠后方，我们的工作由以战争为中心转入到以国家建设为中心，党的工作进入了一个新的历史时期。

---

① 中共辽宁省委编印：《工作通讯》第十期，1949 年 1 月 17 日。

②《中共辽宁省组织史资料》（1929—1987）。

第八章　解放后的东北局工作

（1949.4—1954.11）

1947 年 5 月全国土地会议后，东北局副书记彭真留在中央工作。1948 年 11 月，林彪、罗荣桓率四野入关，陈云将调到中央工作。鉴于东北局主要负责人工作的变动，1949 年 3 月 11 日，中央对东北局领导班子作出新的调整。

高岗任东北局书记、东北人民政府主席和东北军区司令员兼政委。李富春任东北局副书记、东北人民政府副主席和东北军区副政委。其他常委是：张闻天（辽东省委书记）、林枫（东北人民政府副主席）、张秀山（东北局组织部长兼秘书长）、李卓然（东北局宣传部长），东北局委员增加了刘锡五和周桓。1949 年 5 月，东北局正式通知东北地区各省、市委。

在这次调整中，中央将我从辽宁省委调到东北局工作，没有同意我随四野进关。原因：一是东北的老干部走得太多了，东北的力量有些空了；二是东北局组织部长人选问题。张闻天是 1948 年 5 月调任东北局常委兼东北局组织部长，1948 年 12 月，根据刘少奇同志的意见，闻天不再担任东北局组织部长之职，改任东北财经委员会副主任，组织部长由刘锡五担任。在这次调整中，高岗提议仍由张闻天任组织部长，刘少奇不同意，说张闻天是教条主义，不适合管党。这样，中央决定我任组织部长兼秘书长。

张秀山任东北军区副政治委员

1950 年，抗美援朝开始后，中央军委任命我兼任东北军区副政委。

1952 年，高岗调中央工作，中央任

命林枫、我和张明远分别担任东北局第一、第二、第三副书记，由林枫主持东北局工作。我分管党的组织工作、农村工作以及东北军区的干部工作。

一、干部工作

我到东北局组织部任职后，面临的几项最迫切任务是：一、遵照中央指示，尽快抽调干部随四野入关；二、根据东北局提出的，经济建设工作为压倒一切的要求，迅速为工业战线配备干部；三、为中央人民政府的组建、为抗美援朝的后勤工作调配干部；四、在党的工作由农村向城市转变中，要了解并保证解决好干部的思想倾向；五、了解和掌握现有干部的分布状况，整编党的组织机构。

抽调干部入关

在这几项工作中，抽调干部入关最为紧迫。四野入关之后，与关内各野战军相配合，一路向南推进，势如破竹，解放了大片国民党统治区，急需大批干部到新解放区开辟工作。同时，中央指示东北局，要为组建中央人民政府输送一批干部。

大批调动干部是一项很细致的组织工作，政策性很强，责任十分重大。我们本着对党对革命十分负责的精神，做到了慎之又慎。

早在1948年11月中旬，张闻天任组织部长时，就召开过北满五省组织部长会议，又召集南满及热河四省组织部长谈话，对这一工作做过准备。

1949年3月和4月，我们两次召开省、市组织部长会议，作出抽

在东北局

调干部的部署。并提出，为大批干部入关，必须及早有计划地配备各种工作岗位的副职，加紧训练一批干部，准备接替空下的工作岗位。东北局组织部决定省、地、县、区的领导班子都设副职，要求对这些副手以各省、市为单位进行集中学习。

这次抽调入关的干部包括三部分：一是随四野南下的干部 9106 人；二是介绍到中央政府工作的干部 3160 人，其中包括黄克诚带去的干部 1300 人；三是拨给华北局的干部 3750 人，其中给冀东调干部 2500 人，给冀热察调干部 1250 人。①

我和东北局组织部副部长张明远、陈伯村一起抓这项工作。为了更好地完成中央交给的任务，我们多次研究工作方案，并对各省、市委组织部一再强调："抽调干部到新区，目的是要配合军事，摧毁该区多年的反动统治，建立革命基础，各地党委必须十分重视这项工作。对于南调干部应采取对党负责的态度，反对本位主义。必须保证调出干部有好的政治品质，不能把政治上的落后分子和贪污腐化、错误很多不加改正的分子，调到新区去担负开辟工作的重大任务。"当然，我们也指出："抽调干部与留下干部要双方兼顾，适当调整。""抽调之干部首先着重的是质量的挑选，保证在新区复杂的情况下能起干部的作用。"

我一再对组织部门的同志讲：南下部队的同志是用生命和鲜血在南方作战，我们在后方的同志应该是用责任心，用对革命负责的精神，为南下作战的同志选送一些最可靠、最能胜任新区工作的同志，如果稍有马虎，或把关不严，混进坏人或不称职的人，那对南方革命会带来很不应有的损失，我们也对不起在南方浴血奋战的同志。

从 3 月开始，以各省、市为单位，由一名常委负责，对南下干部进行三个月的集中训练。学习目前的形势与任务、七届二中全会决议、东北三年历史总结、时事问题、土改经验、减租减息、城市政策、锄奸保卫工作、江南情况介绍、党史、党建、党委制、党的组织纪律、群众工作、工作作风、行军纪律等。学习方法除了组织报告和上大课外，更多的是在检讨工作，总结经验的基础上，学习毛泽东思想和党的政策。

选派入关干部时，适逢东北行政区域重新划分期间，将原九省合并为

---

① 1949 年 6 月 7 日，东北局组织部给中央组织部的报告。

四省，另外还有若干东北局直辖市。有些主要负责同志或要南下，或工作发生变动。因此，个别省、市对抽调入关干部工作做得不够完善。有的从本位主义出发，仍有“送坏留好”的现象，有的动员、解释工作欠妥当，有的忽视干部思想教育工作，少数老干部闹名誉闹地位，向组织提条件。对这种干部，我们要求各省、市委要进行严肃批评和教育。最恶劣的是，有些干部趁调动工作、新旧交接之时贪污腐化，出现了大抓一把的严重问题。有的抓物资、拿公款、分仓库、送礼等，有的高价购买人参、貂皮、貉绒大衣，有的收买黄金、银元，有的私买鸦片，等等。对于这种干部，我们发现后即通知有关省、市委停止南调，并重新考虑其处分，以教育东北全党。个别已经南下者，将材料送交华中局处理。还有因忽视严格的审查、鉴定，有个别政治面貌不清，和犯有严重错误而未加改正的人，也混入了南调新干部中。对这些人，东北局组织部在全面审查时，均进行了分别处理和清洗。

南下干部的审查工作，除由各省、市委和南下干部工作队党委反复进行外，东北局组织部对南下老干部也审查过两次，对新干部审查过一次。因此，南调干部的政治质量一般说是比较好的。

同时，我们考虑到新区工作需要，分层次配备：

县级以上干部：省委一级干部 39 人，地委一级干部 167 人，县委一级干部 640 人，计 846 人，都是 1945 年从关里调到东北来的老干部，且在东北工作过三四年，得到了锻炼和提高，有一定的政治水平和工作经验。

区一级干部 2163 人，多数是在三年前由关里到东北来的干部，他们之中，多数有抗日后期的经验，到东北后，在基层工作中得到锻炼，忠实可靠，能够在艰苦环境下为党工作。

以上两类干部，占南下干部的四分之一,一般可以担当各级领导骨干。

南下的农村新干部，都是经过了两三次的严格审查过程后，挑选出来的农村区级干部的优秀分子，大多有三年以上的文化程度，参加工作时间不算长，多数为两年，少数是两年以上。这些干部原来的基础不算高，但南下工作的热情很高，到新区去，多数能胜任区一级工作，且有发展前途。

城市工人和学生新干部，是从哈尔滨、大连、长春三个城市的工人、学生中挑选出来的积极分子，经过短期训练，虽然缺乏实际工作的经验，但品质纯洁，具有革命热情，有培养前途，到新区可参加城市接管工作及工人、学生运动工作。

以上南下新、老干部计9106人。东北局及各省、市委对每个同志到新区工作都提出了意见，供华中局配备干部之参考。

东北地区南调干部，按照中央规定是15000人，我们实际抽调的是16016人（不包括以后中央政府组建又要的干部），超额1016人。这批干部，经过近三个月的集中训练，按省、市、区、县机构依次配备完毕，于5月下旬之前，奉命分批入关。①

1949年6月，我们又接到中组部要东北局增派500干部入关的任务。

东北局和各省、市委组织部门的同志废寝忘食，夜以继日，尽职尽责，完成了党中央交给的这一光荣任务。

解放初，我到北京看望罗荣桓政委时，他高兴地说：秀山，你没有同我们进关，但你的心是与我们四野相连的。我们打到两广时，一度感到干部特别紧张，后来，你们派出的干部赶到了，让我们大大地松了口气。东北拿出这么多干部，也不是容易的事啊。

中央组织部在1952年10月，总结《中华人民共和国三年来的干部工作》中写道："1949年，我们从老区抽调了一大批干部到城市和新区工作，并建立起中央人民政府各部门的领导机构。这里面也包括从东北抽调的1.8万多人的干部队伍（包括后来中组部又连续向东北要了几千名干部），这是他们的光荣。"②

为工业部门配备领导干部

东北解放后，我们从国民党手中接管了政权。但是，各行各业、各个部门、各级岗位上都缺乏大量合格的干部。尤其是经济建设的恢复与发展，缺乏干部的问题，更加突出地摆在我们面前。如不能及时解决那将成为经济建设的一个最大障碍。

从1949年到1952年，东北局组织部把干部的配备重点放在经济部门。由于接管过来的旧企业，均受到不同程度的破坏，我们要依靠工人阶级来搞好生产改革和民主改革，就必须有一些政治坚定，能够掌握党的方针政策，能够和工人群众打成一片的干部去担任领导工作。

---

① 1949年6月7日，东北局组织部给中央组织部的报告。

②《新华月报》1952年10月号。

在干部极为缺乏，而新干部又未成长起来的情况下，我们从各种岗位上，抽调了近千名 1945 年 9 月以前的省级和县委书记、县长以上的老干部配备到工业部门担任经理、厂长、矿长、党委书记、工会主席等职位。

当东北局组织部决定要各省、市抽调 511 名县委书记以上的干部时，很多地方叫苦了。我们指出，很多技术研究部门需要干部，这 511 名干部还是按计划分两期调剂，不能讲价钱。

在抽调干部时，虽然有个别计较个人利益的同志，如愿意到工厂，不愿意到矿山；愿意在大城市，不愿意到偏僻地区；愿意在南满，不愿意到北满；愿意搞行政管理工作，不愿意做党群工作。有的到工作岗位后，闹地位、待遇。还有的要求中途改行，遇难而退等。对这些同志，各级党委经过做耐心细致的思想教育工作，基本都被克服了。

有人认为：老干部不懂得技术，不能当厂长，必须依靠旧的人员来领导工厂。事实证明，这批老干部虽然大多数人没有做过经济工作，尤其是不懂技术，但是他们认识到经济建设的重要性，积极响应党的号召，经过努力学习，逐渐学会了管理企业的本领。几年中，他们已经成为党的经济战线上的优秀领导骨干。

培养和提拔工人干部

1950 年 3 月，毛主席到苏联访问，回国路经沈阳，他对东北局的干部说：沈阳等几个城市要出机器、出干部。我想，出机器，这几个城市工厂多，生产恢复后可以办到。出干部，怎么出呢？就是要从工人阶级中培养、提拔。

我们要求各经济部门本着“就地取材、自力更生”的方针，十分重视各种运动中涌现出的新生力量，从中大量提拔新干部，特别是提拔工人干部。

我说：提拔干部是“割韭菜”不是“拔萝卜”，萝卜拔一个，出一个坑，韭菜割了一茬，又长一茬。为什么我们能“割韭菜”呢？因为我们有强大的后备力量——很多的产业工人，很多经过土改斗争的农民，还有很多机关工作人员和青年学生。在这些后备力量中，经过培养，是完全可以不断产生出一批批干部的。另外“三反”运动涌现了很多积极分子，清除了不合格的干部，为我党创造了提拔干部的有利条件。

大量提拔干部的关键在于打破保守思想，尤其对“大胆提拔、越级提拔”的问题，中央和东北局均有决定和指示。我对组织部门的同志说：“越级提拔干部，要根据我们的可能与必要，有必要有可能，就可以越级提拔；有必要没有可能，就不能越级提拔，这是原则。”

但是一落实到实际工作中，阻力就大了，最突出的就是什么“资历”呵，“水平”呵。有人认为：工人没有文化，没有能力，不能当干部；有人片面强调新干部资历浅、能力差、经验少、年纪轻，提拔后怕影响别人的情绪，因而不敢大胆提拔；还有人借口“太突出”“不习惯”，虽然工作需要，干部也能胜任，但不敢打破惯例越级提拔，因而小手小脚。比较明显的一个例子是，东北合作总社提拔一个科长，要经过五级：责任科员、代副科长、副科长、代正科长、正科长。东北农业部提拔了一个“科负责”，实际上就是做科长工作，但就是不敢提为科长。

有的同志想不通，这就需要我们多做宣传解释工作。比如1951年召开东北妇女代表大会，会前东北妇联主任郭明秋提出某女工做妇联副主任。会上代表们对这个问题想不通，向我提出两个问题。一是说：她不一定是全东北最好的女工，可能有比她更好的。我说：可能有比她还好的，但这也怪我们工作做得不够彻底，因为比她更好的，在你们没有提出来之前，可以说她就是最好的。经我这么一讲，这个问题解决了。第二个问题是，她是个普通女工，提拔起来做妇联副主任不行。我说：让她写决议、写指示当然不行。但是让她下去检查工厂女工的工作，检查生产情况，联系女工是否能行呢？我看不一定做得比郭明秋同志差。第二个问题也解决了。从这个例子看，提拔干部，尤其是越级、破格提拔干部，一定要做宣传教育工作，而且要多做、反复地做。

之前，王震同志给我写信，并派了他的秘书来，要求给予新疆援助，一个是要机器，一个是要技术工人。我们从私营工厂的工人积极分子中，挑选了几十名技术好的工人调给他们。这些工人去后，教战士们维修技术，都成了技术干部，而且干得都不错。

通过这些事例，我对组织部门的干部们说，我们必须面向工人，大胆提拔，至于文化水平低，能力弱，这些都可以通过帮助来提高。

有的同志担心，把一些好的技术工人提拔成干部，会影响生产的。我对他们讲，可能暂时会有点影响，但问题不大。因为技术好的工人都是从徒工中产生的，我们还可以从徒工中不断培养嘛！比如鞍山有七八万工人，有这样一支庞大队伍，经过培养和在工作中锻炼，几年后完全可以出上万干部。

在1949年到1952年的三年中，据不完全的统计，东北地区，仅工人干部就培养和提拔了8.4万余名。他们都是各种运动和生产中的积极分子，政治进步，工作热情，并且懂得生产技术，有实际操作经验，能联系群众。这批干部大部分成为企业的中下层领导，这是一批很大的干部队伍。

招聘和培养知识分子干部

东北地区在日伪统治时期，原有的知识分子、技术人才，为了逃避日本侵略者的迫害，不愿做亡国奴，大批流亡到了关内。同时，日本帝国主义从殖民政策出发，在各类技术岗位上启用的基本都是日本的技术人员，不用中国的知识分子。抗日战争胜利后，这些人大都遣返回国，仅东北地区就有三十几万日本知识分子、技术人员被遣送回国。这就造成了东北全境解放后，在恢复工业生产和社会正常生活时，工厂、学校、商业、机关都严重缺少大量技术人员和知识分子，连中、小学校中的教员都不够。

随着经济建设的快速发展，对各类科学技术干部的需要量越来越大，要求也越来越高。据我们初步估计，1949年到1954年，东北仅工业生产和基本建设战线，需要的技术人员数量将是现时的几倍。缺乏知识分子干部，将给东北的经济恢复发展工作带来很大的影响。

我们采取了招聘和加紧培养知识分子干部的办法，来解决这个问题。

1950年与程帆在北京

这时，关内刚刚解放，许多大城市中有不少失业的知识分子和技术人员。东北局请示中央，从关内调配一批技术干部。经中央组织部批准，东北局随即组织了工业、农业、商业、教育等系统的干部到上海、南京等人才较为集中的大城市，还有一些中小城市去招聘技术人员。在当地党政部门的密切配合下，短短几个月内，就招聘了九万多名知识分子和专业技术人员，基本上缓解了东北缺乏专业技术人员的问题。这批知识分子对恢复和发展东北地区的经济建设，起到了重大作用。

我们还抓紧培养一批具有先进科学技术知识的，工人阶级自己的知识分子干部。东北地区除了中央分配来的一批大学生外，我们也提出了，切实办好东北的各个大学、专科学校和技术学校，要求注意提高教学质量。组织部还从招聘来的人员中，把一批留美、留英的青年教师，充实到东北各个重点大学，以提高学校的教学水平。

根据东北一些大学的情况，我们特别提出，学习苏联的先进科学技术理论，改变学校教学内容与东北企业实际需要不相符合的问题，合理地调整大学的院系。还提出用马列主义、毛泽东思想，做好学校教师的思想转化和改造工作，使他们更好地为我们的教育，为培养合格人才服务。

同时，对在工作中少数学用不一致的技术人员进行调整，合理安排他们的岗位，以发挥他们的知识才能和积极作用。

团结、改造旧技术人员和旧职员

我们在接收企业时，留用了一批技术人员和旧职员，又从社会上招聘了一些旧技术人员。他们懂技术，熟悉生产工艺和生产过程。但是，在他们当中，还有相当一部分人有着浓厚的崇美思想和不关心政治倾向，闹待遇、轻视工人，个别的人甚至公开宣称是“为人民币服务”，“按酬付劳”。

对于这批旧技术人员和职员的团结和改造工作，我们坚决执行中央和东北局历次发布的，关于教育改造旧技术人员和职员的指示，主要从政治上、思想上加强教育，不是消极地仅从生活上照顾或无原则的迁就。东北工业部采取开办政治训练班的办法，轮训了1000多人，收效很好。

另外，在实际工作中组织他们深入现场，接近广大工人群众，使技术理论和工人的劳动经验相结合。教育他们重视和学习苏联先进经验，认真贯彻执行工程技术人员的职责条例。同时，又教育工人尊重他们的技术指导，使他们有职有权，提高了他们的责任心和积极性。再加上经过民主改革、创造新生产纪录运动，以及镇压反革命、抗美援朝和爱国增产节约竞赛运动，和以后的“三反”运动，使他们认识到，只有改造好思想，才能发挥技术作用。

针对有人提出如何对待技术人员的改造问题，1953年，在沈阳市召开的第一次党代表会上，我讲：“技术人员是人民群众中的一部分，搞工业化建设离不开技术人员。”“改造技术人员的思想，是在检查总结工作、检查责任制、检查质量中进行。要帮助他认识哪种思想是正确的，哪种思想是不正确的，而不是孤立地批判思想。”“对技术人员要进行经常性教育，提高其觉悟。许多同志都是我们党新培养出来的，旧的我们也进行审查了，他们也愿意为社会服务，今后，再不要提改造了，再不要天天说复辟了。”这些话，在沈阳一些工厂传达后，受到了企业党组织和职工，尤其是技术人员的欢迎。

事实证明，这批旧的技术人员和职员，经过团结、改造和教育，在经济建设中发挥了很好的作用。

干部的培养与教育

为了适应长期的大规模经济建设的需要，1950年3月，东北地区第一次党代表大会上提出：“实行全党干部‘专业化’的方针。”因为建设工作乃是长期和永远的，因此，每个干部必须钻研一种专长，才能更好地发挥作用。这在战争期间是不可能的，在和平环境下，已有充分的条件，可以而且要求我们必须这样做。

我们首先对经济部门的干部采取了“有进无出”的原则，除个别不适于做经济工作的外，一般的都不准改行。这对稳定干部队伍和工作的提高，起到很大作用。

有人认为“实行专业化，就没有个人政治上的发展前途了”。我们批评了这样的思想倾向，告诉这些同志，实行干部专业化，就是要“全党干部干什么就要学什么，干什么就要成为这方面的内行，成为专家”。只有学好一种专门本领，才能做好工作，也才能在事业上有更广阔的发展前途。

为了保证新干部和在职干部的成长，我们还要求各部门要加强对新、老干部的政治理论、文化和技术知识的学习和教育。要求各部门、各单位办好具有正规学制的业余政治训练班、夜党校、技术学校、文化补习学校，使每一个从事经济、工业工作的干部，都具备一定的政治理论水平，业务能力在若干年内提高到专科学校毕业的程度。

东北局组织部又有计划地将一批具有一定文化基础的，在电力、冶金、机械等大企业工作的领导同志，送到哈尔滨工业大学、东北工业学院及苏联高等工业学院去学习深造，使他们成为党的经济战线上的优秀领导干部。有的同志后来成为我们党和国家的负责人，为国家和人民的事业作出了重大贡献。

对新提拔的工人干部，由于他们的技术理论和文化水平比较低，难以担负更重要的领导工作，为此，我们要求各部门，对他们除了必须加强业余的文化政治和科学技术学习外，还确定有计划地送他们到初级，或中级技术学校，或速成中学去学习，对其中优秀者再送入专科学校和大学去深造。

这样，在东北地区很快成长起一大批工人阶级出身的新干部，正是依靠了这批骨干力量，东北的工业和经济才出现了突飞猛进的发展。

由于今后工矿企业是在新的先进的科学技术基础上建立起来的，技术干部必须要掌握更新的更先进的科学技术，为此，我们确定：对现有的技术干部要求再学习，学习新的正在发展中的科学技术，以推动现有经济的发展和进步。

在经济建设中，我们对党员干部的思想状况非常重视。尤其是“三反”“五反”运动中暴露出的问题，更使我们看到，在党的建设中，对干部的思想教育是一个大问题。我多次提出：“对干部思想的培训，是干部工作中最主要的，也是解决工作中的困难最具实效的办法。尤其要加强省级以上干部的培训，并要加倍注意培训中的质量问题。”

针对东北的实际，东北局组织部门制订了东北地区培训41万干部的计划及要求。一、使之具有国际主义、爱国主义的思想；二、懂得业务上的知识和党的政策；三、服从组织，遵守法令及党的纪律；四、能联系群众并勇于克服困难。

对组织部门的干部，计划用两年到两年半的时间，将全区所有在职区委与工矿总支组织委员以上的组织干部轮训一次。工矿企业的党员干部，由其单位党委在10个月至一年内轮训一次。农村由县委办班，在一年内组织各区支部书记学习。这个计划上报中组部后得到批准。

“三反”“五反”运动后期，我们又提出：“结合经济建设的五年计划，着手制定培养教育干部的五年计划。”并强调“如不能很好地完成这一任务，就不能保证经济建设事业的发展，不能保证党的政策的贯彻实现”。

壮大干部队伍

在全国大规模的经济建设即将开始时，东北已经开始了有重点的大规模经济建设，我们预计，今后五年，工业生产职工要增加 80%，基本建设职工增加 90%，运输职工增加 25.5%，林业职工增加 50.6%，农业部门（国营农场、集体农庄、农业生产合作社）需增加 12.6 倍，贸易、合作、金融人员需增加 67%，其中技术人员需增加 1.5 倍。

为了这个伟大的任务，必须有大量的干部和技工。

由于这时的社会情况比较复杂，我们明确规定，挑选和选拔干部，要在实际工作中，对提拔对象进行全部历史和全部工作的考察，必须坚决贯彻党的德才兼备的选拔标准，建立积极分子和干部后备名单制度，要经过群众路线上下结合地了解和考察干部。新提拔的干部一定要经过短期的训练，组织他们学习党的经济政策，有计划地加以教育和培养。

迎接大規模的經濟建設任務培養提拔和調配更多的優秀幹部到經濟戰綫上去

中共中央東北局組織部部長 張秀山

《新华月报》1952 年 9 月号

1952 年 8 月，我写了《迎接大规模的经济建设任务培养提拔和调配更多的优秀干部到经济战线上去》一文，比较详细地讲了上述做法。这篇文章后来刊登在《新华月报》1952 年 9 月号上。

经过东北地区各级党委的努力，东北地区工业干部增长很快，到 1952 年，东北地区一共提拔了 8.4 万多工人干部，为基本建设部门、工矿、贸易部门调配了 1.1 万余名干部。“如果 1949 年 4 月工业干部以

100 为基数，1953 年 6 月就达到 1036，壮大了 10 倍之多。这就不只保证了东北地区提早开始了有计划的经济建设，而且对于帮助和推动全国工业的恢复和发展，对于全国及早进入有计划的经济建设，都起了很大的作用。”①

二、关于富农党员问题的争论

东北解放后，得到土地的农民生产积极性很高，在农业生产逐步发展中，生活也得到改善。同时，在农村经济发展中也出现了一些新问题。

1949 年 12 月 5 日，东北局召开东北地区县委书记以上干部参加的农村工作座谈会，讨论研究农村经济发展方向问题。

会上，关于富农党员问题争论得很激烈，中心是：是否允许农村党员当富农，即农村党员可否雇工、放高利贷等，与此相关的是土改后，农村中产生的新富农是否可以入党的问题。

讨论中出现了两种意见。一种是高岗和与会的绝大多数同志认为，党员不能有剥削行为，农村须走互助合作，共同致富的道路。12 月 10 日，高岗在总结发言中讲道：从原则上讲，党员是不允许剥削别人的。党员要雇工时，要说服他不要雇工，党员参加变工组是不对的。他还说：农村经济发展的方向，是使绝大多数的农民上升为丰衣足食的农民。而要做到这一点，则又必须使绝大多数农民由个体逐步地向集体方向发展，组织起来发展，仍是我们农村生产领导的基本方向。②

第二种是我和少数同志的意见。不反对农民组织起来发展，但是，应当允许新富农中党员的存在，这些人多数是靠勤劳致富发展起来的，在农村，他们对大多数农民有一种标示作用，如果把他们清退出党，对农民发展生产的积极性会产生消极影响。

我同高岗发生了争论。

我的观点是：从土改以来的短短几年中，东北广大农民为三年解放战争作出了很大贡献，农民的负担也很重。现在，东北农民并不是很富裕，应该鼓励他们积极生产，勤劳致富。广大农民富了，对支持政府、支援前方打仗

---

①《迅速抽调大批优秀干部增强工业战线》，《人民日报》1953 年 10 月社论。

②《中共党史人物传》第 82 卷，中央文献出版社 2002 年版，第 454 页。

有好处。在当前情况下，应该鼓励党员带头致富，哪怕是个别人有点剥削，如雇工等也没有大关系，土改后的一些情况已经证明了这一点。

我的这一认识，在东北土改后不久就产生了。1947年我在松江省时，当松江省宾县农民问我们的干部："是穷光荣，还是富光荣？"我在松江省委召开的联席会议上说：群众提出这样的问题，我们应该向他们解释，"使他们知道穷、富（指土改前的富农）均不光荣，劳动起家，劳动致富才真正光荣"。"如果我们不调查研究，不了解群众的要求，只根据我们的任务，或主观愿望，只按我们在上面讨论的一套出发，那就会脱离群众。"我当时提出，我们今天就是发展"新富农"经济，即向"吴满有方向"发展。[①] 为什么要这样提？我对县委书记们说："松江土地改革后，在整个生产力向上发展的过程中，产生出新的富农经济。有人怀疑，旧的生产关系被打破，新的生产关系还未建立起来，今年生产不会搞好，生产力要下降。但是，事实打破了这种怀疑。农民得到土地，生产情绪很高，生产力是上升的。"有人担心富农道路没有前途。我说："这是新民主主义的经济道路，并不是旧的资本主义道路。今天，我们是打击旧富农，发展新富农。今天不是消灭富农，也不应该提出消灭富农的口号。"[②]

现在，我仍然这样认为，应该鼓励农民发家致富，鼓励多出一些"吴满有"这样的党员，他们的发展对国家经济有好处，起码是多缴一些粮食，帮助政府解决目前的一些困难。有些人即使有些剥削行为，也不同于旧社会地主、富农对农民的剥削。因此可以说，今天出现的少数新富农和富农党员，能为我们所用，是属于新民主主义的经济道路。

高岗不同意我的看法，我们争论得很激烈。会后，有的同志对我说：你怎么跟高主席这样争吵？！我说：有不同的意见就要争论，在红26军、在延安时，讨论问题经常是这样的。

会议按照高岗的意见作了决定：对共产党员和普通农民做区别对待，党员不允许雇工、放贷等剥削行为，党员要带头走集体致富的道路。对于普通

---

① 吴满有是陕甘宁边区一个穷苦农民。他在边区土改分到土地后，靠艰苦劳动，勤劳致富，作出很大贡献。1942年，《解放日报》发表《边区农民向吴满有看齐》的社论，边区政府还通令表彰他，开展学习吴满有的活动，对提高边区农民觉悟，发展边区农业生产起了很大促进作用。

② 黑龙江省档案馆编：《土地改革运动》（上），1983年，第156、159页。

农民要采取教育、引导方式，使他们走合作化道路。对于坚持剥削的党员，应劝其退党，问题严重的，必须开除出党。

12月31日，东北局组织部按照高岗的意见，作出《农村支部工作指示》，并报中共中央。《指示》提出：应当教育党员，积极参加变工组，大量在合作社入股，搞好变工组与合作社，是农村党员的基本任务。批评某些党员只想个人发财，不管多数群众贫困，甚至想剥削别人的富农思想。指出今后东北农村的发展方向，应是组织起来走合作化道路。共产党员不应有剥削行为，要带领群众走集体致富的道路。①

农村工作座谈会结束后，东北局向中央报告了会议中反映出来的问题。1950年1月，我专门到北京，准备向毛主席直接汇报和请示这些问题。毛主席不在北京，我就到中组部向安子文副部长谈了这些问题，请他向中央转达。安子文也认为这是些大问题，他让中组部党员管理处处长王甫，陪同我专门向刘少奇同志作汇报。少奇这时还兼任中组部部长。

汇报中，我谈到对发展"三马一犁"的新式富农入党问题时，少奇说：为了发展生产，对确实具备党员条件的，可以发展入党。党员不带头生产，敢于致富，生产是发展不起来的。

中央组织部很快根据刘少奇的意见复函东北局。复函中指出："党员雇工与否、参加变工与否，应有完全的自由，党不得加以强制，其党籍也不得因此停止或开除。如果在今天过分强调党员不准剥削别人，以及党员必须参加变工组织，并起带头作用等，则势必使部分党员对生产消极。而这种现象在松江省和黑龙江省的某些地方已经发生。而各种的经验均已证明，党员不雇工，群众即不敢雇工；党员对生产消极，群众中的生产热情就绝不能发动起来。因此，对农民党员进行教育时，固须指出组织起来的好处，但同时更须明确提出'单干'与'雇工'也是党的政策所允许的。同时要告诉我们的各级干部，在今天农村的个体经济基础上，农村资本主义的一定限度的发展，并不是可怕的事情，党员变成富农怎么办的提法，是过早的，因而也是错误的。"②

安子文还把刘少奇的谈话记录转给了我。"谈话"中讲了几个观点："今

①《中共党史人物传》第82卷，中央文献出版社2002年版，第455页。

②《建国以来刘少奇文稿》，中央文献出版社1993年版，第326—327页。

天东北的变工互助是建筑在破产、贫苦的个体经济基础上的，这是一个不好的基础。”现在的变工互助不能发展为将来的集体农庄，因为“这是两个不同的阶段，要防止急性病”。“现在还必须有剥削，还要欢迎剥削，工人在要求资本家剥削，不剥削就不能生活”。“党员成为富农其党籍怎么办？这个问题提得过早了。有剥削也还是可以做社会主义者的。现在是私有制社会。党员生产发家了，要将财产交公也交不出去，将来实行集体化时，将自己的财产交公，这种富农党员也是好党员。因此，即使东北将来有一万富农党员也不怕，因为过几年东北可能会有一百万党员，这一万人若都不好，再开除也不要紧。认为党员便不能有剥削，是一种教条主义”。①

这时，中央决定派我率各大区及省、市委组织部长赴苏联考察，到北京集中。我离开沈阳前，召开了东北各省、市委组织部长会议，传达中央组织部给东北局的复函，和刘少奇谈话精神。我急于传达的目的，就是怕下面在处理“富农党员”问题上，草率行事，造成混乱。

1950 年 1 月下旬，赴苏联考察团成员在北京集中期间，中组部安排中央各部委负责同志来作报告。安子文也作了报告，他讲了党的组织情况，以及党在建设中的方针政策，也讲了党员雇工问题。我当时是同意安子文的意见的。

高岗不同意中组部给东北局的复函和刘少奇的谈话精神。

1950 年 3 月，东北局召开东北地区党的第一次代表大会。我因在苏联考察没有参加会议。此前，虽然我在省、市委组织部长会上传达了中组部复函和刘少奇的谈话，会上还是对富农党员问题有议论。会议期间，高岗点名批评我传达中组部的复函是错误的，指示各省、市委仍按东北局先前的决定办。

6 月，我从苏联考察回来，在东北局召集有关省、市委负责同志的会上，高岗批评我附和刘少奇的观点，传达中组部复函和刘少奇的谈话是错误的，要我在组织部长会议上作检查。

我很想不通，与高岗争论起来。我说：我工作有什么错误，批评、检讨都可以，对问题看法不一致，没有必要检查。你把与中央的不同意见拿到大会上去讲，也太草率了！高岗听我说他“草率”，也动气了，他说：我没有

---

①《刘少奇论新中国经济建设》，中央文献出版社 1993 年版，第 152—155 页。

你那么稳重，我看你持稳的越来越迈不动步了……东北局副秘书长马洪等同志，见争吵得厉害，就建议说：先休息一下，消消火，平静下来再开会。

会议休息时，高岗对我说：刘少奇的谈话和对东北局的批复我给毛主席看了，主席不同意他们的意见。所以我才在会上讲了，免得在下面造成影响。我听说他请示毛主席了，我想可能是我的认识错了，既然毛主席也认为高岗的意见是正确的，我只有同意了。东北局的领导们就“一边倒”了。

1951 年 4 月，中共山西省委向中央和华北局写了《把老区互助组提高一步》的报告，其中说道：随着农村经济的恢复和发展，农民的自发力量，是向着富农方向发展。并且还说：这样发展下去，会有两种结果：一个是互助组“解体”；一个是互助组变成“富农的庄园”。山西省委据此主张：扶持和增强互助组内部的进步因素，引导互助组走向更高一级的形式。华北局不同意山西省委的意见，刘少奇也批评山西省委的意见，在批示中说“这是一种错误的、危险的、空想的农业社会主义思想”。①

毛主席表示支持山西省委的意见，不同意刘少奇和华北局的意见。这对我们影响很大，使我再次想到以前自己的看法是错误的，一定要认真学习，跟上形势，跟上毛主席的思想。

1951 年九十月间，中央召开全国第一次互助合作会议。10 月 14 日，高岗给中央写了《关于东北农村生产互助合作运动的报告》，认为随着农村自发势力的发展，应将发展互助合作的指导思想，作为反对和防止农民自发倾向的主要对策，各级政府应从各方面对互助组加以扶持和优待，逐步由低级形式引向较高级形式。

高岗的《报告》受到毛主席的重视和赞赏。10 月 17 日，毛主席将高岗的报告批给刘少奇、周恩来、朱德、陈云、彭真、陈伯达、胡乔木、杨尚昆，请他们阅后印出，分送各中央局、分局、各省市区党委，同时发给中央各部门、中央政府各党组。毛主席在批语中写道：“中央认为高岗同志在这个报告中所提出的方针是正确的。一切已经完成了土地改革任务的地区的党委都应研究这个问题，领导农民群众逐步地组成和发展各种以私有财产为基础的农业生产互助合作组织，同时不要轻视和排斥不愿参加这个运动的个体

---

①《刘少奇论新中国经济建设》，中央文献出版社 1993 年版，第 192 页。

农民。”[①]

毛主席对高岗《报告》的赞赏，和他关于农村问题的一系列批示与指示，使我再次认识到，自己在这一问题上的看法是错误的。

1952 年 6 月 9 日，关于处理富农成分党员的党籍问题，中央给东北局发来电报，指出：现在情况起了变化，过去关于对富农成分党员可以暂时保留其党籍的规定，今天已不适用，应即作废。同时说明，目前党和人民政府的政策，是允许社会上富农经济的存在和发展的，但共产党员则不准许剥削他人。

1952 年“三反”建设阶段，在东北局组织部会议上，我对自己在富农党员问题上的认识，作了检查。

1953 年 10 月，中央召开全国第二次组织工作会议，我在大会发言中也讲了关于富农党员问题。

建国初期，对“富农党员”这类问题，党内存在不同看法是很正常的，应该采取讨论的方式解决。

三、赴苏联考察

我们党夺取政权后，国家进入经济建设时期。党应该怎样领导经济建设，在企业中怎样建立党的组织，党组织在企业中的任务是什么，这些问题我们还不明确。正如毛主席在《论人民民主专政》一文中讲的：“我们熟悉的东西有些快要闲起来了，我们不熟悉的东西正在强迫我们去做。”

1950 年 1 月，经中共中央与苏共中央商谈，中共中央决定派一个“党的组织工作者赴苏代表团”去苏联考察、学习。苏联翻译为“领导干部代表团”。中央任命我为团长，中央组织部王甫和上海市委秘书长王尧山为副团长，东北局组织部秘书长金铁群为代表团秘书长，成员由中组部的同志和各中央局、省（市）委组织部长组成。中组部为代表团配备了专职秘书和翻译，全团共有 40 多人。

代表团出国前，在北京集中学习了半个月，除由外事部门的同志给大家讲解出国应注意的礼仪、纪律和有关事项外，主要是请中央各部委负责同志

---

①《建国以来毛泽东文稿》第二册，中央文献出版社 1988 年版，第 476—477 页。

作报告，介绍我国各个方面的发展情况，使我们在考察中，将苏共情况与国内情况有一个对照。

我们出发前，中央领导朱德、刘少奇同志在中南海接见了代表团全体成员。朱德在讲话中说：苏联是列宁的故乡，是世界上第一个社会主义国家。我们要搞社会主义，你们去要好好学习苏联老大哥的经验，以借鉴和指导我们的工作。刘少奇在讲话中强调，这是我党派出的第一个党的组织工作者代表团，主要任务是考察、学习苏联共产党各级组织是如何领导经济建设工作的，为我们党提供经验。

经过短期集训后，代表团从北京乘火车出发，经过漫长的旅途到达莫斯科。苏共中央联络部副部长和我国驻苏联使馆的同志到车站迎接，安排我们住进莫斯科大使馆。这时，李富春同志率中国政府代表团与苏联政府商谈经贸合作问题，也住在这里。我见到富春同志，说明了来访的任务。他笑着说：你是为党的组织建设，我是为经济建设，我们的任务都不轻松。

我们又与我国驻苏大使王稼祥见面。稼祥在东北工作过，我们比较熟悉。代表团在苏联参观访问期间，稼祥一直很关注我们的考察工作。代表团人数多，只有原志一名翻译，与苏联同志交流很不方便。我与稼祥谈到这一问题时，他说：我们在苏联有很多留学生，可以让他们帮忙。这样便解决了代表团翻译不够的问题。

代表团主要成员首先拜会了苏共中央组织部长库西宁。他是一位老布尔什维克，是苏共中央政治局的成员。库西宁很坦率地说：你们是我们的客人，但首先我们是同志，有什么要求尽管说。我们两个党的中央已商定好了，你们要多走一些地方，多看一看，我们还要多谈一谈，先休息好，我们再开始工作。我们感到苏联同志很友好、很诚恳、很热情。库西宁根据我们的任务，亲自为我们安排在苏联学习、参观、考察活动。

我们在莫斯科，第一项活动是拜谒列宁墓，这是各国共产党人和革命者到苏联后的共同愿望。代表团全体同志怀着崇敬的心情，瞻仰了伟大的无产阶级革命导师的遗容。我们参观了克里姆林宫和红场附近的名胜古迹。俄罗斯风格的建筑给我留下很深的印象。

苏共中央组织部的同志，向我们介绍了苏共在领导经济建设中的基本情况，和苏联党在领导经济发展中的做法。

他们在讲到苏联农村集体农庄运动时说，因为当时有很大一部分土地是由富农霸占着，苏联共产党和政府就采取了在全盘集体化基础上消灭富农阶级的政策，通过集体化运动，在农村消灭了富农阶级，农民统统加入了集体农庄。我们问，在集体化运动中，出现过什么问题没有？他们说：在一些地方，政府对农民采用“剥夺财产”“剥夺选举权”等要挟手段，强迫农民加入集体农庄。有的人为了报功，取得荣誉，虚报数字。由于党组织犯了错误，1930年，在一些地方出现了农民严重不满和反对苏维埃的事件。党中央发现这些问题后，立即进行纠正。斯大林在《胜利冲昏头脑》一文中，承认苏联党在集体农庄运动中犯了错误，没有正确地对待中农，违背了列宁讲的自愿原则。

在讲到发展工业时，他们特别强调斯大林讲的“落后者是要挨打的”观点，这给我们留下了深刻的印象。斯大林说：“旧俄罗斯的历史，其中有一点，就是常因落后而挨打。”蒙古、土耳其、瑞典、波兰和立陶宛打过它，英法的资本家打过它，日本打过它。原因就是它落后。发展工业是苏联共产党面临的一个新任务，必须要用新的现代的技术改造国民经济所有的部门。不实行改造，就不能在技术和经济上赶上和超过先进资本主义国家。这样，在苏联出现了改造国民经济的发展进程。

在谈到苏联党在经济各部门的组织形式时，他们介绍说：在农业机械站成立了政治部。党派出了大批党的工作者到农村中担任政治部的工作，为集

赴苏联代表团向保卫察里津烈士墓敬献花圈（前左为张秀山）

体农庄培养了领导骨干，清除了暗藏在集体农庄中的敌人和坏分子，巩固了集体农庄。

在苏联党的组织机构中，党委里设有工业部、农业部、商业部等专业经济管理部门，协助党委领导经济工作。基层党的任务是贯彻党的决议，和努力完成各项生产计划。

我请他们讲一讲苏联党组织的工作经验。他们介绍说，斯大林强调：单有党的决议，还不能保证事业成功，还必须有能够正确认识、领会和实现决议的人才，并且组织对于决议执行情况的审查。不实行这样的组织办法，决议就有变成脱离实际生活的纸上决议的危险。列宁指出组织工作的主要之点，是挑选人才和审查执行情况。苏联党根据这一原理，确定党的组织部门在实际工作中的主要任务，就是使党通过的决议与执行这种决议、审查这种决议执行情况的组织工作得到落实。

他们引用列宁的话说："从前所有一切革命党陷于灭亡，就是因为它们自傲，而看不见自己力量之所在，害怕说出自己的弱点。而我们是不会灭亡的，因为我们不怕说出自己的弱点，并且能学会克服弱点。"党必须进行批评和自我批评，不能掩盖工作中的缺点和错误，以此教育干部，如果能善于及时发现、认识和改正自己的错误，那就会是不可战胜的。

苏联同志讲的基本都是《联共（布）党史简明教程》的内容，讲得很系统，观点也很明确。我们的翻译原志翻译得也很好，代表团全体同志听得很认真。在延安时，我就读过《联共党史》，不过那时对书中写的一些问题认识不深，缺乏了解，也没有记住。在这里经他这么一讲，以后又到实际中作了考察，很多问题在头脑中留下了很深的印象。

他们又安排我们到一些部门和地方党组织去考察，而这种"考察"大都是听单位负责同志的长篇报告，谈他们的问题和解决问题的方法不多。针对这种情况，我向苏共组织部的同志提出：听了你们的报告，使我们对苏联共产党有了深刻了解，学到了很多东西，下一步是不是可以改变一下学习方式？我们代表团的同志希望多到工矿企业、农庄去看看，多接触基层的同志，采取座谈的方式，我们有什么不明白、不清楚的问题，与基层的同志一起讨论好不好？他们接受了我们的建议，报告少了。我们到企业、农庄等地，除了参观之外，就是以座谈会的形式，了解企业的状况，主要是他们的做法。

在莫斯科，我们详细考察了一个叫“锤头与镰刀”的工厂，这是一个有2000多名党员的大型炼钢厂，我们认为它的经验很值得我们学习。

这个工厂1934年1月以前就成立了工厂党委会，一名书记领导全厂党组织的工作，一名副书记负责宣传工作，此外还有政治研究室主任和宣传辅导员，全厂脱离生产的干部比较多。五年后，工厂党委有了工作经验，改善了领导作风，减少了工厂中脱产干部的数量，取消了各种工作委员会，在100名党员以上的大车间设有支部书记。

1939年，根据联共党章规定，工厂中党的基层组织有监督生产的职权。

为了使党中央的领导更接近在全国有影响的大工业企业，苏共中央决定在大工厂中设立党中央的组织员。这个工厂的党委书记又兼任了党中央的组织员。中央组织员是党中央在工厂里的代表，有建议党委会重新审查党委所通过的决议，建议行政机构重新考虑某些措施的权力。

他们对工厂党委会和车间党委会的职权和组织分工有明确规定：

工厂党委会是工厂党的领导机关，执行党员大会和党员代表大会所通过

在伏尔加河上

的决议。

车间党委会在解决本车间内有关生产问题和政治工作问题时，有权作出决定，车间党员必须无条件执行。

工厂中党的基本任务有五个方面：1. 紧密联系群众，向群众解释党的政策，在群众中进行宣传鼓动工作和组织工作，实现党的号召和决议。2. 加强劳动纪律，开展社会主义竞赛，动员群众完成生产计划。3. 与工厂中的松懈现象和经营不善的现象作斗争，经常关心改善工人的文化活动和物质生活条件。4. 用自己的工作来实现对工厂的政治生活和经济生活的领导，以保证工会和行政机构完成党的基本指示，但不得干涉厂长和工会的工作细节。5. 在整个管理系统中，积极协助贯彻一长制的原则。

党的基层组织监督生产的方式是：

1. 在工厂党委会议上和其他党的会议上听取厂长、总工程师和其他生产单位的工作报告，党员可以提出批评意见和建议。

1950 年与列宁格勒卡冈诺维奇农庄农民在一起

2. 如在生产中发现薄弱环节，党委会召集有关方面的工作人员开会，听取他们的报告，帮助找出其中的缺点和问题，并提出改正意见等。

3. 工厂党委的委员经常到车间、现场中去了解情况，给工作人员以具体的帮助。

4. 请先进工作者到党委会谈工作、生产、生活上的一切问题，使党委了解到一些不易了解的情况。

1950 年 5 月 1 日张秀山赴红场观礼的通行证

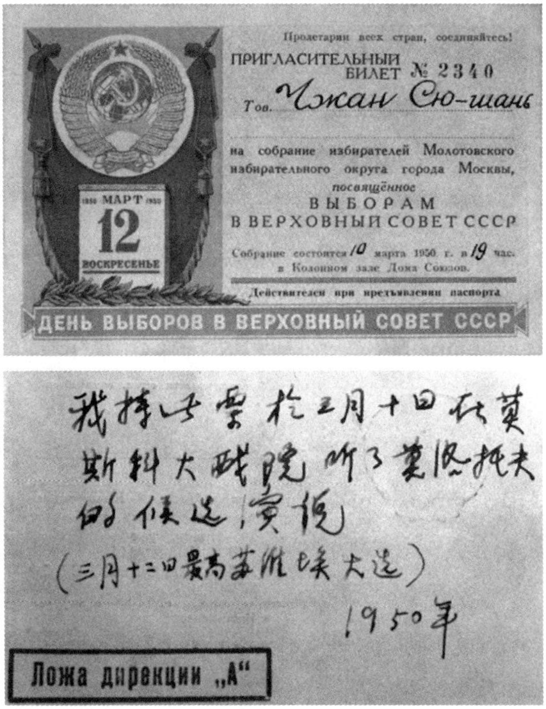

1950 年 5 月 10 日，张秀山在莫斯科大戏院听莫洛托夫的候选演讲

5. 党组织经常向党员了解情况并实行监督。

6. 党组织可向厂长提出纠正缺点的建议，厂长根据党委的建议发出指令，即党委通过厂长来纠正工作中的缺点和问题。

这些做法对我们都很有启发。

1953 年，我们在整党期间，东北局组织部曾将苏联这个工厂党组织的一些做法，向东北一些重点企业作过介绍。

苏联幅员辽阔，各地情况差异很大。从欧洲到中亚，从莫斯科到一些加盟共和国，苏共中央组织部的同志，为我们安排了很多地方参观考察。我们在苏联近五个月中，无论是苏联党政领导人，还是我们所接触到的苏联基层的工人、农民，对我们非常友好。

其间，我还参加了莫洛托夫选区选举委员会召开的大会，听取了莫洛托夫的演讲。会后，莫洛托夫接见了我们几个同志，送给我们每人一本很精致的《斯大林生平》纪念画册。我还应苏联红军总参谋长伏拉西克邀请，参加了苏联红军的庆祝大会。在列宁格勒卡冈诺维奇农庄参观时，我们还接受了三个农民自发送给毛主席的民族服装。

代表团的全体同志怀着崇敬的心情向莫斯科、斯大林格勒、列宁格勒、察里津等地的烈士墓敬献了花圈。

五一国际劳动节时，我们应邀登上了红场观礼台，观看阅兵仪式和莫斯科各界群众大游行。在这里，我们见到了斯大林同志。晚上，苏共中央的同志请我们在莫斯科大剧院观看了芭蕾舞《天鹅湖》等节目。

Пролетарии всех стран, соединяйтесь!
Пропуск № 07091
Тов. Чжан Сю-шань
на Красную площадь в день МЕЖДУНАРОДНОГО ПРАЗДНИКА ТРУДЯЩИХСЯ — 1 МАЯ 1950 года
Генерал-лейтенант ВЛАСИК.
Вход со стороны Москва-реки через Васильевский спуск, Москворецкий мост и ул. Разина.
ПРАВАЯ ТРИБУНА 7
Действителен при предъявлении паспорта
1 МАЯ

1950 年 5 月 1 日，张秀山持此请柬观看莫斯科红场阅兵并见到斯大林

在苏期间，我看望了在莫斯科学习的留学生，有些是中央领导和老同志及革命烈士的子女。有朱德、任弼时、叶挺、萧劲光、邹韬奋等人的孩子。有的虽是第一次见面，但都很亲热。当他们一一说起自己父亲的名字时，更加增添了我们对他们的感情，特别是那些已经失去父亲的孩子。这些年轻人，在苏联的学习条件很艰苦，但他们学习都很刻苦，很努力。他们向我反映了一些学习和生活中的困难。我跟稼祥说了。稼祥同志与苏方联系后，很多问题得到了解决。多年之后，他们当中有的人到沈阳农学院，以及我到北京后来看我，说我当年给他们解决了大问题。这些学生学成回国后，为国家经济建设做了很多工作，有的后来还担任了政府重要负责人。

我们回来时，稼祥安排朱德、林彪、博古的女儿随团一起回国。三个孩子多年在国外，二战期间在苏联经受了很多苦难，她们说的是一口俄语，中国话基本听不懂。我让秘书在旅途中，关照好她们的生活和安全。

6 月，我们回到北京，向中央作了详细的汇报。少奇同志说：你们的汇报，启发了中央的思想，知道了苏联党还有这样的组织形式。

当时我们刚刚建国，党对如何管理全国经济建设还缺乏经验，不大清楚如何建立相适应的组织形式。《东北日报》根据我们考察的情况，连续多天刊登专题文章，介绍苏联共产党在工业、农业等部门的一些管理经验和做法。之后，在许多方面都是学习苏联，借鉴他们的一些具体做法。

1950年在莫斯科和留苏学生贺毅、崔军、高毅、张代峡、叶楚梅、叶正达、叶正明、任岳

四、成立党的工业部

1950年，中央组织工作会议的预备会议，确定学习苏联共产党在工业部门的组织经验，各大区可选择某些城市试办党的工业部。少奇同志说："这种组织形式是可以学习的，这对我们的组织形式是一种思想上的启发。"

1951年5月，东北局召开城市工作会议，讨论建立党的工业部，和在工厂试行"一长制"，还是党委负责制等问题。会上，凯丰、王鹤寿、马洪等同志作了报告，很多同志发了言，认识不尽一致。旅大、沈阳、哈尔滨等市委提出成立党的工业部，以加强地方党委对工业的领导，其他有些省、市委也有同样的要求。但也有一些同志主张在省、市委下建立企业党委，来解决对工业的领导问题。东北局常委研究后，决定我到会上去讲讲。

对于是否应该成立党的工业部问题，我的意见是应该成立党的工业部。企业党委这种组织形式，事实上与市委重复。参加企业党委的人，大部分仍然是市委各部、委的负责人，党对工业的领导，依然是没有经常钻研，即指导业务的办事机构。

成立党的工业部的根据，一个是中央有试办的指示，少奇同志说，“这种组织形式是可以学习的”。另一方面，也是基于我们的实际需要与条件。目前我们党的组织部、宣传部、办公室，已经不能把对工业的领导都包罗管理起来。虽然市委各部门对工厂工作都很关心，但是没有专门管理机构集中力量去研究与经常管理工业工作。省、市委办公室也管工厂工作，但由于其所管的范围太大，包括城市、乡村、工业、农业、税收、财经等等方面，因而也不能很好地集中力量加强对工厂的领导。现实工作的发展，要求我们不能墨守成规，领导者要善于创造新的，适合执行当前工作任务的组织形式和工作方法。根据目前工业发展的需要，因此考虑在有些省、市委的机构中增设工业部。

党的工业部的性质是什么呢？它和党委其他各部、室一样，是党委的办事机构，是帮助省市党委检查、研究工厂工作，起草与提出有关工厂工作的指示、决定草案，但它不能单独向下级发布指示与决定。这样做是否会削弱市委对工业的领导？这正如组织部、宣传部并未削弱党委对组织与宣传工作的领导一样，只是一种加强。

有的同志问，成立党的工业部与党的其他部门在工作上是否矛盾、抵触？我说：党的工业部的工作任务主要是：检查工厂企业对国家生产计划和决议的执行，指导工厂党群工作、生产竞赛，创造好的典型车间，总结推广好的生产经验。这些工作与组织、宣传部门不是冲突，而是与各部门间的密切配合。对工厂工作进行全面检查，要由市委统一组织各个部门的力量，成立检查组。

工业部成立后，组织部、宣传部是否就可以不下工厂工作了？不是的，要正常下工厂做工作，否则就是错误的。

建立工业部有很多困难，最主要的是干部问题。有的省、市向东北局要干部，我的答复是“没有”。我说：这个问题，要按照周总理讲的办。周总理在政务院成立人事部时讲：“成立人事部的原则：第一不增加编制人数，第二不增加经费，但工作要做，部门还要建立。”成立工业部，我们也要按这个原则办，可从自身设法调剂解决干部。

各省、市委是否马上都要建立工业部？我说，这要看各省、市是否有工业、有需要、有可能的条件。有需要，具备了条件和可能，就可以成立，否则就不要成立。

关于工厂中的领导体制应是“一长制”，还是党委制问题，经过讨论，大多数同志都主张“一长制”。根据东北试行“一长制”的经验证明，这一制度对工厂的生产领导是适宜的。

对实行“一长制”争论的几个问题，我作了解释。

一是谁对国家生产任务负责，是党委，还是厂长？如果实行党委负责制，集体领导，会议通过了，就是党委对国家负责。但实际上，如果工厂搞不好，国家工业部只能处罚厂长，不能处罚党委（自然党委要受党内批评）。工厂是经济生产单位，不能搞教条主义，应该而且“必须实行厂长对国家生产负责的厂长负责制”。

二是厂长与党委如果发生不同意见和争论，是应该采取党委内部的少数服从多数办法解决，还是采取分别请示上级解决？我说：下面发生不同意见，一般说来，问题产生在上面。现在有火车、汽车，有电话，很方便，有争论，有不同意见，分别请示上级就可以很快解决问题。从实际情况看，这样的争论是很少的。有人认为这样违反了党章少数服从多数的原则。我说：“实际上并非如此，党内也并不是全靠表决来解决问题的，主要的是靠思想上的一致。遇到问题时，不要害怕争论，争论是正常现象，争论是研究问题，要提倡研究问题。不能因为一有争论就说是立场问题。更不能因争论者的职务不同，就认为有厂长立场、工会主席立场，照此类推岂不有组织部长立场、宣传部长立场，还有书记立场吗？看问题不能只从形式来看，要从问题的本质、具体内容中加以分析，否则以此作为领导思想指导工作，就会把我们引向糊涂道路。”

我们党现在对领导工业还没有太多的经验，但有一点必须认识，就是厂长负责制“是和近代化工业所需要的统一集中，专责管理”相符合的。

我又讲道：一些同志对实行“一长制”持有疑虑，担心厂长不能集思广益，妨碍民主的实行，这是有一定道理的。我们必须明确，我们的工厂是党领导下的国家企业，不是解放前资本家的企业。我们所实行的厂长负责制，必须保证党的领导（今天私人企业也必须接受党的政策，按政策办），必须贯彻民主制度，必须同管理民主化结合起来。把厂长负责制同依靠群众对立起来，同党与群众的监督对立起来，搞独断专行，片面强调行政命令，这是对厂长负责的曲解，是不允许的。我们要明确，所有的厂长，你们既不能有这种认识，也不能这样做。依靠工人阶级是我们党管理工业，办好工厂的基本思想，依靠工人阶级，就是依靠党的组织、工会组织，这个道理必须在工厂、企业里反复进行宣传教育。

讲通俗一点，就是：

厂长必须接受党委的领导和监督检查，必须听取工会的意见，发挥工会的作用；

厂长按时召开生产会议，讨论生产计划；

厂长向工人大会（或代表会）报告工作，进行批评与自我批评；

厂长订合同必须经过工人讨论——明确工人的义务，工厂的义务；

厂长要定期接见工人，采纳合理建议，接受工人的批评意见；

这些原则在实行厂长负责制后，不是削弱，而是更加需要明确和加强。

对于工厂中党政工团具体立场是否一致的问题。我们开始搞工业缺乏经验，曾经发生过厂长强调生产，工会强调福利的片面争论。有的同志说：工厂中党政工团总的立场是一致的，但是具体立场不相同。我说："立场，就是阶级立场，阶级立场是具体的，此外马恩列斯毛都没有讲过还有其他什么立场。工厂中的干部或党员搞的工作都是社会主义性质的国营企业，目标是一个——办好工厂，搞好生产。这没有什么具体立场的不同。"

有人说行政与工会的立场不同，好比两个人抬桌子，站的方位不同，就是两个立场。我说："这完全是一种形式逻辑的看法。只看表面形式，没有看两个人抬桌子的目的是一致的，如按这个逻辑推理，这个会场的 300 人坐在 300 个不同的椅子上，岂不是有 300 个不同的立场吗？"

也有人认为厂长代表国家，工会代表工人。我说："这是对行政与工会干部认识上的片面性。这样就把工人阶级领导的人民民主专政的国家，和工会立场对立起来，这种主观片面的思想方法没有认识到，不论是忽视工人福利或者单纯福利观点都是错误的。"工厂的"党政工团要强调统一性、专业性，不能强调特殊性；要强调全面性，反对片面性，厂长要有群众观点，工会不能有单纯福利观点"。[1]

关于省、市建立工业部问题，和在工厂实行"一长制"问题，现在看起来不算什么。但在解放初期，党究竟如何领导工业，却是很大的问题，这些

---

① 1951 年 5 月，张秀山同志在东北城工会议上的讲话。

问题不解决，就会严重阻碍着企业和生产的发展。

东北城工会议后，东北局确定在沈阳、哈尔滨、旅大等城市，进行建立市委工业部的试点。会议之前，已经在沈阳五三工厂（军工企业）等企业，进行了“厂长负责制”试点。

后来，有人对东北进行的“厂长负责制”试点有看法，认为是削弱了党的领导，把党委摆在了从属地位。中央在进一步研究后，决定实行“党委领导下的厂长负责制”。

五、抗美援朝中的后勤保障

1950 年 6 月 25 日，朝鲜爆发内战。美国操纵联合国安理会通过非法决议，组成联合国军出兵干涉朝鲜战局，同时派美国海军第七舰队开进我国台湾海峡。6 月 28 日，毛泽东主席发表讲话，表明了中国人民坚决反对美帝国主义发动侵朝战争，侵占我国领土台湾，把战火烧向鸭绿江边的严正立场。

战前准备

为了保卫东北边防的安全，7 月 13 日，中共中央作出《关于保卫东北边防的决定》，决定以 13 兵团及 42 军为主，组成东北边防军。这时，42 军正在黑龙江屯田垦荒。8 月中旬，各部队分别集结于安东、凤城、通化、梅河口、辽阳、海城、本溪、开原等地进行作战准备。

7 月，中央军委任命李富春和我兼任东北军区副政委，东北局常委、秘书长张明远兼任东北军区后勤部政委。8 月下旬，中央军委副主席周恩来两次召开会议，检查和讨论东北边防军的准备工作等问题。

10 月中旬，以美国为首的联合国军在仁川登陆后，越过三八线向北推进，将战火烧到鸭绿江边，严重威胁到我国的安全。

10 月 8 日，毛泽东主席正式发布组成中国人民志愿军的命令，“将东北边防军改为中国人民志愿军，迅即向朝鲜境内出动，协同朝鲜同志向侵略者作战并争取光荣的胜利。”“任命彭德怀同志为中国人民志愿军司令员兼政治委员”，“中国人民志愿军以东北行政区为总后方基地，所有一切后方工作供应事宜，以及有关援助朝鲜同志的事务，统由东北军区司令员兼政治委员高岗同志调度指挥并负责保证之。”①

10 月 8 日上午，彭德怀、高岗和翻译毛岸英等人乘飞机抵达沈阳。下午，彭德怀和高岗召集东北局和东北军区主要负责同志紧急会议。彭总传达了中共中央政治局会议精神，中央决定东北地区要全力以赴支援志愿军作战。他强调部队入朝作战的后勤供应问题，希望东北局和东北军区的同志认真研究部署，把各项保障工作务必落到实处，这是关系到志愿军出国作战成败的关键。

9 日，彭德怀在沈阳又召集参战部队 38 军、39 军、40 军、42 军和炮纵军以上干部会议，听取各部队作战准备工作进行情况，会议开了一天。

10 日，东北局常委开会，决定我到东北局党校作抗美援朝的形势报告，对党校干部和学员进行国际主义和爱国主义教育，向党内这部分骨干先打招呼，再由他们去做好主要基层单位群众的工作。这时，在党校学习的学员有很大一部分是东北地区各大厂矿党总支书记或委员、车间党支部书记或委员，他们大多是厂矿的劳动模范和新纪录的创造者，是工人队伍中的领导和先进分子。报告后，党校干部和学员展开讨论，批判崇美、恐美思想，增强民族自信心和自尊心。

党中央关于抗美援朝的决定正式公布后，东北各地，特别是大中厂矿迅速掀起为抗美援朝作贡献的运动。

17 日早晨，彭德怀、高岗再次召开东北局和东北军区负责人紧急会议，研究志愿军的后勤供应等问题，我和张明远等同志参加了会议。

19 日晚，彭德怀率中国人民志愿军分三路跨过鸭绿江，秘密开赴朝鲜前线。

三次赴朝

朝鲜战争爆发后，东北局的工作重点就转到了支援抗美援朝战争上来。我每天要看大量中共、苏共、朝共往来电报，志愿军、东北军区电报和电话记录，有些要立即作出决定，工作异常繁忙。

此时，新中国刚成立不久，国民经济正在恢复中，许多方面还存在大量的困难。但是，为了打败美帝国主义，我们必须作出最大的努力。这次战争

---

①《建国以来毛泽东文稿》第一册，中央文献出版社 1987 年版，第 543 页。

抗美援朝时期和贺晋年、甘渭汉在一起

与我们以往进行的战争不同。过去是在国内作战，物资都是就地补充，或是缴获敌人的物资作补充，广大群众是我们的后勤保障。但是在朝鲜战争中，我军的一切作战物资必须由国内运去，还包括一部分朝鲜部队所需的物资。这样，军需供应就成了一个大问题。

作战初期，我们几乎没有战备物资储备，没有建立后勤兵站，后勤补给渠道不畅通，加之敌人对朝鲜和我国边境地区的铁路、公路、桥梁进行狂轰滥炸，后勤保障任务十分艰巨，困难极大。

在东北局会议上，我提出：先从各县紧急抽调一批县长、县委书记和干部，去组建后勤兵站，并到朝鲜组建后勤分部。军区人员不够，可以从东北局、东北人民政府机关，以及各省抽调一些负责干部去做这方面的工作。东北局常委会同意我的意见。在此期间，先后抽调6名东北局委员、4名东北人民政府部长，及数名省级干部，充实到军区后勤保障工作中。东北局政策研究室的干部都去了朝鲜。以后，中央军委陆续从全国抽调来一些后勤工作人员，逐步建立和完善了后勤分部。这些后勤分部建立起来后，东北局调出去搞后勤供给工作的党政干部陆续地调回来，但仍然有一部分同志留在了后勤部门，后来，他们就长期在部队搞后勤工作了。

张明远在辽沈、平津战役期间，在冀东负责支前工作很有成效，受到参战部队的高度赞扬。东北局决定他全力以赴负责参战部队的后勤保障工作。

在我军后勤保障工作最艰难的初期，1950 年 11 月初到 12 月中，我三次到朝鲜战场。

第一次是 11 月上旬，志愿军取得了第一次战役的胜利。我代表东北局和东北军区去朝鲜，了解志愿军后勤供应工作，并慰问志愿军将士。

第一次战役是从 10 月 25 日开始，共打了 13 个昼夜，歼敌 1.5 万人，取得很大胜利。第一次战役的胜利，使我军站稳了脚跟，坚定了打败美国侵略者的信心，对坚持继续作战，有重大意义。

我在前线了解到，我军在朝鲜作战条件很艰苦。朝鲜北部是一片山区，在这里打仗，对我军有利的一面，是可以发挥我军吃苦耐劳，穿插迂回，打击敌人的优势。十分不利的是，朝鲜北部的交通条件差，又是在山地作战，山高路陡，弹药、粮食供应很困难。有的部队在十几天的战斗中，每人仅带了 7 天的粮食，战斗时间一长，部队都吃不上饭。为了防止敌人的空袭，部队又不能点火做饭，给我们造成很大困难。

此次胜利虽然阻止了美军的疯狂北进，但敌人仍然继续坚持其军事进攻的计划，向朝鲜战场运送大批作战物资，出动大批飞机轰炸鸭绿江上的铁路大桥、渡口，和朝鲜北部的我军交通运输线及集结地区。而此时正面临朝鲜寒冬的到来，部队野外露宿，难于保存战斗力。志愿军后勤保障工作面临着空前严峻的局面。

我们立即向中央作了汇报，中央领导极为重视。为了确保运输畅通，周恩来说：“只要东北提出要求，我们愿全力以赴，帮助你们解决问题。”

为了打好第二次战役，11 月 13 日，志愿军党委在志愿军总部召开扩大会议，总结第一次战役经验，研究第二次战役的作战方针，中朝双方相互配合作战等问题。

根据会议要求，中央指示东北军区与朝方商讨后勤援助问题。为此，11 月中，我第二次入朝，与金日成首相会面，主要是听取朝鲜方面的意见。这次走得很急，我只带了秘书、行政处长和警卫员，乘吉普车直接到达朝鲜的江界镇。当时天气非常冷，路面被炸弹炸得破破烂烂全是坑，路上又结满了冰，车轮直打滑，有几次险些撞到路边的房子上。到达金日成的驻地后，我与金日成同志单独进行了面谈，听取他对我方援助的意见。他谈到：美军仁川登陆后，朝鲜人民军有两个军团，计10个师被分割在三八线以南，与后方失去联系，也失去供应，情况不明。他还提出东北可否先接收安置一批朝鲜儿童。这些儿童已失去父母，现在无法生活。谈话后，我们连夜返回安东。我把与金日成会谈的情况向中央和东北局作了汇报，提出对朝援助的一些意见。

之后，高岗和张明远去朝鲜，与彭德怀等一起研究志愿军的后勤保障问题。同时，高岗和彭德怀与金日成进行了会谈，就对敌作战和援助等方面的重大问题，形成了一致意见。会后，高岗和彭德怀向中央提出：仅靠东北军区后勤部门已不能满足朝鲜战场的需要。中央军委决定建立志愿军后勤司令部，由洪学智和邓华分别任司令员和政委，所需干部由东北局负责调配，并决定把九兵团的后勤部扩建为第四分部。到第二次战役发起时，我们已经在朝鲜建立了四个后勤分部，后勤保障人员逐步达到六万多人。

这期间，我们在沈阳、安东等地建立了一些中、小学校，安置了很多朝鲜儿童在这里上学和生活。这些孩子50年代中期陆续回国了。

第三次去朝鲜，是12月中旬，主要是去了解东线志愿军的后勤供应问题。

第二次战役是在朝鲜东西两线进行的。此前，中央急调宋时轮的第九兵团（辖第20军、第26军、第27军共12个师）赴朝参战，担任东线作战任务。毛泽东对宋时轮说：东线打得好与不好，都将决定全局。为了加强后勤保障，改善供应，毛主席指示志愿军要抓紧修路。要求东北军区“用一切可能办法，保证东西两线弹粮、被服（保障御寒）之供给”。

九兵团是从华东地区调来的部队，他们从11月7日开始，由辑安和临江入朝。由于作战任务很急，部队从关内来时，穿的衣服很单薄，我们把军区仓库中所有的棉衣都拿出来了，仍然来不及保证所有战士都穿上棉衣，很多战士是穿着从关内来时的单薄服装就紧急过江了。

第二战役从11月25日至12月24日，历时一个月。

11月27日，正当九兵团向敌军发起进攻战时，东线战区普降大雪，积雪过膝，气温骤降到零下40摄氏度，恶劣的天气，给作战和弹粮补给带来很大的困难。我近四十辆装满物资的汽车也在前往东线的路上，被美军的燃烧弹炸毁，给仓促入朝作战，又缺乏在严寒地区作战和御寒经验的九兵团带来了严重困难。我军在冻饿及非战斗减员严重的情况下，仍坚持顽强作战，歼灭敌军。这是很了不起的，世界上只有我们共产党的军队才能做得到。

12月中旬，我第三次赴朝，带领东北军区赴前方检查后勤工作的人员，前往东线九兵团驻地。东北局机关派了开车技术最好的王师傅给我开车。我们的车一过鸭绿江，志愿军司令部的同志已在那里等候，我们一起直奔前线。一路上不时有敌军飞机轰炸和扫射。去下碣隅里只有一条很狭窄的山路，刚刚能过一辆车，路上有很多弹坑，路旁边是悬崖峭壁。晚上，车走在盘山路上，又不能开灯，一路真是很危险！

张秀山和志愿军参谋长解方

14日午夜，我们抵九兵团驻地，没有休息，连夜听汇报，并去看望伤员和战士。我看到南方来的战士不习惯穿鞋袜睡觉，脚都冻伤了。

九兵团司令部是设在过去日本人挖的山洞里，住在里面还比较安全，不怕敌机轰炸，但洞外敌机随时来扫射。早上战士在洞口外想为我们烧点开水，锅也被敌机子弹打漏了。

九兵团作战的东部地区是朝鲜最苦寒的山区，山高沟深，自然条件极为恶劣。我军作战时，下碣隅里一带气温在零下40摄氏度左右，许多战士因所发的棉衣、鞋子单薄，被冻伤。九兵团三个军的减员中，冻伤减员占了百分之六十到七十。加上作战区几乎无路可行，运输工具又不足，给养送不上去，战士连日饥饿受冻，非战斗减员数目很大。我听后非常焦急，对后勤负责工作的同志说：要下决心就是用人背也要保证把给养送到前方。我和宋时轮、陶勇等兵团首长商量，建议从东北军区抽调两个师，替换九兵团非战斗减员严重的部队。但九兵团的同志不同意，提出派干部回东北带领与训练新兵以补充部队的减员，表示要坚决战斗到底。

根据这种情况，15日晚，我立即给彭德怀、高岗并报毛泽东主席发了《九兵团减员情况报告》的电报。报告如下：

彭德怀、高岗并报毛泽东主席：

我十四日夜抵九兵团，该兵团减员情况十分严重，尤以冻伤甚多。作战时下碣隅里一带气候在零下四十度左右，且道路难行，运输工具不足，给养运不上去，连日饥饿，非战斗减员数目很大。根据各军尚不完全之报告，二十军战伤亡10712人，冻伤11500人，共计22212人。现编制五十八师一七二团全团仅编一个排，而其中又仅三人能走路，一七三团、一七四团均各编八个班，且大都不能走路，五十九师每团编一个小营，每连仅编四到六个班。二十六军战伤亡3千余，而冻伤仅七十七师即达7千余人，其中重伤者每团约8百人。二十七军战伤亡5499人，其中亡1764人，冻伤仅七十九师后送者达2157人。现编制七十九师之二三五团，共编四个连，二三六、二三七两个团共编三个连，九十四师两个团编七个连，八十师二三九团编七个班（机关除外）。三个军减员共约4万左右，其中冻伤占百分之六十到百分之七十。

（一）根据以上情况，部队如不休整一二个月恢复体力，补充新兵，很难再战。我建议把减员大的军师调回东北，但九兵团首长及各级干部仍坚持再战，不愿回东北，只计划派干部回东北带领与训练新兵。但前方因敌机阻扰与露营补整困难，到东北补充休整后，再车运前方较好些。

（二）后勤供应问题，已同宋（时论）商定，二、四两分部由九兵团后勤统一指挥，九兵团后勤即为东线后勤。我二十军之干部正组织输送物资，首先督促将汽车前送。近日部队给养由于组织人力背，情况稍好，我们同九兵团正在组织给养前送与伤员回转。

张秀山

一九五〇年十二月十五日

12月17日，毛泽东即发出“关于九兵团开回东北休整补充给彭德怀等的电报”。电报中说：“九兵团此次在东线作战，在极困难条件之下，完成了巨大的战略任务。由于气候寒冷、给养缺乏及战斗激烈，减员达四万人之多，中央对此极为怀念。”提议当前作战结束后，整个部队“开回东北，补充新兵，休整两个月至三个月，然后再开朝鲜作战。”[1]

---

①《建国以来毛泽东文稿》第一册，中央文献出版社1987年版，第724页。

志愿军总部领导和九兵团研究后，再致电毛泽东。12 月 21 日，毛泽东同意九兵团在朝鲜咸兴地区休整，只将重伤员运回东北。同时抽出干部回东北带训新兵。我们速运棉衣、棉鞋至九兵团驻地。又组织了两个师的兵力补充九兵团。

后勤保障

在志愿军入朝作战近三个月后，1951 年 1 月下旬，东北军区在沈阳召开了第一次志愿军后勤工作会议。会议由东北局副书记、东北军区副政委李富春主持，中央军委副主席周恩来、代总参谋长聂荣臻，及军委总部的同志参加了会议。会议主要是研究、解决保障前方供应的运输问题。会上决定，为保证抗美援朝战争的胜利，决心建设一条打不断、炸不烂的钢铁运输线。

朝鲜战争开始后，由于我们没有制空权，运输线长，且频遭敌机轰炸，前线的物资供给十分困难。我们想尽各种办法，调动各方面的力量，克服各种困难，把前线所需要物资尽快送去。但是仍然不能解决赴朝作战部队生活上的困难。到了冬天，战士们在冰天雪地里吃一把冰雪，啃一口冻成冰疙瘩的硬馒头，有时啃也啃不动。前方部队打电报给我们，要求向朝鲜前线送一些炒面，以解决部队的吃饭问题。我们接到电报，立即布置加工炒面的生产任务。东北军区决定，保证补足前方战士每人 10 天的炒面。但因前方部队数量多，需要量大，仅靠现有的加工生产能力，按时间要求加工出来有困难。于是我们就组织动员各级党政机关的食堂加工炒面。为了防止敌特在加工的炒面里投毒破坏，各级党委组织党员干部不分昼夜地在厨房中轮流值班。为了给战士增加营养、恢复体力，还尽量设法供应一些猪肉和罐头。在沈阳机关、工厂、学校的院子里，支起大锅昼夜煮肉，火速装箱运往朝鲜战场。各单位在装炒面的口袋上、装肉的木箱上贴上布条，注明是哪个机关、单位加工的，由哪个人负责。

朝鲜北部 12 月至第二年 1、2 月是最寒冷的季节，4 月化冻以后，道路泥泞，不便运输。我们要求汽车运输部门，抓住化冻之前这段时间，加紧多运一些物资，尽量运到距部队只有一天路程处，保证三到五天的粮食储备。各兵站必须经常做到，能有部队携带的两个基数的弹药。

这时，全国人民掀起了“抗美援朝、保家卫国”的热潮，把抗美援朝同国内的经济恢复建设紧密地结合起来。这期间，美军飞机经常对我境内进行空袭，白天常常无法工作，东北地区党政机关的所有干部和工作人员，每天晚上都要加班工作，一般晚上都要加班三个小时左右。

在抗美援朝期间，由于敌机对我东北境内的工业城市进行轰炸，为了保证后方的工业生产能力，支援前线，东北局作出决定，把敌机轰炸范围内的一些大工厂，如沈阳、本溪等城市的工厂，向北满地区搬迁一部分。这部分工厂搬迁到北满后，很快在那里形成了生产能力，支援了抗美援朝战争。同时，通过这些工厂的搬迁，使原来的一个工厂变成了两个工厂，扩大了东北地区的工业生产能力，使东北地区的经济得到了发展。

在此期间，东北局还重点加强了对军工生产的领导，以保证前线的需要。抗美援朝前线使用的武器装备，除了苏联援助的一部分外，其他的全靠我们自己生产。为了加强军火生产能力，文官屯的沈阳五二兵工厂，在很短时间内，就炼制出了特种钢，用这种钢可以直接压铸成炮弹壳，改变了用车床车削炮弹壳的老工艺，大大提高了生产率。为此，毛泽东主席专门打电报表示祝贺。

抗美援朝战争中，东北人民与全国人民一样作出了巨大贡献。据统计，

后勤兵站的同志将弹药运往前线，掩藏在隐蔽的地方

仅沈阳市人民就捐献960亿元（旧币），买飞机61架。1951年，东北地区农村民兵参加志愿军的人数，占全区志愿军人数的71%。战争期间，东北地区农民参加过抗美援朝担架队、运输队、民工队的有61万，其中随军入朝的有21万多人。另外，赴朝担任各种运输和勤务工作的铁路员工、各单位抽调的汽车司机等各种专业人员达万人次。

1950年11月，志愿军入朝作战的消息公布后，东北地区最先开展了爱国主义劳动竞赛和增产节约运动。这一年，东北的国营工业超额11.5%完成了全年生产任务。1951年下半年至1952年，东北地区为国家增产节约了相当2737.7万吨粮食的财富。

1952年10月，赴朝慰问归来的刘景范与张秀山、贺晋年、冯佩明、贺光辉、刘军

东北的军工厂担负着为朝鲜前线生产武器和弹药的任务，工厂工人提出：前线需要什么，我们就生产什么；前线什么时候要，我们就什么时间给。工人们加班加点争着提前完成和超额完成任务，支援朝鲜战场。

这时的东北真是充满了革命的战斗气氛。毛主席和党中央给予东北党政民高度评价。

抗美援朝战争经过两年零九个月，中国人民志愿军和朝鲜人民军并肩作

1953 年朝鲜停战后李克农送张秀山板门店谈判会址外景照片

战，在战场上连续取得胜利。经过五大战役，把美军赶过了“三八线”。到1951 年，迫使美军开始了和平谈判。经过一段时间的谈谈打打、打打谈谈，1953 年 7 月，美国不得不在板门店停战协议上签字，抗美援朝终于取得了伟大胜利。至此，东北繁重的后勤供给运输任务才缓和下来。

停战后，李克农同志回到沈阳时，同我谈了谈判中的一些情况，并送我一张板门店谈判会场外的全景照片。他是板门店谈判的一线指挥，从 1928 年开始就在周恩来同志的直接领导下，长期从事我党中央对外联络工作，具有丰富的斗争经验。他对东北人民支援朝鲜战争所作的重大贡献非常自豪。美军第八集团军司令范佛里特也不得不承认：“虽然联合国军的空、海军尽了一切力量，企图切断共军的供应，然而共军却以难以置信的顽强毅力把物资送到前线，创造了惊人的奇迹。”

彭德怀同志曾经多次说过：“抗美援朝战争的胜利，百分之六十至百分之七十应归功于后勤。”这是东北地区党和人民的骄傲。

六、党的建设

党的发展与问题

我党很早就在东北地区建立了党的组织。但是，在日本侵略者占领和野蛮统治时期，党的组织遭到了严重破坏。

1945 年日本投降，我们党进入东北后，东北的党组织才得到恢复，并在战争和土改运动中迅速发展壮大起来。到1950年底，全地区共有党员63.6万多人（包括候补党员13.7万人），其中厂矿铁路系统党员11.6万多人，农村党员30.5万多人，其余是机关、部队、学校中的党员。全区共有党的支部36361个，其中厂矿铁路支部4462个，农村23655个，其余为机关、部队、学校支部。在战争、土改、生产运动中，绝大多数党员经受了考验，发挥了很大作用，特别是在抗美援朝中，显示出了党员的模范带头作用。①

但是，革命胜利后，尤其是进城以来，在和平环境中，官僚主义、命令主义，追求享乐等现象，在我们的一些领导机关和领导同志中滋长起来，有的不愿再做艰苦的组织工作。而最主要的是脱离实际、脱离群众、缺乏实事求是的精神、当官做老爷、腐化堕落、闹名誉、闹地位、闹待遇、要权力、违法乱纪在蔓延。这些正在败坏党的声誉，破坏党的事业，腐蚀干部的思想，损害人民的利益，成为当前工作的最大危险。

党的队伍中出现这样的问题，原因是多方面的：一是东北与关内各抗日根据地比较，是一个新区，党组织对群众和积极分子宣传教育工作不够充分，特别是在三年解放战争中，对建立党组织之前的思想准备与组织准备不够，对要求入党的同志未进行过比较有系统、有计划地思想教育，没有及时将他们反帝反封建的觉悟再提高到解放全中国、为工农大众服务的思想认识上来。二是这期间，一些主持建党工作的干部，存在着掌握党员标准及入党手续不够严格，有贪多求快，追求数量的问题。三是对于有的地方出现的“自报公议党批准”的建党方法，党的组织部门没有能够及时地采取自我批评的方式，彻底加以否定。四是在党员的教育方面，偏重于时事政策，缺乏党员标准、党性和党内基本常识的教育。

全国解放之初，党中央就很重视党的组织建设工作。在1951年3月第一次全国组织工作会议前，召开过两次筹备会议，研究组织工作中存在的问题。认为，我们党内还是存在问题的，有些地方则存在严重问题；在一部分基层组织中，有相当数量的党员不够标准，或完全不够标准。

1951年5月5日，第一次全国组织工作会议后，党中央下发了《关于整顿党的基层组织的决议》和《关于发展新党员的决议》。

为贯彻党中央的决定，我们召开东北地区组织工作会议，东北各省、市

---

①《东北局组织部关于东北地区14个月整党建党实施办法》1951年11月26日。

委组织部长和东北局直属机关的人事工作、组织工作负责干部参加了会议。会上讨论了整党问题。

大家认为：中央提出之整党不但一般地适合于东北，且亦为东北党的组织之实际情况所迫切需要。整党要防止与克服对此认识不足或发生过火的偏向。

对于整顿党风问题，东北局常委多次开会讨论研究。1949 年 8 月 27 日东北人民政府成立后，在 9 月初的东北局干部会议上，高岗作了经过东北局常委认真研究过的报告。《报告》中特别指出：个别党的干部在进城后，在和平环境下，受资产阶级腐败思想的影响，走向了腐化和堕落的严重问题。针对在干部队伍中出现的要权力、闹地位问题，东北局明确指出："我们共产党人所追逐的唯一目标，应该是在任何岗位上把工作做好，把全部智慧、能力贡献给人民事业，而不是计较个人的得失。从我们革命者本身来说，我们必须懂得最大多数人民的最高利益，也是我们共产党人的最高利益。这是我们最高利益的最高准绳，除此之外别无其他"。什么是"荣誉""地位""待遇"？《报告》中讲道："至于'荣誉'，那是人民根据你对整个事业的贡献而给予你的鼓励"；"'地位'则是人民给你的责任"；"'物质待遇'则是人民根据你对具体事业的贡献而给你的适当的酬劳。这种酬劳不是平均'供给'的，也不是靠吹嘘与蒙骗，而是看你对人民的实在的贡献大小而定的"。①

《报告》体现了东北局对党员的要求。后来，这个《报告》以《荣誉是属于谁的？》为标题发表在《东北日报》上。

党员标准

这时，东北农村党员和支部占了全区近一半或一半以上。在整党中，有一种对于农民党员估计过低的偏向，认为"农民党员无论在土改时斗争地主或生产运动中之积极带头，因皆系与其本身利益一致，因而认为这是自私自利的行为，并不是什么觉悟程度"。

我在会上说，这样的认识"是忘记了在过去，党曾依靠他们完成了伟大的反帝反封建的历史任务，今后他们还将继续发挥重大作用。在我们这样一个从反帝反封建斗争中生长壮大起来的新的国家之中，当拥有了城市与工人

---

①《东北日报》1949 年 11 月 10 日。

见面之后，如割断历史地来看待农民党员是不适当的。应当承认农民党员过去在党的号召下，所完成的土改和生产斗争的任务是与无产阶级的利益是一致的，是农民党员有了阶级觉悟的表现。应将此种反帝与反封建的觉悟，继续不断地提高到共产主义觉悟上去”。

对此，我们组织部特别提出对农民党员要注意两种偏差：既不应割断历史轻视农民党员在革命斗争中之应有作用，亦须防止拘泥于旧的情况降低了党的水平。对农民党员估计过高或过低，都会直接影响整党工作的贯彻，或发生混乱过火，同时也会放松对农民党员加强教育的严重任务。

关于党员标准问题，有的省提出三条，有的市主张把八条修改成五条；有的省提出“四个方面”，有的市提出“三原则”，等等。

我说：党员八条标准[①]是经过党中央慎重考虑后决定的，是正确的，一定要坚持，不能修改和降低。党员“在承认党纲党章问题上，更重要的还必须包括有牺牲个人利益，服从革命利益需要的决心，这应成为测量党员好坏与是否够标准时的一个最重要的尺度”。

有人说“用八条衡量党员，一个也不够标准”，“要一扫光”。

我说：这种说法是不对的，我们绝大多数党员是合乎这个标准或经过教育后可以达到这个标准的。要防止机械地用八条标准衡量党员，要从实际行动中去考察党员。凡能够在行动上经常做到服从党与革命利益者，也即是具有阶级觉悟够党员标准的具体表现。认识问题要符合实际，如一些工人党员虽不善于口头宣传，但能以本身的模范行动执行党的决议，影响并带动了他人，这在实际上，亦即起了一定的组织领导作用。八条标准也不是今天讲了，明天就可以达到，这要经过思想斗争、思想改造的过程，但也绝不是不能达到的。

我明确讲到：坏分子是必须要清洗的。对落后的暂时不够标准的党员，应给他指出其优、缺点和奋斗目标，只要他来登记，应留在党内教育，等待其提高。等待多长时间？大体上规定整党教育后留一年，一年以后仍不够标

---

① ①中国共产党员是工人阶级的先锋部分；②中国共产党的最终目的是要在中国实现共产主义制度；③中国共产党必须一辈子坚持革命斗争；④中国共产党进行革命斗争必须在党的统一领导之下；⑤中国共产党必须把人民群众的公共利益及党的利益摆在自己的私人利益之上；⑥中国共产党在革命斗争中必须勇敢坚决；⑦中国共产党必须为人民群众服务；⑧要努力学习，使自己的觉悟更加提高。

准，再请他退党，或编入同情小组。必须使全党了解：整党是为了积极地提高党员的觉悟水准，给党员以前进的力量，而不是消极地要党员退党，“整党主要是教育”，必须做好整党教育工作。[①]

整党试点

我们决定先开展整党的试点工作。东北局确定了46个试点单位，其中工厂支部28个，农村支部7个，机关、学校和企业支部11个。这些整党试点单位的整党工作，总的来说是成功的。经过整党教育，绝大多数的党员在政治觉悟上都有了提高，党员和群众的关系更加密切了，工作更积极了，生产也提高了，能够更好地团结和带领广大群众完成生产任务。

通过整党试点，我们取得了整党的经验，培养了一批干部。同时各省、市也培训了一批整党骨干，为下一步整党工作的全面展开，打下了有利基础。

当然在整党试点中也存在一些问题：有些单位教育工作搞得还不很好，没有很紧密地结合当前的具体政策和党员的思想实际来搞。对党员组织处理有的单位掌握得不够准确，有一些该登记的党员没有及时让登记，同时，又有个别坏分子没有及时清除出党。

1951年8月，东北地区的“三反”运动开始后，东北局决定把整党与“三反”运动结合起来进行。

10月，我们召开东北各省、市委组织部长、宣传部长参加的“整党试点工作”会议。根据试点单位的情况，我讲：整党工作领导干部要亲自动手，要面向支部，深入到支部，经常检查和总结经验，纠正偏差。组织部长、宣传部长每人都要当教员。只有大家都动手，做好宣传和教育工作，整党工作才会做好。

我们要求各单位把整党和整风结合起来。现在开始进行的“反贪污蜕化，反铺张浪费，反官僚主义的整风，就是整党的开始”。

从沈阳市几个试点单位来看，整风以后，不但提高了工作效率，发现了好干部，扶持了正气，打击了歪风，也发现了某些领导的弱点，揭发出一些干部的贪污腐化问题。

---

① 1951年10月24日，张秀山同志在省、市委组织部长、宣传部长会议上的总结报告。

整党全面展开

东北整党试点工作之后，我们对全东北的整党工作进行了安排部署。根据试点的经验，整党的步骤安排为：动员—教育—登记—鉴定、审查—处理—整顿支部工作（如支部进行改选）几个环节进行。

要求工矿企业整党工作在1952年内完成；农村的整党工作主要利用农闲时间进行，到1953年冬季完成；新区不进行整党，其主要任务是镇压反革命，改造政权，训练干部，巩固党的组织。同时要求各地党组织坚决贯彻党中央的整党方针，认真进行广泛的共产主义宣传教育，提高党员的共产主义觉悟和政治水平。

我们要求各级党委必须加强对整党工作的领导，各级领导干部要亲自动手组织力量，训练整党干部，并把整党工作和整风工作有机地结合起来。

对于不同地区和单位，我们提出了不同的要求。工矿企业要与爱国增产节约运动相结合；农村要与领导农业、副业生产相结合；机关、银行、贸易、邮电、合作部门要与反贪污浪费反官僚主义相结合。①

在整党与增产节约运动相结合上，我们抓了沈阳五三工厂这个典型，总结出党的基层组织如何领导生产的先进经验，即“五三工厂的党组织抓住了关键环节——推广了先进经验，注意了政治与技术的结合，领导职工学习和提高了技术”。

到1952年，东北地区已有150万产业工人，其中只有11万名党员，党员所占的比例数不高。我提出，组织部要把建设各级党组织，提高党员质量，作为党的工作的重点。各地党组织要把那些积极要求入党，符合党员条件的工人、农民吸收到党的队伍中来。对于解放较晚的新区，在发展党员的问题上，应持积极慎重的态度。

东北军区的所属部队，也在这个期间进行了整党工作。

到基层讲党课

整党全面开始后，我要求各省的组织部长、宣传部长亲自负责做一个支部的整党试点或教育工作，我对他们说：“做好整党建党的关键在于对党员与非党积极分子充分地进行共产主义与共产党教育。”“重要的课程需由省、市

---

①《东北局组织部关于东北地区14个月整党建党实施办法》1951年11月26日。

1951 年，张秀山在沈阳

委委员亲自去讲。”

我担任党课教员，讲的第一个题目是《一切共产党员的斗争和工作必须在党的统一领导下进行》，着重讲了共产党员，要认真执行党的方针政策和党的决议，严格遵守党的纪律，积极参加党所领导的革命运动和社会主义建设工作。

我还到沈阳七二四厂给工人们讲《怎样真正从思想上入党》的问题。讲完之后，我同工人座谈时，他们说“听得懂”，有的还说：“我要努力工作，争取加入共产党！”

我对到农村去讲党课的同志说：给农民讲课要注意通俗易懂，简单明了，不要光讲一些名词、概念，不能讲得太多。中央宣传部编了《怎样做一个共产党员》的课本很好，但是也不能简单的照本背条文。我们当教员的必须先把内容弄明白了才行。有的同志一讲就是四五个钟头，党员说：讲得倒很好，就是听不懂，记不住。如果讲得人家听不懂，那就是没有讲好。讲了很多，人家记不住，白搭工也没有用。农村党员文化不高，或没有文化，必须针对农民的认识和理解程度来讲，要用农民能听得懂、记得住的语言讲。把新名词尽可能变成农民的语言，使他们能接受，才能提高他们的政治思想水平，达到上党课的目的。

比如说“个体经济”，农民不懂，说“单干”就懂得。比如讲我们最终的目的是共产主义，有的同志咬文嚼字地讲“最终目的”，讲了半天，党员只记住了“最终目的”四个字，但最终目的是什么却还是不知道。如果我们用农民的话讲，就是：共产党现在干啥？将来干啥？我们说，现在建设新民主主义，将来是实行共产主义。建设新民主主义就要搞好互助合作，多打粮食……当然，对农民讲共产主义是不大好讲的。农民总是以私有观念来想象共产主义。他们想象中的共产主义就是把东西归公，平均分配。他们认为土地改革就是共产主义。我们要说明共产主义是靠发展生产，生产是用新的科学技术，并且不断地提高，生产出无限丰富的产品才能实现。实行共产主义绝不是没收农民的东西。现在农民家里那点破破烂烂的东西，到共产主义时有谁稀罕呢？……

有的同志讲：体力劳动与脑力劳动间对立的消灭。结果党员理解为：将来，体力劳动消灭了，脑力劳动也消灭了。这当然是严重的误解。要讲清这一点，就说：到那时候，所有劳动的人都有文化，所有有文化的人也都劳动。为什么所有的人都有文化呢？因为一切生产都机械化自动化了，人的劳动时间减少了，就可以有很多时间学文化学科学。而且劳动人民的小孩子从小就有上学的机会。这样讲农民就会听懂了。还有的同志讲：每个人的个性得到发展，就更难理解了。因为一般人讲的个性，就是脾气，说“发展个性”就理解成为“发展脾气”，那就糟了。要说明这一点，就说：旧社会里常常讲英雄无用武之地，到共产主义社会时，每个人有什么本事都能施展出来。要举上一些例子加以说明，农民也可以明白。

总之，讲课不能照条文搬，不能贪多，一定要把主要的讲明白，使农村党员懂得共产主义好，实现共产主义要靠发展生产，使之打消顾虑，愿为共产主义奋斗。还要说明怎样走向共产主义，讲明要领导农民走合作互助道路，不走富农之路。在批判富农思想时，不要把什么都说成富农思想——盖房子也是富农思想，吃点好的也是富农思想，这样随便把面扩大是不对的。批判的方法也要注意，表扬好的典型，有了好的样子，也就等于批评了坏的，促使其自觉的检讨错误，向好的学习。[①]

领导干部讲党课，对党员，尤其是基层同志启发很大。

七、“三反”“五反”运动

运动初期

中国人民志愿军入朝作战后，由于东北地区担负着支援抗美援朝战争的重任，财政、经济显得吃紧。周总理说：东北有什么困难，中央全力帮助

① 张秀山：《给农村党员讲党课要注意通俗》，东北局《农村整党简报》1952 年第 9 期。

解决。但是，这时全国刚刚解放不久，有些地方还在进行剿匪，经济也很困难。我们决定从自身挖潜着手，以减轻中央的压力。

1951 年 5 月，东北局在城市工作会议上提出，工业战线开展增产节约运动。依靠工人阶级的力量克服经济困难。后来，这个运动推广到全东北各个行业和部门。

在增产节约运动中，东北局发现一些部门存在着铺张浪费、贪污腐化、官僚主义问题。占相当数量的党员中，产生并发展着严重的追逐个人享乐蜕化的堕落行为，有的甚至同私商勾结、盗窃国家资产。这些违法乱纪的行为严重危害党和国家利益，影响经济建设的顺利进行。

在这种情况下，8 月底，东北局决定，在东北地区进行反对贪污、反对浪费、反对官僚主义的运动。要求东北所有机关都要开展一次群众性的民主运动，以批评和自我批评的精神，检查、揭发本机关内部和有关部门人员的贪污、蜕化行为及官僚主义作风。运动要与整党联系起来，吸收广大党员和非党群众参加，充分发扬民主。对揭发、检举出的证据确凿的贪污腐化分子，必须严加处理。对经过检验，具有高度事业心，廉洁奉公，积极为国家作贡献的先进模范给予表扬、奖励。并决定东北局纪律检查委员会主抓这次运动。

东北局纪律检查委员会，是 1950 年 9 月经党中央批准成立的，我任主任，张明远任副主任。

1951 年 9 月 6 日，东北局向各省市发出《关于反对贪污腐化倾向反对官僚主义作风的决定》，东北局纪律检查委员会向各省市派出工作组，有计划、有组织地检查这方面的问题，指导帮助各地开展“三反”运动。

11 月 1 日，高岗代表东北局向中央作了《关于开展增产节约运动，进一步深入反贪污、反浪费、反官僚主义斗争的报告》。

11 月 20 日，毛泽东在中共中央转发给各中央局并各地的报告上批示：“中央认为这个报告是正确的。请你们重视这个报告中所述的各项经验，在此次全国规模的增产节约运动中进行坚决的反贪污、反浪费、反官僚主义的斗争。”[①]

11 月 23 日，《人民日报》发表社论，系统地介绍东北地区开展“三反”

---

① 《建国以来毛泽东文稿》第二册，中央文献出版社 1988 年版，第 513 页。

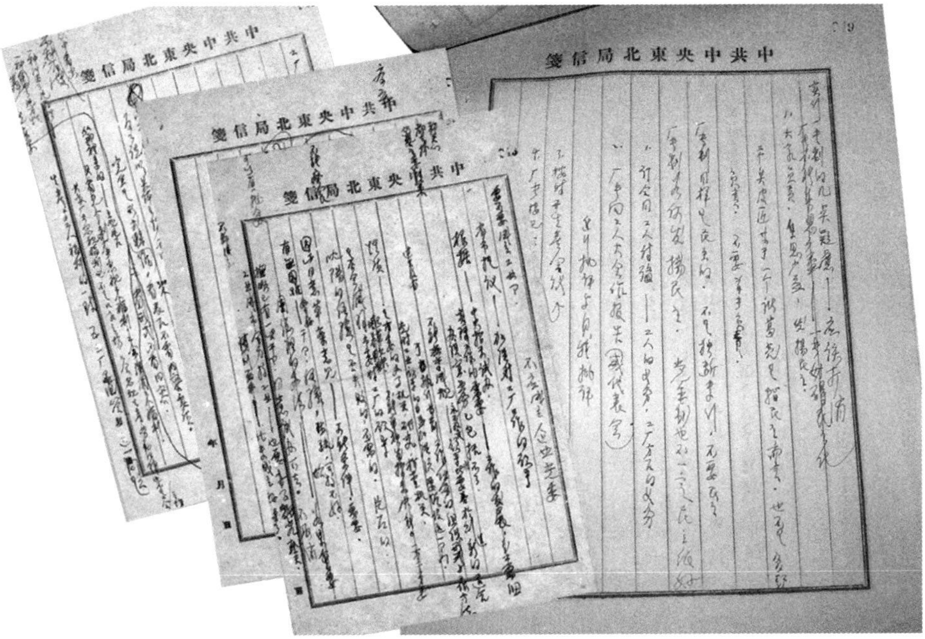

讲话手稿

斗争的经验。

12 月 1 日，中央作出《关于实行精兵简政、增产节约、反对贪污、反对浪费和官僚主义的决定》。“三反”运动在全国大规模的开展起来。

中央对运动抓得很紧，要求各地随时将运动进行情况及经验向中央作报告。许多报告毛主席都亲自批阅。

党中央的决定，对我们的工作是一个巨大的推动。我们进行了认真学习，按中央部署，把运动进一步推向深入。

“三反”运动

东北的整党运动是与开展“三反”“五反”运动结合进行的，其中，我们又是把“三反”作为更现实、更有力的整党进行的。

在“三反”运动中揭发出大批贪污分子，同时揭露出相当一部分党员和干部在新的环境下，由于受资产阶级思想的侵蚀而腐化堕落。并发现了一些隐藏在党内的坏分子，其中有个别人还取得了领导岗位，这对于我们党的建设是一个深刻的教训。在“三反”运动中揭露出来一批贪污分子，如：东北一级机关中，贪污在 100 万元（旧币）以上的贪污分子，约占全部工作人员的 15% 至 30%。在贪污分子中，党员约占 10%，其中有一些是科级以上的党员负责干部和“九·三”以前的党员（指抗战胜利日 1945 年 9 月 3 日前入党的党员——编者注）。如某省查出贪污在 1000 万元（旧币）以上的党员贪污分子有 529 人，其中科长以上的党员干部占 13%，“九·三”以前的党员占 28.9%。这些贪污分子，有的是被资产阶级拉过去的蜕化分子；有的是派进来的坐探分子；有的是混进党内的投机分子和阶级异己分子。

浪费问题也很严重，浪费数目极为惊人，估计等于去年工业的全部投资，即 3 万亿元（旧币），合 500 万吨粮食。浪费如此严重，使国家工业化积累资本必成空话。①

中央在《关于实行精兵简政，增产节约，反对贪污，反对浪费和反对官僚主义的决定》中明确指出：“凡在所属机关、部队、团体、学校或企业中发生了严重的贪污现象或浪费现象，而事前毫无觉察，事后又不厉行惩治者，称为严重的官僚主义分子。这种严重的官僚主义分子，虽然没有亲手参加贪污行为或浪费行为，亦应以失职论处，决不姑息。”

官僚主义的主要特征是高高在上，不深入实际，掩盖问题。如何才能避免产生官僚主义呢？我认为，党的组织和领导机关一定要对各级领导干部进行不断的党风、党性教育；要给予经常性的提醒，使各级干部逐步形成一种科学、严谨的工作作风和思想方法。

我多次在东北局扩大会议和机关干部会议上说：“为了克服官僚主义作风，首先应着重建立深入检查工作的制度，领导机关应规定一定的人员，要有一定的时间到下面去检查工作。到下面检查工作，要学会发现问题和解决问题，不要走官僚主义的老路。官僚主义检查工作是从上级办公室走到下级办公室，喝喝茶，听听汇报就回来，这样毫不解决问题。检查工作不光是要听汇报，而且还要实际看看。看，还要看出问题，并要解决问题。”

一次，军区某领导同志与苏联军事顾问下去检查备冬工作，首先是听汇报。我们的同志听了，说很好，讲了一通表扬的话，拍屁股就要走。苏军顾问却提出要去看看，先到营房后院看了准备过冬的煤，很多。苏军顾问说：“这些煤明年就不能用了，因为没有通风气眼。”又到地窖检查准备过冬的菜，菜也很多。苏军顾问说：“再过几个月，这些菜就不能吃了，因为菜压的

---

① 1952 年 1 月 7 日，张秀山在东北一级机关局、处长干部会议的讲话。

太实太厚，没有分散摆开，时间一长就腐烂。”苏军顾问提出，这些问题必须马上着手解决。

我知道这件事后，感到还是个工作作风问题，作风不改，必然滋长官僚主义。我批评那位领导干部说：据我了解，你祖上是没有人当过县太爷的，经过“三反”，你的老爷作风也该改一改了！领导的责任就是要及时发现问题，解决问题，这才是检查工作的目的，这才能避免发生官僚主义。

“三反”运动取得了很大的成绩，但是运动中也反映出我们在组织工作上存在的缺点。如对组织的不纯现象认识不足，在审批干部时缺乏从历史上、本质上去审查；检查工作不深入；对干部的思想情况了解与掌握得不够等。造成组织工作没有跟上形势发展的需要。这对我们党的建设是一个深刻地教训。

“五反”运动

“五反”运动是1952年1月根据党中央指示进行的。在“三反”运动中，各地发现，有些资本家和私商违犯国家法律，采取很多不法手段。他们用“打进来”“拉出去”的办法，向党、政、军，特别是向财政经济机关内部派遣和安置他们的经济坐探，进行行贿、偷税漏税、盗窃国家财产、偷工减料和盗窃国家情报，等等。特别令人愤慨的是，少数“五毒”严重的资本家唯利是图、投机取巧，竟把一穿就断底的胶鞋，废、烂棉絮制造的急救包，病牛肉做的罐头，卖给在朝鲜战场作战的志愿军，造成受伤战士致残致死的严重事件，激起全国人民的无比愤怒。因此，这场严肃的阶级斗争是不可避免和非常必要的。

1952年3月，运动进入了定案处理阶段。中央及时提出处理违法工商业户的五项原则，即“过去从宽、今后从严”，“多数从宽、少数从严”，“坦白从宽、抗拒从严”，“工业从宽、商业从严”，“普通商业从宽、投机商业从严”。根据在运动中调查的情况，把工商业户分为：守法户、基本守法户、半守法户、严重违法户和完全违法户五类。各省按照这些原则对不法工商业者进行查处。过去我们对资本家的情况不摸底，许多情况了解的不清楚。经过“五反”运动之后，我们逐步摸清了资本家的家底。这些情况，对后来进行的资本主义工商业改造，创造了条件。

运动中的问题

从东北一级机关的情况看，运动发展的并不平衡。有三种类型：一种是基本上揭发了贪污浪费现象，但尚未全部进行处理，制度建设还很差。另外是揭发得不够，尤其是涉及一些领导干部，对浪费和官僚主义揭发得更差。还有的基本上没有动。虽然号召了一下，或不关痛痒的检举了一下，但毫不解决问题。这种情况多属于附属单位和企业部门。

我们对这些情况进行了调查，找出了原因。1952 年 1 月 7 日，在东北局机关局、处长会议上，我对干部讲，为什么运动发展不平衡？

一是对这场斗争缺乏正确的认识。有些人认为这些都是内部问题，这些人虽然贪污腐化，但“有能力”，“能干事”，因而采取姑息态度。没有认识到像中央所指出的那样，这是无产阶级与资产阶级的一场恶战。

从我们已经了解到的情况看，资产阶级中有些人用各种办法来腐蚀我们的队伍。他们派了很多人，钻到政府和企业部门，搜集情报，收买干部，控制领导。在运动中，党组织动员坦白检举，他们则以恐吓手段，破坏运动，威胁说：“你如果坦白，我们就说你是反革命”。还有的说：“如果我蹲两年笆篱子，出来就和你拼命”，等等。

1952 年在东北局大会上作报告

有一个市，运动开始时搞得还算好，后来牵涉到市里主要负责干部，就松了劲。群众提出要检查人事局长、办公室主任、计划处长、财政科长，市里领导不接受。群众说：这是“只打苍蝇，不打老虎”。结果这些贪污分子在群众面前更加嚣张。一个财政科长是贪污分子，市委决定将他送法院法办，但会后，市政府的领导人说要慎重，就不送了。群众反映：“运动被卡住了！”后来经市委检查帮助，运动才又搞起来了。

二是官僚主义领导，或领导自己手脚不干净，因而不敢把运动搞彻底。某市领导认为该市贪污腐化不严重，搞了一下，就要结束。但经过检查，问题相当严重。每年总结工作时，都是诚恳检讨，虚心接受，但就是坚决不改。“三反”运动中，已经不准修房子，某专卖局副局长还是照修不误，还接受别人送礼。某市卷烟厂贪污浪费极为严重，烟、酒两个厂相互送礼，礼物还送到东北一级机关，甚至送到关内、北京。上面送礼，下边就普遍偷烟，而这个副局长还说有的市比他们还严重，埋怨所领导的单位基础不好。

我们责成东北财政部党组研究，作出决定，不改正就予以党纪处分。

在反贪污运动中，也出现了一些偏差，搞了一个打“老虎”运动，凡是贪污 100 万元（旧币）以上的就是“大老虎”，并不恰当地要求各地、各部门都要抓出自己的“大老虎”。这样的提法，在具体工作与做法上就搞“左”了，各地都打“大老虎”，扩大了打击面。像沈阳市银行的行长，说他有贪污问题，逼着他承认检查，在这种压力下，他自杀了。还有东北工业部的一个副部长，也在“三反”运动中自杀了。后来对这种做法进行了纠正。

把运动搞彻底

为贯彻中央“要限期展开斗争，送来报告，违者不是官僚主义分子，就是贪污分子，不管什么人，一律撤职查办”的指示，我们对运动搞得不彻底的单位，要求他们重新发动群众，领导要作自我检讨，结合处理，表明决心，党委要很好讨论，把运动搞彻底。

东北局提出衡量运动是否彻底的四条标志：一是揭发和严肃地处理了贪污浪费和官僚主义问题；二是提拔和表扬了好的干部；三是教育和提高了群众觉悟，杜绝了贪污浪费；四是建立了各种制度和贯彻了整编。对东北“三反”运动的开展起了很好的推动作用。

1952 年 5 月 19 日，我们对整党和“三反”运动作出进一步部署：

已经进行“三反”和整党的单位，如东北一级、省（市）一级机关，以及进行“三反”的厂矿与单位，“三反”结束，整党也就结束了。八条标准没有讲完的，还可以作为对党员的教育继续进行。在“三反”运动建设阶段登记党员，“三反”中没有问题能够过关的，可以登记为党员。

工厂中工人的整党问题。在工人中不搞“三反”是正确的，因为工人没有贪污问题，也没有官僚主义。有些地方在工人中打“老虎”是错误的，我们发现后已制止。工人中有“揩油”占小便宜的现象，应该进行教育。工人中整党，就是对党员进行八条标准教育，结合生产竞赛，对工人进行阶级教育。教育后，党员进行登记，登记要看在生产中的表现，不要抽象地说“够标准”“不够标准”。

农村整党。“三反”是农村县级机关整党的一部分。农村“三反”“五反”要合乎实际情况，主要是搞那些在运动中已经掌握材料的，没有材料的不要盲目地搞。不要影响农村经济活动，进入冬闲后，就可以组织力量下乡进行整党。

农村整党，要清洗坏分子，这是必须的。但主要是对党员进行政治教育，端正思想作风，不是机械地对八条标准照本宣科。在党员中，主要是讲农村经济发展方向，讲共产党员不许雇工，不许放高利贷，不许剥削人；共产党员应该参加互助组，并在其中起领导作用等，使得这个教育完全和农村生产、农村情况结合起来。这些问题讲清楚后，农民党员的思想就可以提高一步。至于远景教育，他一时不能了解，就慢慢来。①

之后，东北地区党、政、军机关，以及工厂、农村的整党与“三反”“五反”运动基本是按照以上部署进行的。

在“三反”“五反”运动中，还发现某些领导发扬民主和依靠群众不够，党内开展思想斗争不够，因此在执行中央和东北局的方针政策上，产生了若干错误和缺点。我们提出要“进行民主补课”。

“三反”“五反”运动的胜利，有力地打击了资产阶级的违法活动，巩固了工人阶级和国营经济的领导地位，创造了一个对私营工商业实行社会主义改造的有利条件。同时对教育我们的干部、党员，自觉抵制资产阶级腐蚀，清除社会污毒也起到了很好的作用。

---

① 张秀山在东北局扩大会议上的讲话（1952 年 5 月 19 日）。

组织建设和制度建立

“三反”和“五反”运动揭露的材料证明：官僚主义就是生长贪污浪费的温床，而机构的庞大重叠和制度不健全，又容易发生官僚主义。为了克服官僚主义作风，首先必须整编机构，厉行精简。

东北各地按工作业务性质调整了机构。各省市确定了行政编制，机关将业务相近的部门合并，减去约两万人，如果包括企业领导部门在内，精简了约五万人。精简下来的人员，一部分到其他部门替代贪污腐化分子，或充实下层机构，一部分青年知识分子被送到大学去深造。仅东北局及各省级机关就有 900 名知识分子干部，被送到大学或专科去学习。银行系统三万人减掉了一半，贸易系统的上层机关约减一万干部到基层商店。①

对有人以“有备无患”和将来发展为借口，要求保留多余人员，我坚决地回答：“这样做的结果是人浮于事，发展官僚主义。”

在“三反”建设阶段，东北局各部门的领导干部，都在党的会议或干部会议上做检查。除检查自己有无贪污行为，还着重检查自己有无官僚主义作风，以及由此所造成的工作上的损失。

1952 年 5 月，我们对东北“三反”建设阶段的组织建设工作提出要求：

第一，要做好组织处理工作。对贪污分子进行正确的严肃的行政处理和党内处理，以严明国法和党纪。我对做组织工作的干部说：“组织处理要严肃认真，实事求是，找寻确凿证据，弄清全部情节，然后给以适当的惩处和教育。行政处理要经过群众讨论，上级审查批准，大会宣布。党的处理要经过支部讨论，上级党委批准，和行政处分，同时在大会上宣布。处理要防止和反对马虎和草率。”

第二，“三反”运动后期提拔干部，是组织工作中一项严肃重要的任务。“提拔干部应该是领导审查与群众审查相结合，防止提拔干部中的官僚主义。先由领导研究提出准备提拔的名单，再召开群众座谈会或个别谈话征求意见，以进一步全面地深刻地了解干部，修正名单，然后正式宣布。”

东北局组织部对问题比较大的贸易、基本建设与林业部门调整了一批干部，还派干部去加强省、市国营地方工业。

---

①《关于三反建设阶段的组织工作问题》，《张秀山同志在一九五一年五月十二日东北局扩大会议上的发言》，东北局办公厅秘书处 1951 年 6 月 16 日印。

东北地区各部门制订了培训与提拔干部的计划：培训干部38.8万名，提拔干部7万名，以保证经济建设等各项事业的发展。

同时，我们非常重视“三反”后期工作制度的建立和健全。要求必须建立严格的工作责任制度、学习制度、生活制度，行政领导干部必须参加党的支部生活制度等。注意提高干部的理论和政策水平，充分发扬民主，运用批评和自我批评的武器，经常开展思想斗争，使领导者时刻受到党和群众的监督。①

东北地区经过抗美援朝、镇压反革命、增产节约竞赛以及“三反”和“五反”运动，群众的觉悟显著提高，各地涌现出大批积极分子。如黑龙江培训了1.2万余名入党积极分子，鞍山培训了6500余名。

这时，东北地区仅有党员624318名，党的发展与迅速发展的建设事业已不相适应。我们提出“到1953年6月止要求再发展20万新党员，其中要发展12万名产业工人党员，达到或接近全体职工的百分之二十”。机关、学

1952年与马明方、汪锋在陕西

①《关于三反建设阶段的组织工作问题》，《张秀山同志在一九五一年五月十二日东北局扩大会议上的发言》，东北局办公厅秘书处1951年6月16日印。

校、商业系统、交通运输和银行、私营企业应按标准发展党员。[①]

东北地区经过八个多月的“三反”运动，贪污浪费现象被煞住，机关面貌为之一新，干部和群众的觉悟、积极性、工作效率也都提高了。“三反”运动总的来说，解决了不少问题，挽救了不少干部，给广大党员敲响了警钟。否则将不知有多少干部要在新形势下腐化蜕变下去。

八、到外地休假

自从 1945 年离开陕北到东北后，转眼已经七年了，我很怀念西北。1952 年，东北的工作走上正轨，朝鲜战场也已停战。这年夏天，组织上批准我外出休假，我第一个愿望就是想回西北。这时正赶上暑假，我带上谢子长的儿子谢绍明和刘志丹的女儿刘力贞，让他们也回家乡看看，希望他们继承父辈的遗志，为祖国建设好好学习和工作。

我先到了陕西，在西安一下火车，就看到习仲勋、武开章，老战友相见

1952 年，张秀山带刘力贞、谢绍明回西北

①《张秀山在沈阳市第一次党代会上的讲话》（1953 年 6 月）。

1952 年，张秀山与张仲翰、王恩茂、陶峙岳等在新疆

真是很高兴。在西安又见到马明方、马文瑞、汪锋等老战友。看望了刘志丹的父亲，我们很早就认识。我们坐在一起说起这些年的变化，说起我和志丹一起革命的经历，越说越亲热，在他家吃了羊肉剁荞面，我有一种父子久别重逢的感觉。这使我更加想念志丹，更怀念我们共同战斗的岁月。

我和陕西省委书记马明方来到陕甘地区，我们工作和战斗过的地方，看望在战争时期给予我们很大帮助的乡亲们。我们一路走一路给两个孩子讲当年我们战斗的经历。接着，我们到兰州，见到张达志、王世泰，他们请我参加天（水）兰（州）铁路的通车典礼。这是西北人民多少辈人所期望的工程，终于在新中国实现了，这也是开发大西北的前奏。

离开陕西时，正好王恩茂要赴新疆工作，我们就同行到了新疆。王震陪我在乌鲁木齐、伊宁等地参观，介绍军垦建设情况。在一次文艺演出会上，见到了老战友张邦英。由于时间短，没有好好说说话。回来后，我给张邦英写了一封信，说以后我们见面时，再好好说吧。

之后，我们又到了中南和华东。在广东，陶铸热情地给我讲述他们南下后的情况，并带我们参观广州。我见到了四野南下的战友们，参观了孙中山纪念堂和南方的风景。到上海是柯庆施接待（1932 年我们就认识），考察了上海的工业和商业，最后到杭州和苏州。看了这些地方后，我感到上海、江浙一带不但风景秀美，而且在经济和人文方面也很有特点。这里的商业很发达，人们的教育程度较高，这正是东北的薄弱方面。东北今后应该在这些方面努力向华东学习。

没有想到这次休假，在“高饶事件”出来后，竟成了我到各地进行反党活动的一条罪状。

九、经济建设

1948 年 11 月，东北局高干会议在给党中央《东北局关于全东北解放后的形势与任务决议》的报告中提出：“东北党为了完成巩固东北，与支持全国的双重任务，其中心环节为发展东北经济，建设东北的新民主主义的经济基础。东北全党今后必须把经济建设的任务放在压倒一切的地位……为增加东北的物资财富与军事供应品，而进行积极的斗争。”

从 1949 年开始，东北即在全境范围内开始了经济恢复工作。东北局首先把恢复国营工业的生产放在首位，同时也积极抓了对农业、贸易、交通运输业的恢复工作。

东北地区在日伪统治时期，虽然有一些工业，如煤矿、钢铁、机器制造等，铁路也比较发达。但是，东北这些工业，在战争中遭到了严重破坏，恢复的难度很大。

1949 年，东北的经济情况是这样的：

生产材料：生铁年生产达 9.4 万吨，是 1944 年产量的 5.8%。钢产量 82756 吨，是 1944 年产量的 9.2%。棉纱生产是 1944 年产量的 77.8%。棉布生产可达 1944 年产量的 97.3%。

电业情况：发电能力 8.66 亿千瓦，是 1944 年发电量的 27.5%，且均是单线送电，电力十分紧张，又缺乏安全保证。

机械制造：由于日伪时期，东北经济是殖民地性质，严重缺乏生产工矿设备的机械装备，及恢复工矿生产所需的机械、设备与器材等。

煤炭生产：因我们进入东北之初，就抓紧恢复了北满煤矿的生产，情况稍为好些。但是由于选煤设备差，这时的产量可达 1000 万吨，为 1944 年产量的 40%。

铁路方面：1949 年恢复到 1942 年最高里程的 87.3%，但运输量受运输设备（机车、客车、货车）之制约，仅达到 1942 年的 36%，运输任务受到严重影响。

轻工业方面：原料，如棉纱，材料，如造纸用的铜网、毛布及硫磺等极为困难。

1949 年，东北产业工人约有 80 万人，其中公营单位有 65 万人，私营企业有 15 万人。由于很多企业处于瘫痪状态，大批工人失业，就业压力十分沉重。另一个问题就是严重缺乏技术人员。

我们及时调配、招聘、提拔了大批干部和技术人员，充实到工业生产部门，对保证工业生产的顺利进行，起到了重要的作用。像鞍山、抚顺、本溪、沈阳等城市中的许多工厂，很快就恢复了生产，有效地解决了工人失业的问题，又为关内的部队提供了大量的作战军需品，为全国解放战争的胜利作出了贡献。

1949 年，东北局为争取苏联的援助写过一个情况，经中央批准后，交给了斯大林。经过与苏联谈判，我们从苏联进口了一些急需的设备和重要原材料，并从苏联聘请了一些技术专家和技术顾问。这些苏联专家帮助我们解决了生产中遇到的很多难题。在建国初期，他们对我们工业的恢复和发展帮助很大。

1952 年下半年，东北地区的经济已经基本得到恢复。东北局对全区的经济情况作了初步总结，以《三年来东北经济建设概貌》为题，刊载在《新华月报》十月号上。其基本情况是：

如果以 1949 年的工农业生产总值为 100 计，1952 年预计达到 246.7，其中工业产值增长更快，是 1949 年的 3.3 倍以上，每年平均增速为 49%。

工业在工农业生产中所占比重，预计提高到 55.9%，尤以国营机械制造业的发展更为迅速，比 1949 年约增长 6.2 倍，在整个工业中所占比重，由 1949 年的 5.1%，提高到 11% 以上。这一情况表明，经过三年恢复与发展，东北的经济结构是向合理的趋向发展。

在国营经济力量加强的同时，国家加大了对私营经济的扶持。私营工业 1952 年比 1951 年增长了 59.2%，其中国家委托加工约占二分之一。

农业生产：由于党和政府采取了适当的扶助与鼓励政策，农业中的工业原料作物与商品粮生产得到了充分发展。在农业生产总值比 1943 年增长 45% 的情况下，工业原料作物增长了近一倍，畜牧业增长 1.5 倍以上。农业

1983年，张秀山与在东北局工作时的两位秘书谈立人（辽宁省副省长）、于镜清（省政协副主席）

结构进行了合理改革，使农业与工业的发展开始有了适当的结合。

基本建设：为了迅速发展国家的生产力，三年中，东北地区投入大量资金，进行了大规模的基本建设，1952年的基建总量是1950年的3.2倍多。基本建设的重点是工业，根据国家建设方针，其中首先又是重工业。三年中，重工业建设均占工业建设总量的70%至80%。在恢复过程中，为了缩小工业内部的不平衡，发挥现有设备的能力，对某些重点企业进行了改造、改建、扩建和新建了一些工程。特别加强了基础产业的生产能力，如，到1952年底，发电设备容量比1950年增长217%以上；产煤新增生产能力同比增长143%；钢同比增长能力145%；铁同比增长能力192%；铜同比增长能力214%；水泥同比增长能力167%；棉布同比增长能力139%。为适应经济的快速增长，东北铁路完成恢复任务，1952年货运量超过日伪时期最高年份的5.1%，增长了1倍多，并开工新建了一些线路。

至1952年底，由于经济建设的恢复与发展，东北全区职工人数比1949年底增加66.8%，其中工业部门增加了75%以上，全区职工约有200万。社会就业人数增加近80万，其中工业部门中尤以工程技术人员增加最快，增

1952年与程帆在沈阳

加1.6倍，原有技术人员均充分就业，之外还培养了一批新的技术人员和技术干部。

由于经济的恢复和生产率不断提高，加上国家贯彻了按劳付酬的原则，随着生产之发展，职工的工资得到相应提高，全区各类职工人均工资三年来增加了61%以上，其中工业部门职工，人均工资1952年比1951年增长了26.4%。国家投资为职工修复与新建宿舍530万平方米，大部分为新建，改善了职工的居住条件。这个时期，城乡居民购买力提高了两倍以上，其中职工购买力，三年中增长了2.8倍。这主要是由于城市就业人员的增加，工人队伍的扩大，党的基本政策适合生产力的发展要求等因素共同发挥作用带来的结果。

这一时期，东北地区的文化教育也得到相应发展，在校小学生达553万人，比1949年增加50%。中等学校（主要是中学生）学生达44万多人，较1949年增加1.8倍多。高等学校，其中工科学生为1949年的4.8倍。

按照中央制定的“三年准备，十年建设”方针，到1952年，东北地区三年准备已经胜利完成了。国家进入第一个五年计划建设的新时期，投资550亿元，建设156个重大项目，为我国社会主义工业化奠定初步基础。我们建设的目标是国家工业化，向社会主义迈进。

这时，我们一些同志对经济建设产生了两种认识，一种认为社会主义遥遥无期，缺乏信心；一种认为社会主义很快就要到来，盲目乐观，工作上产生急性病。

1953年6月，沈阳市召开第一次党代表大会。我在会上说，这两种认识都存在着片面性。社会主义“不能机械地规定多少年建成”，这要看条件，看我们努力的程度。但是，不能等，要发动和依靠广大群众的积极性，努力进行建设，社会主义就会来得快一些。

第一个五年计划，全国有156个重大项目，其中有68个重点项目是在东北建设，东北成为国家投资的重点地区，这对东北经济的发展是一个很大的推动。我们的任务也很重大。我们派了一批干部到基建部门，有的同志不懂基建，有的不安心基建工作。怎么办？我们对干部说：实践证明，不管哪一方面的干部都是从实际工作中学习、锻炼、培养出来的。因此，不管在哪个行业，哪个方面工作的同志，都要兢兢业业，努力钻研，做什么，学什么，学成内行，学成专家。

由于新项目上得过猛，出现了原材料紧张的问题，我们提出：工业方面要开展增产节约运动，提高产品的质量，号召学习五三工厂节约10吨工具钢的经验，进一步节约钢材和原料。

我多次讲道：企业要搞好计划管理，厂长、党委书记要认识到计划管理是复杂细致的科学的组织工作，是组织均衡生产的基本方法，不是额外的事情，也不是突击一下就可以完成的。计划管理是科学管理，厂长、党委书记不懂就要学，要向专家学习，向专家请教。

商业方面，要贯彻为生产服务，为人民消费服务的方针，继续扩大批发、发展零售。我说，沈阳市百货公司第二商店试行的“连带上班制”，是三全其美的经验，既延长了营业时间，使顾客感到方便，又缩短了营业员的工作时间，还使国家多回笼了货币。商业部门要多创造和推广这样好的先进经验。

城郊经济的发展方向，在一些城市是个很突出的问题。城郊经济与一般的农村经济不同，与城市经济也不一样。城郊经济工作的主要任务，应该是为城市生产服务和城市人民生活服务。要多种蔬菜，多喂猪养鸡，这既能提高郊区人民的收入，又能满足城市人民生活的需要，可促进城市与城郊人民的两利发展。随着城市建设的发展，基建占了郊区农民很多菜园、暖房、水井及一些农民的房舍等。我说，这就需要市政府研究出一套公平合理的补偿办法，安置好被占地的农民，解决好他们的生活出路，还得注意解决好新的蔬菜、肉蛋供应基地，不然城市人民生活就会受到影响。

1953年，为了适应国家第一个五年建设计划的要求，东北局提出了较高的发展速度指标，工业生产每年要增长38%，五年中要提高两倍，农业生产每年要增长10%，五年中要增长80%。为了完成这项任务，东北局向全体工人、干部、技术人员和职工提出了开展爱国主义的劳动竞赛，努力挖掘生产潜力，学习推广先进的生产技术和生产经验，不断改进劳动生产组织，改善经营管理，降低物耗，降低成本，完成各项建设任务。

在党中央的领导下，东北干部和人民，在经济恢复时期和在进入第一个五年计划建设的新时期中，艰苦奋斗，以高度的爱国热情，为国家创造出了无数的财富，作出了巨大贡献，受到了党中央的充分肯定。

第九章　七届四中全会前后

到 1952 年底，全国三年国民经济恢复顺利完成，使有计划地进行经济建设具备了条件。党中央决定从 1953 年起，开始实行发展国民经济的第一个五年计划。同时，对国民经济进行社会主义改造。

为适应大规模经济建设新形式和新任务的需要，中央决定加强党的统一领导。1952 年 7 月，中央调各中央局书记进京。同时，为了对国家长期和年度的国民经济进行有计划管理，中央决定成立国家计划委员会。

10 月，高岗调中央任国家计划委员会主席，其在东北的职务不变，仍兼管东北局的工作。高岗走后，中央对东北局领导机构作了调整，林枫任东北局第一副书记，主持东北局工作，我和张明远分别任第二和第三副书记，协助林枫工作。

一、在第二次全国组织工作会议上发言

发言背景

1953 年 6 月 15 日，毛泽东同志在中央政治局扩大会议上提出了过渡时期的总路线："从中华人民共和国成立，到社会主义改造基本完成，这是一个过渡时期。党在这个过渡时期的总路线和总任务，是要在一个相当长的时期内，基本上实现国家工业化和对农业、手工业、资本主义工商业的社会主义改造。""这条总路线，应是照耀我们各项工作的灯塔"。[①]

为了保障总路线的实施，1953 年 6 月到 8 月，中央召开了全国财经工作

① 《毛泽东选集》第五卷，人民出版社 1977 年版，第 89 页。

会议。为了从组织上保障总路线的顺利贯彻，又决定9月将召开第二次全国组织工作会议。

7月，东北局接到中央通知，决定8月20日前后召开第二次全国组织工作会议。会议议题为：关于抽调干部到新建、改建和扩建的重要厂、矿工作问题；关于加强对干部的管理问题；关于审查干部的问题；关于整顿党的基层组织和发展新党员的问题。此外，还要研究关于干部的培养训练问题。参加会议的人员为：各中央局、分局组织部长、干部处长；各省（市）委组织部长。

东北局根据“通知”要求，确定东北局组织部长郭峰带队参加会议。因现在的干部处长是一位新任职的同志，对情况不太熟悉，故决定已调东北局财贸委任副主任的，原干部管理处长李正亭参加会议。

1953年9月10日，第二次全国组织工作会议召开。会议领导小组由刘少奇同志任组长，成员是朱德、饶漱石、李富春、胡乔木、习仲勋、杨尚昆和六大区组织部长。

会议分两个阶段：第一阶段是领导小组预备会议，党中央有关领导、中央组织部领导和六大中央局组织部长参加。第二阶段是工作会议。会议历时47天，10月27日结束。

9月7日晚，郭峰在去北京开会前到我家，请示到中央开会的意见。我因做痔疮手术卧病在床。我对郭峰说：这次会议很重要，要向中央反映我们的要求，主要是要干部，东北地区68项重点工程，任务很重，首先是配备好干部，请中央帮助解决。我和明远已经商量了，要提出一个方案报给中央。另外，如果检查工作，东北发言要慎重，不要过分尖锐，最好先听听别的地区讲的。

郭峰问：会检查工作吗？

我说：会的。

郭峰问：若检查工作，有什么问题需要提？

我说：中组部调干部到工业晚了，对工业开始恢复有影响；农村整党中过分强调副作用，中组部的干部说第一次组织工作会前，我们党员没有标准是错误的；另外用干部有不当之处。我还说：高岗到北京工作了，还是东北局书记，到北京要向他请示一下。

9月8日，东北局开会，会议由张明远主持（林枫已去北京，我卧病），

1985年张秀山与张明远、郭峰

讨论去中组部开会需要准备的问题，主要讨论了68项重点工程缺地级干部的解决方案。张明远作总结，除关于干部问题外，他也说到如果检查工作，东北应注意不要骄傲，安子文同志的错误与缺点主要是组织工作业务上有些问题等。

会后，郭峰即赴北京开会。东北局各省、市组织部长是在9月17日第二阶段会开始前，由李正亭带队赴京的。

李正亭去北京前，接到郭峰的电话，让他在走前到我那里，看我还有什么指示。14日，李正亭来到我的住处，将郭峰的意思说了。

我说：你们去，要多注意听听其他地方同志的发言，学习他们的好经验。中央对东北的表扬够多了，你们要少发表意见。有些问题可能会有争论，你们年轻人说话要注意。再就是要向中央反映一下，吉林省委书记身体不大好，年龄较大，请中央考虑给吉林省配备新的书记。

在第二次全国组织工作会议召开之前，中央组织部副部长安子文几次打电话给我，征求我对组织部工作的意见，我在电话中对安说，郭峰去参加会议，有什么意见，他会代表东北局讲的，我就不说什么了。

安子文又打电话给我，说毛主席有指示，这次会议，中组部要检查过去的工作，要听取大区的意见。他一再说，你多年做党的组织工作，一定要对组织工作提出意见。我听说是毛主席让提意见，就认真考虑了。之后给安子文写了封信，信中讲了八条意见。因为是安子文征求我个人的意见，所以这八条意见没有经过东北局讨论，我只是将书面材料给东北局常委张明远和东北局委员、沈阳市委书记凯丰看了，他们提了点意见。

大概是在 9 月末，这时组织工作会议早已召开了。我把写给安子文的信转给在北京开会的郭峰，让他先给高岗看一看，再转给安子文。后来郭峰和王鹤寿分别向我转达说：高岗看后，认为提的都是一些大问题，说不要提了。信也就没有转给安子文。

恰在这时，中央决定召开全国粮食工作会议。

1953 年上半年，全国粮食供销矛盾非常紧张。10 月 2 日晚，毛主席主持中央政治局扩大会议，听取陈云同志的报告。会议决定中央召开全国粮食紧急会议。华东局谭震林、中南局李先念、西南局李井泉，以及西北局、华北局、东北局负责同志参加会议，东北局是我去参加的。

全国粮食会议是 10 月 10 日召开的（对外未用“紧急”二字）。我临走前，10 月 4 日，东北局又接到中央电报——《中央关于请张秀山参加第二次全国组工会议的通知》。电报是刘少奇亲自起草签发的。电报全文如下：

“东北局并转张秀山同志：第二次全国组织工作会议现尚在开小组会议，预定在十月八日以后开全体会议，出席者百余人，除讨论具体若干问题外，并拟检讨最近时期中央组织部的工作，望张秀山同志于十月八日以前来北京参加组织工作会议。

中央十月四日”①

因为接到中央这份电报，在中央粮食工作会议期间，我专门去组织工作会议上向安子文谈了我对组织工作的意见。并对饶漱石说，我的意见已同安部长说过了，我是来参加粮食会议的，还要赶着回去布置工作，就不到会上发言了。饶表示同意。

10 月 13 日晚，组织工作会议领导小组开会，讨论 14 日大会发言问题。当刘少奇提到要我发言时，饶漱石说，秀山已找他和安子文谈过，不准备在大会上发言了。

---

①《建国以来刘少奇文稿》第五册，中央文献出版社 2008 年版，第 279 页。

少奇同志说：我听安子文同志讲，张秀山同志的意见基本上是正确的，可以让他在大会上讲讲。

饶漱石说：张秀山是来开粮食会议的，要赶着回去布置。

少奇同志说：不要紧，他来讲一个钟头就可以，不会误了什么。

当即，饶漱石要郭峰转告我准备发言。但会议结束时，饶又向郭说，还是他亲自去通知，并问了我的电话和住址。

当晚 7 时，郭峰将领导小组会决定让我在 14 日大会上发言的事情告诉了我。并说，是否先找少奇同志谈谈。这时，秘书接到电话，说饶漱石要到这里来。郭即离去。

饶漱石来到我的住处，说：少奇同志还是要你到会讲一讲对中央组织工作的意见，会议领导小组也安排了。

因为我还要到毛主席那里开会，饶说完就走了。

13 日，是全国粮食工作会议的最后一天。晚上，毛主席召集参加会议的各大区负责同志开会，进一步强调粮食和农村发展等问题。会议结束后，毛主席问我，听说你要到组织会议上发言，讲些什么？我把安子文和刘少奇同志要我去发言的情况，和我已同安子文谈的五点意见（原来是八点，后改为五点）作了汇报：一、认为中央组织部在对于共产党员可否剥削这样一个重大问题上，曾发生过动摇；二、在关于党的无产阶级性质问题上，也曾发生过动摇；三、认为中央组织部对检查执行七届二中全会的决议抓得不紧；四、对保障党的严肃性、纯洁性重视不够；五、关于安子文同志的思想方法问题。并简要说明这几个问题的内容。毛主席听后没有提出不同意见。我问主席，这些意见可不可以拿到组织工作会议上去讲？主席说：“我支持你的意见，你可以去讲，但有些问题是属于少奇同志的，你可以先找少奇同志谈谈。少奇同志会作自我批评的。”①

我回到住处已经是晚上 12 点多钟，郭峰和赵德尊还在等我，想听听主席有什么指示。赵德尊这时是要去杭州休假，路过北京，也住在东北局驻北京的招待所，碰巧遇到了这件事。

我对他们说，主席找我们谈粮食和农村互助合作等问题，我也把对中央组织部的意见向主席汇报了，主席支持我去讲，但要我先找少奇同志谈谈。

---

① 张秀山：《在东北局高级干部会议大会发言》（1954 年 3 月 31 日）。

赵德尊说，既然主席要你讲就讲吧。郭峰说还是先找少奇同志谈谈。我看时间已晚，说等明天再说了。

我对赵德尊说：你到杭州见到高岗时，向他汇报一下，说我那几条意见给毛主席汇报了，主席同意我讲。因为之前高岗让王鹤寿和郭峰给我传达，他不同意我讲那几条意见。后来据赵德尊说："我到上海，正碰上马洪休假也到上海，共同参观了几个工厂，以后一起到杭州休假，自然都要去看望仍兼东北局书记的高岗。到住处就吃饭，同桌的还碰到华东局的谭震林。毛主席对张秀山的话，我也遵嘱向高岗传达了。按照党的组织原则观念，我不能不照样传达。也因此，我就成了高岗在东北的'五虎上将'之一。"①

发言内容

10月14日上午，我给少奇同志处打电话，秘书告诉我少奇同志正在休息，故未见到。下午开会时，我见到少奇同志，说：主席让我先给你汇报一下，是否把我的发言往后推一下。少奇说，就先讲吧。

我发言时，少奇同志坐在我的右边，安子文坐在我的左边。我发言全文如下：

我这次是来参加中央召开的粮食工作会议的。在来以前接到安子文同志的电话，要我和陈伯村同志（旅大市委副书记——编者注）给中央组织部的工作提批评意见，后来接到中央电报，要我参加组织工作会议。前几天因开粮食会议，未来参加，对这次会上所讨论的问题不了解，因此不能针对会议的情况来讲，只能简单地提点意见。

几年来，中央组织部做了很多工作，进行了整党建党、调配干部，取得了很多成绩。尤其是安子文同志积极努力地工作，成绩是很大的。当然，由于我们的国家是一个大国，我们的党是一个大党，各地的工作发展不平衡，情况很复杂，工作中的缺点也是难免的。因为安子文同志要我提批评意见，所以对工作成绩不多讲，只提出五点意见——这些意见，已和安子文同志面谈过，本来不想讲了，后来主席和少奇同志还要我讲一下，因此提出来，请大家研究。也许这些意见是不对的，请大家批评。

一、1950年前后，曾经有一个时期，中央组织部对于党员可否剥削这一个重大的原则问题曾发生过动摇。把在目前阶段上，社会上一般允许剥削，

①《赵德尊回忆录》，中央文献出版社1998年版，第116页。

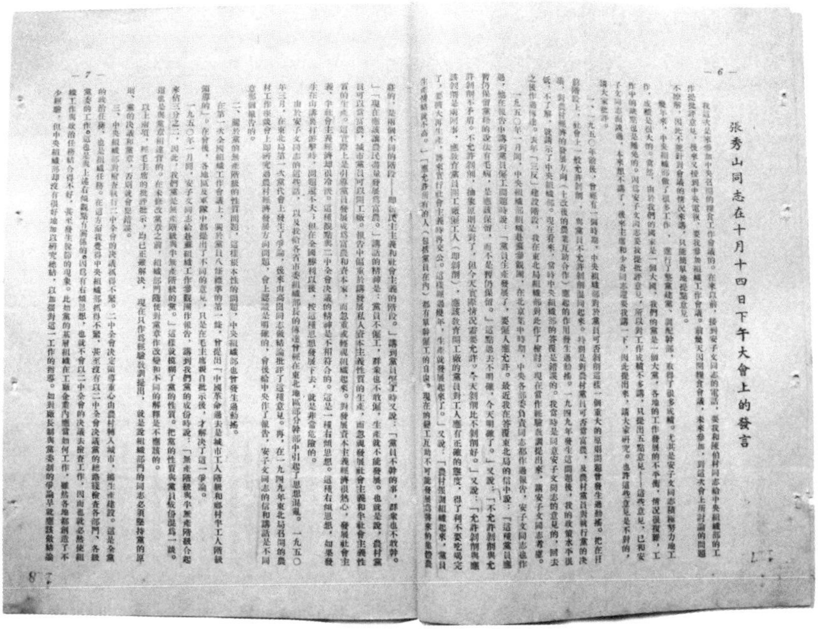

1953 年 10 月 14 日，张秀山在第二次全国组织工作会议上的发言

与党员不允许剥削混同起来。特别是对农村党员可否当富农，及农村党员对执行党的决议，对农村经济的发展方向（土改后的农业互助合作）应起的作用发生动摇。1949 年发生这问题后，我的政策水平很低，不了解，就请示了中央组织部。现在看来，当时中央组织部的答复是错误的。我当时是同意安子文同志的意见的，回去之后作过传达。去年“三反”建设阶段，我在东北局组织部对此作了检讨。现在当作经验教训提出来，请安子文同志考虑。

1950 年 1 月间，中央组织部组织赴苏参观团，在北京集中时期，中央各部委负责同志都作过报告，安子文同志也作过，他在报告中讲到党员雇工问题时说：“党员生产发展了，要雇人应允许。最近我在答复东北局的信中说：‘这种党员应暂仍保留党籍的说法有毛病，是应该保留，而不是暂仍保留。’这点过去不明确，今后明确了。”又说：“不允许剥削与允许剥削不矛盾。不允许剥削，抽象原则是对了，但今天实际情况需要允许。今天剥削比不剥削好。”又说：“允许剥削与应该剥削是两回事，应教育党员开工厂雇用工人（即剥削），应该教育开工厂的党员对工人应有正确的态度，得了利不要吃喝完了，要扩大再生产，将来实行社会主义时再交公。这样经过几年，生产就发展起来了。”又说：“农村强调组织起来，党员生产情绪就不高。”“应允许所有的人（包括党员在内）都有单干雇工的自由。现在的变工互助不可能发展为将来的集体农庄，是两个不同的阶段——即新民主主义和社会主义的阶段。”讲到党员雇工时又说：“党员不干的事，群众也不敢干。”“现在应该让农民尽量发展为富农。”讲话的精神是：党员不雇工，群众也不敢雇工，生产就不能发展。也就是说，农村党员可以当富农，城市党员可以开工厂。报告中偏重于讲发展私人资本主义性质的生产。这实际上是引导党员发展成为富农和资本家，而忽视或轻视组织起来。对发展资本主义经济很热心，发展社会主义、半社会主义经济却很冷淡。这种观点与二中全会决议的精神是不相符的。这是一种右倾思想。这种右倾思想，如果发生在山沟里打游击时，问题还不大，但在全国胜利以后，按这种思想发展下去，就是非常危险的。

由于安子文同志的这些话，以及我给各省市委组织部长的传达会，曾经在东北地区部分干部中引起了思想混乱。1950 年 3 月，在东北局第一次党代会上发生了争论，后来由高岗同志作结论批评了这种意见。再，在 1949 年东北局召开的农村工作座谈会上，即研究过农村经济发展方向问题，会上认识是明确的，会后给中央作了报告，安子文同志的信和讲话是不同意那个报告的。

二、关于党的无产阶级的性质问题，这样根本性的问题，中央组织部也曾发生过动摇。

在第一次全国组织工作会议上，关于党员八条标准的第一条，曾提出“中国革命过去是城市工人阶级和乡村半工人阶级领导的”。在这次会议后，各地区及军队中都提出了不同的意见，只是在毛主席亲自批示后，才解决了这一争论。

1950 年 1 月，安子文同志给赴苏组织工作参观团作报告，讲到我们党的成分时说：“无产阶级与半无产阶级合起来占三分之二，因此，我们党是无产阶级与半无产阶级的党。”这样就模糊了党的性质，把党的性质与党员成分混为一谈。这也是与党章相违背的。在未修改党章之前，组织部门随便对党章作改变和不同的解释是不应该的。

以上两项，经毛主席批评批示，均已正确解决，现在只作为经验教训提出，就是说组织部门的同志必须坚持党的原则、党的决议和党章，否则就会犯错误。

三、中央组织部对检查执行二中全会的决议抓得不紧。二中全会曾决定领导中心由农村转入城市，搞生产建设。这是全党的政治任务，也是组织任务。在这方面我觉得中央组织部抓得不紧，甚至没有以二中全会决议党的总路线检查各部门、各级党委的工作。这也是与上述右倾观点有关系的。因为有右倾思想，也就不会以二中全会决议去检查工作，因而也就必然使组织工作与政治任务结合得不好，甚至发生脱节的现象。比如党的基层组织在工厂企业内应当如何工作，虽然各地都创造了不少经验，但中央组织部却没有很好的加以研究总结，以加强对这一工作的指导。如对厂长制与党委制的争论，早就应该作结论的而未作结论。其次，组织工作没有很好地保证党的正确的政治路线的执行，也表现在干部的配备、培养和管理上。这几年来，及时地、逐步地统一干部管理做得很不够，也未及时地、有计划地、大批地抽调干部到工厂企业及其他财经部门中去（当然也抽调过一些）。这样的调动，在新解放区是困难的，但在老区则应该有更多一些的干部转入经济建设部门，以适应国家经济建设的需要。中央组织部在这方面是做得不够的。从全国范围看，干部的配备使用有很多不适当的地方，而中央组织部也未能及时作合理的调整。

四、对保障党的组织的严肃性、纯洁性重视不够。对于一些曾经在革命严重关头脱党、退党、叛党，而在革命高潮时又回到党内来的分子，以及对中央一级机关和各地的某些高级机关任用这些人时，处理得不严肃。如内战时期，在黄河岸上杀过红军干部的、做过“双料”特务的，以及做过反共活动的分子，现在却担任了我们国家的重要职务，甚至混进了党内。当然，并不是说所有使用的坏分子都要中央组织部负责，也并不是说所有有历史问题和政治问题的人，都不可以工作，有些是可以给以一定的适当的工作的。但是，这种人，和党的经过考验的领导骨干是应该有根本的区别的。这些人也不能和民主人士相比，因为民主人士是代表一定的阶级和党派，并有一定的社会地位的，其中有些人曾在党最困难的时期，团结在党的周围，并支持过党。而这些叛徒、自首分子或做过反共活动的人，则有不少是投机的、钻空子的、吹牛拍马的。对这些问题，是否中央组织部一点也未注意呢？不是的。在整党中，也提出了清除八类坏分子，但只注意了下层，而没有注意在高级机关中审查八类坏分子。如果中央机关有八类坏分子的人存在，则其危害性当然比下面有这些坏分子就更大了。另外在发展党员的指示中，也没有关死剥削分子不能入党的门。

所以产生以上问题，主要是由于中央组织部对革命胜利后，投机分子、脱党、退党、叛党分子侵入革命队伍，没有足够的警惕，有时反而轻易地信任这些人。这就是说，有些敌我不分，或者是对敌我界限划分得不够严格，这也是右倾思想。因此，也就不能保持党的，特别是领导机关的纯洁性、严肃性。

五、关于安子文同志的思想方法方面，我觉得也是有缺点的。这里不讲一般的主观性、片面性的问题，而只讲安子文同志对接受新事物的迟钝，对党内问题是非不清，即马列主义与非马列主义的界限不清，甚至颠倒。对党内情况、干部情况的了解是用一种静止的观点，而没有以变动的观点来看问题。这种印象是什么时候产生的？不是今年也不是前年，而是从去年。去年夏天我来中央开会，安子文同志同我谈中央建立哪些机构，由哪些同志担任工作的方案。从那时起，我就觉得安子文同志对某些问题的认识，还停留在延安整风和七大阶段。七大以来的八年当中，情势已有很大变化了，国际情况变化了，国内情况变化了，党内情况变化了。党内情况的变化，不仅是数量上增长了，质量上也提高了，而且在伟大的革命运动中考验了领导干部。有些同志在战争中、土地改革中、经济恢复和建设中，犯了严重的路线性错误。对这些问题安子文同志是看得不明确的。在八年前延安整风时，大家对某些同志的希望很高，希望他们能成为有很好的马列主义和毛泽东思想的领导者，然而实际斗争中，证明了有些同志经不起考验，辜负了同志们的希望。这是重大的新事物，但安子文同志没有了解或没有正确的了解。当然，我不是说某些同志在财经问题上的一切大小错误，在财经会议之前，安子文同志都应该知道，这是不可能的。但是有些问题是应该预先看到的。比如在干部政策上的错误，中央组织部应该是早一些发现的，但是没有看到，所以我觉得是是非不清的。小的问题看不到是可以的，但发生已久的事情则应该知道。现在看来，整风以后是出现了一些自称马克思主义的人物，这些同志在整风中背上了包袱，觉得教条主义的人不行，经验主义的人也不行，觉得自己差不多，就自以为是，不采纳别人意见，不和人商量问题，因此在革命斗争中经不起考验，陆续翻了船。党的组织部门应该看到这些问题，应该从运动中来看干部，看组织。如果停留在八年前的观点上看问题，则必然要犯错误。总之，在这些重大问题上，安子文同志是不够明确的，存在着右倾思想，表现在对内是非不清，对外敌我不分，或者叫做敌我界限模糊。

我所想到的就是这些。其他关于整党方面和组织业务方面的缺点，大家研究的比我详细，我就不讲了。我的这些意见，可能是不对，请大家批评。[①]

发言后的反应

我讲完之后，在小会议室休息的时候，少奇同志对我说："你会上讲的这些问题，有的不是安子文的问题，而是我的错误。这在以后适当的会议上，我要作自我批评。"安子文也说我讲的这些问题基本正确。

10月24日，刘少奇在会议总结中谈到富农党员问题时，说道："中央组织部对于这个问题的处理是经过我的。"同时自我批评说："由于我对农业生产互助合作的问题，有一种不妥当的想法，所以在处理富农党员的问题上，可能在和个别同志谈话的时候，说了一些不妥当的或者错误的话，应该说，所有说的不妥当的，或者错误的话，都应该取消和修正。"[②]

安子文也对会上提出的一些问题作了自我批评。

我来不及参加讨论，发言后，当天即返回沈阳。

后来，郭峰回来告诉我，他在和各大区组织部长接触中，他们认为我在会上讲的意见是对的，是有根据的。只有华北小组和西藏的同志对我发言中"敌我不分"的说法有异议。我说，少奇同志和中组部让我们来提意见，会上发表不同的意见没啥，讨论嘛。

这个发言是一个共产党员按党章规定，按中央组织部要求，在大会上给党的组织工作提出的意见。我没有违反党的组织原则和组织纪律。但是，1954年，高饶问题出来后，这个发言成为我"有预谋配合高饶进行反党"的证据和罪行。给我后半生戴上了枷锁。

二、党的七届四中全会

1953年12月24日，在中央政治局会议上，毛泽东主席提出增强党的团结的建议，政治局一致通过。会后起草了《关于增强党的团结的决议（草案）》。

---

①《百年潮》2004年第12期，第15页。

②《刘少奇传》（下），中央文献出版社1998年版，第749页。

1954年1月7日，毛泽东给刘少奇并书记处信：“决议草案已作了修改。”提议“召开一次中央全会通过，以示慎重”。并“加上若干负重要工作责任的同志参加会议”。“议程可有三个：（一）批准三中全会以来中央政治局的工作；（二）决定于本年内召开党的全国代表会议讨论第一个五年计划纲要；（三）通过关于加强党的团结的决议”。毛泽东强调说：“关于第三个议程，应尽可能做到只作正面说明，不对任何同志展开批评。”①

1月18日，毛泽东致电刘少奇：“为使在各地的中央委员、候补中央委员及参加会议的同志事先有所准备起见，建议将关于加强党的团结的决议草案即日用电报发给他们阅看，……同时可征求各中央局分局省市委的意见，以供全会参考。”②

1月22日，毛泽东再次强调：“关于四中全会开会的方针，除文件表示者外，对任何同志的自我批评均表欢迎，但应尽可能避免对任何同志展开批评，以便等候犯错误同志的觉悟。”③

1954年1月中下旬，东北局收到中央发来的对《关于增强党的团结的决议（草案）》征求意见的电报。林枫主持召开东北局常委会进行讨论。大家一致认为：共产党历经30多年的艰苦奋斗建立了新中国，又取得了抗美援朝胜利。在胜利面前，有的干部产生了骄傲自满思想。在国家经济建设开始时，由于政治意见的分歧，高级干部间一些不团结的现象有所发生。第一个五年计划即将开始，在建设中产生意见分歧和争论是难免的，很有必要强调党内团结，保持政治意见的统一，这是实现总路线的根本保证。

常委们对这个《决议（草案）》没有提出什么意见，只就个别词句的提法进行了补充。例如宣传部长李卓然提出：团结是要在马列主义基础上的团结。会后，张明远根据讨论意见，归纳起草了东北局给中央的报告，即《对中央关于增强党的团结的决议（草案）的意见》，经常委们传阅后，上报中央。

2月6日至10日，中共中央在北京召开七届四中全会。毛泽东在杭州没有出席这次会议。

---

①《建国以来毛泽东文稿》第四册，中央文献出版社1990年版，第432、439页。

②《建国以来毛泽东文稿》第四册，中央文献出版社1990年版，第439页。

③《建国以来毛泽东文稿》第四册，中央文献出版社1990年版，第440页。

1954年，中共中央七届四中全会代表合影，后排右三为张秀山

出席会议的正式代表有中央委员35人，候补中央委员26人。52名党政军和人民团体的主要负责人列席会议。东北局出席会议的是林枫，我和张明远列席会议。

到北京后，周恩来同志同我谈了高岗到中央工作后的错误，使我大吃一惊，才知道他问题的严重。周总理说：七届四中全会是按照主席的指示，要开一个增强团结的会议。参加会议的同志在会上都要作自我批评，并建议我在会上作自我批评的发言。

七届四中全会在刘少奇同志主持下召开。他首先在会上作了《中共中央政治局向第七届第四次中央全会的报告》。

刘少奇报告后，中央领导周恩来、朱德、陈云等同志和地方、部队的多位高级负责干部作了自我批评的发言。我在会上也作了自我批评。

刘少奇又对农业生产合作社、老区土改出现的“左”倾错误（全国土地工作会议）、和平民主新阶段和天津讲话中关于资本家剥削等问题作了自我批评。

高岗、饶漱石在会上作了检讨发言。

会议按毛主席要求的，没有点任何人的名字。

全会通过了经毛主席修改过的《关于增强党的团结的决议》，决议对全党高级干部在工作中作出了六项规定。决议强调“党的中央委员会和省（市）委员会以上的负责干部和武装部队的高级负责干部的团结，尤其是决定革命胜利的最主要的关键”。指出：“鉴于我们的党很大，党内的马克思列宁主义的教育还很不够，一部分干部中的思想政治情况还相当复杂；鉴于一部分干部甚至高级干部对于党的团结的重要性还认识不足，对于集体领导的重要性还认识不足；特别是鉴于在中国新民主主义革命胜利后，党内一部分干部滋长着一种极端危险的骄傲情绪，他们因为工作中的若干成绩就冲昏了头脑，忘记了共产党所必须具有的谦逊态度和自我批评精神，夸大个人的作用，强调个人的威信，自以为天下第一，只能听人奉承赞扬，不能受人批评监督，对批评者实行压制和报复，甚至把自己所领导的地区和部门看作个人的资本和独立王国；鉴于这一切情况，中央认为，当此我国实行社会主义改造的紧要历史关头，有极大的必要来唤起全党同志更加注意提高革命警惕性，更加增强党的团结。”

决议中说“每个同志都可能有缺点或错误，每个同志都需要别人帮助，而党的团结正是为了发展这种同志式的互相帮助。对于党员的缺点或错误应当区别不同的情形，采取不同的方针。对于那种具有在性质上比较不重要的缺点或犯有在性质上比较不重要的错误的同志，或者对于那种虽然具有严重或比较严重的缺点、犯有严重或比较严重的错误，但在受到批评教育以后，仍能把党的利益放在个人的利益之上，愿意改正并实行改正的同志，应当采取治病救人的方针”。“但是对于那种与党对抗，坚持不改正错误，甚至在党内进行宗派活动、分裂活动和其他危害活动的分子，党就必须进行无情的斗争，给以严格的制裁，直至在必要时将他们驱逐出党。因为只有这样，才能维护党的团结，才能维护革命的利益和人民的利益。”

四中全会正确地、适时地向全党敲起警钟，是一次很深刻的整风会议。会上充满了自我批评精神，对我教育很大，使我认识到自己身上存在的骄傲自满情绪。

三、高级干部座谈会

四中全会后，中央书记处召开高级干部座谈会。座谈会分两个组，一个是关于高岗问题的座谈会，由周恩来同志主持。林枫、张明远和我参加这一组；一个是饶漱石问题座谈会，由邓小平同志主持。

在揭发高岗问题的座谈会上，高岗作了检讨，并对有些事情作了申辩。

许多同志发言揭发批评高岗散布传播反对刘少奇，破坏党中央团结的言论和搞分裂的活动。我在会上也对高岗进行了揭发和批判。

座谈会的第三天下午，会议开始不久，安志文（国家计委专职委员）和高岗的秘书赵家梁来到会场，向周总理报告高岗自杀未遂的情况。总理立即召集我们到他的办公室，让他们两人向大家报告事情的经过。

之后，周总理对与会的同志们说：高岗自杀是一个很严重的问题，为了防止他再次自杀，我们还得做他的工作。

会后，总理对我说：秀山同志，你去做一下高岗的工作，就住到他那里，这是中央交给你的一项政治任务。一定要稳住他的情绪，说服他不要采取这种过激的行为，要他认真考虑自己的问题。要注意他的思想动向，有什么问题向我报告。

当天晚上，中央书记处和政治局先后开会，通报高岗自杀的情况。中央决定对高岗实施隔离审查，停止其一切职务。

会议结束后，周总理向我、习仲勋、马明方、马文瑞交代，要我们一起去向高岗通报中央的决定。

傍晚时分，我们到了高岗的住处。赵家梁把我们领到高岗的房间，高岗看到我们来了，忙说："请坐，请坐！"我们谁也没有理他，都冷冰冰的。习仲勋说："我们代表中央来跟你谈话，你的错误极其严重，今天发生的事，你是错上加错。现在你要好好休息，等平静下来之后，再考虑检查反省。"仲勋接着说：从现在起，中央决定对你实行管教，由赵家梁负责。他过去是你的秘书，今后你一切都要听他的……

当晚，我按照周总理的指示住在了高岗家。座谈会期间，我一边参加会议，一边做高岗的工作。我向他转达同志们提出的批评意见，指出他的错误。在几次谈话中，我指出他过去许多反对刘少奇等同志的言论，他都不承认。高岗说：在"有薄无林"名单问题上，我犯了严重错误，没有听毛主席"到此为止，不准扩散"的话，没有考虑到"扩散"后果的严重性，跟一些人讲了，闯了乱子。而在毛主席发现追查时，又没敢承认错误，辜负了毛主席对我的信任，这是我的最大错误。中央召开四中全会，强调党的团结问题是非常正确的，我对毛主席、对党是忠心的，从来没有过反对毛主席的一丝念头。我与刘少奇不是个人之间的问题，是工作上的意见分歧。

高岗认为他过不了刘少奇这一关。要他承认反对毛主席、篡党夺权、搞阴谋等罪名，他坚决不能接受。

他讲的这些话，我都跟周总理作了汇报。我每次同高岗谈话，赵家梁都在场。

在饶漱石问题座谈会上，饶漱石在他的检讨中，讲了有关我在第二次组织工作会议上发言的问题，他说："据安子文同志最近对我说，张秀山在组织工作会议上的发言，其内容多数是针对刘少奇同志，而以批评安子文同志的形式出现的。对于这一点，我在事先确无所知。反之，他发言中列举若干具体事例批评安子文、薄一波两同志，则恰与我的宗派主义情绪相投。加以他的发言中首先声明，他的发言内容事先已同毛主席、少奇同志谈过，故在他的发言稿印出之后，我未再行阅读过（因为我的眼睛不好，不能写，不能多看，因此，这些东西拿到我秘书那里我都没有看）。反之，在当天张秀山及其他各大区同志发言之后，我还感觉这些发言有事实，有分析，有建议，不像财经会议上那样乱套大帽子，因而感觉满意，并认为这个会议比财经会议有进步……所以，我对张秀山的发言，始终未加批驳，客观上形成我是在支持张秀山来反对刘少奇同志，这是我意想不到的事，使我感到极为痛心。""在此次座谈会上，有的同志以为我是全面的反对少奇同志；以为我是反安为名，反刘是实；以为我对待少奇同志的态度与高岗同志的反刘宗派活动必然有其密切联系；以为我为先锋，高岗在幕后；甚至有个别同志以为我在这个问题上存在有什么重大政治野心。同志们对我的这种猜测，我现在无法申辩。我只有请求党中央在这一点上据实考察，查明真相，再作结论。"

2 月 25 日，在高岗问题座谈会结束时，周恩来综合了大家的发言和揭发的材料，对高岗分裂党及夺取党和国家权力的阴谋活动，作了总结发言。他从十个方面揭露和批判高岗分裂党、夺取党和国家权力的阴谋活动，分析了高岗所犯错误的思想、社会、历史根源，总结了从高岗事件中应当记取的教训。①

2 月 28 日，毛泽东在周恩来的这个发言提纲中，作了修改，写道："在长期的革命斗争中，高岗虽有其正确的有功于革命的一面，因而博得了党的信任，但他的个人主义思想（突出地表现于当顺利时骄傲自满，狂妄跋扈，而在不如意时，则患得患失，泄气动摇）和私生活的腐化欲长期没有得到纠

①《建国以来毛泽东文稿》第四册，中央文献出版社 1990 年版，第 452 页注释（1）。

正和制止，并且在全国胜利后更大大发展了，这就是他的黑暗的一面。高岗的这种黑暗面的发展，使他一步一步地变成为资产阶级在我们党内的实际代理人。高岗在最近时期的反党行为，就是他的黑暗面发展的必然结果，同时也就是资产阶级在过渡时期企图分裂、破坏和腐化我们党的一种反映。”①

周总理指出，高岗必须听候党的管教，沉痛认罪，彻底交代。

但是，高岗并没有接受党的管教。半年后，他吞服了大量安眠药自杀。后来听说，他从报纸上看到，在全国人大代表的名单中，东北局和东北各省、市主要负责人的名字没有了，他意识到这些人都是受了他的牵连，又消沉起来。他向看管他的人说，以后见到这些人时，请代我向他们表示歉意，是我连累了他们。

毛主席得知高岗自杀的情况后说：高岗的问题处理得不好。高岗不自杀，即使不能在中央工作，还可以在地方上安排嘛。

高岗自杀，无疑使问题更加复杂化了。

在林枫、张明远和我离开北京前，周恩来总理代表党中央向我们作了重要指示，其谈话要点是：东北局应从东北的角度，对高岗的本质，揭发应深些，揭发他“一贯正确”“政治上对，组织上错”，以引起干部的愤慨，耻于与其为伍。

高岗的错误与东北局每个人的错误要有区别；对高岗的揭发必须彻底；东北局在思想上、政治上、组织上有责任，错误要交代，在之后要召开的东北地区高干会上先作原则交代；东北局在思想上、政治上、组织上犯有原则性错误。个人检讨要挖深，陷下去的要拔出来，不要有顾虑，不要计较有人责备；东北不少干部受高岗的影响，但干部的好处是有朝气，中央可多说好的方面，但东北局、个人应多检讨。

在谈话中，周总理还批评我说：“秀山，主席的话你听了一半，为什么那一半你没有听（那一半是主席要我发言前先找少奇同志谈一谈），说明一个人思想是否健全。”

总理强调：东北高干会议的重点是揭发高岗，认识其错误，要鼓舞大家的斗志，要分清东北局的责任及个人的责任，启发大家，增强团结。

---

①《建国以来毛泽东文稿》第四册，中央文献出版社 1990 年版，第 451—452 页。

四、东北地区高级干部会议

七届四中全会后，遵照中央书记处部署，东北局召开东北地区高级干部会议，传达七届四中全会精神，揭发批判高岗、饶漱石反党问题。

从北京回来后，东北局常委组成东北地区高级干部会议领导小组，我们按照周总理的指示做开会准备和准备个人的检讨。罗瑞卿作为中央书记处观察员来沈阳，参加了会议全过程。

1954年3月25日，周总理来到沈阳，随周总理一起来的还有马洪、安志文。马洪和安志文曾在东北局工作过，周总理让他们来帮助开好会，把有些情况说清楚。周总理的报告提纲是马洪在火车上，按照总理的谈话要点，帮助整理的。

东北地区高干会议开始时，周总理传达了七届四中全会精神和高岗、饶漱石的问题。周总理因还要出访，讲完之后即返回北京。

周总理在报告中明确指出了高岗、饶漱石反党分裂活动的主要问题，批判了高、饶资产阶级极端个人主义思想。在报告中对开好东北地区高级干部会议，再次强调了之前对我们三个人的谈话精神。他还指出：东北解放以来，东北地区的各级党组织（包括东北局），基本上是遵照中央的正确路线方针进行工作的。在抗美援朝、新区土改、镇压反革命、“三反”“五反”、经济建设、增产节约等伟大运动中，虽然有缺点错误，但成绩还是主要的。

1951年张秀山与罗瑞卿、肖华等在沈阳

他说：东北局过去基本执行了中央的干部政策，不能因为高岗的问题，就说过去提拔的干部都提错了，也不能说过去处分的干部都处分错了。对于过去分配和使用干部不适当或错误的，应作具体研究和具体处理。对于在高岗问题上犯了错误的同志，以至犯了严重错误的同志，都必须采取严肃的态度，彻底揭发和批判这些同志的错误，分析错误的性质和根源。只要犯了错误的同志，以至犯了严重错误的同志，能够和高岗划清界限，彻底认识自己的错误，能彻底改正就要欢迎，并要给以诚恳的帮助。在检查和肃清高岗的影响时，必须注意区别哪些是不利于党的团结的言论和行为，哪些是有利于党的团结的言论和行为，区别流言蜚语、个人攻击，和党内批评与自我批评，区别破坏党的非法活动和一般性的自由主义。

会议由林枫主持，在罗瑞卿的指导下进行。参加会议的同志们用两天时间学习七届四中全会决议，讨论周恩来同志的报告，对高岗、饶漱石企图夺取党和国家领导权的阴谋活动，表示极大的愤慨。

之后，东北局常委对高岗的问题进行了深入揭发和批判，对自己的缺点和思想根源作自我批评的检查。

3 月 31 日，林枫、我和张明远先后在会上作检讨发言。

我在发言中，讲了以下几个问题：1. 七届四中全会的历史意义及对我的教育；2. 对高岗本质的认识；3. 高岗在东北的反党活动；4. 我的检讨。

我说："中央指出：高岗的错误不是政策路线的错误，而是特殊的阴谋家、野心家的错误。但高岗的问题不是孤立的，党内的个人主义、自由主义、宗派情绪就是他发展的温床。"

建国初期，在全国政治、经济发生重大转折时期，党内领导对建国的指导思想、方针、政策上发生了一些分歧。主要是：和平民主新阶段问题、土地会议问题、对资产阶级政策问题、富农党员问题、农村互助合作问题、职工会问题、一长制问题、整党问题、供销合作社问题等。以 1952 年新税制问题和 1953 年全国财经会议上的争论，及对农村互助合作问题的分歧为最突出。我一直认为这些都是属于党内问题，可以通过讨论或批评的方式加以解决。

高岗在东北主要以讨论或谈论这些政策问题，以及在传达中央领导同志的意见中，加进个人的观点和意见，散布对刘少奇的不满，表现自己的正确。

我对自己的错误检讨说："过去，我和高岗一块工作 23 年，虽然也看到他的一些毛病和缺点，但认为他的本质是好的，政治路线是正确的，对他盲目的信任。虽然也看到他夸张自负，但认为是一般的思想作风的缺点。虽然也和他作过斗争，内战时期，因为他搞女人，开过斗争会，撤销了他的政治委员的职务（我当时任红42师党委书记）；抗战时期，也批评过；我离开延安时也曾给他提过意见，来东北后也批评过几次，而且在他不虚心时，我拍过桌子。但我没有把这些问题提高到党性及政治品质的高度来看。”

财经会议后，高岗的有些言论，我也同意的，并对东北局的一些同志、省市的同志，以及中南、西北局的个别同志谈过对少奇的意见。既有会议上的发言和当面谈话，也有背后议论。谈过苏区白区党的正确路线代表问题，议论过安子文同志提的政治局名单“有薄无林”问题，毛主席批评谭震林同志讲的“三权”问题，少奇同志掌握政策不稳等。这是妨害党的团结的错误行为，是严重的自由主义。

“过去，我对安子文同志的印象还好，以后由于看到他在使用干部上有缺点，财经会议后，又听到传言说他有圈子，听说他提的政治局委员名单‘有薄无林’，我发过义愤。因此，我对他有了意见。全国第二次组织工作会议时，我在会议上讲了话。”

“我在第二次全国组织工作会议上所讲的这些意见，都是和毛主席交换过看法的，得到他的同意。少奇同志也是要我来讲的。并且是安子文请我到组织工作会议上，给中央组织部的工作提意见的，在大会发言时，少奇、子文同志也在场。发言结束后，少奇同志对我作了明确表态。意见讲完了，事情也就过去了。”“但我没有遵照毛主席的指示，先去找少奇同志说，这是错误的。”①

关于我到全国组织工作会议上的发言经过，郭峰在会上讲得很清楚，会后郭峰还写了我到组织工作会议发言的详细情况。

有些同志认为，我的“检讨”是符合实际的，符合我的个性，对党是实事求是、负责任的。认为我对高岗的问题没有护短，也没有夸张。因为高岗的主要问题是发生在他到了北京之后，东北局的同志并不清楚，这是事实。

会上对东北局工作中的问题、东北局领导存在的问题，发生了争论。对于涉及一些原则性问题和有关同志的问题，我在发言中作了说明和解释。

一是对东北局执行的路线。有的同志说高岗在东北有一条错误路线。我说：“事实上，那时东北局执行的路线都是党中央、毛主席制定的路线。高岗在东北并没有提出自己的一条政治路线，也没有说过中央的路线是错误的。”

---

① 张秀山1954年3月31日在东北局高级干部会议大会发言。

在高岗到中央工作后，按中央规定，东北局每两个月都向中央作一次书面工作汇报。有重大问题时，随时向中央请示报告。这些报告和汇报都是由专人或东北局政策研究室起草，经东北局常委会讨论通过，由林枫和我审批后报给中央的。

二是对干部政策。我说："几年来，东北局执行的是中央的干部政策。"东北局组织部与中央组织部保持着密切的联系。只要中央提出，如四野南下要干部、为中央政府组建配备干部、抗美援朝后勤工作需要干部，东北局是毫无保留的、挑选优秀的、有能力的干部去。他们在各自岗位上负起了重任。同样，东北局缺干部，如需吉林省委书记、东北地区68项重点工程需要的干部，也报请中央批准和委派。如果是宗派还能向中央报告吗？这一点不存在派别性。

当然，我自己思想上的片面性和宗派情绪，对某些同志看得优点多一些，对某些同志看得缺点多，对青年干部教育不够，对犯错误和有毛病的同志帮助不够，对个别干部的工作分配不当。过去我担任东北局的组织部长，后来虽不担任组织部长了，但东北局分工我仍管组织工作，因此，东北局干部政策上的缺点和错误，首先应由我负责。

对有些同志的工作安排，受高岗的影响，我们在看法上"有错误"，但"在使用上是没有受影响的"；在执行纪律方面"有畸轻畸重的现象，有些是由于我了解情况不全面，处理问题发生了偏差"。"对有些干部的提拔、调动、处分不对的，则是属于一般性的错误，如'三反'中的问题，不属于宗派性的错误"。

当有人指责东北局组织部门提拔青年干部是配合高岗搞宗派时，我严肃地表示："马洪作为东北局委员是东北局讨论通过的，但我是要负责的。另外，提了一些青年干部，凡是提错的，我负责任。这些青年同志自己不负责任，这些同志自己不要背包袱。""至于各省市和各部门的领导干部，是党的领导干部。他们过去拥护高岗，服从高岗的领导，因为高岗是东北局的书记。大家只能服从组织，盲目信任。这些同志并不是高岗的宗派。"

在开领导小组会期间，我对他们的一些过激的做法提出意见，我给林枫打电话说："不能这样的追问，不能和过去延安审干一样，把青年干部逼成特务。"他们认为我这是对抗。

三是关于东北局的领导。在高岗问题出现之前，针对有人说东北局是宗派班子的说法，刘少奇曾对陈伯村（东北局组织部副部长）说：东北局的干部是中央调配的，而不是高岗自己拉去的。你回去跟大家说清楚。实际上，在中央的安排下，东北局的领导来自不同地区，战争年代从事不同的工作，有在白区搞地下工作的，有从事学生运动、工人运动的，有创建革命根据地，搞武装斗争的。为东北的经济恢复和建设，为抗美援朝胜利，“我们是互相尊重的”，各尽其责，并不是为高岗个人工作。

会议开始还是检查各自的问题，查找思想根源，但是，后来重点就转移到批判我、第三副书记张明远等人身上。批判和指责我们与高岗一起搞反党中央的宗派活动。有人说：高岗离开东北后，他们实际上仍然帮助高岗把持东北局的领导，致使林枫同志难以行使职权。

我说：“我与林枫同志没有什么个人成见”，只是“接近很少，谈心不够，互相批评也很少”。高岗调中央工作后，林枫代理书记，东北局的任何重大问题，给中央的报告都是经林枫同志的，两人的“关系有了改进，遇事商量请示，内部团结是不断增强的”。而林枫在会议发言中则说：“高岗离开东北局以后，东北局某些负责同志，仍帮助高岗把持东北局的领导，进行反党中央的宗派活动，这种严重情况，我和东北局一部分同志也没察觉。”

在会议期间，罗瑞卿与我谈话说：你在全国组织工作会议上发言是反对刘少奇的，反对刘少奇同志就是反党。我不同意他的说法。我说：在党的会议上，对党的工作，对党的负责人当面提出批评意见不是反党。“我对党中央和毛主席的无限信任是毫无疑问的，因此不能说，我反对少奇同志（提意见）和其他同志（给安子文提意见）就是反党”。为此发生了争论。

在一次谈话中，罗瑞卿突然问我：你们查看刘少奇的档案是什么目的？我听后感到很不对头，便对他说：这件事我建议你核实一下。

我说：1953 年初，高岗对我说，毛主席让看一下东北敌伪档案中有关刘少奇 1929 年在奉天被捕的情况，要我去组织落实。我当时问高岗这件事跟其他人说过没有，他说跟陈云说过。我又问他，东北呢？他说没有。我说，这件事不能扩大，传开不好。说这事时，高岗的秘书在场。之后，我在东北局组织部布置工作时，将审查干部工作分成两个组，一个组查现实表现；一个组查阅敌伪档案，查阅的对象不做特别限定，避免给人留下是专门查看某个人的印象。这件事即使是后来任组织部长的郭峰，和具体承办这项工作的同志也不知道查阅敌伪档案的目的，查阅结果是按敌伪档案的原本情况上报的。

罗瑞卿听后没有再说什么。但是从以后的情况看，这件事显然是起了激化矛盾的作用，不然怎么会给我加上“用了极其恶劣的手段攻击刘少奇同志”的罪名。

东北军区的周桓，过去与高岗关系很密切。在这次高干会上，却把我、张明远、赵德尊、郭峰、马洪五个人说成是高岗的“五虎上将”。周桓讲这个话，在东北工作过的高级干部一听就明白他说的目的。东北解放战争初期，由于东北局领导对东北的工作方针、策略有争议，在 1948 年 11 月东北局高干会议上，东北局领导成员曾批评过林枫和其他同志搞“宗派”，说他们是“桃园三结义”。这次他们就把我们说成了“五虎上将”。

他的讲话被收到会议简报里，毛主席看后，在 1955 年会议的讲话中就借用了。于是，“五虎上将”的帽子就戴到了我们五个人的头上。

1979 年，在经“文革”之难后，周桓住在中组部招待所。他病卧在床，我去看他时，他含着泪说：“秀山，是我那个话把你们害了，我对不起你们啊！”这是后话。

说到高岗在东北局搞宗派，有一个“五虎上将”，这不是事实，我们与高岗之间都是工作关系。只是我在历史上与高岗有着长期的工作关系。张明远是冀东的老同志，长期从事党的地下工作，在东北与高岗没有什么联系，无非是多干了些工作。马洪是一位很有才干的年轻同志，1952 年时，就随着高岗调国家计委工作了。尤其是郭峰、赵德尊二人，是在高岗去中央工作之前，才调到东北局来的。赵德尊是由黑龙江省委书记调到东北局任农村工作部部长。郭峰是辽西省委书记调到东北局，开始还是组织部副部长。当时他们都是较为年轻、有能力的干部，作为培养对象调来。而且由一个省委书记调到东北局当一个部长，这也是很正常的人事调动。这种人事调动安排，从各方面看，也是适当的。当初高岗说过他们是年轻优秀的干部，这也是事实。但是批判高岗时，也就因为这些，就把他们打成“五虎将”。这种搞法显然不实事求是。

罗瑞卿在会议发言中说“高岗在东北地区形成了以他为核心的反党反中央的宗派集团”，并点了我们一些人的名字。一些同志不同意他的这一说法，有的还说：在东北局敢和高岗拍桌子的不就是张秀山吗，郭峰、赵德尊调东北局工作才几天，他们怎么就成了“反党宗派”“追随者”？于是，他就把这些同志集中到东北局办公厅的一个会议室开会，进行批评。林枫也说我们“实际积极参加和支持了高岗反党反中央罪恶活动”。

林枫在4月24日的总结发言中说：“东北局对于高岗问题是负有严重责任的。我和东北局一部分同志，对于高岗反党反中央的罪恶活动，丧失了嗅觉，没有能够识破高岗资产阶级个人野心家的面貌。对于他反对中央领导同志的流言蜚语，高岗的派别性的干部政策及其极恶劣地把个人放在组织之上的领导作风，失掉了原则立场，既没有进行批评和抵制，又没有向中央反映。”① 这说明对高岗问题的“失察”是整个东北局的重大错误；从另一个角度来说，高岗的问题主要是发生在他到了北京之后。

在高干会上，一些同志对我提出批评，我觉得很刺耳，有些不能接受。听到个别与事实有出入的，总是计较与说明事实。我的反省是非常沉痛的，一时不能全部认识这些错误的严重性，经过了一个痛苦的过程。会议开到这样的程度，我别无选择，出于参加革命26年来受到的教育，我只能服从集体决定，只得违心地、万般痛苦地说：“我对于党中央和毛主席的无限信任是毫无问题的。经过同志们的分析和批判，使我认识到，少奇同志是中央的领导，是毛主席的亲密助手，我反对少奇同志就是反党中央。”

4月中旬，林枫、罗瑞卿到北京向中央作汇报说：“高岗在东北地区已形成了以他为核心的反党宗派”，“东北局内的若干成员和它的主要领导成员中的若干人，例如张秀山、张明远同志等参加了以高岗为核心的反党小集团”。这个集团的活动纲领或口号就是：“东北特殊”“东北先进”“东北一贯正确”。

在我第二次检讨的第二天，也就是1954年4月24日，罗瑞卿在大会上作总结发言。他讲道：“高岗分裂党，在党内煽动和组织宗派，阴谋夺取中央权力的罪恶活动，是长期的，有计划的呢？大家知道，高岗的这种活动最早是在1949年就开始了的。”② 而毛主席在1955年3月31日中国共产党全国代表会议上的讲话中说，他是“到1953年秋冬才发现他们的”。③

罗瑞卿在总结中还说：“或许有人出来要说：‘反党反中央大概是有的，

① 林枫在东北局高级干部会议上的发言（1954年4月24日）。

② 罗瑞卿在东北局高级干部会议上的发言（1954年4月24日）。

③ 毛主席在中国共产党全国代表会议上的讲话：《结论》（1955年3月31日）。

独立王国大概也是有的，但那是高岗个人的事。没有什么反党宗派，没有什么反党小集团……’请问高岗一个人能够搞起一个独立王国么？”他还说：“请问有那么若干人，按高岗所制定并为若干人同意了的反党政纲到处进行反党宣传，这样一些人不叫做反党宗派亦即反党小集团，那么又应叫什么呢？”[①]

之后，东北地区高干会议通过了《关于拥护七届四中全会和讨论高岗、饶漱石问题的决议》和《东北地区的高级干部会议向中央的建议》。

1954年5月4日，在中央批发的文件中这样写道：“东北地区党的高级干部会议关于拥护七届四中全会和讨论高岗、饶漱石问题的决议和东北地区党的高级干部会议关于撤销张秀山、张明远、郭峰、马洪、赵德尊五同志现任东北局副书记和东北局委员及其他党内职务向中央的建议，已经由四月二十八日政治局会议批准。”

杨尚昆在《回忆高饶事件》中写道：“高岗、饶漱石分裂党的活动，也称‘高、饶反党联盟’事件，发生于1953年，揭露于1954年初，到1955年处理完毕。”可见对这一事件的处理耗时之长。

但是对我们“反党反中央问题”的处理又是十分快速的。从4月23日，我作第二次检讨，到4月24日，东北地区高干会议通过撤销我们五人职务的建议，再到4月28日，中共中央政治局会议批准东北地区高干会议决议，撤销我们的职务，仅仅五天。解决之速，这在党的历史上是没有的。这之中，对我们五个人的处分结论，没有具体事实，没有组织审查，没有组织谈话，没有听我们的申述，只有东北局的一个报告。即：

东北局转报中央：

东北地区党的高级干部会议鉴于张秀山、张明远、郭峰、马洪、赵德尊等同志均积极参加高岗反党反中央的宗派活动，错误十分严重，特建议中央撤销他们现在东北局副书记和东北局委员及其他党内职务。

一九五四年四月二十四日通过

会后，中共中央改组了东北局，由林枫担任东北局书记。我受到撤职处

① 罗瑞卿在东北局高级干部会议上的发言（1954年4月24日）。

理，由原来行政四级降为八级，下放到盘山农场当副场长。张明远、郭峰、马洪、赵德尊等人也被下到工厂或基层单位。东北各省、市的主要领导干部几乎全部被撤换，有的降级，有的降级下放，有的长期不分配工作。像鞍山市委的8个常委全部撤职，市委书记华明是大学生，在陕甘宁边区建设厅当过工程师，年轻、有能力，只因他曾给高岗当过秘书，被逼自杀（未遂，“文革”中被迫害致死）。黑龙江省省长李常青被撤职下放，死在乡间。原辽西省委代书记兼省长杨易辰，降职到黑龙江省任副省长，80年代调中央，任最高人民法院院长时，在其档案中还夹有与高岗有牵连的材料。大连市委副书记陈伯村也受到降职处分，等等。当时东北局因高岗问题受牵连人很多，并不是很少。

第十章　基层二十四年

（1954.12—1978.1）

一、在盘锦农场

到农场去

东北局高干会后，我因高岗问题被撤职，作为一名共产党员，必须无条件服从组织决定。1954 年 11 月，我被安排到辽宁省盘山机械农场，担任常务副场长。

离开沈阳前，有几件事情是一定要办的。

我对刘嫂子（刘志丹的夫人同桂荣）说：“我就要离开沈阳了。临走之

张秀山与同桂荣、刘力贞、张光

前，我要把力贞和张光的婚事办了。志丹就留下这么一个女儿，力贞这孩子已经大了，看着她成了家，我也就安心了。”程帆上街为他们买了结婚用品，请来了做西餐的厨师。在家里，我为他们举办了婚礼。看到力贞高兴的样子，我心中真是很欣慰。

东北局的同志问我到农村工作有什么要求，我说：我个人没有什么要求，只是希望不要因为我的问题，拖累在我身边工作过的同志们。希望对他们的工作尽可能安排得好一些。组织上同意了。同时决定让警卫员王克瑞随我去盘锦工作。

在整理东西时，我把学习过的马列著作和学习笔记装了一包，寄给在国家计划委员会工作的侄子张宪国，并给他写了一封信：“要精读马列主义著作，不仅要挖掘其精髓，深刻领会，而且要注重理论联系实际，决不能生搬硬套，只有这样才能达到认识世界和改造世界的目的。无论在什么时候，不管自己取得多么大的成绩，都要记住这是党和人民教育的结果。”

我走后，家人就要搬到另外的住处，管理局的同志对程帆说，使用的家具都可以搬到新住处。我告诉程帆说：“从这里搬走时，只能带生活必须用的床和桌子椅子，沙发、书柜、地毯等一律不许带，交还公家。”

12月的盘锦又冷又潮，我和王克瑞穿上程帆买的棉衣、棉裤和棉鞋。1954年12月24日，我带着王克瑞和农场派来接我们的同志，乘一辆中型卡车，当天傍晚，到达了农场场部所在地——盘山县大洼乡，农场场长史景源和场领导热情地接待我们，安排我们住下。

离开沈阳时，组织上给我配了一辆吉普车，到农场后，我就把车交给农场公用。开春后，我让人事部门给王克瑞安排了别的工作。

盘山农场后来改为盘锦农垦局，我任副局长，在盘锦工作生活了近五年。

盘锦地处辽河平原南端，是由辽河、大辽河淤积和退海滩涂发育而形成的滨海平原，无山无岗，地势平坦，具有大面积开垦和发展农业的优越自然条件，有东北“南大荒”之称。东北全境解放后，人民政府在这里建起了盘山农场，1954年1月改称盘山机械农场，共有9个农场，下属79个分场，有职工约8000人，耕地面积两万多公顷，大面积种植水稻。

这时的盘锦刚刚开始建设，生活设施都很简陋。职工住的都是土坯盖的房子，入冬后，房里又潮又冷。农场的同志们很照顾我，把最好的土坯房让我住，后来盖了红砖房，也先让我住。

开始，家没有搬来，我和王克瑞在食堂吃饭，生活很不方便，工作又忙，身体十分消瘦。程帆不放心，决定把几个上学的，和稍大一点上幼儿园的孩子留在沈阳，带着我老母亲和两个孩子，第二年开春后就把家搬到大洼乡来了。留在沈阳的 6 个孩子，上学的还好，在全托幼儿园的孩子一到节假日看到别的孩子被父母接回家了，哥哥、姐姐来看望他们时，几个孩子哭成一团。我们听到很伤心。我对程帆说："去沈阳把幼儿园的孩子接来，死也死在一起！"孩子很快接到了身边。

盘锦地区是盐碱地，种大葱都不长，蔬菜很少，农场每天供应一人半块豆腐。吃水是用水车到附近的水泡子里去拉。水泡子上面有一层厚厚的绿色浮游生物，水是苦咸的，要用白矾消毒、沉淀、烧开后才能喝。生活虽然艰苦，但全家人能在一起就很高兴。

讲党课

这时的盘锦满目荒凉，外来的干部情绪波动，都想走。我来到后不久，农场领导让我给党员干部们讲党课。可我是被定为"反党集团成员"，受党内处分下来的，又不是党委成员，这使我很为难。但我看到同志们诚恳的态度，就讲了。我用亲身经历的战斗史实，创建革命根据地的艰难和困苦，革命先烈和根据地人民为革命作出的贡献，及错误路线给革命带来的损失，给全场干部讲了几次党课。大家听了很有兴趣，感到很受教育。同志们与我也亲近起来，这是一种很质朴的情感。

修路

在农场，我分管基建、财务工作。来到农场正是冬天，我骑上自行车到各个分场、生产队，了解情况。

在去各分场的路上，我发现农场的道路、桥梁破损严重，交通运输非常不便。我提议：农场要发展首先路要通畅，冬季农工们基本没有什么活，利用农闲时节，把农场的道路好好修整一下。农场领导很同意。但是，农场经济比较困难，物资极度短缺。为了能在开春前把路修好，我们向省里打报告申请资金和物资，我又给省里主管农业的负责同志打了电话。省里很支持，资金和物资很快拨了下来。我们立即组建了施工队，开始修路筑桥会战。一

与盘锦农垦局的同志们

个冬天，就修筑桥百余座，使全场主要道路畅通了，并建立起一支拥有千余人的基建维修队伍，为农场的发展铺平了道路。

王震到盘锦

我受到撤职降级处分后，“反党、反中央”的帽子让我非常痛苦。这一时期，是周恩来同志1936年对我说“对于我们共产党人来说，可能会遇到很多意想不到的情况，但最重要的是，不论在什么情况下，一定要经受住考验”的话，使我挺了下来。我坚信自己对党和人民是忠诚的，相信党会弄清事情真相的。我会按照在东北局大会上声明的：“今后我到任何工作岗位上去，一定做好我的工作，决不会自暴自弃。我永远跟着同志们一起前进，在以毛主席和少奇同志为首的中央领导之下，为共产主义事业奋斗到底。”

我在农场工作期间，王震作为铁道兵司令员和农垦部长，两次来盘锦垦区视察工作。我和王震的友情是在1940年陕北绥德反磨擦斗争中建立起来的。中华人民共和国成立后，他在新疆领导屯垦戍边，我在东北局工作。我们虽然相隔很远，但在工作中互相支持。他向我要技术工人和机械设备；我去新疆考察，他陪我参观新疆垦区和建设发展。

1955年夏天，我到农场工作8个月时，他受周总理委派第一次来盘锦。我得到通知后即带着王克瑞乘一辆吉普车赶到沟帮子火车站，又从那乘火车到锦州接王震。

在锦州火车站的站台上，很远他就急迫地喊我："秀山！秀山！"一见面，我们的双手就紧紧地握在了一起……

张秀山与王震

我们跟着王震上了他的车厢。在车厢里，王震把所有人都请了出去，几年没见面，我们都很激动，警卫员隔着门都能听到我们俩人的说笑声。到沈阳后，王震不让我单住，让人在他住的房间里加了一张床，我们吃住在一起。

他说：我这次来是受总理委托，来看看你的工作和生活情况。我心里一热，中央领导还记着我。王震说：总理认为那个会（即东北地区高干会议）没有开好。

这是我自受处分后第一次将心中的郁闷倾吐出来。我说："你知道，我是党中央、毛主席到陕北后从'左'倾分子的屠刀下救出来的人，我怎么会反党、反中央、反毛主席呢！"

我与饶漱石并不熟悉，从来也没有什么来往。在第二次组织工作会议上，我与他只见过两次面，怎么会存在与饶漱石在组织工作会议上"配合"的问题。我把两次见面的情况细说了一遍。我又讲了我"发言"中的那几点意见，和高岗不同意我去讲的情况。我说：我的错误是主席让我先找少奇同志谈一谈，我没有做到，就讲了。当时实在是没有时间向少奇汇报。

王震是一个很正直的人，他对我是了解的。他一再告诫我，要相信党和毛主席，一定要挺住。

两天后，我和王震一同乘火车到营口，然后换汽车到达盘锦。在盘锦，我们陪他看清水农场海岸的防潮闸，又去看农场150万亩的芦苇塘。我对他说：发展农场不仅要生产大批粮食，还要搞多种经营，芦苇可是造纸最好最紧缺的原料，好好发展，供营口造纸厂一点没问题。王震说：你说得对，这是农场发展的一大副业。我们想把这块宝地利用起来的意见不谋而合。站在一望无边绿油油的水稻田边，我们的心情就像又创建了一块根据地，打了一场胜仗一样舒畅。

从地里回来，场长史景源让食堂单独做了几样菜，王震不吃，执意要到职工食堂看看大家的伙食。我们就在食堂每人要了一份和职工一样的饭菜，一角八分钱的大米饭和肉炒木耳，还是军人作风，吃完饭起身就走。

饭后，王震一定要到我家里看看我母亲和程帆。在绥德时，他们就很熟。这时正放暑假，在沈阳上学的孩子们都回来了，加上我们供养的亲属子女，有十四五口人。王震看了看我们住的两间房，神情沉了一下，说：秀山，你工作还是过去我们在一起时的老样子，我就放心了。生活有什么困难说说吧。我很感动，连连说：可以，可以。比农场职工好多了。程帆说：我们有工资，在农村花费不多，够用的。临走时，王震一再叮嘱程帆，“一定要支持和照顾好秀山同志！”

王震回到北京，把情况向总理作了汇报，总理报告了毛主席。不久，中

1985 年程帆和王季青（王震的夫人）

央组织部每月给我补助120元生活费用。

在我下放农场一年多后，农场的同志要我和他们到北京，找有关领导解决农场的生产问题。有位老同志对我说，不久前，毛主席在中央政治局扩大会议上讲《论十大关系》时，在讲到“是非关系”时，提到了你。有些老同志很为你高兴，认为你的问题可能要解决了。

在“文化大革命”中看到红卫兵印发的“讲话”中，毛主席原先是这样讲的：“党内党外都要分清是非。如何对待犯了错误的人，这是一个重要的问题，正确的态度应当容许人家革命，人家犯错误，必须采取‘惩前毖后，治病救人’的方针，帮助他改正。……对于×××、张秀山这些犯了错误的同志有人说要看他们改不改，我说单是看不行，还要帮助他们改正。这就是说，一要看，二要帮。缺乏‘帮’的人，思想是不正确的。人家犯了错误，你去幸灾乐祸，这就是宗派主义。”“我们要注意：对犯错误的人整得过分，常常整到自己身上。高岗本来是想搬石头打人的，结果却打倒了自己。好意对待犯错误的人，可以得人心，可以团结人。对待犯错误的同志究竟是采取敌视态度还是采取帮助态度，这是区别一个人是好心还是坏心的一个标准。治病救人的方针是团结全党的方针，我们必须坚持这个方针。”

我得知毛主席的这个讲话后，心情很激动。1955年3月，党的全国代表大会上讲我们是“反党分子”，现在毛主席讲我是“犯了错误的同志”，性质发生了变化。

这个讲话，后来在编入《毛泽东选集》第五卷时，“张秀山”三个字被抹掉了。

建设盘锦

1956年5月，中央成立农垦部，王震任部长。史景源要我同他去北京找找王震，争取一些物资，解决农场的困难。之后，我和史景源三次上北京，先后找王震、邓子恢、谭震林汇报盘锦优越的自然资源和巨大的生产潜力情况，建议把盘锦列入中央直属垦区。这一要求得到领导们的热情支持。农垦部立即调拨给农场大批急需的物资，这对农场的发展是一个很大的推动。

王震又和谭震林、邓子恢联系，邓子恢副总理为农场批了500万元资金，这是我们没有想到的，这500万元真是农场发展的及时雨。

11 月，盘锦地区国营农场管理局改为盘锦农垦局，直属农垦部。从此，盘锦垦区进入了一个新的发展阶段。

第一次到北京，谈完工作后，王震热情地请我和史景源到他家吃饺子，我心里有说不出的感动。当时我的那种处境，他毫不忌讳，让我真正感到了老同志、老战友的革命情意。

在北京期间，我在松江时的秘书苏丹，在外交部工作。他听说我到北京，一定要我到他家去住。他家住得比较紧，晚上他让我睡在床上，而他睡在地上。他含着泪对我说的一句话是：张政委（松江时的称呼），你不是那种人！是同志们的信任和支持，坚定了我面对困境的信心。

盘锦地区是退海平原，属盐渍化土壤，地势又洼，为扩大种植面积，提高水稻产量，农场采取以水洗盐和改良土壤的办法。其中修建灌溉、排水基础设施的工程量很大，任务也很艰巨。1955 年底，国家陆续投资基建费近 800 万元，用于修复日伪时期遗留下的水利设施。1956 年 4 月，农业部又拨款 60 万元，补助整修和扩建水利工程。直属农垦部后，资金和农用物资的补助更充足了，农场水利设施的建设进展很快。

1957 年，盘锦遇到历史上罕见的干旱，海水倒灌，河水含盐量高达 12‰，造成部分农场水稻绝收，其中尤以荣兴农场最为严重。农垦局决定，由我主持，帮助荣兴农场彻底解决排水问题。我们调动了三个农场的 2000 多名劳动力，会同荣兴农场的工人大干一个月，完成了排水渠的改造工程。

1958 年，我又主持疙瘩楼水库扩建工程。其中土建工程的总土方量就有 100 多万立方米。为了抢时间、保证工程进度，我们动员了农场的所有干部、农工和家属，调来了盘山县 3000 多名社员，我们又和部队取得联系，调来 1000 多名解放军官兵。工程日出工人数最高达 3 万人，分布在十几公里长的库堤上。由于我们采取按劳计酬的办法，调动了大家的积极性，虽然是烈日炎炎，但修建大军干得热火朝天。

有一天，劳动了半天的工人都很饿了，一看到送饭的师傅来了，几十个年轻人一拥而上，挤到饭盆前盛了饭就要吃时，发现送饭师傅忘记了带筷子，干了半天活的人顿时急了。看到这种情况，我什么也没说，走到工地边的柳毛丛中，折下枝条断成两段，把皮一扒，当作筷子用。看到我这样，大家也都纷纷效仿，我们围坐在一起，我说：伙房的师傅为我们这么多人做饭也不容易，大家要互相体谅。我又给他们讲红军时代战斗的艰险和生活的艰难，年轻人听得津津有味，不满和牢骚都没有了。

在施工过程中，我发现工人们的劳动保护不健全，我一方面为大家临时解决劳动保护用品，同时向农场提出要制定有关的劳动保护条例，从根本上解决职工的劳动安全问题。

后来我又主持了荣兴水库续建、疙瘩楼水库扩建、修建南河沿排灌站和20座现代化抽水站等水利设施，为农场水稻稳产高产奠定了基础。40多年过去了，这些设施仍然在发挥着作用。

中华人民共和国成立后，粮食需求一直很紧张。农垦部成立后提出改善管理，提高单产和继续扩大耕地面积，生产更多的粮食，争取每年为国家提供70亿至100亿斤的商品粮。为此，农垦部提倡农场实行“定、包、奖”的生产责任制。

在这之前，全国的国营农场都赔钱，盘锦也是一样。我们按农垦部意见，结合农场的实际情况，积极试行“包、定、奖”。然后又进一步包成本，形成了盘锦农垦经营管理的基础。生产责任制调动了农场职工的生产积极性。农场当年就赢利了，职工生活水平也比周围生产队的农民高出一大块。王震多次召开会议，总结各农场的经验，以盘锦的方法为主要基础，制定了农垦部十六条，经中央批准，下发农垦系统执行。

生产要发展，必须要有先进的科学技术，要实现机械化，要有优良的品种。我根据在东北局工作时掌握的情况，建议农场向省里提出选调一批技术干部、复转军人到垦区充实基层领导工作；向农垦部申请大型农业机械和新优良品种。省里和部里大力支持，很快调拨苏联和匈牙利等国制造的大型拖拉机、农机具、排灌机械300余台件，苏联良种马200余匹，蒙古和朝鲜役牛、黑白花奶牛500余头，苏联克米猪、哈白猪等300余头。

通过全局上下共同努力，盘锦农林牧副大发展，至1957年，盘锦扩大到12个农场，两个苇场和两个种畜、种马场，建立起占地100公顷的海水养殖场。职工增加到近两万人，耕地达三万公顷，农工和耕地分别比1953年增加了1.88倍和1.23倍。很多职工住上了红砖房，有了平整的马路和较大的商店。

转眼到盘锦已快五年了，我和程帆工作都很忙，身边的四个孩子是在稻田、水渠边玩耍长大的，有两个在当地上小学了，还有两个也快到上学的年龄了。四个在沈阳住校念书的孩子，长期不能与我们生活在一起，教育成了大问题。我们经常为孩子们的学习和成长忧虑。

1958 年夏天，孩子们在灌渠游泳时，一个农场领导的儿子不幸淹死了，我们很震惊和难过。这些年，我们从没有向组织提什么个人要求，但是，不能因为我的问题影响孩子们的成长。为了孩子，程帆和我商量，向省委组织部提出调动工作的要求。1959 年 3 月，辽宁省委组织部决定调我到沈阳农学院工作。

这样，我就离开了盘锦农垦局。几年中，我和农场同志们建立了深厚的友谊，领导和职工们依依不舍地送别我们。这段工作和生活给我留下了深刻的印象。

二、在沈阳农学院

1959 年，我来到了沈阳农学院。这是一所农业部直属的全国重点院校，1952 年全国院系调整时，是以东北农学院的三个系和复旦大学农学院为基础，成立起来的。院长是我国著名教育家、畜牧专家张克威。他在东北人民政府农业部工作过，我们都认识，他对我到学校工作很热情。在以后的工作中，我们互相尊重互相支持配合。

我认为，大学和部队都是为国家培养人才的地方。每年部队都有新兵入伍，老兵复员；大学每年都有新生入学，老生毕业。部队教战士学军事学文化，学习保卫祖国的本领；大学教学生学知识，学习建设祖国的本领；部队和大学一样，都是一个大学校。我们要把每一个大学生都培养成为革命事业的接班人。

1959 年与程帆在沈阳

组织安排我担任常务副院长，不参加党委，分管总务、财务和基建，以及实验农场等后勤工作，为教学和科研做好后勤服务。

沈阳农学院占地四万多亩，是全国农业院校中占地面积最大的。教学设备较好、师资力量较强。其中科研教学基地有东陵实验农场、光辉试验农场、熊岳实验农场，占地近两万亩。农场包括试验田、种猪场、种鸡场、种马场、种牛场、种鸭场、果树队，还有一个工种齐全的机械厂。在这里，学生们进行生产实习，教学科研人员作新品种、新配方的试验，培育出了优良的种子，嫁接出味甜汁多的苹果梨，养殖的填鸭可以出口。

我来了之后，学校决定建一座全国高等院校中最大的图书馆，再建一座教学主楼。我们很快组织设计出图纸。由于建筑材料紧缺，我找了王震，他非常支持学校的建设，我们一起去小兴安岭调拨了一批木材。我又去鞍钢联系到一批钢材，材料备齐后，很快就开工了。可是地基刚刚打完，就赶上三年困难时期，资金、原材料都不能到位，只得停工了。一直到经济恢复后，才又开工建设。

1964 年，一座现代化的图书馆耸立在校园中，为学生提供了最好的学习条件。

为了使学生们在刮风下雨的天气照样上体育课、看电影，我又主持建了风雨操场。为了改善教师和学生的住房条件，解决小孩子上学的问题，我们建了学生宿舍楼、直属小学和多栋教工宿舍楼。

1965 年与部队领导及沈阳农学院下连当兵的大学生

1960年困难时期，由于学校有实验农场，生产搞得不错，为学生和教师补充了一些副食品。在全市高等院校中，我们学校的学生食堂伙食最好，其他院校很羡慕。高校都愿意到沈农来开会，因为有吃的。学校师生对我这个后勤院长还算满意。

这期间发生了一件我没有想到的事情。1959年庐山会议后不久，军委派来一架专机把我接到北京，说有一个以彭德怀为首的“反党集团”，这个集团的活动是“高饶反党联盟”的继续和发展。要我揭发彭德怀的问题。

我与彭德怀在延安就认识，在抗美援朝期间，为了做好志愿军后勤保障工作，一起开过很多会，有过多次接触，工作配合得很好。我们之间就是这种同志关系。彭德怀的夫人浦安修来沈阳看病，因为是个人的事，彭德怀不让她花国家的钱住军区招待所，让她自己找旅馆住。我得知后，让程帆接她住到我家里。1953年初，彭德怀从朝鲜前线回北京，途经沈阳。我们在闲谈中，他笑着对我说：秀山，你的孩子多，就送给我一个吧！这种事在老同志之间也是有的。我和程帆商量之后，同意把我们家最小的女孩儿送给他，他很高兴。程帆的母亲住在我们这里，知道后坚决不同意说：自己家的娃，又不是养不起，怎么能送人呢？不得已，又把孩子接了回来。彭德怀笑着对我说：秀山说话不算数。我只得以笑代之。这些都是个人之间的交往，没有什么可讲的。

会议期间，我在走廊上碰见了明远同志，他也是来参加会议的。在这种场合，这种气氛下，我们只能相互默默地点了一下头，什么也不能说。

会议之后，林彪邀我一起游览颐和园，他还带上了女儿豆豆。我们边走边谈东北解放战争中的往事。他兴致很高，随行人员为我们三人拍了一张照片。

在农学院工作，虽然领导、同志们对我很好，可我认为这个工作对我不太合适。1961年，周恩来总理陪同朝鲜领导人崔庸健来到沈阳，我到北陵招待所见了总理。他亲切地询问我的工作和生活情况，他说从王震同志那了解到我的一些情况，在基层干得很不错。我对总理说：农学院是高等学府，都是教授、专家。我文化水平低，不适合在大学工作，还是想做些生产管理方面的工作，希望组织考虑。周总理说他回去后研究。

在这期间发生了《刘志丹》小说的问题，出了“习（仲勋）、贾（拓夫）、刘（景范）反党集团”。李建彤写的《刘志丹》小说初稿送我看时，我

与岳母和家人在沈阳农学院

就历史上的一些情况给她修改过，这无疑又成了我的问题。

接着是“文化大革命”，我的工作也就没人问起了。

1966年“文化大革命”开始。主管教学和党委工作的院长和书记等领导被批斗、打倒。我负责财务、基建和后勤工作，与教学没有什么冲突。对我1954年的问题，学生们不大清楚，教工也认为我是“死老虎”。所以运动初期，我还没有被批斗。“造反”也要吃饭，也要活动经费，造反派还没有夺权时，我每天还要上班，做些后勤管理工作。

不久，学生造反不上课了，学校以及整个社会乱作一团，发生了武斗。造反派不知道从哪里听说我反对过刘少奇。一天，有一派的头头来找我，要我加入他们造反派。我对他们说：“要说造反，我在40年前就造反了，不过那是造国民党反动派的反，今天我不参加你们的造反。”造反派头头不明白地问我，那你为什么反对刘少奇？我说：“那是意见不一致。我不是反对谁，我是作为一名共产党员，在党的会议上对党的工作提出自己的意见。”他们很不理解，说我是保皇派。

在全国各地造反派成立了“全国揪斗彭、高、饶反党联盟联络站”后，我的日子就不好过了。打倒我的大字报也贴了出来。都是写我与彭德怀、高岗的关系问题，说我反对毛主席，攻击党中央，但没有什么事实。于是，因我1950年率领中央组织工作代表团访问苏联，说我是苏修特务。从此，无休止的批斗、审问开始了。沈阳各高校的造反派认为我是个“重要的大人物”，开始抢我，都想从我这里挖出他们需要的重大材料。

一次，沈阳农学院的造反派开批斗会，因为我不承认反党、反毛主席，一个在工作中有过差错，被我批评过的工人，就狠狠地用木床腿打我。把我的整个后背、臀部打得大面积血肿，疼得我满身大汗，一夜都不能躺下睡觉。程帆也受我的牵连被毒打。孩子们把我抬进医院急诊室，但医院不收留“走资派”，只能回家。孩子们偷偷请来学校的医生每天用大针管抽血水，我在床上躺了40多天不能翻身。

其间，学院有两位领导因为不能忍受这样的批斗自杀了。孩子们都很紧张，怕我也出意外，写信把长春的叔叔叫来。我看到弟弟鸿志来了很奇怪，但是马上明白了他的来意。我对他们说：“革命斗争中，我什么风浪没有经历过！1935年‘左’倾肃反，他们把我吊起来打，要我承认是反革命，都准备活埋我们了。这算什么，你们不要担心，我不会想不开的。”

造反派还要孩子们在家里开会批斗我们，孩子们直哭，说这怎么办。我说：这有什么难嘛，你们就开会批。

“文化大革命”中，各地造反派对“走资派”进行调查。他们不懂党的历史，带着大抓反党分子的目的，想从我这里找到根据。我接待了一批又一批的专案组，涉及在西北、东北工作过的许多老同志。我如实回答外调人员的问题，但总是不符合他们的要求，就说我包庇反党分子，态度不老实，常常是连批带斥责，中午也不让吃饭和休息，我的血压越来越高。但是，对他们我没有说过一句违背事实的话。

“文化大革命”后，我在北京见到张邦英，谈起运动中的事情，他说：1952年你来新疆，王震陪你参观，我们只是在一次文艺演出中见了一面。回去后，你给我来过一封信说，这次由于时间短，没顾得上好好说话，以后见面再说吧！“文化大革命”中，造反派就抓住这个整我。说你来新疆，是来找我进行反革命串联的，还拿出一张不大的纸，把上面的字用手盖住，只让我看张秀山三个字的签名。造反派说：“你看，张秀山都揭发你是反党分子了。你还不承认！”我说：“我决不相信张秀山会这么说！我决不相信张秀山会说假话！我决不相信张秀山是这种人！”造反派也无可奈何，后来，这件事就不了了之了。

这是只有共同经历了革命战争生死考验的战友，才能说出的话啊。

“文化大革命”中，他们抓不到我的什么问题，就把我的家庭出身定为严重问题，把我父亲在“左”倾肃反中被杀害，说成是镇压。这件事40年前神府特委和中共西北局已作了结论。1942年，西北局批判王明路线时指出：“张秀山的父亲不反革命，为什么杀了呢？”并给予平反。但是他们就这个问题纠缠了8年，硬是要推翻组织的结论。

1968年到1969年间，沈阳农学院派人到陕北作调查。回来后，外调人员开始对我说：我们查清了，你父亲的死是误杀。但是专案组不同意这个调查材料，批评了这位外调同志，他不得已转了弯子，按专案组定的调子说：“地主没有不被杀的。”我不服说：“地主都该杀，那王明路线肉体上消灭地主就正确了？毛主席批判王明路线就错了！1935年有两种政策，一种是毛主席的政策，一种是王明路线的政策，你赞成哪一种。”

他们无话可说了。他们不敢说过去党组织的结论不对，又只管他们说了算。他们说：“不写误伤，也不写被镇压，只写被枪杀。这对你的子女没有影响。”枪杀和有剥削有民愤被枪杀有什么两样。我就是不同意他们在我家庭结论中写上“有剥削有民愤被枪杀”。他们就说：“就是因为你不同意，就非写上不可。”我说：“党章中规定‘如有不同意见允许保留’。”但他们说：“不准保留意见，要保留就不解放。”我说：“不解放那就再专政吧！”

对我给《刘志丹》小说提供历史材料，他们在结论中说：“是严重政治问题”，我不同意。我几次提出修改审查结论的意见，都遭到他们的拒绝。那时真是没理可讲。

在把农学院消灭在广大农村的汪洋大海的口号下，我与全院师生从沈阳徒步走到盘锦，以后去高山子、下三江口……无论到什么地方，我都是随遇而安。该吃就吃，该睡就睡，每天劳动，我不相信这种情况会长久。在乡下过端午节，从地里劳动回来，我一顿吃了14个粽子，监管我的学生很惊讶。时间长了，他们私下里对我说：“张院长，你可真是经历过枪林弹雨和艰苦革命斗争考验的，我们佩服你的胸怀。”

1970年底，农学院的一部分人搬到北镇县高山子农场建校，以“接受贫下中农的再教育”。我还没有完全被“解放”，革委会让我当基建连副连长，程帆在豆腐房做豆腐。农学院的一些老师诙谐地称我“上将级副连长”。

1966 年，张秀山与子女们

1972 年，农学院又在铁岭重新建校，我这个基建连副连长又忙着主持建教学楼、学生宿舍楼、教师住宅楼……

1978 年，农学院陆续从各地迁回沈阳……

“文化大革命”结束后，我将补发的两万元工资作为党费上缴党组织，这是国家在遭受挫折后，我应为党尽的一份责任和义务。

第十一章　调北京工作

（1978.2—1996.8）

“文化大革命”结束后，1978年初，中央组织部调我到中央党校一部学习。延安时期，我在中央党校学习和工作过三年，30多年后，当我又来到中央党校学习时，感到特别亲切。

经过了20多年的风风雨雨，再见到分别多年的老战友，大家真是百感交集啊。

在这段宝贵的学习期间，我学习了马列主义理论和现代管理知识，记了几大本读书笔记。学习期间，我买了颐和园的月票，每天清早爬山锻炼身体，我要为国家建设再干一番事业。

1979年，张秀山于北京

与王兆相夫妇

张秀山与武开章

张秀山与杨琪夫人及儿子杨廷藩

1978年底，党中央决定我留在北京工作。我根据多年来从事农业工作的情况，希望到农业部门工作。

一、在国家农业委员会

1979年1月，中组部任命我为新组建的国家农业委员会副主任、党组成员，同时兼任国务院下乡知识青年领导小组副组长。农委主任是王任重，之后是万里。副主任有张平化、杜润生和我。这期间，正是国家对农林业政策作出重大调整的时期，也是对农业政策争议最大的时期。改革首先要将农民的生产积极性调动起来，必须从实际出发，要有新的政策。

在农委，我分管全国林业、农垦、知青等方面的工作。

"三北"防护林工程

1978年底，国家为保护遭受破坏的北方生态环境，决定在西北、华北、东北风沙危害和水土流失严重的地区，建设8000万亩防护林体系，即"三北"防护林体系工程，这是国家经济建设重点项目，是我国林业发展史上的一大壮举。为营造14200多里防风固沙的绿色长城，我多次率领工作组深入腾格里沙漠、毛乌素沙漠、西北黄土高原、黄河河套、大兴安岭林区等地，沿着万里风沙线，横跨11个省、自治区，进行生态和植被的实地考察。

1980年春季，我们从甘肃到青海乘汽车走了20多天，一路上看到很多地方的植被遭到严重破坏，比我30年代在这里打游击时的状况还差。在甘肃有的地方连吃水都很困难，老百姓的日子过得很贫穷。我对沿途的干部们说，不改变环境，什么也发展不了，老百姓的生活也难以改善。我说："发展农业靠政策、靠科学，林业也同样。我们一定要用政策调动群众的积极性，确定所有制，确定责任制，确定收益分配。明确山林所有制。要按经济规律管理林业。只有落实政策，和经济利益挂上钩，才能真正把各方面的积极性调动起来。"①

6月，在"三北"防护林建设领导小组会议上，我提出：我们除了要完成造林计划，更要保护好现有的植被，要努力提高造林质量。我们要力争在三四年内，完成风沙区一亿多亩的农田防护林网的建设。为了推动工作进程，我们组织召开两次"三北"防护林建设工程经验交流会和现场会。

到1982年，第一期工程进行了3年，植树造林面积大于建国20多年来的成绩。这是十一届三中全会以来的正确路线和政策，调动了广大群众的积极性的结果。在总结"三北"防护林建设经验时，我说："今后，我们还有许多期这样的工程，直到消灭荒漠。""我们一定要动员更多的人参加这项工程建设，要经过几代人的艰苦努力，完成这个伟大目标。"对即将开始的二期工程，我提出："资金筹集不能只靠中央，要外资、内资，中央地方都想办法。在工业上，边疆省区向沿海地区引进先进技术和设备。我们林业也可以这样办。我们要利用农业责任制后的剩余劳动力，要让沿海地区来投资承包荒沙地。我们要学习王震同志当年垦荒办农场的精神。这是革命，不仅是树

---

① 张秀山:《北方飞播造林种草经验交流会上的讲话》(1980年5月20日)。

前排左九起：张秀山、宋平、刘培植、郝玉山

林也是树人。我们应该为林业的发展做出更大的努力。"[1]

在后来的建设中，在党和政府的领导下，经过三北地区人民的努力，"三北"防护林建设工程成为世界上最大的植树造林工程，被誉为中国的绿色长城。

落实农业生产责任制

党的十一届三中全会《关于加快农业发展若干问题的决定》中提出："对农村社、队，应该允许他们在国家统一计划的指导下，因时因地制宜，保障他们在这方面的自由权，发挥他们的主动性。"1980 年 9 月，中央下发了《关于进一步加强和完善农业生产责任制的几个问题》。

为了贯彻落实中央的决定，我多次带领农垦、林业部门的同志，赴海南、云南、福建、江西、湖南、黑龙江、山东、山西、陕西、内蒙古等省、市、自治区的农村、农场、林场和山区搞调查研究，向地方干部群众讲解党的农村政策，了解各地遇到的实际问题。我反复向干部讲，要加快农村、农场、林场经济发展，必须纠正生产指导上的主观主义和分配上的平均主义。

20 世纪 50 年代，我在农场工作过五年，对农垦的情况有所了解，也很有感情。农垦系统受"左"的思想影响，几起几落，受害严重。

1981 年 3 月，在全国农垦厅、局长会议上，我说："实行财务包干，用

① 张秀山：《"三北"防护林建设经验总结会议上的讲话》(记录稿)(1982 年 12 月)。

在农垦厅局长座谈会上

经济手段管理企业，是促进企业提高管理水平行之有效的办法。要积累资金，扩大再生产，这是符合马克思主义原理的。马克思在《剩余价值理论》中有一段话：‘生产逐年扩大是有两个原因：第一，由于投入生产的资本不断增长；第二，由于资本使用的效率不断提高；在再生产的积累期间，小的改良日积月累，最终就使生产的整个规模完全改观；这里进行着改良的积累，生产力的日积月累的发展需要一个不断扩大的市场，而生产比市场扩大得快。’马克思100多年前就从理论上指出这一条来了。我们做经济工作30年，总是说没有投资只能维持简单再生产，这说明我们根本没有弄通马克思讲的这个道理，不在资本使用效率不断提高这个问题上做文章。结果是，我们在实践上、理论上都吃了亏。”

4月，我到江西瑞金、吉安、赣州、兴国等地对农业生产责任制、林业及多种经营问题进行20多天的调研。在瑞金沙洲坝公社的稻田里，我看到农民在一起劳动有窝工现象，就对生产队长和社员建议说：你们可以搞联产到劳。他们说那是倒退，害怕“反右”，不敢搞。

我来到三阳公社，和参加党员学习班的同志座谈，有的党员也提出现在搞包产到户，怕以后政策会变。我说：“包产到户不是分田单干，分田单干也不是资本主义。在社会主义条件下，农民发家致富不是资本主义，个体经济是社会主义经济的补充部分。现在干部群众害怕反右，党的政策不会变。多少年来反右，农业战线不存在右的问题。过去说右是立场问题，‘左’是方法问题，理论上就不对。当前不存在走资本主义道路问题。”

江西是革命老区，我了解到瑞金农村老百姓人均年收入只有52元，兴国55元。群众对我说：过去我们养一个保长，现在要养几个保长。我对干部们说：“兴国有8万多人参加了革命，现在活着的只有300多人，为革命作出那么大的贡献。现在农民负担太重了，生活水平太低了，我们对不起老区人民。瑞金群众要求建立生产责任制，要引导好农民，要加强这方面的领导，干部要为群众办实事。”

宜春地区精简干部带了头，搞了责任制，群众积极性很高。群众说：“责任制鼓励了勤人，教育了懒人，安排了闲人，利用了残人。”我听后非常高兴，但提醒他们说：“中国的农业组织现在不能太大，群众要有生产的自由。”

我在与江西省政府农口各厅局负责人座谈时说：“很多地方干部和群众不了解党的政策，我们的干部都要下去，要向群众讲解中央75号文件精神。南方水田能不能搞责任制，这次看了，解决了这个问题。实际上没有赔钱的，基数定得合理就能超产。”

农业要发展，要使农民口袋里有钱，就要搞多种经营。我说：“你们这里有山、江、河、湖，但大田是有限的。你们要向山上、水面发展，搞农工商联合企业，林工商联合企业。现在农民受气，东西多了卖不出去。像蜂蜜，本来就不多，好些地方买不到。目前，我们要想把经济搞活，首先要教育干部，因为我们有些同志的头脑中还有许多障碍。农民东西卖不掉，那是我们干部动脑动手不够。我们要把南方的东西拿到北方卖，北方的东西拿到南方卖，全国要流通起来，农民就有钱挣了。”①

成立农村工作团的建议

1982年，针对全国军队大裁军、国家机关精简机构和青年干部的培养存在的问题，我写信给中央，建议：“今年部队要下来一大批干部，如何使用好、安置好这些军队转业干部，需要认真研究。几年来，国家机关精简机构有一定成绩……但是各级机关因人设事、人浮于事的现象并没有彻底解决。另一方面，随着农村经济改革的进程，我国农业出现了前所未有的大好

① 张秀山：《在江西省政府及农业厅局负责人座谈会上的讲话》（1981年5月5日）。

形势，有些农村富裕起来了，有的农民还成了万元户，但是也有很大一片地区的农民生活水平仍然十分贫困，得不到温饱。当然，原因是多方面的。但主要原因是这些贫困地区文化水平低，缺乏人才。当然，富裕地区也还存在如何持续发展的问题，也需要人才。基于此，我向中央建议：第一，可否把部分退复军人组织起来，建立若干个林业师，到边疆山区植树造林。建议团中央动员一批青年参加，使青年得到锻炼，从中培养后备梯队接班人。第二，组织机关干部，成立几百个农村工作团，到农村去宣传党的政策，传授各种农业技术，进一步搞活农村商品经济。”以后，中央组织机关干部、科技人员成立讲师团，连续几年深入到全国各地县乡，讲解党的政策，传授科技知识，对农村经济的发展很有作用。

在全国知识青年代表会议上讲话

对发展林业的建议

1981 年，我在江西作调查时，发现兴国县森林破坏、水土流失严重。吉安地区森林面积大幅度下降，荒漠面积增多，采伐的都是小树。林木生长量低于采伐量，新栽的少，砍得多，次生林没人管，这是林业生产中的一个严重问题。

我对林业干部们说，过去把农村搞死了，现在要把农村搞活。但是，木材要统一经营，计划管理。现在多家经营，层层加码，任务压在公社和生产队头上，这就和宰小猪是一样的道理。

落实山权、林权是一件不容易的事。某地区林业局汇报时说，这项工作二十几天就可以搞完。我对他们说：“我们不能走过场，走过场是会有反复的。我们以前有很多这样的教训。现在群众怕变，有顾虑，所以划自留山要

在林场

带永久性。林权有争议的，可以协商解决。但是不能砍树，要依法治林。”

1983年8月，我到黑龙江省伊春林区作调查，了解林业生产情况。这是我国重点林区之一，我考察了丰林红松自然保护区和友好、乌敏河、大丰、南岔等林业局。沿途所见，像丰林保护区那样的原始森林基本没有了，道路两旁的山岗上多是天然次生林、人工营造林和人工自然混交林，并且还未成材，尽是毛毛树。林相也改变了，次生林多是桦树、杨树，松树很少。地处小兴安岭的伊春林区，曾为国家作出了很大贡献，看到现在的情况，我心情很沉重。一路上和黑龙江省、伊春市的有关同志边走边谈，感到伊春林区森林采育比例失调非常严重，森林资源大幅度下降，小兴安岭林区存在着青黄不接的严重危机，已出现“金山宝地穷无路”困境。我给国务院副总理薄一波同志写了一份报告，题为《小兴安岭林区存在着严重危机》，提请中央关注严重过量采伐问题。报告写道：

“伊春林区，30年来一直是过量采伐，一年的消耗是生长量的四倍。近几年国家下达的每年木材指令性任务都超过定产。有些林业局只好采伐正在旺盛生长的中、壮龄林（全林区采伐中、壮龄林占30%以上），或搞大面积皆伐，实在令人痛心。工人骂：这是斧砍‘红领巾’，锯杀‘青少年’；干部说：‘过去是吃祖宗饭，现在是抢子孙饭’；群众讲：‘过量采伐才是最严重地违犯《森林法》’”。

过量采伐、重采轻造的问题，造成的严重后果是估计不足的。伊春林区用不了十年，可采资源将消耗殆尽，生态平衡遭到严重破坏，人类会受到大自然的惩罚，是非常危险的。

我在国家农委已讲了多次，现在再向中央提出建议：

一、严格执行《森林法》的规定，森林采伐量不得超过生长量。

二、抢救第二代森林。把森林抚育纳入国家计划，按实际需要核定投资和费用，抚育出材全部缴库；或者根据实际发生亏损，按抚育面积由国家财政给予补贴；或者把抚育伐材全部留给企业，自行加工，搞综合利用，采取扶持政策，加快林业生产速度。

三、对森林实行特殊保护和经济扶持政策。对有些过量采伐严重的林区，在若干年内应采取不上缴利润的办法，全部留给企业用于发展林业事业。

四、请国家计委研究尽早修建西南林区铁路，准备开发西南林区，以减

与知识青年座谈

轻东北林区的压力。

当前，最严重的问题还是过量采伐，是违背客观规律。10年以后，再想采伐也没有树木可采了！我呼吁："还是救救小兴安岭绿色宝库吧！"

这篇调查报告，一波同志批示：送政治局常委、书记处同志并中顾委委员。

在国家农委的几年工作中，我走遍了全国大部分林区、农场和一些知青点。

二、整党工作

1982年2月，中共中央作出《关于建立老干部退休制度的决定》。我给中央写报告要求从一线退下来。1982年，在中国共产党第十二次全国代表大会上，我当选为中央顾问委员会委员。代表大会决定，从1983年下半年开始，用三年时间对党的作风和组织进行一次全面整顿。

1983年10月，中共中央十二届二中全会一致通过了《中共中央关于整党的决定》。全会选举产生了中央整党工作指导委员会。胡耀邦兼主任，副主任是万里、余秋里、薄一波等，王震、杨尚昆、胡乔木、习仲勋、宋任穷为顾问，有16位老同志担任委员，我任中共中央整党指导委员会专职委员兼办公室副主任。中央对这次整党工作非常重视，明确规定了整党的基本方针、基本任务、基本政策和基本方法。特别强调整党不能走过场。

党风问题

我一直很关心党存在的问题。1981年3月，在全国农垦厅局长会议上，我与同志们座谈时，有一位局长说：现在党委书记什么都抓，党政不分，实际是削弱了党的领导。

我根据在一些地方了解到的情况，同意他的看法。我认为这是加强领导，改善党的工作中值得认真研究的重要问题。我说："这个问题提得好，大家应该总结一下。为了使党的路线、方针、政策、法令有效地贯彻，为了改革能够顺利进行，很有必要认真考虑一下党的领导方法问题。总结30年来党的基层工作经验，党委实行监督是最好的领导方法。毛主席在延安对我们讲过，书记要站在矛盾之上，不要站在矛盾之中。党委在保证监督时期，群

写报告

众对行政有意见，向党委告状，党委解决问题很主动，书记威信高。党政不分，包办一切，抓事务工作，负担过重，容易造成官僚主义。削弱了党的领导，必然要犯各种错误，给党的事业带来损失。我们党有 60 年的历史，31 年是执政党。党执政以后，不能把自己变成统治者。我们党的绝大多数人是小生产者出身的，这也是我们党内存在不正之风的一个社会根源。要搞好党纪党风，防止党蜕化变质，重要的一条就是必须认真地改善党的领导。坚决克服不正之风，这是党的生死存亡的大问题。”

执政党的党风问题，对于我党存在的问题，老同志们都忧心忡忡。1985 年，我给耀邦、小平、陈云、一波同志写信说：

“这两年，整党工作收到了很大的成效，查办了一批大案要案，官僚主义有所克服，思想作风有了改进，这是很大的成绩。但是，在有些单位走过场的现象也不少，遗留的问题仍然很多，有的地方还在边整边犯，大搞新的不正之风，这是对整党工作的干扰。在某种程度上，严重地损害了我党在人民群众中的威信。改革的大方向是正确的，但是对各种干扰的影响是不可低估的。我建议中顾委的老同志除了对原负责的工作进行调查研究外，帮助中纪委、中央整党指导委员会搞好这方面的工作。

当前形势是建国以来最好的时期之一。但是，现在还存在两件不得人心的事：一是大量进口日本、西德小轿车供干部使用；二是干部子弟‘特殊经商’。有的人说党风能否好转，就看这两个问题解决的如何。有些穷的地方说：‘皇冠车遍地跑，老百姓吃不饱。’我现在用的也是皇冠车，内心深感不安。如果把买小轿车的钱拿出一半，买教学仪器及其他先进技术设备，作用会更大一些。

我建议中央能作出决定，争取在今后一个时期内，高级干部都坐国产车，把进口车让给旅游部门使用；建议中央号召干部子弟到生产第一线去为国为民建功立业，在大饭店里培养不出无产阶级革命事业的接班人。”

农村整党调查

1986年春，我用一个多月的时间到甘肃、陕西了解农村整党情况，到延安去志丹县参加刘志丹牺牲50周年纪念活动，然后去甘肃庆阳地区的华池县、合水县和陕西的韩城县、黄龙县作调查。这些地区都是我在30年代开展游击战争的革命老区。我很关心这里的情况。

在调查中，我看到有一些工作抓得比较好的农村党支部。像合水县的师家庄党支部，支部书记是一位搞了20多年支部工作的中学毕业生。1981年开始领导农民搞生产责任制，生产发展很快，解决了温饱问题。1983年开始搞多种经营，种植了经济作物，发展畜牧业生产，1985年农民生活开始好起来了。党支部在村里搞了党员联系户，管生产、管思想政治工作。党支部用革命历史对党员进行传统教育，生产抓得很好，确实是一个团结战斗的好支部。我回来后，查了一些饲养奶牛的资料，给合水县和西华池乡师家庄党支部写了一封信，对他们的畜牧生产提出建议。

农村调查

韩城县的苏东乡五星村党支部，在整党中，边整边改，为群众办实事，率领群众共同致富，提高了党员的威信。村里有一名老党员77岁了，在整党中敢于批评不正之风，对自己的子女严格要求，发挥了老党员的模范作用，群众反映整党还真见效果。我对他们说："对这些工作做得好，能率领群众共同致富的党支部要大力宣传，起到引路的作用。"

对照材料实地察看

在调查走访中，我们也看到有不少基层党支部的党员、干部存在各种各样的问题，有的还很严重，影响了党在农民中的威信。

有些支部班子涣散，不起作用。像韩城县有一个村党支部，50年前是一个英雄的党支部。早在1932年，这个村的党支部就组织了赤卫队，打土豪分粮食，在敌人"围剿"时牺牲了好几个党员，有光荣的革命历史。但今天，村支部却是瘫痪的状态，党支书外出打工，对支部工作放下不管，村里工作长期无人抓。我们找了几个老农民座谈，有位老党员讲，现在党内不民主，不能批评干部，提了意见就受打击报复，党支部没有起到带领群众生产致富的作用。

还有不少地方干部弄虚作假，在华池县听到反映说，有的村大部分是山地，干部把三亩地的产量报成一亩的，单产就高了，用这种虚夸的产量讨好上面，群众很有意见。

在农村，经济问题尤其敏感。对有的农村基层党支部的党员、干部以权谋私，群众反映很强烈。有的在承包土地中，自己分好地、近地，压价承包；有的长期占用集体资金，拖欠公款，而群众则贷不到款去发展生产；管粮的干部以粮谋私，倒卖粮食指标；一些基层干部拿国家支持的扶贫款买汽车、办公司，不用来发展生产，造成干群关系很紧张。

老乡听说我们来了，跑来告状。群众说："党员不党员就差五分钱"。他们看到我没有听明白的样子，就补充说：党员和群众的区别就在每个月要交五分钱的党费。可见有些党员在群众中的形象降到了什么地步。

一些基层单位的党员对整党的意义和重要性认识不足，学习不认真。问题还没有找准，就要转到下一阶段。我问一个乡政府的党员，他连整党的任务都说不清，说整党就是解决脏、乱、差。这样的状况怎么能让群众对我们搞好整党有信心呢?

我回来后，给中央整党指导委员会写报告，我说:“干部的经济问题，这直接关系到党在农民群众中的形象，关系到党和农民的关系，关系到党的各项政策在农村的落实。今后在农村整党中，除发指示进行指导外，在实际工作中，主要应是教育农村广大党员、干部，在商品经济生产的形势下，要起模范带头作用，为群众办实事，为群众谋利益，带领群众走致富路。对那些以权谋私、脱离群众的党支部，要在整党中，先调整班子进行改组，不能要那种和群众对立的党支部。和群众闹对立的党支部，不如没有好。”

在走访中，我很关注陕甘老区的一些问题。尤其是陕甘山区的老革命根据地，改革开放后，生产是发展了，但是由于自然条件差，生产水平低，群众的生活仍然不富裕，仅仅是刚能吃饱饭。许多农民住的窑洞和50年前我们在那闹革命时差不多，又黑又暗，家里没有什么东西。在甘肃华池县南梁地区，去年受了自然灾害，今春就有百分之三十的农户缺粮。虽然国家调拨了粮食，但不少农民没有钱买返销粮。不少自然村眼看着高压线从村旁经过，就是没有钱把电接到村里来。像南梁的荔园堡，当年苏维埃政府就是在这里成立的，省委还要建纪念馆，可是至今没有电。我给甘肃、陕西省提了一些建议。

我向中顾委反映了这些老区的情况，并建议:“国家要加大扶贫力度，尤其是对老革命根据地，他们对革命作过很大贡献和牺牲，除了国家继续帮助扶持外，还应该研究一些具体办法。一是国家对贫困地区的地方工业要适当给予照顾；二是国家要帮助他们充分利用本地资源，发展商品生产；三是鼓励开辟青饲料的来源，大力发展畜牧业。”

对机构改革，“我走了几个县，看到县里机构相当臃肿，有的县不到十万人，县政府机构却有五六十个局。有的县没有外贸进出口业务，也设一个外贸局，许多人坐在那没有事做。还有一个县只有四万人口，机构也是一样的设置。小镇上都是县机关，县里也感到是负担。我建议国务院责成劳动人事部好好研究一下县级机构的改革问题。我认为，县一级机构的设置，应以精干、高效为原则，并根据实际需要，因事设庙。要提倡下面一个口对上面几个口。不要中央有什么部委，县里就设什么局”。

整顿党的作风和干部思想，改革政府体制，任重道远啊！

三、中央第四次解决西北历史问题

问题由来

1935 年陕北发生的错误肃反问题，在 1942 年延安整风和 1945 年西北历史座谈会时，中央已经解决了。但是，1954 年“高饶”问题出现后，1956 年 9 月和 1958 年，郭洪涛两次向中央提出申诉，说“陕北特委和我本人在内战时期执行的路线基本是正确的”。要求重新审查他在陕北时的问题。

1959 年 11 月 23 日，中监委的同志根据郭洪涛的要求，提出《关于郭洪涛同志几个历史问题的审查意见》。《审查意见》根据郭洪涛本人的说法，否定了 1942 年 12 月 12 日《中共中央关于陕北肃反问题重新审查的决定》。

1978 年，中央组织部应郭洪涛的要求，以“组通字 36 号通知”，将 1959 年《中央监委关于郭洪涛同志几个历史问题的审查意见》，发给各省、市、自治区党委组织部和中央、国家机关各部委政治部。这个通知还传到了某些基层单位。在以后出版的《毛泽东选集》中，也把关于陕北肃反问题的注释说明抹掉了。这在西北老同志中引起了强烈反应，以及后来在党史教学和研究，以及社会科学的其他某些范围内引发了思想上的混乱。

1981 年下半年，郭洪涛又连续在全国政协《革命史资料》第五期上发表《陕北烽火》，在《陕西文史资料》第十二辑发表《第二次国内革命战争时期陕北革命斗争史实回忆》等文章，为他辩解。还特别说道：中央已于 1960 年对他的问题重新作了审查结论，1978 年 12 月中央组织部就此问题发了通知，肯定他在陕北执行的路线是基本正确的。

1979 年和 1980 年，我和刘景范等同志出来工作后，得知以上情况，我们认为郭洪涛的做法是错误的，有关同志的处理是不妥当的。我们分别给中央组织部和党中央写报告，要求认真处理这一问题。

由于影响越来越大，在同志间也造成了新的不团结因素。

1983 年 2 月，我和刘景范、张策、张邦英联名给耀邦、小平、陈云并中央书记处写报告，建议党中央召开有关同志参加的西北党史座谈会，解决这个问题。

有的同志不理解，认为西北的同志总是为过去的历史问题争来争去。我说，30年代，发生在党内的“左”倾肃反，并不是仅仅在陕北，全国各个根据地和苏区都发生了，长达四年之久，错误地杀害了我党许多优秀干部。由于西北根据地长期与中央失去联系，“左”倾错误路线没有很快波及这里。直到1935年，中共中央驻北方代表的到来，才开始推行“左”倾错误路线，并开始了肃反。在肃反进行中，在已经杀掉了一些干部的时候，由于党中央的到来，才停止了杀人。之后，执行“左”倾错误路线的同志和我们被迫害的同志，都在领导岗位上为党工作。有的同志认真地接受了批评和教训，但有的同志总是为自己的错误开脱。因此，我们之间才会有争论，才会有中央四次解决西北党的历史问题。

一个党的高级干部，他的经历是和党的历史联系在一起的，不能因为他哪一段出了问题，就否定他的一切，这样做就是否定了共产党革命的历史。不能因为高岗后来出了问题，郭洪涛就可以对1935年错误肃反搞翻案。

我和郭洪涛都是在榆林中学入党的。1935年肃反中，他打击了很多西北同志，在延安整风时，我们严肃地批评过他，同他作过思想斗争。但是，我们还是以革命同志相待。1942年在延安，他父亲去世，我安排马匹和警卫人员送他回家处理丧事。1950年，我到北京开会，路经天津还专门去看他。1978年，我在中央党校学习时，洪涛还请我们去他家吃饭。但是同学归同学，原则是原则，不能因为是同学、同乡，就可以不要原则，那不是共产党人应有的态度。

对西北历史问题的一致认识

鉴于对西北（包括陕甘边和陕北）20世纪30年代前期，以错误肃反为中心的一段历史问题，又发生了相当广泛和激烈的争论。1983年4月，中央决定由李维汉、王首道、冯文彬、荣高棠、何载组成五人小组，和原在陕甘边、陕北有代表性的负责同志刘景范、张秀山、张邦英、张策，和郭洪涛、贺晋年、崔田民、李铁轮参加座谈会，共同研究这个问题。中央强调，解决争论问题的方针，是对这段历史进行全面分析，分清路线是非，总结经验教训，团结同志，不再追究个人责任，不纠缠枝节问题，最终结束这场对历史问题的争论。

五人小组组织我们经过分别协商和多日座谈，历时三个月，对西北党史以下几个重大原则问题取得一致认识。

第一是关于历史上的路线是非问题。陕甘边、陕北两个地区的党组织在20世纪30年代前期，先后发动了武装革命、创立根据地的斗争。在整个发展过程中，双方逐渐互相联系，互相配合和支援，最后在刘志丹、谢子长领导下，于1935年2月成立了西北工委和西北军委，达到了完全统一。谢子长去世后，刘志丹统一指挥红26军和红27军，粉碎了第二次反革命围剿，解放了延长等六座县城，把两个苏区连成一片，创建了大片革命根据地，成为中央红军和各路红军北上抗日的立足点和出发点。这一重大的功勋，“应当载入光荣史册”。

不幸的是，1935年九十月间，发生了错误肃反，使这个硕果仅存的苏区陷入非常严重的危机，是党中央到达才得到挽救。

当时王明“左”倾路线正统治着全党，即使是走向胜利的地区，也会在某些方面、某种程度上受到它的影响和干扰。王明“左”倾路线四年间的统治，使白区党几乎损失百分之百，苏区几乎损失了百分之九十，使中国革命遭到极其严重的挫折，直到遵义会议，才结束了王明路线在党中央的统治，标志着我们党的成熟。

第二是关于错误肃反的问题。在座谈会上，我们一致肯定了，1935年的错误肃反是王明“左”倾路线的产物；是王明“左”倾路线的主观主义和宗派主义恶性膨胀的产物。

在1942年西北高干会议以前7年间存在的主要争论，主要是因为《中央及党务委员会一九三五年十一月间审查错误肃反决议》中存在着的错误所引起的。《决议》中说：“陕甘边区及二十六军部队中有些负责任的同志犯了右倾取消主义及对反革命派采取自由主义的态度的错误，以致反革命得以进行有计划的活动。”“当时在地方党内及红军部队中进行严厉的肃反工作，是必要的。”

发生上述错误论断的原因：一是由于当时党中央还没有提出和清算统治全国的王明“左”倾机会主义路线；二是由于党务委员会在审查错误肃反时，主要着眼于尽快分清革命还是反革命，迅速释放刘志丹等大批被捕同志，结果虽然在很短时间内结束了错误肃反，取得很大成绩。但是，对于陕甘边特委和红 26 军的政治路线问题未作调查研究。因此，停止肃反后，对原陕甘边党、政、军干部的工作分配存在着不公平的待遇。

1942 年中央直接领导的西北局高干会对错误肃反问题的处理是正确的。《中央关于一九三五年陕北（包括陕甘边和陕北）肃反问题重新审查的决定》正确地分清了路线是非，指出："刘志丹等同志所坚持的政治路线和立场是正确的，而朱理治、郭洪涛所执行的路线是错误的'左'倾机会主义路线。"指出"中央及党务委员会一九三五年十一月间的决议除对戴、聂处分仍保留有效外，应当取消。"

第三个问题是，关于郭洪涛同志与王明"左"倾路线的关系问题。

一是郭洪涛同志是王明控制的中央驻北方全权代表派到陕北参加特委领导，负责纠正特委执行富农路线和对武装斗争消极的错误。历史证明，所谓富农路线和对武装斗争消极，都不是事实。实际是要他到陕北来推行"左"倾路线。五人小组同志和郭洪涛谈话时，他说："陕北的'左'倾错误我负主要责任。"

二是 1934 年 8 月，阎家洼子会议上传达的上海中央局和北方代表批评陕甘边特委的两封信，给陕甘边特委和红 26 军戴上了"右倾机会主义领导""逃跑主义""梢山主义""枪杆子万能""浓厚的土匪色彩"等五顶大帽子。郭洪涛是拥护的。他在会后还写了《二十六军长期斗争的主要教训》上报北方代表，并在党报《西北斗争》上发表。1945 年西北历史座谈会上，朱理治的发言和 1980 年《革命史资料》第一期上发表的聂洪钧写的《刘志丹同志冤案的产生》，都说到他们被派到陕北反右倾，是根据郭洪涛提供的情况。

三是郭洪涛 1958 年申诉书中承认，"最严重的是在肃反前给朱理治反映了一些情况和问题，本来是属于党内问题的材料和我个人的意见，却造成了对二十六军的不信任，并成为后来进行错误肃反和逮捕二十六军老干部的根据了"。

这三个环节表明，郭洪涛在那一段期间确实执行了王明"左"倾路线。

对上述结论，五人小组为避免以后再出现反复，6 月 20 日，在座谈会结束时，要求我们参加座谈会的 8 个人，在已形成的文件上签字。我们 7 个人都很快签了字，均表示同意五人小组的以上结论。

我说："我完全同意五人领导小组对解决陕北历史争论问题的分析和方

针。也完全同意李维汉同志前天讲话的精神。李老年事已高，走路也很困难，还力疾参加领导这次会议，他是我们学习的榜样。我们要像李老那样工作。这次会议解决了陕北党的路线是非和肃反的责任问题。是一次很好的会议。开会的方法也是好的，分组讨论，逐步缩小了分歧。这个文件先后征求了我们两次意见，我也提了修改意见，领导小组没有采纳，我毫无保留的服从领导小组的决定，同意在文件上签名。

文件指出解决问题的方针是分清路线是非，团结同志，不再追究个人的责任，不纠缠枝节问题，最终结束这次历史问题的争论，这是正确的方针。但愿我们大家能遵守这一方针，按照这一方针办事。李老指出要讲大局、讲路线，不要纠缠细节，这是很正确的，我们应该这样做。细节问题讲多少天也讲不完。路线是非本来在延安整风期间就讲清楚了，但是以后又来三个反复。这个文件把过去的三次反复都写清楚了，希望以后不要再反复了。我们都是七十岁以上的人了，活不多年了，这次把党史资料立准、立好，不要给后人留下一笔糊涂账。过去对西北历史问题争论不休，党史工作者无所适从。现在有了中央的这个文件，这就好办了。”

我们肯定了五人小组向中央写的《关于解决西北历史争论问题的分析和方针》的报告是正确的，即后来的中发 28 号文件。但是郭洪涛开始时拒绝签字。

这时，李维汉因过度劳累病倒了，住在北京医院。郭洪涛到北京医院李维汉病房，一再声称他没有向北方代表送过诬陷红 26 军的报告。在这种情况下，五人小组派人与他谈话说：你如果不承认向北方代表写过诬陷报告，那只有公布历史档案，如果历史档案证明你打过不符合事实的报告，到了那一步，中央就要按照 1942 年延安整风中，党中央确定的原则行事。这样，郭洪涛签了字。

但是，他又提出：谢子长也参加阎家洼子会议了，是他在会上传达的北方代表的“指示信”，会后，他也给北方代表写信了，为什么只说我的责任，不说他呢？谢子长给北方代表写信的事，我不清楚。我是后来从《陕北革命根据地》一书上看到的。但是，根据我对老谢的了解，如果老谢当年活着，是不会同意对自己的同志进行肃反的。

以李维汉、王首道同志为首的五人小组，为解决西北（包括陕甘边和陕北）历史问题，做了大量的工作，解决了陕北肃反中最主要的问题。1983 年

7月13日，中央发了第28号文件，重申和坚持了1942年延安整风时中央对处理西北历史问题的《决议》是正确的。再次澄清了西北党史的是非。

冯文彬同志说的对：“中央对于西北历史争论问题这样处理之后，可以说结束了近半个世纪的争论。这也是百年大计。不要以为这个问题拖一拖没有关系，拖一拖老同志不在世了，子孙后代还会有不同看法，这就影响到长治久安。中央五人小组解决西北历史党史争论的做法有示范作用。有类似历史争论问题，都可以采取这样的方针来解决，以达到团结的目的。这对我们搞党史工作的人来说，是有深刻的指导意义和教育意义的。”

四、编辑《辽沈决战》

辽沈决战是解放战争中三大战役的第一个大战役，为中国人民解放战争的顺利发展奠定了重要基础。将这一战役的史实展示给全国人民，牢记革命来之不易，是我们在东北工作过的老同志长久以来的愿望。

1983年，我和几位老同志受陈云同志委托，主持《辽沈决战》一书的编辑工作。这时我已是72岁了，接到这一任务，非常高兴。

为了编辑好这一史书，我们尽了最大的努力，可以说是耗尽了心血，然而没有想到的是竟耗时五年之久，超过了东北解放战争的进行时间。为此我心脏病发作住进医院。这使我感到革命胜利来之不易，而真实地反映历史也不容易。

陈云同志的委托

1983年7月7日，锦州辽沈战役纪念馆的同志把他们收集整理的有关辽沈战役的一些回忆文章汇集成册，拟题为《辽沈决战》，准备由辽宁出版社编辑出版，呈请陈云同志为该书题写书名。陈云题写书名后，了解到该书尚未编好。出于亲身经历过这场战争，对这段历史的关心和负责，他以历史唯物主义的观点，对撰写党的历史，以及就编辑这本书的指导思想、结构、内容到具体编辑办法谈了一系列重要意见。此后，他又作了多次指示和谈话。

8月9日，陈云在家中召集辽沈战役纪念馆和辽宁人民出版社几位同志谈“辽沈决战”。他说：“辽沈决战是解放战争三大战役的第一个战役，它的胜利加上当时人民解放军在其他各个战场上的胜利，从根本上改变了敌我双方力量的对比，为整个解放战争的顺利发展奠定了基础。因此，编一本回忆这个战役的书是有必要的，这对于纪念那些牺牲了的同志，对于教育下一代，都很有意义。

但是，编这样一本书，不仅应当使大家知道辽沈战役胜利的经过，而且应当使大家知道这个胜利是怎么来的。在抗日战争结束前，我们党在东北的力量与全国其他各个根据地相比最弱。然而不到三年，却在那里打响并且打胜了解放战争的第一个战役。”

陈云讲了取得胜利的六条原因：首先是由于苏联出兵东北，打败了日本关东军。这为我们的大部队能抢在国民党前面迅速进入这个地区，为改善我们的装备，创造了十分有利的条件；其次是全国各个根据地的支援；第三是我们动用正规部队进行剿匪；第四是进行了土地改革。贫苦农民翻了身，我们党才能在东北站住脚，扎下根，我们的队伍才有充足的兵源、粮草，来和美式装备的国民党军较量；第五是由于建立了巩固的东北根据地，使我军有了一个强大的后方；第六也是最重要的一点，是由于党中央、毛主席为东北局制订了完全正确的工作方针，为辽沈战役制定了完全正确的作战方针。

他还说道：要全面的、符合历史唯物论地看待辽沈决战。林彪作为四野的司令员，在当时正确的地方，我们也不必否定。改编的工作也许要花一两年的时间，只要能把这段历史立全面、立准确，多花些时间是值得的。他指示：“为了把这本书改编好，可以请几位当时在东北工作的老同志，张秀山、王首道、马洪和韩先楚、刘震他们来主持编辑工作。还可以把这本书的编辑作为党史资料征集委员会的一个项目，由辽沈战役纪念馆和他合编。书编好后，要送中央军委、尚昆同志（时任中央军委常务副主席）把关。”

后来陈云的这次谈话全文，作为《辽沈决战》一书的序言。

在座的同志非常高兴，一致表示，完全同意陈云的讲话，一定不辜负这一嘱托。

8 月 13 日，陈云召集黄克诚、韩先楚、冯文彬、张秀山、马洪、马石江等同志到他家里谈《辽沈战役》一书的编辑工作。一开始，陈云就说：“你们看要不要写《辽沈决战》这本书？我看要写。现在写，我们这代人还在，现在不写，后代人要问的：三大战役胜利是怎么来的？与其让他们写，不如我们这些还在的人写一下好。将来我们不在了，他们就更搞不清楚了。”他也

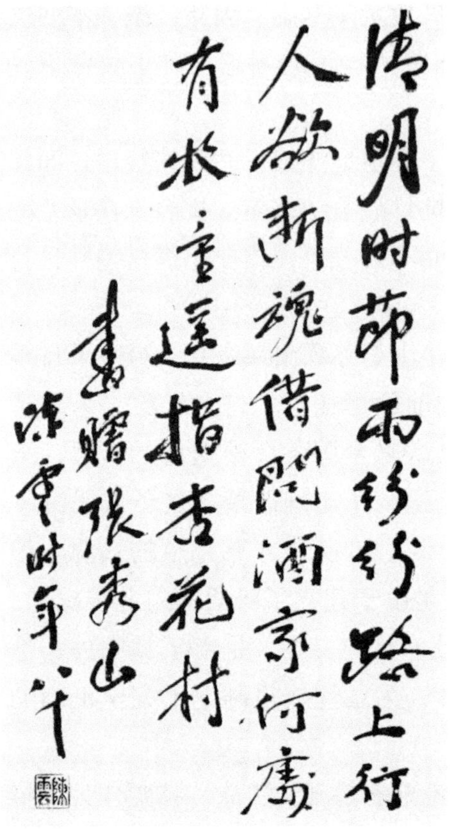

陈云书赠张秀山

讲了这本书要触及一些敏感问题，第一是东北首先是苏联红军来解放的，第二是林彪当时的作用。这些不能避开，避开就不是历史唯物主义，历史就讲不清楚。

从9点到12点，大家兴致勃勃地、坦诚地交谈了三个小时。我们都同意陈云的意见。仅就辽沈战役讲辽沈战役，讲不清。辽沈决战是整个东北的问题。要把东北解放战争取得胜利的原因、过程都写一写。初步确定由张秀山、王首道、韩先楚、马洪、刘震主持编辑工作。

8月下旬，陈云再次召集我和韩先楚、刘震、肖华、贺晋年等部队的几位老同志，到家里谈《辽沈战役》的编辑工作。明确委托我们几个人来负责主持。这天，谈话气氛非常热烈，越谈大家兴致越高，陈云伏案挥毫写下：

> 清明时节雨纷纷，
> 路上行人欲断魂，
> 借问酒家何处有？
> 牧童遥指杏花村。

一首唐诗《清明》跃然纸上。陈云抬起头来，笑呵呵地看了看大家，又落笔写道：书赠张秀山。大家一看，都请陈云也给自己写一幅，肖华大声说：陈云同志给秀山写了，也得给我写，不能偏心。引得大家哈哈大笑。

陈云是借这首诗来表达我们在为之献身的革命事业中，经历过无数的坎坷和曲折，既为革命作出过贡献，也受到过不公正待遇。现在那些都成为往事，今后的道路是光明的，要乐观地面对未来。

确定编辑规划

9月24日下午，在中南海丙楼会议室，受陈云委托，我主持召开了《辽沈决战》一书编审小组第一次会议。参加会议的有：王首道、韩先楚、贺晋年、马洪、冯文彬、马石江、胡彬和辽宁人民出版社、锦州辽沈战役纪念馆的同志。

我在会上首先说：陈云同志指定我们几个人编审《辽沈决战》一书，今天讨论一下，如何按陈云同志8月7日谈话精神来编写这本书。大家进行了热烈讨论，一致认为：陈云的讲话就是我们编写这本书的指导思想。这本书不仅仅是要反映辽沈战役本身的胜利，而是要从解放战争的全局考虑，要体现党中央和毛主席的整个战略思想。辽沈战役的胜利是中国共产党领导的革命战争史上最光辉的一页。如果没有我们党从抗日战争结束后，建立巩固的东北根据地等一系列战略上的措施，也就不可能有辽沈决战的胜利。我们编这本书，一定要把这些思想充分体现出来。这是一部包括东北解放战争各个方面内容的历史著作，要有中央的方针政策，老同志的回忆，还要有国民党方面的资料等。大家提议全书要有一篇综述性的文章对东北解放战争作全面的回顾。

为了搞清历史，需要查阅有关档案，印一批同辽沈决战有关的文件、电报等，发给有关同志参阅。确定与中央档案馆、军事科学院、政协文史资料研究会等单位联系，取得他们的支持。决定在编审小组下设立编辑办公室，地点在党史资料征集委员会。会后，我亲自去中央档案馆商定解决查阅档案资料的问题。

10月4日，王首道主持召开第二次编审小组会议。讨论《辽沈决战》一书的编审方案。方案修改后，由编审小组各同志传阅后定稿。

会上提到，编书过程中怎样对待有争议的问题，如：抗联如何评价、南满工作、东北局的路线方针等。

我建议："要把历史资料搞准，涉及路线问题也应讲清楚。这些问题在编写过程中，我们可以请示中央、陈云同志。总之，我们应坚持历史唯物主义，实事求是地处理。"

冯文彬说：陈云同志的讲话是编好这本书的纲。这本书与一般的回忆录不同，必须以历史资料和历史事实为基础。按陈云同志的指示，立准，立好。这本书也要总结历史经验，分清路线是非，正确的加以肯定，错误的就是错误，包括高岗、林彪，对的地方也应肯定。文章要高质量，立下准确的可信的资料。既有史料又有经验总结，永远经得住历史的考验。

会议提出编审小组下设秘书长，经商定由马洪任秘书长，胡彬任副秘书长。

10 月 16 日，党的十二届二中全会召开期间，我召集当年在东北工作过的老同志座谈。征求对编辑方案的意见，并请老同志们写回忆文章。

10 月 27 日，我主持第三次编审小组会议。根据我和王首道商定，由编辑办公室起草的《关于如何组织撰写〈辽沈决战〉回忆文章的几点意见》，提到会上讨论。大家一致认为要以陈云同志讲话为纲，列出专题，以专题为主，将当时东北各地区的情况实事求是地反映出来。专题突出，内容全面，确定为编审工作的原则。

经讨论初步确定了 8 个专题，并明确了各专题负责人：1. 综述（马洪、金铁群），2. 配合苏联红军进入东北（伍修权），3. 我两万干部和十万大军进东北（肖华），4. 剿匪斗争（贺晋年），5. 土地改革、党的建设（张秀山），6. 建立巩固的东北根据地（王首道），7. 东北战场与辽沈决战（韩先楚），8. 罗帅在东北（林月琴）。

会前，征得陈云同意，决定增加肖华为编审小组成员。编审小组由我、王首道、肖华、马洪、韩先楚、刘震、贺晋年组成，大家推选我任组长，王首道任副组长。会议纪要送陈云阅后，所提各项，他均同意。

12 月 9 日，李维汉就中央党史资料征集委员会准备编辑出版“八七”会议专题资料丛书一事，写信给冯文彬。强调党史资料必须准确可靠，去伪存真。他在信中说：“（党史资料）征集委员会是中央机构，处于指导地位，这项工作经验还少，而它出版的杂志或专题集，读者将引以为证，因此不能不尽可能求其真实可靠。其中有错误不实的地方须考校出来注在原著下面，这也是‘去伪（这里指事实有错误）存真’，不能因人而异。”我看后认为维汉同志信中所讲的，对我们编辑《辽沈决战》一书，也是很重要的警示，我们进行了认真学习。

12 月 28 日，编审小组召开第四次会议，进一步明确编写《辽沈决战》，要紧紧围绕陈云讲的辽沈决战取得胜利的六条原因，回忆文章要体现党中央、东北局的正确路线、方针和政策，避免写成个人活动的回忆录，要有充分确凿的史料作基础。

1984 年 1 月初，我写信给陈云，希望将他关于《辽沈决战》一书的谈话上报书记处转发。

1 月 11 日，陈云给我回信，同意将他的讲话连同《辽沈决战》一书的编辑规划，上报书记处审批备案。并指出：参加撰写这本书回忆文章的人不要太多，还是找少数有代表性的人写写文章。对多数人，可以搞一个东北解放战争时期党政军负责干部的名单，作为附录放在书后。但对四野 1 纵的人，要注意吸收他们的一两篇文章。1 纵和 2、3、4、6 纵都是四野初期组建的部队，是四野的主力之一。除了在“文化大革命”中跟林彪干了许多坏事的人，其余人不要使他们因为过去曾是林彪的老部下就抬不起头来。林彪是林彪，林彪的老部下是林彪的老部下。同样高岗是高岗，高岗的老部下是高岗的老部下。在这个问题上，我们应当采取历史唯物主义的态度。

同时，陈云要工作人员将陈云办公室给罗荣桓传记组的复信复印件送我。复信说：东北解放战争初期，由于我们刚刚进入那个地区，时间不过四个月，而且敌人的兵力也有变化。因此，对整个形势和东北的情况处于一个认识的过程中。在这个过程中，对战和问题、作战方针问题，提出这种或那种考虑、意见都是可以的，也是需要的。我们应当这样理解当时毛主席在电报上提出的一些意见，而不应当把这些意见说成是毛主席在指导方针上的什么失误。

我看后认为：罗帅传记组提出的问题，也是我们辽沈战役编审小组碰到的问题，编审小组的同志应当研究。1 月 12 日，我将陈办的信送文彬、首道、肖华、先楚、刘震、晋年、马洪传阅。并请肖华找 1 纵的同志写文章。

4 月 4 日，我主持编审小组第五次会议。讨论修改编审小组和中征委就编辑出版《辽沈决战》一书，向中央书记处的报告及编辑规划。大家认为，将陈云关于《辽沈决战》一书的谈话和编辑规划上报书记处是必要的，编辑规划的总体设计是好的，同时也提出了修改意见。

在讨论“综述”提纲时，大家认为，“综述”是对全书总结概括性的重要文章，并提出三点修改意见：一是对待历史上有争议的问题，主要是从正面论述。既要按历史的本来面貌，有分寸地讲清楚；又要坚持团结干部的原则，一定要实事求是。二是东北解放战争的历史分期问题，以战争发展阶段划分较适合，因为当时战争是主要内容，一切工作为战争服务，其他工作都

接受采访

是随着战争的发展而发展。三是这部书公开发行，对国内国外会产生影响，应适应党在本世纪完成三大任务的要求，撰写文章要从历史发展的必然趋势这个高度来论述历史事件。

根据会议提出的意见，对给中央书记处的报告和编辑规划作了修改。同日，《辽沈决战》编审小组和中央党史资料征集委员会，向中央书记处上报《关于编辑〈辽沈决战〉一书的报告》。附：陈云同志关于《辽沈决战》一书的讲话；关于《辽沈决战》一书的编辑规划；陈云 1984 年 1 月 11 日给张秀山同志的信。

6 月 13 日，中央书记处批准同意。

讨论“综述”

5 月中旬，“综述”一稿写出后，发给编审小组同志征求意见。同时，我给在中央政策研究室工作的王玉清、梅行写信，征求他们对编辑规划和“综述”（第一稿）的意见。二人均在东北工作过，熟悉东北的情况。

6 月 2 日，王玉清、梅行给我回信，对编辑规划提出了一些建议。7 月 1 日，他们又对“综述”（第一稿）提出书面意见，主要是：

一、首先要把东北和全国的形势分析清楚，这样才能体现出中央、毛主席和东北局有关领导同志的决策是正确的；

二、当时东北的战略地位，关系中国革命的全局，因而夺取东北成为我党和国民党成败攸关的问题。这表现敌我双方在政治斗争特别是军事斗争的主要方面；

三、因为当时我党同国民党的斗争集中表现在军事斗争上。包括清剿东北各地大量的土匪问题，所以必须在军事斗争问题上，要充分阐述党中央、东北局正确领导所采取的战略决策、一系列重大决定和指示。是采取正面作战以保守城市为目的的决策，还是采取运动战、游击战消灭敌人的有生力量，“让开大路，占领两厢”的建立东北巩固根据地的决策。包括为中央所赞赏的东北的新式整军运动，这就联系到广大干部是呆在城市还是深入农村、发动农民建立根据地的问题，这是涉及一系列的重大原则问题。只有明确说明这些重大问题的情况，才能充分体现党中央、毛主席和东北局“七七决议”的重大作用，才能说明扭转东北全局的历史转折。

四、党中央、东北局对创建东北根据地的决策的英明正确，要说明创建东北根据地与关内其他根据地的情况不同，有东北的特点，如“开拓团”“满拓地”大量的经营地主等，以及大批伪满汉奸的土地等。同时，关内根据地是由小到大逐渐扩大建设起来的，不少地方是有党的组织和党员发动起来的。而东北则是在十万大军和两万干部到达后，并且是在两万干部下乡以后，才随着我军在军事上的不断胜利，而建设发展起来的。同时创建东北根据地的过程，也经历了统一干部不同认识的探讨教育过程。东北根据地的创建始于北满，例如宾县的经验等，及至东北局“七七决议”以后才全面展开。而创建南满（辽东）根据地，就更能反映出它的特殊艰苦性和严重性。当然也必须包括在土改工作中的某些失误情况，和纠正失误的严肃认真的态度。

五、东北的建党问题，也应该是东北局、党中央的一个十分重要的问题。在我大军及两万干部进入东北前和干部没有下乡前，东北农村和城市可以说是没有党的组织的。这与关内各根据地也是不同的。党的组织是在两万干部下乡以后，在一块面积占 ×× 平方公里的土地上，从没有到有建立起来的。这两万干部经过了整风，在思想、作风、艰苦的生活中，真正做到了扎根群众，和群众同甘共苦，因而能够在不到一年的时间内，就把农村的党组织较普遍地建立起来。党员的成分是好的，基层组织的战斗力是较强的。随着我军不断解放城市，特别是南满的大工业城市，党的工作就立即转向城市，因而城市党的建设也很快发展。这对恢复和发展农业和工业生产，保障军事供应和战争的胜利都起了重大作用。

对陈云同志在东北领导工作的评价，他是历来不赞成对他个人任何赞扬或较高的评价，要恰如其分。

他们建议：文稿的每一个问题，都要特别着重反映中央、毛主席、东北局的正确决定、指示和意见。文稿写的是我们党的历史，而不是研究、探讨历史科学的学术问题。不能以学术问题的态度，采取百家争鸣的方法，来对待这一重大而严肃的问题，所以既不应“张冠李戴”，更不应“人冠我戴”。要力求做到“铁板钉钉子”，经得起历史的考验，不能给后人造成思想混乱，这是一个严肃的党性问题。

7月5日、6日上午，编审小组召开第六次会议。讨论《从进军东北到全境解放——东北三年解放战争综述》（暂定）。编审小组成员和有关同志都认真地审阅了“综述”，准备了意见。梅行和王玉清还将他们对综述的意见复印了，供讨论时参考。大家一致认为两位同志所提意见很好，十分重要，“综述”要吸收这些意见进行修改。

大家对“七七决议”前东北局的工作评价问题，一致认为应按陈云的讲话原则精神，即：对东北情况，中央和东北局都有一个认识过程，要从认识过程来写，坚持实践论的观点，要注意安定团结。

会议决定，再次讨论时，各专题组组长都要到会，还可请一些熟悉情况的老同志一起参加讨论。陈云指名的20位同志最好都要请来，不能来的，也可去访问，听取意见。

会议还决定聘请陈伯村、金铁群为编审小组顾问，马云为责任编辑。

陈云与肖华的谈话

9月17日，陈云同志处来信：“秀山、肖华同志：陈云同志与肖华同志9月15日谈话要点稿，业经陈云同志修改审定，现遵陈云同志嘱，送给你们，请收。”谈话要点是：

当肖华同志谈到，编辑《辽沈决战》遇到林彪问题不好处理，并说，我军进入东北初期，林彪主张把主力部队从锦州、长春撤下来，分散剿匪的主张还是对的时，陈云同志说：林彪开始也说过要死守“马德里”，但后来他改变了意见，不主张占大城市了。那时，如果用骨干部队去和敌人硬拼，就把骨头拼坏了。1946年，北满分局早在东北局抚顺会议之前，有过一份电报，提出东北局是否已经下决心放弃大道、占领两厢？如果确已下了决心，就应当迅速把一部分主力部队分散到农村进行剿匪和土改。所以林彪那时从锦州、长春撤下来是对的。但林彪后来也有错误，主要是在辽沈战役中，我们打下义县后，他不敢接着打锦州，而要回师长春。长春那时已经是死老虎了，锦州才是全局的关键嘛！在打不打锦州的问题上，主席和林彪之间有几十封电报往来，争论得很厉害。最后，林彪接受了主席的作战方针。主席打电报说，我们现在在打锦州问题上没有分歧了。以后打下锦州，我们很快解放沈阳、长春，而且在很短时间内进关拿下天津、北京。所以，在写辽沈战役时要讲到林彪的作用，但重点应当写罗荣桓，他是政委嘛。

当肖华谈到有些回忆文章中，写苏联红军往往写他们纪律如何不好，群众如何有意见时，陈云说：如果没有苏联红军出兵东北消灭关东军，我们在东北的力量不可能那么快发展壮大。苏联一方面受中苏协定的约束，要把大城市和铁路干线移交给国民党；另一方面，明里暗里援助我们的力量，他们从心里是希望我们胜利的。沈阳解放后那天，斯大林在克里姆林宫为中国革命胜利干杯。那时，东北北靠苏联，东有朝鲜，西有蒙古，缺什么可以向苏联要，南满的伤兵、弹药可以通过朝鲜转运。我们好像坐在沙发里，很舒服就是了。当时全国各根据地都注视着东北战场的进展，因为东北的条件最好，东北如果胜利了，全国的胜利也就快了。总之，要写苏联、朝鲜对我们的帮助，苏联的帮助是不能回避的，回避是不符合历史的。

当肖华谈到陈云在七道江会议上作出坚守南满的决定非常英明果断时，陈云说：坚守南满，可与北满成犄角之势，这对我们是很有利的。相反，如果放弃南满，不仅失去了这个战略态势，而且损失的人，比留在南满最终不一定少多少。后来的事实也说明，我们确实是能坚持南满的。

在讲话中，陈云同志一再强调，写辽沈决战的历史，一定要写中央的正确决策和中央派了那么多干部和主力部队，要写各个根据地对东北的支援，写一、二、三野对四野的支援。如果没有全国的支援，特别是山东部队的支援，辽沈决战不可能取得那么大的胜利。当然，四野打人民战争的功绩更要写。

编审小组学习讨论了陈云的谈话要点，并按此精神对“综述”进行再修改。

“综述”送审一稿

在一年时间内，我们对《辽沈决战》“综述”作了四次改写，1984 年 11 月 26 日，“综述”送审稿（一稿）送杨尚昆同志审查。同时附上：给中央书记处关于编辑《辽沈决战》一书的报告（1984 年 4 月 4 日）；中央书记处批准同意的函件（1984 年 6 月 13 日）；陈云同志与肖华谈话要点（1984 年 9 月 15 日）；陈云同志处给罗荣桓传记组的信（1984 年 1 月 11 日）；东北局关于全东北解放后的形势与任务（1948 年 11 月 23 日）；黄克诚同志对“林彪”条释文的意见。

我与首道、肖华在信中，就要不要在“综述”中引用 1948 年东北局《决议》一事，征求尚昆的意见，这个《决议》是东北三年解放战争的经验总结，提到了东北初期领导上的一些争论问题。现在是否写这个问题有两种意见：个别人认为，这本书是公开出版的，党内文件不要公布；多数认为，这个文件是 40 年前的，解放战争时期在东北工作过的同志都清楚，且经中央同意，应该按历史唯物主义的观点把问题写清楚。由于东北出过林彪、高岗，所以，历史问题有过反复，现在的看法还不完全一致。但我们认为这不应视为禁区，要把史料立准立好，教育后代。至于如何写，在研究编辑规划时，我们有两条原则：一条是要历史唯物主义；另一条是要照顾团结，不点名批评任何同志。现在的“综述”稿就是按这个精神写的。

同时，编审小组将“综述”送审稿和给杨尚昆的信送陈云同志，冯文彬也送去中央党史征集委员会就这个问题给陈云和杨尚昆的信。

陈云看后与我们编审小组同志谈话说：这个“综述”稿大体上可以。现在的问题是要不要引用 1948 年东北局的决议，如果要引用，如何引用。首先应当看到，东北解放战争初期，东北局内部在工作方针上确实存在过意见分歧。当时东北局的方针是通过独占大城市和铁路干线来独占东北，而多数同志不同意这个方针，认为不应当用主力部队去死守大城市、同暂时比我们强大的敌军硬拼，而应当把相当部分主力部队和大部分干部分散到广大农村发动群众，通过建立巩固的根据地，逐步改变敌我双方力量的对比，直到解放全东北。大城市谁不想要，问题是当时要得了要不了。如果不是以后在 1946

年东北局召开会议，作出“七七决议”，改变了以前的方针，那么，结果很可能不仅大城市占不住，整个东北也占不住，辽沈战役的胜利也会被推迟。所以1948年决议中指出东北局初期在指导方针上存在错误，这是合乎历史事实的，是经得起历史检验的。但是，这个决议只是在东北解放战争胜利之后总结以往三年的经验和部署今后工作的文件，而不是解决东北局内部方针问题的文件。解决问题的、具有重要历史意义的文件，还是“七七决议”。

其次应当看到，1948年的决议，对东北局初期方针上的错误虽然作了一些分析，但分析得还不够全面。我们今天回过头去看这个错误，也应当像看待其他一切历史问题一样，把它放在当时的历史条件下。为什么当时在指导方针上会产生独占大城市、独占东北的想法？我认为主要的原因是：

第一，1946年1月10日国共双方签订了停战协定，以后在6月7日，东北也签订了停战协定。这两个协定使中国和东北的政治局面出现了新的形势。

第二，东北是苏军首先出兵的，以后我们的部队又先于国民党进入，取得了不少关东军的装备，再加上东北背靠苏联、东邻朝鲜，这一切都使东北形成了有别于全国其他战场的特殊环境。

第三，当时的主要领导同志缺少战争的经验，缺少创建根据地的经验，特别是缺少战争失败和丢掉根据地的经验。

所以，东北局初期在指导方针上之所以出现错误，不能简单地说是“对敌人的和平阴谋抱幻想”，是“丧失阶级立场的危险倾向”。

另外，还应当看到，1945年12月党中央、毛主席明确提出我党在东北的方针是“让开大道，占领两厢”，“建立巩固的东北根据地”。以后，东北局在指导方针上的错误虽然又持续了一段时间，但时间并不长，只有六个月，就通过东北局自己的努力予以纠正了。所以，这个错误是给人民的事业造成了损失，但还不能说“造成了很大的损失”。

根据以上几点。我的意见是，1948年东北局的决议作为一个历史文件，可以收进《辽沈决战》一书中，但在写“综述”时，只要引用“七七决议”就可以了，不必再引用这个决议。

从1984年下半年开始，总政百科全书编辑室将已编出的中国大百科全书军事卷，我军军事人物条目释文，选送一些老同志征求意见。1985年2月11日，黄克诚就其中的“林彪”条释文谈了意见。其中谈到：解放战争时期，1945年冬我们进军东北的部队是十万多点，经过三年，到1948年12月部队进关时是一百多万人。带十万人进去，带一百万人回来，建立了东北那么大的解放区。当然这不是林彪一个人的功劳，这是整个东北局和东北部队指战员和东北人民的功劳。但是，林彪是主要负责人，也不能抹杀这一点。不然外国人会说我们写历史不顾历史事实。……总起来说，我的意见就是要按历史唯物主义的观点，用历史学者的态度，来写林彪的历史，好的、坏的两方面都写，不要只写一面。

“综述”送审二稿

此后，按陈云的谈话精神和黄克诚谈的意见，同时吸收了韩先楚和陈伯村分别在北京和广州召开原四野干部座谈会的意见，我们又对“综述”进行了修改，梅行和陈群也参与修改，形成第六稿。

1985年6月18日，我主持编审小组第九次会议，讨论“综述”第六稿。与会同志认为此稿比前一稿更好了一步。导言更加概括，气魄较大，对东北历史曲折过程叙述得比较清楚、准确。同时，也提出应当增加对冀热辽地区工作的反映；对保卫四平时的那段意见分歧叙述不够清楚；文字还有些粗糙。建议请陈沂、陈伯村、金铁群和我根据会议的意见，对此稿再作一次修改，而后送陈云、尚昆审阅，然后再送中央审查。会上提出对来稿要把好质量关，争取8月底交出版社。

7月11日到15日，辽沈战役纪念馆筹建工作领导小组会议在锦州召开。

1986年7月7日辽沈战役纪念馆建馆委员会第一次会议主任、副主任及委员合影：伍修权，张秀山、贺晋年、郭峰、刘振华、王首道、袁升平、万毅、王玉清、方强、左琨、刘震、刘仲藜、李中权、李运昌、陈雷、林一山、胡奇才、段苏权、高克、曾克林、戴念慈

王首道、伍修权、张秀山等参加辽沈战役纪念馆奠基仪式

辽、吉、黑三省和沈阳、广州两军区领导同志出席会议，我参加会议。会上明确以陈云同志关于《辽沈决战》一书谈话作为建馆的指导思想。要以马列主义、毛泽东思想为方针，坚持历史唯物主义的观点，全面反映辽沈战役胜利的经过和取得胜利的原因。纪念馆既要突出反映辽沈战役，又要反映东北三年解放战争的全面历史。

大家都很关心《辽沈决战》一书的编辑情况。我介绍说：淮海战役也是根据陈云对《辽沈决战》这本书的指导精神编写的，他们用了一年就编写好了，我们用了三年时间，征求了很多老同志的意见，到东三省、广州、沈阳军区征求意见，尽量修改好。我们对"综述"已经写了第六稿，送陈云、尚昆同志审查。如有意见，我们再搞第七稿。我们写这段历史很不容易，唯恐编不好。凡是大事、重要的，都请示陈云、杨尚昆同志，相信这本书在中央的领导下，是可以编好的。现在大体编完，再过两个月可以全部完稿。

"综述"送审稿又经过修改后，送审稿（二稿）报陈云、杨尚昆同志。11 月 22 日杨尚昆同志将此稿转送彭真同志征求意见。此后，一直没有下文，我们编审小组很着急。我突发心脏病，住院三个月。

《辽沈决战》出版

八个月后，1986年7月4日，我和王首道给彭真同志写信，征求他对“综述”的意见。

10月23日，彭真同志在向中央常委的报告中，对“综述”送审稿提出意见——几个主要问题的说明。有近两万字。

不久，我收到陈云同志办公室转来彭真对《辽沈决战》综述一文的批复。编审小组同志看后很遗憾，又给中央领导同志报送了“综述”全文及东北解放战争的有关历史资料，建议对《辽沈决战》一书的出版问题再予复议。

12月11日，中共中央办公厅电话通知我，邓小平同志11月1日对彭真同志提出的对“综述”一文意见的批示：这种问题不要再扯了，两个文件都存档，但都不发表。

12月12日，我们编审小组给陈云写信表示，我们服从中央的决定。我们认为《辽沈决战》一书，除“综述”一文外，仍应按您的谈话原则出书。

陈云同志认为全书要有一个综述，指示编审组对“综述”再进行修改。1988年2月，陈云致信杨尚昆，认为《辽沈决战》一书，一定要有一个综述。

1988年5月14日，彭真给伍修权和杨尚昆写信，并把他整理的《东北解放战争头九个月的工作方针和作战方针》，连同两个附件，即：1986年10月23日给中央常委的报告；有关东北解放战争头九个月战略方针的一些主要资料（442件）送给他们，并要他们转送《辽沈决战》编审小组。

6月22日下午，陈云通知伍修权去见他。陈云谈了对《辽沈决战》“综述”的三点意见：一、对这次修改综述的同志表示感谢；二、我服从军委、尚昆同志把关的决定；三、我保留《辽沈决战》一定要有一篇综述的意见，并且希望将来终有一天能够发表。此次谈话要点经陈云修改后，复伍修权，并由陈云同志处复印转我。

编审小组征得陈云同志同意，将他1983年8月9日，对编写《辽沈决战》一书的意见作为全书的代序。

编审小组经过进一步研究和讨论，决定避开对东北解放战争头九个月的不一致意见，由韩先楚署名的《东北战场与辽沈战役》一文作为全书的概述。中央对东北局的一系列重要文件和电报，除了第一编中编入一部分外，其余重要部分在“东北解放战争大事记”中表述。

《辽沈决战》

1988 年 10 月,《 辽 沈决战》(上、下册) 由人民出版社出版。

五年来，我们写作组的同志，在中央档案馆和东北三省档案馆查阅了 1000 多份电报、文件。《综述》草稿写出后，在东北三省和江西省，在沈阳军区、广东军区召开十几次座谈会，向原四野军级以上领导干部和当年做地方工作的省级老同志广泛征求了意见，反复修改了七稿。

所选 53 篇回忆文章是从 300 多篇（300 万字）来稿中挑选、修改，并经过多次讨论和作者反复磋商而成的。

在北京，我和王首道邀请了原东总 1 纵到 12 纵，以及原炮纵的纵队领导、原东总司令部和后勤部的领导梁必业、刘震、吴信泉、刘西元、彭嘉庆、胡奇才、吴瑞林、洪学智、张池明、吴富善、段苏权、李中权、梁兴初、贺晋年、袁升平、苏进、苏静、陈沂等，座谈讨论由韩先楚署名的《东北战场与辽沈战役》一文，这篇文章是我们 20 多位老同志的集体之作。由战争的亲历者、军级以上领导、认真仔细地讨论一个历史专题，在我们党史编写中是不多见的。

这期间，编审小组的肖华、韩先楚两位同志先后去世，我也因病很少参加了。

1992 年 10 月，编审小组在伍修权同志的主持下，又编辑出版了《辽沈决战》续集。

张秀山与伍修权、郭峰等在建成的辽沈战役纪念馆

五、尾声

“文化大革命”结束后，1978年党组织安排我到中央党校学习时，胡耀邦兼任中央党校副校长，主持工作。他在党校召开的一次学员大会上，讲到干部问题时说：我们的干部要能上能下，要经得起考验，像张秀山同志，在基层一干就是20多年，这是很不容易的。

这年年末，中央决定重新安排我的工作。胡耀邦同志找我谈话，我提出1954年对我的处分问题。耀邦同志说，现在百废待兴，先抓工作，以前的问题以后再说。

1979年，中组部也给其他几位受高岗问题牵连的同志重新安排了工作。张明远任国家机械委员会副主任、党组成员。薄一波代表党中央找明远谈话时说：“中央对你们五个人的工作安排，不受过去问题（指高饶事件）的影响。高岗是高岗的问题，你们是工作关系，没有问题，后来东北追查历史根源，搞了张、张、赵、马、郭，没有道理，风马牛不相干。”[①]

赵德尊任黑龙江省委书记时，他感到自己离开黑龙江省已经26年了，各方面情况变化很大，现在要搞现代化建设，怕完不成任务。他三次向中央

① 张明远：《我的回忆》，中共党史出版社2004年版，第434页。

请辞。中组部让他到北京面谈。赵德尊说："中央谈话非常简单干脆。组织部长宋任穷说：'这是中央的决定，你是党员，去也得去，不去也得去。'我就没话说了。我只好说：'让当年的五虎上将之一重回黑龙江任职，这对我们党的影响不好吧？'他回答：'做实际解决。做实际解决！'这我倒是同意，这有利于党的团结。后来邓小平说：'不算旧账，团结一致向前看。'这我完全拥护，我也是这个意思。"①

张秀山与赵德尊等在中顾委会议上

马洪任国务院副秘书长，郭峰任辽宁省委书记。在他们上任时，中组部部长宋任穷在谈话时，也说了"做实际解决"的话。

1981 年 6 月 27 日，十一届六中全会上通过的中国共产党中央委员会《关于建国以来党的若干历史问题的决议》中，关于高、饶问题，改变了以前几十年惯用的"高饶反党集团"的说法，"集团"二字取消了。

此后，华东地区对因受饶漱石问题牵连，被打成反党成员的原山东分局第二书记向明同志，以及上海的潘汉年、杨帆同志也进行了平反。这就进一步表明"高岗、饶漱石两个反党集团"的说法是不成立的。

---

①《赵德尊回忆录》，中央文献出版社 1998 年版，第 120 页。

对于1954年4月，在东北局高级干部会议上，把我定为高岗、饶漱石“反党联盟”的成员，撤销党内外一切职务，行政由四级降为八级的处分，我始终认为不是实事求是和不正确的。但是，在那个年代，在那种气氛下，我没有说话的权利，只能是服从。

到北京工作后，我向陈云同志提出这一问题。我说：1954年东北局高级干部会议，及其之后因高岗问题受到牵连，被撤职、降级、下放到基层单位，受到不正确处理的，不止我们五个人。当时在东北也不是“没有伤害什么人”，东北各省、市的主要领导干部几乎全部被撤换了，有些同志长期不分配工作。我认为，中央应该重新审查这些问题，有个明确的说法。陈云同志表示，这个问题要解决。

1982年，中央任命郭峰为中组部部长时（后因病做手术住院，长时间耽搁，未能到任），党中央总书记胡耀邦说：你们过去的问题要解决。

1985年整党时，中央整党指导委员会副主任薄一波同志在大连棒槌岛也向我表示说：这个问题，整党后期解决。

1990年，我给中央写了《对1954年我所受处分的申诉》。我在《申诉》

1983年12月，中央整党指导委员会领导在听取联络员小组长汇报后在怀仁堂正厅合影，左二张秀山

中写道：

关于我在第二次全国组织工作会议上的发言，当时是作为我参与高饶反党联盟活动的主要证据。这不符合事实，是不正确的。

这次会议是中央组织部来电话和电报要我参加的。说我做组织工作的时间较长，安子文同志请我在大会上发言，讲讲对中央组织工作的意见。我在大会发言的头天晚上，曾向毛主席汇报了我准备在组织工作会议上发言的内容，征询毛主席的意见。在汇报完后，我问毛主席，我可不可以到大会上去讲。毛主席听完后对我说：你可以去讲，我支持你。同时，也指示我，这些问题先找少奇同志谈一下。第二天，我在没有和少奇同志交换意见的情况下，便在大会上作了发言。当时在会上，少奇和子文同志就坐在我的身旁。我讲完之后，在会议休息时，少奇同志在会议休息室里曾对我说：你讲的这些问题，有些不是组织部的问题，而是我的，这些问题以后我要在党的适当会议上作自我批评。在这个问题上，我是有错误的，没有按毛主席指示的意见去办，在我发言之前，没有先找少奇同志交换意见，是不妥当的。

至于这次发言本身有什么问题，中央可以复查。讲话中如有讲的不对的

在老家（1993 年）

地方，是属于批评的问题。我认为不能因在讲话中涉及到对中央组织部的工作和少奇同志的意见，就把我定成高饶反党联盟的成员。

1954年对我的处分到现在已经36年了。多年来我一直背着沉重的政治包袱，精神压力很大，工作上也没有得到适当安排。家庭子女受到牵连就不要说了，就是一些和我共同工作的同志，也都为此受到影响。十一届三中全会后，虽然逐步恢复了我的工作，但在政治上这个问题并没有得到解决。我一生为党和人民革命了一辈子。现在，我已经是80岁的人了，希望在见马克思之前，请求组织上重新审查我的问题，使我晚年在政治上得到一个实事求是的、恰如其分的结论。

这是我对党最后的也是唯一的要求。

1993年9月，我和家人一起，最后一次回到老家——陕西神木县桃柳沟。我认识的乡亲虽不多了，但是家乡人很亲热，院里院外挤满了人，敬酒唱歌很晚才散去。我在老家的窑洞里住了三天。我非常怀念父亲，来到父亲的坟前，想到他老人家冒死把我从敌人的手中救出，我禁不住流下了眼泪。我来到母亲生我的大树下，去看儿时上冬学的地方，到高家堡小学看当年的学堂，参加榆林中学九十年校庆。我来到当年加入共产主义青年团，举行入团宣誓的地方——榆林城南门外的金刚寺，就是在这里，我立下了革命誓言：不怕牺牲，永不叛党……那年秋天，院子里的花还没有冻死，我就转为中国共产党党员了。

走出家乡几十年，从西北到东北，东征西战；为国家建设，走遍了大江南北，但我永远眷恋的还是陕北家乡：望着家乡的黄土沟壑，感受乡亲们的纯朴亲情，听着窑野河潺潺的流水声……

为革命奔走了一生，我还要回到这里来。

1992 年，与子女在北京

附录一　新华社电文

张秀山同志逝世

原中共中央顾问委员会委员、国家农委副主任张秀山同志，因病于1996年8月2日在北京逝世，享年八十五岁。张秀山同志的遗体今天在北京火化。

张秀山同志逝世后，江泽民、乔石、彭真、朱镕基、胡锦涛、田纪云、邹家华、姜春云、温家宝、杨尚昆、万里、宋平、薄一波、宋任穷、张震、陈俊生、叶选平、洪学智和王平、王首道、伍修权、刘澜涛、黄火青、习仲勋、马文瑞、王恩茂、吕正操、汪锋、邓力群等，以及中央办公厅，中组部等有关部门负责人，以不同方式对张秀山同志的逝世表示哀悼，对他的亲属表示慰问。

张秀山同志是陕西神木县人，他1929年3月加入中国共产主义青年团，同年秋转为共产党。1930年至1932年，张秀山先后到宁夏骑兵四师、甘肃新编十三师做兵运工作，并在甘肃靖远组织领导了警备三旅武装起义，成立了红军游击队。1932年至1945年，张秀山先后任红二十六军四十二师政委、陕甘边特委书记、红军干部学校政委、神府特委书记、绥德特委书记、西北局组织部副部长、延安中央党校教务处主任等职，并被选为中共七大代表。解放战争时期，张秀山同志任东北支队政委兼干部团政委，中央北满分局委员，松江省委书记、省军区政委，辽宁省委书记、省军区政委。

新中国成立后，张秀山同志任东北局常委、组织部长、秘书长、党校校长、东北军区副政委、东北局第二副书记兼纪委书记、监委主任等职。党的十一届三中全会以后，张秀山同志任国家农委副主任、国务院研究中心顾问、中央整党工作指导委员会专职委员，在党的十二大、十三大上当选为中央顾问委员会委员。

张秀山同志一生光明磊落，实事求是，虽屡遇艰难坎坷，但襟怀坦荡，对革命忠心耿耿，是一位忠诚的共产主义战士。

（1996年8月15日《人民日报》）

附录二　讲话

反对民运工作中的形式主义 *

1940 年 6 月 14 日

一个政治任务能否完成，要靠组织工作来决定；如果组织形式不适合，便会影响到政治任务的执行。所以组织民众的形式是值得我们深刻研究的。

我们处在抗战建国的大时代中，团结与组织各阶级的人民参加抗战是我们的神圣任务。警备区隔河与敌对峙，是抗战的直接后方，而且敌人经常企图打到陕北来，沿河一带已经是战区。所以我们急需组织与动员广大人民参加监守河防保卫陕北的伟大工作。最近警备区的广大民众在八路军政治工作人员的帮助下，已组织起来了，建立了他们自己的工救会、农救会、青救会、妇救会、学联会等团体，这是值得我们庆幸的。因为这些团体是坚持抗战与实现民主政治的基础。但是，在组织这些团体中，某些地方还存在着形式主义与不民主的倾向。

什么是形式主义呢？就是有些同志在组织群众中只图数量不顾质量；只要迅速不顾确切；只图名义不顾实际；只看表面不看内容的一种组织方式。这样建立了许多空架子的群众组织，甚至是抄名册，或一个人背后把名册记起来便算组织好了；或是没有耐心地教育说服群众，使他们自觉地参加救亡团体，而是强迫命令把他们组织起来，这样虽然加入了组织，但并不积极地工作，实际上和没有组织差不多。可是有些同志却满足于这种有名无实的空洞组织的建立，这种组织方式就叫作形式主义。这种形式主义是官僚主义的一种，严重地障碍着政治任务的执行。

我们为了使民众真正参加抗战与为实现民主政治的斗争，必须反对形式主义，纠正由上而下组织民众的方式产生的缺点。有人说，这次组织青救

---

* 张秀山时任绥德特委书记兼绥德警备区政委，这是 1940 年 6 月 14 日为绥德《抗战报》写的社论。

会、妇救会是由上而下与由下而上两种方式配合进行的，其实这次组织的方式都是由上而下的。因为由下而上是群众自动由下面发起组织的，或是我们去唤醒民众，提高他们的觉悟，使他们自动地积极地组织起来的。例如在警区组织农救会时大部是从下而上组织的。可是这次组织青救会妇救会则不同，虽然有许多地方也是先建立保的，后建立联保的，但缺少自动性，因此一般的是形式的，这是我们工作中严重的一个弱点。

现在要克服形式主义，并不是要把已经组织起来的群众团体取消，重新建立，而中心的一环是要彻底转变领导方式；利用已有的组织形式，充实其内容，使各级领导机关面向下层，深入地去做乡村工作，很实际地按部就班地一点一滴地去做下层工作，把各个群众团体的政治任务与群众切身迫切问题的解决联系起来，在目前青黄不接之际，则应与救灾、互助的问题联系起来。这样才能提高群众对于自己团体的爱护与积极性。加强对会员的教育，使他们自动地参加各种救亡工作，同时要更大地创造与发扬民主的作风，以建立各个救亡团体经常工作。另方面在没有组织的地方，开始工作就应该防止形式主义，先从下层群众中做宣传解释工作，使他们了解加入救亡团体的意义与任务，把他们的觉悟程度提高了，再帮助他们在自动自愿的原则下组织起来，即使开始加入的会员不多也没有关系，只要把群众中的积极分子吸收进去，则短小精干的组织倒比庞大而没有生气的团体好得多。

克服形式主义的关键在于耐心地说服教育群众，不敷衍了事，不用突击方式，这只有长期的埋头苦干才能做到。因此各个救亡团体应该针对着目前的组织状况进行一次检查，开展反对形式主义的斗争。应该了解：只有克服了形式主义，才能使各个救亡团体的工作活跃起来，名副其实地完成它在抗战救国中的光荣任务。

在中共西北局高干会议上的发言（摘要）

1942 年 11 月 5 日

我身体不大好，不能多讲话，我今天只简单地发表一点意见。

这次高干会，在边区党的历史上，是有重大意义的。这次会议是在党中央和中央西北局的领导下，具体地进行整党整风。我相信在这次会议以后，边区党政军民学各个部门的工作和在干部当中，将会以新的姿态，新的工作作风出现。在整党草案中已经指出了边区党过去曾经被主观主义、宗派主义统治过。这两天大会，发言的同志已经讲到主观主义、宗派主义统治的情形，现在我就我们边区党历史上的一些争论问题补充一点意见。意见不一致，表明我们的党和党内干部的思想还不一致。最近我们都学习了整风文件，这次会议大家到了一起，把我们过去争论的分歧意见，大家来讲一讲。在这次会议后，做出结论，大家的思想一致了，在同志间的关系上也会更紧密地团结起来为党工作。每个同志都能拿出自我批评的精神来检讨过去，这对于整个党，对于干部都有好处。我们今天这样研究问题，是为了整党整风，是为了大家团结一致，也是为了“惩前毖后、治病救人”。过去历史的问题很复杂的，争论的问题很多，我今天只讲三点：

（一）1934 年至 1935 年，陕甘党内在政治、军事问题上的争论，是主观主义与非主观主义，宗派主义与非宗派主义的争论。

（二）陕甘党那个时候的宗派主义表现在哪里?

（三）1935 年肃反的原因和责任问题。

现在讲第一个问题。1934 年至 1935 年，陕甘党内在政治上、军事上争论的问题很多，我想简单地讲这样几点：

一、1934 年夏天在阎家洼子会议上的争论。郭洪涛、谢浩如带领陕北游击队来边区，和红 26 军会合后，陕甘边的特委、红 26 军和陕北游击队的干部，大家开了一个联席会。在那次会议上，郭洪涛同志作了政治报告，在政治报告中，讲了那个时候的资本进攻，以及工人阶级反法西斯战争的问题。还讲了红26军过去机会主义的问题，郭的报告当中，讲红26军不能正确地执行党的路线，一贯是逃跑主义和串山林路线。我觉得这样检讨红26军的工作，在路线上这样讲是不对的。郭那个时候，没有把红26军的政治路线、政治方针研究一下，就作了这样的结论。

红26军的路线，究竟正确不正确？我说红26军在那时候的政治路线，军事方针，一般地说是正确的。过去红26军曾经在右倾机会主义领导下退却逃跑，在叛徒杜衡领导下，在创造渭华苏区的口号下断送了红二团。

红26军过去曾经打了一些败仗，也打了很多胜仗。在长期的战争中，红26军慢慢地摸索出了正确的路线。当时已有一个正确的战略部署，具体规定在陕甘普遍发展游击战争，首先以红26军为主，创造三个根据地，分成三路游击队，陕北是第一路，陕甘边是第二路，关中是第三路。每一处都有了基础，每一处都派了许多干部，比如陕北，便派去了杨重远、白雪山、强世卿、魏武、惠泽人、王兆相等，还有其他同志，在陕北发展了游击战争。陕甘边如庆阳、合水、安塞也组织了游击队，派了很多干部，在关中也派了许多干部。关中的斗争是非常残酷的，打死了几个游击队总指挥，打死了一个，又派去一个，这样创造了三个根据地，红26军在三个根据地里进行作战，这三个根据地互相配合，以打成一片。当时这个路线对不对呢？我们今天看来是对的。但是，是不是总的路线是对的，它的下面就没有缺点错误呢？相反的它也是有缺点的。

我们过去历次在党的会议上，检讨出许多不够的地方，许多错误和缺点，但总的说，创造苏维埃，开展游击战争，实行土地革命，总的路线是没有错误的。（红26军在南山失败以前一个时期的路线是机会主义的），郭洪涛在这次会议以后，搜集了一些材料，写了一篇报告给北方局，题目叫作《红廿六军长期斗争中的主要教训》，登在《西北斗争》第一期，现在还可以找到，同志们也可以看一看，这篇文章写得不大好，至于它的内容，因为时间的关系，我在这里不能详细讲这篇文章。他是用什么方法写的呢？有这样三点：

（一）许多事情都是似是而非，武断地做结论。举个例子，比如说红26军和义勇军的关系，说义勇军是奸淫掠夺，纪律非常坏，义勇军和红军会合后，红军受义勇军指挥是犯了严重错误，应该红军指挥义勇军，不应该义勇军指挥红军。从表面上看来，似乎是对的，实际上他并没有把事实研究清楚。义勇军奸淫掳掠究竟是在什么时候，什么地方？和红军会合后，王泰吉当总指挥是在什么时间、什么地方、什么条件下当的？王泰吉仅仅是为当民族英雄呢？还是有为共产主义奋斗的志愿呢？这些他都没有研究清楚，便做了这样的结论。事实是义勇军在耀县暴动时曾经奸淫掳掠，但在和红军会合后，我们改造了这支部队，之后，纪律是严明的。后来义勇军中有许多人加入了共产党，王泰吉也恢复了党籍，成为一个共产党员。部队里有党的组织，党员也很多，在这种情况下部队要统一指挥，王泰吉做总指挥，这不能算义勇军指导红军吧。以后王泰吉还当了红四十二师师长，因为他能力胜任，可以这样做。而郭洪涛则做了这样似是而非的结论。

（二）他把过去历史上的右倾机会主义，完全归罪于后来的领导者头上。红 26 军在历史上，杜衡领导时是有过严重的机会主义，但郭洪涛把历史上的机会主义都加在后来领导者的头上，这种方法也是不对的。

（三）抹杀红 26 军的成绩，夸大了它的错误。他这样来写报告和文章差不多都是主观主义的。今天当着郭洪涛同志的面提出这样的问题，请你考虑。在中央印出的文件《六大以来》选集上，有 1934 年陕甘边特委会决议案和郭洪涛写的一篇西北政治危机与党的紧急任务。这两个文件和《西北斗争》上的文章，我们可以看到，这些争论一直到现在还没有解决，现在把问题提出来，大家当面研究一下，到底谁是谁非，得出一个正确的结论来。

二、第二个争论问题。1934 年冬天，陕甘边特委写了一封信给陕北特委，因为红 26 军的红 3 团从陕北打游击后回到陕甘边，谈到陕北的一些情形，说清涧实行集体农场，陕北有“赤白对立”现象。陕甘边特委便给陕北特委写信说，在清涧实行集体农场是立三路线的复活。这篇文章没有经过陕北特委的同意，就在陕甘边党内刊物《布尔什维克的生活》上发表了。我们今天要作自我批评，这是不对的。因为两个特委是兄弟关系，不经过他们的同意便发表了，这样做是不对的。但指出他们组织集体农场，是立三路线的复活，对不对还可以研究。那时候他还反对“沙唐”路线，即所谓“富农路线”。沙就是崔田民，唐就是唐洪晨。一直到现在，许多同志还有很多意见和争论，这个争论也在大会上研究出一个结论来，以后大家的意见一致了，就不要再争论了。

三、陕北和陕甘边统一领导后，在玉家湾会议上还有些争论。1934 年，陕北和陕甘边在游击战争普遍发展的群众斗争中，在红 26 军帮助下，红 27

军创立起来了。在两个苏区的扩大，党和军队扩大的情形下，我们感到统一领导是必要的，也是可能的。1934 年冬天边特委就派了刘志丹、惠子俊同志来陕北开了一个联席会（在阳历 1 月里开的）。在这次会议上产生了党的统一领导机关——西北工作委员会；和军事领导机关——西北革命军事委员会，刘志丹是革命军事委员会主席，谢浩如是副主席。出了一个粉碎国民党二次“围剿”的动员令。在这个动员令下，把 26、27 两军动员起来了，进行反对国民党二次“围剿”的战争。根据这个命令，红 26 军主力集结陕北作战，在这个问题上郭洪涛说红 26 军迟迟不来陕北，直到马鸿宾进攻后才来陕北，这种说法是不对的。在马鸿宾进攻时，红 26 军在边区的方针是绕到敌后，打击敌人的弱点，在这个方针下，骑兵团在敌后得到了胜利，至柳村塬战斗失利后才接到命令，主力即北上。

当时红 26 军主力北上时的军事部署，在今天看来也是正确的，那时马鸿宾已进逼华池，所以决定主力转移阵地，向有利的方向发展，杨森同志率骑兵团向关中平原冯钦哉的后方韩、蒲、白、宜、洛等地进行游击；我带红三团及抗日义勇军来陕北与红 27 军会合；红一团在关中及陇东马鸿宾侧后游击，坚持战争；红二团向三边发展，策应陕北，在这个部署下，各路都得到了胜利。

红 26、27 军两个主力部队会合后，进行反对第二次“围剿”的战争。我来到了陕北，在 5 月间，我们会合后在玉家湾开会，出席的人有，西北工作委员会及 26、27 两军的负责同志，郭洪涛、马明方、高岗、刘志丹、崔田夫和我，这次会议除了讨论党的工作和军事政治问题外，还分配了干部。

刘志丹同志做了前敌总指挥，高岗做了前敌总政治委员。我从 42 师调回来做西北工作委员会宣传部长，崔田夫做组织部长，郭洪涛调为秘书长，书记是惠子俊。这样分配干部，今天看来对不对？大体上还差不多。除了我没有能力不能胜任外，其他同志都是适当的。郭说这次会议是无原则地把他调成秘书长，他是不满意的，他和许多同志讲，我（郭洪涛）是做了傀儡了。玉家湾会议究竟是正确呢？还是无原则？干部的分配适当不适当？大家可以研究讨论。在这个会议上，我、刘志丹和高岗批评了他的缺点，主要是批评他对干部的打击政策；打土豪造成红白对立；没有坚持葭南根据地，借口不懂军事，实行退却逃跑等问题。当时我提出这样的批评，郭非常不高兴，开会时便睡倒不讲话，我说：“我还没有看到过这样的同志，一点自我批评精神也没有”。他很不满，认为这次会议是打击他。这次争论，对他的批评究竟是错误呢，还是对的？大家可以研究研究。

四、粉碎第二次“围剿”后，反右倾取消主义斗争的掀起。粉碎二次围剿的主要战争是在1934年的夏天，在杨家园子、清涧、延长、安塞、靖边，打了十几仗，把高桂滋打垮了，那时候我们是完全胜利的，至于游击区则争取到六个县的完整苏区，比今天的边区还大。把陕北、陕甘边的苏区打成了一片。这个时候，党的领导机关西北工作委员会，在郭洪涛和朱理治领导下，开展了反对右倾取消主义的斗争，他们召开了一个扩大会议，这个会在永坪开的，时间我记不大清楚了，是在一个吃西瓜的时候。我从吴堡返回来已开过了，没有参加这个会议，这次会议除了讨论党的工作外，主要是反右倾机会主义和肃反。朱理治根据北方局的指示和同郭洪涛的谈话中收集到的材料，做了一个报告。朱理治在报告中说：特别是右倾取消主义，是反动派在党内的代理人。大会决议要和右倾取消主义作坚决的斗争。这就打下了以后肃反的基础。此外还决定肃清苏区内的白点（在清涧、瓦窑堡、延安还有白军）。在军事上主张打瓦窑堡，今天来看，肃清苏区内的白点对不对？把它当作政治宣传口号，号召群众封锁围困敌人是可以的，但作为一个军事部署则是错误的。以当时红军的装备，要打下瓦窑堡是根本不可能的。为什么要提出这样的军事路线呢？我想是主观主义促使，因为敌人常常破坏苏区，永坪离瓦窑堡很近，我们连睡觉都不放心，主观上肃清白军是需要的，但是他们就不管客观条件可能不可能？这也是一个争论的问题。以后刘志丹、高岗领导部队，没有照这些执行，郭就不满意。现在我们有重新考虑这个问题的必要。在那次会后，郭洪涛写了一篇“论扩大会议”，登在《西北斗争》上，同志们可以看一看这个材料，这篇文章恐怕也是主观主义的。

五、25军来到陕北以后，陕甘晋省委成立会上的争论。粉碎第二次“围剿”以后，国民党又接着来了第三次“围剿”。晋绥军从黄河东打过来，东北军从南线推进，红26、27军首先在定仙墕打垮了晋军。在反对第三次“围剿”的战争中，25军由汉南来到陕北和26军、27军会合，在永坪红军干部学校开了一个会。在未开会以前郭、朱先给25军负责同志谈刘志丹等同志，如何的勾结右派反革命。这个会议上的争论就是专门打击红26军的干部。

理治同志来陕北以后的三个月中，没有和别的同志谈过话，他没有和26、27军的干部谈过，没有和高岗、刘志丹、苏维埃领导人马明方同志，副主席霍维德及西北工委会惠子俊、我、崔田夫这些人谈过，当时虽然我们住在一起几个月，在一起吃饭，但没有谈过话，他仅仅和郭洪涛谈，有时候我去了他们就不谈了。他谈的结果还写成两本东西，有的是用英文写的，有的是草写，我们也认不出来。他们谈话不几天，便准备开会，这次会议是在下午开的，一直开到第二天天亮，这次会议主要的是开展反右倾机会主义的斗争，要进行肃反。这次会议虽然没有指出高岗、刘志丹等的名字，但是所讲的内容，主要是红26军工作的“缺点和错误”。公开指出惠子俊是右倾机会主义、右派的傀儡，要严厉地打。我当时讲了几句话，说他是工人同志，能力弱，可以好好地帮助教育……我说了这样两句，他马上就说：你这个调和主义，反右倾不坚决。郭洪涛、朱理治和25军的许多同志都讲了话，会上杀气腾腾，使得许多同志不敢说话，这次会议就把反右倾和肃反更提高了一步。

在这次会议上，干部重新分配了，又为反对右倾、右派、反革命，要统一军事领导，成立了十五集团军，成立陕甘晋省委。十五军团军团长徐海东、副团长刘志丹、政治委员程子华、政治部主任高岗、军事委员会主席聂洪钧。在这次会议之前，朱理治同志、程子华同志、聂洪钧同志组织了“中央代表团”。这次会议是“中央代表团”领导的。陕甘晋省委是朱理治当书记，他又是中央代表团书记，郭洪涛是省委副书记兼组织部长，调我到西北军委当供给部部长。对干部重新分配，我有这样的感觉，这种分配是带了宗派主义的情绪。我那时虽有这样的感觉，但还是这样想，他们来领导我们更好，我们求之不得，我们过去感到能力差，没经验，经常希望中央派人来领导，这次他们来领导，我们在他们领导下做点下层工作也好。但从来没有想到他们会杀人，会使革命失败。在这次会议以后，他们对26军干部的态度也发生了变化。当时我们完全没有想到他们会搞出疯狂肃反这样的事情。

六、最后一个争论的问题，就是主观主义的军队政治工作问题。肃反以后，在十五军团政治工作中讲，我们已经把右派肃清了，红军巩固了。这样的结论正确不正确呢？把干部乱打乱杀，26军、27军中发生了问题，在前方军心完全动摇的时候，前方军队一连、一排、一班地逃跑，干部一点精神都没有，恐怖、怀疑、准备暴动，在这样的时候作为政治工作领导者说：右派肃清了，红军巩固了（会场笑声），这样的政治工作是值得考虑的。关于争论的材料很多，我只讲这样几点。

第二个问题，宗派主义表现在那里？

宗派主义的出发点就是一个“我”字，为了达到个人领袖的目的必然要搞宗派。在干部政策上，凡是捧我的便提拔，批评我的不管他能力如何，必然要打下去，宗派主义的出发点就是这样。为了说明这个问题我举几个具体的例子：

第一，郭洪涛和王达成的关系不正常，郭洪涛说：王达成坐牢放出来以后回家就不出来了，是我到他家里三顾茅庐把他请出来的。郭洪涛这种精神是好的，可是三顾茅庐在从前还可以，在今天一个共产党员，要别人三顾茅庐是不大光彩。郭洪涛把王达成请出来以后，让他作了神府的特派员。

王达成同志在神府犯了严重的右倾机会主义错误。在敌人进攻面前动摇，束手无策，没有明确的政治路线与军事方针，不去动员群众与红军来粉碎敌人的进攻，而是采取退却逃跑政策，直到敌人深入到苏区时才被迫着进行战斗。

王达成同志在进行战斗动员时，向部队说：“成功失败在此一举”，这次要好好地打，一定要胜利，不然就没有办法了。后来在瓦窑堡被打败了，王达成看到形势不好，对干部公开讲没有办法了，你们各自找出路吧！愿意自首地就去自首。在这样的领导下，干部一批一批地自首叛变，使神府苏区受到了很大的损失。

后来王达成同志化装由山西回到陕北苏区，他在西北工作委员会检讨神府工作的会议上讲，他是右倾机会主义的领导。而郭非但没有批评处罚他，反而提拔他为组织部副部长，此后他们两人的关系更特殊了，郭做陕北省委书记时又把王达成提拔为组织部长，而王达成也就完全做了为郭捧场的人。

王达成同志经常讲郭在陕甘是起决定作用的干部，我们今天来看王达成同志的估计，是不是妥当，郭的决定作用在陕北历史上，红军胜利的当中看不到，在开展游击战争中也看不到，如果说郭有决定作用的话，也仅仅是在肃反中起了决定作用（会场大笑）。

这种宗派主义是很明显的，理治同志也在这里坐着，我希望你来一个反省，我觉得你的反省精神不够，自我批评精神也不够。我在师哲同志那里看到一个材料，这个材料是你给中央写的。这个材料中完全是你为自己过去的主观主义、宗派主义领导肃反的错误和责任进行辩护。这个材料和过去 1937 年出的肃反解释的小册子，基本精神是一致的。在这里面完全把自己的责任推掉，自己好像没有责任，但在这个材料中也看到理治隐隐约约地有点自我批评。他说“兼听则明，偏听则暗，我过去的错误就是没有和其他同志谈话”。朱理治同志在反省中说：“那时候仅仅和郭洪涛同志一个人谈话，没有找其他同志谈话，所得的材料是有缺点的”。他没有坦白地作自我批评，“究竟偏听了些什么，做了什么错事，为什么不能兼听，是否是主观主义作祟”。

第二，对天津来的人特别信任，洪涛是天津来的，理治同志是天津来的。他们不相信其他干部。不相信土地革命锻炼出来的干部，不相信身经百战的红军干部，仅相信郭洪涛一个人。这样来决定党的政策和干部问题，这无疑也是宗派主义。相信的干部提拔起来，在肃反期间，派鲁贲做陕南区特委书记，派李景林做陕甘边特委书记。把不捧场的人打下去。

第三，我觉得郭洪涛的观念中有“人家人”的观念。把统一的整体的党内干部分成二种人：一种是自家人，一种是人家人。“人家人”的观念不仅过去有，而最近还有。把党内干部分成两种人：凡批评我的，不尊重我的，是“人家人”，凡捧我的，拥护我的，是“自家人”。这是有害于党的。这怎么能团结呢？

第四，宗派主义还表现在吞并红军方面。25军从陕南跑到陕北以后，和26、27军会合。那时候是带着张国焘路线的残余，也可说是张国焘军阀主义的残余，到了陕北以后，开始肃反，把26军连以上的干部，一网打尽，结果把26军完全吞并了。把27军半吞并了，把张达志撤了职，另派张明先去27军当师政委（后来叛变），这样的做法，那时候红军怎么会团结呢？闹的战士、干部、老百姓怨声载道。这不是宗派主义吗？

第五，肃反以后干部的配备问题。肃反以后，许多干部没有杀掉，这是因为中央来了，把这些干部救下来了。这时候陕甘晋省委，在分配干部中，仍然存在着严重的宗派主义。那时候把许多干部分配的不适当。身经百战的有能力的干部分配成杂务人员，摆在无用的地位。中央调刘志丹担任28军军长——由游击队编起来的，装备很差。而郭仍然反对。一直到刘志丹东征牺牲了，他始终还是有成见的，说刘志丹如何无用等等。被这样分配的干部很多，在这不说了。肃反以后，郭洪涛在陕甘晋领导岗位上，常常对于干部政策发生非常不正常、不正确的现象，就是浓厚的宗派主义作怪。

第六，关于出席苏维埃党代表大会问题。这个问题前天晚上崔田夫同志已经讲过。当时，郭洪涛不光是陕北党的领袖，还是中央组织部的副部长。他在第一次苏区党代表大会上，把许多不应该提的名单提起来了，把许多应该提的没有提。郭洪涛认为是自己的人就提起来；过去有成绩的，有能力的，许多人都没有提。像高岗、王世泰、习仲勋同志等都没有提。因为没有提出，大会的代表就闹起来了，这样才又把名单补进去，这完全是宗派主义。在宗派主义的领导下，使得下面的干部情绪非常不好。过去陕北党死气沉沉的原因，就是由于宗派主义、主观主义领导造成的。关于出席代表大会的问题我现在讲一点，当时我在神府工作，郭洪涛给我打电报说要在党政军民中派五个代表，留我（张秀山）在神府主持工作。那时候，我想他为什么不要我去？是怕我们揭他的黑幕。怕暴露肃反的责任，应该出席的没有出席，有些不应该出席的，反而出席了！虽然在第一次大会上开展了反对郭的斗争（很多同志反对提郭为候选名单）。但是，那些同志在下面工作，不了解郭错误的真相，没有提到原则问题上去争论，在郭没有自我批评及诡辩的情况下，他的肃反责任没有弄清楚，他的主观主义、宗派主义问题没有弄清楚，虽然有些同志不满意，结果在第一次大会上郭被选为边区党的书记。郭的宗派主义相当严重，许多同志都能讲一些，我在这里就不说了。

第三个问题，肃反的原因和责任问题。

肃反总的原因就是主观主义、宗派主义在搞鬼。具体的原因可以分为以下几点：

第一，北方代表领导的错误。北方代表的指示信严重地指出“要进行肃反”，北方代表指示信是错误的。当然，在四中全会后（见中央《六大以来》文件选编），这个作风是相当普遍的。在北方代表这样总的作风下，指示“陕北党，要进行空前的肃反斗争”，这是一个原因。

第二，代表团领导的错误（当时领导者是朱理治同志、程子华同志、聂洪钧同志）这个自称的“中央代表团”，后来中央已否定了。这个代表团不了解情况，就来发号施令，就来杀人，肃反它是要负责任。

第三，张国焘路线的残余，军阀主义吞并政策的残余。25 军来后开始肃反，没有军事的力量，是搞不起来的。

第四，是反革命分子陷害干部。

第五，也是最重要的，起决定作用的一个原因，就是郭洪涛同志供给了错误的肃反材料。我在上面已经说过，郭给北方局代表的报告，北方局以后就认为红廿六军的干部是机会主义，一直到不信任红廿六军的干部，他的根据就是郭的报告。朱和郭三个月的秘密会谈，搜集的材料。朱过去没有来过陕北，来了陕北以后，也没有调查研究，所知道陕北的事情，都是听郭讲的。这可以从肃反中散布的材料中看出，在肃反中说："刘志丹是白色的军官，是地主成分，地主成分必然是反革命"。说："高岗历史上有问题，张秀山是右倾机会主义；习仲勋是跟着人家胡跑……"说"杨森、杨琪是土匪头子"，后来在肃反中就慢慢不信任这些干部了。这些材料是从哪里来的呢？朱的根据就是三个月秘密会谈得到的。所以我说郭供给的肃反材料是起了决定的作用。北方局的指示信是根据他的材料来的；朱、郭进行肃反，聂××肃反，也是根据这个，这是起了决定的作用。

肃反之中，陕甘晋省委在前方逮捕刘志丹、高岗；在后方逮捕我，逮捕是主观主义的，审讯时的主观主义也一样是最严重最厉害的。戴××审讯我，问了几次没有问出什么反革命的口供来，到了瓦窑堡，最后一次，朱和戴两个人共同来审问我。一开始就叫我说反革命的活动事实。我说："我过去的历史是一步一个脚印，你们可以去考查，过去的历史是很清楚的。如果有一点反革命嫌疑，就马上枪毙我"。这样也不行。他就说："不讲，就吊起来打！"打昏了用凉水喷活再问，还不承认，再打，打昏再用凉水喷活，拷打时还讲："你还不讲吗？我就替你讲"，他说："哼！蔡××介绍你加入右派，你担任右派前委书记，后来你到陕北又交给刘志丹，你们最近还有活动，你现在还不承认？！"我说："这不是事实，完全是反革命的造谣"。不承认再打，打死再灌活，我还是没有讲，朱又讲："你是最顽强的反革命。你还不承认？现在前方逮捕，后方逮捕，你不承认就不杀你吗！"这个时候，打得我一塌糊涂，我也不清楚什么了，这时我想起了张庆浮讲的话："朱是一个叛徒，你不要受他的领导"。张庆浮被捕押起来后，还是这样讲。当时我还不相信这个话，我仍相信北方局的代表和河北省委的关系是正确的。一直到我被捕以后，我认为这可能是肃反当中发生的错误，他考察以后会放出来的，或者是因为右一点的嫌疑所以把我逮捕起来。那时我还是相信是肃反中的错误。但是在这个时候，他一点点道理也不讲，这时我把过去不相信的想法改变过来了，我想：恐怕他（张庆浮）讲的是事实，朱是从天津来的。如果他说出一点事实来，如果是有一点事实说我是反革命，那还可以辩论，现在没有一点根据，说："不管你承认不承认也要杀"。这时，我怀疑他是一个反革命，所以我就说我是反革命，我承认就是想来一个速死。审讯以后第二天叫我写材料，那时候我的手还不能写字，勉勉强强可以写一点，我写道：昨天晚上你们说的口供完全是你们自己捏造的，你还不明白的话，请你把我赶快杀了，如果你不是反革命的话，请你考虑考虑！我就写了这样一个东西，朱还不相信，当时又问了很多。他问了这样一句：你不是反革命，为什么柳村塬打了败仗？同志们！这是非常伤心的事情，打了一个败仗，就能决定他是一个反革命吗？如果拿这个标准来说，打一个败仗就是反革命，以此来看军事干部，那么，在座的军事干部，不都是反革命了吗？因为战争不是一件容易的事情，由于客观情况的复杂，使得主观上容易发生错误。我试问：多年来领导战争的干部，那一个没有打过败仗？我想，或多或少都是打过败仗的！岂不都是反革命了吗？那么，谁没有打过败仗呢？我想：只有从来没有听过枪声，根本不知道怎样打仗的，整天坐在屋子里拿笔杆子写胜利口号的人（会场笑声）。只有这些同志是决不会打败仗的（会场笑声）。也只有朱、郭这样的同志不是反革命，其他打过败仗的都是反革命！也只有这些同志是常胜将军，百战百胜，千战千胜（会场笑声）。在这个问题上简直是没有道理。朱为什么要怀疑柳村塬作战，柳村塬打仗时，朱根本没有来。依照我的看法，大概是郭供给的材料。柳村塬作战是马鸿宾进攻陕甘边区时的事情，当时我们的战役方针是绕到敌人后方打它的弱点，为什么打败了呢？这不是战役的错误，而是战术的错误。因为那时对于敌人的侦察情报工作搞得不准确、不确实，同时在这次战斗中，兵力使用不妥当。这是战术上的错误。那时参加战斗的兵力，主要是红三团、骑兵团与抗日义勇军。三团团长王世泰同志、骑兵团团长赵国卿同志都受了伤；战士干部伤亡很大。这个战役，的确打得不好。战役是杨森和我指挥的，确实在战术上有错误。但是，就因为这个战斗就决定是反革命吗？恐怕也是主观主义吧！？

另外一个问题，他说："你不是反革命，那么为什么给游击队派干部"？这个问题也是毫无道理，我们红廿六军过去是给游击队派了好多干部，如陕北第一游击区，陕甘第二游击区，关中第三游击区，为了开展游击战争，派了很多干部去，装备差的也补充了好多子弹、枪支给他们，有的地方根本没有游击队，红廿六军就派干部去帮助群众斗争，开展游击战争；在有游击队的地方，派干部去帮助它发展，我们就是这样去培养他们。我们红廿六军开展游击战争，就要帮助游击队，发展游击战争，这样做应该是一个模范，然而他们得出了是反革命的结论。我们这样的发展苏区，创造苏维埃，竟被认为是反革命的花样。同志们！这真是令人伤心的事情。

至于那时候肃反中监狱里的黑暗更难启齿。经常听到用马刀背子擦擦砍人，马鞭子随便打人，而且还说："这是布尔什维克的教育"。把前方的干部，一批一批地拉回来，关起来，在陕甘边、关中拉回来乱杀乱砍，莫明其妙地拷打。拷打不承认，就杀，用小刀子捅，如对我们一个很好的营长于振西同志用小刀子捅，他死也没有承认。当时一批一批地活埋。这样毫无根据地进行疯狂的肃反，这是过去陕北党内最痛心的事件。

我们现在是在整风学习中，我们应该自己反省反省，究竟自己应负什么责任？我想肃反中的具体负责人，应该这样提出来。

中央来了以后，知道红廿六军作了革命的工作，没有作反革命的事情，所以中央下命令立即停止逮捕干部，已经被捕了的交中央处理。

今天大家都在，当面可以谈一谈，这对于大家都有好处。

中央在峦家坪会议以后，对于肃反的责任搞明白了，调换了郭的工作。没有中央来，就没有现在的陕甘宁边区。就像昨天贺龙同志讲的，就没有我们这一批干部。外面进攻，里面杀，陕甘边区早就完了，陕北的党也就完了，忠实的党员，抓进去杀了作了忠烈的牺牲，不忠实的作了叛徒，这样，党不就完了吗？严重地危害了革命！所幸的是中央来了，才没有把革命完全断送，但是已经杀了一批人，给革命已造成相当大的损害。这是我们不能不提出的。

肃反中他们给我戴了一个帽子，说我是右倾机会主义，还在《西北斗争》革新号上写了一篇文章，题目是："打倒反党的右倾机会主义，为列宁主义的中央路线而斗争"。说右倾机会主义有三点，不相信群众，枪杆子万能……在那篇文章里头公开地指出我的名字，说张秀山是右倾机会主义，他不相信群众，说陕甘边的群众落后，文化落后……这个帽子一直给我带到峦家坪会议以后，中央才取消了。这个话我讲过，今天的华池，群众的确是这样，这是实事，完全是实事，我们说过三原、耀县、陇东的群众如何好，边区梢山里的群众是相当落后的。这对不对？把群众中落后的和进步的区分开是不是对？是对的，但是他们断章取义来看这个问题，把我的话前一半和后一半都去了，给我戴了一个右倾机会主义的帽子。南梁群众很多是鸦片烟杆子，太白川有些群众说：你们要禁止种鸦片烟我们就要搬走了，搬出苏区，搬到国民党住的地方就可以种大烟，就可以抽大烟。他们如果都真搬走了，军队来了之后，连做饭的锅都没有，连饭也吃不上。因之便对那里的老百姓让步，说今年、明年不禁止，过两年之后再禁，边区政府对他们作了让步。但是主观主义生来就是不爱听真话，他们只爱听群众是如何的进步，如何的英勇，如何的为苏维埃而斗争，群众斗争的情绪是如何的高涨。他们不知道群众中除了这一部分进步的群众之外，还有落后的一部分，事实就是实事，不能只凭自己的脑子想。

“枪杆子万能”，过去我没有这样讲过，即使讲过也没有什么错误，如果我们没有枪杆子，今天就不能在这个地方开会。他们不相信经过长期斗争的干部，不相信红廿六军，毫无根据的说我们是反革命，毫无根据地说张秀山活动刘志丹组织政变。所以说主观主义讲问题也有可笑的地方。

在我们党的历史上，有两种党内斗争，第一种是主观主义、宗派主义的过火的斗争，这种斗争在陕北，就是以“莫须有”的罪名进行的反对右倾机会主义的斗争。

另外还有一种斗争，红廿六军在几年的发展过程当中，在党内曾经开展了许多斗争，这也可以说是红廿六军的扩大、巩固的历史，是党内斗争的历史。红廿六军开始时是在机会主义的领导之下，遭到了许多失败，红廿六军是在多次失败当中，摸摸索索走上了正确的路线，以后在部队、在党内对于右倾机会主义和反党分子，进行了许多斗争，这些斗争我们今天看是非常正确的。如 1933 年夏天，陈家坡会议的斗争；1934 年夏天对右派张慕陶分子的斗争。过去有两种党内思想斗争，只要把历史拿出来研究一下即可以知道。

还有一点，我们党内一直到今天，我觉得有这样两种干部，两种出身，两种思想方法。一种干部，他是从下面，从社会中来的，或者从兵营工作中来的，或者从工厂工作来的，或者从农村工作来的，慢慢地走到党内领导岗位，不管他们怎样看似“无能”，怎样“土里土气”，但是他们是从实际工作中来的，他们的脚跟是站在社会里头，他们是投入了社会的，这些人的思想方法，可能有时也有主观主义，或者思想方法有时也不正确，但是他们是实事求是的，他们慢慢会进步的。另外还有一种干部，是没有进入社会的，从学校一跳便跳到党的领导机关，在上面发号施令，他们的脚跟是站在书本上面，他们所讲的，就是书本上的东西，因此不免发生主观主义，夸夸其谈，发号施令，这样的领导者是不会正确的。

今天我把问题提出来，请大家研究。大家的认识一致了，思想统一了，才能更紧密地团结在党中央和西北局的领导下更好地工作。

松江省半年来群众工作总结*（节选）

——张秀山在松江省县委书记联席会上的报告

1947 年 6 月 25 日

关于群众路线问题这里不多讲。各县同志亲自摸到了群众路线的方法，这就是做了一年群众工作的好处，否则讲上两天也讲不清。这里再重复讲一下刘少奇同志修改党章报告中关于群众路线、群众观点的四条指示：第一，为人民服务的观点。第二，向人民群众负责的观点。有人问："到底向人民负责，还是向上级负责呢？"少奇同志已指出：向上级负责和向人民负责是一致的，并不是矛盾的。第三，相信群众自己解放自己的观点。第四，向群众学习的观点。

依据这些指示，群众路线就是从群众迫切要求出发，我们看群众觉悟到什么程度，就从什么程度着手。如果我们不调查研究，不了解群众的要求，只根据我们的任务，或主观的愿望，只按我们在上面讨论的一套出发，那就会脱离群众。现在各县都摸到了这个方法。如宾县在生产问题上，就是从解决群众思想着手。春耕前，群众中存在着的疑问："穷光荣，还是富光荣呢？"我们就用大力启发教育群众，使他们知道了"穷富（地主那种富）均不光荣，劳动起家、劳动致富才真光荣"。又如，双城厢兰头屯做到了真正大胆放手，事先充分发动群众酝酿斗争，情绪成熟了即让群众自己去干，而不代替，完全由群众处理斗争果实。还有巴彦县也研究出几点经验都很好。我们这次交换了各县的经验，可做参考。但不要机械地搬用，任何经验不适合当地情况就可能变成经验主义。不从当时当地群众的要求和具体情况出发，哪怕你千真万确的经验，也是不行的。比方某一地区斗争地主，群众讨论的结果给这地主留下二垧地，这是对的，这是群众自愿地照顾地主。但你就按这个标准，拿到别处照办，群众就不会满意，那就是经验主义。

---

* 张秀山时任松江省委书记。

1953年，东北局副书记张秀山与部分松江省委委员合影。前排左起：任仲夷、王鹤峰、李延禄、李长青、张秀山、强晓初、王伯谨、王一仑。后排左起：陈剑飞、陈元直、吕其恩、周家美、于林、赵去非、于杰、陆平、刘成栋、张兆美

我们常讲，从群众中来，到群众中去。这里，领导上要善于集中群众的正确意见，识别群众中落后的意见。比方，开始分地，有些地方不敢分，或认为不应该分地主的地，你就不能集中这种意见。比如，“捞”是从群众中来的，你如集中起来，到处去“捞”，那就不对了；比方，五常群众提出“狠心翻身”，“撵大院，挖地窖”等口号，这都是对的，提得好。我们要善于启发群众的思想，满足群众的要求，才叫领导。斗争需要酝酿，酝酿和斗争是一致的，但酝酿是为了要斗争，如果老酝酿不斗争，那就酝酿发酸了。（会场笑声）群众的要求是彻底的翻身，完全的解放。对封建统治我们是打歼灭战，不是打游击战，拉来拉去，要把封建势力在政治上经济上扫光，才能满足群众的基本要求。

几个具体政策的问题：

对地主的政策：地主的土地要分，底产也要分。不分，封建势力打不倒。过去是分浮产，现在要进一步分底产。小地主不挖底产，小地主按其成分是地主，但不比富农强，要照顾点。至于对大中地主的照顾，要看群众的自愿。群众不愿意就不照顾，这就是群众路线，不能由我们规定。我看有些地方并没有照顾地主，并未将地主饿死。现在某些地区粮荒，我们的基本群众倒有饿死的。现在不要怕地主骂，地主会自己照顾自己的。（会场笑声）一般地说，

地主还是应分得地，只要地主愿意劳动，不愁没地种，群众一定会照顾他。

对富农：要区别恶霸富农和勤劳富农。对恶霸富农，实际上是封建统治者，或三重性的富农（反动性，封建性，独占性）、二重性的富农（汉奸型、封建性），彻底斗，应该分。勤劳的富农，其多余的土地牛马（所谓多余，是指和大家平均数之外的土地，超过土地所需要的牲口），为了满足农民的基本要求，亦可征收，但不分底产。

恶霸富农可斗其政治，与农民平分土地、牲口。个别群众恨之入骨，要撵要分的富农，要以老百姓痛恨程度来决定。对富农要斗争，然而不要“过”重，不要故意找毛病，不要夸大汉奸性，不要故意分坏地给富农。有同志问：“是不是削弱富农呢？”对旧富农是削弱政策，不削弱旧富农，满足不了农民的要求。我们今天是发展新富农经济——即吴满有方向。土地改革后，在整个生产力向上的过程中产生出新的富农经济。去年有人怀疑，旧的生产关系被打破，新的生产关系还未建立起来，今年生产不会搞好，生产力要下降。现在，事实上打破了这种怀疑。农民得到土地，生产情绪提高，生产力是上升的。有人担心富农道路没有前途，那不要发愁，还是有前途的，是新民主主义的经济道路，并不是旧的资本主义道路。今天，我们是打击旧富农，发展新富农。今天我们不是消灭富农，也不应该提出消灭富农的口号。

对中农政策：不要侵犯中农，有政治错误就斗政治，不要分中农的家产和土地。斗了政治，也就出了气。个别特别坏的如当了汉奸，作恶太大，老百姓很痛恨，由老百姓自己处理。在插犋换工中，中农不愿意来，可以开会进行思想斗争，以斗争求团结。中农并非我们革命的对象，要更多地说服和教育中农。

对佃富：佃富农，拿阶级来说是一样的，事实上还是有个别佃富农自己没有土地。过去分地主的地，不可免要分到他头上，由于群众有要求，多拿出一两匹马也是可以的。但一般地说，不分他的牲口，可以让他拿马换地，或采取自愿献马的方式。

工商业政策：土地改革中，没收了地主油坊、烧锅、配给店，这不是违反工商业政策。工商业是资本主义的经济，但也有两种资本：一种是敌伪残余资本，带汉奸性，可以分；还有一种是民族资本，民族资本在伪满时受到压迫，已经是很少数，可以不动它的。敌伪残余资本必须清算，特别是群众痛恨，带封建性、汉奸性的工商业。只有打击这种旧的资本主义，新的资本主义才能抬头，才会发展起来。有的地方不敢动敌伪残余资本，认为是工商业，同样也是错误的。有同志问："没收了，是公营还是分配呢？"由群众决定，要分就分，要卖就卖，要公营就公营。我们要尽量说服群众合股经营，不要分掉。同时，不能将与敌伪有联系的商业，以敌伪资本的帽子而没收，那就打击面太宽了。我们所要清算的是依靠敌伪起家，勾结敌伪剥削群众，为群众最痛恨的敌伪残余资本。一般私人工商业，因为铁路矿山都在公营之下，其前途不会成为独占性，垄断民生，乃是新民主主义经济中不可缺少的一部分。目前，一般的中小工商业私人资本，比以前发展了。

对封建迷信团体，东北的封建迷信团体，都是由日本帝国主义扶持起来的。现在国民党是全盘端过去，很多就是国民党的特务组织，或者是受国特利用的。对这些反动的组织，应该采取打击政策。打击这些东西并不违犯"宗教信仰自由"。信仰宗教有自由，反宗教反封建迷信也有自由。自然我们不是对所有会员都给予打击，要分化他们，要争取受蒙蔽的群众，要打击头子。要分别外国人和中国人，外国教堂不要没收财产和抓人。如果外国人做坏事，我们有把柄，群众应该起来斗，揭露他们，政治上瓦解他们内部。外国教堂有特务活动，公安局可以注意做些工作。

对流氓是改造政策。今天大生产中改造了一批，以后还要在生产中改造他们。城市中的二流子也要改造。双城把二流子抓来编生产队，取得改造二流子的经验。

对城市工作问题：城市工作现在可以动手做了。双城的经验，城市可以出兵。本来群众可以当兵，并非怪事，过去有人说："城市中没有土地，无法组织代耕，因此城市群众不能当兵。"但双城城关出了两千兵员，这两千军属并没有饿肚子，公家也并没有拿钱出来养活这些军属。城市可以发动募捐，资本家拿几个钱出来，有什么关系？松江全境城镇有五十万人口，今后消灭"夹生饭"，就要向城镇发展，解决这些地方群众的基本要求。双城的经验不多，大家还没有多少经验，今后大家下去可以再去摸一摸，取得经验，解决城市工作问题。

打击面宽窄的问题：有同志说打击面宽了，不能团结百分之九十的人口。我们把各县所斗的户数和现有户口数对比了一下，最多的是打击百分之七点七,一般的是百分之一点几的多。这是非常不精确的统计。我们将以斗争求团结。

给一地委的信（节选）*

1948 年 10 月 5 日

春茂并地委各同志：

九月十四日的报告收到了。

土改中培养出很多干部，但还不够，且有些很坏。干部脱离群众，而党的一切任务政策，又需通过干部，这样就变成一个关键问题。要解决这个问题，还必须把群众发动起来，只有群众觉悟提高，干部水平才能提高。而发动群众则必须了解群众的要求。

目前群众的要求，除生产自救外，一般就是民主和负担问题。负担主要是公粮和战勤，在这个问题上，必须做到公平合理。要做到公平合理，领导上必须深入下层，发现问题解决问题。

针对着某些下层干部强迫命令，脱离群众的情况，当前发动群众的中心，应该是调整干群关系，即是应该发动群众批评干部。评干不是把干部一概否定，而是让干部向群众坦白，承认错误。是好干部群众则会拥护，是坏干部则让群众选掉。经过群众批评及干部认错，这样既能满足群众民主要求，又能改善领导作风。经过评干，群众会继续积极起来，觉悟也会更加提高一步。目前由于敌人的残暴与没落，使群众在国共比较上是更觉悟了，但对我党的政策了解及革命的积极性还差，要把党的政策贯彻到群众中去，必须首先搞好干群关系，亦即搞好党与群众的关系。这个工作也是一个细致的群众运动，也是农村中整党的主要内容。

谈到运动，再说一下要不要运动的问题。过去运动中有错误的内容是不对的；有正确内容的运动，还是必要的，不能因噎废食。一个普遍性的群众

---

* 张秀山时任中共辽宁省委书记。春茂即杨春茂，时任辽宁省一地委书记。此信 1948 年 10 月 5 日，刊登在中共辽宁省委编印的《工作通讯》第八期。

工作，如果不经过酝酿成熟，有领导有组织的群众运动，是不可能搞好的。目前某些地区的突点，可能已产生一种偏向，县区干部总是搞一点，钻在点里不出来，或费了很多时间。突点是为了面的展开，有点无面，或顾点不顾面的一点一点搞，是不会有大的效果的。因为今年冬季群众工作的任务太多，如果因为怕过去运动造成某些错误的结果，而不再搞运动，则会使群众的发动，仍不充分，各种任务也很难很好地完成，即使完成某些任务，也会是强迫命令的包办代替。

关于陕甘边区党史问题的谈话（摘要）*

1986 年 4 月 20 日

一、党史资料征集和党史研究一定要坚持历史唯物主义原则

我们征集党史资料和研究党史，就是为了真实地反映我们党领导人民进行革命斗争的历史面貌，就是要正确地运用辩证唯物主义、历史唯物主义的观点和方法，如实地反映我党走过的艰难曲折的革命道路。

党在西北的历史很复杂，问题多，争论多。要如实地反映党在西北的历史面目，就要求党史工作者必须坚持历史唯物主义的原则。唯物主义就是实事求是，是什么就是什么，讲真理不讲面子。陈云同志就曾指出：研究历史要讲真理不讲面子，而有些同志不是这样，讲面子不讲真理，不能如实地反映历史。

要做到实事求是必须广泛地占有材料，认真地调查研究，在此基础上才有可能形成正确的结论。通过调查研究，形成的正确的东西，就要坚持，不怕别人反对，不怕别人批评。毛主席讲过，为坚持真理要做到四不怕，不怕开除党籍；不怕坐牢；不怕杀头；不怕老婆离婚。只要拿这种精神去研究党史，许多问题都可以解决，我们党的历史就能够立准、立好了。

另外我看了你们省里的材料，说寺村塬是陕甘边区第一块根据地，建立了 72 村的根据地，我认为不能这么说。中央对根据地有明确规定，要有党的组织，有政权、有后方——比如后方医院、修械所、仓库等，有群众武装——游击队、赤卫军；一般说敌人打不进来，就是打进来了，我们也可以转移，消息灵通，群众拥护。寺村塬有没有这些条件？没有就是游击区，不能叫根据地。

---

* 1986 年 4 月，张秀山到甘肃陇东搞调查，其间应中共庆阳地委党史办的要求，在座谈时发言，由中共庆阳党史办俄向军根据录音整理。

整个1932年的游击战争开展很有成效。没有1932年的游击战争便没有1933年的红26军。1933年的陕甘游击队，这一年打了很多胜仗，当然也打过败仗。那时游击队走到哪里，就在哪里领导群众分粮，打土豪，抓反革命，做了很多工作；但是那时，一个是由于经验不多，一个是时间短，没能建立起根据地。那时候陈珪璋失败了，杨子恒在陇东还没站稳，我们陕甘游击队在寺村塬住了一个多月，打正宁山河镇打了两次没有打开。我们把群众组织了一下，宣传群众、打土豪、分粮食，做了许多工作。但是，单凭这一两个月就能建立起根据地？实际上，根据地不是一年半年、几个月就能建立起来的。1932年这一年陕西省委的领导也是错误的，有许多错误。把寺村塬建立成根据地，敌人来了，我们一走，什么也没有了。以后又来个李艮，李艮在五顷塬子分配土地，计划20天就分配完，建立五顷塬根据地。结果敌人来了，一打我们就跑了；李艮的五顷塬子根据地也没建立起来。不管寺村塬、五顷塬，根据地都没有建立起来，只能说是游击区、游击根据地。

1932年在照金也做了好多工作，打土豪、分田地、分粮食，组织农会但没有建立起根据地。陕甘游击队开始到那里，分粮食群众不敢要，我们的战士只好把地主家粮食扛上给群众送去。为什么？红军不能长期住下来，一走，地主整群众，要杀头，所以建立根据地要有个斗争过程。1932年不要说寺村塬、五顷塬，就是照金那里做了很多工作，也没有建立起根据地。1932年只有游击区。1934年的春天，寺村塬王朗堡子的赵冷娃民团还把我们的游击队追的都站不住脚，后来26军把民团消灭了，把赵冷娃杀了，1934年才把群众慢慢地组织起来，成为根据地。所以说建立根据地不是那么容易的。

建立根据地，特别是还有个地理环境问题。毛主席领导秋收起义，开始在平江、浏阳，那里的群众基础很好，但是没能在平、浏一带建立起根据地。国民党血洗平江、浏阳，把很多老百姓、共产党员都杀了，在那里没能站住脚，到了井冈山，才建立井冈山革命根据地。所以创建时期地理条件非常重要，平原地区建立根据地不容易。

二、关于红26军的有关问题

红26军42师成立的问题，1932年4、5月间，中央就给陕西省委有文件，指示要成立红26军42师，现在陕西的材料上说是41师，实际上是42师。那么42师是什么时候成立的呢？42师是1932年12月（按：应为1932年

12 月 24 日——编者注）在宜君县转角镇杨家店子正式成立的，成立时的名称就是红 26 军 42 师第 2 团。开始第 2 团就三个连队，即骑兵连，步兵连，少先队；团部有个 20 多人的保卫队，总共 200 多人。人虽然不多，但质量很好。有的材料说开始没有 42 师这个名称，只有红 26 军第 2 团。在我的记忆中，当时红旗上以及布告上写的就是红 26 军 42 师第 2 团。杜衡当时是红 26 军政委兼 2 团政委；实际上军是空的，26 军从来就没组织过军部，也没设过军长。那时候为了简便，只写红 26 军第 2 团，不写 42 师；到后来只简称红 2 团，有些老同志可能记不清全称了。

你们问：2 团南下失败后，是不是在陈家坡会议就作出了恢复 26 军的决定？没有。过去我们也没有这样讲过。实际上“恢复”这两个字也不确切。南下失败的是红 2 团，不是红 26 军全部。红 2 团过渭河失败后，1933 年 7 月间在三原武字区就成立了红 4 团，即红 26 军 42 师第 4 团。因此不能因为 2 团失败就说红 26 军失败了。2 团失败了，4 团还在，红 26 军的旗子还在。在陈家坡会议上决定成立陕甘红军临时总指挥部，把红 4 团、西北民众抗日义勇军、耀县游击队编入总指挥部之下，形成统一的拳头部队，王泰吉任总指挥，高岗任政委；后来刘志丹自终南山回来，担任参谋长。陈家坡会议是我们红 26 军建军历史上十分重要的一次会议，但是在这个会上没有决定成立 42 师，只是成立了陕甘红军临时总指挥部。

到了 11 月，在合水包家寨子开会，决定建立三路游击区，成立一、二、三路游击队指挥部，同时决定成立 42 师师部，把西北民众抗日义勇军和张邦英、张仲良领导的耀县游击队改编为红 3 团，把陕甘红军临时总指挥部改成 42 师师部，师长王泰吉，政委高岗，刘志丹任副师长兼参谋长。高岗当了一个月的政委，后来犯错误在连家砭开会被撤职，降职使用，派到二路游击队去当了政委，杨森任 42 师政委。

42 师党委书记开始是杨森，杨森是师党委书记兼红 4 团政委。打庆阳三十里铺杨森受伤，这时我由照金带游击队来到部队，42 师师党委开会决定：由我任师党委书记兼红 4 团政委。

我担任 42 师政委有两次，第一次是 1934 年打完西华池战斗，我们开到淳化，在三里塬消灭了何高侯两个连，这一仗杨森又受了伤，师党委开会决定由我任 42 师政委（时间大概在 4 月底），这次只任了一个多月。6 月，师党委和特委在南梁寨子湾召开会议，决定刘志丹回后方任陕甘边军委主席，我回后方任陕甘边特委书记，把高岗由二路游击队调到42师当政委，决定杨森任42师师长。我第二次当42师政委是在1934年冬天，到1935年5月到了陕北，我又离开部队回到后方。我没有当过二路游击队政委。在我任特委书记不久，二路游击队指挥部就撤销了，杨琪去了陕北。二路游击队政委第一任是高岗，第二任是惠子俊，总指挥就只有杨琪一个。

关于红1团。红1团成立的晚，1934年11月荔园堡工农兵代表大会陕甘边苏维埃政府成立以后才正式改编的。陕甘边特委当时计划，关中各游击队改编为红1团，庆阳、合水、保安游击队改编为红2团。这在11月苏维埃代表大会前就计划好的，但改编是在苏维埃政府成立以后进行。红2团团长刘景范、政委胡彦英。原来26军派王安民当三路游击队总指挥，三路游击队是关中各县游击队的总称，1934年11月改编时，把三路游击队中几个大游击队编为红1团。红1团团长陈国栋，政委张仲良。红1团是归26军42师领导。1935年9月，25军到陕北成立十五军团时，42师改为78师，3团改为232团，义勇军改为233团，2团改为234团，红1团未编入，留在关中成了地方兵团。红26军骑兵团归十五军团直属。

关于红4团改编为骑兵团的问题。红4团在什么时间改编成骑兵团，说法不一，有人说在照金就改编了，有人说是在莲花寺时改编的。我记得红4团改编成骑兵团的过程很长。开始在照金先成立了一个骑兵排，后来缴获的马匹多了，就扩大成一个连，再后是两个连。莲花寺整编时还叫红4团。1933年冬天我到4团当政委时，还是两个骑兵连，一个步兵连，一个少年先锋队。1934年2月，在淳化塬上，正准备北上，这时候才决定正式把红4团改编为骑兵团。步兵编入3团。因为当时要把4团的少先队编入红3团，少先队队长是杨斌有，打仗很勇敢，我要求把少先队留给骑兵团，大家不同意，这件事我记得很清楚。改编后我任骑兵团政委，赵国卿任团长。

三、关于庆阳游击队

庆阳游击队（开始叫游击队，后发展了称支队）第一任队长是杨培盛（指导员马仰西，以后是王宝珊）。阎家洼子会议后我任庆阳游击队政委时，队长是邵怀德（白军部队哗变过来的），这个人后来走了，支队长由张志孝担任，我还是政委。以后庆阳游击队的骨干编入了红2团。庆阳又有了几支新游击队。

四、关于南梁会议恢复陕甘边区特委问题

陕甘边区特委原来设在照金，薛家寨失守后，特委委员有的牺牲了（如周冬至、王满堂），有的分散活动了，秦武山、习仲勋转移北上，我在关中带游击队。特委不健全了，因此包家寨会议主要是军队干部参加，习仲勋没有参加，我也没有参加，特委书记秦武山参加了。由于特委不健全，所以后来在南梁寨子湾崖畔上一个场里开会，决定重新组成陕甘边区特委。你们问这次会议可不可以叫“恢复”特委的会议，也可以叫“恢复”，或者叫“恢复”特委机关。这次会上决定我任书记，张邦英任组织部长，从42师部队上调了一个党员班长张进元当宣传部长（不几天就回去了）。特委机关住在南梁，就是革命委员会后面的一个庄子。从薛家寨失守到这次会议，有半年时间特委不健全。

五、关于陕甘省

中央红军长征到达陕北后，取消了陕甘晋省委，另外成立了两个省，一个是陕北省委，一个是陕甘省委。不久，朱理治调走，中央派李富春任陕甘省委书记，这时我已不在陕甘，北上到陕北神府去了。

关于阎家洼子会议的时间。你们说关于陕甘边区党的任务的《决议》上是7月，要是有就是阴历，阳历应该是8月。这个决议是阎家洼子会后产生的，以前没有帮助陕北建立一师红军的提法。陕北游击队总指挥部是7月成立的，阎家洼子会议应该是在阳历8月后开的。

陈云在东北解放战争中

1988 年 9 月

1945 年到 1949 年，陈云在东北先后任过东北局常委、北满分局书记，东北局副书记、南满分局书记，沈阳军管会主任，以及与这些职务相适应的北满军区政委、东北军区副政委、辽东军区政委，还兼任了东北财经委员会主任。当年，我在陈云领导下工作，亲身感受和目睹陈云在东北工作期间，总是坚持深入群众，调查研究，一切从实际出发，高瞻远瞩地提出问题和解决问题。特别是在具体落实中共中央关于《建立巩固的东北根据地》的指示和其他战略方针方面，作出了重大贡献。

关于东北战略的决策建议

1945 年 9 月 16 日，陈云由延安飞抵东北。同年 11 月 16 日至 1946 年 6 月，主持北满分局工作。当年，国内外和东北的政治、军事形势，正处在一个风云变幻、错综复杂的时期。日军投降，苏军驻留，党中央从全国调派大量主力部队与干部先机进入东北，以及全国各战区配合作战，阻滞国民党军北进，还有苏军不允许国民党空运或海运部队去东北，等等，这无疑对我争取东北十分有利。但另方面，我在东北尚未取得全局的优势，广大群众尚待发动，他们对国民党蒋介石仍抱有幻想，大批的土匪和反动武装尚未肃清，根据地的建设已成为一个突出的严峻任务。我党与国民党蒋介石争取东北的战争不可避免即将展开。而苏联由于中苏条约的约束，又不可能给我们超出条约范围的帮助。在这种情况下，如何看待形势，制订正确的战略和工作方针，就成为当时一个至关重要的问题。而这，又不能不经过一个认识过程和统一思想的过程。

为了正确地分析时局与制定对策，陈云从 9 月至 11 月在沈阳、哈尔滨、松江省的宾县进行了周密的调查研究。他以毛主席 1945 年 8 月 13 日所作题为《抗日战争胜利后的时局和我们的方针》的报告为指导，通过对国际形势、苏美政策、国民党战略和国内各阶层与中共各级干部的政治思想动向的分析，逐步形成了全满战略的构想。

11 月下旬，在他主持下，与北满分局的主要成员高岗、张闻天等一起，在哈尔滨的一个小楼上，针对干部中的混乱思想与东北局的领导状况，经过三天讨论，写出了关于全满战略的重大决策建议，即《对满洲工作的几点建议》(1945 年 11 月 30 日)。这一具有历史意义的文献，对客观形势、全满战略、分歧意见和应取的工作方针与作战方针，做出了全面的正确的阐述。当中共中央在 29 日只收到电文的一半时，即复电表示完全同意。事后，毛主席从实际出发，参考陈云、李富春、黄克诚、林彪等人的意见，为中共中央拟定了关于《建立巩固的东北根据地》的指示，即中共中央的"十二月指示"。这个重要决策完全肯定了陈云等同志提出的建议。刘少奇也于 12 月 24 日与 31 日对东北局提出的新方针发出了电示，要求东北局领导同志应"以主要力量建立东、北、西满根据地"，指出对当时东北的整个部署，"觉得是很危险性的"。这也完全肯定了陈云提出的建议。

北满分局进驻宾县后，为了落实中共中央"十二月指示"，具体制定了建设北满根据地的方针政策，以统一干部思想、做好战争准备。陈云经常深入到宾县、通河、方正、木兰等县做调查研究工作，开座谈会。由于陈云亲自主持会议，并引导与会同志沿着提出新问题、研究新问题、解决新问题的路子进行思考，座谈会开得很生动、很活跃，做到了畅所欲言，集思广益。陈云还经常把已经考虑成熟的问题向座谈会作明确的阐述。有时还利用召开干部会或向才从关里来的干部做形势报告的机会，具体阐述党中央"十二月指示"精神。所以凡是听过陈云谈话、座谈、报告的同志，无不感到深受教益，深感工作方向之明澈而正确。

陈云当时说：东北，因为它具有重要的战略地位，不仅是国内而且是国际革命与反革命争夺的一个焦点。如果美蒋控制了东北，便将切断我革命根据地同苏联、朝鲜、蒙古的联系，并对全国解放区形成南北夹击之态势，使中国革命处于不利的地位；反之，如果我们控制了东北，则不但可以摆脱我党革命根据地长期处于被包围的局面，而且可以使东北与冀、鲁、热、察四省老根据地处于连成一片的局势中，依靠东北发达的工业、军工，丰富的能源物产和发达的铁路运输等优越条件，建成北靠苏联、东邻朝鲜、西有蒙古的战略基地，使中国革命立于不败之地。对此，东北党内、军内的干部思想基本是一致的。

但是，具体到怎样落实中共中央的战略方针与“十二月指示”，制定具体的工作方针与作战方针时，大家的认识即不太一致了。在这种情况下，陈云当时常常提到这样一些问题：

（一）苏联出兵东北，消灭日军主力——关东军，是日本投降的重要原因。苏联政府为了世界和平与亚洲和平，一方面要把沈阳、长春、哈尔滨三大城市与铁路干线移交国民党政府，另方面也尽可能援助革命力量发展，他们是希望我们在满洲胜利的。

（二）苏军既要执行“中苏条约”，同时也要拒绝美国势力进入满洲。我们对于这种政策和国内外敌人的和平宣传应持正确观点，不理解苏联政府和幻想和平都是错误的。

（三）当前有无可能独占东北或独占三大城市和长春铁路干线？应采取什么方针才能改变敌强我弱的客观形势，达到转弱为强，取得全国的优势？应怎样经过建立根据地，以乡村包围城市进而取得城市？

（四）当时在三大城市应该做些什么工作，其目的是为建设根据地服务，还是要立即占领三大城市？

（五）在北满建立根据地的意义、主要区域与主要措施。

（六）不经过与国民党反动派长期、艰苦而严重的斗争和战争，是否可能取得全满优势？

（七）应否把相当数量的老干部与大部分干部派到东、北、西满去从事剿匪、发动群众、建设根据地的工作？特别在苏军尚未撤退回国前，有它代为把守中长路干线，我们力量部署的重点应放在南满还是东西北满？

对于这些问题，陈云坚持了中共中央的正确路线，做出了正确的回答。

由于对上述这些问题认识的不一致，于是“战争与和平”“城市与乡村”“优势与劣势”以及“应怎样看待主要矛盾（由民族矛盾到阶级矛盾）的转变”和“应怎样对待苏军援助”等问题，便成了当时人们最关注和急待解决的问题。

在我军先机进入东北的头几个月，正是由于在一部分领导干部头脑中存在着幻想和平，认为我军已占优势；忽略主要矛盾的转变和低估敌伪残余势力，而采取错误的建军方针；要求苏军超越“中苏条约”给我军以特殊的帮助等等思想，便产生了希望立即独占东北，独占三大城市，“一战和平”，过早地与敌人拼主力等等失误。这样，就使落实中共中央的“十二月指示”、建立巩固的东北根据地，以阻击国民党军进攻等问题遇到了困难。陈云从实际出发，及时地向中共中央、东北局提出了上述全满战略的决策建议，从政治上、军事上与理论上，为全东北的解放战争指明了方向。

《建议》中写道：“我们必须承认，首先独占三大城市及长春铁路干线以独占满洲，这种可能性现在是没有的。因此，当前在满洲工作的方针，应该不是把我们的全部注意力集中于这三大城市，而是集中必要的武装力量，在锦州、沈阳前线给国民党部队以可能的打击，争取时间。同时，将其他武装力量及干部，有计划地、主动地和迅速地分散到北满、东满、西满，包括广大的乡村、中小城市及铁路支线的战略地区，以扫荡反动武装和土匪，肃清汉奸力量，放手发动群众，扩大部队，改造政权，以建立广大城市外围及长春铁路两侧的广大巩固根据地。我们必须经过战争及根据地之建立，以达到包围歼灭大城市之敌及钳击长春铁路干线，使我们能够在同国民党的长期斗争中取得全局的优势。”决策建议还对东北具体工作方针与作战方针做出了全面的阐述。陈云在战略决策问题上的正确判断和建议，体现了陈云实事求是的独创精神与革命气魄。

陈云在平时谈话、座谈会与报告会上，对上述决策与中共中央的“十二月指示”，以形象、明晰、深入浅出的语言，做过多次阐述。他说过：当时东北所面临的形势是个“美蒋必来，水涨船高”和“敌强（有美援蒋）我弱（群众没有发动进来）”的形势，即使美国因《雅尔塔协定》约束不能直接出兵东北，但由于东北战略地位重要，它必然继续为蒋军运兵、运军火，也等于美国势力到了东北。我们必须通过剿匪、发动群众、建立巩固的根据地，自己解决兵源问题。他始终坚持建设根据地的方针。他常说：因为有苏军的存在，日军的投降，我军先机进入东北，这是个“万事俱备，只欠东风”的好形势。他说：我们所指的“东风”，就是巩固的东北根据地，只要有了根据地，我们就是战无不胜的。他还说：不抓紧建设根据地，却在没有群众基础与武装力量作为后盾的情况下，对敌伪残余与封建势力的武装成建制地收编加委，或轻率地只派几个干部去接收由国民党加委的政治土匪、敌伪残余组成的维持会所控制的县城，那是一种“肉包子打狗，有去无回”的方针，是一种错误的建军方针与错误的工作方针。

因此，陈云在北满多次号召：所有党政军干部，凡是可以离开机关的，都要到农村去，集中力量做剿匪、发动群众、建设根据地的工作，为打人民战争解决兵源、粮源和后方稳固问题。他强调说："现在的大城市只是个旅店，广大的农村才是我们的家。""不论是中央委员还是区委委员，都是群众一级干部，都是下乡当工作队员。""这可以叫作'大官'做'小事'，这种'小事'，对于当地工作来说，就是世界革命。"这种由党政军干部组成的工作队、工作团、武工队，去做群众工作，去稳步地、一片一片地肃清敌伪势力与土匪、地主武装，建立根据地的方针政策，可以叫作革命的"蝗虫政策"。不这样做，便不会有根据地，便不会有真正的优势，就解决不了兵源、粮源与后方问题，就谈不到打人民战争。对于宾县的群众工作，他经过调查了解，曾做具体指示说：全县20多万人口，开始派了20多名干部在县城里做工作，到处找工人，连剃头的也算上，不过1000多人。发动了半个月，还是那么多。那么，一个是20几万，另一个是1000多，毫无疑问，应抓20几万。他说："应该确定，县委就是民委，民委就是农委。不只在省、市与全东北，就是在县里，也要把工作重点放到农村。发动农民是建立巩固的东北根据地的关键。""农民不发动起来，我们就'不得了'，就会死无葬身之地。农民发动起来了，我们就'了不得'，因为有了根据地才会有人民战争。中国革命就立于不败之地。"

为东北局起草《东北的形势和任务》的决议

1945年11月国民党军占领山海关后，很快占领锦州、沈阳，并立即以沈阳为基地向周围扩张，先后占领了辽阳、鞍山、海城、营口、抚顺、铁岭、法库等地。1946年4月上旬，敌军又沿中长路北犯四平，南攻本溪，向我军展开了全面进攻，妄图一举消灭我军，以独占东北。这正是毛主席、刘少奇先后向东北局指出应予以预防的那种被动局面，也是陈云向东北局建议中所担心的问题。在敌军占领四平、长春、吉林后，党内、军内的干部思想出现了十分混乱的现象，许多同志对东北斗争的严重性和长期性认识不足，缺乏长期作战和做艰苦群众工作与创建根据地的精神准备，少数人甚至对革命的前途丧失了信心。

陈云预见到必然发生这种严重局面，他除及时提出了全满战略建议外，还多次给东北局发电报提出正确的具体建议。1946年2月25日致电东北局，写道：“（一）北满情况（估计东、西满类似）。甲、国民党勾结之土匪蜂起，占据我战略要点，四处袭击我新部队及我占之县城。乙、国伪匪所占北满县城有三分之二，武装抗我接收。丙、人民盲目盼望中央军，对国、匪与我取中立态度。丁、苏军不让我进攻长春路县城，并令我退出已占之县城，其他铁路线上不干涉，但也不帮我进剿。戊、我二万五千新兵，政治上极不巩固，且有两面派，整营整连哗变，棉衣缺一半，无战斗力，无力剿匪攻城。已、北满区尚只有老兵一千二百人。（二）估计美蒋全力北来，苏联不能额外助我，依靠现在东北主力，已无独占东北可能，下决心放弃独占东北的打算，应立即执行中央创造根据地的指示，将适当数量的主力以迟阻蒋顽北进为目的进行作战外，将必须数量的主力及干部分散东西北满（北满至少还要五个主力团），带领新部队肃清反动，创造根据地。如再犹豫，将既不能独占东北又无依靠的根据地，使东北与全国的革命处于不利地位。（三）我们不知全国与南满情况，亦未见东北局通报，所提意见适当否，恳盼示复”。

与此同时，北满各省在北满分局领导下，认真执行了中共中央关于《建立巩固的东北根据地》的指示。正如陈云为北满分局起草的给东北局并转报中共中央的关于《北满根据地建设的发展情况》报告（1946 年 4 月 20 日）所反映的那样，分局向各省市提出的总方针很明确，那就是：“必须将北满建设成为全东北的大后方和最巩固的根据地。”具体任务规定得很明确，即（一）继续积极主动地肃清残匪。（二）把发动群众作为工作的根本。（三）使北满成为兵源及练兵的基地。由于执行了中共中央的“十二月指示”，所以北满的局面旋即顺利打开，“经过了八个月的工作，我在北满已掌握主动”。这种工作效率与成果，是中共中央的正确方针与广大群众相结合的必然结果。

北满分局与北满各省市的领导同志一起，经常深入各条战线第一线现场，向干部、群众调查研究，做具体指导，运用认识与解决问题的科学方法，突破一点取得经验，以推动全局工作。所以北满建设根据地的工作，与李富春领导的西满地区一起，比起战争频繁的地区来，先行了一步，并且取得了建立巩固的根据地的工作经验。

1946 年 6 月，东北局撤到哈尔滨，这时中共中央关于《建立巩固的东北根据地》的指示尚未在全东北贯彻执行。为此，中共中央再次重申了 1945 年 12 月中共中央关于《建立巩固的东北根据地》的指示，电告东北局要“做长期打算，为在中小城市及广大乡村建立根据地而斗争”。6 月 12 日，中共中央又发出关于东北局干部分工问题给东北局的指示，改组了东北局的领导机构。此时北满分局撤销，陈云任东北局副书记兼东北民主联军副政委。改组后的东北局，为了解决党内、军内的干部思想问题，为了在全东北所有地区普遍落实中共中央一再重申的关于《建立巩固的东北根据地》的方针指示，决定在 7 月召开东北局扩大会议。由于陈云对东北的工作方针与作战方针多次提出许多正确的建议，并被实践证明是完全正确的；并且由他主持北满分局工作时坚持执行了中共中央的“十二月指示”，取得了建设根据地与为解放战争解决兵源、粮源与后方问题的经验，东北局乃在会前委托陈云起草了提交会议讨论的决议草案，即东北局关于《东北的形势和任务》的决议（简称“七七决议”）。它的制定和执行，使中共中央的路线与战略决策得以落实，使东北地区的工作发生了具有历史意义的转折。

陈云为了把决议草案写得切合实际，做到实事求是，会前曾分别向东、西、南、北满的领导同志了解情况，调查研究，进行座谈，倾听与探讨对形势任务和建设根据地的看法及具体意见。他亲自写出了文件的草稿后，还征求了大家的意见，做了修改。所以东北局七月会议通过的题为《东北的形势和任务》的决议，是一份完全体现了中共中央指不精神、符合东北的客观实际、集中解决了许多悬而未决的思想问题，并制定了正确的工作方针与作战方针的历史文献。它充分评估了当时敌强我弱的客观形势和我们的弱点与问题。具体规定了当时的任务，即“克服和战问题上的混乱思想，准备以长期艰苦斗争取得和平”；“坚持中央关于建立巩固的东北根据地的正确方针”；“应向全党全军明确指出现实的斗争和战争的目的，这正是目前党内所含糊不清的问题”；“在敌强我弱的条件下，我军作战的原则，不在于城市和要点一时的得失，而是力求消灭敌人”；“适应长期战争和创造根据地的方针，必须在军事、剿匪、民运、土地、财经、后勤、民兵、交通、城市工作、文化和建党、建政等方面，根据具体情况，规定各种政策”；“造成干部下乡的热潮，克服干部中的错误思想”。决议还明确指出了东北斗争的光明前途。会议通过这一决议后，陈云又根据讨论提出的意见做了修订。决议上报中央后，又经过毛主席亲自修改，中共中央便于 7 月 11 日批准了这一历史性文献，从而把东北工作推入一个新阶段。

会后，东北局从三个方面采取重大措施，为落实“七七决议”做出了努力，改变了东北工作与作战的被动局面。这些重大措施是：

（一）东北局与省市委的主要领导同志亲自传达“七七决议”，着重以中央的战略方针与建设根据地的指示精神，解决干部思想问题，统一东北全党全军思想，要充分发动群众，在东北建立起巩固的根据地来，我们必胜。从此，建设根据地的思想，在干部中占了主导位置。

（二）动员 1.2 万名干部下乡发动群众，进行土改、剿匪、建设根据地。陈云说：“干部下乡，不分男女、新老及哪一级干部，都要下去。军队每个团都要抽三分之一指战员下乡。下去要当参谋，参群众之谋。城市、机关、学校工作都可以放松一点，受些损失都可以。乡村工作的比重，应占全部工作的百分之八十。”还说：“能否发动农民是东北斗争成败的关键。”

（三）动用主力部队与地方武装和工作队一起进一步开展剿匪、搜山斗争。大大小小的“座山雕”与散匪及地主武装，在我军民强大的攻势下，被迅速消灭了。这对于发动群众，建设根据地，是具有决定意义的措施。

传达和贯彻执行“七七决议”和中共中央的“十二月指示”后，东北的工作发生了历史性的重大转折。由于有了群众，有了根据地，有了人民战争，东北的工作与东北的作战发生根本上的转变，为后来“四保临江、三下江南”，夏、秋、冬季攻势，以及辽沈决战的胜利，打下了牢固的基础。

坚持南满斗争，粉碎敌人“南攻北守、先南后北”的战略方针

国民党军侵占四平、长春、吉林后，气焰虽然十分嚣张，但由于它为了控制和巩固已占地区，不得不把有限的部队过分分散进行守备。从全国战局来看，国民党军已陷于无法解脱的矛盾之中。在关内人民解放军、各解放区全面作战的牵制下，国民党军已无力向东北增兵。1946 年 10 月中旬，蒋介石亲临沈阳，制定了要在东北实行的“南攻北守，先南后北”的战略方针，妄图集中兵力先吃掉南满我军与南满我根据地，然后集中全部兵力进攻北满，以实现其独霸东北的美梦。从此，南满战场进入了最艰苦的阶段，一度成了东北战场的焦点或主要战场。

这时，中共中央与东北局十分重视南满的斗争，发出了多次电报、指示，准备作最艰苦的斗争。当时陈云过度操劳，已影响到了他的健康，但在东北局七月会议后，他还是自告奋勇，建议亲赴南满，领导南满的工作。经东北局同意，报中共中央批准后，他兼任了南满分局书记、辽东军区政委。

萧劲光任司令员、副书记。已在南满主持工作的萧华任副书记、副司令员、副政委。1946年10月27日，陈云、萧劲光从哈尔滨动身，途经牡丹江、图们，取道朝鲜去辽东。途中，在宁安县斗沟子车站发生了撞车事件，在搬道工的紧急处置下，避免了灾难，但因铁路被毁，误了行期，11月27日才到达辽东军区所在地临江。

那时，南满敌军已占绝对优势，我南满根据地只剩下临江、长白、蒙江、抚松四个县和两道大沟。陈云在党政军领导干部会议上，传达了中央与东北局的有关指示，肯定了过去一年多南满艰苦斗争的工作成绩，也指出了工作缺点，并号召要注意加强团结。同时宣布了经中央与东北局批准成立的南满分局及分局与军区领导成员名单，说明了由分局统一领导党政军工作对于坚持南满斗争的意义。这时，第四纵队刚刚在新开岭打了一个大胜仗，全歼敌五十二军之二十五师，俘敌6500余人，是一个重大胜利，振奋了士气。但由于大敌压境，局势严重，敌我力量对比过于悬殊，在干部中对能否坚持南满斗争的意见很不一致，而且三纵、四纵已做了要过松花江与北满主力会合的准备，地方武装也做了要上长白山打游击的准备，部分辎重物资已按照东北局指示陆续向大连、朝鲜转移。陈云到达时，所遇到的正是一个意见纷纭、举棋不定的局面，也是要求分局立即做出战略决策的关键时刻。

为了对去留问题做出正确决策，陈云用了半个月时间，向干部、群众和从敌后回来的同志们进行了周密的调查研究。他在极其艰苦的条件下，夜以继日地工作着。当时，摆在面前的主要问题是：从全满战略着想，要坚持南满斗争，要坚持江南与江北两个战场，坚持南满战场可以牵制国民党军兵力，对于东北解放战争的全局十分有利，这种认识在领导同志中基本上是一致的。但是对于能不能坚持和应该怎样坚持，在领导同志间与干部、群众中，意见就很不一致了。陈云为了广开言路、集思广益，走群众路线，召开过多次座谈会，依靠组织和集体的智慧，进行过多种形式的探索和讨论。大家认为，南满的形势确已十分困难，与全副美械装备的敌军相比较，敌强我弱的形势十分突出。我军主力与机关只有三四万人，被围于长白山脚下的狭长地带。四个县只有23万人口，在兵源、粮源、后方与支前等方面均有困难。土匪、特务、伪警、地主武装配合国民党进攻，蜂起作乱。而广大群众又未充分发动起来，分不清国、共、匪本质，盲目正统观念严重，根据地尚待进一步巩固。部队在零下40度的严寒中作战，又缺少棉衣、帽子、手套等御寒工具；特别是在敌后作战的部队，吃住尤其困难，有时还要在雪地里露营，因此部分战士、干部情绪低落，希望北上。

南满分局在上述情况下，为了牵制国民党军北犯，支持江北根据地建设，在几个问题上统一了认识：

（一）南满必须坚持。因为它的战略地位对东北战局至关重要，不坚持南满，国民党军便会集中全力北进，我军全满战略便有失利的可能；只有粉碎了国民党军“南攻北守，先南后北”的战略部署，才能牵制敌人，保证东、西、北满根据地的建设。南满是个人口多，工业发达，铁路交通顺畅的地区，不能使它落入敌手，充当敌军进攻北满的基地。为使我东北根据地保持与大连（苏军军管区）、朝鲜以及冀、鲁、察、热老根据地的联系，也必须坚持南满战场。

（二）南满能够坚持。国民党军队虽然装备优越，但它的致命要害是得不到人民群众的支持；它占据了许多城市，实际上是背上了包袱，需要分兵把守；国民党军兵力过分分散，调动频繁，不能不常常“割肉补疮”；在连续不断的战事中，它的老兵在减少，新兵在增多，部队的素质日益下降。我军的情况与它不同，我军在新开岭的胜利，证明国民党军是可以击败的。在关内战场的呼应与配合下，南满战场不是孤立的，何况人民的部队与人民群众存在着天然的血肉关系。

（三）坚持南满斗争的主要方针。当时最大的困难是群众还不完全了解我们，部分群众在国民党特务与地方官员的宣传下，认为蒋军是国军，国民党政府是国家政府。我军的兵源问题一时不容易解决，要采取特殊的措施。陈云在给东北局的电报中写道：“经一再研究，兵源来源如下：1. 争取伤兵70% 归队；2. 采取俘虏 50% 上连队；3. 地方动员 1000 名新兵；4. 把机关及警卫人员精简上连队；5. 讲究战术减少伤亡，巩固连队减少逃亡；6. 大连扩兵大体只能补充辽南。”在这种困难情况下，坚持南满斗争的主要方针只能是以我军主力部队调动与牵制敌军主力，集中力量加紧发动群众、建立巩固的根据地和以战养战、发挥南满战场对东北解放全局的应有作用。

分局与军区的主要领导同志认识一致后，便由萧劲光、萧华在七道江召开了师以上的干部会议，讨论南满形势、作战方针、军政教育训练工作。会上，对于坚持不坚持与怎样坚持展开了讨论，分歧很大，愈争愈烈。会议进行了两三天，做到了畅所欲言、各抒己见，但分歧始终相持不下，做不了结论。这时还得到情报说，敌军两个师由梅河口、辑安正在向此间进犯，主要目标是进攻分局所在地。因此，军区领导不得不立即请陈云亲临会场，对战略方针做出决断。

13日晚10时，在滴水成冰的黑夜里，陈云冒着暴风雪，赶到了七道江会场。这时与会同志都在担心他的健康，一面烤着火，一面等他来做结论。当看到他并未被冻倒时，大家才放心了。陈云和大家互相致意后，紧迫的气氛缓和了。当同志们要他立即做出结论时，他谦虚地说，你们都是搞军事的，我想听听同志们的意见，主意要大家出，办法要大家想。当他听清了大家的争论，又经过细致地询问，才引导会议进一步讨论他提出的问题："南满地区有没有文章可作？"会议直到凌晨3时才休会。

次日上午，陈云亲自主持会议，但还是不肯立即做出决定。当时陈云如果做结论，是可以解决大家的分歧，统一大家的认识的。然而他没有这样做，而是坚持让大家把话讲完。他倾听着，不断地从各方面提出新问题，不做肯定性的讲话，而是引导会议从争论到探讨，冷静地思考。会议又进行了一天。当晚又复会时，他才进一步提问："南满能容纳多少部队？"同志们知道是要在南满作大文章了，才相继回答说：要作大文章的话，长白山正面可以放一个军，本溪、抚顺外围可以放一个军，安东一线可以放一个军。但意见并不一致。这时，陈云终于做出了决断。他说：我代表分局向同志们宣布，我们不走了，我们都留在南满，一个人也不走。我们留下来要当孙悟空，要大闹天宫，要在长白山上打红旗，摇旗呐喊，把敌军拖在南满。

他首先阐述了党的全满战略，南满战场对于东北战场全局的重要作用，以说服持不同意见的同志。其次，他用形象的语言说明，坚持南满战场是争取东北解放战争胜利的关键。他说：东北的敌人好比是一头野牛，牛头、牛身子是朝着北满去的，在南满留了一条牛尾巴。如果我们揪不住这条尾巴，那就"不得了"，它是会横冲直撞，南满保不住，北满也危险；如果我们抓住牛尾巴不放，那就"了不得"，敌人就进退两难。因此坚持或不坚持南满斗争，对于东北全局来说是个关键的环节。陈云具体权衡比较"去"与"留"的利弊得失说，"南满的战略地位很重要，要坚决守住，不能丢，如果我们五个师北上北满，敌人在南满能解除后顾之忧，它就会有十个师跟着进犯北满，就会打乱东、西、北满的根据地建设。就算我们两个纵队都到了北满，最多能对付敌人一个军。但是，我们都留在南满不走，便可以牵制敌人四个军”。他还用算细账的方法进行说服工作，他说：“如果不在南满坚持了，要向江北撤退，部队过长白山要损失几千人；我们撤到北满，敌军势必尾追而来，还要打仗，又会损失几千人；由于南满撤退了，敌军就会集中全部部队进攻北满，那时，北满也可能保不住，难道还能撤到苏联吗？即使无奈，部队只好继续北撤，撤到苏联境内，但我们都是中国共产党人，都是中国共产党领导下的人民军队，不能总住在苏联，总有一天还要打过黑龙江，打到北满和南满，在那些战斗中，又会损失几千人；而且，主力北撤后，留下来的地方武装，会遭到很大的损失。这样算来，前前后后在一起，会损失一万多人，等于北面老部队的一半。相反，如果留下来坚持南满斗争，部队可能损失四分之三，甚至五分之四，但主要能在南满坚持，在东北的全盘战局中便有个掎角之势，就能牵制大量敌军。使东、西、北满得到时间，把根据地建立起来，解决兵源、粮源、后方问题，东北的解放战争就可以进入反攻。”他做出结论说：“两相比较，还是坚持比撤退损失少，况且敌军在南满兵力也不足，我们留下来坚持南满斗争是完全可能的。”陈云的决策，平息了会议的争论，统一了同志们的思想，提高了大家对全满战略的认识水平，为粉碎敌人“南攻北守，先南后北”的战略部署奠定了基础。

七道江会议后，经过传达与工作部署，在萧劲光、萧华等同志的指挥下，作战的形势改变了，整个南满的形势改变了。同志们都把陈云的三个决定，称为“三槌定音”，说陈云像乐队指挥那样，统一了干部、群众的思想和步调。一是他在七道江会议上的上述决策，称作“第一槌定音”，因为它决定了南满根据地的命运。二是关于应由哪个部队到敌后作战，迫使敌军从我军占区周围调兵回去保“家”，以减轻对我根据地的压力，这比大家都在正面与敌人硬顶，拼主力要好得多。由于四纵主动请战，陈云当即批准了这一请求。但究竟应去多少部队，仍是要进一步决策的问题。陈云说：“一个纵队全部出去，这样才能有足够的力量深达敌占区各个要点，才能有声势去大闹天宫，才能使我军民在山上与山下相互呼应，打乱敌军的部署。”同志们把这一决策称为“第二槌定音”。三是要为即将开赴敌后作战的四纵队解决困难，包括由军区解决与四纵的情报联系问题，由军区处理新开岭战役的俘虏，由地方解决部队的棉衣、帽、鞋问题。当提出要由地方部队为四纵补足减员时，又遇到了困难。陈云说：“没有野战军就没有地方武装的存在，把部分地方武装补充给野战军是顾全大局，一定要交，交出去之后如果地方丢了，由我承担责任。”同志们把这一决定称为“第三槌定音”。从此，南满战场与南满根据地在陈云与分局、军区、各省委同志领导下，得到了进一步扩展和加强，对全满作战发挥了应有的支援作用。

在北满军民“三下江南”的配合下，南满军民取得了“四保临江”的重大胜利。后来，经过东北全军与广大人民群众发动的夏、秋、冬三季攻势，在东、西、南、北满各根据地的支援下，东北形势由被动到主动，由防御到进攻，彻底扭转了东北的战局。这对于1948年取得辽沈战役的伟大胜利是至关重要的。

南满战场与南满根据地站住了脚跟，发挥了扭转东北战局的作用后，陈云因病离开了南满回到了东北局。当时东北的解放战争已进入大反攻，接近决战的时刻；巩固的东北根据地已经建成，在解决人民战争的兵源、粮源与后方依托方面发挥了应有的作用。由于经过夏季、秋季、冬季攻势后，东北解放区已占东北全境面积的90%以上，拥有大中小城市的绝大部分，只有沈阳、长春、锦州、鞍山等12个孤立据点仍在敌手。因此，东北局于1948年3月做出决定：党的工作重心要逐步由乡村转入城市；把东北局与各省、市、地、县委的民运部改为城市工作部。陈云直接参与领导和亲自主持了与此有关的一系列重要工作。他兼任东北行政委员会党组书记和东北经委会主任，进一步加强了党对政府工作、财经工作和城市工作的领导，拟定了正确对待和处理新接收企业中的职员问题等一系列的政策措施，把多项经济建设和城市建设工作推向一个新阶段，从而更有力地支持了战争。在东北最大城市沈阳解放前夕，他亲自主持了沈阳接管工作，兼任沈阳军管会主任。他所总结的《接收沈阳的经验》一文，得到中央的首肯，成为人民解放军各个战场接管城市的范例，为党的中心工作由农村转向城市奠定了基础。

陈云在创建巩固的东北根据地和解放全东北的战争中所发挥的重大作用，展现了陈云的马克思主义理论水平，实事求是、理论联系实际的能力，坚持正确意见、敢于担当的魄力。

（本文刊登在《百年潮》2015年第6期）

附录三　纪念文章

浴血奋战陕甘　呕心沥血松辽

——深切怀念张秀山同志

习仲勋　伍修权　马文瑞　张策　张邦英　马洪

中国共产党久经考验的共产主义战士，西北红军、西北革命根据地和东北革命根据地的创建人之一张秀山同志逝世一周年了。我们这些和他风雨共济的老同志，对他充满了深切的怀念。

张秀山同志，1911年7月18日出生在陕西省神木县桃柳沟村一个农民家庭。1926年受第一次国内革命战争的影响，积极参加反帝、反封建、反对蒋介石屠杀共产党人的革命活动。1929年3月，加入中国共产主义青年团，同年秋转为共产党员。

1930年初至1932年6月，张秀山受党的派遣先后在宁夏、甘肃军阀部队做兵运工作。在甘肃靖远组织和领导了甘肃警备三旅部分部队的武装起义，将起义部队改编为陕甘红军游击队第四支队，为在西北地区建立党的武装力量作出重要贡献。

1932年7月，去上海党中央受训。在学习了毛泽东同志关于游击战争战略战术的思想和研究了开展北方游击战争问题后，张秀山回到照金与刘志丹、谢子长、习仲勋等同志一起领导陕甘革命根据地和红军的创建工作。12月，陕甘红军游击队改编为中国工农红军第二十六军红二团。全团有步、骑兵二个连和一个少年先锋队，共计200余人。王世泰任团长，张秀山先后任步兵连连长、骑兵连指导员。在攻打庙湾民团的战斗中，张秀山带领骑兵连率先冲向敌人碉堡，刘志丹率步兵连从山上压下来，敌人龟缩在几个大碉堡中，拼命还击，战斗十分激烈，我军伤亡惨重。张秀山在冲锋时胸部中弹，鲜血从前胸、后背和嘴里涌出，被战士拼死抢下火线。在敌人疯狂搜捕中，张秀山的伤势严重，是村医用大烟水做漱口消毒液，用嘴把他伤口里的脓血和碎骨一口一口吸出，经过近三个月的治疗，张秀山奇迹般地保住了生命。之后，他担任了渭北游击队总指挥部政委。11月，红军主力改编为红二十六军四十二师。总兵力500余人，下辖两个团。师长王泰吉（后为刘志丹）。张秀山所率游击队编入红军主力，不久他被任命为红四十二师党委书记兼骑兵团政委。1934年3月底，红四十二师从照金根据地出发，一路向北，八战八捷。4月，在攻打三里源战斗中，杨森同志负伤，张秀山接任红四十二师政委。

1934年5月28日，中共陕甘边特委恢复，张秀山任特委书记；成立陕甘革命军事委员会，刘志丹任军委主席；习仲勋任陕甘边区政府革命委员会主席；杨森任四十二师师长，高岗任政委。这时红军和根据地已形成了坚强的党、政、军的统一领导和指挥。至1934年秋，陕甘边根据地扩展到周边18个县，红军主力部队发展到5个团，兵力达1000余人；加上各县的地方游击队，总计1500余人，陕甘边红色根据地发展到了一个新的阶段。

1935年2月，西北工作委员会、西北革命军事委员会成立，统一了陕北和陕甘两个根据地的领导。张秀山任西北工委常委、宣传部部长。这时，蒋介石调集7个师、5万兵力对陕甘边、陕北根据地发动更大规模“围剿”，红军在西北军委主席刘志丹的指挥下，转战千里，连战连胜，毙俘敌3000余人，将红色根据地扩大到30多个县，红军主力发展到5000多人，地方游击队达4000多人，使陕甘边、陕北苏区连成一片，彻底粉碎了敌人的“围剿”，为中央红军长征的目的地确立在陕北奠定了基础。张秀山作为红二十六军和陕甘根据地的重要创建人之一，为红军和根据地的建立和发展出生入死，作出了巨大贡献。

正当我西北红军取得胜利之际，“左”倾机会主义者篡夺了西北工委、军委的领导权，开始了耸人听闻的肃反。他们先后逮捕了张秀山和刘志丹、习仲勋、马文瑞等一大批西北红军和根据地的领导干部，杀害了200多名红军和地方的基层干部。在残酷地迫害之后，他们准备杀害刘志丹和张秀山等领导人。在革命的危机关头，1935年10月19日，党中央、毛主席率领中央红军到达陕北。立即派红军保卫局长王首道等同志急赴瓦窑堡，释放了全部被抓的红军干部，西北革命得以挽救。

1936年3月，中央调张秀山到中央直属的神府特委工作，先后任组织部长、军分区司令员兼政委、特委书记。毛泽东同志指出：“神府虽然不大，但这个地区很重要，是个抗日前哨！”周恩来副主席亲自给张秀山部署了工作任务。神府，是秀山同志的家乡。这次回来，得知曾冒死从反动当局手中救过自己性命的父亲及亲属数人被“左”倾机会主义杀害。他从革命大局出发，一面做亲属的工作，一面派人把那些躲藏起来的同志找来，教育他们记取教训，努力工作，有的同志后来还受到重用和提拔。他的这种高风亮节受到神府人民的广为称颂。由于神府的重要战略地位，国民党同我党在这里展开了激烈的争夺。张秀山带领神府军民艰苦奋战，组建了神府红军独立师，并多次粉碎了敌人的阴谋。1937 年初国民党又纠集 7 个团、2 个骑兵营，约 1 万兵力，对神府红军发动更大规模进攻。敌人的包围隔断了神府与中央的联系，形势十分危急。张秀山决定通过国民党报纸，让党中央了解神府的紧急战事，达到制止国民党军队侵犯神府的目的。他指示王兆相师长率独立师深入敌占区榆林一带活动。很快，阎锡山的报纸上惊呼：“共产党人马二、三千，在佳县、米脂一带活动，国军正在围歼之中。”周恩来副主席在西安看到报纸，立即向国民党西安行营主任顾祝同提出严正抗议，迫使国民党停止了对神府的“围剿”。西北局组织部副部长张邦英同志 1937 年底作为党中央代表到神府检查工作肯定了神府的工作。毛泽东主席说：“神府很艰苦，坚持下来很不容易！”

1939 年 9 月，毛主席召集王震、张秀山等同志研究绥德地区国民党反共顽固派制造摩擦的情况。决定由王震的三五九旅接防绥德警备区，王震任司令员，张秀山任绥德特委书记兼警备区政委。绥德，是延安的天然屏障，有着十分重要的战略地位。当时地方行政是国民党当局派出的“磨擦专员”何绍南掌管。1940 年 2 月，我军在王震、张秀山领导下，同国民党开展了针锋相对的反“磨擦”斗争，坚决消灭了反动的保安团。何绍南见大势已去，狼狈逃回榆林。毛主席称赞说：“此次行动解决得好。”绥德经济、文化比较发达，集中了不少有名望的地主、绅士，如后来成为边区政府副主席的李鼎铭先生，边区参议会副参议会长安文钦等，张秀山对他们做了大量的团结说服教育工作。并邀请他们参加绥德警备区第一届临时参议会，这是绥德警备区抗日民主政权建设的新起点。张秀山在贯彻党的抗日统一战线工作方面做出了典范。

张秀山无愧为陕北人民的忠实儿子，为把神府、绥德建成巩固的抗日民主根据地，为保卫陕甘宁边区，作出了杰出贡献。

1943 年 8 月，张秀山任中央党校教务主任。1945 年，张秀山同志作为正式代表，参加了党的第七次全国代表大会。

1995 年 6 月，中国延安精神研究会纪念七大 50 周年座谈会的九位七大代表，从左至右：白治民、朱春和、罗琼、方强、马文瑞、黄火青、张秀山、张邦英、康永和

抗日战争胜利后，鉴于东北在战略上的重要意义，1945 年 8 月，中央决定从中央机关、中央党校、陕甘宁边区机关抽调精兵强将组成干部团，由两个步兵团护送，组成东北支队，去东北开展工作。张秀山任东北支队政委兼干部团政委。刘少奇同志代表党中央同张秀山等同志谈话，强调一定想办法进到东北。东北支队克服千里行军之困难，多次打退敌人进攻，于 11 月 2 日到达沈阳。这批县、团级干部，对建立和巩固东北根据地起到了重大作用。

不久，张秀山随陈云同志去北满工作。陈云同志任中共北满分局书记兼北满军区政委。分局委员有高岗、张闻天、张秀山、李兆麟。张秀山任松江省工委书记兼松江军区政委。

当时北满国民党收编的敌伪残余和土匪有 10 多万人，其中松江省就有 2 万多。而我军主力部队总共不到 1500 人，党政地方干部也不过 60 多人，斗争形势相当尖锐复杂。为创建根据地扫除障碍，张秀山任松江野战军司令员兼政委，在全省展开了大规模的剿匪斗争。至 1946 年末共进行剿匪作战 297 次，毙伤俘敌 2.17 万余人，缴获步枪 5800 支，轻重机枪 216 挺，短枪 396 支，大炮 65 门等。为建立东北根据地创造了有利条件。

1946 年 6 月，张秀山任中共松江省委书记。为落实东北局“七七决议”精神，以张秀山为团长的省委工作团，带领广大干部、战士和青年知识分子深入农村，进行伟大的土地改革运动。张秀山亲自到延寿县农村蹲点。至

1947 年 6 月，全省有 112 万贫苦农民分到了土地，80%的耕地回到了农民手里。培养新干部 7000 余名，发展党员 4000 多名。翻身后的松江省人民为保卫革命的胜利成果，踊跃参军参战，3 年中扩军 12.7 万人，这对于一个仅有 200 多万人口的松江省，不能不说是个奇迹。受到罗荣桓同志的高度赞扬。周立波的小说《暴风骤雨》真实地再现了这段史实。

1948 年东北形势发生根本转变，国民党军队被我百万大军分割包围，伟大的辽沈战役正在酝酿之中。7 月 25 日，张秀山调任中共辽宁省委书记兼军区政委（张策同志接任松江省委书记）。他出色地组织全省军民支援了伟大的辽沈战役。在辽沈战役中，东北人民为胜利作出巨大贡献。铁路工人运往前线的军用物资达 1.9 万多车皮；邮电职工抢架线路，保证了通讯的畅通无阻；工程队冒着敌机轰炸扫射，随军架设桥梁；军工厂为前线补充供应了手榴弹 40 万枚，各种炮弹 95 万发，各种子弹 300 万发等。还有千千万万大车队、担架队，抢救伤员，运送物资。充分显示了人民战争的巨大威力。在三年解放战争中，张秀山为建立巩固和东北根据地和辽沈决战的胜利，历尽千辛万苦，作出了不可磨灭的贡献。

1949 年 3 月，张秀山任中共中央东北局常委、组织部部长兼东北局秘书长、东北局党校校长。解放后的东北，经济建设成为新时期的中心任务，急需大批干部和建设人才。在此期间，张秀山领导全区组织部门，抽调 1.8 万名干部随四野进关南下，为组建中央人民政府、为支援朝鲜战争、为加强经济战线工作配备了大批干部。他在培养、选拔和调配干部等方面取得了突出成就。

1950 年朝鲜战争爆发，中央军委决定，张秀山兼任东北军区副政委。朝鲜战争中，张秀山三次冒着敌军飞机轰炸，深入朝鲜前线，解决志愿军所需物资问题；并会见了金日成，听取朝鲜同志对后勤方面的要求。1952 年初，张秀山深入到东线宋时轮兵团，看到战士因冻伤，造成严重非战斗减员。他立即抓紧解决志愿军的御寒问题；同时打电报报告毛主席，建议从东北军区抽调部队轮换在朝部队。

1952 年，张秀山任中共中央东北局第二副书记兼纪委书记等职。马洪同志任东北局秘书长。这一年，东北经济有了很大发展，国营企业生产总值超过日伪时期最高年份 1943 年的 23.4%，农业生产总值超过 1943 年的 45.2%。张秀山作为东北局的主要领导成员，为东北地区党的建设、干部的培养和经济建设，做出了卓有成效的工作。

1954年4月，张秀山同志在东北局高干会议上因涉及高岗问题受到撤职处分。之后，他在农村和基层工作24年。张秀山同志无论是身居要职，还是在挫折的逆境中，他都坚信党的领导，坚持不懈地努力工作，这是最难能可贵的。他到盘山农场任副场长，将上面派给他的专车交农场公用，让组织给警卫员另行安排工作。他骑自行车深入各分场了解生产情况，挽起裤腿与农工一起下水田劳动，与农工们建立了深厚的感情。他任沈阳学院副院长时，正值60年代困难时期，为将沈农建设成具有一流水平的高等院校付出了极大辛苦，受到全校师生的敬重。

1979年1月，张秀山任国家农业委员会副主任、党组成员，分管全国林业、农垦等方面的工作，同时兼任国务院知青领导小组副组长。他坚决支持农林战线上的各项改革，率领农林部门人员到十几个省区深入农村、农场和林区调查研究。为了抓好国家“三北”防护林体系工程，多次深入三北地区进行考察。他为加快农业经济发展，推动林业建设，为组织落实下乡知识青年有关政策，处理知青遗留问题，作出了积极贡献。

1983年全党整风中，张秀山同志任中共中央整党指导委员会委员，为加强党的建设做了大量工作。在党的十二大、十三大会议上，张秀山当选中央顾问委员会委员。退居二线后，受党中央和陈云同志委托，张秀山和伍修权等其他老同志不辞辛劳主持了《辽沈决战》一书的编辑工作和辽沈纪念馆的筹建工作。

张秀山同志的一生是革命的一生，无私奉献的一生，是一个无产阶级革命战士光辉战斗的一生。他为西北革命，为东北的解放和建设，浴血奋战，呕心沥血，作出了杰出的贡献。

党和人民永远怀念张秀山同志。

（原载1997年8月27日《人民日报》）

张秀山同志在恢复神府革命根据地中作出的卓越贡献

乔钟灵（原四川省政协副主席）

（1985 年 2 月 26 日）

张秀山同志于 1936 年至 1938 年期间，担任中共神府特委书记和神府红军独立师政委等职务。

1936 年春，中共中央派张秀山同志率领一个红军独立营，通过几百华里的敌占区、碉堡林立的封锁线、边打边走到达神府革命根据地。

这时，神府革命根据地的形势处于非常困难的时刻。具体情况是：

第一，神府革命根据地和陕甘革命根据地被残酷“围剿”根据地的敌军分割、切断 1000 多华里，干部上下来往交通极端困难；

第二，当时，神府革命根据地没有电台，向党中央请示工作和报告情况十分困难，也得不到中央的及时指示，一切工作全靠独立自主掌握斗争方向和政策策略。大约在 1937 年 5 月，中央代表张邦英带来电台，通讯情况才有好转。

第三，神府革命根据地原有的 23 个区，只剩下了神木县的一、三、四、五、六区五个区的少部分村庄，其中主要是三、四、五、六区的少部分村庄和野外。我党、我军与残酷“围剿”神府革命根据地的敌军插花相间，与敌人进行艰苦复杂的斗争。神府革命根据地被敌人四面八方、内线外线层层包围，处在一个“孤岛”之中。

上述严重情况，一直到中央红军直罗镇大捷，特别是 1936 年春，中央派红二十八军到达神府根据地，与敌人打了几次胜仗后，形势才大大好转。

但是，1936 年 4 月间，红二十八军由神府根据地渡过黄河，东征到达山西至 1937 年停止内战止，敌军对神府根据地的“围剿”一直还是相当残酷的。

第四，神府根据地由于敌人灭绝人性的残酷“围剿”，我党、我军在经济、粮食和武器弹药方面相当困难，处于弹尽粮绝的困难危险境地，一切给养全靠根据地的广大革命群众支持。

第五，残酷“围剿”神府根据地的敌军，除国民党军队八十六师的三个团、一个旅和两个骑兵营几年来常驻“围剿”外，先后投入“围剿”的还有绥远军孙长胜骑兵旅几个连，晋军陈长捷的七十二师及晋军的一个旅（旅长段树花），还有八十四师的一个团（团长李少唐）。

尤其是双十二事变后，敌人计划乘战争尚未停止的有利时机，妄图一举扑灭神府根据地。

这就是当时神府根据地所处的危险形势。在这种形势下，我党、我军要粉碎敌人的“围剿”，创建、恢复和发展神府根据地，是摆在我们面前的一个艰巨而复杂的重大任务。

在这一艰苦斗争时期，中共神府特委书记、神府红军独立师政委张秀山同志，在党的集体领导下，他的工作做得很出色。其突出贡献有以下几点：

一、向北进攻，恢复和发展了府谷县革命根据地。

神府红军独立师成立后，由师长王兆相、政委张秀山率领部队去榆林诱出延安堡之敌，击溃敌人一个连，缴获步枪十余支。不久又在栏杆堡附近击溃敌人两个连，缴获步枪十余支。

这时，驻府谷的敌骑兵开赴绥远，由八十六师高景明营接防。于是，红独立师向敌军势力较弱的府谷县进攻，打到了敌军深远的后方。之后，独立师与府谷县红军第三营、红三支队、七支队和赤卫队，在前线和后方周密部署和紧密配合下，于 1936 年 8 月的一个夜晚出发，飞速前进，赶拂晓即攻克了府谷县的木瓜，消灭了木瓜的敌民团。第二天，又接连消灭了清水、皇甫和哈拉寨镇等三个地方的敌民团。

以上数次作战的胜利，不仅补充了我军的武器弹药，而且还没收了不少反革命土豪恶霸的财物，恢复和发展了府谷县革命根据地，把广大革命群众又从水深火热的苦难生活中解放出来。

二、向南作战，先打晋军。

1936 年 10 月间，蒋介石、国民党从山西省调来“围剿”神府根据地的敌军，有阎锡山的七十二师（师长陈长捷）。七十二师由佳县向北挺进，先抢占了神府根据地的佳芦县，然后逐步向前推进，又进攻到神木县的五区一带，在神木县的三区与五区交界的花石崖与靠黄河的万镇之间构成了军事封锁线。

敌人在抢占的佳芦县和神木县五区地区，又恢复了国民党的反动统治，编了保甲、合并村庄、修碉堡、建筑工事，层层设防，进行反动宣传，搞所谓“肃反自首”，敌人妄图永久占领神府根据地，并逐步向三区、四区推进，与北面“围剿”我根据地的敌八十六师汇合，企图造成集中南北双方兵力夹击“围剿”根据地的严重形势。

在这个紧急关头，为了粉碎敌人“围剿”，1936年10月1日，神府特委书记杨和亭主持召开中共神府特委第三次会议，即严家山会议。会上，张秀山经过周密的调查和准备，做了全面分析敌情和我军作战的主攻方向的重要报告，提出“向南作战，先打晋军”的战略方针和决策。出席这次会议的同志们一致同意和拥护张秀山代表神府特委做的报告，并通过了粉碎敌人“围剿”，“向南作战，先打晋军”的决议。

为了动员根据地的干部、红军战士和广大革命群众同心同德、艰苦奋斗粉碎敌人的“围剿”，10月10日，独立师在贺家川村举行了实施动员大会。这次大会极大地鼓舞了干部和群众的斗志和粉碎敌人“围剿”的信心。

10月下旬的一天，独立师师长王兆相和政委张秀山率部队绕道敌晋军七十二师驻地的后方——苏泥家村和王寿梁等村，截断敌军各个碉堡之间的电线，使敌军互相失掉了电话联系。10月19日，独立师先派二营隐蔽进至苏泥家村附近埋伏，夜间也埋伏在该村附近。20日晨，敌七十二师以一个营的兵力，分两路向神府独立师进攻，被我军击溃，消灭了晋军的两个连，俘虏连长两名、士兵百余名，缴获轻机枪四挺，长短枪百余支。

作战后，独立师经过休整，又分两路出发，红一团通过晋军大坪村附近的封锁线，在敌后方的王寿梁村击溃敌军一个营；红二团在敌军封锁线之间李家峁村击溃敌军，缴获敌军运输连的30余头骡子和所驮运的一批军用物资。

独立师所取得的胜利基本上粉碎了敌军的“围剿”，迫使敌七十二师放弃了花石崖村至万户峪一带的封锁线，并撤退到佳县的秃尾河一带。

当时，驻守在神府根据地北边的是国民党陕西榆林的敌二十二军，与晋军七十二师相比战斗力更强，他们与红军作战多年，为了维护他们几十年来在陕北的反对统治及所榨取的民脂民膏，作战相当顽强。所以独立师与敌二十二军作战很不利。为此，张秀山在对“围剿”神府根据地的陕军二十二军和晋军七十二师做了详细、审慎的分析和判断后，决定了“向南作战，先打晋军”的战略方针。张秀山之所以能做出果断的决策，绝不是偶然的，这是他多年来学习、研究运用毛泽东的军事理论思想，和与敌军在艰苦战斗中获得的宝贵经验。

三、积极主动开展外交攻势，争取停止内战，开创新的局面。

1936年双十二事变后，敌军一直还在进攻“围剿”神府根据地，很久未停战，并在根据地周围调动集结了大批敌军。妄图乘内战停止的前夕，一举扑灭神府根据地。

在这样的紧急关头，张秀山为首的神府特委专门召开特委会议（当时神府特委没有电台，因路途遥远，得不到中央的指示，只是在与敌军作战，从俘虏的军官口中才获得双十二事变的一些情况），讨论、分析了当前的形势后，主动派出特委宣传部长武开章去榆林和二十二军军长高双成进行停止对神府根据地进攻的谈判，以及派出其他干部去神木、佳县和敌军谈判，终于在神府地区停止了内战，取得很大成功。中共神府特委主动派出干部和敌军进行大胆的谈判，张秀山在这一重大决策中起了极其重要的作用。

四、坚持正确的干部政策。

1936年8月1日，在神府特委会上，讨论红三团改编为神府独立师，由谁担任师长时，会上有一位领导提出由某某同志任师长，张秀山提出仍由王兆相担任师长。因为，在过去的几年中，王兆相任红三支队队长和红三团团长时，对创建、恢复和发展神府根据地有很大功劳，特别是他多年和敌军作战，有丰富的实践经验，有领导红军部队和指挥作战的才能，在干部和群众中有威信，所以，到会同志一致同意张秀山的意见，决定了王兆相担任独立师师长的职务。

五、张秀山有很高的马列主义、毛泽东思想的理论水平，军事指挥才能和领导艺术。

六、张秀山同志谦虚谨慎，平易近人，密切联系群众，在干部和群众中有很高的威信。

今年，我给张秀山写信告诉了写中共神府党史的情况后，他于2月4日给我复信说：“元月22日的来信收到了，你提到的关于神府根据地的情况，我是1936年才去神府的，根据地是你们开创的，我去时，神府的工作已经恢复起来了，我做了一点工作，说不上贡献，不值得一提。你也不必向搞党史的同志谈了。”

从张秀山的复信充分表现了他谦虚谨慎的高尚革命品德和党的优良作风。

从1936年至1937年四五月间停战止，在粉碎敌人“围剿”的紧张激烈战斗历程中，中共神府特委和红军独立师，在党中央的领导下，有计划、有步骤，从容不迫地粉碎了敌人的残酷“围剿”，恢复和发展了神府根据地。

经历了这段艰苦斗争的同志都知道：这不是一般的恢复，而是被敌人抢占了我们的地区，我们又用武力从敌人手中重新夺回来，所以“恢复”就是重新创建和开辟了新的领域。在这一极艰苦的斗争中，张秀山在党的集体领导下，作出了卓越贡献。

忆秀山

王兆相（原军委工程兵学院院长）

秀山同志是我的老同学、老战友。屈指算来，我们有将近70年的友谊。

1929年，我在榆林中学念书，结识了比我早一年入学的张秀山。我们都是陕西省神木县人，都是共产党员，都深恨军阀的黑暗统治，共同语言很多。有一次在校图书馆看过报道红军消息的《大公报》后，我和秀山悄悄地议论：也该在陕北开展革命武装斗争，让我们家乡的人民过上不受压迫、不受穷的好日子。

1930年，陕北军阀井岳秀派军队镇压了榆林中学的学潮，秀山与我先后离开了榆林中学。一年多以后，我来到南梁，在刘志丹、谢子长领导的陕甘游击队与秀山相逢了。陕甘游击队改编为中国工农红军第26军后，秀山任红2团步兵连连长，我任红2团警卫队队长。在开辟以耀县照金为中心的陕甘边根据地的战斗中，我们在刘志丹身边并肩作战，结下了深厚的友谊。

1933年5月，我参加了红26军红2团南下渭（南）华（县）地区的军事行动。南下部队被叛徒杜衡断送，最终在终南山区溃败。我一边打短工一边要饭回到陕甘边根据地的照金。当时，被党组织指定留守根据地的习仲勋和张秀山等同志挑起了重担，张秀山任陕甘边游击队总指挥部政委。他告诉我：红 2 团南下后，根据地的形势一度陷入危急，靠着由渭北游击队等部改编的红 26 军第 4 团英勇奋战，才将根据地支撑下来。从终南山脱险归来的同志们公认：处在红 26 军主力南下失利、国民党军加紧“围剿”的情势下，习仲勋、张秀山、李妙斋等同志临危不惧、应对有方，为保住陕甘边根据地作出了重大的贡献。

这时，陕北特委已在葭县召开了高起家坬会议，决定在陕北创建红军游击队，开展武装斗争。张秀山与习仲勋批准我回陕北工作，秀山还亲自给我开了组织介绍信。临行前，秀山拉着我的手说：“陕北也要开展武装斗争了，你回去可以大干一场，在咱们老家拉起一支队伍来。要是陕甘边和陕北都建立了红军和根据地，西北的革命形势就会有根本的变化。”

我回到神木南乡，按照陕北特委的决定和马文瑞同志的指示，参与了神（木）府（谷）地区红色武装的创建工作。我们组织起了七个人的红军特务队，在人民群众的支援下，短短一年时间就发展成了 200 余人的红 3 团；一块孤悬于陕西省最北部的神（木）府（谷）佳（县）榆（林）革命根据地初步形成。我历任特务队政委、红 3 支队支队长、红 3 团团长。但由于我不同意推行极“左”的那一套，加之上级派来的有些干部不很了解情况，我几度被“左”倾路线的推行者撤职。虽然每次都恢复了职务，但仍使我产生不被信任的苦恼。这期间我打听过秀山等同志的情况，从南边来的同志告诉我，秀山先是担任红 26 军 42 师政委、陕甘边特委书记，后任西北工委常委、宣传部长，但却在肃反中与刘志丹等同志一起被捕了，罪名是所谓的“通敌”“反革命”。我百思不得其解，像志丹、秀山这些对革命忠心耿耿的好同志，怎么可能“通敌”，又怎么可能会是“反革命”呢？他们要真是“反革命”，陕甘边、陕北的革命形势怎么会获得那样大的发展呢？

中共中央率中央红军到达陕北后，志丹、秀山等同志被解救了出来。1936 年 3 月，秀山被派到我们神府佳榆根据地工作，任神府特委常委、组织部长。秀山来神府的时候，正逢我又一次被上级派来的领导免职待命。我俩分外感慨，但他没有向我诉说他个人所受的冤屈和磨难，而是着重介绍了中共中央来到陕北后的新形势，在特委扩大会议上宣讲了瓦窑堡会议精神。秀山的父亲和我的父亲都是同情、支持革命的老人，却同时在神府佳榆根据地的肃反中被杀害。秀山怀着沉痛的心情对我说：“兆相，过去的事已经过去了，咱们不能计较个人恩怨，还是齐心合力把红军、根据地搞好吧。”

1936年6月，神府特委决定成立神府红军总指挥部，秀山与许多同志提议由我担任军事指挥员，特委负责同志才勉强同意任命我为总指挥。秀山具有丰富的部队政治工作经验，他兼任神府红军总指挥部政委，在神府红军的各部队中开展了卓有成效的政治工作和思想工作，特别是加强了部队中党组织的建设，使神府红军的红3团、红4团及各游击队的面貌焕然一新，战斗力得到显著提高。

7月，中共中央军委决定：神府的红色武装统一整编为中国抗日人民红军独立第1师。在师长人选问题上，神府特委负责同志已上报另一位干部担任，张秀山、王恩惠等同志主张应由更了解神府情况的我任师长。在他们力争下，神府特委重新上报了师长人选，经中共中央军委批准：我任师长，秀山兼任政委。在独立师成立大会上，我和秀山联名发出了致全国人民、全国各武装部队的《通电》，呼吁："站在抗日讨伐卖国贼的立场上，联合全国不愿当亡国奴的人民与一切武装部队，共同组织抗日联军与国防政府。"秀山给独立师排以上干部和根据地的地方干部作了报告，他形象地比喻说：神府群众就是革命的大海，独立师是大海中的鱼，鱼要靠水才能活命，才能游来游去，我们共产党、红军只有依靠群众才能生存，才能立于不败之地。他要求地方干部和军队干部紧密团结，为保卫和发展根据地共同奋斗。秀山还起草了一篇加强部队政治工作的指示，针对作战、行军、宿营等各种不同的情况，规定了政治工作的具体做法。

不久，秀山被任命为神府特委书记。这一来，我俩的合作就更紧密了。在军事方面，秀山非常信任我。无论他随军行动还是留守后方，都支持我放手指挥。独立师成立后，接连取得泥河沟、苏泥家、黄蒿梁等战斗的胜利，北上哈拉寨、南下葭县和米脂的行动也达到了预期的目的。国民党军发动的对神府根据地第四次、第五次"围剿"，均被彻底粉碎。记得我率领独立师南下葭县、米脂前，秀山对我说："兆相同志，我们独立师深入白区活动已经有好几次了，还是有些经验的，但也不能大意。希望这次出去，既能消灭敌人，又能壮大自己，还要让敌人把我们的活动报告党中央。部队胜利归来后特委给你们开庆功会。"我带独立师在国民党统治区转战十几日返回神府佳榆根据地，秀山果然主持召开了欢迎独立师凯旋的祝捷大会，部队受到很大鼓舞。我在神府担任军事指挥员的四年间，与秀山共事这一年多心情最舒畅，仗也打得最顺手。

由于国民党军队的封锁，神府佳榆根据地与中共中央的联络时断时续，往往几个月甚至半年以上得不到党中央的指示。就连西安事变的消息，我们也是通过俘虏的国民党军官才得知的。在这样的情况下，具有较高理论水平和政策水平的秀山发挥了重要的领导作用。秀山善于从敌占区报纸的字里行间来分析、判断形势。1937年春，他与我们开会研究后，大家共同作出了两项决定：一方面积极创造条件，准备与国民党当局进行停战谈判；另一方面加强武装斗争，用军事上的积极行动迫使国民党当局与我们谈判。

实践证明，我们的这一决策是正确的。神府佳榆根据地周围的国民党军84师、86师及阎锡山的晋绥军，都派来代表与我们谈判。秀山出面会见过企图收编神府红军的国民党军代表，他斩钉截铁地说："我们这支部队是共产党领导的，只听毛主席和朱总司令的命令。毛主席、朱总司令让我们怎么整编，我们就怎么整编；调我们到哪里去，我们就到哪里去，我们不接受其他任何人的收编！"谈判期间，国民党军86师一部偷袭根据地，秀山赞同我的意见，调集部队坚决反击，将这股进犯之敌大部歼灭。战斗结束后，我们释放了俘虏的官兵，向86师归还了缴获的枪支和马匹。我们坚持有理、有利、有节的方针，使谈判最终获得成功，神府红军与周围的国民党军各部实现了停战。

神府佳榆根据地与中共中央的联系恢复后，中央组织部给神府特委来信，肯定了以秀山为书记的神府特委的工作："你们长久离开省委和中央领导，独立地在神府艰苦斗争，保卫了神府苏区，扩大了地方武装。最近自动和进攻部队协商停战，我们听到这些消息非常愉快，向你们致以最热烈的民族革命的敬礼！"

七七卢沟桥事变后，独立师奉中共中央军委的命令改编为八路军警备第6团。秀山做了大量解释工作，打通了许多不愿换穿国民党军装的指战员的思想，保证了改编工作的顺利进行，警6团按期东渡黄河开赴抗日前线。

1938年春，我从晋西北抗日前线回到延安学习，在马列学院再次与秀山同学。当时马列学院的工作人员总共不到20人，教员均是由中央领导同志和中央机关的干部兼任。毛泽东、朱德、刘少奇、张闻天、王明、陈昌浩、陈云、艾思奇、王学文等都是我们的教员，常给我们上课、作报告。我的文化底子较差，对他们讲的许多事听起来很吃力。毛泽东、张闻天、陈云等首长就鼓励我："王兆相你的文化低，也别着急，听不懂，可以多问。"秀山对我的学习格外关心、帮助。

在这一年多的学习期间里，我在中央领导同志的教导下，在秀山等同志的帮助下，用学到的理论对神府佳榆红军和革命根据地的斗争实践作了回顾，找出了值得记取的经验教训，我感到收获很大，对其后1941年至1945年，我在山东抗日根据地的工作，是很有益的。

抗日战争胜利后，我率领山东渤海军区独立旅开赴东北，在哈尔滨喜出望外地遇到了秀山。秀山时任松江省委书记兼松江军区政委，他向我介绍了许多情况。后来，我担任东北民主联军第6纵队18师师长、东北野战军独立第13师师长，参加了三下江南、四平攻坚、辽沈等战役、战斗。偶尔在开会时遇见秀山，两人总有说不完的话。他的热情和亲切，使我深深感受到老战友的情谊。

我随东北野战军进关后，向南一直打到湖南。再次与秀山见面已到了抗美援朝战争期间。那一次，我奉派到朝鲜战场参观考察，路过沈阳时，正担任东北局副书记兼监察委员会书记的秀山，与我长谈了一晚上。他对我说：东北正在查处一批腐败分子。革命刚刚胜利就出了这样的人，心情实在很沉重。我们都应该加强党性修养，保持战争年代艰苦奋斗的作风。我认为，秀山说得很对。

在红军时代，秀山在关键的时候，几次都支持和帮助我，我从事军事工作几十年，他作为政委是与我配合最好的几位政委之一。

在个人生活方面，秀山对我也是非常关心照顾的。我的前妻是一位老共产党员，在她生孩子不久，就被国民党军队把她们娘俩关入监狱中，受尽折磨，一年后才被党组织和根据地的群众营救出来，但没几天就病故了。秀山和许多同志很关心我的婚姻，秀山帮我作决定、下决心。后来，我和刘静同志结婚了。

1940年以后，我奉命与刘静一起去山东抗日前线。我的大女儿利华、侄子黎明留在延安生活学习，他俩经常得到马文瑞、张秀山等同志的悉心照料。

辽沈战役结束后，我离开东北，我的女儿利华和新华又是依靠秀山等同志在沈阳上学。据讲每到星期天，秀山就叫她们去他家玩，改善一下伙食。秀山夫妇对我的两个女儿如同自己的孩子一样爱护、照顾，孩子们关系都很好。我的大女儿利华在沈阳结婚，也是秀山和程帆操办的。多年之后，两个女儿与秀山全家的关系仍很亲密。

1954年，我在后勤学院工作时，得知秀山受到极严厉的处分。我绝不相信秀山会是什么“反党联盟”的成员，坚信党总有一天会把秀山的问题搞清楚。“文化大革命”期间，我和秀山都遭到批斗和迫害。我听老战友们说：秀山在交代“问题”和出具证明材料时，宁肯自己被毒打，也绝不讲一句不实事求是的话。我既佩服他，也为他担心。党的十一届三中全会召开后，我和秀山都获得重新工作。劫难之后再相逢，我们以抓紧时间多做工作共勉。担任国家农委副主任的秀山，有一次去榆林、神木西面的毛乌素沙漠考察，回来后对我说：只要能把“三北”防护林建设好，咱们老家就不会受到沙漠的威胁。

秀山晚年当选为中央顾问委员会委员。我们一同回榆林参加母校榆林中学校庆；一同回当年的陕甘边革命老区，参加南梁革命纪念馆的开馆典礼。年过八旬的秀山为编写西北红军战史和东北解放战争史花费了极大精力。

1996年8月2日，秀山与世长辞。我却觉得他并没有离开我们，我时常回忆起与他在一起战斗、学习、生活的情形。

实事求是、顾全大局、刚直不阿、不计个人得失和荣辱……秀山的崇高品格永在。

深切怀念我的革命引路人——张秀山

刘懋功（原兰州军区空军司令员）

张秀山同志是久经考验的共产主义战士，西北红军、西北革命根据地和东北革命根据地的创建人之一，也是我走上革命道路的引路人。

1933年夏，由于“左”倾分子杜衡顽固的错误领导，刘志丹等同志千辛万苦创建起来的第一支西北红军主力部队失败了，照金革命根据地遭到破坏，杜衡也当了可耻的叛徒。同年秋，刘志丹脱险归来，陕甘边特委重新建立红26军，创建42师，又提出进军南梁，在陕甘边界山区建立根据地的设想。按“狡兔三窟”的策略，决定建立陕北、陇东和关中三路游击区。张秀山先后任42师党委书记兼骑兵团政委。次年4月，接任红42师政委。

我的家乡在南梁西边约五六十里的一个小山沟里。那时，我才十七八岁，家中有母亲和弟妹，我是老大，靠给大伯家种地，放羊糊口养家。张秀山同志就是这期间带了一支小部队和几个工作人员，来到我的家乡做发动群众，创建根据地的工作。

张秀山和刘志丹一样，穿着打扮和当地人没有什么区别，头戴白毡帽，身穿羊皮袄，工作非常深入细致，对人和蔼可亲，一天到晚在村里挨家挨户转，同人谈话，了解情况，启发贫苦农民的阶级觉悟。他在我大伯家住过几次，因此认得我，同我谈过话。那时，我白天都要出去劳动，晚上才能回来，很辛苦。随张秀山一起来的马仰西同志分工做青年工作，他看我是个诚实勤劳的贫苦小伙子，认准我是革命的苗子，随我一同劳动，不断做我的工作，并秘密介绍我参加了共青团。张秀山也鼓励我参加赤卫军。在他们的启发和鼓励下，1934 年 1 月，我参加了赤卫军，从此走上了革命道路。

张秀山等同志的工作做得很细，很快就在柔远川（我家就在这条川柔远东沟里）、城壕川、园城子川等地秘密发展党员和成立党支部，建立了农民联合会和赤卫军组织。在此基础上，1934 年 5 月，成立了三个农民联合会，组织了庆北办事处。随后又在办事处的基础上，组建了庆北县苏维埃政府筹备处。还帮助建立了庆北游击队。

5 月底，红 42 师党委在南梁开会，决定恢复陕甘边区特委，张秀山任特委书记。在创建南梁根据地期间，刘志丹也经常在这一带活动，指挥打仗。张秀山是刘志丹的亲密战友，我们经常看到他们在一起商量工作。

那时我党开辟根据地，既要作深入细致的发动群众的工作，还需不断地同地方反动势力打仗。我参加赤卫军后，就跟着张秀山带的部队打仗。有一次，部队仗没有打好，往下撤退时，张秀山担心我们这些初出茅庐的新兵没有经验，心慌害怕，特意过来鼓励我们要沉着冷静，并催促我们赶快撤离战场。我至今仍然能感觉到他对我们的关心和爱护。

1934 年 7 月中旬，中共陕甘边特委作出了《目前政治形势与陕甘边党的任务》的决议，提出了第二路游击队和第三路游击队在两个月内各完成组建一个团红军的任务。在决议号召下，9 月中旬，以第三路游击队为基础，在正宁县湫头组建了红 26 军 42 师第 1 团，陈国栋为团长，张仲良任政委。10 月 10 日，以第二路游击队为基础，在南梁阎家洼子组建了红 26 军 42 师第 2 团，团长刘景范，政委胡彦英，参谋长王生荣，下辖第一连、第二连和少年先锋连。第一连是从庆阳游击队挑选60多人（包括我在内）和安塞游击队一部组成的，在柔远城子（现华池）温台子开会正式成立。张秀山和马仰西都参加了大会，张秀山在会上讲话。他讲了陕甘边区革命形势发展的情况和扩大主力红军的意义，鼓励我们参加红军后努力杀敌，努力扩红，争取尽快扩大苏区。在这次会议上，张秀山和马仰西宣布我为正式团员。

再次见到张秀山是一年后的事了。这中间经历了很多重大事件。先是反"围剿"胜利，陕甘和陕北根据地连成一片，接着是肃反，后来，毛主席、中央红军来到陕北……1936年1月，中共中央决定组建北路军，以刘志丹为总指挥，率领红28军和红78师扫除横山、绥德、米脂境内的敌军据点，消除敌军对中央瓦窑堡的威胁。当我随红78师到达瓦窑堡后，在传达中央瓦窑堡会议精神的会议上，我又见到了刘志丹和张秀山，还有其他许多遭到肃反迫害的同志。我去看望了张秀山，他在肃反中是受刑最重的领导同志之一。他翻开衣服让我看他胸部、腰部受刑留下的伤疤，那时还未完全长好。但是他像刘志丹一样，以大局为重，不计个人荣辱，对党中央、毛主席充满了无限信任之情，对革命前途充满了信心。要求我也像他们一样，不计前嫌，努力干好革命。

抗战期间，我在延安还能常见到张秀山。这时他已是西北局的领导同志之一，但仍然像过去一样，没有架子，平易近人，对我们很关心。

抗战胜利以后，我留在西北，他率领干部团去东北，对创建东北根据地和后来的抗美援朝都作出了很大贡献。再后来，他受高岗问题牵连，被下放到基层工作24年，饱经坎坷。尤其在"文化大革命"中，更是备遭摧残。这期间我一直没有机会见到他。

党的十一届三中全会后，我再次见到他时，是中央调他到北京工作之后。那时让我感到欣慰的是，除耳朵因挨打受伤，听力不好外，他的身体还好，精神也好，每天坚持外出散步。他仍然是那样乐观、开朗，绝口不跟我谈他遭遇到的种种不幸。后来他又认真负责地参加了中央整党指导委员会的工作。

20世纪80年代中期，他先后数次来到陕西、甘肃和宁夏等地，作调查和参加革命老区的一些纪念活动。这时我已离休定居西安，也参加了这些活动，又几次见到了他。记得1986年，我们一起参加南梁革命根据地的纪念活动，他一定要我陪他去看山城堡战役的战场旧址。行前，他坚持去看了华池县城西边一个小村的一位老大爷。我问他看的是什么人，他说："那是当年我在这里创建根据地时的一个老朋友，过去帮助做过许多事情。"50多年过去了，他还记得清清楚楚，可见他对帮助过革命的老乡感情有多深厚，让我真是很感动。

在纪念张秀山同志诞辰100周年座谈会上的发言

齐　心

2011年7月20日

今天，我非常高兴地看到在张秀山同志诞辰100周年之际，召开这个座谈会，这是非常有意义的。张秀山同志是西北红军和西北革命根据地的创建者之一，在长期的革命中为中国革命和建设事业作了许多贡献，是一位非常值得我们敬重和怀念的人。

秀山同志和仲勋是老战友，他们相识于30年代土地革命时期。仲勋在世时，经常回忆起他们当年在党的领导下，跟随刘志丹一起创建陕甘边革命

张秀山与习仲勋

根据地和陕甘红军的那些难忘岁月。仲勋说，秀山是一位对革命赤诚、对同志热忱，性格耿直、忠厚的同志。

1932 年 7 月，仲勋在两当兵变后，来到刘志丹领导的陕甘游击队。这年 11 月，秀山在靖远兵变后，到上海党中央受训，之后也来到陕甘游击队。从此，在血与火的艰苦斗争中，结下了深厚的友谊。

1933 年 6 月，仲勋任陕甘边游击队总指挥部政委，在陈家坡战斗中身负重伤后，秀山接替他任政委。

1933 年下半年在“左”倾机会主义的影响和国民党军的疯狂进攻下，苏区遭受重创。红二团南下失败、一些党组织被破坏，陕甘根据地与陕甘红军的发展面临最艰难的时期，为了组建统一的军事指挥机关，巩固根据地，加强红军建设，由秦武山、习仲勋、张秀山三位特委成员主持召开的陈家坡会议，经过激烈斗争，统一了认识，制定了继续创建和巩固陕甘边苏区，不打大仗打小仗，积小胜为大胜，集中主力、广泛开展游击战争，开展深入的群众工作的战略方针。秀山和仲勋同志，在这次重要会议上提出并坚持了巩固和扩大照金根据地的正确方针。这是他们在西北革命转折的关头，共同为革命作出的重要贡献。

陕甘边根据地和红二十六军之所以能够在险峻的环境下发展和壮大，与陕甘边党政军有一个坚强的领导集体是分不开的。这个领导集体为发展红军和革命根据地这一共同目标，紧密地团结在一起，同心同德，共同战斗。在以刘志丹为首的前敌总指挥部指挥下，先后粉碎了国民党军的两次“围剿”，在 20 多个县的旷达农村建立了工农民主政权，使游击区扩大到 30 多个县，逐步形成了以南梁为中心的陕甘边革命根据地，从而成为党中央和中央红军长征的落脚点和八路军抗日的出发点。

不幸的是，正当西北根据地进入这样一个大发展的时期，王明“左”倾机会主义路线也影响到了陕北，刘志丹、习仲勋、张秀山等创建陕甘根据地的重要干部都遭受到了错误肃反，先后被逮捕和关押，直到毛主席领导的党中央和中央红军到达陕北后，才果断地制止了错误肃反，解救了所有受迫害的同志。经历过错误肃反和迫害的秀山同志和仲勋同志表现出共产党人的崇高品质和革命气度，以党的利益为重，顾全大局，从不计较个人恩怨，而是总结历史经验教训，在党中央的领导下，立即投入到新的战斗和工作中。

秀山同志和仲勋同志在艰苦的革命战争中都负过重伤，是陕甘根据地的老百姓冒死掩护和抢救，才使他们转危为安。使他们深深体会到中国革命的成功，离不开人民群众的支持。他们在漫长的革命生涯中，始终与人民群众同呼吸共命运，从来也没有忘记百姓的冷暖与人民的疾苦，并教育下一代，要永远保持劳动人民的本色，为人民服务。

尤其可贵的是，秀山同志无论是在党的重要领导岗位上，还是在个人受到不公正对待、下到基层工作时，虽然心存疑虑，但是，他始终相信党，相信组织，不管处境如何，都一如既往兢兢业业为党工作。

仲勋同志说过，秀山同志是一位正直的人。1959 年彭老总在庐山会议上受到错误批判，被打成“彭（德怀）、黄（克诚）反党集团”。从庐山回北京后继续批判彭德怀，秀山同志也被接到北京参加揭发彭德怀的会议，秀山在会上没有发言；“文化大革命”期间，造反派要他参加造反，他更是严词拒绝。

逆境没能改变我们与秀山同志一家的友谊。秀山同志下放基层工作期间，他的大儿子需要做眼睛手术，他把孩子托付给仲勋。我们安排孩子在家里住下，并联系医院为孩子做了手术。秀山同志后来非常感慨地说：这个时候，没有谁会这样帮忙了。

“文化大革命”后，仲勋得知秀山被中央重新安排了工作，非常高兴。两位饱经患难的老战友分别 20 多年后，第一次见面，他们双手紧紧地握在一起，激动之情难以言表。仲勋晚年在深圳休养，秀山让程帆前去探望。仲勋见到程帆很高兴，表达了他对老战友的关心和思念。

在《习仲勋传》编纂时，仲勋同志特意邀请秀山同志担任编委会顾问。秀山去世后，仲勋和战友们一起发表文章——《浴血奋战陕甘　呕心沥血松辽》，纪念秀山同志对革命作出的贡献。

2002 年，仲勋在病重期间仍为秀山同志的回忆录写序，这是仲勋有生之年写下的最后一段文字。他们之间这种感人的战友深情，让我难以忘怀。

在长期的革命岁月中，秀山同志无论是在西北，还是在东北，都担负过重要的领导工作，为党为革命事业作出了重大贡献，他为党的事业，为人民的幸福贡献了一生。今天可以告慰秀山同志的是，我们党走过了 90 年的辉煌历程，由老一辈无产阶级革命家和无数先烈开创的革命事业后继有人，兴旺发达。

有关部门召开这个座谈会，纪念张秀山同志，缅怀他革命的一生，可以让我们追昔抚今，让下一代了解老一辈革命者为了党的事业，为了人民的解放，为了建立新中国，是怎样不怕艰难险阻，不怕流血牺牲，努力工作的，并以此激励后人，学习前辈的革命精神，更加紧密的团结在以胡锦涛同志为总书记的党中央周围，把我们的国家建设得更好，让人民生活更加幸福美满。

祝座谈会圆满成功！

谢谢大家！

往事犹新

徐少甫（原辽宁省政协主席）

建国初期，我在东北局组织部任组织处处长，张秀山同志是东北局组织部部长，领导我们的工作。

1951年，全国第一次组织工作会议决定，在全党开展整党工作。在整党全面开始后，张秀山要求各省的组织部长、宣传部长亲自负责做一个支部的整党试点或教育工作，他对我们说："做好整党建党的关键在于，对党员与非党积极分子充分地进行共产主义与共产党党性教育。"他要求："重要的课程需由省、市委委员亲自去讲。"他自己就首先亲自担任党课教员。他在东北局机关给党员讲课的题目是：《一切共产党员的斗争和工作必须在党的统一领导下进行》。他重点讲了共产党员要认真执行党的方针政策和党的决议，严格遵守党的纪律，积极参加党所领导的革命运动和社会主义建设工作。

当年，我和张秀山一起常下厂矿去了解情况。我曾听过他在沈阳七二四厂讲党课，题目是"怎样真正从思想上入党？"工人们反映特别好。大家说："张部长讲得实际，深入浅出，印象深，我们很受教育。"

张秀山要求到农村去讲党课的同志，要注意通俗易懂，简单明了，不要光讲一些名词、概念，不能简单地照书本背条文，要根据农民的特点和他们的接受能力，把党课讲好，要让农民党员在听课中，能听懂记住，通过上党课来提高他们的政治思想水平。

这个时期，我们在一个党小组，同在一个党小组的还有机关打字员、干事等人。秀山参加组织活动非常认真，严守组织纪律，每次党小组开会，尽管有时没有人通知他，但是无论多忙，他都准时参加。开会时，他积极发言，自己有了错误就深刻检讨，别人有了缺点就严肃批评。他工作深入，平易近人，不摆架子。他特别注意抓大事。虽然，当时有些人认为，抓党员的素质教育，抓党员思想品德和优良作风的培养，这些是小事。但是，他非常注重这些事情，而且，自己以身作则，带头示范，大家都很敬佩他。

1954 年东北局撤销后，我们就分开了。

我再见到他时，是“文化大革命”中。那时，沈阳农学院发生了一次武斗，在沈阳影响很大。东北局（后又成立的）派我去处理这件事，我却被造反派扣押在沈阳农学院。当造反派召开批斗大会批斗我们时，张秀山走了进来。

虽然多年未见，但我总能听到他的一些消息。他在基层很能干，仍然是那样为人正直，对下级平易近人，在沈阳农学院威信很高，师生们对他特别尊重。他对要动武的人说：“毛主席指示我们，要文斗，不要武斗。我们的同学不能打人。”在他的解释说服下，造反派把我们释放了。在当时混乱的情况下，没有人敢于站出来说话，我很佩服秀山的勇气。这件事给我留下很深的印象。

在写《刘志丹》小说中认识张秀山

李建彤（刘景范之夫人）

在写小说《刘志丹》之前，我没有见过张秀山，只是听一些老同志说此人精明强干，忠心耿耿，在西北干部中是不可多得的人才。

在写《刘志丹》的过程中，我在查阅历史档案时，看到了 1942 年张秀山在西北局高干会上和 1945 年张秀山在西北历史座谈会上的发言，才对他又加深了一层认识。他的发言很精辟、很全面、很实在。他把陕甘边区所进行的对敌斗争、路线斗争的历史，都讲得条理清楚，是非分明。

他讲到阎家洼子会议，对那位从北平回来传达“左”倾路线的人，表示出极大的愤慨。那次的传达，实际上是大规模肃反前的一个序幕。再往下看去，使我受到了极大的震惊，怎么会是这样的呢？刘志丹和他的战友们在陕甘边界开辟了 20 多个县的根据地，在那些执行“左”倾路线的人眼中，非但无功，反而有罪！

看了他们对刘志丹等人的指责，更使我目瞪口呆。他们把在山区建立根据地斥为“梢山路线”；把开展游击战争斥为“逃跑主义”；把用枪杆子打天下斥为“枪杆子万能论”；就连刘志丹收编黄龙山的土匪，也被斥为“有浓厚的土匪色彩”。

后来，正是这些大“帽子”吸引着我，促使我到处去寻找正确的答案。在寻找答案的过程中，我越来越深刻地体会到，当年刘志丹他们在创业的过程中，可算是多灾多难啊！随着调查的不断深入，我又发现，张秀山就是在 1935 年陕北进行肃反时，始终不向错误路线低头的人。他不求那些人放过自己，只求能用自己的生命来换取千百名红 26 军干部、战士的安全，因为这支革命力量来之不易，而且都是经过千锤百炼的精华。

新中国成立以后，国家在给干部定级时，给他定为四级，当时他是东北局副书记。后来听东北出差来的人说，在高岗事件的株连之下，他已被降级减薪，下放到一个农场当副场长。可是，他没有消沉，对于党的事业依然是那样的赤诚，对于工作依然是那样的热情，而对于他一生所走过的道路，他无怨无悔，并充满了自信与自豪。

由于张秀山是创建西北革命根据地的当事人，又是刘志丹的战友，我为了写《刘志丹》，在 50 年代末，到沈阳，第一次采访了张秀山。

那次，他谈得很全面、很清晰、很有条理，而且还列举了一些事例来说明当年的历史。例如，他用雨原战斗、马兰山战斗来说明刘志丹的正确的战略战术，用红 2 团南下，来说明当时两条路线斗争的尖锐复杂，用开辟陕甘革命根据地，来说明刘志丹的高瞻远瞩。他讲得生动、逼真，使人有身临其境之感，就连敌人报纸上，哪年哪月哪日刊登了有关西北红军的什么重要消息，他随口就能说出来。

之后，我将《刘志丹》小说初稿送他审阅，他怀着对陕甘边根据地和红 26 军的深厚情感，对一些亲身经历的历史事件的时间、地点作了校订。

但不曾想到，他因审阅《刘志丹》小说，也受到了牵连。有人以此为由，拒不重新安排他的工作。一直到“文化大革命”结束后，他调到北京工作，我才又见到了他。

张政委指挥八家子战斗

张纪怀（原江西某军分区参谋长）

1945年秋，我作为警卫员跟随张秀山政委从延安来到东北。

根据党中央“建立巩固的东北根据地”的指示，1945年底，东北松江军区撤出哈尔滨，进入郊区宾县，全力以赴建立广大的农村根据地。当时，为了建立农村政权，松江工委派出一批人员下乡搞土改。可是，有一股国民党操纵的土匪经常骚扰群众，这伙土匪先前对日本鬼子不敢怎么样，但对老百姓却无恶不作，当地老百姓都称他们为“胡子”。日本投降后，他们又投靠国民党的中央军继续欺压劳苦大众，破坏基层政权，搞得人心惶惶。鉴于形势的需要，发动群众和剿除土匪，就成了松江军区的主要任务。那时，军区刚成立不久，地方部队还没有健全起来，暂由东北局抽调的359旅一部分兵力帮助剿匪。

当时剿匪困难很大。东北的土匪是比较刁顽的，早在日本鬼子统治时期就练就一身为非作歹的本事，他们大多经过单兵训练，打枪准，有的头目甚至还能双枪打飞鸟，加上土匪熟悉地形，给我们剿匪工作带来了很大困难。

张政委不仅战斗经验丰富，而且骑马打枪样样行。他带的部队，作风英勇顽强，打得敌人望风而逃。

有一次，我们获悉一股土匪约有二三百人进入了阿城以南的八家子屯。这时，政委张秀山带着我和其他有关人员，骑马迅速赶到部队驻地。由于我没有骑马的经验，下马时左脚挂在了马镫子上，右脚还未着地，身子立刻倾倒下来。张政委看到这种危险情况，立即勒住马，一手将我提了起来，使我免于受伤。这是我一生中难以忘怀的首长对警卫员的深情厚谊。

为了抓住战机，尽快消灭土匪，经过紧急研究，张秀山政委带着一个团，于当日傍晚立即出发。时值寒冬腊月，遍地是雪，北风呼啸，尤其是关内来的同志，还是第一次在夜晚零下40多度的严寒中行军。在漫天白雪的映照下，虽然是夜晚，天还不算特别黑。为了隐蔽行军，部队都反穿棉衣露出白色的里子，帽子也用白毛巾包起来。除了鞋子外，基本上变成了“白人”。夜行军本来是常事，但在严寒中行军却遇到一些新的问题。首先，眼睫毛要经常擦，不然呼出来的气结成冰霜，影响视线。其次，手易冻麻，连大小便解裤子都要互相帮助。再次，是穿鞋子走路问题，穿上靰鞡鞋，在雪地上行军走路又轻又保暖。可是有的同志穿的是日本的大头鞋，走上百十步就成了“高跟鞋”，而且越走越高，如不搞掉，简直无法走路，同志们只好边走边用刺刀砍。

经过一夜急行军，天刚拂晓即赶到了目的地。由于行军隐蔽、速度快，当我们完成对八家子屯的包围后，土匪才发觉。这时，张政委迅速指挥部队进入阵地。这时有的同志因缺少经验，过早地脱掉手套，双手冻僵不能扣扳机。张政委马上让东北籍的战士告诉我们用雪块用力擦手，冻僵的手很快就缓了过来。

天亮前部队发起攻击时，又遇到新的问题。八家子屯虽然不是城镇，但在四周挖了两米多深的护屯沟，沟边用雪水冻成冰坡。真是下沟容易，上沟难。由于地形复杂，土匪顽抗，不但阻滞部队前进，而且也增加了伤亡。这时，守卫在八家子的土匪很嚣张，公然叫嚷着：“你们土八路别想进来，赶快回去吧！”还是老部队有战斗经验，他们在强火力掩护下，组织搭人梯爬上护屯沟。然后，部队迅速向屯子里穿插。土匪仍然拒不投降，双方展开了激烈的街巷争夺战。在攻击一个土堡时，先后有五六个同志受伤，张政委指挥用五挺机枪封锁敌人火力，这才将受伤的战士救下来。

战斗从早上一直打到中午，剩余土匪还在一个大庄院内顽抗。张政委让我们对土匪展开政治攻势，向他们喊话劝降，他们仍然不理。张政委命令“打”！在强大火力掩护下，我们的突击小组直冲敌堡，战士们轮起大斧砍开用柳条草泥编筑的院墙，掷进几十颗手榴弹，把残敌送上了西天。

下午 1 点多钟战斗结束，部队清理战场。我们歼灭土匪 70 多人，俘虏土匪 80 多人。但我们也付出了代价，有 23 位战友光荣牺牲。在追悼会上，张政委亲自为烈士英灵祭酒，沉痛悼念为建立巩固的东北根据地，流尽了最后一滴血的革命英雄们。

（张纪怀是张秀山在延安时期和东北解放战争初期的警卫员。）

情同骨肉

刘力贞（刘志丹之女）

1934年，我只四岁，因国民党军队抄了我们家，母亲带着我到了陕甘革命根据地——南梁（今甘肃省华池县境内），在那里我见到了一位高个头、满脸和气、说话文雅、对我十分亲切的人。我父亲（刘志丹）对我说：“这是你秀山叔叔，记住。”他当时是陕甘边特委书记，和我父亲是亲密战友，经常来我家和我父亲商量事。来时总要问我母亲生活上有啥困难，很关心我的成长。那时，生活很苦，他能找到一块布，就叫我母亲给我缝件衣服穿，从山上采来野果也拿来给我吃。

1936年3月，他调到神木工作，四月间，我父亲牺牲于东征前线，他很痛心，对我们母女也更挂念。1937年，我们到延安，他从外地来延安开会，都要抽时间来看我们母女，并带来点当地的土产。虽说延安比南梁生活好多了，但布料奇缺。一次，秀山叔叔来延安，给我带了一套灰色人字呢衣服。我母亲说他又费心了，他说这是应该的。我把这套衣服视如珍品，穿破了补了再穿，总也不愿意罢手。后来，他也调到延安工作，更是经常来我家问寒问暖，惦念着我们母女的生活。

1945年，抗战胜利了，他要去东北工作，临走前，他又花钱给我做了一套蓝色洋布列宁装，当时延安人都穿灰色土布衣服，我能有这样一件好料子衣服，同学们都很羡慕。他们哪里知道，秀山叔叔把他对我父亲的怀念都寄托在了我身上，把我当成他的女儿看待。这一点，我越来越有深刻体会。

1951年，我在哈尔滨医大上学，秀山叔叔来哈尔滨出差，一定要到学校来看我，给我买些生活用品，关切地问我学习与生活情况。有一次，母亲托他给我捎了17元钱，他感慨地说：你母亲连20元都凑不齐，现在是供给制，大家手头都紧。他见我在学校连一个箱子都没有，就把他的手提行李箱子拿给我装衣服。以后我转学到沈阳中国医大学习，我母亲在东北局托儿所工作。秀山叔叔在东北局任副书记，经常邀我们母女去他家，有时一住就是几天。他总想和我们谈谈陕北的事。不久，他把他母亲从陕北接到沈阳，这位老人已70多岁了，身体不好，行动不便，他只要在家吃饭，就陪他母亲在她房子里吃饭。我们去了，他就叫我们也陪老人一起吃饭，拉些陕北家常话。他对母亲很孝顺，怕母亲走不动，也怕孩子们干扰，所以总要亲自陪。他母亲耳背，他对母亲讲话都贴着耳朵说，在母亲面前像个小孩子。

秀山叔叔很惦念西北，1952年夏，他到西北考察，当时正值我放暑假，他带我同行。到西安后，他先看了我祖父，他们老早就认识，祖父常说他是个能干的人。他和祖父坐在一起拉过去革命的事，说我父亲对他帮助很大，越拉越亲热，好像是父子久别重逢。祖父叫祖母快做羊肉剁荞面吃。吃了这顿饭，使他更加怀念过去与我父亲一起战斗的岁月。

在西安，秀山叔叔和陕西省委书记马明方叔叔带我到父亲工作过的地方，对我一一讲述当时的情况，说那时随时有被敌人找到的危险，他们都早已把生死置之度外。看了那些房子和院落，我好像看到了父亲的身影，感慨万分。我们在那里照了相，作为留念。

接着我们到了兰州，参加了天（水）兰（州）铁路的通车典礼。秀山叔叔兴奋地说："这是咱西北人民多少辈所期望的，终于在新中国实现了，这也是为开发大西北创造条件。"

在新疆，我们到了乌鲁木齐、伊宁等地，那里有他很多战友和老部下，他们和他谈分别后的情况，交流工作经验，说得十分亲切。一路上他和接待他的干部、服务人员，都谈得很热烈，大家感到他平易近人，不像个大干部。

返回西安后，他要去南方，我要回沈阳上学，临行前，他又给我买了一件连衣裙、一件蓝色呢子大衣，我不要他买，他说那不行，这是他的心意。这衣服我十分珍惜，一直穿到60年代。

1954年春，秀山叔叔因高岗问题被撤职，他对我母亲说：他要离开沈阳了，他走前要把力贞和张光的婚事办了。他说："志丹留下这个女儿，我作为他的战友，我有责任办这件事，这样我心就安了。"在他家为我们举行了简单的婚礼，只有一桌晚餐。虽然他受到不公正对待，心情很沉重，但那天却喜气洋洋，对我们充满了父亲般的关爱。此事，我到今天想起都感动不已。

不久，他被下放到盘山农场当副场长。我十分惦念张叔叔。后来，听一些人说：他一去就把给他的专车交农场公用，他骑自行车下乡，像农工们一样挽起裤腿下田劳动、插秧、收割。以后他被调到农学院任副院长。1964 年，我去沈阳开会，去看他。他看到我很高兴，带我参观了农学院教学大楼，给我介绍学校发展前景。这时他已 56 岁了，但老当益壮，使我感到他仍是那么坚强，毫无气馁之意。我心里想，他真是任劳任怨，能上能下的共产党人，风格是多么高尚呀！

打倒“四人帮”后，他调到中央工作，我每逢去北京开会，一定要去看他。他出差到西北，也必然来看我母亲。1984 年，他到志丹县拜谒了我父亲的陵墓，并要我陪他到甘肃看看我父亲和他战斗过的地方。我们到了华池、荔园堡、园城子、董志塬、正宁县等地方，他一路看一路讲，一再感慨地说：“志丹有远见，我们在这里建立了根据地，开辟了西北根据地的基础。”这一路，使我受到了一次深刻的革命史教育，也看到他和当地群众的血肉感情。他说，“革命就是为了人民过上好日子，今后你们也要记住这一条”。

1995 年，我去北京出差，这时他已 84 岁，我见到他时，虽然体力差了，耳朵也有些背，但记忆力还很好，谈起过去的事，能说得一清二楚。我问他张策叔叔的住址，他却说：“我带你去！”站起身就走。张策叔叔看我们来了，很是激动，他有糖尿病，抖着手站起来和我们握手。因为他俩都耳背，说话不免大声大气，有时靠眼神和动作表示心意，因感情相通，好像不说话什么都明白了。他们的交谈是那么兴奋和热烈。我从他们闪闪的目光中，看出了他们对未来充满了期盼和信心。

1996 年，秀山叔叔突然去世。我把这个不幸的噩耗告诉母亲，她流着泪说：“又走了一个好人！”我们全家深为哀痛。

我和秀山叔叔前前后后接触数十年，深感他具有中华民族的传统美德。他爱父母、爱乡亲、爱战友、爱同志，爱党、爱国、爱人民，忠贞不贰。他一心要为富国强民奋斗到底。在革命的艰苦岁月，他受到“左”倾分子的打击和迫害，但他一点不灰心，总是斗志昂扬，对胜利充满信心。他对群众、对同志，不但平等相待，且处处抱着学习的态度，能倾听他们的心声，平常讲话，总是用商量的口气，谦虚谨慎，有错就改。在延安时，他的警卫员批评他有时说话中有骂人的土话，他听了以后马上就改掉了。

“文化大革命”以后，他来西安，张光对他说：“你应该写点回忆录，把革命精神传给后代。”他说：“时间不多了，我要赶快多做工作，让老百姓快过上好日子。”他看到我母亲还住在没有暖气的平房中，说：“你看咱们建国几十年，让这么大年纪老革命还生煤球炉子，老百姓吃穿困难，我们能心安吗？”他来西北，到穷苦的农村调查，提出改革意见。在他的心中，人民生活不改善，就对不起人民。自己更要努力。

秀山叔叔的一生，平凡伟大，我们认识的老同志，一谈起他，都竖起大拇指说：他是一个难得的好人，是个真正的共产党员！

我的大哥

张鸿志

张秀山是我的大哥。我们的母亲生了 13 个孩子，在旧社会，农村没有医疗条件，家里生活又很困难，孩子有一点病，就很难活下来。在生活好了一些后，我家才生存下来了 5 兄妹：大哥、三个姐姐和我，我比大哥小 17 岁。

1936 年春天，大哥回到神府时，我只有八岁。那时，我们家乡还是国民党占领区。我家姑表兄李能珍家在大坪村，那里是红军的活动区，他送来我大哥回来的消息。

这是一个春天，大地复苏，地里冒出来小根蒜和野菜。我们在刘家畔村看到了分别六年的大哥。他身躯高大，穿着一身黑色棉衣，腰挎一支驳壳枪，母亲欢喜得直抹眼泪。我目不转睛地看着大哥，好像在梦中。

在陕北“左”倾路线猖獗时期，我们家遭到了很大不幸。1934 年冬季，先是我大伯张如寅，堂兄张鸿增在自家田地里干活时，被“左”倾路线执行者绑走，以莫须有的罪名杀害。我父亲因为大哥和侄子无故被杀，心疼万分，痛哭不已，此举被“左”倾路线执行者说成是同情反革命。于是，他们在桃柳沟东南几里地的一个叫“秧子楞”的地方，秘密商量杀害我父亲的事情，被红军干部张江全听到了。他给我家捎来口信，让父亲赶快到红军要转移的下一个地点陈家沟，资助一下红军，以免遇害。

十几天后，即 1935 年 7 月 11 日（农历六月三十日），父亲也被他们抓了起来。他们先在村里召开群众“揭发”会，没有得到结果，就把父亲吊在我家门外毒打，逼迫他交出现大洋和大烟土。因为父亲经常接济红军，家里已交不出来什么了。他们折腾到半夜，饿了，就把我家的羊杀吃了，又把地契烧了，最后把父亲拖到村头，用大铁锹凶狠地砍去了脑袋。

听到这些，大哥这条硬汉子也禁不住泪流满面。

拷打父亲的时候，二哥也被他们捆绑在旁边，他亲眼目睹了他们拷打杀害父亲的情景。二哥因悲愤和忧郁致病，因为无钱医治，大哥回来时，二哥已经病得很重了。

同志们和村里人劝大哥把二哥带到红军医院救治，大哥不同意。他说，我不能用红军的药和钱为家人治病。这药是战士们用鲜血和生命换来的。就这样，在父亲死后一年多的时候，二哥离开了人世。

当时，被杀害的红军家属还有神府红 3 团团长王兆相的父亲，团政委毛凤翔的父亲。由于“左”倾路线倒行逆施，敌人借机宣传说：“红军六亲不认，杀父母家人”，给革命造成极坏影响。

当地的反动派幸灾乐祸地叫嚣：“这就是张秀山当红军的好处，他们家参加红军的最多（被大哥带出参加红军的堂表兄弟共有 8 人），被共产党杀的也最多，共产党给他们带来什么好处？”

对此，亲属和乡亲们都很不理解，他们盼着张秀山回来，为死去的亲人报仇，为自己的弟弟治病，可他没有那样办。大哥含着泪安慰亲属和乡亲们说：“我是共产党员，我不能再犯他们那样的错误；如果我也像他们那样乱杀一气，拍手称快的不是国民党反动派吗？我也不能为了自己报私愤乱用权力。”

大哥十分怀念父亲，他常对家人说，是父亲冒死救了他的命，否则他早被反动派杀害了。部队行军路过家乡时，我看到他骑着马到山崖上父亲的坟前，默默地流下了眼泪，倾诉对老人家的无限哀思。

大哥从革命大局出发，不计个人恩怨，没有打击报复。他派人把那些躲藏起来的党员找回来，心平气和地对他们说：“人死了是不能再复活的，你们要记取教训，不要背包袱，好好干工作，注意掌握党的政策，以后不要随便打人杀人。”对待这些党员和游击队员，大哥不仅没报私仇，有的人后来还得到了重用和提拔。

大哥对这件事的处理，在当时的神府苏区震动很大，人们一提起张秀山，无不敬佩地竖起大拇指说：“张秀山，嘿！是真正的共产党！”

1954年底，大哥因受高饶事件的影响，被下放到盘山县大洼农场。1955年初，大嫂就带着我母亲和两个小点的孩子来到大洼乡。

那时的盘锦刚刚开始建设，一切都很简陋。大哥全家住在两间土坯盖的房子里，冬天很冷。我妈年龄大了，行动困难，到外面上厕所很不方便，又蹲不下去。大哥找来一把椅子，在座板上挖个洞，让我妈坐在上面。只要大哥在家，他就搀扶着她去上厕所。

在农场时，大哥40多岁。我到农场看他时，听农工们说：水稻种植季节，他整天戴着草帽在地里察看生产情况。插秧时，水里还带着冰碴，他和农工们一样，挽起裤脚下地和大家一起干。回到家常常是一裤脚的泥水。盘锦水田中蚂蟥多，蚊子多，他的双腿常被蚂蟥叮得鲜血直流，两臂也被蚊子叮得又红又肿，但他一点不在乎。

大哥在榆林中学的同学、东北师范大学教授杨清，听说张秀山下放到盘锦了，就到大洼去看他。杨清回来深情地对我说："秀山在工地上满身汗土，黑黑瘦瘦的，像个老农民。秀山是一个真正的人。"

熟悉他的老战友们感慨地说："秀山没享过福，他把福分都让给了别人。"

忆张秀山在盘锦农垦局期间几件感人往事

张文仲（原盘锦荣兴农场党委书记）

张秀山同志离开大洼虽然已经40多年了，但他在盘锦农垦局工作期间的一些往事仍然历历在目，仿佛就在昨天。现将我亲眼所见和亲耳所闻的几件感人的往事写出来，作为对秀山同志的深切怀念。

（一）

原任中共中央东北局第二副书记兼纪委书记的张秀山，1954年因受高饶事件牵连受到处分，下派到大洼。1956年6月任原盘锦农垦局副局长。他从高层领导岗位到基层的农垦企业，从繁华的大都市沈阳，带着全家到偏僻的农村小镇大洼乡落户，从工作和生活的角度来说，真是一个重大的变化。当时，组织上给他配了一名专职警卫员，带了一台中吉普车、一支卡宾枪。到农场后，他表示要与农场干部、群众同甘共苦，共同奋斗，把警卫员交给组织另行分配工作，将吉普车和卡宾枪交公使用。他自己下基层检查工作，多数时间骑着自行车或以步代车。这一行动，在盘锦农垦局广大干部、群众中传为佳话，形成极好的影响，受到人们的敬重。

他到盘锦工作后，党和国家领导人依然对他非常关怀。周恩来总理曾派专人来看望他，并问他有什么困难，有什么要求，而他表示一切很好，没提任何困难和要求，只是表示感谢党和总理的关怀。

（二）

张秀山在任农垦局副局长期间，分管基建工作，但不论对自己分管的工作或别人分管的工作，他都高度负责，从来不推不拖，只要基层同志有问题找到他，他都认真地一个一个地帮助解决。我记忆非常深的有两件事。

第一件事。1956年夏天，荣兴农场水田发生大面积草荒，如不及时消灭就会严重影响水稻产量，甚至绝收，形势非常紧急。我当时是荣兴农场党委书记。一个星期天，我亲自到农垦局所在地大洼，找到了张秀山副局长，汇报了荣兴农场草荒的严峻形势，请求局领导帮助解决。虽然他不是局长，又不分管生产，但是他听了汇报之后，二话没说，立即拿起电话给国家农垦部长王震打电话，说明盘锦草荒的严峻形势，要求调部队来支援灭草（盘锦农垦局当时是农垦部直属垦区）。他放下电话，写了个便条，让我去北京找王震部长。因为我当时无准备，所以打电话告诉场长赵守铭前往。赵守铭日夜兼程赶到北京，带回总参谋部调令又返至沈阳军区。第四天，39军驻海城某师全体官兵赶到荣兴，帮助灭草。经过全体官兵和广大农工、家属艰苦奋斗了一个月，终于战胜了大面积草荒。这一年，水稻获得了大丰收。

年终总结工作时，分析水稻丰收的原因，农垦局领导形象地说：其中重要的一条，叫做“化肥加大兵”（这一年用化肥多于往年，又有两个整师的解放军官兵轮换帮助灭草）。

另一件事。1957年，盘锦农垦局遇上严重大旱，海水倒灌，造成荣兴等一些农场稻田因无水而干死，大面积绝收。农垦局利用这一时机，调动部分农场农工，到荣兴大搞农田水利建设。为了调动农工积极性，土方工程一律实行定额管理，按完成土方量计酬。工程开始，经过几天实干，普遍完不成定额，农工纷纷要求修改定额。农场领导经过认真分析，觉得定额确实偏高，应该修改，但修改权不在农场，而在农垦局，我带着这个问题来找分管基建的张秀山副局长。在清水农场五岔沟指挥部找到他，当面向他汇报了荣兴农场水利工程进展情况和定额偏高的问题。听完汇报后，张副局长当即与有关同志商量，决定调整定额。我带回这一决定向下传达后，干部、群众受到了鼓舞，焕发了积极性。全场很快出现了大干水利工程热潮，对加快荣兴农场水利工程进度起了很大推动作用。

（三）

张秀山是一位做过多年省委书记、东北局副书记的高层领导，到基层后，他那脚踏实地、深入实际、深入群众的优良作风令人敬佩，也为我们基层干部树立了光辉榜样。

1957 年 5 月上旬的一天，他到荣兴农场检查工作。农垦局的吉普车将他送到荣兴场部，车就返回大洼了（因为农垦局党政领导多人，只有两台共用的吉普车）。他听了我们简要汇报后，即提出要去生产队的田间看看。随即由我陪同步行到荣兴的三屯生产队田间看苗情。因为当时的田间坝埝又窄又小又泥泞，只能脱掉鞋子，挽起裤脚儿光脚穿行。他和我们一样，光着脚在地里察看苗情，走到田间劳动的农工中问长问短，了解情况。

午饭后，他又提出到单身工人多的平安河大队去看看，我又陪他步行十多华里到平安河检查工作。看完两个生产队，晚上赶到平安河大队部。他并没有先进办公室，而是先到单身宿舍和食堂看看。到食堂，正赶上农工们吃晚饭。一位农工看我们来了，就端着饭碗迎了上来，带着质问的口气朝我说：书记，你看这饭怎么吃？因为当时国家粮食实行统购统销政策，按人定量供应粮食，单身工人定量不够吃，农场从粮库拨些碎米子作补充，有些杂质没处理净。当时我想非挨张副局长一顿批评不可。可是出乎意料，张副局长不但没有批评我们，而借机向农工讲起了国家统购统销的意义，要克服暂时困难。又讲了过去长征时吃树皮、草根的故事，对工人进行了一次时事政治、艰苦奋斗革命传统教育，使我和在场的大、小队干部深受教育和感动，在我内心深处再一次涌起对老局长敬佩之情。当晚，我们住在平安河大队部，早晚两顿饭他和我们一样，吃的都是一饭一菜便餐。

（四）

1957年，全国掀起了大办人民公社热潮，盘锦农垦局也不例外，改为红旗人民公社，划归盘山县管辖。当年冬天，盘山县委召开了整风扩大会议，原盘锦农垦局党委领导和各场、乡镇一把手均列席会议。由于一些不正常的原因，整风一开始就把原农垦局局长史景源列为重点对象，住单间反省检查。风头随即朝他而来，揭发、批判的大字报满院子（住的是四合院），满棚（大字报棚），大有打不倒史景源誓不罢休之势。

在整风进行过程中，召开了一次面对面揭发、批判大会，很多人趁势而上，踊跃发言。就在这个风头上，张秀山作了一次系统发言，全面分析农垦局领导班子的问题。他首先肯定史景源是一位好同志，工作兢兢业业，勤勤恳恳，只是思想作风上有些毛病。他又用事实澄清了一些是非，起到保护好人的作用。他发言后，史景源同志得到了解脱，整风的方向也得到了扭转。

（五）

张秀山同志在盘锦农垦局工作期间，高堂老母因病医治无效病故。他和他的家人除了悲痛、哀悼之外，一没有操办，二没有搞封建迷信那套陋俗，三没有土葬，而是用土办法将老母火化。在当时尚未实行殡葬制度改革，农村普遍实行土葬的时候，这样做尚属首例，在广大群众中留下很好的影响。

张秀山同志从1954年到盘锦农垦局任职，到1959年调到沈阳农学院工作。四年多时间，他的足迹遍布农垦局的各个角落，做了大量卓有成效的工作，对盘锦农垦局的发展与建设作出了不可磨灭的贡献！我们深切地怀念他。

张秀山院长在沈阳农学院的几件事

朱海春（原沈阳农学院总务处处长）

1959年春，得知张秀山同志要来学校工作，张克威院长对我们说：“建国初期，秀山同志是东北局的副书记，分管农村工作。我在东北局农业部工作时，经常向他汇报和请示工作。他平易近人，作风民主，对我们知识分子非常尊重。他能虚心听取我们的意见，帮助我们解决了许多实际问题，是一位难得的好领导。”并对我们总务处说：“秀山同志的住房要照顾一下，把农学院副书记徐光的房子倒出来，修整一下给秀山住。”

两位张院长在工作上相互支持，相互尊重，齐心协力，为学校的建设和发展花费了很大的心血。

张秀山院长主管学院的财务、基建和后勤，我和他接触很多，他没有一点领导的架子，来到后就让我领着到学院各处走。他事无巨细，大事小事都放在心上，包括实验室里缺一个实验桌，他都特别重视，抓紧解决。

在和张秀山院长一起工作中，有几件事我记忆犹新，久久不能忘记。

张秀山的一位老战友，当时是东北局的领导，儿子没有考上大学，这位领导来找他。张秀山院长办事认真，按学校对进修生的统一待遇，为这个孩子办了一个听课证，安排他在学生宿舍住下，不算正式学生。大家都说，张院长是正统的共产党干部。

大跃进运动中，张秀山一方面对广大群众的社会主义劳动热情表示钦佩，同时对社会上刮起的浮夸风表示忧虑。他对我们说，要按科学规律办事，不要相信有些人宣传的麦子上可以站人的瞎话。他的话很有分量，在大跃进年代敢说这样真话的人不多。

记得有一次我们跟他乘火车去长春办事，我们一上车，列车长听说张秀山在车上，马上就赶了过来。列车长见到我们，大声说：“这怎么行？首长不能在这里坐，您赶紧到软卧上去休息。”张院长百般推辞，列车长就是不让他在这里。看到列车长情真意切，实在无法推辞，他只好带着我们去了软卧。他坚持要自己补软卧票，列车长不同意，说首长现在不能报销，就免了吧！出了车厢，列车长对我们说，张秀山担任东北局副书记时，外出乘火车，我为他服务过。他对我们非常和蔼，一点架子也没有，一路上就怕给我们添麻烦，什么要求都没有。反而对我们工作很关心很尊重，说我们工作很辛苦，大家深受感动。这么多年没见了，我们还惦记他。这件事使我们很受感动。

三年自然灾害给全国经济带来困难，沈阳农学院的基建工程经费特别紧张，国家物资奇缺。张秀山不辞辛苦地到处奔波。他亲自找省领导、农业部和中央领导申请经费，购买先进教学仪器和设备。他随王震部长去大兴安岭为学院盖楼调拨木材，去工厂联系基建用的钢材、水泥，建起了图书馆、风雨操场、讲师楼、学生宿舍楼、直属小学等建筑。他下力气抓学院的实验农场，利用生产的肉蛋和蔬菜改善师生们的伙食。那时，沈阳农学院的学生食堂伙食是全市高校中最好的。

张秀山在农学院工作时，陕北的亲属和老乡经常来。一次，我问他："你过去在东北局当那样高的干部，安排这些亲属，不是很容易嘛？"他很认真地对我说："没考虑过，连想都没想过。只是他们家里有困难，我就补贴点。有东西，就给东西，没东西就给点钱。"到张秀山家的亲属，走时都是大包、小包的东西，可老院长就那么一身衣服。可是，他只要看见别人有困难，就想办法帮助解决。大家都愿意找老院长办事。他的老伴程帆同志是个好人。张秀山的大儿子一兵虽然不是她亲生的，但是她对一兵很好。一兵有了女儿后，就生活在程帆那里，一直由他们带大，给一兵减轻了很大负担。大家都看在眼里。一兵的亲生母亲有病了，张秀山和程帆也管，换了他人很少会有人管。一兵母亲一直生活得很好，冬天老人还穿着狐皮毛领大衣呢！我记得老院长一身中山装，穿了十几年。程帆同志在下乡社教时，因为营养不良，致使一只眼睛坏掉了。他们真是好人哪。

在沈阳农学院期间，张秀山为学校的发展和建设找过上级领导，为同志子女参军入学写信找过老战友，可以说，只要他出面没有办不成的事情。然而，张秀山却没有为自己家办一件事情。一兵高度近视，视网膜脱落，手术后不能继续念书，在家里呆着。一兵从小喜欢无线电，修理技术好，学校师生有事就找他去修理。就这样，一兵成了学校一个没有工资的技术人员。他帮助学校建广播站，帮助学校实验室修理仪器，一干就是三四年。他一直因为自己不是正式职工而苦恼。张秀山对他说："家里不缺你吃的，你的眼睛又不好，能帮助学校干点事情就可以了。"学校基础部的领导实在看不过去，就去找学校领导说了情况。根据一兵的表现，领导决定破格录用张一兵为正式职工。张秀山就是这样严格要求自己和子女的。

1977 年，农学院在辽宁省铁岭恢复建校。张秀山虽然还没有彻底"解放"，只担任基建连连长。但他工作还是那么认真负责，他主持建起教学楼、图书馆、学生宿舍楼、教师住宅楼等十几栋建筑。师生们都说，没有老院长，我们在铁岭就要住在露天地了。

后 记

为了纪念父亲，在他去世10周年之际，我们出版了他的回忆。

这本书的序还是2002年，习仲勋叔叔患病期间写的。远平说：我父亲在有生之年做的最后一件事，就是为你父亲的书写序。我们被深深地感动了。

这部穿越了大半个世纪的史实性回忆，沿着父亲的足迹，记录了他革命战斗的生涯。父亲把他的经历留给了历史，把他的精神留给了我们。这是一份宝贵的无价的精神遗产，我们会继承下去，我们的后代们也会继承下去。

父亲的亲情

父亲是一个爱学习的人。他常说："陕北穷，老百姓念不起书，文化水平低。"他虽然只念了两年中学，在陕北干部中算是文化高的人了。他一生都在努力学习，50年代，他听苏联尤金博士讲课，记了几大本笔记；在农学院他研究农业知识，"文革"后在中央党校学习，用信纸和学生的作业本记满了学习心得，在外出工作的暇余时间，他从大山名川、名人古迹中汲取祖国的渊源文化。

父亲是一个喜欢孩子，热爱生活的人。我们是一个大家庭，父母有我们8个子女。工作再繁忙，他也会抽出时间带我们到山里打猎，到海里游泳，到农村瓜地摘瓜；虽遇逆境，他也会乐观地带上我们去推碾子碾黄米，做出老家最好的年夜饭——油糕和粉汤，享受生活的乐趣。

父亲对我们的最大要求就是好好学习。当他看到我们当中谁的学习成绩不好时，会瞪起眼睛，这时，我们就会感受到父亲的威严。他说："你爷爷小时候，家里穷，念不起书，只念了六个月冬学，就去给富人家揽工放羊。我小时候到离家30多里的小学念书，带上干粮、咸菜，自己做着吃。你们有这么好的条件，有甚不好好学习？没有本事，将来能做甚？”

父亲一心希望家乡人都能念书。从1940年父亲和母亲结婚起，就把老家亲属的子女陆续接出来，供他们上学。

父亲是一个不忘旧情的人。他对烈士的亲属和子女，给了更多地关心和照顾。

父亲非常怀念他最亲密的战友刘志丹，一说到“志丹”，在他的脸上就有一种肃穆的表情。解放后，他把刘志丹的夫人（我们叫她刘妈妈）接到沈阳，安排到东北局幼儿园工作，使她的生活有了保障。爸爸想得很周到，只要有时间，就一定要把刘妈妈接到家里住上几天，和她拉家常，使她感受到亲情。我们和刘妈妈相处得就像一家人。刘妈妈常常说：志丹不在了，秀山待我和力贞像自家人一样亲。东北一解放，父亲就让刘志丹的女儿刘力贞大姐到东北上学。1954年春，父亲因高岗问题被撤职，离开沈阳前，在家里为力贞姐办了婚事。虽然他心情沉重，但那天却喜气洋洋，充满了父亲般的关爱。当刘妈妈得知父亲去世的消息，流着泪说：“一个好人走了。”

杨琪烈士的儿子杨廷藩说：我父亲牺牲后，秀山叔叔对我像自己的儿子一样关心。他安排我们到延安学习。1948年，我到苏联留学前来到东北，和他住在一个房间里，一起吃饭。他带领全国组织工作者考察团到苏联时，非常关心我们留学生的生活和学习情况，为我们解决了不少生活中的困难。

王兆卿烈士的儿子王黎明说：我父亲牺牲的早，秀山叔叔1940年时就把我接到绥德上学，东北解放后，又要我到东北念书，直到考上大学。在我一生中，我最不能忘记的就是张叔叔对我60多年的关心和照顾。

谢子长烈士的儿子谢绍明，在苏联学习时，因患肺病提前回国。父亲把他接到家里养病，后又安排在身边工作了一段时间。

许多烈士子女至今都念念不忘父亲对他们无微不至的关爱和亲情。

父亲的期盼

在五六十年代，父母的工资不算少，但家里人多，来往的亲戚多，生活全靠母亲精打细算。我们兄弟姐妹的衣服是大的穿小了，小的穿，破了补补，小了接接再穿。父亲买来理发工具，让孩子们互相理发，他的头发也常常是我们理。父亲还要我们买工具，学着自己修鞋。父母不许我们乱花钱，但是对我们需要的学习用品、装无线电收音机、学习乐器、买健身的冰鞋等，从不阻拦，妈妈总是尽量满足我们的要求。

我们小的时候，记得母亲总是骑着自行车上班，从来不坐父亲的专车。母亲对我们说，那是公家给父亲工作用的，我们都不许坐。我们在育才小学寄宿上学，周六回家，父亲从不许车接送我们，让我们坐公共汽车。他说："我很小的时候就走几十里山路去高家堡念小学。现在，马路平平的，正好锻炼身体，不要搞特殊化。"我们常常是步行十几站路，用省下的车钱买无线电零件。在盘山那几年的暑假，我们也和农场工人的子女一样，去水田劳动，插秧、薅草……

父亲最痛恨干部和干部家属搞特殊化。母亲说，1952年干部评定级别，当时采取的办法是根据组织上统一规定的标准，由自己申报，组织评定。评级之前，父亲对母亲说：你是我的家属，你的级别要低报，要注意影响。母亲心想：我有自己的革命经历和工作成绩，我不靠你。但评下来，母亲的级别比相同资历和职务的同志低。组织部门的同志对她解释说：这是张书记批的，我们也没有办法。其实母亲的要求并不特殊，她参加革命的经历是大家共知的，只要按文件规定执行就是了。但父亲认为，她是张秀山的家属，只能低评，不能和其他同志比。

当父亲离去后，我们才更加感到父亲的期盼和亲情是多么珍贵，这是我们永远的思念。

对父亲的评说

父亲一生历经坎坷，但他对党坚信不疑，对革命事业忠心耿耿，他真诚、求是、质朴的品质，赢得了同志们对他的敬重。

1996年8月2日，父亲走了。遗体告别那天，八宝山告别厅里摆满了国家领导人、有关单位、家乡和父亲的战友们送来的花圈，告别厅前排起了长长的队伍。温家宝、曾庆红等领导来了。他们握着我们的手，深情地说：你父亲是我党的老同志，革命一生，对他的去世深表哀悼。父亲的老同志、老战友，父亲单位的同事，以及许多知道父亲的叔叔阿姨们赶来为他送行。

洪学智叔叔缓缓地走来，向父亲的遗体深深地鞠躬，他沉痛地对我们说：你父亲是一位对党的事业忠心耿耿的好同志。抗美援朝战争中，他为后勤保障工作作出很大贡献。

马文瑞叔叔是专程从外地赶回来的。为父亲送行后，他动情地说：你爸爸为人正直、正派，为党奋斗一生，在创建陕甘边根据地和东北根据地中，为党作出很大贡献。他的一生是艰难曲折的，1935 年“左”倾肃反受打击，1954 年“高饶”事件受牵连，“文革”中又深受迫害。但是他无论在什么岗位上，都是勤勤恳恳为党工作。我们很尊重他。

80 多岁的张策叔叔流着眼泪，用拐杖点着地，一字一顿地对我们说：“秀山一生坎坷不平，一想到这些，我心中就非常难过。”张叔叔和父亲一样耿直，一年春节我们去看他，他要我们好好认识父亲。他激动地说：秀山为陕甘边根据地和东北根据地的建立作出了巨大的贡献，他经历了其中的许多重大事件，了解事实的真相。他给我和仲勋写信说：“我们都是快 80 岁的人了，随时都可能呜呼入地。党的历史只有我们这些经历了的人才能说清楚，我们应该给后人留下真实的历史。”秀山一再讲写党的历史要坚持历史唯物主义，要实事求是。正确的东西，就要坚持，不要怕别人反对，不要怕别人批评打击。只有拿这种精神对待历史，许多问题都可以解决，我们党的历史就能够立准、立好。有的同志不理解，为什么西北的同志总是为过去的历史问题争论不休。这不是争谁高谁低，不是团结不团结的问题，这是一个党性问题，这是为了维护党史的真实性和严肃性。在中央四次解决西北党史问题中，从延安到北京，秀山是严肃认真的，有史可证。

在张邦英伯伯家里，他激动地对我们说：“‘文化大革命’中造反派说我参加反党活动，并拿出一张纸，用手盖住上面的字，只让我看‘张秀山’三个字的签名，并说：‘张秀山都揭发你了，你还不承认’。我当即大声说：‘我决不相信张秀山会这么说！我决不相信张秀山会讲假话！我决不相信张秀山是这种人！”张伯伯话音未落，我们已经热泪盈眶。三个沉甸甸的“绝不相信”包含了多么厚重的信任，这是在共同走过了生死与共之路，才具有的信任。

刘英阿姨（张闻天夫人）对我们说：“东北解放战争初期，北满分局就那么几个人，陈云、高岗、闻天、秀山，很少的几个人啊！秀山同志搞过红军，创建过根据地，是陈云同志把他要到北满的。在接触中，我感到他是一位很有工作经验、很能干的领导。我听过他的几次报告，讲得非常实际。秀山能解决问题，陈云就抓他，他们在一起工作配合得很好。那也是闻天工作最愉快，心情最好的一段时间。”

郭峰叔叔说：秀山是一位原则性很强的人。在一些重大问题上，他很坚持原则。特别是1949年，为富农党员问题，他与高岗争论得很厉害。我是从那时开始真正认识他的。

马洪叔叔说：我在延安马列主义学院学习时，认识了秀山同志。那时，他是陕甘宁边区绥德特委书记，我们在一个班学习。在学习讨论中，他理论联系实际，讲出很多作战和群众工作的实例，使我感到他有丰富的地方工作经验和军事指挥才能。他非常朴素，对自己要求严格，对人诚恳，办事讲原则，实事求是。秀山的这些品德和作风，使我们青年知识分子对他很敬仰，大家都把他当老干部看，实际上他才28岁。

王兆相伯伯现已90多岁高龄了，多次深情的回忆了他与父亲在神府根据地的情景，感人至深。

刘懋功叔叔远在西安，他说：张政委与陕甘群众有着至深的情感。20世纪80年代，他到甘肃出差，外面下着雨，山区道路泥泞，但他一定要我带他去看当年红军打仗的地方，找寻当年帮助过红军的老乡。在那里，他与当地的老乡紧紧拉着手，述说当年的战斗情景，感谢他们对革命作出的贡献。因年代久远，没打听到为他治过伤的农村乡医，他很难过。他的心总是牵挂着革命老区的人民。

曾任人民日报社总编辑、社长的秦川叔叔说：“秀山同志一生历经党内多次重大政治斗争，很坎坷。1942年西北高干会议，我参加了旁听。当时礼堂里坐满了人，毛主席等中央领导就坐在前排，是那种长条的能坐十几个人的木凳子。大家全神贯注地听秀山发言。当时我是刚刚参加革命的青年，不懂得什么是路线斗争。秀山在发言中，讲了陕北党内的斗争情况，给我们上了一堂深刻的路线斗争教育课。他在肃反中受到那么严重的迫害，但是他发言不是感情用事，而是以大量的事实为依据，分析批判‘左’倾机会主义的错误和产生的根源，用现在的话说是摆事实、讲道理，讲得有理、有据，使我们在心灵上受到极大地震撼。”

原辽宁省农垦局局长史景源回忆起父亲的情况时说：1957年反右时，

是身处逆境的张秀山同志，不顾个人政治风险，顶着巨大的压力，为我仗义执言，才使我没有被打成“右派”。这在党内是多么难得的同志啊！

1997年8月初，在父亲去世一周年之际，习仲勋、马文瑞、伍修权、张策、张邦英、马洪叔叔，联名写了一篇深切怀念他革命一生的文章《浴血奋战陕甘 呕心沥血松辽》。当稿子送到人民日报社时，负责编辑的同志说：“我还从没有见到这么多人署名的纪念文章，需要问问。”他很快就拿着稿子回来了，说就按你们的稿子发。8月27日《人民日报》全文刊登了这篇文章。

从父亲的一生中，我们看到：和他共同经历过战斗的战友、和他共事过的同志尊敬他，因为他光明磊落、为人忠厚，他忠于为之献身的党的事业，不计较职位高低和工作苦累，一生以党的利益为重；在基层工作时群众爱戴他，是因为他心里想着人民，以人民的利益为重，实实在在为人民做事。他能在中央会议上直言党建大事，也能挽起裤脚与农民一起劳动；他能向毛泽东面谈党的问题，也能与老百姓唠家常；他身上有敌人留下的枪伤，也有党内残酷斗争留下的伤疤。他的心胸有多宽大，他的意志有多坚强，只有经历了才知道，只有接触了才了解，这就是我们的父亲。

真诚谢意

20世纪80年代初，在一些老同志和家人的一再催促下，父亲开始口述他的经历，当时担任父亲秘书的孙普希，不辞辛苦整理出了近10万字的《我的回忆》初稿。几位老同志看后对父亲说：你经历了那么多斗争，了解那么多重要的历史，你不讲清楚，人们，尤其是后人怎么会知道革命的艰难和曲折。这样，父亲又把他保存多年的历史资料和他各个时期的讲话拿出来，逐件给我们讲，要我们帮他整理。有些事情由于时间已久，他怕记忆上有失误，便告诉我们找哪些老同志去核实。

在父亲去世后，很多叔叔一再叮嘱我们：你父亲这一生很不容易，你们一定要把他的回忆整理好啊！

在整理父亲的遗物时，我们看到：父亲保存和收集了大量与他革命生涯有关的资料，他写了回忆刘志丹、谢子长、王泰吉、杨森、杨琪、李妙斋等人的文章；记述兵运、红26军、陕甘革命根据地、“左”倾肃反、延安整风、东北革命根据地创建的经过，和关于西北党的历史、东北解放战争、东北局工作的许多原始文件和资料。

2004年8月，父亲在第二次全国组织工作会议上的发言在《百年潮》发表后，研究党史的学者说，这是一篇很有历史价值的文件。很多老同志也给我们打电话，询问回忆录什么时间出版。远在黑龙江的赵德尊叔叔，已经90高龄了，亲笔给我们写信说：秀山同志在第二次全国组织工作会议上的发言全文公诸于世，告诉人们，所谓高饶反党集团“五虎上将”的头名领队，在组工会上讲了什么，在此作了明证。我希望秀山同志的回忆录能早日出版。

我们按照父亲的回忆，根据他对我们讲述的历史事件和他留存的资料作了整理和补充，对父亲回忆中的一些重要史实，按照他的嘱托，查对了有关历史文献和老同志们的著述，进行校对，并加了注释。父亲在各个时期的讲话，我们选了几篇附在书中；父亲以前的照片，“文化大革命”中抄家时遗失了一些，我们将仅存的选出收入书中，还选了几篇回忆文章附后，以示纪念。我们给这本书加了一个能反映他大部分经历的题目——《我的八十五年——从西北到东北》，这就是父亲这本书产生的过程。这本书的出版凝结着我们全家人的情感和心血，代表着我们这个大家庭对父母的深切怀念。

在整理父亲的回忆过程中，我们得到父亲生前的老战友及和他一起工作过的老同志习仲勋、马文瑞、张策、张邦英、张明远、贺晋年、刘英、马洪、郭峰、赵德尊、安志文、李正亭、王兆相、刘懋功、秦川、马宾、徐少甫、谈立人、赵家梁、苏丹、王兴华、史景源、王克瑞等，提供的许多珍贵史实。刘力贞、王黎明、张晓霁、孙普希、朱威力等同志提供了有益建议和帮助。我们在此表示诚挚的谢意。

本书出版过程中，得到中央党史研究室、中共党史出版社领导和有关编辑同志的具体指导和大力支持。在此，特致感谢。

再版后记

2007年3月，张秀山的回忆《我的八十五年——从西北到东北》由中共党史出版社出版。张秀山说：一个党的高级干部，他的经历是和党的历史联系在一起的。张秀山的经历就是和西北革命史、东北解放战争史、高饶事件联系在一起的。他心态平和、语重心长地讲述着一件件惊心动魄的史实。全书透露着他的艰难坎坷，刚直与真诚；字里行间洋溢着一股愈磨愈坚、愈挫愈直的浩然之气。这是他留给我们并需要我们继承、维护的无比珍贵的精神财富。

书一出版就引起广大读者的关注。书店和网上热销，许多朋友和读者欣喜本书的出版。党史专家评论说："张秀山留下的最大遗产，就是这部三十多万字的自传。无论他是否想到，这部自传对历史研究已经产生了极大助益。"

由于第1版印数没有满足读者的需求，索书者至今不断；同时，近年在父亲的文件中又发现多篇内容翔实的回忆文章，谈陕甘根据地、中央干部团赴东北、北满分局等，资料可贵须作补充；再者，书中尚存在人名、时间、人物职务错误须修改，故决定再版。

再版补充的主要内容有中央干部团赴东北的详细情况，《中央关于请张秀山参加第二次全国组工会议的通知》的电文，对"'三反'、'五反'运动"一节的文字顺序做了调整等，在附录三补充了三篇老同志的纪念文章，重新编排并补充了照片等。

本书再版得到中共党史出版社的大力支持。在此，特致感谢。